LE SCANDALE DES EAUX FOLLES

Marie-Bernadette Dupuy est née et vit en Charente. Écrivaine aux multiples talents, elle aborde avec un immense succès les genres les plus variés : biographies historiques, grandes sagas familiales, policiers, romances. Son œuvre, traduite jusqu'en Russie, lui a permis de conquérir le cœur de très nombreux lecteurs et de devenir la reine française de la saga.

MARIE-BERNADETTE DUPUY

Le Scandale des eaux folles *

ROMAN

CALMANN-LÉVY

© 2014, les Éditions JCL INC. (Chicoutimi, Québec, Canada).
© Calmann-Lévy, 2016, pour la présente édition.
ISBN : 978-2-253-07042-9 – 1re publication LGF

À monsieur Jean-Claude Larouche,
mon éditeur, qui m'a parlé avec émotion
de l'époque troublée des années 1920, plus connue
sous la désignation de tragédie du lac Saint-Jean,
m'invitant ainsi à me replonger dans l'histoire
de cette région qui m'est si chère.
Avec ma respectueuse et sincère amitié.

À mon fils Yann,
pour le remercier avec tout mon amour de maman
pour son fidèle soutien et pour ses précieux conseils,
lui qui est un magicien de l'image
et dont je suis si fière !

NOTE DE L'AUTEURE

Souvenez-vous, chers lecteurs… Il y a quelques années, j'avais commencé la saga L'Enfant des neiges, *inspirée par mes premiers pas au village historique de Val-Jalbert.*

Grâce à ces six ouvrages, j'ai pu me rendre plusieurs fois au Québec, où j'ai tissé de précieux liens d'amitié au fil de mes pérégrinations dans la superbe région du Saguenay-Lac-Saint-Jean.

Lors de mon dernier voyage, mon éditeur m'a parlé de la tragédie du lac qui s'est déroulée dans les années 1920, avec des pics dramatiques en 1926 et en 1928. Tout de suite, j'ai pensé à un roman dont l'action aurait pour toile de fond cette époque troublée. Cela s'est imposé comme une nécessité lorsque j'eus consulté des documents, tant j'étais bouleversée par la détresse des riverains du lac, confrontés à une montée des eaux dévastatrice pour leur cadre de vie, leurs ressources, le fruit d'un labeur constant depuis qu'ils s'étaient établis là sur d'excellentes terres agricoles. J'ai pu ainsi m'appuyer sur des anecdotes authentiques, patiemment collectées.

Bien sûr, je n'ai aucunement l'intention de relancer une quelconque polémique ; ce n'est pas mon rôle. Je tenais surtout à dépeindre le quotidien d'une famille, ainsi que les opinions des uns et des autres, en créant de nouveaux personnages, afin de rendre hommage encore une fois à un pays qui est devenu pour moi une seconde patrie.

Je tiens aussi à rappeler que toute ressemblance avec des personnes ayant existé ou existantes serait fortuite, exception faite, bien sûr, de ceux ou celles qui ont accepté de figurer dans mon ouvrage.

Maintenant, je vous invite à me suivre. Remontons le temps ensemble pour découvrir le destin de Jacinthe et de Pierre…

Marie-Bernadette DUPUY

1

Les larmes de l'aube

Saint-Prime, Lac-Saint-Jean, samedi 26 mai 1928

C'était le petit jour. L'aube jetait une vague clarté sur le monde, sans parvenir à chasser d'un ciel pâli la lune en quartier d'un jaune fluorescent. Aussi des nuances fantomatiques dansaient-elles à la surface agitée du grand lac, parcouru de vagues amples par l'effet mêlé du vent et d'une mystérieuse énergie. Étrangement, il n'y avait pas un seul chant d'oiseau alentour, pas le moindre bruit, à l'exception de ce profond murmure, pareil au souffle lointain d'un monstre englouti.

Pacôme frissonna. Il marchait le long de la berge, à la fois inquiet et fasciné. Ses grosses bottes en caoutchouc maculées de boue s'enfonçaient à chaque pas dans la terre détrempée et spongieuse. Personne ne lui avait demandé de guetter la montée des eaux, mais il s'acquittait de cette tâche, certain, dans son esprit resté enfantin, d'être utile à ceux du village. Son regard traquait le moindre détail alarmant, et ses larges narines se dilataient, en surplomb de sa moustache noire.

On le savait simplet, aussi simplet que dévoué. De tous les discours qu'il entendait, il n'avait retenu qu'une chose : tout allait recommencer et il y aurait des larmes et des grincements de dents, comme le répétait Brigitte, sa mère. Ces mots-là effrayaient Pacôme. Il sentait la même appréhension chez les gens de Saint-Prime sans vraiment en comprendre la raison. L'hiver était fini, le terrible hiver québécois avec des chutes de neige exceptionnellement abondantes, dont la fonte avait grossi les rivières. Mais la nature n'était pas la seule coupable, cette fois-ci.

Le jeune homme hocha la tête, sa pauvre tête où des mots et des nombres tournoyaient en une ronde infernale, qu'il aurait tellement voulu ordonner, maîtriser : barrages, Isle-Maligne, pont Taché, centrales hydroélectriques, les gens du gouvernement…, niveau du lac à 19,5 le 24, à 20,28 le 25.

Le maire, qui l'aimait bien, avait essayé de lui expliquer le problème. Une grande compagnie américaine avait érigé des barrages sur les rivières Grande et Petite Décharge, du côté d'Alma, et, comme deux ans plus tôt, les eaux du lac montaient de façon exceptionnelle. Depuis un bon bout de temps, on mesurait le niveau du lac grâce à une échelle graduée placée sur le quai de Roberval. Et, même au printemps, à l'époque des grands débordements d'eau, le point 18 était rarement dépassé. Pour Pacôme, tout était resté du charabia. Il avait cependant décidé de surveiller la berge, du moins la nouvelle berge, une étendue d'herbe battue par de lentes vaguelettes. Un tronc d'arbre lui barra bientôt le passage. Il se mit en devoir de le franchir, avec le sentiment d'accomplir un exploit. Le bois était glissant, du bois mort couleur d'ivoire.

— Doux Jésus !

Coincé entre deux branches, son pied gauche le retenait. L'avant de son corps bascula et il se retrouva à plat ventre, le nez au ras de l'eau.

— Oh ! qu'est-ce que je vois !

Rêvait-il ? Un rai de soleil irisait la pierre bleue et l'anneau d'argent d'un bijou, à deux centimètres à peine sous la surface du lac. La bague ornait une main tout aussi jolie que le bijou, une main menue d'un blanc laiteux. Le cœur de

Pacôme se mit à battre à toute vitesse. Ses yeux écarquillés suivirent le bras nu, puis l'épaule, ils découvrirent le cou rond, les cheveux semblables à des algues, le visage enfin.

— Emma... Emma Cloutier...

Après avoir été subjugué quelques secondes par l'étrangeté de ce qu'il voyait, le malheureux céda à la panique. Il se débattit dans l'espoir de libérer sa jambe, prenant appui à pleines mains sur le sol spongieux. Un cri guttural s'échappa de sa gorge et se mua en une longue clameur horrifiée. Il s'était beaucoup éloigné de Saint-Prime ; personne ne pouvait l'entendre et, même si cela avait été le cas, on aurait cru à l'appel d'une bête égarée, une vache ou une brebis en perdition.

Au prix d'efforts répétés, Pacôme finit par retrouver la station debout. Il avait perdu une chaussure, mais, indifférent à ce détail, il trépignait sur place dans la boue, hésitant sur la conduite à tenir.

« Je dois sortir Emma de là... Non, je ferais mieux de courir chez ses parents... Non, je peux pas la laisser dans le lac, faut que je la ramène au sec », pensait-il, malade d'affolement.

Si son esprit manquait de force, ce n'était pas le cas de ses muscles. Taillé comme un lutteur, Pacôme pouvait porter de lourds colis ou tirer de lourdes charges de bois, attelé au traîneau familial, quand la neige était dure.

« Je la sors de là, je l'installe comme y faut, après, j'vais prévenir les Cloutier. » Soulagé d'avoir trouvé la solution, le jeune homme saisit la légère dépouille d'Emma par les aisselles. Il la tira en arrière, en pataugeant, hagard. Enfin, en gémissant, la gorge serrée par l'émotion, il put hisser le corps sur la terre ferme, à bonne distance des eaux grondeuses. C'était une tâche ingrate, qui lui mit la sueur au front. Comme il n'osait pas affermir ses prises, les vêtements glissaient sous ses doigts. Il était troublé de pouvoir la toucher. Ses mains avaient perçu la fermeté de sa chair glacée et effleuré l'arrondi d'un sein.

— Je te demande bien pardon, Emma, hein, v'là que je te secoue ! Comment as-tu fait ton compte ? Méchant lac, saleté de lac ! bougonna-t-il.

Quand le cadavre fut allongé à ses pieds, Pacôme ôta sa casquette et se signa.

— Méchant lac ! dit-il encore, bouleversé.

Emma Cloutier portait une robe rouge et un gilet gris. Sa chevelure brune, d'ordinaire bouclée, était plaquée autour de son crâne. Elle avait eu dix-neuf ans en février.

— Malheur de malheur ! bégaya-t-il avant de filer à toutes jambes vers la ferme de Champlain Cloutier.

Chez Champlain et Alberta Cloutier, descendants des colons de la première heure établis sur leurs terres des décennies auparavant, on se préparait à évacuer la maison où avaient vécu plusieurs générations. C'était une solide bâtisse en planches d'épinette, avec son large auvent abritant une terrasse, son salon, sa grande cuisine et ses chambres à l'étage réparties de chaque côté d'un couloir. Au rez-de-chaussée, une petite pièce située à l'arrière du salon avait son importance ; c'était la chambre de Sidonie, la fille du milieu, comme on disait souvent dans la famille en plaisantant, d'autant plus qu'elle était venue au monde douze minutes avant son frère jumeau Lauric.

On ne discutait pas la loi divine. Les Cloutier avaient eu seulement quatre enfants : Jacinthe, infirmière à l'Hôtel-Dieu Saint-Michel de Roberval, une belle jeune femme de vingt-trois ans, puis Sidonie et Lauric, ses cadets de deux ans, et enfin Emma, une demoiselle au caractère rebelle. Malgré son goût pour la danse et le cinéma, elle venait de décrocher un poste d'institutrice, à l'automne précédent, dans une école de Saint-Jérôme[1], ce qui avait déplu à Alberta,

---

1. L'actuelle ville de Métabetchouan – Lac-à-la-Croix.

inquiète de savoir sa benjamine à plusieurs kilomètres de sa vigilance.

Pour l'instant, Alberta avait d'autres soucis. L'eau montait au ras de son plancher.

— Champlain, il faut porter les meubles à l'étage ! disait-elle d'une voix tremblante à son mari. Doux Jésus, que de tracas encore ! Et les brebis, les agneaux, il faudrait les transporter chez grand-père Ferdinand. Tu devrais aller chercher de l'aide. Osias Roy pourrait approcher du bâtiment avec sa camionnette.

— Ma pauvre femme, Osias ne fait que ça depuis hier, répliqua un colosse dont les bas de pantalon étaient retroussés sous les genoux. Il doit même regretter d'avoir emprunté pour s'acheter un char de même.

— Quand même, vous êtes bons amis ! insista-t-elle, en évoquant la face joviale du fameux Osias, un des cultivateurs les plus aisés de Saint-Prime, qui l'avait courtisée par le passé.

— Justement, je ne veux pas en profiter, je lui demande souvent des services. Et puis il y en a des plus malheureux que nous. La situation est bien pire à Saint-Méthode. Là-bas, les rues sont changées en rivières. J'ai causé à Jactance, tout à l'heure. J'en ai appris, des choses, vu qu'il avait bu un verre au *Grand Café*, hier soir. Sais-tu ce qu'on lui a répondu, au maire de Saint-Méthode, quand il a téléphoné à un gros bonnet des compagnies pour obtenir des chaloupes ?

— Non…

— Que, s'ils avaient besoin de chaloupes, ils devaient les payer de leur poche ou les louer ! Tu comprends ça, toi ? Le gouvernement se fiche bien de nous, les compagnies aussi. Si je le tenais, celui qu'a dit ça…

— Papa, et ma Singer ? fit une voix légère, celle de Sidonie. Viens m'aider, on va la monter dans ma chambre. Quand même, l'eau n'ira pas jusque là-haut.

Champlain considéra sa fille avec un air agacé.

— Ta machine à coudre ? Elle ne risque rien. Crois-tu que le mécanisme va rouiller ? gronda-t-il, un peu moqueur.

— Pense donc, Champlain, une machine pareille achetée l'an dernier ! Il ne faut pas qu'elle soit endommagée ! protesta Alberta d'un ton respectueux.

— Tu as bien mis du matériel à l'abri sur le plancher du fenil ! fit remarquer Sidonie.

L'homme approuva avec la même expression ahurie. Les événements avaient un goût amer de déjà-vu. Grand, robuste, couronné de blanc à seulement quarante-huit ans, le regard brun, Champlain Cloutier n'était pas prêt à baisser les bras devant l'adversité. Son père et son grand-père avaient vécu du travail de la terre, cette bonne terre fertile qui s'étendait autour du lac Saint-Jean. Lui, tout en semant fidèlement du blé et de l'orge, il s'était lancé dans l'élevage des moutons.

Ce n'était pas toujours facile. L'hiver, les glaces et la neige mettaient le pays à rude épreuve. Souvent, au printemps, les eaux débordaient, envahissant prairies et champs, mais il n'y avait pas à s'en inquiéter. Tout rentrait bien vite dans l'ordre. Mais ce n'était plus le cas depuis que des compagnies avaient construit des barrages autour de l'île Maligne. Deux ans auparavant, au mois de juin 1926, les inondations avaient semé la misère à Saint-Prime et ailleurs, envahissant à jamais des milliers d'hectares, causant de graves dommages à plus de huit cents cultivateurs de la région, dont Champlain Cloutier.

— Dieu m'est témoin, s'emporta-t-il, qu'on veut nous chasser d'ici, nous prendre tout, tout ! Mais je ne me laisserai pas faire et cette fois j'obtiendrai des dédommagements, quitte à aller les réclamer à Québec à ces messieurs les ministres.

— Papa, ma machine à coudre ! s'impatienta sa fille. Sois gentil, ça ne sert à rien de bougonner, il faut limiter les dégâts.

— Oh ! toi, il n'y a que ta Singer qui compte, rétorqua-t-il, furibond.

— C'est mon outil de travail. J'ai des commandes. Vous étiez bien contents, maman et toi, que je gagne quelques piastres comme couturière.

Soucieuse, elle sortit sur le perron. Elle considéra d'un œil navré l'eau trouble qui clapotait contre le caoutchouc de ses bottes et se répandait dans l'habitation. C'était une ravissante jeune personne de vingt et un ans, aux traits fins, au nez droit, aux sourcils dessinés en ailes d'oiseau, aux yeux verts et aux longs cheveux bruns ondulés. Vu les circonstances, elle s'était coiffée d'un chignon haut, protégé par un foulard.

— Lauric aurait dû rester ici avec nous, déclara-t-elle encore. Emma devrait être déjà là. Nous aurions bien besoin d'eux. Il a fallu que Jacinthe les réquisitionne pour aider les sœurs à l'hôpital.

— Voyons donc, Sidonie, ne parle pas ainsi ! lui reprocha sa mère. Jacinthe sait ce qu'elle fait. Nous sommes capables de nous débrouiller, mais, les malades, les grabataires, ce n'est pas la même chose.

— Peut-être, mais étant donné que les trains ont du mal à circuler, ils ne sont pas près d'arriver à la rescousse, ces trois-là.

Champlain leva une main apaisante, après avoir jeté un regard peu rassuré à l'extérieur par la fenêtre la plus proche. Irrésistiblement, invinciblement, les eaux du lac recouvraient ses terres et encerclaient sa ferme, la plus proche de la plage et de l'embouchure de la rivière aux Iroquois, elle aussi en crue.

— Bon, assez placoté, on monte ta Singer.

Il poussait sa fille vers son atelier quand une clameur rauque retentit devant la maison.

— M'sieur Cloutier, misère de misère ! hurlait Pacôme en grimpant les marches du perron, non sans projeter des éclaboussures sur son passage.

— Qu'est-ce que tu as, mon garçon ? s'enquit-il d'un ton sec. Si ta mère a besoin d'un coup de main, faut demander ailleurs, je suis à la même enseigne que les autres.

Sidonie recula d'un pas, effrayée par l'aspect de leur voisin. Pacôme n'était pas du genre soigné, mais là il était échevelé, les joues cramoisies, la morve au nez, le pantalon et les chaussures crépis d'une boue jaunâtre.

— Emma…, là-bas, dans le lac… Petite Emma…, morte, faut venir, m'sieur Cloutier.

*

Hôtel-Dieu Saint-Michel de Roberval,
même jour, même heure

Jacinthe était épuisée. Elle avait si peu dormi depuis deux jours ! Une tension pénible régnait dans tout l'hôpital, aussi pénible que l'humidité ambiante et la sensation de froid poisseux dont on ne pouvait se débarrasser en cette fin du mois de mai. La jeune infirmière boutonna la veste en laine qu'elle avait enfilée sur sa blouse blanche.

— Mademoiselle Cloutier, dites, va-t-on nous évacuer ? interrogea d'une voix plaintive la patiente, une vieille dame de soixante-seize ans.

— Pas encore, madame Bouchard. Le plus gros souci, c'est le chauffage. Si les chaudières tombent en panne, oui, il faudra envisager le transfert de certaines personnes.

— Pour aller où ?

— Nous aviserons en temps voulu. La mère supérieure affirme qu'il y aurait de la place au collège. Soyez tranquille, madame Bouchard, je vais vous apporter une couverture supplémentaire.

— Mais comment emmènera-t-on les malades ?

Jacinthe retint un soupir d'impuissance. Elle se posait la même question. « C'est une terrible catastrophe ! se dit-elle. Une tragédie comme titraient les journaux d'il y a deux ans. » Sans se départir d'un sourire rassurant, elle se prépara à quitter la chambre que madame Bouchard partageait avec une autre femme plus âgée, Maria Tessier.

— Attendez un peu, dit cette dernière. Donnez-nous des nouvelles, mademoiselle…

— Des nouvelles ? Mais je n'en ai pas, je suis à peine sortie de l'hôpital. Je sais par mes collègues que certaines rues sont inondées. Les automobiles ne peuvent plus circuler. Hier soir, j'ai vu un cheval de trait qui remorquait une grosse voiture noire, sûrement pour la mettre en lieu sûr.

— Seigneur, quelle misère ! soupira Maria Tessier. Jamais on n'aurait vu ça par le passé, jamais. Tenez, mademoiselle, je me souviens très bien de ce que me racontait mon père. On avait déjà barré la Petite Décharge, à une époque, pour faciliter le transport du bois, mais, vu que ça causait des soucis aux riverains, tout avait été démoli vite fait.

— Sans doute, hasarda Jacinthe. Il n'y a pas longtemps, des gens de Saint-Gédéon ont supplié le gouvernement pour qu'il oblige la compagnie Duke-Price à ouvrir les pelles de la Petite Décharge, mais ça libérerait des millions de billes de bois qui pourraient provoquer de gros dégâts du côté d'Alma. Il faut prier Dieu que la situation n'empire pas. Je dois vous laisser, mesdames.

Les nerfs à vif, Jacinthe se retrouva dans le couloir. Le personnel était en proie à une agitation effrénée, par la faute de ce mot que la jeune infirmière avait elle-même répété d'innombrables fois au cours de la nuit : évacuer.

« Comment mettre tout le monde à l'abri ? s'inquiéta-t-elle. Chez les ursulines, au couvent... » Anxieuse, elle s'appuya contre le mur.

La folie des hommes qui érigeaient des barrages au mauvais endroit, les plaintes des patients, la panique générale n'étaient pas seules en cause. Le départ précipité de sa sœur, la veille, vers dix heures du soir, la tracassait. « Je n'aurais pas dû jouer les moralisatrices et la sermonner. Emma n'est pas vraiment coupable de ce qui lui arrive », se reprocha-t-elle, le cœur serré.

Le docteur Yvan Gosselin, qui la courtisait, approcha, la mine soucieuse. Il engloba Jacinthe d'un regard passionné. À vingt-trois ans, la fille aînée des époux Cloutier subjuguait les hommes ; elle avait été dotée par la nature d'une beauté indéniable. Assez grande, mince, la poitrine arrogante, elle avait un visage altier aux traits parfaits : le nez droit et fin, le front haut, la bouche bien dessinée, pulpeuse, des yeux bleu-vert, une très longue et magnifique chevelure d'un châtain doré presque roux. Il s'ajoutait à un tel physique une sorte de magnétisme indéfinissable qui amplifiait son effet sur la gent masculine.

Elle s'en moquait, cependant, et n'en avait jamais profité, obnubilée qu'elle était depuis l'adolescence par son goût des études et sa volonté d'endosser la blouse blanche du corps médical.

— Fatiguée ? lui demanda le médecin en lui effleurant l'épaule. Rentrez donc chez vous,

Jacinthe ! Vous êtes sur le pied de guerre depuis hier matin.

— Non, monsieur, je termine ma garde dans une heure, je peux tenir jusque-là.

Vite, elle s'éloigna, exaspérée par l'expression avide qu'il ne cherchait même pas à dissimuler, encore moins à raisonner.

*

Saint-Prime, au bord du lac,
même jour, même heure

Dans un même élan affolé et incrédule, Alberta, Sidonie et Champlain s'étaient rués hors de la maison à la suite de Pacôme qui leur faisait signe de le suivre sans plus pouvoir articuler un mot, rendu muet par l'émotion. Il avait supporté la vision d'Emma dans son linceul d'eau ; il avait pu la ramener sur un coin de terre ferme, mais la douleur sacrée qu'il venait de lire dans les regards de la famille Cloutier lui brouillait les idées.

Le simple d'esprit avait coupé à travers un champ inondé pour aller au plus vite, si bien qu'ils avaient tous de l'eau jusqu'aux genoux.

— Dieu tout-puissant, où est-elle ? clamait la mère d'une voix suraiguë.

— Seigneur, c'est pas possible, ça ! répétait son mari en écho.

Sidonie ne disait rien, la gorge broyée dans un étau. Elle aperçut la première le corps de sa sœur allongé sur l'herbe.

— Là-bas, c'est elle, Emma… Dans sa robe rouge, la robe qu'elle aimait tant.

— Emma, Emma ! hurla Alberta en s'élançant vers sa fille. Ma petite, ma toute petite ! Non, non !

— Je l'ai reprise au lac. Méchant lac ! bégaya Pacôme.

Leur plus proche voisin, Jactance Thibault, avait fini par entendre leurs cris de désespoir. Il se précipita en courant sur un chemin boueux qui rejoignait la langue de terre où gisait Emma.

Champlain, lui, avait devancé son épouse et sa fille. Arrivé près du corps sans vie de son enfant, il tomba à genoux et prit sa tête entre ses larges mains calleuses.

— Mon Dieu, pourquoi ? Le malheur est sur nous, sur nous tous, se lamenta-t-il, hagard. Je tremblais pour mes terres et mes bêtes, mais j'ai perdu la chair de ma chair, Emma, ma petite. Comment c'est possible, ça ?

Arrivée à son tour, Alberta repoussa son mari. Elle se jeta en gémissant et en sanglotant sur la dépouille de la noyée. C'était un spectacle si affreux que Pacôme se mit à émettre des plaintes de bête blessée, dont l'écho pathétique glaça le sang de Jactance Thibault. Il s'immobilisa à une vingtaine de mètres de l'horrible scène.

— Seigneur Dieu ! murmura-t-il en se signant. Mais qu'est-ce qu'elle faisait par ici, Emma ?

Sidonie pleurait sans bruit, terrifiée. Elle avait déjà vu des morts, mais il s'agissait de sa grand-mère, emportée par une grippe, et d'un vieillard du village. Les deux défunts d'un âge respectable reposaient dans leur salon, en costume du dimanche, bien coiffés, l'air paisible.

— Pas Emma, non, pas toi, Emma, chuchota-t-elle, la bouche sèche.

— Maudits soient-ils, les messieurs du gouvernement, les types des compagnies, fulmina alors son père en se relevant et prenant à témoin ceux qui l'entouraient. Ils ont tué ma petite. Elle s'est noyée je ne sais pas comment, mais elle s'est noyée ! Seigneur, qu'est-ce qui s'est passé ? Si les eaux n'étaient pas si hautes !

— Bien parlé, Cloutier ! renchérit son voisin en avançant à grandes enjambées. Peut-être ben qu'il y en aura d'autres, des noyés. On craignait pour notre bétail, mais voilà la première victime, la pauvre Emma. Quand je pense que j'ai pu sourire, hier, en voyant mes deux petits gars s'amuser avec des bateaux en papier depuis notre perron. Je me disais que ça serait peut-être pas pire que les jours de grandes crues, hein ?

On en a essuyé, des colères du lac, mais là, il n'y a rien d'ordinaire. Je vous le dis, moé, si les types des compagnies n'ouvrent pas leur barrage, on ira s'en occuper. Parce qu'à mon avis, c'est que le début, oui, rien que le début.

Champlain ne répondit pas. En larmes, hébétée, Alberta continuait à serrer son enfant contre elle. Sa douleur de mère était si profonde qu'elle voulait mourir elle aussi, là, à cette place. C'était inconcevable pour elle de perdre Emma, de ne plus entendre son rire léger et sa voix rieuse. Elle avait toujours eu un attachement inexplicable pour sa benjamine, qu'elle surnommait sa « petite fleur ». Incapable d'accepter l'évidence, elle se mit à embrasser le front et les joues glacées de sa fille, à la bercer avec passion.

— Il faut la ramener chez nous, maman, déclara doucement Sidonie, qui tentait de garder une attitude digne.

— Chez nous, répéta sa mère. Et comment la veillera-t-on, notre petite ? Ce soir l'eau couvrira le parquet du salon.

— Monsieur le curé saura quoi faire, Alberta. Il faut le prévenir, trancha Champlain.

Il n'ajouta rien. Avec rudesse, il obligea sa femme à se redresser. Les lèvres pincées, le regard fixe, il souleva le corps de sa fille, après avoir passé un avant-bras au pli des genoux, l'autre sous son dos. Il vacilla un instant sous le poids de sa triste charge, se raidit et prit la direction de la ferme.

— Si je peux rendre service…, hasarda Jactance.

— Va donc dire au village le malheur qui nous frappe ! répliqua Champlain Cloutier. Accompagne-le, Pacôme, tu devrais rentrer chez toi et te changer. Merci, mon gars.

— J'ai sorti Emma de l'eau, hé, j'ai ben fait.

— Mais oui, Pacôme, nous te remercions, ajouta Sidonie qui songeait qu'un peu plus tard le corps de sa sœur aurait été à nouveau submergé.

Elle jeta un coup d'œil vers le ciel, car la lumière matinale venait de se ternir. Des nuages sombres voilaient la timide clarté du jour. Soudain, la pluie s'abattit, drue, froide, digne du déluge dont parlait la Bible. Après une brève accalmie de quelques heures, le cauchemar recommençait.

— Doux Jésus ! se lamenta-t-elle sans réfléchir. S'il pleut encore autant qu'hier, qu'allons-nous devenir ?

Alberta haussa les épaules, ses cheveux bruns ruisselants. Elle avait légué à ses enfants la finesse de ses traits, le charme inouï de son sourire. Obsédée par la vision des pieds d'Emma qui s'agitaient un peu, comme si un reliquat de vie courait encore dans ses jambes inertes, elle marchait sur les pas de son mari. Ils arrivèrent ainsi sur la route qui reliait Saint-Prime au lac, une ancienne piste tracée en ligne droite au bord de laquelle s'élevait leur maison, flanquée d'une grange, d'une bergerie et d'un hangar. L'eau montait toujours.

— Je vais atteler Carillon pour emmener la petite au village, décréta Champlain.

— Papa, as-tu pensé à grand-père ? s'inquiéta Sidonie. Il apprendra la mauvaise nouvelle sans ménagement, maintenant que tu as demandé à Jactance de l'annoncer.

Ferdinand Laviolette, le père d'Alberta, veuf depuis six ans, habitait une petite maison de Saint-Prime en face d'une des écoles de la municipalité.

— Tu as raison, partons au plus vite, concéda-t-il.

Tous trois entrèrent sous le hangar, semblables à des automates aux yeux écarquillés. Carillon, un cheval assez âgé, était attaché là, dans sa stalle. Nerveux, le vieil animal les salua d'un hennissement aigu.

— Tu sens la mort, toi, bougonna son maître.

Les deux femmes garnirent la charrette de paille, pendant que Champlain portait toujours Emma dans ses bras. Il put enfin l'allonger et, lorsqu'il déposa son fardeau, un affreux soupir lui échappa.

— On croirait qu'elle dort, balbutia Alberta. Il faudra nous conduire chez Matilda, si monsieur le curé n'est pas là. Je dois aussi prendre du linge propre pour ma petite.

— Ne bouge pas, maman, je cours chercher ce qu'il faut, affirma Sidonie. Nous mettrons ma jolie robe blanche à Emma. J'emporte mon nécessaire de coiffure. Nous la ferons toute belle avec l'aide de Matilda.

La possibilité de s'occuper encore de sa sœur et d'en parler comme d'une personne toujours présente parmi eux la rassurait, à l'instar d'un parapet qui l'empêcherait de sombrer dans la douleur.

*

La mine défaite, le curé de Saint-Prime considérait d'un œil anxieux le paysage de fin du monde qui s'étendait autour de lui. Une pluie drue s'abattait, le vent soufflait fort au sein d'un univers grisâtre avec, à l'horizon, le grand lac couleur de plomb parcouru de vagues menaçantes. Et maintenant il y avait une première victime, une enfant qu'il avait baptisée.

L'homme d'Église sortait du couvent quand Jactance Thibault s'était précipité vers lui, ému de façon indescriptible.

— Monsieur le curé, Emma Cloutier s'est noyée ! avait-il lâché d'une drôle de voix plaintive. Calvaire, mes pauvres voisins ! C'est Pacôme qui l'a trouvée. Faut venir, je crois.

Sans invoquer Dieu ni poser de questions, le religieux s'était aussitôt mis en chemin vers la ferme de Champlain, en tenant d'une poigne ferme un grand parapluie noir. Après avoir hésité, Jactance lui emboîta le pas.

— Savez-vous, monsieur le curé, je vais devoir conduire mes vaches dans un des prés d'Osias Roy, qui n'aura jamais l'eau à sa porte, lui.

— Ce serait plus prudent. Osias ne refusera pas de t'aider. Nous devons être solidaires, car ce n'est que le début. Enfin, nous sommes moins à plaindre qu'à Saint-Méthode.

La veille, à Roberval, il avait rencontré le prêtre de ce village, situé à sept kilomètres du lac en amont de la rivière Tikouapé. Son confrère lui avait fait lire la lettre qu'il allait poster au *Progrès du Saguenay*, sans savoir si elle serait publiée.

Depuis la semaine dernière, la paroisse de Saint-Méthode est devenue une véritable mer. Nous circulons dans les chemins au moyen d'embarcations fabriquées à la hâte. Dans la partie basse du village, il y a deux ou trois pieds d'eau sur le plancher des maisons. Vingt-cinq familles ont dû quitter leur demeure pour aller trouver un abri dans les paroisses voisines. Dans la partie la plus élevée, toutes les caves sont remplies d'eau jusqu'au plancher. Toute la route entre Saint-Félicien et Mistassini et même celles communiquant dans les rangs de la paroisse sont complètement fermées. On peut encore, bien que difficilement, circuler au moyen d'une embarcation pour traverser un cours d'eau de quatre arpents de largeur vers Normandin[1].

Perché sur le siège de sa charrette, Champlain vit de loin les silhouettes du curé et de son voisin. Il guidait le cheval en écoutant les bêlements affolés de son troupeau, enfermé dans la bergerie. Derrière lui, à l'abri d'une bâche qui les protégeait de la pluie, Alberta et Sidonie priaient tout bas, assises sur la paille près du corps de leur petite Emma. Il se sentait maudit, atteint dans sa chair, son âme, sans réussir à pleurer, prisonnier d'une gangue de colère impuissante. « Mon Dieu, qu'avons-nous fait pour être si cruellement punis ? Qu'ai-je fait ? » se répétait-il.

Le destin était en marche, sur les flots glauques du grand lac Saint-Jean comme pris de folie.

*

1. Lettre du curé de Saint-Méthode qui sera publiée fin mai dans le *Progrès du Saguenay*.

Jacinthe était descendue au réfectoire pour boire une tasse de café. Elle se sentait oppressée sans raison apparente, si bien qu'elle attribuait son angoisse à la pluie battante et à la grisaille inquiétante du matin.

— Regardez donc ça, mademoiselle Cloutier ! déplora la sœur converse, occupée à couper du pain.

Agrandi trois ans auparavant, l'établissement avait été fondé en 1918 par les augustines de l'Hôtel-Dieu Saint-Vallier de Chicoutimi. La même congrégation veillait à la bonne marche de l'hôpital, qui accueillait les indigents, les orphelins et les vieillards tout en assurant les soins aux malades.

La sœur désignait d'un signe de tête le singulier spectacle qu'elle observait par une des grandes fenêtres de la salle. Approchait du perron une barque sur laquelle se tenaient trois augustines, l'une d'elles debout à l'arrière, manœuvrant à l'aide d'une perche. Pleine d'admiration pour ces saintes femmes qui, malgré leur costume peu pratique, se déplaçaient hardiment dans la ville inondée, Jacinthe eut un sourire attendri.

— Je me demande comment arriver rue Marcoux sans me tremper jusqu'aux genoux, dit-elle d'un air perplexe. Quand j'ai envoyé mon frère se reposer là-bas, il a pris ma bicyclette.

— Restez ici, mademoiselle Cloutier, je vous trouverai un lit d'appoint. Il y en a encore trois dans le grenier.

— Je sais, je les ai vus en aidant sœur Pierrette à y monter la moitié du poulailler. Au moins, ces pauvres bestioles sont au sec. Je vous remercie de votre offre, mais je préférerais passer quelques heures à mon domicile. Je trouverai bien une solution.

Le docteur Gosselin apparut alors dans l'encadrement de la porte donnant sur le couloir. Il avait un air si grave que la jeune infirmière et la religieuse se figèrent, en attente, certaines toutes deux qu'il s'était produit un accident.

— Jacinthe, on vous demande au téléphone, annonça-t-il. Votre sœur Sidonie. Dépêchez-vous.

— Mon Dieu, mes parents ont des ennuis ? hasarda-t-elle en se précipitant vers lui.

— Venez, c'est le poste de la réception, répliqua le médecin en la prenant par la taille. Je suis désolé, Jacinthe.

Elle comprit immédiatement. Quelqu'un était mort. De toutes ses forces, elle pria cependant qu'il n'en soit rien. Mais une voix intérieure lui répétait que le sort avait frappé.

— Il s'agit d'Emma, ajouta Gosselin.

— Emma ? C'est impossible, elle est chez moi à l'heure qu'il est. Emma, voyons, elle aura encore fait des siennes.

— Elle s'est noyée, Jacinthe. Prenez deux jours de congé, trois si nécessaire.

Les mots résonnaient dans l'esprit et le cœur de la jeune femme sans qu'elle puisse les associer : Emma, noyée, Emma, noyée. Le médecin lui tendit le combiné. Elle s'en empara dans une sorte d'état second proche de l'ahurissement. Mais tout était vrai du cauchemar, surtout la voix tremblante de Sidonie.

— Jacinthe ? Seigneur, j'avais peur que tu sois déjà partie rue Marcoux. J'aurais eu du mal à te joindre, dans ce cas… Je t'appelle du presbytère. Jacinthe, c'est épouvantable, notre petite Emma, elle est morte. Le curé l'a dit, c'est la première victime des inondations. Pacôme l'a trouvée près d'un tronc d'arbre, sous l'eau, dans sa robe rouge. Jacinthe, vous devez venir tout de suite, Lauric et toi. Maman est comme folle, je ne la reconnais plus.

— Bien sûr, nous allons faire notre possible, Sidonie. Lauric est à l'appartement, je vais le prévenir. Nous prendrons le train, puisqu'il circule encore. Ne t'inquiète pas, rien ne nous empêchera d'être là avec vous. Mon Dieu, Emma, non, non…

Jacinthe reposa lentement le combiné, sous le regard compatissant du docteur Gosselin. Elle était livide et ses yeux étaient voilés de larmes.

— Je suis vraiment désolé, insista-t-il. Je vous présente mes plus sincères condoléances. Si je peux vous rendre service, surtout, n'hésitez pas.

— Merci, je ne sais pas. Ma sœur est morte noyée. Je la croyais en sécurité chez moi. J'ignore encore ce qui s'est passé, comment c'est arrivé.

— C'est une horrible tragédie ! s'enflamma-t-il. Je vais emprunter la barque de nos augustines et vous conduire rue Marcoux. J'ai l'habitude. Hier, déjà, je suis allé ausculter des patients en canot, mon stéthoscope autour du cou. Les gens cèdent à la panique, les personnes âgées notamment. Ils ne peuvent plus venir à l'Hôtel-Dieu, puisque nous sommes isolés par les eaux. C'est donc à nous de faire le trajet.

Jacinthe l'écoutait avec attention, avide de la moindre parole ordinaire, dépouillée de son drame personnel. Elle aurait donné n'importe quoi pour revenir en arrière, ne pas avoir entendu Sidonie sangloter en lui annonçant la mort d'Emma.

— Si vous pouvez prendre la barque, je n'ai guère le choix, concéda-t-elle d'une voix neutre.

En elle, le chagrin et les remords combattaient âprement. Il y avait eu une erreur dans le déroulement des dernières heures. « Je n'aurais pas dû solliciter l'aide d'Emma, qui était venue à Roberval afin de rendre visite à nos parents à Saint-Prime, demain, pensait-elle. Mais on manquait de bras, à l'hôpital. Les conserves flottaient dans la cave, il fallait les récupérer, les ranger à l'étage. Mon Dieu, si je n'avais pas travaillé avec ma sœur, nous n'aurions pas eu cette discussion ni la querelle qui a suivi. Emma ne se serait pas enfuie et elle serait encore vivante. Seigneur, j'ai l'impression de l'avoir tuée, jetée dans les bras du lac, avec mes reproches, mes sermons ! »

— Jacinthe, êtes-vous prête ? Jacinthe ? appela le médecin.

La jeune femme le dévisagea de ses yeux bleu-vert d'une clarté printanière. Il crut y lire une sorte de terreur animale.

— C'est un choc affreux, je m'en doute, murmura-t-il en lui tapotant la joue. Mais il faut tenir bon, Jacinthe, être forte pour votre famille.

Il fit un geste vers elle, craignant de la voir s'effondrer. Elle recula et se redressa, la tête haute.

— Je n'ai pas l'intention de faiblir, monsieur. Je passe au vestiaire récupérer mon manteau et mon sac.

— Très bien. De mon côté, j'explique la situation à la mère supérieure. On vous apprécie, ici.

Le malheur qui vous accable nous touche tous,
Jacinthe.

— Merci, dit-elle encore une fois. Ne perdons
pas de temps.

*

Vingt minutes plus tard, le médecin et l'infirmière quittaient l'Hôtel-Dieu, transformé en un
étrange îlot fait de briques et de pierres. L'imposante façade de l'établissement se reflétait dans
l'eau sombre comme dans un immense miroir
maléfique. La barque ballottée par d'incessantes
vaguelettes avançait entre les arbres clairsemés du
parc, dont le tronc était en partie immergé. Vêtu
d'un ciré jaune dont il avait rabattu la capuche
jusqu'à ses sourcils broussailleux, le docteur
Gosselin maniait la perche. Il s'empressa, en bon
catholique, de commenter le fantastique paysage.

— On ne peut s'empêcher de songer aux
textes bibliques sur le Déluge : *La pluie tomba
sur la terre quarante jours et quarante nuits.*

Protégée par son parapluie, Jacinthe s'obligea
à lui répondre, par politesse.

— Prions pour qu'il n'en soit rien. S'agit-il
d'un châtiment divin ? Le genre humain a tant
de fautes à expier !

Surpris par sa réplique, le médecin se tut un instant. Il craignait de commettre un impair s'il évoquait l'injustice que représentait pour lui le décès brutal d'Emma Cloutier.

— Ne nous égarons pas dans des discours théologiques, ma chère Jacinthe. Après tout, les crues de printemps causent bien souvent des dégâts le long du lac. Certes, les barrages de l'île Maligne n'arrangent rien, mais, dans un avenir proche, chacun se réjouira des progrès obtenus sur le plan économique. La production d'électricité est indispensable à l'essor des usines, et qui dit usine dit des emplois pour tous, du confort, une meilleure hygiène de vie.

La jeune femme avait suffisamment entendu ce genre de discours. Elle resta muette, absorbée par l'avancée silencieuse de leur embarcation. Soudain, elle vit une forme noire et poilue flotter à un mètre de là. C'était un chat mort noyé, le ventre gonflé, la gueule ouverte sur de petites dents pointues qui ne croqueraient plus aucune souris.

— Quelle horreur ! lâcha-t-elle.

— Ne regardez pas, lui conseilla Gosselin. Voyez plutôt, sur notre gauche, comment ces gens se sont arrangés pour entrer dans leur maison, par une fenêtre de l'étage.

Jacinthe aperçut un couple en train de marcher sur une passerelle sommaire, constituée de grosses planches, qui prenait appui sur une charrette et montait jusqu'à une des fenêtres.

— Tout n'est que désolation, déclara-t-elle très bas.

— Je comprends votre douleur et votre détresse, Jacinthe. Sachez que, si vous avez besoin d'un ami, je serai là. J'ai une profonde affection pour vous… et même davantage.

Il n'acheva pas sa phrase, certain qu'elle saisirait l'allusion. L'eau baissait sous la barque. Ils suivaient le boulevard Saint-Joseph. À l'angle de la rue Marcoux, des enfants et leur mère pataugeaient dans la terre humide.

— Je vais descendre ici. Vous pourrez faire demi-tour sans peine ! dit-elle en fermant son parapluie. Merci beaucoup, docteur, c'était vraiment aimable à vous.

— Il serait peut-être plus prudent que je vous escorte jusque chez vous ?

— C'est inutile, je ne risque pas grand-chose à part tremper mes bottines. Je dois annoncer la triste nouvelle à mon frère. Je préfère m'y préparer seule.

Gosselin s'inclina devant sa volonté. Il l'aida à gagner un pan de sol boueux, mais retint sa main un moment. En dépit de ses quarante ans bien sonnés et d'un début de calvitie, il espérait vraiment l'épouser.

— À très bientôt, Jacinthe, je suis de tout cœur avec vous et votre famille.

Elle le remercia encore, puis lui tourna le dos.

*

Lauric dormait sur le divan, dans la pièce servant de salle à manger et de salon. L'irruption de sa sœur aînée ne l'avait pas réveillé. Pourtant, elle avait claqué la porte et jeté son sac à main avec violence sur le parquet. Jacinthe le secoua, submergée par la douleur et la colère.

— Lève-toi donc, et vite !

— Ne crie pas, marmonna-t-il. Tabarouette ! Je faisais un beau rêve.

Il cligna des paupières et s'appuya sur un coude, un vague sourire sur ses lèvres minces. Brun, le regard gris-vert, il ne ressemblait guère à Sidonie, sa sœur jumelle, qui était toute en finesse et en délicatesse, alors qu'il était de constitution robuste, qu'il affichait un nez aquilin et une mâchoire carrée, un héritage paternel.

— Lauric, à quelle heure Emma est-elle partie ?

— Je n'en sais rien. Comment ça, elle est partie ? Je ne l'ai même pas entendue rentrer. Faut avouer que j'étais éreinté, j'avais du sommeil à rattraper. Tu veux dire qu'elle n'est pas dans ta chambre ? interrogea-t-il en s'asseyant, hébété.

— J'aimerais tant qu'elle y soit ! balbutia Jacinthe en prenant place au bout du divan. Je voudrais comprendre. Elle a quitté l'hôpital deux heures après toi en me jetant à la figure qu'elle te rejoignait ici. Je t'assure, Lauric, je lui ai demandé pardon de m'être montrée si sévère, et ses derniers mots, je m'en souviens bien : « Je ne t'en veux pas, sois tranquille. Je rentre chez toi. Dormir me fera du bien. » Voilà exactement ce qu'elle m'a dit. Alors, tu as dû la voir, elle sera venue quand même, puisqu'elle portait sa robe rouge. Ça signifie qu'elle s'est changée ici.

Jacinthe avait scandé chaque mot d'un ton pathétique. Inquiet, son frère retrouva toute sa lucidité.

— Qu'est-ce qu'il y a ? Emma a eu un accident ?

— Elle est morte, Lauric, morte noyée... Pas ici, mais près de Saint-Prime.

Le jeune homme se frotta le visage en espérant se réveiller pour de bon. Il refusait d'admettre ce qu'il venait d'entendre.

— Mais non, enfin, non ! Qu'est-ce que tu racontes ? s'écria-t-il. Si c'est une de vos blagues, je n'apprécie pas.

Il savait pertinemment que c'était la vérité, à cause de la mine défaite de Jacinthe, à cause des larmes qui inondaient son visage. Elle le prit par les épaules et le fixa avec un air halluciné.

— J'ai l'impression de l'avoir tuée, Lauric ! Je dois te confier un secret. Emma attendait un bébé ; elle me l'a avoué hier soir, pendant ma pause. Le sale type qui l'a mise enceinte n'avait pas l'intention de l'épouser. Elle pensait faire passer l'enfant. Alors, elle m'a demandé conseil. Tu la connais, Emma ! Pas sérieuse pour deux sous, toujours à s'amuser, à aller danser. Moi aussi tu me connais, avec mes principes, mes idées sur le mariage et la vertu des filles. Je lui ai fait un grand sermon, je l'ai critiquée, humiliée, alors qu'elle implorait mon aide, qu'elle m'appelait au secours. Je n'ai su que la blesser davantage. Lauric, si elle s'était suicidée ?

Il détacha les mains de sa sœur de ses épaules, car elle enfonçait ses ongles dans sa chair. Il la repoussa et se leva.

— Seigneur, ce n'est pas possible, gronda-t-il en cherchant ses cigarettes. Je ne peux pas y croire. Comment as-tu su qu'elle était morte ?

— Sidonie a téléphoné du presbytère. Elle pleurait, je comprenais à moitié ce qu'elle disait. Ce serait Pacôme, le simple d'esprit, qui a trouvé Emma. Tu dois y aller, Lauric. Prends le train et, s'il y a des avaries sur la voie ferrée, débrouille-toi quand même pour arriver chez nous très vite. Tu marcheras s'il le faut. Douze kilomètres, ça ne te fait pas peur, toi qui rêvais de devenir un coureur des bois. Enfile des bottes et un ciré, il pleut beaucoup. On dirait que la nature se venge des hommes, ces jours-ci.

— La nature ? Ce n'est pas la nature, Jacinthe. Les crues, les glaces, les grosses pluies, on est habitués à ça, dans ce pays. Le mal vient des messieurs des compagnies américaines, un troupeau de progressistes obsédés par leur soif d'argent, leur besoin d'électricité et de rendement.

Lauric se tut, haletant, avant de murmurer :

— Mon Dieu, est-ce important, tout ça, alors qu'Emma est morte ? Mais elle n'a pas pu se supprimer, ça non, pas elle. Je m'en serais aperçu, aujourd'hui, si elle avait été au désespoir.

— Non, devant toi elle a dissimulé sa peine, et vous n'avez pas eu l'occasion de discuter. Nous étions tous les trois tellement occupés à courir des caves au grenier de l'hôpital ! Mais si tu l'avais vue, ensuite. Elle s'affolait, elle me répétait que papa la renierait, que maman serait déçue par sa conduite. Elle avait peur ; elle avait honte.

— C'était pourtant simple de tout me raconter. Ce gnochon qu'elle fréquentait, je lui aurais rendu visite et il aurait regretté d'être venu au monde. Après ça, on les aurait mariés et les parents n'auraient plus rien eu à dire.

Jacinthe sécha ses larmes du bout des doigts. Elle jeta un regard désespéré à son frère, puis se leva à son tour du divan.

— Je vais voir dans ma chambre ; peut-être qu'elle nous a laissé une lettre.

— Est-ce qu'elle t'a donné un nom ? Je voudrais bien l'avoir en face de moi, son séducteur, pour le réduire en bouillie.

Lauric serrait les poings, le visage torturé par la rage. Confronté à l'irrémédiable, il aurait tout brisé autour de lui afin d'exprimer sa révolte et sa douleur.

— Non, aucun nom, trancha-t-elle en passant dans la pièce voisine.

Le seuil à peine franchi, Jacinthe sentit le parfum bon marché d'Emma, comme si sa sœur venait de la frôler. Les battements de son cœur s'accélérèrent sous le coup d'une violente émotion. Bien qu'attirée par les sciences, elle croyait à certaines manifestations paranormales. « Du calme, je dois me calmer ! » se raisonna-t-elle en inspectant les lieux.

Le couvre-lit était légèrement froissé ; sa sœur avait dû s'allonger quelques instants. Elle souleva les oreillers et vérifia le contenu du tiroir de la table de chevet, en vain. Devant l'armoire, il y avait des vêtements abandonnés à même le parquet. Jacinthe les considéra avec une forte envie de se remettre à pleurer.

— Sa jupe grise, son corsage, son gilet. La tenue qu'elle avait hier matin en arrivant de Saint-Jérôme. Elle avait ces habits-là, à l'hôpital, ânonna-t-elle.

Lauric la rejoignit, le teint blême.

— As-tu trouvé quelque chose ? interrogea-t-il.

— Pas encore. Mais elle est bel et bien venue se changer ici. Pourquoi a-t-elle choisi de mettre sa nouvelle robe, sa préférée ?

La jeune femme ferma les yeux un instant. Elle se revit assise entre Sidonie et Emma au début du mois d'avril. Toutes trois bavardaient, joyeuses, avec ce coupon de tissu rouge entre les mains.

— Tu suivras bien le modèle, Sido ? s'inquiétait leur sœur, qu'elles surnommaient souvent la petite, ce qui l'agaçait.

— Évidemment ! Je ne suis pas une débutante, Emma, j'ai déjà découpé le patron. La semaine prochaine, nous ferons les premiers essayages. Tu seras l'institutrice la plus chic du monde.

La scène se rappelait à Jacinthe, précise, colorée. Rien ne manquait ; le poêle de l'atelier de couture ronflait, le givre étoilait les carreaux de la fenêtre de ses fantasques dentelles, la théière en émail vert trônait au milieu des revues de mode.

— Mon Dieu, Lauric, nous étions tellement heureuses et nous ne le savions pas !

Il lui ouvrit les bras. Elle s'y réfugia pour sangloter tout son soûl.

— Pars vite, soupira-t-elle ensuite. Je t'en supplie.

— Et toi ? Il faut que tu viennes aussi. On dirait que tu veux te débarrasser de moi.

— Qu'est-ce que tu imagines ? Je vous rejoindrai ce soir, c'est promis. Lauric, je n'ai pas dormi depuis des heures. Je vais me reposer un peu et je me mettrai en route ensuite.

— Je serais plus rassuré si tu m'accompagnais maintenant. À propos, comment es-tu rentrée de l'Hôtel-Dieu ?

— Le docteur Gosselin a emprunté la barque dont se sert sœur Pierrette.

Jacinthe alla poser les vêtements de sa sœur dans le cabinet de toilette qui jouxtait la chambre.

— Je sens toujours le parfum d'Emma, soupira-t-elle. Lauric, si seulement tu n'avais pas le sommeil aussi profond ! Tu l'aurais entendue, hier soir, et tu aurais pu la consoler. Imagine, après notre querelle, elle est venue ici, chez moi, sans même te réveiller. Elle a mis sa robe rouge et elle est partie se noyer. Tu as bu ! Avoue donc !

— Oui, un coup de gin. Mais ne me mets pas ça sur le dos, Jacinthe ! se défendit-il en décochant un coup de poing dans l'armoire. Tu ne peux pas savoir ce qui s'est passé dans sa tête.

Pourquoi serait-elle allée jusqu'à Saint-Prime pour se jeter dans le lac ? Elle pouvait le faire à Roberval. Ce n'est pas l'eau qui manque, par ici ! Donne-moi une preuve qu'Emma en avait assez de vivre ? Moi, je crois plutôt qu'elle a voulu rentrer à la maison se confier à maman. Il faisait nuit, elle est tombée ou bien on l'a poussée et on l'a tuée. Tiens, tout simplet qu'il est, Pacôme, pourquoi il ne l'aurait pas violentée, puis noyée pour cacher son crime, lui qui n'a jamais pu approcher une fille ?

— Pacôme ? Tu dis des sottises, Lauric ! Si ce pauvre garçon avait eu ce genre de comportement, nous l'aurions su bien avant. Il ne nous a jamais importunées.

Jacinthe ôta ses chaussures et ses bas humides. Il faisait sombre dans la pièce, l'unique fenêtre étant voilée par un panneau en lin derrière lequel le jour gris prenait des allures de crépuscule malgré l'heure matinale. Nu-pieds, la jeune femme tira le rideau.

— Aïe ! se plaignit-elle.

En se baissant pour voir ce qui l'avait piquée, elle découvrit les débris d'un flacon.

— Le parfum d'Emma, Lauric. Ce n'est pas étonnant si l'odeur m'entêtait.

— T'es-tu bien coupée ?

— Je m'en moque. Crois-tu qu'elle a cassé volontairement le flacon ?

— On n'en saura jamais rien, ma pauvre Jacinthe. Je vais ramasser les morceaux.

— Je le ferai. Je t'en prie, Lauric, cours vite chez les parents. Ils doivent endurer un vrai calvaire. Papa ira mieux dès que tu seras près de lui, Sidonie aussi. Ma pauvre maman, je n'ose même pas imaginer ce qu'elle ressent ; Emma comptait plus que tout pour elle.

Le jeune homme avait coutume d'obéir à sa sœur aînée depuis sa petite enfance. Il renonça à discuter et quitta bientôt l'appartement, équipé pour affronter le déluge et la ville inondée, mais avec une boule d'angoisse au ventre. Les éléments en furie l'effrayaient moins que le désespoir des siens.

*

Le départ de son frère soulagea Jacinthe. Elle fit une rapide toilette, mit une robe en lainage noire et brossa ses cheveux. Avec une tendresse désespérée, elle ramassa les habits de sa sœur. Le bas de la jupe était encore humide de pluie. En pliant le gilet en lainage gris, elle sentit une légère résistance au niveau d'une poche et eut vite fait d'extirper une feuille de papier pliée en quatre.

— Mon Dieu, c'est une lettre…, se dit-elle.

Ses yeux s'emplirent de larmes lorsqu'elle reconnut la belle écriture d'Emma, ornée de majuscules qui présentaient des formes élégantes.

Pour mon amour, amour perdu, amour si cruel,
La meilleure solution m'est apparue. Je n'ai plus qu'à mourir. Tu ne veux plus de moi et tu te moques du bébé que j'attends, notre bébé, pourtant. Je choisis de disparaître, d'abandonner une existence qui ne m'intéresse plus si je dois la poursuivre loin de toi, toi que j'aime tant, ou bien encombrée d'un enfant que je ne désirais pas et dont la naissance illégitime me ferait perdre mon poste d'institutrice.
Cette lettre est un adieu. Tout se brouille dans mon esprit : ton visage adoré, mes rêves impossibles ! Je n'ai plus de courage, mais j'en trouverai assez pour me jeter dans les eaux folles du lac. Tu n'entendras plus parler de moi, ainsi. Ce soir, oui, ce soir, je serai morte.
Emma

— Mais non, non et non ! hurla Jacinthe. Emma, tu n'avais pas le droit, tu entends ? Pas le droit de nous faire ça !

Horrifiée, elle s'appuya à la cloison, le souffle court.

— Comment une jeune femme de dix-neuf ans, jolie et instruite, peut-elle écrire des choses pareilles ? se demanda-t-elle à mi-voix. Nous ne savions rien d'elle, nous ne savions pas qui elle était réellement. Mourir pour un homme ! Et si c'était Pierre ? Et pourquoi avait-elle toujours la lettre en sa possession ?

Il n'était plus question de se reposer. Même si elle avait essayé, ses nerfs survoltés lui auraient interdit tout sommeil. Elle savait sur Emma des choses que Lauric ignorait et elle avait l'intention de se rendre à Riverbend pour interroger l'homme que sa sœur aimait il n'y avait pas si longtemps.

Une demi-heure plus tard, Jacinthe se retrouva assise sur la banquette arrière d'un taxi qu'elle avait pris à la gare et qu'elle partageait avec un vieil homme en pardessus marron. En raison de la situation exceptionnelle créée par les intempéries, le chauffeur proposait des trajets groupés.

Les yeux fermés, elle se laissa bercer par le ronronnement du moteur. Elle refusait de penser au retour, au moment où elle devrait dire adieu à Emma, leur petite. Mais, contre son gré, un flot de souvenirs la submergea, aussi puissant et sournois que le grand lac qui s'emparait des terres environnantes.

Emma était née au plus froid du rude hiver québécois, à l'époque où, pris par la glace, le lac Saint-Jean était changé en une immense plaine blanche qu'on traversait en traîneau à chiens ou en attelage, non sans éprouver la vague crainte des eaux prisonnières qui avaient englouti plus d'un imprudent. La maison de Saint-Prime avait résonné des cris de douleur d'Alberta. Après avoir mis au monde sans une plainte un premier bébé et des jumeaux, leur mère avait subi un véritable supplice.

« Peut-être que maman en a fait sa préférée, parce qu'elle avait davantage souffert ! se dit Jacinthe. C'est illogique, mais l'âme humaine est si compliquée, parfois ! Et peut-être qu'Emma adorait le soleil, les chaleurs de l'été et la lumière pour oublier ses premiers mois dans un univers gelé. »

Elle aurait pu aligner encore bien des peut-être. En grandissant, Emma s'était révélée espiègle et désobéissante. La fillette était éprise de la compagnie des autres gamins du village, mais jamais disposée à aider au ménage. « Coquette avec ça ! se remémora l'aînée, à nouveau en larmes. Souvent, elle se fardait pour jouer, mais il n'y avait pas de maquillage chez nous ; elle usait d'un morceau de charbon de bois pour ses yeux, de farine pour ses joues ou de jus de bleuets pour ses lèvres, si bien qu'elle ressemblait surtout à un clown. »

Les ennuis avaient commencé quand Emma avait eu quinze ans. Ravissante, dotée d'atouts féminins qui la faisaient paraître plus âgée, elle désertait la maison et courait la campagne au bras d'un garçon ou d'un autre. « Sidonie et moi la grondions et la punissions, mais toujours en cachant ses incartades à maman. »

Jacinthe laissa échapper un soupir. Elle rouvrit les yeux et s'abîma dans la contemplation du paysage, aux teintes sinistres : de la pluie drue, du gris, du noir, et partout l'eau opaque caractéristique des grandes crues, qui charriait son lot de bouts de bois, de branches ou d'ustensiles raflés au rez-de-chaussée d'un foyer dévasté.

— Ce n'est pas beau à voir, n'est-ce pas, mademoiselle ! fit le second passager.

La présence de l'homme la dérangeait. Elle ne tenait ni à bavarder ni à égrener inlassablement des lamentations sur la situation.

— Je suis de Saint-Jérôme, précisa le vieil homme. Les inondations de l'été 1926 ont détruit la plus grande forêt d'ormes d'Amérique du Nord. J'ai pleuré, mademoiselle, oui, pleuré devant ces magnifiques arbres qui avaient poussé vaillamment durant des années et qui ont été sacrifiés au profit des compagnies. Tout ça pour quoi ? Pour apporter de l'électricité aux nouvelles usines, pour développer l'économie de la région. Nos pères et grands-pères se passaient d'appareils modernes, d'ampoules, d'éclairage public… Ils travaillaient la terre, la bonne terre nourricière du pays.

— Je sais, monsieur. Je suis navrée, je souhaite me recueillir ; je viens de perdre ma sœur.

— Oh ! pardonnez-moi, mademoiselle ! Je vous présente mes condoléances.

— Je vous remercie, monsieur.

Sur ce, Jacinthe ferma les yeux et se tourna un peu en adoptant l'attitude d'une personne qui désirait être laissée en paix, une sensation qu'elle pensait sincèrement ne plus jamais connaître. « Qui a tué Emma, Pierre ou moi ? » se demandait-elle.

Dans la somme de regrets et de souffrances morales qui la torturait, une plaie mal cicatrisée se rouvrit. Un regard s'imposa à elle, un regard limpide dans un visage qu'elle ne pourrait jamais oublier.

« Pierre, si c'est toi, je te haïrai jusqu'à mon dernier jour », se promit-elle.

2

Divergences

Jacinthe dut patienter pendant deux heures avant de se retrouver à Riverbend, une ville industrielle située aux abords d'un coude de la rivière Petite Décharge.

« Moi qui pensais ne jamais revenir ici ! » se dit-elle.

La jeune femme dut ensuite marcher un bon moment, ce qui l'aida à calmer un peu son extrême nervosité. Ce fut pourtant le cœur serré et le teint livide qu'elle s'arrêta en bas du perron d'une construction neuve, en tous points semblable à des dizaines d'autres demeures tout aussi neuves. Elle croyait savoir que Pierre ne travaillait pas le samedi.

Fébrile, elle remonta le col de son imperméable beige, ajusta sa cloche en feutrine d'où

s'échappaient des mèches de sa magnifique chevelure de feu et replia son parapluie malmené par
le vent. Elle allait gravir les marches et frapper à
la porte quand celle-ci s'ouvrit devant elle.

— Jacinthe ? Ça alors, quelle surprise !

Pierre Desbiens arborait son plus beau sourire.

— Entre vite, ne reste pas sous la pluie !

— Je ne mettrai pas un pied dans ta maison.

Sa voix était glaciale.

— Dans ce cas, viens au moins t'abriter sous
l'auvent.

Il n'ajouta rien, profondément stupéfait de sa
visite et surpris par son ton agressif.

Jacinthe consentit à monter sur la petite terrasse couverte. Elle gardait la tête baissée. Elle
était violemment émue de revoir l'homme
qu'elle chérissait depuis des années en secret
et qu'elle aurait pu épouser. Une poignée de
secondes avait suffi à réveiller en elle, intacte,
la force de sentiments soigneusement étouffés.
Elle pria en silence : « Mon Dieu, aidez-moi !
Je ne dois pas succomber au charme de sa voix
ni à l'attrait de son corps. Il faut que je résiste
à l'envie de me laisser bercer par ses bras et de
caresser son visage, son cher visage. »

Pierre Desbiens avait vingt-six ans. Il habitait
Riverbend à cause de son travail, mais il était
natif de Saint-Félicien.

Qui ne voudrait pas vivre à Riverbend ? avait écrit Emma à Jacinthe quelques mois auparavant. *J'espère décrocher un jour un poste d'institutrice là-bas, près de Pierre. Il y a tout le confort moderne.*

Fondée trois ans plus tôt par la *Price Brothers and Company*, cette cité moderne accueillait surtout des travailleurs et des dirigeants anglophones. Une grande papeterie y tournait à plein rendement. Pierre y travaillait en qualité de contremaître.

Il était grand et sa carrure d'athlète présentait à ses contemporains des traits réguliers d'une indéfinissable douceur, accentuée par ses yeux gris-bleu. Il était vraiment séduisant. Aucune femme ne pouvait rester insensible à son charme. Jacinthe en avait fait les frais, Emma aussi.

— Qu'est-ce qui t'amène ? s'inquiéta-t-il. Je pensais que tu avais oublié mon adresse.

— Comment aurais-je pu l'oublier ?

Jacinthe tressaillit, ramenée à un soir d'été où Pierre l'avait conduite là, très fier de lui montrer son nouveau logement. Ils riaient, main dans la main, troublés tous les deux par la promesse d'une nuit d'amour longtemps espérée.

— La seule fois où j'ai franchi ta porte, dit-elle froidement, c'était pour commettre la plus grande erreur de ma vie. Dieu merci, il n'y a pas eu de conséquences.

Embarrassé, Pierre demeura silencieux. De toute évidence, il aurait été inutile d'évoquer un passé révolu.

— J'ai une question à te poser à propos de ma sœur, attaqua Jacinthe, toujours sans le regarder. Où en êtes-vous de vos relations amoureuses ?

— Mais pourquoi me demandes-tu ça ?

— Réponds !

— Je ne l'ai pas vue depuis des semaines.

— Combien de semaines ?

Pierre commençait à perdre patience. Le vent soufflait fort ; au gré des rafales, la pluie pénétrait sous leur refuge.

— Jacinthe, s'il y a un problème avec Emma, autant en discuter à l'intérieur. Je suis en chemise et je viens d'être malade. J'ai l'impression de subir un interrogatoire de police. Dis-moi plutôt ce qui se passe.

— Oui, je vais te le dire, puisque je suis venue pour ça. Emma, ma petite sœur, est morte noyée, sûrement au cours de cette nuit. Elle attendait un enfant d'un homme qui refusait de l'épouser. Elle a préféré se suicider par crainte du déshonneur et de la honte pour la famille. Je sais que tu couchais avec elle et qu'elle t'aimait.

Il accusa le coup. Livide, bouche bée, il s'adossa contre le mur de la maison. Ses yeux grands ouverts exprimaient à la fois une cruelle douleur et une réelle incrédulité.

— Qu'est-ce que tu racontes là ?

— La stricte vérité. Oh ! ne fais pas l'innocent, tu me dégoûtes !

L'évocation de sa petite sœur morte avait ravivé le courage et la combativité de la jeune femme. Jacinthe fixait maintenant son ancien fiancé avec une expression méprisante, proche de la haine. Le garçon encaissa stoïquement l'éclat de ses prunelles claires qui l'avaient déjà condamné.

— Je ne suis en aucun cas responsable de ce drame, déclara-t-il gravement. Je n'ai pas touché ta sœur depuis le mois de janvier, même si j'ai eu l'occasion de la rencontrer par la suite. Je n'arrive pas à le croire... Emma, morte... à dix-neuf ans. Je suis désolé, Jacinthe.

Elle retint un sanglot, écœurée par sa lâcheté, malade de douleur aussi.

— Tu mens, Pierre, tu mens. Emma m'écrivait souvent. Elle a pris son poste à Saint-Jérôme en octobre et je sais que vous vous retrouviez déjà ici durant l'été, dans cette maudite maison neuve, là même où nous avons fait l'amour ensemble, hélas ! Tu lui aurais parlé mariage, paraît-il.

— Mais jamais de la vie ! C'est faux !

Jacinthe avait envie de le gifler. Elle se basait sur les lettres d'Emma, sa sœur au cœur si tendre et si prompt à s'enflammer.

— Tant que tu y es, nie également que tu n'étais pas son amant, l'été dernier et cet automne ! Elle avait confiance en toi, sinon elle n'aurait pas tiré un trait sur sa vertu.

— Des mots, rien que des mots ! protesta-t-il. Sa vertu, tiens, parlons-en ! Mais je n'étais pas le premier, Jacinthe. Ta sœur n'était pas une oie blanche et tu le sais bien.

— Vas-y, accuse-la, puisqu'elle ne peut plus se défendre. C'est facile de la dénigrer, d'insulter sa mémoire. Peut-être que tu n'étais pas le premier, mais tu étais le dernier de ses amoureux et tu lui as fait un enfant ! Comment peux-tu te montrer aussi lâche, Pierre Desbiens ? Je te prenais pour un homme d'honneur.

Sa voix trahissait une immense souffrance qui toucha et émut Pierre. Prenant conscience de ce qu'elle endurait, il tendit la main dans un geste instinctif de réconfort. Mais elle recula, fulminant de colère.

— Ne m'approche pas, je n'ai pas besoin de ta compassion. J'ai appris la mauvaise nouvelle à l'hôpital. Sidonie me suppliait de rentrer sur-le-champ à Saint-Prime. Mais j'avais besoin d'être seule pour réfléchir et j'ai vite eu l'idée de venir ici te poser les questions qui me tourmentaient. J'ai envoyé Lauric chez nous et là j'ai trouvé une lettre d'Emma. Tiens, aie le cran de la lire, tu comprendras mieux.

Pierre prit connaissance de l'ultime message de sa jeune amante décédée. Ahuri, il replia la feuille et la redonna à Jacinthe qui ajouta, fébrile :

— Je ne pouvais pas affronter le chagrin de mes parents sans savoir qui avait causé la mort de ma sœur. Il faut que je puisse respirer, comprends-tu ? Et haïr le coupable. Je ne veux plus jamais croiser sa route.

— Alors, cherche-le, Jacinthe, mais pas ici. Cette lettre ne m'est pas adressée. Je vais te parler franchement : Emma s'est jetée à mon cou ; elle s'arrangeait pour me voir chaque samedi, chaque dimanche. Oui, j'ai fini par céder. Elle était jolie et rieuse. J'admets mes torts. Je n'aurais pas dû entamer une liaison avec ta sœur. Seulement, je ne suis pas de bois et j'ai cru que je pourrais l'aimer autant qu'elle m'aimait. Je peux te le jurer, si elle m'avait avoué qu'elle était enceinte de moi, je l'aurais épousée, bien sûr.

La confession spontanée troubla Jacinthe, sensible à la véhémence outragée de Pierre.

— T'a-t-elle dit que j'étais le père ? demanda-t-il.

— Non. Mon Dieu, je ne sais plus quoi penser. Et je m'en veux tellement !

— Mais pourquoi ?

— Tu te doutes de la situation, à Roberval. Le lac envahit la ville, l'Hôtel-Dieu est isolé, cerné par les eaux. C'était pareil du côté de Saint-Jérôme, Emma me l'avait expliqué quand je lui avais téléphoné à son école. Elle devait venir déjeuner demain, dimanche, à Saint-Prime. Je voulais m'assurer qu'elle pourrait faire le trajet. Je lui ai aussi demandé d'arriver vendredi, car les sœurs avaient vraiment besoin de bras supplémentaires. Lauric s'est porté volontaire. Nous avons donc travaillé tous les trois pour mettre au sec le matériel de l'hôpital et installer des lits d'appoint à l'étage, au cas où nous ne pourrions pas évacuer certains malades. Mais Emma me semblait bizarre, absente, triste. J'ai profité d'une pause pour l'interroger. La malheureuse s'est confiée tout de suite, en larmes. J'étais si choquée que je lui ai fait de cinglants reproches en exigeant le nom de cet homme. J'avais affreusement peur d'entendre ton nom, Pierre... Mais ma sœur m'a juste répondu que le père du bébé ne l'épouserait jamais, qu'il ne l'aimait pas. Je ne sais même plus ce que j'ai pu dire ensuite. Elle s'est enfuie, toute pâle, désespérée.

— Seigneur, tu as une piètre opinion de moi pour imaginer que j'aurais pu traiter Emma de cette façon, déplora-t-il.

Il s'aperçut que Jacinthe tremblait de tout son corps, qu'elle claquait des dents. Comme jadis, il

63

eut envie de la consoler, de la protéger, elle qui se voulait forte, infatigable.

— Je t'en prie, ne sois pas têtue, viens au chaud, murmura-t-il. Que crains-tu, au fond ? Je te servirai du thé ; j'en ai préparé.

Elle ne songea pas une seconde à accepter son offre. Ils discuteraient là, livrés aux bourrasques, à l'air saturé d'humidité, aux senteurs de bois.

— Hier, j'ai remarqué qu'Emma portait une bague, ajouta-t-elle. Je m'en souviens, ça m'a frappée. Un anneau d'argent surmonté d'une pierre bleue.

— Mon cadeau d'adieu. Ce bijou lui plaisait. Nous l'avions vu dans une vitrine d'Alma pendant le temps des fêtes.

Révoltée, furieuse, Jacinthe se rua sur Pierre et le martela de ses poings fermés.

— Menteur, sale menteur ! C'était le cadeau d'un amant à sa maîtresse ! Tu as abandonné ma sœur, tu l'as reniée, et, si tu n'es pas au courant pour sa grossesse, c'est parce qu'elle n'a pas osé te l'annoncer. Tu l'as tuée, sale coureur de jupons, don Juan de pacotille !

Il reçut les coups sans broncher, impassible. Enfin, quand il sentit qu'elle se calmait, il la saisit par les poignets sans aucune violence.

— Jacinthe, écoute-moi, à la fin ! Es-tu vengée, es-tu soulagée, à présent ? Tu vas m'écouter, j'ai droit à la parole, moi aussi. Qui a le plus souffert ? Il y a deux ans, je t'ai demandée en mariage après des mois de fiançailles, après tant de baisers, de promesses échangées, après la nuit que nous avions passée ici, sous ce toit. Cette nuit-là, j'ai été le plus heureux des hommes ; j'étais comblé. Pas seulement mon corps, mais mon âme et mon cœur. Je t'aimais tant ! Tu étais la seule fille qui comptait à mes yeux. Mais tu n'as pas voulu de moi, tu es partie sans te retourner après m'avoir débité des arguments idiots.

— Ils n'étaient pas si idiots que ça ! articula-t-elle dans un sanglot.

Pierre la trouva d'une beauté pathétique. Bouleversé par les circonstances dramatiques de leurs retrouvailles, il prenait brusquement conscience du vide profond qu'elle avait laissé en lui en le quittant. Il ne put s'empêcher d'approcher son visage du sien :

— Oh que si, tes arguments étaient idiots et ridicules ! insista-t-il. Souviens-toi, tu m'as dit que tu n'étais pas pressée de te marier, que tu devais étudier, devenir infirmière. Et tu prétendais aussi que tes parents ne comprendraient pas que tu m'épouses, parce que j'approuvais la construction des barrages de l'île Maligne, que je voyais dans la production massive d'électricité une chance d'avoir un emploi pour beaucoup d'hommes du pays. Évidemment, c'était au mois d'août 1926, après la tragédie du lac, comme titraient les journaux.

— La première tragédie ! rectifia-t-elle d'un ton sec. En voici une deuxième encore plus terrible et les choses n'ont guère changé. Il n'y aura pas eu d'expropriations officielles ni de dédommagements sérieux. Que va devenir ma famille, qui exploite sa terre depuis des générations, cette terre qui a été léguée à mon père par mon grand-père, qui lui-même avait hérité de mon arrière-grand-père ? Et notre maison, la maison de notre famille ? Je me félicite de ne pas porter ton nom aujourd'hui. En plus, quel avenir me promettais-tu ? Je peux te rafraîchir la mémoire, moi aussi. Tu ne voulais pas que je travaille. Tu me voyais femme au foyer devant mon poêle avec un tablier pour faire ta soupe entourée d'une ribambelle d'enfants que tu m'aurais faits ! Comme perspective, merci.

Blessé par la hargne de Jacinthe, Pierre recula d'un pas, très pâle.

— C'était ma conception d'un couple amoureux. Je rêvais de te savoir ici pendant que je serais à la papeterie et de m'endormir près de toi. J'ai eu tort, sans doute. Tu as choisi le célibat et ta vocation d'infirmière. Je ne t'en veux pas. Je t'ai perdue, j'en ai été bien malheureux et, si j'avais pu soigner ma peine auprès d'Emma, je l'aurais fait. Ta sœur et moi, nous avons vécu une passade.

— Une passade ! Pas pour elle. J'ai fait de gros efforts pour lui écrire que je vous souhaitais bien du bonheur, à tous les deux. Je les ai gardées, ses lettres pleines de toi. Emma n'était pas méchante, elle croyait que j'avais tourné la page, que tu n'avais plus d'importance à mes yeux. C'était faux jusqu'à ce matin. Maintenant, je peux te haïr, te rayer de mon cœur.

Jacinthe dévala les marches glissantes. Elle suffoquait, ivre d'une peine intolérable. « À quoi bon savoir si c'est lui ou un autre, le dernier amant de ma sœur ? songeait-elle. Rien ne la ramènera parmi nous, rien ! »

Un klaxon résonna au même instant. Une automobile noire aux chromes étincelants se gara non loin de là. Un couple se tenait à l'intérieur, difficilement identifiable derrière le pare-brise ruisselant, les essuie-glaces étant arrêtés. La femme descendit immédiatement en ouvrant un parapluie. « Elphine Gagné ! Qu'est-ce qu'elle vient faire par ici ? » s'étonna Jacinthe.

Elle suivit des yeux avec méfiance l'élégante silhouette d'une des jeunes femmes les plus fortunées de Roberval. Blonde, les cheveux coupés court selon les impératifs de la mode, elle arborait une robe droite en velours sous un manteau à large col, ses jambes fines gainées de bas couleur ivoire.

— Quel hasard ! s'écria-t-elle en reconnaissant Jacinthe. Je vous croyais retenue à l'Hôtel-Dieu, mademoiselle Cloutier. Seriez-vous au chômage ?

L'intonation était ironique. Son chauffeur la rejoignit au pas de course en se protégeant de sa veste qu'il tenait sur sa tête. Il s'agissait de son frère, Wallace Gagné, tout aussi élégant et blond.

— N'écoutez pas ma sœur, Jacinthe. Vous avez le droit d'aller où bon vous semble et il vous faut du courage, avec un temps pareil et toutes ces inondations.

— Je ne prête pas attention aux propos des gens qui m'indiffèrent, Wallace. Mais je vous remercie, vous avez une qualité rare, la gentillesse, affirma-t-elle. Excusez-moi, j'ai un train à prendre. Je rentre à Roberval.

— Alors, permettez-moi de vous raccompagner ! s'écria Wallace. Je pense que la route est encore praticable. Je déposais Elphine, qui voulait rendre visite à Pierre. En l'absence de nos parents, nous séjournons chez notre oncle Oswald, le frère aîné de notre mère, qui habite ici, à Riverbend. Ma sœur pourra rentrer chez lui à pied. Elle prône l'exercice physique.

La présence d'Elphine rendrait vaine, voire impossible, toute conversation, et Jacinthe se tut. Elle hésitait encore quand elle vit la jeune femme se ruer sous l'auvent et embrasser Pierre sur la bouche. Son cœur déjà soumis à rude épreuve se serra et se mit à battre plus fort.

— Ils sont presque fiancés, chuchota Wallace Gagné.

— Seigneur Dieu ! Dans ce cas, emmenez-moi vite loin d'ici, je vous en prie, répliqua-t-elle tout bas.

— Avec plaisir.

Elle le suivit, en proie à une rage inexpiable. Mais Pierre la rattrapa en courant et la saisit par le bras.

— Jacinthe, nous n'en avons pas terminé !

— Pour ma part, je n'ai plus rien à te dire. Adieu. J'espère que le poids de tes remords t'écrasera.

Elphine fit la moue. Le rouge vermillon qui soulignait ses lèvres accentuait sa mimique.

— Des remords, mais à quoi fait-elle allusion ? demanda-t-elle bien fort. Pierre, j'ai droit à des explications.

La scène parut surréaliste à Jacinthe : la pluie incessante en toile de fond, la voix aiguë de la prétendue fiancée, la portière qui se refermait, Wallace, trempé, qui actionnait la manivelle, et Pierre qui la dévisageait d'un regard où la colère rivalisait avec l'amour, à travers la vitre perlée de gouttes d'eau.

Enfin, la voiture s'éloigna, remontant la rue bordée de maisons neuves entourées de jardins.

— Vous semblez épuisée, hasarda le fils aîné de la riche famille Gagné, des notables de Roberval, fervents adeptes du progrès.

— Je donnerais cher pour dormir une heure et ne plus penser, avoua-t-elle.

— Eh bien, fermez vos jolis yeux. Reposezvous.

Le siège du passager était confortable, le ron-ronnement du moteur, apaisant.

— Je n'y parviendrai pas. Dites-moi, votre sœur a vraiment l'intention de se marier avec Pierre Desbiens ?

— Ma foi, il y a de grandes chances que la chose se fasse. Mon père, fort conservateur en ce qui concerne les bonnes mœurs, a brandi, bien à contrecœur cependant, l'étendard d'une future union dès qu'Elphine a jeté son dévolu sur Desbiens. Elle répète que c'est l'homme de sa vie. Je vous le dis en confidence, aujourd'hui, elle m'a supplié de la conduire chez lui, mais je désapprouvais son caprice. Elle s'accorde des libertés de ce genre, comme à chaque absence de nos parents, qui sont à Québec. À mon tour d'être indiscret : pourquoi avoir parlé à Pierre du poids de ses remords ? La formule m'a étonné.

Jacinthe ne répondit pas. Il osa donc une hypothèse.

— Vous faisiez allusion à sa conduite envers vous ? Sa conduite passée, car vous deviez vous marier, il me semble ! Moi-même, je n'ai pas compris qu'il puisse renoncer à vous.

— Vous vous trompez, mais je n'ai pas envie d'aborder le sujet. Vous l'avez dit, c'est le passé.

Wallace approuva, tandis qu'elle fermait les yeux comme il le lui avait conseillé, sans pour autant trouver le sommeil. Les idées noires se bousculaient dans son esprit, aussi sournoises et dévastatrices que la montée des eaux du lac. Elle vit successivement défiler, à l'instar des images saccadées du cinéma muet, tous les protagonistes de sa propre histoire. Pierre avait le premier rôle.

C'était le fils unique d'un instituteur de Saint-Félicien devenu veuf très tôt. Pendant les vacances, Pierre parcourait à bicyclette les onze kilomètres le séparant de Saint-Prime, pour venir sur la plage proche du village et se baigner dans le lac. Lauric s'était lié d'amitié avec lui et il l'admirait tellement pour sa gentillesse et ses prouesses de nageur qu'il avait tenu à lui présenter ses trois sœurs. Ainsi s'était constituée une joyeuse troupe d'enfants dont le terrain de jeux s'étendait sans cesse autour de leurs villages respectifs, dans les prés, les prairies et sur la plage.

Adolescent, Pierre prenait part aux travaux des champs, ce qui l'avait rendu sympathique aux yeux de Champlain Cloutier.

« J'avais quatorze ans et lui dix-sept quand maman a commencé à me surveiller du coin de l'œil, tout en me taquinant un peu dès que je rougissais au seul nom de Desbiens, se remémora Jacinthe. Je suis tombée amoureuse l'été suivant, avec la certitude que je n'aimerais jamais personne d'autre que lui. Sidonie et Emma m'assuraient que j'étais une des plus belles filles de la région et qu'il m'épouserait. Hélas, le jour où nous avons sérieusement parlé mariage, après deux ans de fiançailles, j'ai refusé pour étudier, pour ne pas mener la vie de ma mère, la vie des femmes ordinaires. Si j'avais accepté, rien ne serait arrivé. Emma vivrait encore. »

Ce triste constat lui arracha une légère plainte. Intrigué, Wallace tourna la tête. Il la vit cacher son visage entre ses mains et pleurer en silence.

— Décidément, ce Pierre Desbiens brise bien des cœurs ! dit-il d'un ton neutre. Allons, ne regrettez rien, vous méritez mieux que lui.

— Vous faites encore erreur, rétorqua-t-elle en essuyant ses larmes du bout des doigts. J'ai de sérieuses raisons de pleurer. Ma plus jeune sœur est morte. Emma, le rayon de soleil de ma mère. Je sais, l'expression est banale, mais maman y tenait parce qu'elle avait mis Emma au monde en plein hiver, à la tombée du soir. Il paraît qu'elle était toute rose avec du duvet doré sur le crâne. C'était une lumière dans les ténèbres.

Jacinthe se remit à sangloter. Wallace se gara sur le bas-côté de la route sans couper le moteur.

— Seigneur, si je me doutais ! Je vous présente mes plus sincères condoléances. Comment Emma est-elle morte ? Un accident, une maladie ?

— Elle s'est noyée cette nuit. Je ne l'ai pas encore vue. Le docteur Gosselin m'a donné congé. Je rentre chez mes parents pour quelques jours.

— Jacinthe, dans ce cas, laissez-moi vous aider. Je peux vous conduire jusqu'à Saint-Prime, du moins, essayer ; cela dépendra de l'état de la route. Mon Dieu, Emma s'est noyée ! Je ne parviens pas à le croire. Votre sœur sera donc la première victime de ces crues désastreuses.

La jeune femme n'avait pas considéré le décès d'Emma sous cet angle. Les remous politiques suscités par les événements catastrophiques du printemps 1926 avaient fait la une des journaux dans tout le Québec. Elle imagina l'avidité de la presse à l'égard de sa famille si l'affaire s'ébruitait. Un nouveau dilemme vint la tourmenter. « Si je cache la vérité à mes parents, ce que je comptais faire, les journalistes s'empareront de notre deuil pour alimenter les polémiques, pensa-t-elle, effarée. Mais comment leur avouer qu'elle s'est suicidée ? »

Elle sentit alors une légère caresse sur sa joue. C'était la main de Wallace, une main d'homme soignée, aux ongles lisses impeccables et à la peau douce. Sous-directeur de la banque de Roberval, il n'avait jamais dû toucher une motte de terre ni soulever une bûche.

— Je vous en prie, s'offusqua-t-elle.

— C'était un geste de réconfort, rien d'autre ! affirma-t-il. Jacinthe, nous sommes bons amis.

— Parce que je place mes maigres économies dans vos coffres, ou bien à cause de nos brèves conversations à la sortie de la messe ?

— Les deux… Sans oublier l'été dernier, où je vous ai offert du thé et une pâtisserie à la terrasse du Château Roberval.

Elle eut un sourire tremblant qu'il reçut avec émotion.

Comme sa sœur Elphine, Wallace Gagné était blond aux yeux bleus, un bleu particulier, presque laiteux. Il avait des traits réguliers, le nez fort, une bouche mince, le menton carré. On le jugeait bel homme, mais il était toujours célibataire au début de la trentaine.

— L'amitié est précieuse, soupira Jacinthe. Je vous remercie de vous soucier de moi.

Il faillit dire le fond de ses pensées, mais se retint. Ce n'était pas le moment. La mort d'Emma dressait une sinistre barrière entre lui et la belle infirmière. Cependant, il décida de réussir à la conquérir. Malgré sa nature prudente, il osa une question :

— Dois-je comprendre que vous étiez venue annoncer le décès d'Emma à Pierre Desbiens ?

— Oui, exactement. J'estimais qu'il devait le savoir, puisqu'il entretenait une liaison coupable avec elle depuis plusieurs mois. D'où ma surprise et ma colère quand vous m'avez confié son projet de fiançailles avec votre sœur.

— J'étais au courant. Pierre prétend qu'ils avaient rompu, Emma et lui, à la mi-janvier. Évidemment, Elphine m'a supplié de n'en rien dire à nos parents, qui seraient beaucoup moins enclins à accueillir pareil gendre sous leur toit.

— J'ai du mal à imaginer Pierre parmi les vôtres, dit-elle tout bas. C'est un milieu qu'il n'a jamais fréquenté.

— Elphine obtient tout ce qu'elle désire, par n'importe quels moyens. Ma mère s'accommodera des chemises à carreaux d'un modeste contremaître et de ses bottes en caoutchouc sur le parquet ciré… Ah ! j'ai réussi à vous faire sourire encore une fois.

Il se permit de lui caresser à nouveau la joue. Cette fois, elle ne protesta pas.

*

Lauric et son père venaient de monter la machine à coudre dans la chambre, après avoir donné du foin aux moutons et au cheval.

— Une bonne chose de faite, marmonna Champlain dans sa barbe. Ta sœur se tracassait tant ! Que veux-tu, c'est son outil de travail, comme elle dit.

— Si la pluie s'arrête et que les gars de la compagnie ouvrent les vannes de la Petite Décharge, les eaux vont baisser, papa. On remettra la maison en ordre.

— Crois-tu qu'on pourra encore habiter icitte et y travailler ? Déjà, il y a deux ans, j'ai perdu des lots de terre faite. Là, je perdrai davantage, sans espoir d'obtenir de l'argent du gouvernement. Sais-tu ce que ces messieurs des compagnies répondent, quand on se permet de leur demander de l'aide ? « Si vous voulez de l'aide, payez-vous-en ! » C'est une honte, mon fils.

— Calme-toi, papa, s'il te plaît. Tu ne fais que crier.

Champlain secoua la tête. Il se plaignait trop de l'odieuse injustice qui leur était faite, à lui et aux autres riverains du lac, pour ne pas hurler son désespoir de père. Le corps d'Emma avait été transporté chez Matilda, qui habitait près de l'église et faisait office de servante au presbytère. La toilette mortuaire terminée, la jeune femme devait être exposée dans l'église, afin que les gens du village puissent lui rendre hommage et lui dire adieu.

— Et Jacinthe, qu'est-ce qu'elle fabrique ? Elle tarde ! bougonna-t-il.

— Elle était épuisée. Elle voulait dormir un peu.

— Comme si c'était le moment de dormir, alors que votre petite sœur n'est plus là, avec nous.

Ils descendirent l'escalier, le père devant le fils. Dehors, la pluie semblait redoubler de violence.

— Emma va bien nous manquer ! ajouta-t-il.

Sa voix se brisa. Il éclata en sanglots, tandis que les bras de son fils se refermaient sur lui. Jacinthe les découvrit ainsi.

— Papa ? appela-t-elle. Oh ! papa, mon pauvre papa !

Champlain lui fit face, le teint blafard, bouche bée, les yeux meurtris. La jeune femme s'élança vers lui, mais il l'arrêta d'un geste impérieux.

— Toi, tu as des comptes à me rendre ! rugit-il. Tu es l'aînée de la famille. Pourquoi as-tu laissé ta sœur partir seule à la nuit tombée, alors que toute la région est sous les eaux ? Pourquoi, Jacinthe ? Je t'ai toujours fait confiance, mais là tu m'as déçu. Je te le dis devant ton frère, qui n'a pas été fichu de me donner une explication. Alors, parle ! Que faisait ta sœur près d'icitte, habillée comme pour aller danser ? Quand je l'ai vue, notre petite Emma, couchée sur le sol, toute blanche et sans vie, je ne me suis pas posé de questions. Le ciel me tombait sur la tête, j'étais sonné. Mais, à présent, ça tourne là-dedans, et je flaire quelque chose de louche.

Il désignait son front de l'index ; son visage trahissait une colère difficilement contenue. Prise de court, Jacinthe tourna un regard de bête traquée vers son frère.

— Qu'as-tu à répondre ? insista Champlain.

— Rien, papa, rien du tout, admit-elle d'une voix tremblante. J'ignore ce qui s'est passé. Emma a quitté l'hôpital et elle est rentrée sans réveiller Lauric. Ensuite, je suppose qu'elle a tenté de rejoindre Saint-Prime, mais qu'elle n'y est pas parvenue vivante, hélas ! Papa, je suis tellement désolée, tellement malheureuse ! Et toi tu me traites en coupable.

En larmes, elle sortit sur le perron. Elle n'avait qu'une envie : fuir la maison, sa chère maison où elle avait grandi, où elle avait connu les douces années de l'enfance. Cette maison lui paraissait maintenant hostile et inhospitalière, sombre et glacée. Le jour grisâtre dispensait si peu de clarté qu'il aurait fallu déjà allumer les lampes à pétrole. Lauric sortit à son tour.

— Je veux voir maman et Sidonie, lui dit-elle. Où sont-elles ?

— Chez Matilda. Je pars les rejoindre. Toi, attends donc papa. Il prépare des vêtements corrects pour veiller Emma, ce soir, chez grand-père Ferdinand.

— Vois-tu, Lauric, je voudrais me jeter dans le lac moi aussi, me noyer, ne plus penser. Je veux oublier ce cauchemar. Je n'en peux plus.

L'existence routinière, sans grandes joies ni grandes peines, qu'elle avait patiemment établie volait en éclats. Tous ses efforts, tous ses sacrifices s'avéraient vains. Étudiante sérieuse, travailleuse appréciée, Jacinthe se contentait de peu. Elle recevait humblement les compliments des malades ou les éloges des religieuses et des médecins. Son salaire servait à payer le loyer, ainsi que ses repas d'une frugalité exemplaire. Quant à ses vêtements, toujours impeccables, elle les devait aux doigts habiles de Sidonie, à l'exception de son imperméable, acheté à crédit dans un magasin de Roberval, où elle acquérait aussi ses chaussures.

— Pitié, ne dis pas de niaiseries ! gronda son frère. Ça suffit ! Maman a besoin de nous tous, sinon elle ne s'en remettra pas.

— Mais aucun de nous ne s'en remettra, Lauric.

Jacinthe, qui voulait montrer la lettre d'Emma à son frère, n'en eut pas le temps. Il s'éloignait à grands pas dans la cour, de l'eau jusqu'aux chevilles. Peu après, leur père apparut, un gros ballot de linge sous le bras.

— As-tu de quoi te changer ? s'écria-t-il en la fixant.

— Je suis habillée en noir, et j'ai des chaussures et des bas propres dans mon sac. Quelqu'un m'a amenée à Saint-Prime en voiture. J'ai pu passer chez moi prendre le nécessaire.

— Jacinthe, franchement, tu ignores vraiment ce qui a amené ta sœur par chez nous ? insista Champlain. Maman et moi, nous vous attendions demain seulement, tous les trois.

— Oui, pour déjeuner tous ensemble, dit-elle. Ce sont tes mots quand tu m'as téléphoné à l'hôpital.

Champlain eut un long frisson avant de jeter un coup d'œil haineux au ciel opaque, d'où ruisselait, inlassable, une pluie drue.

— Le Seigneur en a décidé autrement, dit-il en se signant.

— Papa, il faut croire qu'Emma n'en a fait qu'à sa tête, comme toujours, qu'elle a cru pouvoir parvenir à la maison d'une façon ou d'une autre.

— Sans doute, c'était bien dans ses manières, à notre petite. Mais, si le lac n'avait pas envahi nos terres, si ces sales types des centrales hydrauliques avaient ouvert les vannes, Emma ne serait pas morte. L'affaire se saura, je vous le dis. Ce sera écrit dans les journaux, ceux de Roberval, ceux de Québec, et le gouvernement apprendra qu'il a tué une jeune femme innocente, comme il a détruit la vie de tous ceux qui exploitaient leurs champs et leurs bois autour du lac. Je le jure, mes enfants, le scandale les éclaboussera, ces beaux messieurs en costume et cravate, bien au sec derrière leurs grands bureaux. Ils signent de la paperasse sans penser au malheur qu'ils vont répandre. Demain, j'irai téléphoner à la poste. *Le Colon* sera intéressé par cette affaire, le journal est du côté des agriculteurs. Ils publieront un article. Je leur fournirai la plus jolie photographie de notre petite Emma.

— Papa, tu ne dois pas lancer une telle accusation, dit Jacinthe d'un ton raffermi. Ce serait un grave mensonge.

— Comment ça ? Calvaire, vas-tu parler, à la fin ?

Champlain l'empoigna par les épaules et la secoua, hors de lui.

— Emma s'est suicidée, papa, voilà la vérité !
Tiens, lis cette lettre. Lauric est parti juste avant
que je la découvre. Il ne sait pas encore.

— Quoi ? Emma, suicidée ? Menteuse ! hurla-
t-il.

Champlain déchiffra la lettre. Subitement
d'un calme effrayant, il la replia et la rangea dans
la poche intérieure de sa veste en velours.

— Votre mère ne doit jamais savoir, gronda-t-il
d'une voix changée, froide, lointaine. Ni monsieur le curé. Personne ne doit apprendre cette
terrible vérité. Il faudra mettre Lauric et Sidonie
au courant, peut-être, quand je le jugerai bon.
Mais pas ta mère, ni les gens d'ici, promets-le.

— Papa, si je te fais cette promesse, promets-
moi de ton côté de ne pas utiliser la mort d'Emma
en racontant des bêtises à la presse ! répliqua
Jacinthe.

— Nous en aurions le droit en guise de
dédommagement, s'insurgea-t-il. Privés de nos
récoltes, spoliés, pourquoi courber l'échine ?
As-tu conscience de l'ampleur des dégâts ?

— J'en ai conscience, mais ça ne nous autorise
pas à mentir sur un point aussi grave ni à salir
le nom d'Emma. Je refuse de voir un portrait de
notre sœur sur la première page des quotidiens,
entourée d'hypothèses quant à l'accident. Il n'y a
aucun témoin.

— Tais-toi ! ordonna son père, les mâchoires crispées et les yeux injectés de sang. Nous aviserons plus tard. Ce soir, nous devrons prier pour le salut éternel d'une pécheresse.

— Pas de ça, papa ! s'égosilla Jacinthe, les nerfs à vif. Ne parle pas ainsi d'Emma !

« L'enfer sur la terre, sans flammes ni démons ! songea-t-elle. Un enfer sous le signe du déluge. »

*

Chez Pierre Desbiens, Riverbend,
même jour, même heure

Elphine fumait une cigarette américaine, allongée sur le sofa recouvert d'une couverture en laine marron. Elle avait enlevé ses chaussures à talons et disposé un coussin sous sa tête blonde. Assis près du poêle en fonte, Pierre lui tournait le dos. Les fiancés avaient bu du thé en grignotant des biscuits, sans entamer la discussion qui s'imposait. Il y avait eu également un bref intermède amoureux, quelques baisers que la jeune femme avait jugés d'une tiédeur déplorable.

— Est-ce la visite de Jacinthe Cloutier qui te rend aussi morose ? demanda-t-elle enfin. Pierre, tu ne pensais même pas à m'embrasser, après son départ.

— Je t'en prie, Elphine, je ne tiens pas à en parler.

— Moi, ça m'intéresse. Je suppose qu'elle est venue te relancer, lasse de son célibat ! Pourtant, Wallace l'épouserait volontiers, parrain également, dit-elle en imaginant le docteur Gosselin en pâmoison devant l'infirmière. Chaque fois qu'il vient à la maison, nous avons droit à un discours sur la merveilleuse mademoiselle Cloutier, qu'il appelle Jacinthe depuis peu. Elle est dans son service.

Pierre serra les dents et ses poings se crispèrent. Il était d'un naturel distrait, étourdi même, mais seulement en ce qui concernait ses relations avec autrui. Sa perspicacité, sa concentration vigilante, il les consacrait à son travail.

— La visite de Jacinthe était imprévue, lâcha-t-il d'une voix lasse. Et j'avais oublié que tu viendrais sûrement aujourd'hui.

— Si nous nous marions, oublieras-tu dans quel lit tu dois coucher ? se moqua-t-elle. Pierre, viens près de moi. Tu es de mauvaise humeur et je connais un moyen de te rendre le sourire. Nous avons le temps. J'ai promis à oncle Oswald d'être là pour le souper.

Peu soucieuse de sa vertu, Elphine goûtait fort les plaisirs de la chair. Avant le jeune contremaître, elle avait eu une liaison avec un étudiant de Chicoutimi.

— Je ne suis pas dans les bonnes dispositions, répliqua-t-il pudiquement.

Sans en tenir compte, elle se leva, trottina vers son fauteuil et s'installa sur ses genoux. Lovée contre lui, féline, elle noua ses bras autour de son cou. Il perçut son parfum capiteux, qui éveilla en lui le souvenir de leurs ébats amoureux deux jours plus tôt.

— Pierre, chuchota-t-elle à son oreille, si nous montions dans ta chambre et que nous tirions les rideaux pour ne plus voir cette vilaine pluie.

Elle chercha ses lèvres en s'emparant d'une de ses mains pour la plaquer sur son sein gauche, menu, chaud et tendre. Le souffle d'Elphine s'accélérait sous l'effet du désir frénétique que lui inspirait cet homme. Il faillit céder, s'abandonner au trouble qui naissait au creux de ses reins. Mais la vision de Jacinthe le traversa, Jacinthe frileuse dans son grand imperméable gris, son visage racé, sa bouche d'un rose ardent. Une autre image l'assaillit. Emma nue sous lui, auréolée de ses boucles brunes, rieuse, comme fière de son jeune corps assoiffé de jouissance.

— Non. Je vais te raccompagner chez ton oncle, décréta-t-il en la repoussant. Je ne suis pas d'humeur, je te l'ai dit.

Elle le considéra de la tête aux pieds, vexée.

— Méfie-toi, Pierre, on ne me traite pas comme ça !

— Que feras-tu pour me punir ? Rompre des fiançailles qui ne sont pas encore officielles ? Si ça te chante…

— Mais, Pierre, je t'aime, capitula-t-elle aussitôt de peur de le perdre. Tu es retombé sous le charme de Jacinthe Cloutier, elle qui t'a rejeté ? Avoue-le donc.

Il était debout, les mains dans les poches de son pantalon, l'air infiniment triste.

— Je peux bien te le dire, tu le sauras de toute façon. Emma, la sœur de Jacinthe, est morte la nuit dernière. Noyée.

— Noyée ! répéta-t-elle, sidérée. Mon Dieu, c'est affreux ! Enfin, ce n'est pas surprenant, il faut se montrer prudent, ces temps-ci. Je suis navrée, je ne pouvais pas deviner ce qui te peinait. Et Jacinthe a fait le voyage pour t'annoncer la nouvelle ? Elle pouvait te téléphoner. Seigneur, ce doit être bizarre pour toi.

— Bizarre n'est pas le mot exact. Je suis horrifié, je ne pense qu'à ça. Emma, si gaie, si pleine de vie ! Elle n'avait pas vingt ans. Je l'aimais bien.

Nerveuse, Elphine alluma une autre cigarette en faisant les cent pas dans la pièce. Ses yeux bleus s'étaient assombris, un signe de colère, chez elle.

— Dirais-tu la même chose de moi : « Je l'aimais bien », si je mourais demain ? D'après tes confidences, vous vous êtes vus pendant plusieurs mois et elle croyait ferme que tu allais l'épouser. Sinon, je suppose qu'elle ne t'aurait pas cédé.

— Pitié, ne parlons plus d'Emma ! Laissons-la en paix. Je lui ai suffisamment manqué de respect, oui, je me suis mal conduit avec elle, comme avec toi. Il revient aux hommes de refréner leur désir. Dans ce domaine, hélas, je n'ai aucune volonté.

Il haussa les épaules et alla remettre une bûche dans le poêle. Les dernières paroles que Jacinthe lui avait jetées le hantaient. « Que je sois écrasé sous le poids de mes remords ! Oui, ça commence. Je voudrais disparaître sous terre », se dit-il.

— Tu ne m'as pas répondu, insista sa maîtresse. Dirais-tu la même chose de moi, Pierre ? J'en suis certaine. Au fond, es-tu capable d'aimer vraiment ? Tu as séduit Emma, puis tu l'as quittée. Aurai-je droit au même traitement ? Tout à l'heure, tu as raillé nos projets de fiançailles. Ce n'était pas très gentil de ta part, car moi je t'aime, je veux passer ma vie près de toi, te donner des enfants et…

— Tais-toi ! hurla-t-il. Je t'en supplie, tais-toi ! Ce n'est pas le jour pour me harceler avec tes jérémiades. J'en ai assez. Sois honnête, Elphine. Tu me voulais, tu as tissé une toile autour de moi, je n'ai pas eu un instant de répit tant que tu n'as pas atteint ton but. Mais la vérité, la voilà : je pourrais coucher avec cent femmes encore, pas une ne me fera oublier Jacinthe. Là, as-tu compris ? Es-tu satisfaite ? J'ai été un sacré imbécile de lui obéir, de la laisser partir, de ne pas chercher à la revoir ces deux dernières années. Je crois qu'elle n'a pas cessé de m'aimer. Maintenant, c'est trop tard.

Pierre toisa Elphine avec une expression égarée. Elle y répondit par un regard menaçant.

— Et nous deux ? interrogea-t-elle d'un ton glacial.

— Nous deux, c'est fini. On a pris du bon temps, mais le cœur n'y était pas, de mon côté.

— Sale goujat ! cracha-t-elle en le giflant de toutes ses forces. Tu ne vaux rien, Pierre Desbiens, rien.

L'instant d'après, cependant, elle se jetait à son cou et l'embrassait goulûment. Même humiliée, rejetée, elle tentait sa dernière chance, incapable qu'elle était de renoncer à lui. Mais il la repoussa encore.

— Ne t'abaisse pas à ce petit jeu ! Pas toi, Elphine, qui est si fière ! Nous n'avons pas d'avenir ensemble, tu le sais. Tu as parlé de fiançailles à tes parents et à ton frère pour les rassurer. Trêve de discussions, prends ton manteau et chausse-toi, je te raccompagne chez ton oncle.

Elle lui obéit, pénétrée d'une rage froide. Au moment de sortir, elle jeta un coup d'œil amer au décor qui avait présidé à leurs rendez-vous. Pierre avait aménagé l'intérieur de sa maison avec goût : les cloisons en bois peintes d'un blanc écru, les doubles rideaux d'un brun chaud, les rideaux en cotonnade blanche à franges. Le mobilier, assez ancien, lui venait de sa famille maternelle. La jeune femme se plaisait dans ce cadre simple, si différent de celui où elle vivait.

— Alors, Jacinthe n'a qu'à réapparaître et tu me chasses. Et si je racontais à mon père que je couche avec toi, que je suis enceinte de toi, qu'il faut nous marier le plus vite possible !

Il ne répondit pas tout de suite. Il prit le temps d'enfiler une veste en peau retournée, avant de mettre ses bottes. Sa détermination fit peur à Elphine.

— De m'obliger à t'épouser serait une très mauvaise idée. J'en viendrais à te haïr, tu sais. Nous ne devrions pas avoir ce genre de conversation, surtout aujourd'hui. Je t'annonce la mort d'Emma, mais tu t'en moques. Seule compte pour toi ta petite personne, tes mensonges, ton égoïsme.

Elle fondit en larmes, touchée en plein cœur. Pierre se trompait ; ce décès l'avait affligée, mais elle ne l'avait pas montré.

— Comment peux-tu savoir ce que j'ai ressenti ? Crois-tu que je n'ai pas eu de peine ? Tu ne m'as pas laissé l'occasion de m'exprimer. Quelques minutes plus tard, tu me jetais à la figure ton grand amour pour Jacinthe. La mort de toute personne me touche. J'étais prête à partager ton chagrin, à te consoler, car, oui, c'est un horrible accident.

— Un accident, évidemment…, acquiesça Pierre.

La vérité était tout autre, mais il ne s'autorisait pas à l'avouer. Il se sentit entraîné vers un abîme tout en réalisant qu'il venait de se comporter de façon injuste. Honteux, il entrouvrit la porte principale et fut aussitôt confronté à un paysage sinistre, baigné de pluie. Le vent agitait les frêles bouleaux plantés le long de l'allée, le ciel roulait de gros nuages couleur de plomb. Le courage lui manqua.

— Restons ici encore un peu, soupira-t-il. Je te demande pardon, je ne sais plus où j'en suis.

Elle se blottit contre lui, glissa ses mains sous sa veste et nicha sa joue au creux de son épaule.

— Pardonne-moi aussi. Je ne te veux pas de mal, Pierre. Tu as de quoi être perturbé. Au fond, même si tu aimes toujours Jacinthe, nous pouvons être amis, tous les deux, chuchota-t-elle avec l'espoir secret de gagner du temps, de l'amadouer.

— Tu as peut-être raison. Enfin, j'ai peine à te croire.

*

Pierre avait quatre ans et demi quand sa mère était morte d'une pneumonie. Son père ne s'était pas remarié. Il avait élevé dans l'austérité ce fils unique d'une vive intelligence, mais rêveur et sensible, ce qui constituait des défauts à ses yeux d'instituteur. Privé de la douceur maternelle, très vite l'enfant avait recherché la moindre compagnie féminine, jouant inconsciemment de son charme, de son irrésistible sourire, pour s'attirer les bonnes grâces de tout ce qui portait jupon. Sa sympathie pour le jeune Lauric Cloutier avait été renforcée dès qu'il avait fait la connaissance de ses trois sœurs.

— Tu veux déjeuner avec nous, Pierre ? proposait souvent Alberta, symbole de la mère idéale pour le garçon orphelin.

Entourée de sa petite ruche, un tablier à la taille, encensée par tous les « maman » dont résonnait la maison, madame Cloutier veillait sur chacun, pétrissait la pâte à pain, battait les œufs pour l'omelette, servait des crêpes épaisses, nappées de sirop d'érable. Pierre savourait les repas ou le goûter. Il était heureux d'être à la table familiale, étourdi par les rires et les taquineries réunis de Jacinthe, de Sidonie et de la petite Emma.

Au fil des années, le souvenir de sa propre mère s'était estompé. Il le ravivait en contemplant la seule photographie d'elle qu'il possédait, un cliché jauni pris le jour des noces de ses parents.

— Tu es son portrait au masculin, disait souvent son père lorsqu'il évoquait sa défunte épouse, la ravissante Bréanne.

Pierre se demandait alors si c'était un compliment, en raison du ton dépité que prenait Xavier Desbiens. Alberta Cloutier l'avait aidé à y voir clair.

— Je connaissais ta maman, lui avait-elle dit un jour. C'était une belle jeune femme, mais tellement rêveuse ! Quand ton père l'a demandée en mariage, lui qui était son aîné de dix ans, elle a accepté immédiatement sans réfléchir. Pourtant, ils étaient très différents de caractère. Elle aimait la lecture et les promenades, mais la tenue du ménage lui coûtait. Surtout, elle faisait la conquête de tout le monde avec son sourire et ses yeux clairs, tout comme toi, Pierre.

Devenu jeune homme, ce charme ravageur lui avait paru une précieuse qualité. Il attirait les filles, les femmes faites aussi. Sa première aventure, il l'avait vécue dans les bras d'une jolie veuve qui avait le double de son âge. D'autres avaient suivi, feux de paille vite allumés, aussitôt éteints, car, en toile de fond, obsédante, il y avait Jacinthe, papillon éblouissant sorti d'une prometteuse chrysalide. Elle lui avait accordé un vrai baiser d'amour le matin de ses dix-huit ans.

« Je l'aimais déjà. Après je l'ai adorée, se souvint-il, tandis qu'Elphine le tenait enlacé. Quand elle est partie pour l'école d'infirmières, à Montréal, j'ai cru la perdre ; j'avais peur qu'elle m'oublie. Mais elle m'a assuré que c'était impossible, que nous étions liés à jamais ! Seigneur, Jacinthe ! Je l'ai perdue pour de bon. Je ne me le pardonnerai jamais. »

Il ferma les yeux, pencha la tête et quêta l'oubli sur les lèvres de sa maîtresse. Vite, oublier la mort d'Emma, le chagrin, le poids des remords, grâce à l'ivresse amère du plaisir, tout en se maudissant d'être aussi faible.

*

Saint-Prime, six heures du soir

La petite église était illuminée par une dizaine de cierges. Quelqu'un avait cueilli dans son jardin les premiers lilas pour garnir un vase de l'autel. Le visage apaisé, Emma Cloutier était allongée sur une table drapée de blanc. Des murmures de prière s'élevaient, ponctués de sanglots étouffés. Les gens de Saint-Prime se pressaient autour de la famille de la jeune défunte, vêtue d'une robe blanche, les mains jointes à la hauteur de sa poitrine.

On offrait des condoléances, on tapotait l'épaule de l'un ou de l'autre des Cloutier sans oser leur poser de questions. Ce n'était ni le lieu ni l'heure.

Figée dans sa douleur, Jacinthe gardait les yeux rivés sur la bague qui brillait à l'annulaire gauche de sa sœur. Champlain avait voulu la lui retirer, mais Alberta s'y était opposée dans une clameur farouche, presque sauvage.

— Non, il faut la laisser. Si ma petite la portait hier soir, faut la lui laisser.

Son mari avait cédé, furieux, l'œil mauvais, car il savait, lui, pourquoi leur fille était morte. Ce secret pesait lourd ; il le suffoquait. Honnête homme, pieux, soucieux de son honneur et de celui de ses enfants, il endurait un supplice. Ses voisins mettaient son comportement sur le compte d'un désespoir légitime, d'une colère bien compréhensible.

En costume noir, Lauric tenait Sidonie par la taille. Sa jumelle pleurait sans bruit, accablée.

Elle avait mis une heure à laver la jolie robe rouge d'Emma et s'était obstinée à la faire sécher rapidement au-dessus du poêle de Matilda, chez qui avait eu lieu l'ultime toilette de sa sœur.

— Je la repasserai et nous lui mettrons demain pour la mise en bière. Emma doit s'en aller avec sa robe préférée, que j'ai coupée et cousue moi-même.

Alberta avait juré qu'il en serait ainsi, sans soupçonner les pensées que son époux brassait au même instant : « Une robe de dévergondée, oui, décolletée, trop courte. Seigneur Dieu, pardonnez-lui ! »

Le curé prononça un bref sermon après avoir réclamé le calme et le recueillement de ses paroissiens. Jacinthe n'en écouta pas un mot. Elle ne regardait plus le modeste bijou, mais le profil d'Emma, son nez retroussé, le dessin de ses lèvres charnues, la courbe enfantine de son front. Elle parlait à sa petite sœur dans le silence douloureux de son esprit.

« Pourquoi nous as-tu quittés, pourquoi ? Comment aurais-je pu deviner à quel point tu souffrais, hier, quand tu t'es éloignée de moi pour toujours, pour l'éternité ? La détresse qui te rongeait, je l'ai sous-estimée ; la peur qui te rendait tremblante, je l'ai méprisée. J'étais entêtée à te gronder comme si tu avais quatre ans, à te répéter que tu causerais une peine immense aux parents. Vous êtes deux, en vérité, à reposer sous nos yeux. Toi, Emma, et ton bébé. Sidonie l'ignore encore, elle qui facilitait tes escapades amoureuses en jouant les chaperons. Emma, tu le savais comme j'ai eu mal quand tu m'as appris que tu fréquentais Pierre, que tu n'avais qu'un rêve, l'épouser, vivre chaque heure de chaque jour et de chaque nuit dans son ombre ! Ce sont tes paroles. Je les garde en moi comme une épine qui me blesse à la moindre occasion. Parfois, je me suis révoltée, j'ai eu envie de te haïr. Emma, est-ce lui, l'homme que tu aimais au point de préférer la mort à une vie sans lui ? Est-ce le père du petit être que tu as sacrifié en te sacrifiant, toi ? »

Jacinthe se détourna, prête à défaillir. Elle n'avait rien avalé de la journée et n'avait pas dormi depuis la veille. Personne ne s'aperçut de son malaise : Alberta semblait être devenue sourde et aveugle, les doigts crispés sur son chapelet, son grand-père Ferdinand, terrassé par le chagrin, priait avec ferveur, comme Sidonie et Lauric, alors que Champlain Cloutier, lui, avait disparu.

Ce fut Pacôme, tout endimanché, les cheveux peignés et gominés, qui la vit tituber, le teint crayeux. Il poussa un cri aigu en gesticulant, mais, en dépit de son affolement, il réussit à la saisir avant qu'elle ne s'écroule par terre.

— Morte, aussi, Jacinthe ! gémit-il. Morte, Emma, Jacinthe.

— Elle n'est qu'évanouie, crétin ! gronda tout bas Osias Roy. Donne-la-moi, voyons, lâche-la !

Il tenta de prendre la jeune femme dans ses bras, mais Pacôme résista en jetant des œillades affolées sur les gens qui l'entouraient. Lauric, qui s'était précipité, jeta quant à lui un regard suspicieux au simple d'esprit, acharné à serrer sa sœur aînée contre lui. D'un coup, il fut pris d'une rage aveugle.

— On t'a dit de la lâcher ! rugit-il. Ôte tes sales pattes de sur Jacinthe, espèce d'idiot !

Le curé accourait, Sidonie sur ses talons. Tous deux virent Lauric décocher un violent coup de poing dans la figure crispée de Pacôme. Du sang jaillit. Osias en profita pour se saisir de Jacinthe et la conduire à l'écart sur un des bancs.

— Ce n'est pas le lac qui a tué Emma, c'est lui, c'est Pacôme ! Vous avez vu comme il tenait ma sœur ? Assassin, assassin ! hurlait le jeune homme déchaîné, que maîtrisaient Jactance Thibault et le maire.

Des femmes se mirent à crier d'effroi. Brigitte, la mère de Pacôme, veuve depuis dix ans, clamait son indignation.

— Mon fils ne ferait pas de mal à une mouche ! Tu délires, Lauric.

L'odieux remue-ménage eut le don de ranimer Jacinthe. Elle sentit la douce étreinte de Sidonie, dont la joue frôlait la sienne.

— Mon Dieu, pourquoi Emma est-elle morte ? chuchota celle-ci à son oreille.

— Par amour, simplement par amour, répliqua Jacinthe du même ton bas. Je t'en supplie, serre-moi fort comme quand nous étions toutes petites et que tu avais peur de la tempête. Ce soir, c'est moi qui ai peur, Sidonie.

3

Mensonges

Saint-Prime, même soir

L'ordre peinait à revenir dans la petite église. Dehors, le vent soufflait fort, et certains croyaient distinguer des claquements de vagues contre les fondations des maisons. Ce n'était peut-être qu'une illusion due à la pluie incessante. Brigitte Pelletier, la mère de Pacôme, tempêtait elle aussi :

— S'en prendre à mon fils, un innocent, un agneau de Dieu ! clamait-elle. Tu devrais avoir honte, Lauric, de l'avoir frappé sauvagement, lui qui a sorti ta sœur du lac. Méfie-toi, je pourrais bien porter plainte.

— Le chagrin lui a fait perdre l'entendement, Brigitte. Il va présenter des excuses, plaida Ferdinand Laviolette d'une voix tremblante.

Âgé de soixante-dix-huit ans, le vieil homme tapota d'une main apaisante l'épaule de la mère outragée.

— Mais oui, Lauric Cloutier est un brave garçon en temps ordinaire, renchérit le maire. Il a dit n'importe quoi. Si on commence à s'entre-tuer, nous autres, où ira le monde ?

Voyant le pauvre Pacôme tout tremblant, le nez en sang et une lèvre coupée, l'air hébété devant le visage anxieux de son grand-père, le jeune homme regretta son geste impulsif.

— Vous avez tous raison, j'ai perdu la tête, je le regrette. Je vous demande pardon, madame Pelletier. À toi aussi, Pacôme.

— Quand même, traiter mon fils d'assassin, tu y vas fort ! insista Brigitte. Sans lui, avec l'eau qui monte encore, vous ne l'auriez peut-être pas retrouvée, Emma.

— Ma chère Brigitte, nous comprenons, coupa le curé, navré de l'incident. Votre fils s'est très bien comporté. Vous devriez rentrer chez vous pour le nettoyer et le soigner.

— Oui, mon père, je n'avais pas l'intention de m'attarder icitte, de toute façon. Viens, Pacôme. Ne crains rien, mon enfant, Dieu nous aime. L'eau de sa colère épargne notre maison. Ce n'est pas le cas de certains.

Sur cette pique venimeuse, elle prit le simple d'esprit par le bras et salua la compagnie d'un signe de tête hautain.

Le curé jugea bon de sermonner ses paroissiens de sa voix puissante.

— Ce sont des temps difficiles. Nous devons garder courage. Dois-je vous rappeler que la mort d'un enfant est plus cruelle et plus injuste que la perte de biens matériels ? Aujourd'hui, j'en ai entendu beaucoup se plaindre, l'un pour son foin gâché, l'autre pour ses sacs de farine trempés. Mais il y aura d'autres récoltes, d'autres fenaisons. Ce qui a été détruit, il faudra le reconstruire et, si l'homme peut changer un arbre en bonnes planches, manier clou et marteau, seul Notre-Seigneur peut accueillir Emma en son paradis et lui offrir la vie éternelle. Alors, pensez à la souffrance de Champlain et d'Alberta, privés de leur enfant pour le temps qui leur reste à vivre. Prions encore tous ensemble pour Emma et sa famille.

Dès qu'elle vit la foule regagner les bancs, Sidonie aida Jacinthe à se lever. Une femme les aborda, souriant avec tendresse. C'était Matilda, la chevelure noire malgré ses soixante-sept ans, le regard tout aussi noir et d'une mystérieuse profondeur.

— Retourne près de ta mère, Sidonie. J'emmène ta sœur. Elle a besoin de reprendre des forces, murmura-t-elle. Un petit verre de gin et une assiettée de tourtière, ça lui redonnera des couleurs.

— Merci, Matilda, dit la jeune femme. C'est très gentil ; je suis rassurée.

— Mais je me sens mieux, affirma Jacinthe, gênée.

— Viens donc, tu n'es même pas en état de discuter, trancha Matilda.

D'autorité, elle la prit par la taille et la conduisit ainsi jusqu'à l'extérieur. À Saint-Prime, on la considérait comme une personne de confiance à qui beaucoup venaient demander conseil. Après avoir soumis ses problèmes au maire et au curé, on s'adressait à elle en raison de son bon sens et de ses connaissances en matière de plantes médicinales, des qualités auxquelles s'ajoutait une réputation non usurpée de générosité.

Devant l'église, Jacinthe découvrit son père en grande conversation avec trois voisins. Les quatre hommes se turent immédiatement.

— Continuez donc à placoter, messieurs, si vous ne faites rien d'autre ! leur dit Matilda.

Ils répondirent par des haussements d'épaules assortis de mines agacées. Seul Champlain les interrogea :

— Où allez-vous comme ça, toutes les deux ?

— Chez nous, ne t'en déplaise ! répliqua Matilda. On sera vite revenues.

102

Il hocha la tête, en apparence indifférent. Mais Jacinthe avait reçu l'instant d'un bref regard noir ce qui avait tout l'air d'un avertissement : garder le secret surtout, à n'importe quel prix, celui du mensonge et des faux-semblants. Elle s'éloigna, au-delà du dégoût et de la révolte.

La discussion reprit sur un ton bas propre aux conspirations.

— Tu vois juste, Champlain, il faut frapper un grand coup. Il faut se servir de la presse. On peut faire confiance aux journalistes, ils trouveront de gros titres qui feront bouger en haut lieu, disait l'un.

— Et si ça nous attirait des ennuis ? hasardait un autre, la casquette enfoncée jusqu'au milieu du front. Faut tenir compte d'une chose, Cloutier, y avait un paquet de billots de bois sur le lac, ce matin, la nuit d'avant aussi, à cause des estacades qui se sont rompues sur la rivière Mistassini. Emma a pu tomber à l'eau et être heurtée par un tronc à la dérive.

— Réfléchis donc ! Pour ça, y fallait qu'elle entre dans l'eau ! nota le troisième individu.

En les écoutant, fébrile, ivre d'une fureur soigneusement déguisée en douleur, Champlain oubliait qu'ils parlaient de sa fille de dix-neuf ans, dont il ne toucherait plus jamais les cheveux soyeux ni la joue veloutée. Emma devenait une idée, un symbole de leur détresse à tous, confrontés qu'ils étaient aux ravages que provoqueraient les inondations.

— Pourquoi se creuser la cervelle ? aboya-t-il. Ma fille s'est noyée, sûrement parce qu'elle a voulu emprunter un chemin envahi par les crues du lac. Les journaux le diront, ça fera bouger les ministres, le gouvernement. Qu'est-ce qu'on en sait ? Il y a peut-être d'autres victimes.

Les hommes groupés autour de lui l'approuvèrent dans un murmure. Ils étaient tous vêtus de noir, presque invisibles au sein du paysage nocturne balayé par la pluie. Seules leurs faces pâles se devinaient dans les ténèbres. Ils restèrent encore un moment immobiles devant l'église, guettant avec inquiétude l'avancée irrésistible des eaux également sombres, parcourues de vagues encore timides.

— Maintenant, allons prier ! décida Champlain.

*

Chez Matilda, il faisait bon, une fois la porte fermée au nez des éléments déchaînés. Assise près du poêle en fonte émaillée, Jacinthe profitait de la douce clarté rosée qu'une lampe à pétrole dispensait sur les casseroles étincelantes en métal, disposées sur les étagères ornées de volants en tissu rouge. Un discret parfum de boulangerie flottait, assorti d'un fumet de viandes cuites à l'étouffée et de l'odeur prenante du café chaud.

— Je te sers ce que je t'ai promis, belle demoiselle ! annonça la maîtresse du logis. J'avais laissé la tourtière dans le fourneau. D'abord, bois ça.

Elle mit entre les mains de la jeune femme un verre de caribou, savant cocktail de sherry et de vin.

— Je crois que ce n'est pas raisonnable, l'estomac vide.

— Mais si, mon caribou est aussi doux que du miel. Tu as besoin de douceur, Jacinthe. Tu me donnes l'impression d'être toute glacée, au-dedans comme au-dehors.

— Je le suis, c'est vrai. Je crois que je suis morte avec ma petite sœur.

— Ne dis pas de sottises. C'est une grande souffrance, de perdre quelqu'un, je te l'accorde, mais un jour tu reprendras goût à la vie.

— Je ne crois pas, soupira la jeune femme avant d'avaler d'un trait le verre de vin.

Matilda lui apporta de la tourtière dans une assiette creuse et lui tendit une fourchette.

— Reprends des forces, l'encouragea-t-elle. Pour une fois, je m'occupe de toi, demoi-selle, comme tu t'occupes de tes malades à l'Hôtel-Dieu. Je discute souvent avec ta mère. Elle est fière de toi, sais-tu ?

— Elle ne m'en a jamais rien dit.

Jacinthe prit une bouchée de nourriture. La croûte luisante était tiède et savoureuse, autant que les morceaux de bœuf et de pommes de terre qui avaient mijoté entre deux couches de pâte dorée. Elle mangea avec un soudain appétit presque animal, paupières mi-closes.

— Voilà qui est mieux, murmura Matilda, assise en face d'elle sur une chaise, l'air songeur.

Elle avait vu grandir les enfants des époux Cloutier. Ils passaient souvent près de ses fenêtres quand ils allaient à l'école. Ils étaient polis, gais. « De beaux petits monstres », comme le répétait Alberta en les pomponnant pour la messe.

— C'était délicieux, avoua la jeune infirmière.

— Une tasse de café et tu pourras retourner à l'église.

— Oui, je dois tenir le coup. Ce soir nous veillons Emma chez grand-père Ferdinand. Pourtant, je dormirais volontiers.

— Tu parles bien, avec des manières de grande dame, ricana son hôtesse... Rien ne t'empêche de t'allonger sur mon divan. Je dirai à tes parents que tu étais épuisée. Que tu sois près de ta sœur ou ici, ça ne changera pas grand-chose. Son âme doit s'élever ; pour ça, les prières l'aideront davantage que des flots de larmes. Jacinthe, je me tracasse pour ta mère. Cet après-midi, quand nous faisions la toilette d'Emma, elle se comportait comme si sa petite était juste somnolente. Elle lui posait des questions auxquelles elle donnait les réponses. Et ses yeux, ce n'étaient plus les yeux d'une personne qui a toute sa raison. Alberta est une femme d'une grande bonté, qui m'a toujours montré de la gentillesse et du respect, à l'époque où les gens de Saint-Prime m'accueillaient avec des grincements de dents. Sauf monsieur le curé ! Lui, c'est un saint homme.

Elle versa du café fumant dans une tasse ébréchée.

— Goûte-moi ce nectar.

— Vous croyez que maman va devenir folle ? s'inquiéta Jacinthe.

Matilda se pencha sur elle et la scruta de ses prunelles noires, qui brillaient, ardentes, au point de faire oublier sa peau mate sillonnée de rides.

— Tant qu'elle pourra voir Emma, la toucher, lui parler, elle gardera un peu de lucidité. Ensuite, quand ta sœur reposera sous terre, je crains le pire. Ton père ne se rend compte de rien. Quelque chose le ronge ; je me demande bien quoi.

— La mort d'un de ses enfants, vous ne trouvez pas ça suffisant ? avança Jacinthe d'un ton navré.

— Il n'a pas versé une larme, il n'a pas eu un mot de tristesse depuis que nous avons installé le corps d'Emma dans l'église. Ce matin, il était au désespoir, il pleurait, comme ta mère, comme nous tous. Mais il a changé, sa peine est devenue du poison, de la rage.

Tremblante de nervosité, Jacinthe fit mine de se lever pour échapper au regard sombre de la vieille femme qu'elle croyait inquisiteur. Des rumeurs de jadis lui revenaient. On prétendait que Matilda avait du sang indien, qu'elle était l'arrière-petite-fille d'un chaman huron[1]. On lui prêtait des mœurs coupables dans sa jeunesse, passée on ne savait où. Elle était arrivée à Saint-Prime au bras d'un bûcheron qui l'avait présentée comme son épouse, mais ils ne portaient pas d'alliance et ils se chamaillaient en pleine rue. L'homme était mort, lui laissant la maison où elle vivait depuis, avec trois brebis pour unique richesse. Le curé l'avait engagée pour tenir propres le presbytère et

---

1. Les Hurons, tribu indienne originaire du sud de l'Ontario, au Canada. Au dix-septième siècle, certains d'entre eux se réfugièrent près de Québec pour fuir les persécutions menées contre eux par les Iroquois.

108

l'église, et ainsi donner l'exemple de la tolérance à ses paroissiens.

Peu à peu, au fil des années, Matilda avait fait la conquête des gens du village en les amadouant par de menus services, rendus gracieusement. Elle n'avait pas son pareil pour guérir les coliques des vaches, faire pondre une poule, tondre les moutons… Ceux qui la soupçonnaient d'être impie finirent par se rassurer, car elle montrait une foi sans faille.

— Pourquoi t'en aller déjà ? demanda-t-elle à Jacinthe. Tu ne risques rien, chez nous. Dehors, c'est une autre affaire. La nature est en colère, le lac grossit, rugit, rampe vers nous comme une méchante bête prête à tout détruire sur son passage.

— Ma place est aux côtés de ma famille. Je vous remercie bien.

Sa voix avait faibli et sa tête dodelinait. Matilda la vit fermer les yeux, sursauter, battre des paupières, jeter un coup d'œil égaré autour d'elle. Le sommeil invincible menaçait de la terrasser.

— Pauvre petite, à quoi bon lutter ? Viens donc.

Elle prit Jacinthe par la taille d'un bras énergique et la guida vers le divan étroit, recouvert de peaux de mouton douillettes, où elle la fit allonger. La jeune femme épuisée sombra dans un univers cotonneux où il lui sembla entendre, encore sur les rives de la conscience, une phrase étrange, effrayante :

— *Le lac vous guette depuis longtemps, ton frère, tes sœurs et toi. Emma est la première qu'il a prise.*

D'une caresse maternelle sur son front, Matilda effaça le sinistre avertissement, reçu sur le seuil des rêves.

*

Saint-Prime, le lendemain matin,
dimanche 27 mai 1928, six heures

Un bruit réveilla Jacinthe. Elle se redressa, sur le qui-vive, toute surprise de voir la lumière du jour derrière une fenêtre, à l'intérieur d'une maison qui ne lui était pas familière.

— On frappe ; sûrement qu'on vient te chercher, déclara Matilda.

— Mon Dieu, ce n'est pas possible ! J'ai dormi toute la nuit chez vous ? Mais ils ont veillé Emma sans moi ? Mon père sera furieux, et grand-père. Le malheureux, il avait tant de chagrin !

Affolée, elle se leva précipitamment, tandis que son hôtesse ouvrait la porte à une personne qui s'y était présentée.

— Bonjour, madame. On m'a dit que mademoiselle Cloutier se trouve chez vous. Je souhaite lui parler.

Sidérée, Jacinthe reconnut la voix du docteur Yvan Gosselin. Vite, elle lissa le tissu de sa jupe et vérifia sa coiffure.

— Entrez donc, monsieur. Vous boirez bien du café ou du thé ? proposa Matilda.

— Volontiers, madame.

La situation déconcertait Jacinthe, habituée à côtoyer le médecin dans le cadre de l'hôpital, si on exceptait leur expédition en barque de la veille. Chaussé de bottes de cuir, il arborait un caban en laine et un chapeau.

— Je suis désolée, plaida-t-elle. J'étais tellement fatiguée que j'ai dormi plusieurs heures d'affilée ici.

— Mais ne vous excusez pas, répondit le médecin avec un sourire compatissant. Je suis bien placé pour savoir à quel point vous vous êtes dévouée à l'hôpital. Que voulez-vous, notre organisme n'est pas conçu pour l'insomnie. Votre famille l'a très bien compris. J'ai fait la connaissance de votre père il y a une vingtaine de minutes. Il m'a confié ses soucis. Une bonne partie de ses prés est inondée et il ne pourra pas faire de foin pour ses moutons.

— Le bétail trouvera de quoi pâturer durant l'été, trancha Matilda en brassant de la vaisselle. Asseyez-vous donc.

Avec assurance, elle disposa sur la table trois tasses, deux cruches en porcelaine, un sucrier et une assiette garnie de biscuits dorés.

— Docteur, pourquoi êtes-vous venu jusqu'ici ? interrogea Jacinthe à mi-voix en s'asseyant sur un tabouret.

— La mère supérieure devait se rendre au couvent de Saint-Prime. Il n'y a rien de surprenant à ça, l'établissement est tenu par les sœurs de Notre-Dame-du-Bon-Conseil de Chicoutimi.

— Je le sais, merci, lâcha-t-elle sèchement. J'y ai fait mes classes secondaires.

— Je l'ignorais. La question n'est pas là. Une des élèves souffre d'un asthme sérieux. Nous devons ramener la fillette à Roberval en taxi. Comme j'avais un peu de temps avant de retourner, j'en ai profité pour présenter mes condoléances à vos parents. On m'a renseigné, et je me suis rendu chez monsieur Laviolette, votre grand-père. Votre sœur Sidonie, que je n'avais pas encore eu l'occasion de rencontrer, m'a dit que vous aviez dormi chez cette dame, Matilda, je crois.

— C'est bien moi. Je travaille pour monsieur le curé et Notre-Seigneur, docteur. Je m'occupe aussi des morts. Hier, j'ai fait la toilette d'Emma.

— Oui, on me l'a dit, en effet… N'avez-vous rien remarqué de particulier ? Des traces suspectes, une blessure à un endroit intime ?

Croyez-en mon expérience, il faut être méfiant devant un accident inexpliqué. Comment pouvons-nous être sûrs qu'il s'agit d'une noyade ? J'ai un conseil à vous donner, Jacinthe. Prévenez la police et demandez une autopsie. Sait-on jamais ?

— Pourquoi ? s'écria-t-elle, alarmée, gênée par le ton lourd de suppositions du médecin. Emma s'est noyée, elle a été retrouvée dans l'eau. À quoi bon envisager des abominations ? On doit laisser ma petite sœur en paix. Jamais je ne supporterai qu'on la découpe, qu'on meurtrisse son corps.

Yvan Gosselin toussota et but une dernière gorgée de café sous le regard inquisiteur de Matilda.

— Pardonnez-moi, Jacinthe, je ne voulais pas heurter votre sensibilité, s'excusa le docteur. Seulement, à peine le pied posé sur ce qui reste de terrain sec ici, à Saint-Prime, j'ai su que votre frère soupçonnait un simple d'esprit, Pacôme, d'avoir tué Emma. Peut-être par accident ; un geste maladroit, chez les idiots, est vite arrivé. Il faudrait au moins examiner votre sœur de façon plus scrupuleuse.

— Vous feriez mieux de partir, docteur Gosselin, trancha l'infirmière. Le décès d'Emma ne concerne que notre famille, pas les étrangers.

Sur ces mots, elle se releva avec brusquerie. Les manières de cet homme l'exaspéraient. À son sens, il se donnait de l'importance en élaborant des hypothèses stupides. Elle l'observa tandis qu'il allumait une cigarette. Gosselin frisait la quarantaine. Il souffrait d'un début de calvitie et portait des lunettes. Sa figure massive avait quelque chose de déplaisant, une expression indéfinissable. Son physique peu avantageux ne l'empêchait pas de jouer les grands séducteurs.

— Ne vous inquiétez pas, docteur, dit Matilda, j'ai eu la même idée que vous et j'ai veillé à chaque détail en lavant la petite. On ne l'a ni blessée, ni assommée, ni touchée. On ne saura jamais ce qui s'est passé au bord du lac, cette nuit-là, mais il faut laisser Emma en paix.

— Si vous le dites…, marmonna Gosselin en prenant congé. Je voulais apporter mon aide, mes lumières. Au revoir, Jacinthe, au revoir, madame. Merci pour le café, il est excellent.

Matilda referma la porte derrière Gosselin. Elle portait ce matin-là une robe en laine grise, et un châle bariolé couvrait sa large poitrine. Ses traits altiers que l'âge affaissait se paraient néanmoins d'un teint mat et d'un front encore lisse. Elle avait changé de coiffure. Au chignon bas de la veille succédait une épaisse natte qui couronnait sa tête.

Après s'être assurée que le visiteur traversait la rue en direction du couvent, elle livra son opinion d'un ton moqueur.

— Sont-ils tous à l'avenant, les docteurs de Roberval ? Dis-moi, celui-ci, il a un vrai museau d'orignal.

Sidérée par la comparaison, Jacinthe eut un vague sourire qui se changea bientôt en un rire nerveux, proche des larmes.

— Le docteur Gosselin, un museau d'orignal ! hoqueta-t-elle. À présent, je ne pourrai plus le croiser sans penser à ça.

— Du coup, tu penseras à moi aussi. Si tu m'embrassais, pour la peine. On t'attend. Va vite, et reviens me voir un de ces jours pour placoter. Je suis allée veiller Emma une partie de la nuit et j'ai beaucoup prié pour elle. Ne crains rien.

Troublée, Jacinthe embrassa la vieille femme sur la joue. Sur le seuil, elle hésita quelques secondes. Il lui coûtait de quitter la bienveillante protection de Matilda.

— Merci, murmura-t-elle. Je vous promets de revenir très bientôt.

*

Il pleuvait et ventait toujours. Si les maisons entourant l'église étaient épargnées par la crue démentielle du lac et des rivières qui s'y jetaient, l'eau s'était répandue dans les prés de fauche et les champs cultivés jusqu'aux fermes, dont celle de la famille Cloutier. En traversant la rue, Jacinthe entendit des cris, des bêlements et des aboiements. Les gens s'activaient à mettre hors de danger le bétail, quand ce n'étaient pas des outils ou des provisions. La solidarité faisait son œuvre ; ceux qui se sentaient menacés trouvaient refuge chez un voisin, un ami ou un membre de la famille.

— Mademoiselle Cloutier ! appela-t-on.

La mère supérieure de l'Hôtel-Dieu accourait, son visage volontaire empreint de tristesse.

— Mademoiselle, avant de repartir pour Roberval, je voulais vous présenter mes condoléances les plus sincères. Quand je pense que votre jeune sœur nous aidait avec tant de gentillesse avant-hier encore ! Quel grand malheur ! Nous prierons pour vous, pour elle et pour toute votre famille.

— Merci. Mais je suis honteuse. J'ai dormi la nuit entière en abandonnant les miens à leur chagrin.

La religieuse lui prit le bras comme pour lui insuffler du courage.

— Vous n'en pouviez plus, après les heures affreuses où nous redoutions d'évacuer tous nos malades de l'hôpital. Ce n'est toujours pas fait, et pourtant la situation empire. Il n'y a plus de chauffage et il en est de même au collège. La rue Notre-Dame et la rue Arthur sont submergées ; des billes de bois flottent sur le boulevard Saint-Joseph. Ma chère enfant, ne vous faites aucun reproche. À votre épuisement s'est ajouté un deuil cruel. Sachez que les sœurs du couvent de Saint-Prime sont très éprouvées par la mort d'Emma. Elles prieront pour elle, comme nous toutes, à Roberval. Nous ne pouvons que nous en remettre au Seigneur. Le docteur Gosselin m'a donné de vos nouvelles, mais, quand je vous ai vue, j'ai tenu à vous parler.

— Je vous remercie, ma mère. Ne perdez pas de temps à cause de moi. Votre taxi attend.

— Est-ce une perte de temps de consoler une âme affligée ? Mais vous avez raison : l'état de la fillette que nous ramenons n'est guère satisfaisant. Transmettez mes meilleures pensées à vos parents, ma chère enfant.

La supérieure s'éloigna dans la direction opposée à celle que devait prendre Jacinthe pour retrouver sa famille. Son grand-père habitait rue Laberge, une maison de dimensions modestes, mais agrémentée d'une grande parcelle de terrain où il entretenait un potager et un vaste poulailler. Ancien employé du chemin de fer, il gagnait désormais son pain quotidien en vendant des œufs et des volailles.

Elle franchit le portillon, dont le grincement familier la ramena des années en arrière, quand ses sœurs et elle, à la sortie de l'école, rendaient visite à leurs grands-parents. La terre du jardin s'enfonçait sous ses chaussures de marche ; l'herbe verte du printemps était boueuse. Elle avait été couchée par de multiples traces de pas. Jacinthe gravit les marches du perron et ouvrit la porte. Le silence de tombe qui régnait à l'intérieur était oppressant. Le cœur serré, elle entra dans le petit salon aux rideaux tirés. Il y faisait sombre, mais des bougies brûlaient.

Sa mère était assise près du corps d'Emma, étendu sur une table nappée d'un drap blanc comme à l'église. Les yeux mi-clos, les lèvres agitées de menus mouvements, elle semblait réciter ses prières. Ferdinand lui tenait la main. Sidonie, qui se tenait debout derrière leurs chaises, se jeta dans ses bras.

— Enfin, tu es là… T'es-tu bien reposée au moins ?

— Oui, mais je le regrette. Matilda aurait dû me réveiller. Je n'ai pas osé lui faire de reproches. Elle a cru agir au mieux. Où sont papa et Lauric ?

— L'eau monte toujours ; il fallait sortir le troupeau de la bergerie. Ils vont emmener nos bêtes chez Osias Roy. Ensuite, ils iront chez le croque-mort, pour le cercueil.

Elles s'étreignirent à nouveau. Jacinthe jeta un regard vers la dépouille d'Emma qui reposait là. Son visage était masqué par un large carré de tulle blanc, bordé d'un liseré de dentelle.

— Le voile de communion de maman, que nous avons toutes porté…, dit tout bas Sidonie. Lauric est allé le chercher chez nous au lever du jour. Maman y tenait absolument. Elle m'inquiète. Jacinthe, j'aimerais sortir un peu.

— Va vite, je reste ici. Je suis tellement contrariée d'avoir manqué la veillée !

— Taisez-vous donc, protesta alors leur mère. Ne faites pas de bruit, ma petite dort si bien !

Effarée, à bout de nerfs, Sidonie prit la fuite. Soucieuse, Jacinthe se mit à genoux devant Alberta.

— Maman, regarde-moi, je t'en supplie. Emma est morte. Elle ne dort pas.

— Non, non, ne dis pas de bêtises. Elle a pris froid. Il vaut mieux qu'elle se repose. Si je ne suis pas là à son réveil, elle pleurera. Je la connais, elle a peur du noir. N'éteins pas la chandelle, surtout.

— Laisse-la, Jacinthe, lui conseilla Ferdinand. J'ai essayé de la raisonner, Sidonie aussi, mais elle refuse la vérité. C'est peut-être préférable.

— Papa, tu vas réveiller ma petite, avec ta grosse voix, soupira Alberta.

Elle secoua la tête et eut un sourire très doux. Horrifiée par son expression béate, Jacinthe rassembla tout ce qu'elle savait sur les crises de démence. « Ce n'est que provisoire, une sorte d'amnésie pour nier la réalité, l'insupportable réalité. Maman se protège de la douleur, peut-être pour ne pas en mourir elle-même. Mais que se passera-t-il quand on fermera le cercueil et qu'on mettra Emma en terre ? » Jacinthe sentait son angoisse grandir devant ce grand point d'interrogation.

Au cours de ses études, elle avait été confrontée à un cas similaire, une jeune mariée devenue comme folle après le décès accidentel de son époux et qui refusait d'admettre sa mort. « Les médecins avaient prescrit des barbituriques pour la calmer et qu'elle puisse dormir. J'aurais pu demander conseil au docteur Gosselin », se reprocha-t-elle.

En évoquant ces médicaments, Jacinthe se figea, saisie d'un doute. Une scène lui revenait, qui s'était déroulée vendredi soir dans la pharmacie de l'hôpital. Elle revit Emma ranger des bandes de pansements à l'intérieur d'un petit placard et déplacer des tubes ainsi que des flacons. Avant de refermer la porte, sa sœur avait mis prestement quelque chose dans la poche de son gilet, Jacinthe en était certaine.

« J'étais déjà si fatiguée que je n'y ai pas prêté attention. Je devais plier des alèses et les monter à la lingerie. Mon Dieu, comment savoir la vérité ? Je ne saurai jamais ce qui s'est passé entre sa fuite de l'Hôtel-Dieu et le moment de sa mort. Il faudrait chercher des témoins. Elle a pu prendre un taxi. »

Elle aurait voulu retourner à Roberval pour se lancer dans une quête qui lui paraissait urgente, capitale. Elle se releva et prit place sur un tabouret, les mains nouées sur ses genoux, en se mordillant la lèvre inférieure, une de ses manies d'enfant.

— Je ne t'avais pas vue depuis le temps des fêtes, Jacinthe, fit remarquer son grand-père doucement. J'ai des nouvelles par Sidonie. Sais-tu, je lui ai proposé d'ouvrir son atelier de couture ici, chez moi. Ça me ferait de la compagnie. Maintenant, sans doute qu'elle ne voudra plus. Quel malheur, hein ? Je n'arrive pas à y croire. Pourtant, la petite est là, toute froide, toute pâle.

Le vieil homme sanglotait bruyamment, les yeux embués de larmes. Il portait son costume du dimanche, formé d'un complet, d'une chemise blanche de coton et d'une cravate ; ses cheveux blancs étaient pommadés.

— Doux Jésus, voulez-vous arrêter de parler ! se plaignit Alberta. Je voudrais dormir un peu pendant que ma mignonne dort, elle aussi.

— C'est une bonne idée, maman. Monte t'allonger dans la chambre, proposa Jacinthe d'un ton neutre. Je t'accompagne. Ne te fais aucun souci, je surveille Emma. J'ai l'habitude, quand tu aides papa à tondre les moutons. Viens.

Avec délicatesse, mais fermeté, la jeune femme conduisit sa mère à l'étage.

— Tu viens me chercher si elle me réclame, balbutia celle-ci.

— Je te le promets.

Alberta s'étendit, rassurée. Quelques instants plus tard, elle s'abandonnait au sommeil, sous le regard apitoyé de sa fille aînée qui la couvrit d'une courtepointe multicolore.

— Chère petite maman, si je pouvais prendre ta douleur, garder tout le chagrin pour moi ! chuchota-t-elle.

Malgré son immense peine et son désarroi, Jacinthe continuait à s'interroger. « Le sac à main d'Emma ! Il n'était pas chez moi ; elle l'avait emporté. Où peut-il bien être ? »

Elle descendit sur la pointe des pieds. Sidonie, de retour, l'attendait en bas de l'escalier. Ses cheveux bruns, perlés de pluie, auréolaient son front de boucles souples. Toute vêtue de noir, le visage rosi par le vent, sa sœur lui parut ravissante, avec ses traits d'une finesse exquise. « Je n'ai plus qu'elle, maintenant ! pensa Jacinthe. Nos rêves d'enfance ne se réaliseront jamais. »

— Te souviens-tu, Sido, que nous avions projeté d'aller toutes les trois à New York ? C'était une idée d'Emma. Elle avait étudié la carte ; elle connaissait le nom des grandes avenues.

— Et elle m'avait demandé quelle ligne de train il fallait prendre pour y aller ! précisa Ferdinand en sortant de la cuisine. J'ai même mis quelques sous de côté pour vous aider le moment venu à payer les billets. L'argent, je l'ai toujours, là, dans une boîte en fer. Il servira pour l'enterrement. Champlain est dans l'embarras.

— Oh ! grand-père, comme c'est triste ! sanglota Sidonie.

Il l'attira contre son épaule, prêt à pleurer. Jacinthe prit la parole.

— J'ai quelques économies à la banque. Je réglerai ces frais-là. Ne donne rien à papa, grand-père. Qui sait, dans un an ou deux, Sidonie et moi, nous pourrions faire le voyage, comme un pèlerinage, afin d'honorer la mémoire d'Emma.

— Ce serait bien, oui, affirma sa sœur.

— Mes petites-filles, j'ai préparé du thé. Ça nous requinquera.

Il tremblait encore, terriblement ému par ce brutal coup du sort. Elles devinèrent qu'il se raccrochait aux gestes banals du quotidien, dans un besoin désespéré d'apaisement.

*

Deux heures plus tard, Jacinthe marchait sur la route toute droite qui menait au lac. Elle était partie pour échapper à la froideur de son père, à ses discours haineux. S'il n'avait pas alerté la presse, il menaçait de le faire avant les obsèques qui devaient avoir lieu le lendemain.

Sachant sa mère endormie, elle comptait revenir le plus vite possible pour assister à la mise en bière, un instant crucial, un moment éprouvant qui pouvait tirer Alberta de son délire.

« Je dois retrouver ce sac à main. Personne n'est retourné là-bas, à l'endroit où Pacôme a découvert Emma. Le pauvre garçon, il n'a pas fait attention, mais il y avait peut-être le sac », se disait-elle.

Bien avant d'atteindre le chemin de la ferme familiale, la jeune femme comprit l'inanité de sa résolution. Une eau aux reflets métalliques recouvrait les prés, les champs labourés une semaine auparavant en prévision des semailles. Des vaguelettes en froissaient la surface. Un puissant grondement lui parvenait, au gré des rafales. C'était le grand lac en colère. Il avait submergé la plage où elle jouait petite fille, il charriait des branches d'arbre et des planches. Il était piqueté par la pluie, aussi sombre et tourmenté que le ciel bas, lourd de nuages d'un gris bleuté.

« C'est inutile. La langue de terre dont m'a parlé Sidonie a disparu. Les traces sont effacées. »

Elle s'arrêta et remonta le col de son imperméable, frileuse, dépitée. Soudain, le paysage s'anima. Deux chevaux et un poulain apparurent, comme surgis d'un bosquet de saule. Ils avançaient dans un pré inondé, l'œil affolé. Le jeune animal avait du mal à suivre, car il avait de l'eau jusqu'au ventre. Presque aussitôt, elle vit une barque à fond plat qu'un homme dirigeait avec une perche. Elle reconnut leur voisin, Jactance Thibault, et lui fit signe.

— Ils viennent vers toi, Jacinthe ! hurla-t-il. Essaie d'attraper la jument, elle a une corde accrochée à son licol !

— D'accord ! lui cria-t-elle.

Aucune bête n'impressionnait la jeune femme, accoutumée à leur contact depuis son enfance. Cet incident lui semblait même opportun. Si elle aidait le voisin, il pourrait lui rendre service en retour. Sans se soucier de se mouiller les pieds, elle avança un peu, une main tendue, en sifflant doucement. Ce qui plaisait au vieux Carillon avait des chances d'amadouer ses congénères. Quelques minutes lui suffirent pour atteindre la jument affolée.

— Viens là, ma belle ! Tu seras mieux à l'écurie. Tu dois être affamée. Là, là, calme-toi, dit Jacinthe de la voix caressante dont bénéficiaient aussi ses malades de l'hôpital.

Ses doigts se refermèrent sur le bout de corde effiloché. Jactance attacha sa barque au tronc d'un arbuste et courut vers elle. Il était chaussé de hautes bottes en caoutchouc.

— Je te dois une fière chandelle, Jacinthe ! soupira-t-il. Sans toi, je les suivais encore à la nuit tombée. Faut que je les ramène à l'abri, astheure. Par chance, l'écurie est bâtie en surplomb de la maison. L'eau ne montera jamais aussi haut.

— Vous en êtes sûr ?

— On est sûrs de rien, ces jours-ci. Qu'est-ce que tu fais, toute seule icitte, sous la pluie ? Tu venais chercher quelque chose chez toi ?

— Non, je voulais simplement voir l'endroit précis où Pacôme a trouvé ma sœur. Je me demandais si son sac n'était pas à côté d'elle. Je suis sotte, mais ça me consolerait de le récupérer.

Perplexe, Jactance se gratta le menton. Il jeta un coup d'œil derrière lui et se retourna, attristé.

— Je me souviens bien de là où tes pauvres parents l'ont découverte, allongée, dans une robe rouge. Mais personne ne sait sur quelle distance Pacôme l'a traînée. Ce que je sais, car ce pauvre gars m'a causé hier en sortant de l'église, c'est qu'il a trébuché sur un tronc d'arbre, ou une souche… Calvaire, je te fais pleurer ! Écoute-moi, Jacinthe, je rentre mes bêtes et je reviens. On peut faire un tour en barque là où ça t'arrange…, enfin, si tu as le temps.

— Ce serait vraiment gentil, affirma-t-elle avec un faible sourire. Je vous accompagne. Nous irons plus vite à deux.

L'épouse de Jactance, Artémise, une femme de trente-huit ans enceinte, les guettait de son perron. Elle était entourée de ses petits garçons.

— Doux Jésus, enfin, les chevaux sont sains et saufs ! s'exclama-t-elle. Bonjour, Jacinthe. Je viendrai à l'enterrement demain ; dis-le à ta mère. Quel malheur, Seigneur ! On ne te voit plus souvent par ici depuis que tu es infirmière.

— C'est à cause de mes horaires à l'hôpital, madame Thibault.

Mal à l'aise, saisie de nostalgie, elle préféra ne pas engager la conversation. « J'ai été vraiment heureuse à Saint-Prime, chez nous. J'aimais courir vers le lac, ramasser des cailloux, mener les moutons sur leur pâture… Souvent, Pierre m'escortait », se souvint-elle.

Pour se donner une contenance, elle caressa le poulain, promis à une vie de labeur. Comme sa mère, il tirerait la charrue et la modeste calèche de la famille.

— Bon, les voilà au sec ! se réjouit son voisin en refermant la porte du bâtiment.

— Je vous offre du thé ? proposa Artémise, toujours à son poste de guet.

— Rentre donc, toi ! Je conduis la demoiselle quelque part.

Son épouse lui obéit immédiatement, en dépit de son air intrigué. Son évidente soumission irritait Jacinthe. La condition des femmes mariées la rebutait, elle qui, depuis des années, voyait sa mère subir l'autorité de Champlain Cloutier. C'était son désir d'indépendance qui l'avait induite à sacrifier Pierre.

— Installe-toi au milieu et tiens-toi, lui conseilla Jactance quand elle monta dans la barque. L'eau n'est pas profonde, mais je ne voudrais pas que tu tombes.

— Ne vous inquiétez pas pour moi, répliqua-t-elle. Ma sœur est morte, alors, le reste…

— Calvaire, ne dis pas ça, à ton âge. Moi, pendant l'épidémie de grippe espagnole, il n'y a même pas dix ans, j'ai perdu mon frère, mes parents et une cousine. Je croyais que je n'aurais plus jamais le goût à rien. Pourtant, peu à peu, j'ai repris le dessus. J'ai passé la bague au doigt d'Artémise qui me plaisait bien et elle m'a donné deux fils. Bah, je te raconte ce que tu sais déjà. Ma femme a souvent bavardé avec Alberta.

L'embarcation glissait sur l'eau mouvante. Jactance la dirigeait à l'aide d'une perche. Par temps ensoleillé, Jacinthe aurait mieux distingué le sol, tantôt tapissé d'herbe, tantôt boueux, mais il faisait sombre, alors qu'il n'était pas encore onze heures du matin. Elle finit par renoncer, se repérant plutôt aux détails qui lui semblaient familiers, une haie entre deux prairies, des piquets, un bosquet de bouleaux…

— On approche ! s'écria soudain Jactance. Sur ta droite, là. Ce doit être là que Pacôme a déposé le corps d'Emma. C'est un peu plus profond, sous la barque, une preuve que le terrain amorce une pente vers le lac. Enfin, pour dire vrai, on ne sait plus bien où il s'arrête, notre lac, maintenant.

— Alors, Pacôme a pu remonter tout droit, hasarda-t-elle.

— Pas nécessairement, bougonna-t-il. En regardant bien, on doit arriver à apercevoir le tronc d'arbre. Le bois qui séjourne longtemps dans l'eau devient blanc. Ça devrait nous taper dans l'œil.

Conciliant et plein de compassion, Jactance décrivit un cercle. Il enfonçait sa perche dans le lac, la remontait, brassait l'eau en quête d'un obstacle. Enfin, il poussa un cri de triomphe.

— Voilà un maudit tronc bien ancré et assez long. Vois donc, à gauche.

Bouleversée, Jacinthe se pencha et aperçut une forme pâle, tortueuse, hérissée de branches en partie brisées. La gorge nouée, dans un état second, elle se représenta sa petite sœur gisant là, aussi blanche que le bois, aussi immobile.

— Non, non, gémit-elle.

Il lui fallait comprendre, savoir ce qui avait amené Emma à se suicider aux abords de Saint-Prime. À l'instar du docteur Gosselin, elle se mit à douter. « Pourquoi avoir choisi la noyade ? Pourquoi si près de notre maison ? Emma adorait maman. C'est comme si elle avait prévu les conséquences de son geste et supposé que tout se déroulerait de cette façon, quelqu'un du voisinage découvrant son corps, nos parents qui accourent, épouvantés… Elle pouvait se noyer à Roberval. Lauric a raison sur ce point. »

Fascinée, la jeune femme scrutait les alentours du tronc d'arbre, dont les racines évoquaient une chevelure hirsute. De toute son âme, elle espérait apercevoir l'éclat d'une lanière en cuir blanc ou d'un fermoir argenté qui révélerait la présence du sac de sa sœur dans la vase brune.

Brusquement, à la stupéfaction de Jactance, elle enjamba le rebord du bateau et se glissa dans l'eau qui lui montait jusqu'à la taille.

— Es-tu folle ? Qu'est-ce que tu fais là ? C'est dangereux, remonte donc !

Le vent soufflait fort, grondeur, et des vagues se formaient au large pour déferler sur les terres inondées.

— Jacinthe ! Qu'est-ce que je dirai à ton père, si tu te noies toi aussi ?

— Je suis bonne nageuse ; Pierre Desbiens m'a appris la brasse et le crawl. Vous vous souvenez de Pierre Desbiens ? interrogea-t-elle, les bras plongés dans le courant, fouillant à tâtons le sol spongieux autour de la souche immergée.

— Desbiens ? Le type qui a été embauché à la centrale électrique de l'Isle-Maligne ? Mais oui. Il était toujours chez vous autres, par le passé.

— Il est contremaître à la papeterie de Riverbend. Il n'a travaillé qu'un mois à la centrale. Oh ! il n'y a rien, rien !

Les cheveux plaqués par la pluie, le foulard détrempé, Jacinthe se redressa, transie de froid et les mains maculées de boue.

— Remonte vite, astheure ! ronchonna son voisin. Qu'est-ce que ça t'apportera de mettre la main sur ce fichu sac ? Sois raisonnable, tu ne la feras pas revenir.

— Peut-être que je connaîtrai la vérité sur la mort de ma sœur grâce à ce sac ! Enfin, j'aurai peut-être au moins une explication.

Elle replongea dans son improbable fouille, encouragée par ses propres paroles, car, au-delà du chagrin et de la douleur du deuil, il y avait fiché dans son cœur un atroce et obsédant soupçon. « Et si Emma ne s'était pas suicidée ? De Roberval à ici, elle a pu revenir sur sa décision, surtout en approchant de chez nous. Peut-être même qu'elle a vu de la lumière à nos fenêtres. Comment n'aurait-elle pas pensé à maman qui l'aimait plus que tout au monde, plus que Lauric, Sidonie et moi réunis ? »

*

Saint-Prime, rue Potvin,
même jour, même heure

Pendant ce temps, par un caprice du hasard habile à se jouer des destinées humaines, Pacôme était enfermé dans le cabinet d'aisances de la maison maternelle, situé comme il se devait à l'époque au fond du jardin. La cabane en planches, repeinte tous les cinq ans en bleu pastel, était un de ses refuges favoris. Il aimait guetter le ciel par l'ouverture en losange de la porte, ou bien écouter, comme ce matin-là, le crépitement de la pluie sur la tôle du toit.

« Ben tranquille, icitte, moé ! » se disait-il, imitant le langage de son défunt père.

Il vérifia néanmoins si la targette intérieure était bien tirée. Personne ne devait le déranger ; il voulait contempler son nouveau trésor sans risque. Sa mère cuisinait en prévision du repas de midi ; elle ne quitterait pas son fourneau. « Maman serait pas contente ! »

L'idée le fit ricaner. Assis au bord du siège en pin lessivé une fois par semaine à l'eau de Javel, Pacôme, tout simple qu'il était, avait eu soin de baisser le couvercle, même si les mauvaises odeurs ne l'incommodaient guère.

Avec un regard malicieux, il extirpa d'un cabas en grosse toile un sac à main de femme en cuir blanc à longue lanière et au fermoir argenté. Ses doigts effleurèrent la matière lisse à plusieurs reprises. Peu pressé d'examiner encore une fois le contenu de son trésor, il savourait la joie de le posséder, de pouvoir le garder bien caché.

« C'est à moé, astheure, à moé, hein, papa ? »

Le décès précoce d'Ignace Pelletier, son père, plombier de son état, l'avait beaucoup marqué. Pour son esprit demeuré enfantin et qui fonctionnait au ralenti, de voir agoniser son protecteur avait été une terrible épreuve.

Les sanglots déchirants de Brigitte, devenue veuve à l'approche de la quarantaine, l'avaient tout autant effrayé. Le drame datait de son adolescence.

— Tu avais quatorze ans, mon pauvre Pacôme, quand ton papa est mort ! lui serinait sa mère.

Une décennie s'était écoulée depuis, mais sans conférer plus de maturité au garçon. Il s'était développé et épaissi, comme un enfant de stature anormale.

— Que voulez-vous, il est attardé, disait sa mère à ses voisines en sa présence. La naissance a pris trop de temps. Quand le docteur l'a sorti avec les pinces, il était tout bleu. Sans Matilda, on l'enterrait. Elle l'a ranimé.

— Il n'est pas plus malheureux qu'un autre, lui répondait-on. Et toujours prêt à donner un coup de main, ce costaud.

Tous ces mots laissaient Pacôme indifférent ; il les oubliait à peine entendus. Sa vie lui convenait. Gourmand, il se régalait des bons plats de Brigitte. Curieux, il rôdait de-ci de-là, au cas où on lui demanderait un service.

— J'ai un beau cadeau, moé, se félicitait-il en souriant.

Il ne savait plus quand Emma Cloutier lui avait donné le sac en cuir blanc. Peut-être qu'il l'avait dérobé, ce charmant accessoire des jolies demoiselles. Sa mémoire obtuse refusait de le ramener à un certain soir brumeux, au bord du lac.

Exalté, bouche bée, il actionna enfin le fermoir et écarta les battants garnis de satin gris. Rien n'avait bougé. Pacôme prit délicatement le bâton de rouge à lèvres, le huma, ravi par son parfum particulier. Il le reposa pour s'emparer d'un mouchoir en soie à motifs fleuris et au pourtour brodé de fils verts, qu'il frotta contre sa joue mal rasée.

— Sent bon aussi, grogna-t-il en le rangeant.

Il considéra ensuite d'un œil distrait la clef en fer, le porte-monnaie en velours, le calepin et son crayon. Presque intimidé, il saisit un tube en aluminium, qu'un bouchon à pas de vis rendait hermétique.

— Les bonbons pour dormir, constata-t-il avec application. Faut pas les manger, si on veut pas dormir.

Une phrase traversa alors son esprit, qui n'eut aucun impact sur ses souvenirs. Elle était semblable à un souffle fugace agitant un brin d'herbe une seconde seulement. Cependant, cette phrase, Jacinthe aurait donné cher pour la connaître, en dépit de son sens inquiétant : « Ce sont de mauvais bonbons, Pacôme, je ne peux pas t'en donner. »

Soudain attristé, une sensation qu'il redoutait, Pacôme secoua le tube. Les comprimés de barbiturique s'agitèrent à l'intérieur en faisant un bruit amusant qui dissipa l'angoisse du simplet.

— Rigolo, oui, rigolo ! bafouilla-t-il.

La voix aiguë de sa mère lui parvint du dehors. Elle l'appelait. Affolé, il remit précipitamment le tube dans le sac, glissa le sac au fond du cabas et enfouit le tout sous sa veste.

— Pacôme, où es-tu ? criait Brigitte. Montre-toi, petit monstre. Il me faut du bois pour le poêle.

Pour elle, c'était encore un enfant innocent. Il entrebâilla la porte du cabinet et éclata de rire.

— Je me dépêche, maman, rentre à l'abri. J'apporte le bois, plein de bois.

Elle tourna les talons et reprit sa place devant le poêle, où mijotaient des fèves au lard. Pacôme courut jusqu'à la remise à bois, l'autre domaine de son jardin secret. Il dissimula son trésor dans une vieille caisse remplie de journaux jaunis et de chiffons.

« Demain, j'en mangerai, des bonbons ! » se promit-il.

*

Saint-Prime, rue Laberge,
chez Ferdinand Laviolette

Jacinthe était revenue chez son grand-père dans un piteux état. Elle était trempée de la tête aux pieds. Sidonie l'avait accueillie avec des reproches.

— Mais où étais-tu donc, tout ce temps ? Qu'est-ce que tu as fait, enfin ?

— Je dois me changer, il faut que je te parle, avait-elle répondu tout bas. Tu comprendras.

À présent, les deux sœurs se faisaient face dans la seconde chambre de l'étage, installées sur le lit. La maison était calme, plongée dans un profond silence. Alberta dormait encore ;

Ferdinand s'occupait de son poulailler, envahi par une partie du troupeau de son gendre, le reste du bétail étant enfermé chez Osias Roy. Champlain et Lauric étaient partis en charrette chercher du foin à la ferme.

Jacinthe, bizarrement accoutrée, car elle avait enfilé d'anciens vêtements de sa grand-mère, la regrettée Olympe, se séchait les cheveux à l'aide d'une serviette.

— Je ne peux pas le croire, déclara pour la troisième fois Sidonie, abasourdie par tout ce qu'elle venait d'apprendre. Emma se serait suicidée ? Comment pouvait-on deviner qu'elle était enceinte et malheureuse au point d'en finir ? Mon Dieu, maman ne doit jamais le savoir, papa a raison. Pourquoi tu ne m'as rien dit, ce matin, ou hier, dans l'église ?

— Nous n'avons pas été seules une minute, admets-le.

— D'accord, mais, tout à l'heure, si j'avais su la vérité, je t'aurais accompagnée au lac. Il faudrait retrouver le sac d'Emma pour vérifier si oui ou non elle avait des médicaments en sa possession.

Très pâle et les yeux agrandis par le désarroi, Sidonie joignit ses mains devant sa bouche. Elle parut réfléchir intensément avant d'ajouter :

— Pierre ose prétendre qu'il n'est pas le père du bébé qu'attendait notre petite sœur. Il ment sûrement, Jacinthe. Seigneur, cette histoire est vraiment abominable. Pourtant, quelque chose me dérange. Ça ne ressemble pas à Emma de renoncer à se battre. Elle avait un caractère bien trempé ; c'était mon contraire, en somme. Je me suis montrée trop faible avec elle. J'avais tendance à faciliter ses amours et ses sorties, surtout après ton départ pour Montréal. Elle avait seize ans. Crois-tu qu'elle a sauté le pas à cette époque ? Elle était si jeune !

— Nous ne le saurons jamais, Sidonie. Cela dit, bien des filles se marient à cet âge-là. Papa l'a traitée de pécheresse, hier soir, après avoir lu sa lettre. Il y a des péchés bien plus graves que celui de la chair, à mon humble avis. Mais tu es arrivée à la même conclusion que moi : ça ne ressemble pas vraiment à Emma. Elle a pu écrire ce message d'adieu sous le coup du désespoir et changer d'avis après. C'est une chose de vouloir mourir, une autre de passer à l'acte, surtout à son âge. Mon Dieu, à présent, je me pose des tas de questions en me demandant si le docteur Gosselin n'avait pas raison.

— À quel propos ?

— Quand il m'a rendu visite chez Matilda, ce matin, il m'a suggéré de prévenir la police afin qu'une autopsie soit pratiquée. Évidemment, j'ai protesté, puisqu'il y avait la lettre d'Emma qui atteste de sa volonté de mourir. Je ne pouvais en aucun cas lui révéler ce que je savais.

Troublées, elles échangèrent un regard anxieux. La situation les dépassait.

— Nous discutons dans le vide, soupira Sidonie. Le résultat est le même : notre petite Emma nous a quittées. Déjà, nous l'oublions un peu, à discuter ainsi, alors qu'elle repose en bas toute seule.

— L'oublier ? Jamais, Sido ! Tant pis pour papa. Je vais tout de suite au bureau de poste téléphoner à la police de Roberval. Si c'est nécessaire, il y aura une enquête.

La porte de la pièce s'ouvrit brusquement. Champlain se dressa dans l'encadrement, terrible à voir, la face cramoisie de fureur, l'œil mauvais.

— Je vous écoute depuis un petit moment, dit-il très bas. Encore une chance que votre pauvre mère dort, sinon elle aurait pu surprendre vos âneries. Je te préviens, Jacinthe, si tu oses alerter la police ou ébruiter cette histoire de suicide, tu ne mettras plus les pieds chez nous. Je te renierai, tu ne seras plus ma fille. J'en ai perdu une, je peux en perdre une autre. Il n'y aura qu'une version, ici, à Saint-Prime. Emma s'est noyée accidentellement en tentant de rejoindre sa famille, une famille honorable. Demain, elle aura une messe et elle sera enterrée en terre bénite. Toi, Sidonie, tu es prévenue aussi.

Après ce bref discours, il brandit son bras musculeux, le poing fermé, comme pour les menacer d'un châtiment plus douloureux encore que le reniement annoncé.

— Avez-vous compris ? murmura-t-il, toujours par crainte de réveiller son épouse.

— Et si je me moquais de notre honneur et de la maison ? rétorqua Jacinthe d'un ton arrogant. Si je préfère connaître la vérité, quitte à ne plus revenir chez nous ?

— Ça me prouverait que tu n'as pas de cœur, que tu es prête à sacrifier ta mère, à l'achever. Pèse le pour et le contre.

— Papa, je garderai le secret, promit aussitôt Sidonie. Maman en mourrait si on ternissait l'image d'Emma.

— Je ne veux pas faire de mal à maman. Tu as gagné, soupira sa sœur.

— Autre chose, tu devrais descendre ranger tes habits qui encombrent la cuisine.

— Je les faisais sécher, papa, j'ai voulu marcher jusqu'à la ferme et je suis revenue trempée.

Il plissa les paupières, méfiant, avant de bougonner :

— J'ai jamais connu une pluie capable de mouiller du linge à ce point.

La jeune femme se leva et s'approcha de Champlain, qui la dépassait d'une tête.

— J'ai cherché le sac à main d'Emma à l'endroit où Pacôme l'a découverte. Jactance m'a emmenée en barque et je me suis mise à l'eau, jusqu'à la taille. Es-tu content ? J'avais besoin de savoir pourquoi elle était morte là, comment elle avait réussi à se noyer. Je m'interrogerai toute ma vie, papa.

— Tu ferais mieux de chercher le salaud qui lui a fait un enfant ! gronda-t-il. Sans lui, rien ne serait arrivé. Bon, coiffe-toi convenablement et descendez toutes les deux. Le croque-mort livre le cercueil cet après-midi, après le repas. Faut aider votre grand-père ; il se sent pas bien.

Champlain recula en tirant la porte. Jacinthe secoua la tête, accablée par sa dureté, vaincue par sa volonté. Elle avait l'impression bizarre d'être retombée en enfance, d'endosser à nouveau le rôle de la fillette qui n'osait pas se rebeller contre l'autorité de cet homme. Sidonie la rejoignit et lui caressa les cheveux d'un geste tendre.

— Il n'a pas tout écouté, sinon il aurait parlé de Pierre, lui dit-elle à l'oreille. Jacinthe, est-ce que tu l'aimes toujours ?

— Quelle importance ! J'ai omis un détail : Elphine Gagné et lui vont se fiancer.

— Tu appelles ça un détail ? Mais, alors, il n'a pas menti : il n'aurait pas fréquenté Emma et elle en même temps, malgré sa réputation de coureur de jupons !

— Sans doute. Je m'en fiche, Sidonie. Qu'il épouse le diable en personne ; il a quand même fait souffrir notre petite sœur. Dans sa lettre, elle écrit qu'elle ne veut plus vivre loin de l'homme qu'elle aime.

— Je voudrais bien lire cette lettre. Papa doit me la montrer. Crois-tu qu'il l'a déjà brûlée ?

— J'en suis certaine. Au fond, cet affreux malheur me dégoûte de l'amour. Si j'avais encore des sentiments pour Pierre, ils ont été détruits hier soir, dans l'église, devant le corps d'Emma. Te rends-tu compte ? Renoncer à vivre parce qu'un homme te dédaigne ! C'est une ineptie, un comportement anormal, selon moi.

Sidonie haussa les épaules, l'air désabusé. Les gens de Saint-Prime vantaient sa sagesse et son sérieux. Nul ne l'avait vue au bras d'un garçon. D'une beauté différente de celle de Jacinthe, elle suscitait l'admiration des célibataires du village sans leur prêter aucune attention. Les commères présageaient qu'elle finirait au couvent. L'explication de sa conduite vertueuse était tout autre. À vingt et un ans, la cadette des Cloutier n'avait encore jamais trouvé un homme à son goût. Même le séduisant Pierre Desbiens la laissait indifférente.

— Allons vite aider grand-père. Maintenant, je ne sais plus quoi penser. Je voudrais qu'Emma soit ressuscitée comme Lazare et qu'elle nous raconte ce qui s'est passé. J'ai promis à papa de me taire pour notre chère petite maman, mais je crois que je n'aurai plus un instant de paix.

— Je sais... Il faut nous résigner, Sido. J'ai pu me faire des idées. Emma était claire dans sa lettre d'adieu. Elle a dû venir ici en taxi, marcher le long du lac, avaler des barbituriques et s'endormir dans l'eau avec la conviction d'être vite submergée par la crue. Et il n'y a pas eu de témoin. Viens, il faut au moins dire la vérité à Lauric.

Elles se prirent par la main et sortirent de la chambre, sans soupçonner que, dans la rue voisine, quelqu'un aurait pu les renseigner, à la condition improbable de retrouver une page de sa mémoire défaillante. Mais, pour l'heure, Pacôme ne pensait qu'à avaler goulûment les fèves au lard cuisinées par sa mère.

4

Pierre Desbiens

Sur le lac Saint-Jean, dimanche 27 mai 1928

Une chaloupe en bois équipé d'un moteur voguait sur le lac Saint-Jean aux allures de mer en furie, sous l'effet conjugué du vent, de la pluie et de la montée constante de ses eaux, retenues prisonnières par les barrages de l'île Maligne. Sur l'embarcation qui paraissait dérisoire au milieu de cet univers liquide mouvant et grisâtre, deux hommes observaient les éléments déchaînés avec une sorte de respectueuse fascination. L'un se nommait Pierre Desbiens, l'autre, Davy.

L'ancien fiancé de Jacinthe profitait de son dimanche pour se rendre à Saint-Méthode, où son père l'attendait. Toujours enseignant à

Saint-Félicien, Xavier Desbiens avait volé au secours d'un être cher, le vénérable Boromée Desbiens.

— Il faut évacuer en priorité les personnes âgées, les femmes et les enfants. Si tu pouvais venir donner un coup de main !

Telles étaient les paroles de l'instituteur à son fils, au cours d'un bref appel téléphonique entrecoupé de grésillements et de chuintements. Le jeune contremaître n'avait pas hésité. Il se moquait de ne pas être à l'heure le lendemain à la papeterie. Il devait partir et, à son sens, le chemin le plus rapide dans un pays inondé, c'était celui du lac.

Le matin même, il s'était donc rendu chez son ami Davy, un des ouvriers qu'il dirigeait, pour lui emprunter sa chaloupe à moteur.

— Je t'accompagne. À deux, on peut s'entraider, avait décidé le jeune homme, né vingt-trois ans plus tôt d'un père anglais et d'une mère irlandaise.

Ce métissage lui conférait un teint criblé de taches de rousseur, des boucles rousses, des yeux très bleus et un nez en trompette. Malgré ses origines, ayant grandi au Québec, il parlait français couramment, avec un léger accent.

— Merci, je te revaudrai ça. Le bateau et un bon chum en prime, je ne pouvais rien souhaiter de mieux ! s'était écrié Pierre, ému.

Maintenant, ils bravaient ensemble les rafales, rudement secoués par les vagues à la crête écumeuse, ce qui ne les empêchait pas de discuter en forçant la voix pour couvrir le bruit du moteur.

— Tu vas faire la connaissance de mon grand-père Boromée ! disait Pierre. Un personnage, une encyclopédie vivante. Il enseignait lui aussi. Au retour, je voudrais passer à Saint-Prime présenter mes condoléances à la famille Cloutier.

— Sais-tu quand aura lieu l'enterrement ? interrogea Davy, qui avait rencontré à plusieurs reprises la jeune femme, car elle venait régulièrement à Riverbend. Quand tu m'as demandé la chaloupe, j'ai pensé que tu voulais assister aux obsèques. Tu l'aimais beaucoup, Emma.

— Non, je n'irai pas. De toute façon, je n'ai pas pris de vêtements corrects, avança-t-il en guise de prétexte.

— Quelqu'un t'en prêtera, Pierre. Tu devrais aller au cimetière pour lui faire tes adieux.

— Les parents d'Emma n'ont jamais su que nous avions une liaison, sinon Champlain Cloutier m'aurait obligé à l'épouser. Et je t'ai parlé de sa sœur, Jacinthe. Nous étions fiancés. Non, je ne serai pas le bienvenu. Je crois même que j'éviterai Saint-Prime. Ce sera plus sage que j'envoie une lettre, pour les condoléances.

Il se tut, les mâchoires crispées, perdu dans ses pensées. Son regard, plus gris que bleu à cause du ciel tapissé de nuages, prit une expression douloureuse. Pour lui aussi, comme pour Jacinthe, la mort brutale d'Emma avait rompu l'équilibre de sa vie ordinaire, d'une agréable monotonie, notamment ces derniers mois.

Ponctuel, méthodique, ferme avec ses ouvriers sans abuser de son autorité, Pierre travaillait dur. Chez lui, il veillait à l'ordre et à la propreté, assumant cuisine et ménage. Il se couchait tôt, lisait un peu, dormait d'un sommeil tranquille. Depuis deux mois, il partageait avec Elphine Gagné des ébats amoureux épisodiques, qui comblaient sa sensualité exigeante. Quand elle lui parlait mariage, il entrevoyait une ascension sociale flatteuse, un moyen aussi d'échapper à la solitude dont il souffrait parfois. Mais c'était avant la visite de Jacinthe, avant l'instant crucial où il l'avait revue, où elle lui avait asséné des mots terribles, l'accusant de la mort d'Emma.

« Au fond de moi, j'espérais qu'elle reviendrait un jour pour se jeter à mon cou, me dire qu'elle avait changé d'avis, que nous ne pouvions pas vivre l'un sans l'autre, songeait-il. J'ai imaginé cent fois nos retrouvailles, et je me suis trompé cent fois. Maintenant, elle me déteste, elle me méprise. Si seulement je n'avais jamais approché Emma ! Du moins, si j'avais réussi à la considérer encore comme une petite sœur intouchable ! »

— Hé, Pierre, tu rêvasses ! s'écria Davy. Tu changes de cap, là. Je vais te remplacer, sinon on n'arrivera jamais à Saint-Méthode !

— Excuse-moi. Je brassais de sales idées. Nous sommes bons amis, Davy, je peux bien te l'avouer, je ne suis pas fier de moi.

— À propos de quoi ? Vas-y, parle, personne ne t'entendra, ici, et je ne te jugerai pas.

— Je me conduis mal avec les femmes. Ça ne date pas d'hier et peut-être bien que je suis incapable de me corriger.

Assis devant lui, le jeune homme se retourna pour lui faire un clin d'œil complice.

— Faut dire que tu n'es guère sérieux. Il y a eu Jacinthe, Emma ; à présent, Elphine... Moi, une seule demoiselle me suffirait, pour commencer.

— Commencer quoi ? plaisanta Pierre sans réelle gaîté.

— Ben, la grande affaire, répliqua Davy en riant et en imitant l'accent québécois, ce qui avait le don de faire enrager son contremaître. Je suis comme un sou neuf, moé et...

Une rafale emporta la suite de sa phrase, mais Pierre eut une grimace amusée. Pourtant, il en vint à envier son ami, d'un tempérament assurément plus modéré que le sien. « C'est mon défaut, presque une tare ! se reprocha-t-il en son for intérieur. Même hier, je n'ai pas pu résister à

Elphine, alors que j'avais ce poids sur le cœur, que je venais d'apprendre la mort d'Emma et de revoir Jacinthe. La chair est faible, dit-on, mais, dans mon cas, il faudrait trouver une autre définition, un mot pire que faible. »

— Nous sommes à la hauteur de Roberval, annonça Davy. Regarde donc, il y a des maisons cernées par l'eau et des maudites lames qui fouettent les murs comme à Saint-Jérôme. Mon Dieu, s'il continue à pleuvoir, si la compagnie Duke-Price n'ouvre pas les vannes des barrages, la ville va être dévastée.

— Tu dis vrai, bon sang ! Qu'est-ce qu'ils attendent ? Combien de victimes veulent-ils ? enragea Pierre. Allez, fonce, mon gars, on est encore loin. Ce ne sera pas une partie de plaisir, quand il faudra remonter la Tikouapé.

— Oui, sûr, mais ce serait pire si on devait ramer. Cela dit, le contre-courant, à la rame, ça nous ferait de beaux biceps, blagua son compagnon d'expédition. Le moteur, c'est quand même une belle invention !

Ils échangèrent un clin d'œil, le visage en partie dissimulé par les capuches de leur vêtement de pluie. Davy jeta un dernier regard sur le quai submergé de Roberval, où les bateaux amarrés s'agitaient au gré des déferlantes.

« Là où Pierre a tort, pensait le jeune ouvrier, c'est de mettre ses promises dans son lit bien avant le mariage. C'est un sacré chanceux, aucune n'est tombée enceinte, sinon il aurait le collier au cou et la bague au doigt ! Il les choisit bien belles. »

Il n'avait vu Jacinthe qu'en photographie, mais il avait sympathisé avec Emma et serré la main d'Elphine le mois dernier. Autant de créatures de rêve, à ses yeux, surtout Emma dont il appréciait le caractère joyeux, le minois félin, la bouche ourlée qu'elle peignait de rouge. En apprenant son décès, le matin même, il avait pleuré devant Pierre, sans pudeur ni honte.

— Seigneur, elle s'est noyée ! avait-il crié.

À l'instar d'Elphine, il ignorait qu'il s'agissait d'un suicide. D'instinct, Pierre taisait l'affreuse vérité, supposant aussi à juste titre que la famille Cloutier n'ébruiterait pas la chose. Pour de fervents catholiques, de mettre fin à ses jours demeurait un acte répréhensible condamné par l'Église, exception faite des cas avérés de folie.

« Il fallait qu'Emma soit aux prises avec une peine immense, un grand désespoir ! » s'était dit Pierre, ravagé par la culpabilité.

Après le départ d'Elphine la veille, il avait laissé libre cours à sa douleur et à ses remords. Il s'était même enivré, furieux contre lui-même et contre le monde entier.

Une partie de la nuit, il avait revécu, hagard, ses meilleurs moments avec Jacinthe, le temps béni de leurs fiançailles tissé de promenades à travers la campagne, main dans la main, chaperonnés par Lauric et Sidonie.

— Si vous nous laissiez un peu ? proposait leur sœur.

— Ben voyons, comme d'habitude, rétorquait Lauric en riant.

Ils savouraient leur isolement sous le couvert des érables, avides de s'embrasser, de s'enlacer, grisés par le contact de leurs deux corps étroitement unis, affolés de baisers voluptueux. Combien de fois Jacinthe avait-elle failli céder à ses suppliques, se ravisant in extremis quand il glissait sa main entre ses cuisses ?

— Tu auras toutes les libertés après le mariage, tranchait-elle, câline, en le consolant d'un sourire radieux.

Ils s'aimaient tant, ils se sentaient si proches l'un de l'autre que jamais Pierre n'avait douté des promesses échangées alors. Sa déception n'en avait été que plus cruelle. La veille, durant ses heures d'insomnie, il s'était encore interrogé sur la véritable raison du refus de Jacinthe, qui demeurait pour lui mystérieuse. Il avait également compris le triste rôle d'Emma. « Je me suis vengé, s'était-il reproché. Je n'en avais pas vraiment conscience, au début, mais j'ai éprouvé une étrange satisfaction, le jour où Emma m'a dit qu'elle avait écrit à Jacinthe pour lui parler de nous deux. Je suis le dernier des salauds, j'ai profité d'une fille de dix-huit ans, croyant rendre jalouse la femme que j'adorais. »

Il ne s'était reconnu aucune circonstance atténuante, oubliant à quel point la conduite d'Emma l'avait surpris. Ils s'étaient rencontrés dans un cabaret d'Arvida, où la jeunesse venait danser sur des airs de jazz. Déjà, de la trouver là, escortée de trois garçons de son âge, était étonnant. Tout de suite, elle les avait délaissés en sa faveur. C'était l'été, elle portait une robe fluide. Ses bras étaient nus, un collier de pacotille descendait entre ses seins. Il avait reçu de plein fouet l'appel ardent qu'elle lui lançait de tout son être échauffé par l'alcool et la danse. Pierre avait deviné qu'elle était l'opposé de ses sœurs aînées, peu soucieuse de sa vertu, peu préoccupée de sa réputation, et rodée à l'amour physique.

Le soir même, elle s'offrait à lui, fébrile, fascinante d'audace, car bien rares étaient les filles qui osaient montrer leur désir avec autant de détermination.

— J'étais sûre qu'il se passerait ça entre nous, avait-elle affirmé ensuite. Ce n'était qu'une question de temps. Allongé sur le sofa où Elphine se prélassait quelques heures auparavant, Pierre avait affronté un pénible lot de souvenirs avant de sombrer dans un mauvais sommeil. En se réveillant, il avait immédiatement pensé à Jacinthe. Elle devait le croire. Jamais il n'aurait abandonné Emma enceinte ; il n'était pas le père de l'enfant qu'elle portait.

« Mais alors, qui est-ce ? »

La question le hantait toujours, tandis que son visage était fouetté par une pluie froide et que ses mains s'engourdissaient. Autour de lui, le grand lac grondait, parcouru de vagues, immensité mouvante sombre et menaçante.

— Sais-tu, Davy, dit-il brusquement, j'ai promis de le traverser à la nage, notre lac[1]. Je vais m'entraîner.

— T'es fou, tu tiendras pas le coup.

— On verra bien. Tu me suivras en bateau, au cas où j'aurais une défaillance.

Pierre eut un léger sourire, empreint de mélancolie. Cette promesse d'un pareil exploit, il l'avait faite à Jacinthe le matin de leur premier baiser.

*

1. La première compétition de la traversée du lac Saint-Jean, remportée par Jacques Amyot, a eu lieu en 1955. Il fallait nager trente-deux kilomètres entre Roberval et Péribonka.

Debout au milieu d'une grosse chaloupe, une certaine Marie-Christine Bernard prenait des clichés de Saint-Méthode. Il lui semblait important d'immortaliser chaque scène, et les gens du village posaient volontiers, réconfortés sans doute à l'idée qu'il y aurait des preuves de leur malheur. Rien n'échappait à son objectif : des hommes qui embarquaient leurs brebis dans un chaland à fond plat, soulevant chaque bête dans leurs bras ; une femme aux traits tirés, la mine affolée, debout sur son perron, entourée de ses enfants, guettant la montée de l'eau… Les maisons, pour la plupart désertées, faisaient figure d'îlots insolites.

— Il faut évacuer tout le monde, icitte, ordonna l'homme qui dirigeait la chaloupe. Vous l'écrirez dans votre journal, ce qui se passe.

— Mais oui, j'ai pris des notes que je donnerai à mon rédacteur en chef. Je suis bien contente qu'il m'ait envoyée sur le terrain, c'est vraiment exceptionnel. En fait, je remplace un journaliste. Étant donné les événements, il faudrait être partout à la fois.

Elle se tut pour photographier des adolescents perchés sur un canot. L'un d'eux, les pieds dans l'eau, tenait par sa corde une vache noir et blanc.

— Où vont se réfugier les gens de Saint-Méthode ? s'inquiéta-t-elle.

— Où ils peuvent, calvaire ! Chez des voisins, de la parenté, du côté de Sainte-Hedwidge, de Saint-Félicien.

Il la détailla dès qu'elle lui tourna le dos. Malgré sa tenue adaptée à la situation, un ciré et des bottes, elle avait tout d'une citadine, à son avis. Blonde et les cheveux relevés en chignon, elle était fort jolie avec son nez mutin et ses grands yeux pers d'une couleur assez particulière, dont le vert était pailleté de brun doré.

— C'est une vraie catastrophe ! s'exclama-t-elle. Je m'étais intéressée aux inondations de 1926, mais là ça dépasse tout ce que j'avais imaginé.

Un curieux spectacle la fit taire, alors qu'ils s'avançaient vers des habitations plus dispersées. Deux embarcations s'arrimaient ensemble au ras d'un perron sur lequel gesticulait, assis dans un fauteuil à bascule, un vieillard aux cheveux de neige.

— Je ne m'en irai pas de chez nous ! hurlait-il aux individus qui tentaient d'accoster.

Marie-Christine n'osa pas faire de clichés. Elle observa la suite des événements, assistant ainsi à l'arrivée de Pierre et de Davy, accueillis fraîchement par Xavier Desbiens sur sa barque et le fameux grand-père Boromée.

— Je t'attendais plus tôt, Pierre ! vociféra l'instituteur à la moustache grisonnante, en costume et chapeau. Il est presque l'heure de souper.

— Je suis désolé, papa, c'était plus difficile que prévu, à cause des billots de bois à la dérive et du courant.

Davy se gardait d'intervenir. Boromée Desbiens, lui, rallumait sa pipe d'un air hautain. Après avoir aspiré une bouffée de fumée, il déclara :

— C'était pas la peine de te déranger, Pierre, j'en ai vu d'autres. L'eau n'atteindra pas l'étage. Je ne m'en irai pas. J'ai monté un réchaud dans ma chambre, ainsi que du lard, des œufs et ma bouteille de caribou. Je peux tenir un siège.

— Père, soyez raisonnable, enfin ! s'emporta Xavier. Je suis venu vous chercher. J'ai demandé l'aide de Pierre pour que nous transportions aussi certaines de vos affaires. Je peux vous assurer que l'eau montera encore. L'évacuation est obligatoire, le maire me l'a confirmé.

— Ce sont des menteries, fiston. Mais, puisque vous vous êtes déplacés et qu'ainsi la famille est réunie, je vous invite à passer la nuit icitte.

— Allons, grand-père, c'est plus prudent de partir, insista Pierre d'une voix attendrie. Tu seras mieux à Saint-Félicien.

— Et mes chats ? plaida le vieil homme. Qu'est-ce qu'ils vont devenir, mes chats, si je m'en vais ? Les pauvres bêtes, je les ai enfermées dans le grenier. Tiens, écoute, elles miaulent.

— Au diable vos chats ! gronda Xavier Desbiens. Même si vous teniez plusieurs jours à l'étage, le terrain sera impraticable, quand les eaux se retireront. Plus de potager, plus de sol ferme ! Tant qu'ils n'ouvriront pas les vannes de la Grande Décharge, les inondations continueront. Nous devons prier Dieu de fléchir l'esprit retors des directeurs de ces compagnies.

Pierre rejoignit son grand-père sur le perron léché par des vaguelettes. Il lui tapa affectueusement l'épaule avant de se rouler une cigarette.

— Tiens, regarde donc, s'esclaffa soudain Boromée. Voilà ta belle blonde !

S'il avait entendu, Pierre aurait cru qu'il faisait allusion à une jeune femme debout dans une chaloupe, un appareil photo à la main, qu'il avait aperçue un peu plus tôt. Mais il fut sidéré en reconnaissant Jacinthe à bord d'une grande chaloupe à moteur, un foulard blanc sur ses cheveux mordorés aux reflets roux. Le docteur de Saint-Méthode dirigeait l'embarcation.

— Vous n'êtes pas encore mariés ? s'enquit avec malice l'octogénaire. Dépêchez-vous, sinon je ne profiterai pas de la noce ; vous m'aurez enterré avant.

Depuis qu'il travaillait à Riverbend, Pierre venait à Saint-Méthode au jour de l'An en

157

compagnie de son père chez qui il fêtait Noël. Le reste du temps, il se contentait de relations épistolaires avec son aïeul, fort espacées elles aussi.

— Grand-père, je croyais t'avoir écrit que nous avions rompu, Jacinthe et moi.

— Je m'en souviens pas. Misère, c'est ben dommage ! Pourquoi vient-elle par icitte, alors ?

— Sûrement qu'une famille avait besoin d'un médecin et d'une infirmière, marmonna le jeune homme, qui se posait la même question.

La chaloupe à moteur poursuivit sa route sur la rivière, laissant derrière elle un sillage en V dans des remous argentés.

— On dirait qu'ils vont à la ferme des Plourde, commenta Xavier Desbiens.

— La jeune dame qui habite là-bas devait accoucher dans deux semaines, précisa Boromée. Vu les événements, son p'tit a peut-être décidé de naître plus tôt que prévu !

Dans l'autre chaloupe, à distance respectueuse cependant, Marie-Christine Bernard patientait. Enfin, elle héla les quatre hommes en agitant la main.

— Messieurs, me permettez-vous de prendre un cliché de vous quatre ?

— Faites donc, mais approchez ! répliqua aussitôt l'instituteur. Il vous faut des témoignages de ce que nous endurons.

Il était fermement opposé à la fièvre de modernité de certains de ses compatriotes, et révolté par l'abus de pouvoir dont avaient fait preuve les compagnies américaines, en construisant une centrale hydroélectrique à l'Isle-Maligne. Pour lui qui était issu d'une lignée de colons, il était impensable d'acheter la puissance motrice des eaux et de détruire ensuite d'excellentes terres arables.

— Le pays du Lac-Saint-Jean n'est plus le grenier à blé du Québec, ajouta-t-il d'une voix forte.

La journaliste approuva, bien informée sur le sujet. Elle avait pu consulter des documents officiels, des articles parus deux ans auparavant, relatant notamment le combat d'Onésime Tremblay[1], un cultivateur de Saint-Jérôme, contre la compagnie Duke-Price.

Le barreur guida l'embarcation vers la maison du vieillard. Comme absent, Pierre suivait des yeux la chaloupe où se trouvait Jacinthe. Le cœur serré, il mesurait l'abîme qui les séparait désormais. Elle devait le haïr à cause de la mort d'Emma, de même que de la visite d'Elphine à Riverbend. Wallace Gagné avait sans doute eu soin d'annoncer leurs fiançailles, puisqu'il la courtisait.

———

1. Personnage réel, qui a lutté contre la spoliation des terres, se faisant le représentant des riverains du lac.

« Qui ne voudrait pas l'épouser, la faire sienne ? songea-t-il. Son corps me hante, ses baisers, son abandon ! Il n'y a qu'avec elle que j'ai vraiment fait l'amour et compris ce que ces mots signifiaient, soit deux âmes réunies, un bonheur digne du paradis, une joie merveilleuse au-delà du plaisir. »

*

Jacinthe tentait de reprendre ses esprits : d'avoir découvert Pierre sur le perron de Boromée Desbiens avait provoqué en elle une douleur pareille à un coup de poing au plexus solaire. Livide, elle s'était penchée un peu, haletante, en proie à un malaise indéfinissable.

— Mademoiselle Cloutier, vous ne vous sentez pas bien ? s'était inquiété le docteur Adélard Langelier, un homme de cinquante-huit ans à la barbe grise.

— Je dois souffrir du mal de mer, mentit-elle. Je ne suis pas habituée à naviguer, surtout dans ces conditions. Votre chaloupe est moderne ; elle va vraiment très vite.

— Je vous présente encore une fois toutes mes excuses. Je vous ai sollicitée un jour de deuil, je vous ai arrachée à votre famille déjà affligée. Seigneur, je ne cesse de penser à votre jeune sœur. Mourir à dix-neuf ans, c'est terriblement injuste !

— Ne vous faites aucun reproche, docteur. Je préfère être occupée et me rendre utile. Les heures que l'on passe au chevet d'un défunt sont interminables et moralement très dures.

La présence de Jacinthe à Saint-Méthode n'avait rien d'extraordinaire, même si le hasard s'en était mêlé. Propriétaire d'une chaloupe à moteur flambant neuve, le docteur Langelier avait conduit un garçonnet et sa mère à Roberval. L'enfant était phtisique, et son état nécessitait une hospitalisation. Le médecin en avait profité pour faire provision de médicaments à la pharmacie de la ville.

Au retour, il s'était arrêté à Saint-Prime, non loin de la terre des Cloutier. Chaussé de hautes bottes en caoutchouc, il était allé déjeuner chez le maire du village, un de ses amis. Les deux hommes avaient discuté des inondations, des dégâts à venir, de l'attitude du gouvernement, des thèmes d'actualité qui déliaient les langues tout autour du lac et jusqu'à Québec. Avant de repartir, Langelier avait téléphoné à son épouse. La cave de leur maison, située en retrait de la rivière, était remplie d'eau, mais le logement demeurait épargné.

Il avait appris ainsi qu'une habitante de Saint-Méthode allait accoucher dans la soirée. C'était l'épouse d'un éleveur de vaches qui convoyait ses bêtes vers Normandin, un village des environs à l'intérieur des terres. Sa patiente avait envoyé son fils de douze ans demander de l'aide au cabinet médical.

— Il y a aussi la vieille demoiselle Hortense qui s'est blessée au front, avait ajouté la femme du docteur Langelier qui lui servait aussi de secrétaire. Il faudrait la recoudre, la plaie est vilaine.

— Seigneur, j'aurais besoin d'aide, je ne pourrai pas être partout à la fois ! s'était plaint le médecin.

Le maire lui avait alors parlé de Jacinthe Cloutier, infirmière diplômée, engagée à l'Hôtel-Dieu Saint-Michel de Roberval.

— Elle est en congé ici ; nous enterrons sa jeune sœur Emma demain après-midi. La petite s'est noyée. Venez, je vous escorte jusqu'à la rue Laberge. La famille s'est rassemblée chez Ferdinand Laviolette, le grand-père.

Jacinthe était occupée à faire la vaisselle, après avoir servi un repas chaud aux siens. Elle avait accepté immédiatement d'assister le docteur. Sidonie avait pris la relève devant l'évier ; Lauric avait déniché un foulard blanc, qui remplacerait la coiffe portée par les infirmières. Champlain n'avait pas osé protester, soucieux de sa réputation.

Sur le pas de la porte, Jacinthe avait donné un conseil à son père.

— Papa, maman sera sûrement réveillée à l'heure de la mise en bière. Si elle n'a pas repris pied dans la réalité, dites-lui que c'est un lit pour Emma, que sa petite dormira mieux. Dans le cas contraire, il faudra être patient et très doux avec elle.

— Nous ferons ce qu'il faut, avait-il répondu, dompté par la présence du maire et du médecin, dont la prestance l'intimidait.

C'étaient des messieurs, des gens aisés, des hommes instruits.

Deux heures plus tard, la chaloupe à moteur louvoyait dans les rues et les rangs submergés de Saint-Méthode. Quand les eaux n'étaient pas assez profondes, Langelier relevait le moteur en le faisant basculer sur son axe et se saisissait d'une rame.

« Pierre est ici lui aussi ! Ce n'est guère surprenant, il doit déménager son grand-père Boromée », se disait Jacinthe en empruntant un escalier derrière le docteur.

Des plaintes leur parvenaient du premier étage de la maison. Ils avaient traversé le rez-de-chaussée, de l'eau jusqu'aux chevilles.

— Mon Dieu, ces gens auraient dû vider les lieux hier, gronda-t-il. Le mari a privilégié ses

163

vaches, laissant sa femme seule avec un gamin de douze ans.

— Je pense que cette dame ne court aucun danger, dans sa chambre, répliqua Jacinthe. Les gens répugnent à quitter leur foyer, j'en ai eu la preuve à Roberval. Ils ne peuvent pas emmener beaucoup d'affaires personnelles et ils craignent d'être volés s'ils s'absentent. Chacun espère que l'alerte sera de courte durée, que le lac va se retirer.

— Mais quand donc ? Rien n'annonce une décrue !

— Il y a quelqu'un ? fit une voix dolente. Doux Jésus, c'est vous, docteur ? Entrez donc !

Sur le palier, une porte était entrebâillée. Le médecin et l'infirmière se retrouvèrent tout de suite en face d'un lit double, où gisait la future accouchée. Elle était rouge et elle pleurait à chaudes larmes, les mains posées sur son ventre dont on voyait le bel arrondi malgré les couvertures.

— Merci, Seigneur, murmura-t-elle. Je croyais que personne ne viendrait. J'avais peur... Il y a une demoiselle avec vous ?

— Soyez tranquille, c'est une infirmière diplômée.

— Docteur, j'ai perdu les eaux. Les douleurs sont fortes et rapprochées. Et mon fils, vous ne l'avez pas croisé ? Il a pris notre cheval. Je suis tellement inquiète !

— Vous seriez en sécurité, madame Plourde, si vous aviez suivi les recommandations de notre maire. Il fallait évacuer, surtout dans votre état.

La femme se renfrogna, boudeuse, mais une nouvelle contraction l'obligea à crier et à supplier :

— J'ai mal, docteur, des élancements affreux ! Mademoiselle, le bébé vient, il faudrait de l'eau chaude et une bassine. Le trousseau est posé sur la table, là.

— Je m'occupe de tout. Calmez-vous, madame ! dit gentiment Jacinthe. Ah, j'ai entendu hennir. Votre garçon est de retour, je pense. Comment s'appelle-t-il ?

— Jules. Si vous avez besoin d'aide, demandez-lui, il est débrouillard.

Le dénommé Jules tambourina bientôt à la porte. Il suivait les consignes qu'elle lui avait données, n'osant pas faire irruption au chevet de sa mère. Le garçon vit apparaître une grande jeune femme, fort belle.

— Bonjour, madame. Le bébé est-il arrivé ?

— Non, mon garçon, pas encore, mais il sera là avant la nuit. Peux-tu me dire où et comment faire chauffer de l'eau ? Il me faudrait une cuvette et une grande bassine.

Jules gratta sa tignasse brune avec une moue ennuyée.

— Ben, le poêle est en bas. On l'a pas allumé ce matin, la cuisine était inondée. Maman croyait s'en aller d'ici bien vite. Ensuite, elle a eu des douleurs.

— Avez-vous un réchaud à alcool ?

— Oui, je descends le chercher, les bassines aussi.

— Merci beaucoup. Ne t'inquiète pas, le docteur est avec ta mère, et je suis infirmière.

— D'accord, madame, je me dépêche.

*

À quelques encablures de la ferme des Plourde, Pierre hésitait sur la conduite à tenir. Son père et son grand-père étaient à l'étage de la maison où ils enfermaient les trois chats dans une caisse. Davy s'était joint à eux, désireux de se rendre utile. Boromée Desbiens avait finalement consenti à s'installer chez son fils le temps voulu.

« Sacré Pépère ! songea le jeune homme. Il protestait pour la forme, histoire de se faire prier, de jouer les bravaches. Il sera bien content d'imposer ses caprices à papa. »

L'idée lui tira un triste sourire. Il regarda la barque de son père, que les flots ballottaient contre le perron. Il brûlait d'envie de rejoindre Jacinthe, de chercher à lui parler, mais il craignait de la déranger. Sans bien comprendre ce qu'elle faisait en compagnie du docteur de Saint-Méthode, il conclut qu'elle était là en sa qualité d'infirmière. « C'est quand même bizarre qu'elle ne soit pas restée à Saint-Prime, auprès des siens », se dit-il.

Cependant, il vit là un signe favorable. Ils pouvaient se croiser sur la rivière, dans le village. Il réussirait à l'aborder, à lui prouver sa bonne foi.

— Monsieur ? appela une voix de femme.

Il jeta sa cigarette et leva le nez. La journaliste qui les avait photographiés cinq minutes plus tôt repassait devant la maison. Elle était assise sur une des banquettes de la chaloupe, à présent.

— Le vieux monsieur s'est-il enfin décidé à partir ? demanda-t-elle en riant doucement.

— Oui, mais il faut emmener ses chats.

— J'avais cru comprendre ça tout à l'heure. Ce n'est pas de l'indiscrétion, il criait.

— Ne vous en faites pas, répliqua Pierre. Et puis dans le métier que vous faites, il faut se montrer curieux, tous les sens aux aguets.

Elle prit la remarque comme un reproche. Ses grands yeux vert et or s'assombrirent.

— Les gens ont le droit d'être informés, surtout ceux qui subissent des injustices, soupira-t-elle.

Pierre la trouvait très jolie. Selon une de ses manies, il la compara à Jacinthe. De son côté, Marie-Christine l'estima bel homme, doté d'un charme rare qui tenait à son regard rêveur et à sa voix chaude.

— Quand je suis arrivée, on m'a dit à la mairie qu'il y avait eu une première victime des crues, à Saint-Prime, hasarda-t-elle. Une jeune femme de dix-neuf ans. Je compte baser mon article sur ce terrible accident.

— Non, je vous le déconseille ! s'emporta Pierre. Je connais bien la famille. Je connaissais aussi la victime. Ce serait indécent d'exploiter sa mort.

Douchée par sa soudaine froideur, Marie-Christine eut un geste qui dénotait son irritation.

— Où est l'indécence, monsieur ? Et vous êtes mal renseigné, le père de la jeune femme a téléphoné à mon rédacteur en chef hier soir. Il souhaite faire circuler l'information, car il affirme que son enfant a été piégée par la montée du lac.

Ce fut au tour de Pierre d'être désarçonné. Il en déduisit que Champlain Cloutier ignorait la vérité sur la noyade d'Emma. Plus que jamais, il devait parler à Jacinthe.

L'apparition de Davy mit fin à la discussion. Encombré d'une caisse en planches d'où s'échappaient des miaulements déchirants, son ami avançait presque à tâtons vers le perron.

— Arrête, sinon tu vas tomber à l'eau.

Xavier sortit sur ses pas, chargé d'une valise. Boromée suivait, en manteau et bonnet de laine.

— Vous êtes témoin, belle dame ! s'exclama le vieillard, très en verve pour ses quatre-vingt-quatre ans. On m'évacue de force.

— Laisse cette personne travailler, père, grogna l'instituteur. Ne lambinons pas. Pierre, enfin, viens me donner un coup de main. La valise pèse une tonne.

— Je vous souhaite bon courage, messieurs. À la revoyure ! leur cria la journaliste.

— Tu vas te la couler douce, Boromée ! renchérit l'homme sur la chaloupe. T'es pas le plus malheureux, toi.

— Saint-Félicien est menacé aussi ! s'indigna Xavier Desbiens. J'ignore si mes écoliers pourront venir en classe demain.

Il y eut encore quelques paroles échangées, mais Pierre n'écoutait rien, hormis son obsession d'approcher Jacinthe, de lui dire à quel point il l'aimait, de l'assurer encore qu'il l'attendrait des années s'il le fallait. Elphine Gagné ne comptait pas pour lui, cela aussi il le jurerait.

— Qu'est-ce qu'on fait, à présent ? s'enquit Davy.

— Eh bien, j'ai d'autres affaires à emporter, rétorqua Boromée. Pierrot, monte récupérer mon accordéon. Je veux aussi prendre mon fauteuil à bascule. Je fume toujours ma pipe assis dedans, moé. Alors, embarquez-le, les gars.

Après une courte accalmie, il se remit à pleuvoir. La journaliste aux yeux clairs rangea son appareil photographique dans une sacoche et ouvrit un parapluie, tandis que l'embarcation sur laquelle elle avait visité Saint-Méthode s'éloignait.

— Davy, chuchota Pierre à l'oreille de son ami, pourrais-tu partir avec mon père ? Je vous rattraperai plus tard. Je voudrais guetter le retour du docteur et avoir une chance de dire deux mots à Jacinthe.

— T'es drôle, toi ! Si une femme accouche, le médecin n'est pas près de revenir.

— Ces choses-là peuvent aller vite, parfois. Au pire, j'irai faire un tour en canot près de la ferme des Plourde pour proposer de l'aide. Ils ne vont pas les laisser là-bas, cette dame et son nouveau-né !

— Fais à ton idée comme toujours, répondit le jeune ouvrier tout bas. Mais arrange-toi avec ton père. Je crois qu'il ne sera pas content du tout.

Antoinette Plourde mit au monde un beau garçon à six heures du soir, après un accouchement assez rapide et sans complications.

— Mon mari va se réjouir, se rengorgea la mère, le front moite, le regard brillant de fierté. Il voulait un autre garçon.

— Il ferait bien de se presser un peu, dans ce cas, trancha le docteur Langelier. Madame, je ne peux pas vous laisser ici. Le mieux est de vous conduire à mon cabinet.

— Et mon homme, il se demandera où je suis.

— Je le lui dirai, maman ! claironna Jules, en admiration devant son petit frère rose et blond. Je vais l'attendre. En plus, je peux pas abandonner notre cheval, il a de l'eau aux genoux, dans la grange.

— Tu ne peux pas rester seul, Jules, déclara Jacinthe. Il y a du danger, certaines constructions s'effondrent, sapées par le courant.

— Mais non, ricana l'adolescent. Papa, il a bâti du solide.

Le médecin soupira, exaspéré. Il pensait à mademoiselle Hortense, la mercière, blessée au front et qu'il fallait recoudre. Bien sûr, il avait accordé la priorité à une femme en couches, sans pour autant oublier la commerçante, une sexagénaire très émotive.

— Ton père s'occupera du cheval à son retour, coupa-t-il. C'est déjà délicat de transporter ta mère en bateau. Dieu merci, elle est en état de se déplacer.

Jacinthe approuva. Elle avait profité pleinement du vide de son esprit pendant qu'elle secondait le docteur et soutenait avec efficacité leur patiente. Le répit avait été de courte durée, car les vagissements du bébé lui rappelaient de façon aiguë le drame de sa sœur. Emma portait un enfant, un innocent qu'elle avait sacrifié sur l'autel d'un amour non partagé.

« C'est tellement beau de donner la vie ! songeait-elle. Chaque naissance m'émerveille : le corps féminin qui œuvre, qui se concentre longuement sur un labeur mystérieux et qui s'ouvre enfin pour qu'un être tout neuf voie le jour ! Un nouveau-né, adorable, entièrement dépendant de nous, qui devient fillette ou petit garçon, puis un adulte, promis à aimer, à concevoir aussi des enfants, ou bien soumis à des passions destructrices. »

Elle revit sa propre mère alitée, radieuse, berçant Emma contre ses seins épanouis. Le long de son nez, des larmes coulaient dont elle ne percevait même pas la tiédeur. Jules lui tendit un mouchoir à la propreté douteuse.

— Pourquoi vous pleurez, mademoiselle ? s'inquiéta-t-il à voix basse.

— Jules, c'est impoli de poser des questions de ce genre, s'insurgea Antoinette Plourde.

Le médecin lui avait confié le malheur qui frappait la famille de Jacinthe. Il avait profité d'un moment où elle était descendue vider une cuvette.

— Je suis triste, expliqua la jeune femme, et très émue. Madame, comment baptiserez-vous ce petit ?

— Pourquoi pas Moïse ? proposa Langelier. Ce serait assez pertinent. Moïse sauvé des eaux !

— Oui, c'est un beau prénom, ça, concéda la mère, ravie. Mais, docteur, je serais gênée d'être logée chez vous. Je dois emporter du linge, le trousseau du bébé. Quand Casimir rentrera, il sera bien déçu que je ne sois pas là.

— Déçu ? s'impatienta-t-il. Déçu de quoi ? D'avoir le fils qu'il désirait, que vous soyez en bonne santé et vaillante ? Vous ne pouvez pas rester ici, madame Plourde. Comment puis-je vous le faire admettre ? Demain, il y aura peut-être de l'eau en bas de votre escalier. Il vous faut des repas chauds et un peu de confort.

— Mais où voulez-vous que nous allions ? Nous n'avons pas de famille dans le coin. Casimir a acheté ses terres il y a plus de dix ans. Nous habitions près de Québec, à l'époque. Mon mari a travaillé si dur pour déboiser et défricher ! Il a construit notre maison de ses mains. Les premiers temps, on dormait sous un abri en toile comme les sauvages.

— Je suis désolé, madame, mais je crois que beaucoup de fermiers seront lésés, autour du lac Saint-Jean. Déjà, des milliers d'hectares ne sont plus cultivables depuis la mise en fonctionnement des barrages.

— Vous me faites peur, docteur. Il paraît qu'on aura droit à des dédommagements du gouvernement, quand même.

— À condition de prouver le manque de rendement que l'inondation aura causé, précisa Langelier. Des arpenteurs viendront vérifier comme il y a deux ans.

Jacinthe et Jules écoutaient la conversation chacun à sa façon. La jeune femme y était presque indifférente, lasse du débat ; l'enfant éprouvait un début de panique en pensant aux tracas qu'endureraient ses parents.

— Sans aucun doute, soyons optimistes, coupa le médecin. Assez causé, je ne peux pas vous laisser à la merci des inondations. Mademoiselle Cloutier, vous prendrez le bébé. Je me charge d'aider madame Plourde à descendre. Toi, mon garçon, tu porteras ce dont ta mère a besoin. Tu dois savoir remplir une valise ?

174

— Oui, m'sieur ! Et notre cheval ? Papa me l'a confié ; je dois l'emmener au village. Peut-être que vous avez un bâtiment au sec ?

— Il y a une remise à bois derrière chez moi, mais, depuis ce matin, l'eau a dû y pénétrer. Tant pis pour ta bête ! Ne l'attache pas, elle trouvera bien où se réfugier.

— Ah ! ça, jamais, bredouilla Jules, prêt à pleurer. Je pars sur son dos, tant qu'il peut encore avancer dans l'eau. J'irai dans le bois au nord, loin de la rivière.

Il sortit en courant et dégringola l'escalier. Jacinthe se précipita derrière lui :

— Jules, reviens, c'est imprudent, enfin…

— N'ayez crainte, mademoiselle. À la revoyure ! entendit-elle encore.

À la fois accablée et nerveuse, elle s'assit sur une marche. En arrivant, Jules avait changé de pantalon et de chaussures, car il était trempé jusqu'à mi-cuisses. Pour rejoindre la grange, il devrait affronter le courant lent, mais invincible de la crue. « Sait-il nager, au moins ? » se demanda-t-elle, anxieuse.

Tout se mêlait dans son esprit, les yeux noirs de Matilda, la trogne d'orignal du docteur Gosselin, le gracieux visage d'Emma figé dans la mort, sa sinistre promenade dans la barque de Jactance et Pierre, toujours Pierre. Il se trouvait à Saint-Méthode lui aussi, à moins d'un kilomètre.

Un souvenir particulier s'imposa à elle parmi ce chaos d'images. C'était pendant le doux temps des fêtes, trois ans auparavant. Heureux d'être fiancés, ils avaient rendu visite au grand-père Boromée en amoureux.

« J'avais fait un gâteau et Pierre avait acheté une bonne bouteille de vin. Il neigeait. Nous étions venus depuis Saint-Prime dans la carriole, tirée par notre brave Carillon. Oh ! sans nous hâter, en nous embrassant à la moindre occasion. Qu'il était heureux, Boromée ! Il nous a joué de l'accordéon et nous avons dansé autour de son fauteuil... »

— Mademoiselle Cloutier ? appela Langelier. Ne tardons pas, madame Plourde estime que son rejeton ne risque pas grand-chose.

Le médecin se tenait sur le palier. Jacinthe se leva vite et remonta.

— Il y aurait peut-être une solution, dit-elle d'un ton hésitant. Partez donc, docteur. Vous avez cette dame à soigner, au village. Je peux rester ici ce soir et veiller sur votre patiente. La maison ne s'écroulera pas ! Je peux lui faire à souper et changer le bébé.

— Mais nous avions convenu que je vous ramènerais à Saint-Prime avant la nuit ! s'étonna-t-il. Vos parents seront contrariés. Déjà, j'ai perçu le mécontentement de votre père quand je suis allé vous chercher.

— En quoi serais-je utile là-bas ? Je ne ressusciterai pas ma petite sœur et il y a Sidonie, ma cadette, ainsi que Lauric, mon frère. Vous me raccompagnerez demain. L'enterrement a lieu en début d'après-midi.

Il la toisa, perplexe, certain qu'elle désertait de son plein gré le cercle familial.

— Je me juge responsable de votre sécurité, mademoiselle. Nous avons fait connaissance aujourd'hui. Vous m'avez bien aidé, certes, mais je préférerais vous savoir de retour à Saint-Prime à l'heure convenue.

Irritée, Jacinthe fit la moue. La colère sublimait ses traits et lui conférait de l'énergie.

— Docteur, il n'y a pas eu d'heure convenue. Je ne suis plus une fillette ; j'ai un logement à Roberval et un emploi. Avouez aussi qu'au cours de notre expédition nous pouvions être confrontés à des personnes en difficulté. Dans le milieu médical, les imprévus sont nombreux, j'en ai eu l'expérience durant mes études. Je crois sincèrement qu'avec une garde sous son toit madame Plourde sera tranquille. Son mari ne sera pas obligé, à peine de retour, de se remettre en chemin pour voir son fils nouveau-né et son épouse. Je m'en tirerai très bien. J'ai vu des bottes dans la chambre ; je pourrai cuisiner au rez-de-chaussée.

— D'accord, d'accord ! soupira-t-il en lui faisant signe d'une main levée qu'elle avait gagné la partie. Après tout, je ne suis pas en mesure de vous dicter votre conduite. Je m'en vais. Ça me permettra de surveiller Jules. En voilà un qui a du caractère, pour son âge.

— J'allais vous le demander, avoua-t-elle, radoucie.

De demeurer là, au milieu des terres submergées, la soulageait. Elle aurait difficilement pu expliquer les raisons de sa décision. « C'est ainsi ! » se disait-elle.

Antoinette Plourde la remercia avec chaleur, ravie de ne pas quitter sa chambre et de profiter de sa compagnie. Les draps du lit avaient été changés par les soins de la ravissante garde, et les oreillers avaient été secoués. La fermière accueillerait son Casimir les cheveux brossés, noués d'un ruban, un beau poupon niché sur ses seins.

— Je suis sûre que vous êtes affamée, avança Jacinthe dès qu'elles furent seules. Je vais vous préparer une collation.

*

Pierre s'était assis sur un rebord de fenêtre, une cigarette aux lèvres. Ainsi perché, les cheveux au vent, il semblait le gardien de la maison déserte, qui se reflétait vaguement dans l'eau

178

glauque. Il y avait deux heures que son père, son grand-père et Davy avaient disparu de son champ de vision à bord de la grosse barque que les Desbiens avaient achetée dix ans plus tôt. Ils devaient gagner la terre ferme, où l'instituteur avait garé la camionnette empruntée à un épicier de Saint-Félicien. Le temps était à la solidarité.

— Je vous rattrape. Je charge encore quelques bricoles dans la chaloupe ! avait-il affirmé.

Il aurait du mal à tenir parole, il le savait. Mais, plus le temps s'écoulait, plus il refusait de s'en aller tant il espérait revoir Jacinthe, le docteur Langelier étant obligé de repasser devant le perron de Boromée. Enfin, le bruit d'un moteur résonna ; la grande chaloupe flambant neuve du médecin approchait.

« Bon sang, il est seul ! constata-t-il bientôt. Où est-elle ? »

Dépité, il se posta sur le perron et fit de grands signes du bras pour attirer l'attention de Langelier. Surpris, celui-ci fit en sorte de ralentir après avoir coupé le moteur.

— Quelqu'un est blessé ou malade ? demanda-t-il à Pierre. Le vieux monsieur Desbiens ?…

— Non, docteur ! Vous me reconnaissez ? Je suis son petit-fils.

— Évidemment. Je suis navré, je n'ai pas le loisir de discuter.

— Excusez-moi, mais j'avais aperçu mon ancienne fiancée, Jacinthe Cloutier, tout à l'heure. Où est-elle ?

— Au chevet de madame Plourde et de son bébé, pour la nuit. Un arrangement entre nous. J'ai encore des patients à voir. Vous étiez fiancés, tous les deux ? Je l'ignorais. Une jeune femme qui sait ce qu'elle veut, dites !

— Ça, c'est vrai et, justement, elle ne voulait plus de moi. Je ne vous retarde pas plus, docteur.

Ils se saluèrent. Pierre entra dans la cuisine de son grand-père, où il se servit une rasade de whisky. « Je ne bougerai pas d'ici ! pensa-t-il. Ce soir, nous sommes voisins ou presque, ma belle Jacinthe. »

Pierre ressortit. La lumière déclinait, grise et oppressante. L'eau qui clapotait sur le moindre obstacle composait une petite musique funèbre. Dans ce paysage strié par la pluie, un cheval fendait les flots de son large poitrail rodé à l'attelage. Un enfant coiffé d'un chapeau l'encourageait, cramponné à sa crinière.

— Mais où vas-tu comme ça ? lui cria Pierre, inquiet.

— Sur la terre ferme, vers le nord ! hurla Jules en riant. Savez pas, m'sieur, j'ai un petit frère ? Et une belle fille m'a donné un bec quand j'suis arrivé chez nous, la ferme des Plourde, là-bas.

— Tu es un maudit chanceux ! Allez, dépêche-toi, mais demande refuge à quelqu'un du village. Ne te perds pas dans les bois.

Jules Plourde riait encore, innocent, enivré par sa liberté. Le cœur serré, Pierre l'envia. « On devrait rester enfant toute sa vie, songea-t-il. Pas de soucis, pas d'histoire de cœur... Enfin, je n'en suis même pas sûr. Emma prétendait qu'elle m'aimait déjà, petite fille. »

*

Chaussée de lourdes bottes qui lui montaient jusqu'aux genoux, Jacinthe était descendue dans la cuisine de la ferme. Elle avait allumé du feu dans le fourneau en fonte et faisait réchauffer un fond de ragoût composé de bœuf, de pommes de terre et de navets. « Antoinette pourra manger un repas chaud à son réveil. Ça lui redonnera des forces. Je suis contente qu'elle et son bébé se soient endormis. Ils se reposent », se disait-elle.

Elle avait coutume d'appeler ses malades par leur prénom, mais uniquement en pensée. Elle était soucieuse de leur montrer une certaine distance et de respecter les convenances lorsqu'elle s'adressait à eux. Plus que jamais, la jeune femme aimait son métier. Elle espérait le pratiquer sa vie durant. « J'aurais tant voulu être médecin ! »

déplora-t-elle. Mais les études étaient longues et difficiles, et les femmes n'étaient pas les bienvenues dans cette discipline. Cependant, il lui arrivait d'en rêver et, cette fin d'après-midi là, elle puisait du réconfort dans de folles images où elle se voyait investie du titre de doctoresse, en fonction dans un grand hôpital de Québec ou de Montréal. Un bruit ténu à l'extérieur la ramena à la réalité.

« C'est peut-être monsieur Plourde ! On a dû lui prêter une barque. »

L'instant d'après, elle entendit siffler un air qui lui était familier, celui d'*Auprès de ma blonde*. Cette fois, elle fut certaine que l'époux d'Antoinette rentrait au bercail. Sa bonne humeur pouvait s'expliquer. Il avait dû croiser le docteur Langelier et apprendre ainsi la naissance de son deuxième fils. Mettant de côté la marmite, elle pataugea jusqu'à la fenêtre.

— Pierre ! murmura-t-elle.

Partagée entre la colère et une joie amère, elle sortit sur le perron. Le jeune contremaître maintenait l'embarcation contre le mur de la maison. Il n'avait pas utilisé le moteur par souci de discrétion et il maniait une des rames comme une perche.

— Je dois te parler, implora-t-il.

— Je n'ai pas le temps et nous n'avons rien à nous dire, répliqua-t-elle à voix basse.

— Je ne serai pas long, on m'attend à Saint-Félicien. Jacinthe, il faut m'écouter. On n'accuse pas les gens sans preuve comme tu l'as fait hier matin.

Il attacha la corde du bateau à une barre de la balustrade en bois et se hissa à ses côtés. Elle tressaillit, émue contre son gré de le sentir tout proche. Le pouvoir inouï qu'il avait sur ses sens lui fit l'effet d'une malédiction.

— Parle vite ! lui intima-t-elle l'ordre. Madame Plourde dort, mais je suis tenue de veiller sur elle.

Il balaya la précision d'un geste las, troublé lui aussi de percevoir sa respiration, de surprendre le tremblement de ses lèvres d'un rose pâle. L'air dur et lointain, elle évitait de le regarder.

— Emma ne portait pas un enfant de moi, je te le jure, Jacinthe. Je n'aurais pas dû avoir une liaison avec ta sœur, je te l'accorde. Mais je le regrette, car elle a souffert par ma faute. J'en ai honte, une grande honte, comme j'ai un grand chagrin de sa mort. Je voudrais tant réparer mes torts ! Si tu veux, je chercherai qui est le père. Emma était sûrement tombée amoureuse d'un autre homme. Je le trouverai et il devra s'expliquer.

Une rafale les frappa de plein fouet. En gilet à manches mi-longues, Jacinthe frissonna. Sans réfléchir, Pierre l'attira contre lui. Elle céda, avide de tendresse.

— Je ne suis pas un type sérieux, plutôt un niaiseux, soupira-t-il. Surtout avec les filles. Tu étais ma seule chance de devenir meilleur.

Jacinthe secoua la tête, prête à sangloter de désespoir.

— Marié à Elphine Gagné, tu seras riche et considéré. Qu'est-ce que ça changera, Pierre, de savoir qui a mis ma sœur enceinte ? Si tu la voyais en ce moment, inerte, sur une table, allongée en robe blanche, un voile de tulle cachant son visage ! Une statue de cire ! Tu comprendrais que je méprise tous ceux qui lui ont fait du mal.

Bouleversée d'y être si bien comme avant, elle se dégagea de ses bras.

— Sans chercher à te blesser davantage, Jacinthe, je dois te dire autre chose. Emma, elle était bien différente de toi et de Sidonie. Moins vertueuse…

— Tais-toi, ne la salis pas ! Nous n'étions pas dupes de sa nature, Sido et moi. Quand nous lui faisions la morale, elle nous riait au nez en nous traitant de futures religieuses. Au fond, vous vous accordiez à merveille. Tu sembles différent de bien des hommes, Pierre, toi qui reçois des filles chez toi, quitte à ternir leur réputation. Elphine n'a pas froid aux yeux pour se jeter à ton cou et t'embrasser devant moi et son frère. Je devine ce qui s'est passé ensuite. Tu ferais mieux de hâter le mariage.

Imperceptiblement, Jacinthe reculait vers l'entrée de la maison. Pierre la suivait pas à pas.

— Je me moque d'Elphine, de ses piastres, de sa belle maison de Roberval, dit-il tout bas. Hier, je lui ai crié que je t'aimais toujours, que je t'aimerais toujours. Je n'ai pas osé te revoir ni t'écrire après notre rupture parce que j'étais vexé et humilié. Alors, oui, peut-être que je me suis vengé en couchant avec ta sœur, ça, j'y ai pensé aujourd'hui. Je n'en suis pas fier, mais Emma s'en fichait ; elle avait eu ce qu'elle voulait.

En larmes, Jacinthe fit le geste de se boucher les oreilles. Pierre l'en empêcha en la saisissant par les poignets.

— Va-t'en donc ! ordonna-t-elle. Tu es venu me torturer encore et souiller la mémoire de ma petite sœur. Laisse-moi en paix. Je suis suffisamment malheureuse comme ça. Nous sommes tous éprouvés dans notre chair, notre cœur. Si tu avais vu Lauric quand Sido et moi lui avons confié qu'Emma s'était suicidée… Il tremblait, incrédule, épouvanté. Il aurait préféré trouver un coupable, pouvoir le haïr.

Il la fixait avec un air halluciné, incapable d'obéir. Le souvenir de leur dernière étreinte lui tira un gémissement. Ce corps superbe, dissimulé par une longue jupe noire et un vilain gilet gris, il le voyait nu, tout en douces lignes pleines.

Il croyait sentir le parfum de sa chair, retrouver le soyeux de sa peau sous ses doigts.

— Je te prie de me lâcher, exigea-t-elle d'un ton haineux. Nous n'avons plus aucune chance d'être ensemble, maintenant.

— Alors, dis-le-moi en face. Pourquoi tu baisses les yeux ? Pourquoi tu ne t'es pas débattue quand je t'ai prise dans mes bras ?

Tout de suite captive de son regard fervent, passionné, elle lui jeta un coup d'œil affolé. L'amour fou qu'il lui inspirait vrilla son cœur. Elle lutta en pure perte contre la force irrésistible et insensée qui la poussait vers lui.

— Pierre, pourquoi, pourquoi ? gémit-elle.

Il l'étreignit et s'empara de sa bouche avec une fébrilité d'assoiffé. Jacinthe s'abandonna, éblouie, éperdue. La raison lui revint au bout d'une poignée de secondes, réveillée par le cri vigoureux d'un nouveau-né à l'étage.

— Je t'en prie, il faut t'en aller, maintenant, supplia-t-elle. Je dois retourner auprès de madame Plourde. Je lui prépare un repas, le bébé pleure.

— Laisse-moi revenir ce soir, cette nuit, je t'en prie.

— Non, Pierre, aie pitié de moi, va chez ton père. Ce baiser ne signifie rien, ce n'est qu'un petit retour en arrière, un instant de folie. Ne changeons rien à nos vies. Tu as Elphine, j'ai mon travail, et je suis en deuil, pour longtemps.

Elle le dévisagea, bouleversée par l'immensité de son sacrifice. Il n'y aurait pas d'autre homme que lui, mais elle devait le quitter encore une fois.

— Respecte ma décision, balbutia-t-elle en se ruant à l'intérieur de la maison.

Là, elle grimpa l'escalier et se précipita dans la chambre. Antoinette essayait de faire téter son fils, qui continuait à crier de plus belle.

— Ah ! mademoiselle ! J'allais appeler. Moïse ne veut pas prendre le sein. Doux Jésus ! Jules, lui, à peine né, s'est montré affamé.

— Donnez-le-moi.

Jacinthe prit l'enfant des bras de sa mère et le berça un peu. Le fardeau si léger et si doux apaisa la jeune femme. Le bébé se calma, clignant des paupières pour dévoiler des prunelles bleutées. « Je pourrais être mère depuis deux ans et avoir l'expression comblée de cette femme », se dit-elle, saisie d'une soudaine nostalgie.

La fermière l'observait, allongée sur le côté, la chemise de nuit entrouverte. Ses cheveux bruns bouclés étaient coupés à la hauteur du menton, encadrant une figure poupine aux joues colorées.

— Il n'est pas malade, au moins, mademoiselle ? s'alarma-t-elle. J'ai perdu trois petits après Jules : un garçon mort à quatre mois dans son sommeil et deux filles emportées par la grippe. Mon mari et moi, on en a, du chagrin. Notre Moïse, je voudrais qu'il soit bien solide comme notre aîné.

— Je suis désolée pour vous, madame. Il n'y a pas de plus grande douleur que de perdre un être cher.

— Le docteur Langelier m'a dit, pour votre jeune sœur. Vous en avez, du courage, de travailler quand même.

— Je supporte mal de rester inactive, avoua Jacinthe. Tenez, reprenez ce petit monsieur. Il s'est rendormi, je descends chercher de quoi vous revigorer.

En dépit de toutes ses résolutions, elle espérait retrouver Pierre à la même place, sur le perron. Mais il était parti.

5

La victime du lac

Saint-Prime, lundi 28 mai 1928

Il y avait foule dans le cimetière de Saint-Prime, tout proche de l'église, en ce milieu d'après-midi. Les gens du village étaient venus accompagner Emma, qui allait les quitter pour son dernier voyage. Seules quelques familles nouvellement installées ne connaissaient guère la benjamine des filles Cloutier. Elles assistaient quand même à l'enterrement par solidarité envers la famille éprouvée. Quant aux autres, ils avaient tous un souvenir de la jeune femme, d'un bonjour échangé avec elle dans la rue principale, de bribes de conversation devant le comptoir du magasin général.

Jacinthe et Sidonie soutenaient Alberta, toujours plongée en pensée dans un monde lumineux où sa petite tant aimée vivait encore.

— C'était une mauvaise idée de lui cacher la mise en bière, de laisser fermer le cercueil sans qu'elle embrasse Emma, leur dit tout bas Matilda qui venait de les rejoindre.

Vêtu d'un costume noir, Lauric lui décocha un regard inamical. Chez lui, le chagrin avait fait place à une colère impuissante, teintée d'une totale incompréhension. Il ne pouvait concevoir le suicide de sa sœur ni la loi du silence qu'imposait leur père.

— De quoi vous mêlez-vous ? gronda-t-il. Au moins, notre mère ne souffre pas.

— Elle souffrira bien plus en retrouvant ses esprits, rétorqua Matilda. Il convient de dire adieu à nos morts et de prier pour eux.

— Un peu de décence ! Ce n'est pas le moment de se quereller, trancha Sidonie à mi-voix. Que vont penser les gens ? Et papa ?

Champlain se retourna, car il avait l'ouïe fine. Il arborait un masque d'une dureté impressionnante, qui contrastait avec la mine accablée de son beau-père, Ferdinand Laviolette, qui sanglotait sans gêne, cramponné au bras de Lauric.

« Je ne verrai plus jamais le sourire de ma sœur ! » se disait Jacinthe, un foulard noir noué autour du visage.

Le docteur Langelier l'avait ramenée à Saint-Prime aux environs de midi, et il était resté pour les obsèques. À l'abri de son parapluie, le médecin fixait d'un œil affligé le cercueil en bois, posé au fond d'une fosse creusée à l'aube dans une terre gorgée d'eau.

Le curé prononçait le discours qu'il avait préparé la veille au prix de plusieurs brouillons, dus aux demandes de Champlain Cloutier. Le fermier avait exigé de manière impérieuse qu'il désigne Emma comme la première victime des inondations. Il fallait comprendre : la première victime du gouvernement et de la compagnie en place du côté de l'Isle-Maligne.

— Je dois y réfléchir, avait répondu le religieux.

Finalement, il s'était refusé à proclamer une telle affirmation, puisque, lorsque prit fin son homélie, il n'y avait été question que d'un regrettable accident, comme il s'en était déjà produit au bord du lac, à l'époque des crues de printemps.

Jactance Thibault, la larme à l'œil, hocha la tête. Le curé jeta de l'eau bénite dans la tombe. Sans lâcher son grand-père, Lauric fut le premier à envoyer une poignée de terre sur le cercueil que la pluie rendait luisant d'humidité. Jacinthe s'avança, suivie de Sidonie. Matilda leur avait fait signe qu'elle veillerait sur leur mère.

Un peu à l'écart de la triste assemblée, Marie-Christine Bernard se décida à photographier la cérémonie. Elle avait eu l'autorisation de Champlain, mais, embarrassée, elle rangea vite son appareil, se contentant d'un cliché qui ne serait peut-être pas fameux à cause de tous les parapluies ouverts ainsi que du ciel sombre et lourd de nuages. Son article était rédigé, étayé par une longue série de témoignages déchirants dont le point d'orgue était le décès tragique d'une jolie fille de la région. Morte noyée, comme le lui avait dit et répété le père, désespéré et furieux.

Jacinthe, qui scrutait discrètement chaque visage, espérant et redoutant tout à la fois d'apercevoir Pierre, reconnut soudain la jeune femme blonde, pour l'avoir croisée la veille à Saint-Méthode à bord d'une chaloupe. Intriguée, certaine que c'était une étrangère doublée d'une citadine, elle l'aborda.

— Bonjour, mademoiselle. Étiez-vous une amie d'Emma ? Je suis sa sœur aînée.

— Bonjour… Non, je travaille pour le journal *Le Colon*. J'ai rencontré votre père ce matin à sa demande.

— Seigneur, quel entêtement ! murmura Jacinthe. Madame, je vous supplie de ne pas présenter ma petite sœur comme une victime. Nous avons grandi ici, près de la plage, et, bien souvent, mon frère, mes sœurs ou même moi aurions pu nous noyer, à cause d'une imprudence ou d'une sottise. Je ne peux pas vous en dire davantage, mais, si vous avez le respect de la vérité, oubliez les divagations de mon père. Il se fait des idées. Quant à ma mère, elle a subi un tel choc ! À quoi bon se servir du chagrin d'une famille pour faire vendre un morceau de papier ?

Suffoquée, Marie-Christine ne sut que répondre. Ses grands yeux d'ordinaire rieurs prirent une expression grave.

— Vous vous inquiétez pour rien, mademoiselle Cloutier. Je n'avais pas l'intention d'écrire une chose pareille. Je suis de votre avis : on peut se noyer n'importe quand, n'importe où. Si vous n'avez pas confiance, je vous posterai le numéro du journal où figurera l'article. Je peux concevoir votre peine et celle de vos malheureux parents. Je suis tellement désolée pour vous tous ! Au revoir, mademoiselle. Je me sauve, un taxi m'attend.

— Au revoir. Et merci.

Jacinthe regagna sa place auprès de sa mère. Alberta lui adressa un regard d'aveugle avant de bredouiller :

— Je voudrais rentrer à la maison, moi. Qu'est-ce qu'on fabrique au cimetière ? J'ai les pieds gelés. J'aurai peut-être une lettre d'Emma.

Pensez donc, Matilda, ma petite enseigne, dans une école de rang, à Saint-Jérôme !

— Mais oui, Alberta, vous me l'avez déjà expliqué, répliqua la vieille dame, apitoyée. Je vous ramène chez votre papa, rue Laberge.

— D'accord, je vous suis.

Effarée, Sidonie saisit la main de Jacinthe. Elles n'avaient pas besoin de se parler. Confrontées à l'égarement qui changeait leur mère en une sorte de simple d'esprit, elles partageaient le même sentiment d'irrémédiable.

— Maman me fait peur, souffla Lauric. Bientôt, elle fera la paire avec ce crétin de Pacôme. Dieu merci, Brigitte ne l'a pas traîné au cimetière. Je n'avais aucune envie de subir les simagrées de cet idiot.

— Ne sois pas si dur ! lui reprocha Jacinthe.

— Oui, c'est vrai, tu l'as déjà frappé sans raison. Ne t'acharne pas sur ce pauvre garçon, renchérit Sidonie.

— Il me dégoûte, je n'y peux rien.

Le curé s'éloignait, la plupart des gens aussi. On avait tant d'ennuis, ces temps-ci ! La situation empirait. Le maire de Saint-Prime en discutait avec Champlain, livide de rage intérieure.

— À Roberval, le niveau du lac affiche vingt-trois pieds, et plusieurs rues sont impraticables. Les autorités ont établi un service de secours. L'Hôtel-Dieu va être évacué.

— Que l'eau monte encore, je m'en fiche, aboya le fermier. Je viens d'enterrer une de mes filles.

— Si vous pouviez voir à quoi ressemble Saint-Méthode ! hasarda alors le docteur Langelier, qui s'était approché des deux hommes. On ne peut pas le croire, et certains résidants veulent rester chez eux, comme si la décrue s'amorçait et qu'ils allaient bientôt reprendre leur train de vie habituel. Mais la terre sera perdue, inexploitable.

Champlain haussa les épaules et jeta un regard noir autour de lui. Brigitte Pelletier le salua d'un signe de tête affligé. Ensuite, avec un air de circonstance, elle vint lui serrer la main.

— Mes condoléances, monsieur Cloutier.

— Je vous remercie bien. Qu'avez-vous fait de votre fils ? s'enquit-il par politesse.

— Pacôme s'est endormi sur le divan après le repas. Il ronflait à son aise, le pauvre, lui qui est toujours agité. Je n'ai pas pu le réveiller, alors qu'il était habillé pour l'enterrement.

— Cachez mieux votre bouteille de gin, madame Pelletier, conseilla le maire. N'est-ce pas, cher ami ?

La question s'adressait au docteur Langelier. Le médecin réserva son jugement.

— Un bon somme n'a jamais fait de mal à personne, finit-il par dire d'un ton distrait.

— C'est exactement ce que je me suis dit, admit Brigitte. Mais ça me tracasse. Je ferais mieux de vite rentrer à la maison. À la revoyure, messieurs.

Jacinthe avait entendu la conversation ; elle s'attardait pour pouvoir discuter avec son père, tout en observant les silhouettes masculines qui s'éloignaient. Pierre était-il venu dire adieu à Emma ? Consternée d'être aussi faible devant lui, elle avait beaucoup pensé au baiser qu'ils avaient échangé. « Je ne le vois pas. Il aurait pu venir. Il ne prenait aucun risque, puisque nos parents n'ont jamais su qu'ils avaient été amants, Emma et lui. Sidonie et moi, nous avons encore une fois cédé aux caprices de la petite et gardé le secret. Ma pauvre petite sœur, elle croyait vraiment que Pierre l'épouserait. »

Brigitte la frôla, comme par inadvertance, et s'arrêta net.

— J'y pense, Jacinthe, toi qui es infirmière, si tu venais examiner mon fiston ?

— Parce qu'il fait la sieste ? ironisa-t-elle.

Elle éprouvait depuis des années une antipathie instinctive à l'égard de cette femme.

— Si vous estimez ça anormal, poursuivit-elle, demandez au docteur de Saint-Prime de l'ausculter. Il soigne Pacôme à la moindre alerte, si ma mémoire est bonne.

— La visite d'une garde doit coûter moins cher que celle du médecin. Ce serait correct de ta part. Je n'ai pas porté plainte contre ton frère. Qu'est-ce que j'en sais, moi, si la somnolence de mon fils n'est pas une conséquence du coup qu'il a reçu avant-hier soir ?

D'après Sidonie, Lauric n'y était pas allé de main morte en frappant le simple d'esprit. De plus, la rue Potvin était à deux pas de chez son grand-père.

— Je viendrai, madame Pelletier ; d'ici un quart d'heure. Vous avez raison sur le principe, et vous n'aurez pas à me payer.

— Merci, Jacinthe, tu es une brave fille. Tu m'as un peu parlé de haut, mais, quand le malheur nous ronge le cœur, on n'est point aimable.

La mère de Pacôme tourna les talons. Champlain, qui avait pris congé du maire, saisit sa fille aînée par le bras.

— Toi, tu as eu raison de filer à Saint-Méthode hier et d'y dormir. Sinon, j'aurais cru que tu avais prié monsieur le curé de ne pas citer Emma comme une victime, lui dit-il à l'oreille d'un ton rude. Mais il y avait une journaliste ; elle mettra ce que je lui ai conseillé, dans son journal. Ça touchera plus de monde encore. Qu'est-ce qu'elle te voulait, la veuve Brigitte ?

— Rien d'important, papa. Pour l'article, autant t'avertir, j'ai pu parler à ta fameuse journaliste. Elle renonce à utiliser la noyade d'Emma. J'en suis soulagée. Un scandale basé sur un mensonge ne nous apporterait rien de bon.

Il serra plus fort son coude, tout en violence contenue, et l'entraîna ainsi en direction de l'église, d'où ils rejoindraient la rue Laberge.

— Tu ne devais plus t'opposer à moi. Je me bats contre l'injustice et les puissants. Pour qui, d'après toi ? Pour ton frère et pour Sidonie. Mes terres et la maison leur reviendront, s'il me reste des terres et une maison. Tu étais d'accord.

— Je le suis toujours, papa. Je t'approuve sur bien des choses, mais pas celle que tu sais. Emma s'est suicidée par peur de vous décevoir et par honte. Le curé l'aurait compris si nous lui avions dit la vérité.

— Plus un mot là-dessus, gronda-t-il. Je dois oublier ce qui a poussé ta sœur à mourir, sinon je finirai à moitié fou comme ta pauvre mère.

Ils marchèrent en silence, chacun campant sur ses positions. Le fermier savait qu'il avait en Jacinthe un adversaire redoutable, pour la simple raison qu'elle tenait de lui. Elle était dotée de la même force de caractère et d'une détermination sans faille. Il l'admirait, sans lui avoir jamais fait un seul compliment.

*

Comme convenu, Jacinthe frappa chez Brigitte Pelletier un quart d'heure plus tard. Elle se reprochait d'abandonner encore une fois Sidonie et Lauric, qui devaient gérer la colère de Champlain, l'égarement d'Alberta et le désespoir de leur grand-père.

— Ne t'inquiète pas, Matilda veille sur maman, lui avait confié sa sœur. Tu as bien fait d'accepter, ça nous dédommage du geste de Lauric. Moi, je vais préparer une poutine pour ce soir. Tu te souviens, grand-mère nous en servait souvent, quand nous soupions ici.

La poutine, un plat du Nouveau-Brunswick, consistait à cuire au four des pommes de terre bouillies et de la viande hachée. Originaire de cette province de l'Est canadien, la défunte épouse de Ferdinand Laviolette aimait cuisiner des plats de sa région natale, de surcroît peu coûteux.

— Ah ! te voilà ! Entre vite ! s'écria Brigitte en voyant Jacinthe sur le seuil de son logement. Figure-toi que mon pauvre Pacôme dort encore. Je n'ai pas pu le réveiller. Il ronfle sur le divan du salon.

Surprise et vaguement inquiète, Jacinthe se retrouva au chevet du simple d'esprit. La tête à demi enfouie dans un coussin et la bouche grande ouverte, il semblait dans un état semi-comateux.

— J'en suis désemparée, gémit sa mère. Je lui ai ôté ses chaussures, parce qu'il mettait de la boue sur la couverture. Il n'a pas réagi.

— Il me faudrait une petite cuillère, madame Pelletier, que j'examine sa langue. Si vous pouviez m'apporter aussi de l'eau froide et de l'alcool. Faites également du café très fort.

Une fois seule, Jacinthe fixa la face épatée du dormeur, son nez large et son front bas. Elle étudia ses mains massives aux doigts énormes. Ses ongles étaient noirs. « Ces mains-là ont touché Emma, elles l'ont sortie de l'eau. Elle qui aimait à la folie danser dans les bras d'un beau garçon, Pacôme aura été le dernier à la tenir contre lui. Triste paradoxe ! » songea-t-elle.

Adolescentes, les trois sœurs Cloutier fuyaient en riant le robuste garçon aux yeux ébahis, qui ne savait que bégayer. C'était peu charitable, mais, en dépit des soins de sa mère, il sentait souvent mauvais. Il était malhabile à se moucher l'hiver comme à éponger sa sueur l'été.

— Pacôme, il faut te réveiller, dit-elle bien fort en lui tapotant la joue.

Il n'eut même pas un frémissement. Elle écarta les paupières de son œil gauche, le droit étant appuyé sur le coussin, mais ne vit aucun signe alarmant. Brigitte était déjà de retour.

— Quand je te disais, c'est pas ordinaire, qu'il dorme comme ça. Tiens, la petite cuillère.

200

— Sa langue est chargée, fit remarquer Jacinthe après un bref examen. On le dirait plongé dans un coma provoqué par une trop grosse consommation d'alcool, mais il ne sent rien. Vérifiez donc quand même la contenance de vos bouteilles.

Jacinthe commençait à s'affoler, révisant en silence ses cours de toxicologie. « S'il souffrait d'une hémorragie méningée ou d'une attaque… Non, on dirait plutôt un sommeil artificiel, comme s'il avait avalé un calmant. Des barbituriques. »

L'idée la secoua, lui rappelant sa frénésie de retrouver le sac à main d'Emma, pour vérifier si oui ou non sa petite sœur avait dérobé un tube de barbituriques à l'hôpital.

— Mon fils n'a pas bu une goutte de vin ni de whisky ! protesta alors Brigitte de sa voix aiguë. J'y fais attention, ça ne lui réussit pas.

La jeune femme s'interrogeait. Pacôme avait très bien pu ramasser le sac, le fouiller et avaler des médicaments. Elle devait absolument le ranimer. Elle lui infligea les traitements adéquats ; elle bassina son visage et son cou d'eau froide, elle lui donna de petites gifles, sans oser lui faire avaler du café chaud pour le moment.

— Doux Jésus, se plaignit la maîtresse des lieux, je dois aller à la toilette. Continue, il va bien revenir à lui.

« Seigneur, pas s'il s'agit de barbituriques ! s'affola Jacinthe. Si c'est bien ça, s'il a avalé tous les comprimés pour s'amuser, il est en danger de mort. »

Elle pensait aussi que le malheureux était le seul à pouvoir raconter ce qui s'était vraiment passé au bord du lac.

— Pacôme, réveille-toi, allons ! supplia-t-elle.

Exaspérée autant qu'anxieuse, elle voulut lui donner du café, mais elle tremblait tant qu'une partie de la tasse se renversa sur la poitrine de son malade. Il eut un sursaut, poussa une plainte et émit un râle de contrariété. Soudain, contre toute attente, il ouvrit un œil ébahi, bâilla et agita ses lèvres épaisses.

— C'est bien, Pacôme, l'encouragea-t-elle. Tu nous as fait peur. Tu me reconnais ?

— Maman… Je veux maman, bredouilla le simple d'esprit.

— Elle n'est pas loin, ne crains rien. Je suis là pour te soigner.

Il posa sur elle un regard halluciné, sans tenter de se redresser.

— Qu'est-ce que tu as mangé, Pacôme, pour dormir autant ? Tu peux me le dire, tu ne seras pas disputé. Je ne te veux aucun mal. Si tu m'expliques ce que tu as avalé, je pourrai t'aider, te donner un bon médicament.

Le mot bon, pour lui, avait une résonance particulière, proche de bonbon. Il se frotta le nez et bava un peu, toujours hébété.

— Emma, bonbons d'Emma, ânonna-t-il, prêt à se rendormir.

Son cœur battant à grands coups, Jacinthe lui souleva la tête d'une main énergique, essayant de lui faire boire le restant de café.

— Dis-moi, Pacôme, où as-tu trouvé les bonbons ? Dans le sac d'Emma ?

Le simple d'esprit la repoussa en appelant sa mère d'une voix déchirante. Accroupie près du divan, Jacinthe faillit basculer en arrière.

— Calme-toi, enfin, l'exhorta-t-elle. Sois gentil, parle-moi d'Emma, ma petite sœur.

En guise de réponse, il gesticula et enfouit son visage dans le coussin, imprimant à son corps massif d'étranges soubresauts. Brigitte le découvrit ainsi en accourant, haletante.

— Il a crié, je l'ai entendu du jardin ! Doux Jésus, tu l'as réveillé, Jacinthe. Merci bien. Mais qu'est-ce qu'il a, donc ?

Tenue au secret à propos du suicide de sa sœur, Jacinthe hésitait à parler. Elle se décida pour une demi-vérité.

— Madame Pelletier, Emma a travaillé avec moi vendredi, à l'Hôtel-Dieu. Il me semble qu'elle avait des calmants dans son sac, car elle souffrait souvent d'insomnie, mentit-elle. Ce sac, personne n'en fait état. Pourtant, ma sœur ne serait pas venue jusqu'ici sans lui. Pacôme a pu le trouver. J'ai cru comprendre à l'instant qu'il faisait allusion à des bonbons, les bonbons d'Emma.

— Seigneur, si c'est ça, il aurait pu mourir, mon pauvre fiston. Pacôme, regarde maman. As-tu mangé des bonbons ? Ne fais pas ton timide, réponds-nous. Aurais-tu pris le sac d'Emma, quand tu l'as sortie de l'eau ?

Jacinthe guettait le moindre son qui aurait pu s'échapper du divan, même étouffé par la position bizarre du jeune homme. Brigitte le força à s'asseoir, usant pour cela d'un ton sec et autoritaire. Elle était accoutumée aux réactions particulières de son enfant attardé.

— Arrête tout de suite, Pacôme, on doit te parler ! Il faut nous dire ce que tu as fait. Jacinthe le cherchait, ce sac, hier matin, avec Jactance.

C'était une manière détournée d'avouer à l'infirmière qu'elle était au courant de sa quête improbable en compagnie de leur voisin. Jactance avait dû en parler à son épouse, qui en avait parlé à son tour. Au rythme où bavardaient Artémise Thibault et Brigitte Pelletier, tout le village serait bientôt au courant, si ce n'était pas déjà le cas.

— Pas pris le sac, moé ! éructa Pacôme.

— Si tu ne l'as pas pris, où as-tu trouvé les bonbons d'Emma ? s'étonna sa mère.

— J'sais pas.

Il se buta, renfrogné, et s'enferma dans un silence obstiné. Les deux femmes échangèrent un regard navré.

— Nous allons fouiller la maison, déclara sa mère. Il n'est pas malin, pas assez en tout cas pour cacher un sac.

Jacinthe commençait à en douter. Elle avait eu à surveiller un déficient mental, pendant sa formation, et elle se souvenait qu'il faisait preuve d'une grande ingéniosité et d'une aptitude certaine à ruser. « Les enfants sont bien capables de nous berner ! se dit-elle. Pourquoi pas lui ? Il n'est pas si sot, au fond, puisqu'il a vite transporté ma sœur sur un bout de terre ferme. »

— Je monte d'abord dans sa chambre, annonça Brigitte. Sois sage, Pacôme, sinon tu n'auras pas de dessert.

Le colosse parut indifférent à la menace. Dès que des pas retentirent à l'étage, il ricana :

— Emma m'a dit mauvais bonbons, elle voulait pas m'en donner, mais, Pacôme, il aime les bonbons…

Fier de lui, il éclata d'un affreux rire silencieux. Livide, éberluée, Jacinthe l'interrogea.

— Emma t'a parlé ? Tu as vu Emma vivante ? Quand, Pacôme, je t'en prie, dis-le-moi. Peux-tu comprendre combien c'est important ? C'était ma sœur ; je dois savoir.

Mais il ne l'écoutait pas. Il riait encore tout bas, la mine ravie, les bras croisés sur sa poitrine de taureau. L'écho de cette joie imbécile vint à bout de la patience de Jacinthe. Cependant, elle se retint de le gifler ou de le secouer, sachant que c'était la pire des solutions, qu'il était préférable de l'amadouer.

— Tu auras de vrais bonbons si tu me racontes, Pacôme : des caramels, des gommes à la réglisse. Je t'en achèterai si tu me rends le sac d'Emma, aussi. C'est mal de le garder et, surtout, tu ne dois plus manger les mauvais bonbons. Ils t'ont fait dormir longtemps ; ta mère a eu peur.

Il fit non de la tête, bizarrement obstiné. Un odieux soupçon la traversa.

« Et si Lauric avait vu juste ? Si c'était lui, Pacôme, qui avait tué Emma ? »

Elle le considéra avec une immense répulsion. Brigitte descendait l'escalier, les mains vides.

— Il n'y a rien du tout, même pas dans le grenier où il va souvent fouiner dans mes vieilleries. Tu peux t'en aller, Jacinthe. Je le connais, il ne faut pas le brusquer. Je ne le quitte plus une minute. Quand il sera bien réveillé, je lui tirerai les vers du nez, à ce vilain.

— Je crois que c'est nécessaire, madame. S'il reprend des calmants, il peut lui arriver malheur.

Jacinthe sortit, abasourdie. Elle aurait pu insister, révéler ce qu'elle venait d'entendre à Brigitte, mais, confrontée à un nouveau mystère, elle perdait pied. À peine de retour rue Laberge, elle attira son père à l'écart ainsi que Sidonie et leur expliqua la situation. Lauric était parti chez Osias Roy, ce qui la soulageait. Son frère aurait pu tirer des conclusions hâtives en l'écoutant.

— Tabarnak ! gronda Champlain à la fin de son récit. Qu'est-ce que tu nous chantes là ? Ce gars n'a rien dans la cervelle. Il se raconte des histoires, parce qu'il est chamboulé d'avoir vu Emma morte. Tu me brouilles l'entendement avec tes sornettes et tes bonbons ! Je connais bien Brigitte Pelletier. Elle abuse du caribou, son bozo aussi, sans doute. Jacinthe, ta sœur est au cimetière. Tu pourrais remuer ciel et terre, elle ne reviendra pas nous déshonorer. Tu ferais mieux de t'occuper de ta mère. Matilda tente de la raisonner, grand-père Ferdinand tout pareil, mais notre Alberta veut monter dans un train pour Saint-Jérôme et aller revoir sa petite. On n'a pas fini de souffrir.

Sidonie prit Jacinthe par l'épaule pour la consoler. Champlain les laissa seules, non sans bougonner de colère.

— Papa a raison, je crois. Comment faire confiance à Pacôme ?

— Mais une chose est vraie, il a avalé des barbituriques. Il a forcément eu le sac d'Emma entre les mains. Et elle lui a parlé. Quand, Sidonie, quand donc ?

— Tu trembles, tu as une mine à faire peur. Viens boire du thé. Brigitte est habituée aux manies de son fils. Elle réussira à le faire avouer ce qui s'est passé. Jacinthe, le plus important, maintenant, c'est maman. Et, je t'en supplie, pas un mot à Lauric, il serait capable de s'en prendre à Pacôme. Nous aurions des ennuis.

À bout de résistance, Jacinthe capitula. Elle aurait voulu ne plus penser, renoncer à connaître la vérité. Confusément, elle prit conscience que la mort d'Emma semait un vent de panique dans sa famille et même au-delà. Ce vent pourrait les détruire, bien plus sournois et cruel que le noroît, plus insidieux que la montée des eaux autour du lac.

En moins de trois jours, elle avait revu Pierre, qui disait avoir rompu avec Elphine Gagné, et ils s'étaient embrassés. Son frère d'ordinaire paisible et gentil avait attaqué et blessé un simple d'esprit, il l'avait accusé sans preuve d'être un assassin. Sa mère, une douce personne infatigable, fervente catholique qui prêchait à autrui la résignation au destin quand le malheur frappait, perdait la tête.

« Et j'ai perçu l'avidité du docteur Gosselin à mon égard, je l'ai senti vicieux, désireux de me posséder », songea-t-elle encore.

Elle oubliait l'amabilité, la sollicitude de Wallace Gagné, prêt à se dire son ami. Elle était atterrée par ce constat inquiétant. Que leur révélerait encore le décès brutal d'Emma ?

— Viens dans le salon, insista Sidonie, pleine de compassion. Le curé est là, il tenait à réconforter maman, bien en vain.

Froide et taciturne, Jacinthe la suivit.

*

Rue Laberge, le soir

Sidonie avait mis le couvert dans la salle à manger. Les cheveux noués sur la nuque, vêtue d'une robe noire, elle fixait sans la voir une carafe d'eau. Son grand-père était déjà assis à la table, les paupières meurtries, le nez tuméfié par les larmes.

— C'est déjà dur d'avoir enterré Emma, si jeune, il faut que mon Alberta perde l'entendement.

Pour le vieil homme, le poids du chagrin était insoutenable. Il leva une main tremblante vers sa petite-fille :

— Je voudrais mourir bien vite, Sidonie.

— Ne dis pas ça, pense à nous, grand-père. Lauric, Jacinthe et moi, nous t'aimons, nous voulons te garder encore longtemps. Tu sais, mon idée d'ouvrir un atelier de couture ici, au village, elle me plaît de plus en plus.

— Je croyais que tu renoncerais. Tu dois soutenir tes parents, aider ton père, surtout.

— L'un n'empêche pas l'autre, grand-père. Je travaillerai l'après-midi à mes commandes. Au début, je dormirai à la ferme. Comme ça, le matin, je donnerai un coup de main à papa et à Lauric.

— Tu me mets du baume au cœur, mignonne, dit-il.

Un bruit de pas pesant ébranla le plancher de l'étage au-dessus de leurs têtes, ponctué d'un éclat de voix. Jacinthe et son père se querellaient encore.

— Mais qu'est-ce qu'ils ont donc ? se lamenta Ferdinand.

— Tu connais papa ! Quand il souffre, il s'en prend à tout le monde. Lauric a eu son compte, tout à l'heure, parce qu'il a fait venir le docteur Langelier. Comme c'est un grand ami du maire, il s'était attardé à placoter devant chez lui. Mon frère lui a parlé de maman et il a préconisé une injection de calmants. C'était une bonne idée, maman va dormir ce soir et toute la nuit grâce à la piqûre. Seulement, papa voulait que ce soit le vieux docteur Claude, celui de Saint-Prime, qui voie notre mère, pas le médecin de Saint-Méthode.

— C'est quoi, le médicament qu'il lui a injecté à ma petite Alberta ? Je n'ai pas confiance, moi, avec toutes les nouveautés qu'on fabrique.

— Un calmant, un simple calmant. Sinon, elle se serait enfuie vers la gare avec l'idée de prendre un train pour retrouver Emma. Doux Jésus, notre pauvre maman !

En retenant un soupir, Sidonie disposa des serviettes de table sur les assiettes. Le repas qu'elle avait cuisiné fleurait bon, au chaud dans le four.

— Veux-tu un petit verre de sherry, grand-père ? proposa-t-elle tendrement. J'en prendrai aussi, on en a besoin.

— C'est pas de refus.

Bientôt, assis face à face, ils se sourirent, au bord des larmes cependant.

— Sais-tu, Sidonie, je voudrais comprendre comment Emma a pu se noyer. Et à quel moment. Pourquoi venir si tard jusqu'à Saint-Prime ?

— Jacinthe se pose la question ; moi aussi.

— Et Champlain, il juge ça normal ?

— Pas vraiment…

Jacinthe descendit à ce moment, son père sur les talons. Tous deux entrèrent dans la pièce, le visage fermé, le regard brillant de fureur contenue.

— Dès que Lauric sera là, nous pourrons souper, déclara Sidonie sur un ton faussement désinvolte.

Le jeune homme donnait du foin aux moutons. Il fit bientôt irruption, les joues colorées par le vent, mais l'air affligé. Brigitte Pelletier était sur ses talons.

— J'ai profité de la porte ouverte, dit-elle en manière d'excuse. N'est-ce pas, Lauric ? Ça m'a évité de frapper.

La visiteuse n'alla pas plus loin que le vestibule afin de ne pas salir le parquet de la pièce. Elle était affublée d'un large manteau en laine et d'un chapeau en toile cirée constellé de gouttes d'eau, car il pleuvait encore. Jacinthe se précipita vers elle.

— Est-ce que Pacôme vous a dit quelque chose ? demanda-t-elle tout bas.

— Rien du tout, mais il m'a emmenée là où il avait caché le sac de ta sœur sans dire un mot. Je me suis dépêchée de te l'apporter.

Un profond silence se fit dans la salle à manger. Sidonie jeta un coup d'œil affolé à son frère, puis à son père, changé en statue.

212

— Faut pas en vouloir à mon fils, il ne pensait pas à mal, ajouta Brigitte en les prenant à témoin. Moi, je pense qu'il a caché le sac dans sa veste avant de tirer Emma sur la terre ferme. Ensuite, il a oublié de vous le dire. Et sans doute, tel que je le connais, mon pauvre petit, il a joué avec. J'en suis malade. S'il avait avalé tous les cachets, il aurait pu en mourir.

Elle ignorait que Ferdinand et Lauric ne savaient absolument rien de l'histoire. Ils l'avaient écoutée avec stupéfaction. Jacinthe se retourna, craignant un accès de fureur de son frère.

— Je vous expliquerai ; papa est déjà au courant. Madame Pelletier, si vous pouviez me remettre le sac…

— Tiens, le voilà. Bon, je rentre vite chez moi. Je n'aime pas laisser Pacôme sans surveillance. Enfin, il est puni, je l'ai mis au lit.

Jacinthe prit entre ses mains le précieux accessoire en cuir blanc à longue lanière et au fermoir argenté.

— Merci beaucoup, vraiment, murmura-t-elle, aveuglée par les larmes.

Brigitte lui adressa un regard étrange, qui aurait pu paraître compatissant, mais qui révélait une sorte de défiance.

— Il ne faudra plus embêter mon fiston, maintenant, dit-elle à mi-voix.

— Non, bien sûr.

— Je vous dis bonsoir à tous, dans ce cas.

Jacinthe referma la porte derrière la veuve. Elle appréhendait le moment d'affronter les siens. Lauric la rejoignit, prêt à lui arracher le sac.

— Laisse-le-moi, supplia-t-elle. Je t'en prie, nous devons parler tous ensemble.

— Mais qu'est-ce qui se passe, à la fin ? s'étonna Ferdinand.

Champlain avala un verre de sherry d'un trait et se releva de la chaise où il s'était affalé.

— Ne vous tracassez pas, beau-père, l'affaire est bien ordinaire, dit Champlain. Toi, Lauric, reviens t'asseoir. Depuis hier matin, Jacinthe se disait qu'Emma avait son sac à main avant de se noyer.

Sa voix flancha. Il se crispa et continua d'un ton plus assuré :

— Évidemment, elle a voulu le trouver, têtue comme elle est. En plus, elle savait que notre petite prenait des cachets pour dormir, là-bas, à Saint-Jérôme. Emma était triste, loin de nous, elle se morfondait et le sommeil la fuyait. Et voilà qu'après l'enterrement, madame Pelletier parle de son niaiseux qu'elle pouvait pas réveiller. Jacinthe a tout de suite pensé aux cachets qui étaient dans le sac. Pacôme avait dû le ramasser et le fouiller. Pauvre gars, il n'a rien dans la cervelle, il a cru que c'était des sucreries.

Ferdinand esquissa une grimace dubitative. Les explications de son gendre ne lui paraissaient pas très claires.

— Pourquoi tu ne m'as rien dit, Jacinthe ? tempêta Lauric. Tu savais, toi, Sidonie ?

— Oui…

— Et vous m'en auriez parlé quand ? Papa, toi aussi tu savais. Pourquoi on me tient à l'écart, hein ? Vous me prenez peut-être pour un gnochon, mais je suis loin d'en être un. Dites, ça ne vous inquiète pas ? Encore une fois, il est question de Pacôme. Quand donc il l'aurait pris, le sac ? Papa, tu m'as raconté qu'il est venu vous prévenir, pour Emma. Essayez de vous rappeler : il n'avait rien dans les mains ?

Son père haussa les épaules, mais il prit la peine de réfléchir.

— Je ne sais plus, Lauric. Le ciel me tombait sur la tête, je ne voyais rien autour de moi, finit-il par répondre.

Sidonie constata que son frère nouait et dénouait ses poings. Elle essaya de l'apaiser :

— J'étais là aussi. Pacôme portait une grosse veste en toile. Il avait pu mettre le sac dans une de ses poches. Nous étions tellement affolés ! Il a sans doute oublié de nous en parler. Lauric, si tu l'avais vu, il poussait des cris de terreur. Pourquoi le soupçonnes-tu à ce point ? Il n'a jamais fait de mal à quiconque, pas même à une bestiole.

— Comment en être sûr ? Il traîne toute la journée dans le village. Sa mère s'en plaint assez. Il peut agir à sa guise.

— Plus un mot sur Pacôme, tout est réglé et vos bavardages ne feront pas revenir Emma ! trancha Champlain, debout près de Jacinthe. Donne-moi ce sac, ma fille, que je le range.

— Non, j'ai le droit de le garder un peu, papa.

Elle recula prudemment, avec la conviction qu'il en examinerait le contenu, puis qu'il le détruirait. Il lui faisait l'effet d'un étranger au cœur glacé, soucieux uniquement de l'honneur familial. Si elle n'avait pas craint de choquer son grand-père, elle aurait rallumé sur-le-champ la violente querelle qui les avait opposés à l'étage une dizaine de minutes plus tôt. « Je voulais qu'il admette mon opinion, qu'il s'était produit un incident étrange… Il refusait de l'admettre, alors que j'ai la certitude, à présent, que Pacôme a parlé à Emma avant sa mort », enrageait-elle en évoquant la scène.

— Pour moi, ça ne change rien, que ta sœur se soit suicidée ou qu'elle se soit noyée bêtement ! avait-il conclu à mi-voix. Elle était enceinte sans être mariée devant Dieu. Si je l'avais su, si elle avait osé se présenter à la maison et avouer sa faute, je l'aurais chassée.

Accablée par tant de dureté et de sécheresse de cœur, Jacinthe avait décidé de repartir le lendemain pour Roberval, mais le fait de tenir le sac d'Emma contre son cœur survolté ébranlait sa volonté de fuir.

— Si nous soupions, d'abord, hasarda timidement Sidonie. Grand-père a faim et il est épuisé. Papa, Lauric, asseyez-vous. Toi aussi, Jacinthe. Mon pâté risque d'être trop cuit. Nous devrions rester unis et recueillis en mémoire d'Emma et par respect pour maman qui est si profondément touchée.

Sidonie possédait une certaine force de conviction, une dignité sans faille dans l'épreuve. Soudain gênés, Champlain et Lauric lui obéirent. Mais c'était trop demander à Jacinthe.

— Ne m'en veuillez pas, mais je ne peux pas souper ici. Je reviens dans une heure ! annonça-t-elle.

— Et où vas-tu courir encore ? se plaignit Ferdinand.

— Je devais rendre visite à Matilda, répliqua-t-elle. J'avais promis.

Menacée par le regard inquisiteur de son père, elle attrapa son imperméable à la patère et sortit précipitamment.

*

Matilda brassait une épaisse soupe de pois cassés avec une louche quand on frappa à sa porte. Elle jeta un regard à sa pendule, fixée au-dessus du buffet.

« Ce serait-y monsieur le curé qui s'impatiente ? songea-t-elle. Ce saint homme n'a jamais grand faim, pourtant. »

— Entrez, faut pas traîner dehors par ce sale temps ! cria-t-elle en posant un couvercle sur la casserole. C'est prêt.

À sa grande surprise, elle vit apparaître Jacinthe Cloutier, les traits tirés, très pâle, les cheveux plaqués sur les épaules.

— Seigneur ! Est-il arrivé un malheur ? Ta mère…

— Non, elle dort ; le médecin lui a injecté un calmant. Matilda, je suis désolée de vous déranger, j'avais besoin de vous parler.

La femme hocha la tête comme si elle comprenait tout à fait.

— Mets-toi à l'aise et réchauffe-toi, je ne serai pas longue. Je dois porter son souper à monsieur le curé.

Avec un sourire apaisant, Matilda s'enveloppa d'un châle en laine, empoigna le récipient par le manche et sortit. Restée seule, Jacinthe se débarrassa de son imperméable et quitta ses chaussures. Assise en tailleur sur le divan, elle tourna le sac d'Emma entre ses doigts en se cherchant des excuses pour en vérifier le contenu. « Peut-être que je ne devrais pas l'ouvrir ici et attendre d'être avec Sidonie. Mais papa est capable de me l'arracher et de le jeter dans le poêle. Il n'a pas osé se montrer violent devant grand-père, mais, si nous avions été entre nous, que se serait-il passé ? »

Ses doigts actionnèrent le fermoir et écartèrent les deux pans de cuir. Les battements de son cœur s'accélérèrent. Le souffle court, elle fit à peu près les mêmes gestes que Pacôme, la veille, en effleurant chaque objet. Jamais elle n'avait eu accès aux affaires personnelles de sa petite sœur depuis que celle-ci était devenue indépendante et fière de l'être.

— Son bâton de rouge, murmura-t-elle. Le tube de comprimés, son porte-monnaie, un petit carnet. Mais l'intérieur est sec, même le carnet.

Ce constat soulevait une nouvelle énigme. En se promettant d'y réfléchir un peu plus tard, Jacinthe s'empara du calepin, hésitant à en étudier le contenu tout de suite. Mais la curiosité fut la plus forte. C'était en fait un agenda, les pages indiquant les jours de l'année. À la date du 1er janvier 1928, quelques lignes étaient tracées. Un prénom lui sauta aux yeux : Pierre. Vite, elle referma et rangea le carnet.

« Ai-je le droit de lire ce que ma sœur écrivait ? Est-ce qu'elle m'en voudra ? » se demanda-t-elle, brisée par l'émotion. Désemparée, elle continua à s'interroger, les yeux dans le vague. Vite de retour, Matilda la trouva ainsi.

— Monsieur le curé tombait de fatigue. Doux Jésus, si je ne veillais pas sur ses repas, il ne serait que l'ombre de lui-même, précisa-t-elle. Et toi, ma jolie, de quoi veux-tu me parler ?

— Je ne sais plus…

— Mais si, tu le sais. Sûrement du sac de ta sœur. Ce ne serait pas ça, que tu tiens contre ton cœur ? Ma pauvre petite, Jactance Thibault a la langue bien pendue, son Artémise aussi. Tous les curieux de Saint-Prime sont au courant. Ne pleure pas, c'est une bonne chose que tu l'aies récupéré.

Matilda prit place à ses côtés et lui dédia un regard noir plein de compassion.

— Mon père s'en moque bien. Il refuse de m'écouter quand je lui confie ce qui me préoccupe. Même Sidonie semble indifférente. Lauric se rangerait de mon côté, mais avec trop de frénésie, trop d'aveuglement.

Jacinthe se tut, contrainte au silence par la volonté de Champlain Cloutier. Un terrible dilemme se jouait en elle. Une main chaude, impérieuse, étreignit ses propres mains, toujours posées sur le sac en cuir blanc.

— Je ne peux pas me boucher les oreilles à volonté quand les gens placotent, mais je n'ai jamais trahi un secret. Si tu me disais ce qui te ronge… Tu en as besoin, sinon tu n'aurais pas quitté ta famille à l'heure du souper pour te ruer chez moi.

Dans l'intimité de sa modeste maison, Matilda usait d'un langage plus soigné et d'une voix feutrée. Le visage grave, comme empreint d'une sagesse millénaire, elle différait du personnage un peu gouailleur au franc-parler que les gens du village connaissaient.

— Je méprise le mensonge. Il sème le malheur, bien souvent, commença Jacinthe. J'ai eu tort de me taire, Matilda. Maintenant, je doute, je soupçonne tout le monde. Puis-je vraiment vous faire confiance ?

— Pourquoi serais-tu là, dans le cas contraire ?

Un pauvre sourire sur les lèvres, la jeune infirmière raconta en détail ce qui avait entouré la mort d'Emma, sans omettre sa visite à Pierre et les relations qu'il avait entretenues avec sa sœur. Elle avoua le suicide, la lettre et la décision de son père de sauver les apparences. Matilda ne l'interrompit pas une seule fois. Enfin, il y eut ces derniers mots, lourds d'une affreuse angoisse :

— Peut-être que Pacôme est coupable. Emma lui a parlé. Il l'a donc vue bien vivante. J'en ai quasiment la preuve : l'intérieur du sac n'est pas mouillé, même pas humide. Il le lui a donc pris avant la noyade !

— Non, il doit y avoir une autre explication. Ce pauvre garçon n'est ni violent ni vicieux. Ça se saurait, s'il se comportait mal avec les filles. Malgré ses allures de costaud, il demeure un enfant, un innocent. Tu peux me faire confiance, je l'aurais senti depuis longtemps s'il était mauvais. Dieu tout-puissant, moi qui n'ai pas osé vous dire qu'Emma attendait un bébé. Je m'en étais aperçue en faisant sa toilette. Une légère grosseur en bas de l'abdomen. J'ai l'habitude. Par le passé, je faisais office de sage-femme, là où je vivais.

— Et vous pourriez me jurer qu'elle ne portait pas de traces de coups ni d'ecchymoses ?

— Je n'ai rien vu d'anormal.

— Pourquoi avez-vous caché à ma mère et à Sidonie qu'elle était enceinte ?

— Emma n'était ni fiancée ni mariée. Tes parents souffraient bien assez comme ça. Je n'allais pas ajouter le déshonneur et la honte à leur chagrin. Une drôle de fille, ta sœur, quand même.

Accablée, Jacinthe ne répondit pas immédiatement. De plus en plus, elle éprouvait le sentiment étrange d'avoir méconnu Emma, surtout ces trois dernières années, qui l'avaient tenue éloignée de Saint-Prime.

— Je m'en veux tellement de l'avoir traitée de haut, vendredi soir, à l'hôpital ! Sidonie, elle, se serait montrée compréhensive. Elle est plus indulgente que moi. Et rien ne serait arrivé.

— Sidonie ne ressentait pas d'amertume à son égard ni de jalousie, déclara tout bas Matilda en caressant la joue de Jacinthe.

— De la jalousie ?

— Je t'ai croisée au bras de Pierre, du temps où vous étiez fiancés. Vous formiez un beau couple. L'amour vous entourait d'une sorte de halo lumineux. J'ignorais que ce garçon avait fréquenté ta sœur, ensuite. Mais toi, tu le savais et, même si tu avais renoncé à lui, tu as été déçue, humiliée et malheureuse.

Ce fut une révélation pour Jacinthe. Elle se revit à Riverbend, pleine de haine pour Pierre à la seule idée que ce fût lui le père du bébé. De gros sanglots la submergèrent.

— Pourquoi Emma m'a-t-elle avoué son état ? Pourquoi à moi ? bredouilla-t-elle. Nous avions prévu de rentrer à Saint-Prime samedi. Elle pouvait se confier à Sidonie.

— Hélas, Dieu m'est témoin que je n'ai pas la réponse, déplora la vieille femme, l'air soucieux. Ça ne m'étonne pas trop ; l'occasion fait le larron. Ta sœur travaillait avec toi pour les religieuses, ce soir-là. Elle n'en pouvait plus de se taire. Je voudrais bien t'aider, Jacinthe. Pacôme m'aime beaucoup. Il traîne souvent par ici, surtout quand je soigne mes brebis. Je lui donne une pièce les jours où il garnit ma remise à bois. Si par chance il lui venait l'envie de parler d'Emma, je te préviendrai. As-tu un long congé ?

— Le docteur Gosselin m'a dit de prendre trois jours, en plus de samedi et de dimanche.

Mais je préfère retourner à Roberval dès demain, au plus tard après-demain. Les sœurs doivent être dans l'embarras, si les eaux ont continué à monter.

— Elles monteront encore tant qu'ils n'ouvriront pas les vannes des barrages, jeta Matilda. Ces gens des compagnies n'ont aucune pitié, aucun respect pour nous, pour ton père, pour Jactance Thibault et tant d'autres. De se battre contre eux ne changera pas grand-chose. Onésime Tremblay, un honnête homme, fermier lui aussi à Saint-Jérôme, en fait l'expérience. Il va perdre toutes ses terres ou presque. Mais il se bat, il est à la tête d'un mouvement de protestation. Le gouvernement sera bien obligé d'en tenir compte un jour. Bah, je t'ennuie avec mes histoires. Tu veux partir ! Alors, va. Et ta mère ?

— Que puis-je faire pour elle ? Sidonie ne l'a jamais quittée. Elle saura mieux la réconforter que moi.

— Doux Jésus, à t'entendre, tu n'es utile à personne de ta famille. Tu te juges durement, Jacinthe.

— Mon père sera soulagé si je lui laisse le champ libre. Il pourra faire publier son odieux mensonge à sa guise.

Matilda eut alors un geste singulier. De l'index, elle suivit le tracé d'une cicatrice, à la racine des cheveux de la jeune femme.

— D'où vient cette marque ? On la voit à peine. Je n'avais pas fait attention, l'autre soir.

— Les enfants imprudents et intrépides se blessent parfois. Merci de votre gentillesse. Matilda, je crois qu'il est l'heure pour vous de souper. Je vais rentrer chez grand-père. Mais vous ne m'avez pas donné votre avis sur la mort d'Emma. Qu'en pensez-vous ? S'est-elle vraiment suicidée ? Elle l'affirme dans sa lettre, mais je ne parviens pas à y croire tout à fait.

— Je partage un peu tes doutes. S'il y avait eu une enquête de la police, la vérité aurait peut-être éclaté, mais c'est trop tard.

Jacinthe approuva, mal à l'aise, car elle n'avait pas suivi les recommandations du docteur Gosselin. Encore une fois, elle s'était pliée à la volonté de son père. Tremblante de nervosité, elle se leva, remit ses chaussures et son imperméable, puis, comme apeurée, elle reprit le sac à main d'Emma en évoquant les lignes écrites par sa sœur où le nom de Pierre était cité. La lecture des pages suivantes risquait de la torturer encore, malgré les déclarations enflammées que lui avait faites son ancien fiancé, malgré le baiser de la veille. Il en faudrait beaucoup plus, croyait-elle, pour effacer deux années de séparation, salies par bien des silences, des rancœurs et des doutes réciproques.

— À la revoyure, petite. N'hésite pas à revenir, murmura Matilda.

— Merci encore… Est-ce que je peux vous embrasser ?

— Mais oui, bien sûr.

*

En marchant vers la rue Laberge, Jacinthe pensait encore aux gestes affectueux dont l'avait gratifiée Matilda. Les câlineries n'étaient guère de mise, chez les Cloutier. Alberta exprimait sa tendresse de mère par des sourires et des attentions discrètes, exception faite pour Emma qui avait réclamé à cor et à cri des baisers sur ses joues rondes dès qu'elle avait su parler. Souvent aussi, elle se jetait au cou de sa mère ou se blottissait dans son giron, en dépit des remontrances paternelles. Petit à petit, Champlain avait capitulé, amusé par les mines coquettes de sa benjamine. « Nous n'avons pas eu droit à tant de complaisance ! » conclut Jacinthe.

D'un doigt, elle toucha à son tour la cicatrice de son front. La gorge nouée par un pénible souvenir, elle se remit à pleurer. Quelqu'un la heurta de plein fouet.

— Tabarouette, regarde où tu vas ! aboya son frère.

— Lauric ? Excuse-moi, mais je pourrais te retourner la pareille ! Tu fonces comme un bélier.

— Ben oui, Lauric, la bonne poire qui doit sortir sous la pluie et te ramener vite fait chez grand-père. As-tu idée de l'heure ?

Elle s'était arrêtée, haletante, à cause des battements désordonnés de son cœur. « J'ai espéré que ce serait Pierre ! » se disait-elle.

— Jacinthe, faut que ça cesse, tes niaiseries ! gronda Lauric. Pépère s'est couché sans avaler une bouchée, Sidonie pleure sur la vaisselle sale et papa tourne en rond, pareil à un ours noir en cage. Il n'a rien voulu m'expliquer à propos de ce maudit sac à main et des cachets qui ont fait dormir Pacôme. Alors, tu ne crois pas que j'ai vu juste en traitant ce bozo d'assassin ? Seigneur, si on découvre qu'il a tué notre sœur, je lui règle son compte.

Jacinthe scruta le visage de son frère à la faveur de l'éclairage public. Elle eut pitié de lui, d'elle-même aussi.

— Mais Emma s'est suicidée, Lauric. Pourquoi cherches-tu un coupable ?

— Parce que tu en cherches un, toi, rétorqua-t-il. Et je suis prêt à t'aider.

Elle lui prit le bras et frotta sa joue contre son épaule. Il réprima un sanglot.

— C'est horrible, tout ça, marmonna-t-il. Peux-tu me montrer le sac ? Je n'ai pas touché la lettre de notre sœur ; papa fait la sourde oreille quand je veux la lire. Toi, tu te sauves chez Matilda avec ce maudit sac.

En chemin, Jacinthe avait eu soin de retirer le calepin et son crayon, de les cacher dans la poche de son imperméable. Docile, elle répondit à la prière de son frère. Il fit comme elle, ouvrit la pochette en cuir blanc, toucha le bâton de rouge, le porte-monnaie et le tube de comprimés.

— Il n'y a pas grand-chose, soupira Lauric.

— Viens, rentrons, lui dit-elle.

*

Rue Laberge, une heure du matin

Allongée sur un vieux sommier remisé dans le grenier de son grand-père, Jacinthe avait les yeux fixés sur la flamme mouvante de la bougie qui l'éclairait. Enroulée dans une couverture, elle écoutait aussi les sifflements du vent et le bruit de la pluie sur le toit. Il n'y avait que deux chambres aménagées dans la maison. Sidonie dormait avec leur mère, alors que Champlain et Lauric s'étaient installés sur un matelas dans une pièce servant de débarras, afin de laisser l'ancienne chambre d'Alberta à Ferdinand.

« Je suis bien, là, se disait-elle. J'y couchais déjà fillette, quand j'allais à l'école des sœurs. »

Sa main droite se crispa sur le carnet d'Emma. C'était l'instant ou jamais de l'ouvrir, d'avoir ce courage-là. « Que je suis lâche ! songea-t-elle. De quoi ai-je si peur ? Quoi que je lise, ça ne peut pas être pire. Nous sommes tous si malheureux, si ravagés par le chagrin. Même papa, j'en suis sûre. »

La bouche sèche, le cœur battant très vite, elle se redressa et ouvrit d'un coup le calepin au hasard, une façon d'éviter la première page, le mois de janvier où, selon Pierre, Emma et lui avaient rompu. Elle tomba plutôt sur les 8 et 9 février. Il y avait des taches d'encre, des traits tracés en tous sens, comme si on avait essayé la plume d'un stylo à encre. Jacinthe tourna un feuillet. Sur la page réservée aux 10 et 11 février, Emma avait écrit au crayon, à gauche :

Prendre rendez-vous chez le dentiste.

Juliette Lafontaine était absente ce matin. Sa mère est passée ; elle craint une bronchite. Je serai privée de ma meilleure élève au moins une semaine.

J'ai reçu une jolie carte d'anniversaire de maman, ma chère petite maman, avec un mandat. Quel dommage ! Je ne pourrai pas aller à Saint-Prime dimanche prochain ; il y a eu encore de grosses bordées de neige.

Des larmes tièdes brouillèrent la vue de Jacinthe. Ces lignes évoquant le quotidien, alliées à l'élégante écriture d'Emma, lui donnaient l'impression étrange d'être avec sa sœur. C'était douloureux, mais réconfortant. Elle essuya ses yeux et renifla, désireuse à présent de lire chaque mot de l'agenda. Elle déchiffra les phrases écrites sur la page de droite.

Je suis une méchante fille, ces temps-ci. J'aurais dû annoncer à Jacinthe que je ne vois plus Pierre. Je crois qu'il l'aime toujours. Elle a peut-être une chance de le reconquérir. Enfin, si ça l'intéresse. Jacinthe et Sidonie sont des énigmes vivantes pour moi. Comment peuvent-elles se passer d'un homme ?

Mais, là encore, je devrais avoir honte de penser une chose pareille. Au moins, elles n'ont aucun poids sur la conscience.

Pourtant, c'est si bon d'aimer et d'être aimée.

Ponctuée d'un dessin représentant un cœur de forme simpliste, la déclaration arracha un sanglot à Jacinthe. Elle eut ainsi la preuve qu'à ces dates Emma avait un nouvel amoureux. Pierre était vraiment hors de cause, il ne lui avait pas menti. Elle eut honte, soudain, de l'avoir accusé sans aucune preuve, et pleura de plus belle, aussi émue que soulagée. Grâce à ces quelques mots, un brin d'espérance refleurissait dans son cœur.

Une fois calmée, elle relut la première remarque les concernant, Sidonie et elle, qui lui parut ironique. Ce n'était pas nouveau. Cependant, l'allusion à un poids sur la conscience l'intrigua.

— Que faisais-tu de ta vie, petite sœur ? interrogea-t-elle tout bas.

Elle feuilleta le carnet, certaine qu'elle n'y découvrirait rien de capital ou d'intime. Emma cultivait l'art des apparences trompeuses et des mensonges. Adolescente, elle préservait ainsi sa liberté. Nommée institutrice, elle veillait à sa réputation.

« Après la décrue, j'irai à Saint-Jérôme. Il faudra bien récupérer ses affaires personnelles. Lauric a son permis de conduire. Nous emprunterons une voiture, ou Pierre m'aidera », se dit-elle.

La flambée de haine qu'elle avait éprouvée pour son ancien fiancé vacillait, prête à s'éteindre tout à fait. Il n'était pas responsable de la mort d'Emma, cela ne faisait plus aucun doute. Elle osa se souvenir de la douceur de ses lèvres sur les siennes, de la sensation de sécurité que lui avaient procurée, la veille, ses bras d'homme autour de son corps frileux.

— Je dois lire, tout lire, chuchota-t-elle.

Un courant d'air faillit éteindre la bougie. En changeant un peu de position, Jacinthe fit tomber le précieux calepin. Elle se pencha et le ramassa par une des couvertures en carton, si bien qu'une des dernières pages s'agita sous ses yeux, une page qui aurait dû rester blanche, à la date du 26 décembre 1928, dans sept mois.

« On dirait une lettre ! »

C'était bien une lettre, la jeune femme le constata très vite, malgré la faible clarté de la chandelle.

— Mais… qu'est-ce que ça signifie ?

Certains mots étaient barrés. Elle venait de lire ce qui ressemblait fort à un brouillon, le brouillon de la lettre d'adieu qu'Emma Cloutier avait écrite à son mystérieux grand amour.

6

Le carnet d'Emma

Rue Laberge, le lendemain,
mardi 29 mai 1928, six heures du matin

Dans un état indescriptible de confusion et d'angoisse, Jacinthe s'était endormie au milieu de la nuit. Elle avait lu toutes les annotations d'Emma page après page. Souvent, elle s'était arrêtée de lire pour répéter à mi-voix d'un ton implorant :

— Pourquoi avoir écrit deux fois cette lettre ?

La question la hantait, affolant son cœur soumis à rude épreuve. Elle ne parvenait pas à comprendre. Pour un peu, elle se serait levée et aurait couru chez Matilda ou bien elle aurait réveillé tous les membres de sa famille pour les prendre à témoin ou tenir une sorte de conseil. Enfin, elle avait réussi à s'assoupir, épuisée.

Le jour se levait quand un rêve aux allures de cauchemar la remit en présence de sa sœur décédée. Emma sortait de son cercueil, posé à même le sol au milieu de la rue principale du village, près de l'église. Vêtue de sa robe rouge, son sac à l'épaule, elle arrangeait ses cheveux d'un geste agacé et regardait à droite, puis à gauche d'un mouvement de tête presque mécanique. Pacôme apparaissait comme par magie. En costume du dimanche, il riait et essayait de lui saisir la taille.

— Tu es gentil, toi, tu ferais un bon mari, toi ! chantonnait Emma d'une voix dure, avant de rire à son tour, un rire strident de démente qui se changeait en un long cri d'épouvante.

Le cri perdurait, affreux, au point de réveiller Jacinthe. Elle s'assit, horrifiée, haletante, et reconnut le décor familier du grenier où ses grands-parents conservaient de vieux meubles. Le cri ne cessait pas. Bientôt, elle perçut des supplications et des éclats de voix, celle de Lauric mêlée à celle de Champlain.

— Mon Dieu, c'est maman !

La jeune femme avait dormi sans ôter ses bas ni sa robe de lainage noire. Elle remit ses chaussures, dévala l'escalier et courut jusqu'à la chambre où Alberta s'était alitée la veille. Le spectacle qui l'attendait lui glaça le sang. Victime d'une crise nerveuse, sa mère se tordait entre les draps. Sidonie et Lauric lui maintenaient les bras le long du corps. Son grand-père, en caleçon, ses mollets maigres à l'air, priait en sanglotant, appuyé au mur. Quant à Champlain, mal fagoté, hirsute et hagard, il tentait de raisonner son épouse d'une voix rude.

— Calme-toi donc, Alberta ! Ben oui, elle est morte, Emma. Comme si tu ne le savais pas !

Les yeux exorbités, sans vrai regard, la malheureuse criait toujours, des traces de griffures sur les joues. Une de ses mains brandissait une mèche de ses propres cheveux qu'elle avait dû arracher.

— Jacinthe, il faut que le docteur revienne, il lui faut une autre piqûre. Je t'en prie, va le chercher ! implora Sidonie.

— Ça suffit, ces maudits produits qui la font dormir ! tonna Champlain. Chaque fois qu'elle se réveillera, ça sera le même cirque ! Tu m'entends, Alberta ? Tais-toi, je te dis de te taire !

Livide, Lauric jeta un regard haineux à son père.

— Arrête de hurler, tu l'affoles encore plus ! lui asséna-t-il.

— Maman, ma petite maman, gémit Jacinthe en approchant du lit, je t'en supplie, parle-nous. Dis-moi pourquoi tu cries aussi fort.

Elle redoutait le pire, un état de démence avéré, définitif, qui nécessiterait peut-être qu'elle soit placée dans un asile pour aliénés, loin des siens. À la surprise générale, Alberta se figea, une expression de panique sur les traits.

— Emma est morte. Ma petite chérie à moi, elle est morte, là-bas, près du lac. Je voudrais la voir, l'embrasser une dernière fois.

Sidonie fondit en larmes, alors que Lauric relâchait sa prise. Comme Jacinthe, ils éprouvaient un vague soulagement. Leur mère semblait avoir retrouvé ses esprits.

— Seigneur, tu nous as fait une grosse terreur, soupira Champlain. Ferdinand, assoyez-vous, vous tremblez de tous vos membres.

Le vieillard refusa d'un signe de tête. Alberta le regarda, l'air hébété.

— Mon pauvre papa, nous en avons, du malheur ! Pourquoi mettre des enfants au monde si Dieu nous les reprend à la fleur de l'âge ? Sidonie, quel jour sommes-nous ? Où est mon Emma ? Dans le salon, sûrement. Monsieur le curé ne pouvait pas la garder à l'église.

Personne n'osait lui répondre. Les mines gênées de ses filles, de son mari de même que la figure ravagée de son père l'alarmèrent. Appuyée à ses oreillers, elle leva la main qui tenait une mèche de cheveux et l'ouvrit, laissant échapper la sinistre preuve de son égarement.

— Maman, nous sommes le mardi 29 mai, annonça Jacinthe d'une voix très douce. Tu as été malade, très malade. Tu n'étais plus vraiment avec nous, tu ne comprenais pas ce qui se passait. Le docteur Langelier t'a fait une piqûre pour que tu puisses te reposer. Nous avons enterré Emma hier.

— Mon Dieu, hier ! Ma petite… au cimetière, déjà, sans moi. Je ne l'ai pas embrassée.

Chacun retenait son souffle dans la crainte d'une nouvelle crise de nerfs. Mais Alberta effleura d'un doigt les marques rouges sur ses joues.

— Quelle honte ! murmura-t-elle en découvrant sa tenue. Qui m'a enfilé cette chemise de nuit ?

— Matilda, après les obsèques, expliqua Jacinthe.

— Sidonie, je voudrais faire ma toilette et m'habiller décemment. Ensuite, tu m'accompagneras au cimetière.

— Je suis content, ma femme, que tu sois revenue à la raison, débita Champlain, encore méfiant. On va te laisser avec tes filles, le beau-père et moi. Venez, Ferdinand, faut pas rester habillé ainsi, à votre âge. Lauric, dépêche-toi, c'est l'heure de donner du foin aux brebis.

Les trois hommes sortirent en refermant la porte. En quête du moindre signe inquiétant,

Jacinthe observait sa mère. Elle avait remarqué une chose : Alberta s'adressait uniquement à Sidonie. Elle ne regardait que sa sœur, aussi.

— Nous irons toutes les trois, maman, dit-elle alors, comme pour rappeler sa présence. Si tu veux, je peux aller cueillir des lilas dans le jardin de grand-père.

— Sidonie a du goût pour les bouquets, ne te mets pas en peine. Si nous sommes mardi, tu n'es plus en congé. Il ne faudrait pas que tu perdes ton emploi à l'hôpital.

De toute évidence, Alberta n'avait pas sombré dans la folie. Elle s'exprimait normalement et se repérait dans le temps et l'espace.

— Je compte partir demain, maman, ou ce soir, répondit tout bas Jacinthe, avec la pénible impression d'être de trop, invisible de surcroît.

Consciente de la chose, Sidonie s'en mêla.

— Ne te tracasse pas pour le travail de Jacinthe, le médecin-chef lui a permis de prendre trois jours. Sais-tu, nous étions bien tristes, toutes les deux, de te voir comme ça, ma pauvre maman. Tu as veillé Emma avec nous, mais tu croyais qu'elle dormait et qu'elle était encore fillette. Après, tu voulais lui rendre visite à Saint-Jérôme. Tu étais très agitée. Lauric a fait venir le docteur Langelier de Saint-Méthode, parce qu'il était resté souper chez notre maire. La piqûre de calmant t'a fait du bien, puisque tu as retrouvé tes esprits, ce matin.

— Oui, je me suis réveillée, j'ai reconnu la chambre et, tout de suite, j'ai revu ma petite chérie, exposée dans l'église, si jolie en robe blanche. J'ai pensé que je n'avais pas assez prié pour elle et aussi que je l'avais abandonnée en dormant si longtemps.

— Mais pourquoi hurlais-tu si fort ? interrogea Sidonie en l'entourant d'un bras câlin.

— Quelle mère ne crierait pas son désespoir devant la mort d'un enfant ? Je ressentais un si gros chagrin, je voulais mourir, moi aussi, me détruire ! C'est passé, maintenant. N'aie pas peur, Sidonie. Aide-moi plutôt à me lever.

Elle repoussa drap et couverture en comptant sur ses doigts.

— Samedi, dimanche, lundi… Seigneur, qu'a dû penser de moi monsieur le curé ?

— Il était désolé, il prenait souvent de tes nouvelles, précisa Jacinthe. Maman, autant te le dire, tu étais à l'enterrement d'Emma. Sidonie t'avait coiffée ; tu portais ta veste noire, avec ta belle jupe grise. Tu ne t'en rappelles pas ?

— Non, pas du tout. En fait, je me souviens de l'église. Je priais. Votre grand-père était assis près de moi. Tout se brouille, ensuite. Mais, tout à l'heure, j'ai revu Emma, mon rayon de soleil, couchée à mes pieds avec l'eau qui clapotait près de moi ; elle était froide et toute blanche dans sa robe rouge. Ça, jamais je ne l'oublierai ! Jusqu'à ma mort, je la reverrai telle qu'elle était ce matin-là, ses beaux cheveux mouillés, ses paupières closes. Seigneur, je suis prête à mourir quand vous le déciderez.

Sidonie retint les paroles de réconfort, assez banales, qu'elle allait prononcer. Elle espérait que le temps ferait son œuvre en atténuant la cruauté insoutenable de ce deuil.

— Maman, tiens mon bras, tu as besoin de te rafraîchir. Tu vas mettre ta jupe grise, ton gilet noir et un peu de mon eau de Cologne dans le cou. Emma voudrait que tu reprennes le dessus, que tu manges un bon repas. Elle t'aimait de tout son cœur ; fais-lui plaisir, ne parle pas de mourir, pas déjà. Nous avons besoin de toi, Jacinthe, Lauric et moi.

Alberta approuva d'un signe de tête. Une fois qu'elle fut debout, ses jambes la soutenaient à peine. Apeurée, elle se cramponna à Sidonie.

— Doux Jésus, qu'est-ce que j'ai donc ?

— Tu n'as rien avalé de consistant depuis samedi, maman, intervint Jacinthe. C'est de la faiblesse ; ça ne durera pas si tu t'alimentes convenablement.

— On dirait un docteur, quand tu parles, nota sa mère sans lui accorder un seul regard.

— Maman, est-ce que j'ai fait ou dit quelque chose de mal ? s'indigna-t-elle, affreusement blessée. Je suis là, moi aussi. Il n'y a pas que Sidonie dans la pièce !

Elle n'en pouvait plus de son indifférence incompréhensible.

Lentement, le visage durci, Alberta Cloutier se tourna vers sa fille aînée. Elle vit qu'elle pleurait, mince, l'air fragile dans ses vêtements sombres, sa longue chevelure en désordre.

— C'est bien temps de pleurer, ma pauvre Jacinthe. Ton père et moi, nous avons discuté, quand nous avons transporté Emma en charrette jusqu'au village. Tu as manqué à tes devoirs, tu n'as pas veillé sur notre petite chérie. Que faisait-elle au bord du lac, la nuit, alors qu'elle devait dormir chez toi avec Lauric ? Si tu ne l'avais pas quittée, elle serait encore vivante.

Sidonie piqua du nez, les joues rouges de confusion.

— Tu le savais, Sido, que les parents pensaient ça de moi ? demanda Jacinthe d'une voix tremblante. Tu le savais et tu me l'as caché ?

— Je ne voulais pas te faire de peine.

— C'est réussi !

Elle quitta la chambre et grimpa dans le grenier. Il lui avait fallu beaucoup de volonté pour ne pas crier à sa mère qu'Emma n'était pas facile à surveiller, qu'elle agissait à sa guise depuis son adolescence.

— Je m'en vais d'ici, marmonnait-elle en rassemblant ses affaires.

Elle prit soin de ranger le carnet dans le sac en cuir blanc qui, de taille bien modeste, logeait au fond de la large sacoche en toile cirée qu'elle avait prise rue Marcoux afin d'y loger des escarpins, sa brosse à cheveux et deux paires de bas.

— Tant pis, tant pis, tant pis ! répétait-elle entre ses dents. Qu'ils se débrouillent avec les mensonges d'Emma et ses secrets. Ils s'en fichent tous, de la vérité !

L'Hôtel-Dieu Saint-Michel, îlot de pierre dans Roberval inondé, lui faisait l'effet d'un havre sûr où elle était appréciée et respectée, où elle se rendait utile. Cinq minutes plus tard, elle descendait au pas de course, impatiente de rejoindre la gare, en priant qu'il y ait un train, si toutefois la voie ferrée n'était pas endommagée ou submergée.

Mais son grand-père gisait au milieu du vestibule, une main posée à la hauteur de la poitrine.

— Pépère, mon Dieu !

Elle se débarrassa de son sac pour s'agenouiller près du vieil homme et l'examiner.

« Je sens son pouls, son cœur bat toujours. Il a fait un malaise, sans doute dû à la fatigue et à l'émotion. »

Accoutumée à déplacer des malades, Jacinthe entreprit de le soulever avec douceur en affirmant sa prise sous ses aisselles. Effrayée, Sidonie dévala à son tour les marches.

— Je t'ai entendue crier ! Seigneur, notre cher pépère, qu'est-ce qu'il lui arrive ? Il n'est pas…

— Mais non, c'est un simple malaise. Aide-moi à l'allonger sur le divan du salon, ordonna sa sœur, le souffle court. J'ai eu peur, tellement peur de le perdre lui aussi !

Les deux sœurs installèrent Ferdinand sur l'étroite couchette. Jacinthe lui suréleva les pieds en les calant sur un gros coussin orné de broderies.

— Remonte vite, Sidonie, bougonna-t-elle.

— Non, je reste ici. Maman tient à se laver toute seule. Son changement m'étonne. D'un coup, on la dirait redevenue normale.

Jacinthe parut sourde à ses paroles. Elle courut à la cuisine, remplit un verre de sherry et prit un morceau de sucre blanc. Sidonie hésitait, immobile sur le seuil du salon.

— Tu es sûre qu'il s'en remettra ? s'enquit-elle. Réponds, ne me rejette pas. Je t'aime si fort, Jacinthe !

— Remonte donc près de maman, je ne suis pas tranquille. On ne sait jamais. Elle peut nous sembler rétablie et se jeter par la fenêtre dans deux minutes.

L'avertissement eut l'effet voulu. Sidonie disparut en un clin d'œil. Ferdinand, lui, émit une longue plainte, la bouche ouverte.

— Mon pépère, tu reviens à toi, chuchota la jeune femme en l'embrassant sur la joue. Tiens, prends ce sucre, je l'ai trempé dans l'alcool. Quand tu te sentiras mieux, nous mangerons, tous les deux.

Il suivit son conseil en lui dédiant un regard attendri, assorti d'une caresse malhabile sur son front.

— Ma jolie garde, je te cause des problèmes, hein ? Je ne me sentais pas vaillant en enfilant mon pantalon, là-haut. À voir Alberta se déchirer la face en hurlant, j'ai cru que mon vieux cœur allait lâcher. Hier soir, aussi, pas moyen d'avaler le repas de Sidonie ; j'avais la gorge nouée, et tu t'étais sauvée dans la nuit alors que le vent grondait, qu'il pleuvait encore et encore… Dieu nous punit, Jacinthe.

Ferdinand se redressa de lui-même et secoua son crâne dégarni où ne subsistait qu'une couronne de fils grisâtres. Il se leva du divan en ajustant une bretelle qui s'était tortillée. Jacinthe se blottit contre lui. Même voûté par les ans, il la dépassait d'une demi-tête.

— Un bon café, des tartines de confiture avec le bon beurre de la maison Perron[1] et tu pourras sortir rendre visite à ton poulailler, dit-elle gentiment.

— Tu as raison, ma mignonne. La vie doit continuer. À ce propos, je voudrais bien frapper chez mes voisins pour leur donner des nouvelles d'Alberta. Ils étaient à l'enterrement.

— Tu iras cet après-midi ; viens déjeuner d'abord.

Une fois restauré, le vieil homme reprit un peu de couleurs et se mit en frais de décrire les fameux voisins à sa petite-fille. Elle l'écouta sagement, rassurée de le sentir en meilleure forme.

— Franck Drujon et sa femme Renée se sont établis ici l'an dernier. Franck est un ancien militaire. Renée est une dame charmante, très discrète. Ils sont français, mais, pendant la guerre, Franck a sympathisé avec un Québécois sur le front, du côté de la Marne. De fil en aiguille, devenu rentier, mon voisin s'est exilé ici, à Saint-Prime, au bord du lac. Ce sont des gens bien gentils. Le soir, parfois, nous jouons à la belote tous les trois, et le matin, quand je leur apporte des œufs frais, Franck me lit le journal. Il achète

_____
1. La fromagerie Perron, située à Saint-Prime, est active depuis la fin du dix-neuvième siècle.

Le Colon. Moi, mes yeux ne sont plus fameux, il me faudrait des lorgnons.

— Des lunettes, grand-père. C'est déjà bien d'avoir atteint ton âge sans porter de verres.

Elle fit asseoir le vieil homme à la table de la cuisine, ranima le poêle et mit la bouilloire à chauffer. Soudain, elle pensa à son sac qu'elle avait laissé sur le parquet du vestibule.

— Je reviens vite.

Jacinthe fut de retour presque immédiatement, si pâle que Ferdinand s'inquiéta.

— Eh bien, qu'as-tu, ma petite ? Est-ce que tu vas déjeuner en manteau ?

— Bien sûr que non. J'avais oublié mon sac, il aurait pu faire trébucher quelqu'un.

Elle quitta son imperméable qu'elle plia sur le dossier de sa chaise. Une peur insidieuse la terrassa de nouveau. « Personne ne doit lire le carnet d'Emma, se disait-elle. Mais papa peut rentrer à l'instant et me réclamer le sac de ma sœur comme hier soir. Je n'ai pas pu montrer le brouillon de la lettre à Sidonie ni à Lauric. Qu'en penseront-ils, eux ? »

La mine impassible, elle coupa du pain qu'elle beurra sans excès par souci d'économie. Le feu ronflait dans l'antique poêle en fonte. Jacinthe imagina qu'elle offrait aux flammes l'agenda d'Emma, qu'elle en oubliait le contenu et qu'elle reprenait le cours de sa vie, une existence solitaire, sage et laborieuse.

— Nous sommes bien tristes, hein, petite ! déplora son grand-père. Enfin, ta maman semble aller un peu mieux. Écoute les pas dans l'escalier.

Alberta et Sidonie leur apparurent, de même taille, toutes deux vêtues de noir.

— Tu as eu un malaise, mon pauvre père, Sidonie me l'a dit, débita Alberta d'une voix morne. Je te demande pardon, je me suis donnée en spectacle. C'est fini, je saurai me tenir, à présent.

— Sans doute que le produit du docteur Langelier t'a vrillé les nerfs, ma fille, hasarda Ferdinand. As-tu faim ?

— Un peu. Hélas ! le corps reprend ses droits.

Sur ces mots, Alberta poussa une chaise vers la table à côté de son père. Sidonie fit de même.

— Nous devons rester unis en mémoire d'Emma, affirma la cadette en fixant Jacinthe, cette fois.

Celle-ci se releva en toute hâte pour aller préparer du thé et du café. En pleine confusion, elle cherchait la meilleure conduite à adopter.

« Je ne peux pas en vouloir à maman, ni à Sidonie, ni même à papa. Dans de telles circonstances, ma place est ici auprès des miens et je dois veiller sur grand-père. Mais on a besoin de .

moi à l'hôpital. Si je pars ce soir, demain je pourrais me rendre à Saint-Jérôme. Non, la route qui mène là-bas est inondée. Pierre disposait d'une chaloupe, à Saint-Méthode… S'il m'emmenait, lui ? »

L'idée la secoua tout entière, tandis qu'elle revoyait les lignes écrites au crayon dans le carnet comme quoi Pierre l'aimait toujours, qu'elle avait une chance de le reconquérir.

— Et pourquoi pas ? dit-elle tout haut, debout devant le poêle, un pot en fer émaillé à la main.

— Jacinthe ? appela Sidonie, intriguée. À quoi pensais-tu ?

— À nous tous, à notre famille, mentit-elle. Pourquoi se déchirer et se faire des reproches ? Tu dis vrai, Sido, nous devons rester unis malgré tout.

Des larmes coulaient le long du nez d'Alberta et tombaient en gouttes légères sur le tissu de son gilet. Son menton tremblait un peu. La mémoire lui était revenue, lourde cependant d'une somme de douleur incommensurable. Au nom de la décence et du dévouement à son mari ainsi qu'aux quatre enfants qu'elle avait mis au monde, elle garderait enfouie la gravité de sa blessure, une plaie vive que rien ne cicatriserait. Au fil des jours, on la verrait à nouveau pétrir le pain, laver les draps, tondre les moutons, filer la laine, sans soupçonner qu'elle ne faisait que survivre.

— J'ai eu tort de t'accabler, ma Jacinthe, déclara-t-elle d'un ton suppliant. Emma était un beau papillon impossible à enfermer. Tu ne pouvais pas la surveiller et faire ton travail à l'hôpital. Viens m'embrasser, ma grande ! Le malheur rend injuste.

— Maman, ma petite maman chérie, sanglota la jeune femme en se précipitant vers Alberta. Je m'en veux tellement, pourtant ! En plus, je n'ai pas pu te parler depuis mon arrivée à Saint-Prime. Nous saurons te consoler, Sidonie, Lauric et moi. S'il le faut, je reviendrai habiter à la ferme et je proposerai au maire d'ouvrir un poste de garde. Le docteur Claude se fait vieux ; je serais utile ici, maman.

Jacinthe s'était agenouillée pour mieux étreindre sa mère par la taille, le visage niché au creux de son épaule. Ses yeux verts humides d'émotion, Sidonie jugea la scène d'une beauté poignante, digne d'un tableau biblique. Artiste dans l'âme, sensible à l'esthétique des gestes et des attitudes, elle exprimait son talent frustré à travers les étoffes qu'elle coupait, faufilait, assemblait et cousait.

Alberta lissa une mèche dorée sur le front de son aînée avant de murmurer :

— Nous cueillerons des lilas ensemble, toutes les trois, et nous irons au cimetière. Je suis pressée de prier sur la tombe d'Emma, notre petite Emma.

*

Saint-Prime, rue Laberge, même jour, avant midi

Ferdinand Laviolette, ses rares cheveux peignés en arrière, en costume noir et chemise grise, venait d'entrer chez ses voisins, Renée et Franck Drujon. Il souleva son chapeau de feutre brun, un timide sourire sur les lèvres.

— Bonjour, mes chers amis, dit-il. Je viens vous rendre une petite visite. Ça me changera les idées. Vous étiez au cimetière, n'est-ce pas ? Mais je ne sais même plus si je vous ai serré la main.

— Nous vous avons présenté nos condoléances, précisa Renée, une jolie femme de cinquante-deux ans aux yeux limpides bleu-vert et aux cheveux châtains coupés aux épaules.

— Vous étiez tellement bouleversé, mon pauvre Ferdinand, que vous sembliez à peine nous reconnaître, affirma son mari. C'est bien compréhensible. Asseyez-vous, voyons. Dites-moi, l'ambiance est tendue, dans le village, à cause des inondations.

250

Franck Drujon était installé dans un gros fauteuil en cuir, la pipe au coin de la bouche, ce qui ne l'empêchait pas d'articuler. Il tenait à la main gauche le journal *Le Colon*, qu'il épluchait chaque jour consciencieusement.

— Comment va votre fille, cher monsieur ? s'enquit Renée en effleurant d'un geste discret la médaille de baptême qui brillait sur son corsage beige.

Elle était d'une nature réservée et n'osait pas encore l'appeler par son prénom.

— Dieu soit loué, Alberta a retrouvé sa raison au petit jour, après nous avoir terrifiés avec une violente crise de nerfs, expliqua le vieil homme. Elle est sortie de l'état d'abattement qui la faisait délirer et lui donnait à croire que notre petite Emma dormait ou qu'elle était repartie à Saint-Jérôme. Ça m'ôte une épine du cœur, sans atténuer mon chagrin.

Le couple échangea un regard navré, plein de compassion.

— Nous avons pensé à vous du matin au soir, insista Renée Drujon. Voulez-vous un petit verre de porto ? Nous l'avons acheté pendant notre dernier voyage à Chicoutimi. La ville est bien fournie.

— Ce n'est pas de refus, madame Renée. Ma petite-fille Jacinthe, l'infirmière, me recommande de boire un remontant avant les repas, sans abuser, bien sûr.

— Et si je vous faisais la lecture, Ferdinand ? proposa Franck avec un bon sourire, presque malicieux. Depuis vendredi, vous n'êtes au courant de rien. J'ai chômé, moi, en tant qu'informateur !

Proche de la soixantaine, l'ancien militaire gardait belle allure, le regard perspicace, d'un vert pailleté de brun. Il arborait une chevelure hésitant entre le châtain et le gris, dont une large mèche pendait sur un côté du front.

— Ce n'est pas de refus non plus, voulut blaguer Ferdinand. Jacinthe m'a conseillé d'acheter des lorgnons, mais, si j'y vois mieux, je n'aurai plus de prétexte pour vous déranger.

— Oh ! monsieur Laviolette, vous ne nous dérangez jamais, protesta Renée en lui tendant un verre à pied rempli de porto.

Franck, lui, ralluma sa pipe et ajusta ses lunettes. En quête de l'article le plus intéressant à son goût, il examina le journal.

— Des nouvelles du front, comme on disait en France pendant la dernière guerre ! s'écria-t-il. Les crues du lac font les gros titres, ces temps-ci. Écoutez-moi ça :

Des rumeurs de dommages déjà subis ou imminents arrivaient à Chicoutimi de la région du

*Saguenay-Lac-Saint-Jean au milieu de la semaine
dernière. Jeudi, nous apprenions d'abord que, sur
une large superficie, l'une des approches du pont
Taché, qui traverse la Grande Décharge dans le
voisinage immédiat du lac, avait disparu sous une
profondeur de plusieurs pieds d'eau et que le pont
lui-même semblait devoir être emporté. Nous
apprenions plus tard que plusieurs résidents de
Saint-Joseph d'Alma étaient en grand émoi, ayant
dû évacuer leurs maisons, frôlées par les eaux tor-
rentielles de la Petite Décharge ou donnant prise
à celles-ci de la manière la plus inquiétante.*

Franck Drujon fit une pause pour reprendre
son souffle.

— Dieu merci ! s'écria son épouse, Saint-
Prime me paraît moins menacé que ces villages.

— Ça, vous pouvez être tranquille, madame
Renée, affirma Ferdinand. Ici, les eaux sont moins
agitées que du côté de l'île Maligne. Vous pourrez
y aller en balade cet été. La Grande Décharge et
la Petite Décharge valent le coup d'œil. Ça coule
dru et le bruit est impressionnant.

— Écoutez la suite, reprit le lecteur avec un
air amusé, le style est plaisant, avec un brin de
poésie, ma foi !

Ce fut alors qu'un représentant du Progrès du
Saguenay *partit pour le Lac-Saint-Jean. Il allait,
là-bas, se rendre compte des conditions qui y*

prévalaient et constater par lui-même si les nou-
velles alarmantes qui nous parviennent étaient
bien fondées. Randonnée rapide que celle qu'il
fait ainsi, ce jour-là, ce soir-là et une partie de
la journée du lendemain, toujours sous la pluie.
Randonnée faite sur des routes devenues pour
la plupart très mauvaises, encombrées, même,
par des mares dont l'étendue et la profondeur
étaient de nature à rendre fort perplexes les rares
automobilistes qui les parcouraient, ces routes.

Dans les champs, tous les fossés étaient rem-
plis à plein bord des eaux de la pluie incessante.
Sous le ciel opaque et sous cette fine pluie qui tom-
bait depuis des jours et des jours, nous avions, en
parcourant ce merveilleux pays agricole, un spec-
tacle à la fois bien réjouissant et bien attristant.
Réjouissant parce que ces collines, ces vallons et ces
vastes étendues planes de terre si fertile s'étaient
colorés d'un beau vert émeraude. Attristant, parce
que les forces fécondantes que les cultivateurs
venaient de voir, de nouveau, sourdre du sol, avec
leur couleur printanière, ne pourront, à cause de la
si défavorable température, donner le rendement
attendu, aussi tôt qu'ils l'avaient espéré[1].

— Mon Dieu, c'est un vrai désastre économique qui se prépare, déplora Renée Drujon. Mais
ce ne sont que des dommages matériels. Il y a pire.

---

1. Article paru dans *Le Colon* à l'époque.

Elle eut un doux sourire à l'adresse de Ferdinand, afin de lui montrer une fois encore qu'elle comprenait sa douleur. Franck, quant à lui, chercha un autre numéro du journal sur le guéridon où s'entassaient diverses parutions ainsi qu'un cendrier en cuivre.

— Ah ! un article qui date d'hier, annonça-t-il avant de lire de sa voix posée et bien timbrée.

La situation à Roberval empire sans cesse et on s'attend à ce que l'eau du lac monte encore d'au moins deux pieds, peut-être trois. Actuellement, un grand nombre de maisons au bord du lac ont leur cave inondée et plusieurs familles ont dû chercher refuge ailleurs. Plusieurs rues sont recouvertes par l'eau.

La glacière du boucher de Boivin est défoncée. À l'hôpital, on est à se demander s'il ne faudra pas déménager les malades à l'Hôtel-Dieu de Chicoutimi. Le système de chauffage, par suite de la montée de l'eau, est paralysé. Il en va de même à l'école des frères. Le niveau de la rivière Péribonka n'est pas pour améliorer la situation : l'eau y monte continuellement.

Le train entre Saint-Félicien et Roberval ne peut plus circuler, dit-on là-bas.

— « Dit-on là-bas ! » répéta Ferdinand, perplexe. Pourtant, j'ai cru entendre une locomotive siffler, hier soir. C'est ennuyeux, ça, Jacinthe veut rentrer à Roberval en fin de journée. Elle s'inquiète pour les malades de l'hôpital. D'après votre journal, Franck, elle n'a pas tort. Si on évacue ces pauvres gens, ils seront pris de panique.

— Les autorités ont peut-être mis un service de taxi en place, hasarda ce dernier d'un ton rassurant.

— Votre petite-fille s'en irait déjà alors que sa sœur a été enterrée hier après-midi ? s'étonna Renée. Il vaudrait mieux qu'elle reste encore près de vous tous !

Elle affichait une expression soucieuse, très douce aussi. Les mains jointes sur ses genoux, la tête un peu penchée, elle projetait l'image d'une profonde piété, une charité à toute épreuve.

— Elle m'a promis de revenir dimanche, répondit le vieillard.

— Mon cher Ferdinand, déclara Franck, surtout, si vous avez besoin de quoi que ce soit, d'un coup de main chez vous ou dans votre poulailler, venez me chercher. Je me plais bien à Saint-Prime, mais, parfois, l'oisiveté me pèse.

— Je vous remercie, tous les deux, ça m'apporte un gros réconfort de vous avoir comme voisins. Enfin, je vous considère plutôt comme des amis… Calvaire, j'ai oublié vos œufs ! Vous n'en avez pas eu depuis dimanche. Avec tout ce qui nous arrive, je manque à mes devoirs. Je reviendrai cet après-midi.

Il se leva, son chapeau à la main, la mine désolée. Attendrie, Renée le raccompagna jusqu'au vestibule.

— Ne vous tracassez pas pour les œufs, enfin ! Si cela vous fait plaisir, revenez boire un café, sinon, reposez-vous.

— J'ai encore de la lecture sous le coude ! renchérit le maître de maison, qui avait suivi le mouvement.

— Vous êtes bien gentils, vraiment, soupira Ferdinand.

Le couple le regarda descendre avec prudence les marches du perron, luisantes de pluie. Le ciel était bas et d'un gris opaque. Il pleuvait encore.

— Quel terrible malheur, cette jolie jeune fille qui s'est noyée ! chuchota Renée.

— Tu as raison, c'est tellement injuste, de mourir avant même d'avoir vécu ! répliqua son époux tout bas.

*

Pendant ce temps, Alberta priait, à genoux devant la tombe de sa fille, une modeste butte de terre brune en partie dissimulée sous les bouquets de fleurs et surplombée d'une croix en bois blanc. Debout derrière sa mère, Sidonie priait également avec une sincère ferveur. Jacinthe, elle, gardait les yeux rivés sur l'inscription gravée à même la chair tendre d'un érable.

Emma-Marie-Julianne Cloutier – 1909-1928

De prier ne lui aurait été d'aucun secours, hantée qu'elle était par ce qu'elle avait lu durant la nuit. « Je ne sais plus qui tu es ni qui tu étais vraiment, Emma ! pensa-t-elle. Les mots sont si révélateurs de la véritable personnalité d'un être humain ! Sur plusieurs pages, ces maudites petites pages de ton carnet, tu sembles te moquer de Sidonie comme de moi, et tu brouilles les pistes, évidemment. »

Jacinthe ferma les yeux un instant. Elle revit aussitôt l'écriture d'Emma et une lettre majuscule suivie d'un point qui revenait souvent à partir du mois de février, un M. N'eût été la crise de nerfs d'Alberta à l'aube et le malaise de son grand-père, elle aurait eu le loisir d'y réfléchir, de mettre Lauric et Sidonie dans la confidence. Maintenant, elle hésitait, craignant de semer à nouveau la discorde et le doute.

— Le parapluie, Jacinthe ! fit remarquer Sidonie. Tu n'abrites plus maman.

— Excuse-moi…

Sa sœur haussa les épaules en jetant un regard de côté. Alertée par des bruits de pas discrets, étouffés au surplus par la terre saturée d'eau, elle découvrit deux silhouettes masculines en vêtement de pluie à capuche.

— Pierre ? s'enquit-elle.

L'écho ténu de ce prénom fit sursauter Jacinthe et tira Alberta de ses prières. Elle voulut se relever malgré ses jambes engourdies. Tout de suite, Pierre se précipita et l'aida à se redresser.

— Chère madame Cloutier, je tenais à vous présenter mes sincères condoléances. Je n'ai pas pu venir aux obsèques, hier.

— Pierre, c'est bien de ta part, bredouilla Alberta, en larmes. Je ne t'ai pas vu depuis deux ans. Seigneur, que nous étions heureux, avant !

Bouleversé, il l'embrassa sur la joue, au mépris de la réserve propre aux gens de la région. Cette femme avait su combler le vide laissé par la mort de sa mère.

— Tu ne travailles plus à Riverbend ? demanda-t-elle en le tenant par les poignets.

— Si, bien sûr, mais j'ai aidé papa à déménager mon grand-père. Saint-Méthode est gravement touché par les crues. Le village est presque désert. Cela dit, ce n'est guère brillant à Saint-Félicien non plus. Approche, Davy, pour faire connaissance.

Statufiée, Jacinthe écoutait et observait. Elle déchiffrait sur le visage de son ancien fiancé une intense émotion, une réelle compassion. Sa voix basse et chaude la troublait, autant que l'éclat rêveur de ses yeux bleus.

— Davy, qui travaille sous mes ordres, à la papeterie, disait-il. Jacinthe, Sidonie, les grandes sœurs d'Emma. Alberta, leur maman.

L'ouvrier ôta sa capuche, exhibant une crinière rousse. Il serra la main des trois femmes, en murmurant des condoléances d'un ton gêné. Enfin, il tendit le bouquet à Pierre :

— Tes fleurs !

— Merci, Davy.

Les mains tremblantes, la mine torturée, Pierre Desbiens déposa la modeste gerbe sur la tombe. Il récita une prière muette du bout des lèvres et se signa. Toujours en pleurs, Alberta hochait la tête.

— Nous sommes en chaloupe à moteur, crut bon de dire Davy, intimidé par l'examen attentif dont l'accablait Sidonie. Pierre a téléphoné à son patron. On a eu lundi et mardi comme jours de congé, rapport aux inondations et au reste.

— Dans certaines situations, les types bien se montrent compréhensifs, ajouta Pierre. Mon patron en est un. Il a compris que je devais soutenir papa et pépère Boromée. J'ai parlé du décès d'Emma, également.

Immobile, ses longs cheveux dorés secoués par le vent, Jacinthe n'avait pas desserré les lèvres. Sa sœur la prit par le coude.

— Il faut rentrer, à présent, surtout si tu tiens à prendre le train ce soir. Maman, viens-tu ?

La froideur de Sidonie à l'égard de Pierre était évidente. Elle le soupçonnait encore d'être le père du bébé d'Emma.

— Il n'y aura pas de train, annonça Davy. Un pont du chemin de fer s'est brisé entre Roberval et ici.

— Je suis infirmière à l'Hôtel-Dieu Saint-Michel ! Les sœurs augustines ont besoin d'aide, dit Jacinthe avec un faible sourire de politesse. Je vais essayer de prendre un taxi.

— Nous avons de la place dans la chaloupe, si ça peut t'arranger, Jacinthe, hasarda Pierre.

Il s'attendait à un refus catégorique, même s'il lui proposait son aide devant sa mère et sa sœur, dans le respect des convenances.

— Quand partez-vous ? demanda simplement l'infirmière. Je ne serai pas prête avant une heure, peut-être même deux.

— On n'est pas pressés, assura Davy, un peu surpris de l'initiative de son ami. Mais la navigation est difficile, en ce moment. Il y a de bonnes vagues et ça secoue.

— Je n'ai pas le choix, trancha la jeune femme. Où avez-vous accosté ?

— Le quai du village est sous l'eau, lui aussi, de sorte que nous avions l'embarras du choix, déclara Pierre. On a jeté l'ancre pas loin de votre ferme. J'ai pu saluer monsieur Champlain et Lauric. Ils étaient contents de me revoir. C'est Lauric qui m'a dit que vous étiez au cimetière et, comme je comptais m'y rendre… Seigneur, j'espère que vous n'aurez pas trop de dégâts, que les eaux ne monteront pas davantage ! Nous t'attendrons là-bas dans deux heures, donc.

— D'accord, je vous remercie, ton ami et toi, répondit Jacinthe.

Davy approuva d'un air grave. Il était fasciné par le joli minois de Sidonie qui ne lui accordait plus aucun intérêt.

— Toi, matelot, je t'invite à déjeuner au café de la rue Principale, lui dit Pierre. Nous serons à l'abri.

Alberta tapota l'épaule du beau garçon qu'elle avait pris sous son aile des années auparavant.

— Prenez soin de ma fille, messieurs, recommanda-t-elle. Jacinthe a bien raison de retourner travailler. Nous logeons chez mon père, rue Laberge, et nous sommes un peu à l'étroit. À la revoyure, Pierre, vous aussi, Davy…

Le ton net de leur mère et sa gentillesse étonnèrent les deux sœurs. Elles la crurent résignée, prête à endurer la perte d'Emma. Réconfortées, elles la prirent par le bras et s'éloignèrent ainsi en direction de l'église.

Très nerveux, Pierre se roula une cigarette. Il regrettait de ne pas être seul avec Jacinthe sur le trajet du retour, mais il pouvait difficilement abandonner le jeune ouvrier à Saint-Prime. Dépité, il contempla l'humble croix de bois plantée sur la tombe. Ses pensées prirent un tour sinistre. « Emma est là, dans une caisse en planches, toute froide, seule à jamais. Sur elle, de la terre et des cailloux ! Mon Dieu, pourquoi ? Elle aimait tant rire, danser, s'amuser ! C'en était déconcertant, parfois. Pressentait-elle que ses jours seraient bien courts, qu'elle devait en profiter très vite ? »

Il essuya une larme en récitant le *Notre Père*. Davy l'attrapa par la manche :

— Oh ! t'as de la visite. Je vous laisse, j'avance jusqu'au *Café*.

Jacinthe avait fait demi-tour et s'approchait d'un pas hésitant. Dès qu'ils furent seuls, elle murmura :

— Pierre, veux-tu marcher un peu avec moi ? Je voudrais te parler. Mais pas là, pas près de la tombe.

Il allait de surprise en surprise. Déjà, Jacinthe acceptait son offre de monter à bord de la chaloupe ; ensuite, elle recherchait sa compagnie.

— Je voulais te remercier, car tu n'as pas fait allusion au suicide d'Emma devant maman, commença-t-elle. J'aurais pu te prévenir l'autre soir, à Saint-Méthode, mais je n'y ai pas songé ou je n'ai pas eu le temps. Papa est au courant, Lauric et Sidonie aussi, mais pas elle ni grand-père Ferdinand.

Elle lui raconta brièvement ce qui était arrivé à Alberta.

— Depuis ce matin, maman paraît saine d'esprit, mais nous avons eu très peur, surtout moi, car j'ai eu affaire à des cas de démence subite quand j'étudiais à Montréal. Peut-être qu'elle fait des efforts surhumains pour nous.

— Est-ce que vous lui direz la vérité bientôt ? s'inquiéta-t-il. Ce serait préférable.

— Si vérité il y a, répliqua-t-elle de façon énigmatique. Et mon père, tu dis qu'il était content de te revoir. En es-tu sûr, Pierre ? Lauric, je le conçois, il t'admirait tant ! Tu étais son modèle, son meilleur ami.

Pierre pesa sa réponse après s'être remémoré la scène.

— Champlain examinait la paille et le foin de l'an dernier, il triait des gerbes sous le hangar. Oui, il m'a bien accueilli. Au fond, pourquoi m'en voudrait-il ? D'avoir une job à la papeterie de Riverbend ? Pourquoi ? Il méprise les paresseux ; il ne peut pas me reprocher de gagner ma vie. Évidemment, s'il apprenait ma relation avec Emma, je ne donnerais pas cher de ma face d'ange.

— Ta face d'ange ? ironisa Jacinthe. Tu deviens prétentieux.

— Sans vouloir te vexer, je répète les sottises d'Elphine Gagné.

— Si tu pouvais éviter de prononcer son nom ! J'ai appris à Sidonie que vous êtes fiancés. Elle a été sidérée.

— Tu peux parler à l'imparfait, j'ai rompu. Le soir même de ta visite chez moi.

Pierre s'arrêta et la regarda droit dans les yeux. Une rafale hérissa ses boucles brunes. Il n'avait pas dû se raser ces derniers jours, puisqu'un début de barbe ombrageait ses joues et qu'une fine moustache rehaussait le rose de ses lèvres. Jacinthe le constata avec l'envie irrésistible de l'embrasser sur la bouche, comme avant, comme sur le perron de la ferme des Plourde.

— Tu dois me croire, insista-t-il. Privé de toi, je ne vaux rien. Je n'aurais pas dû céder à ta sœur… ni à Elphine.

— Règle générale, ce sont les femmes qui se plaignent d'avoir cédé à un homme, fit-elle remarquer, amère. Mais je m'en moque. Tu étais libre, j'avais refusé de me marier… Pierre, je n'aurais pas osé discuter de ce qui me préoccupe devant ton ami Davy. J'aurais besoin de toi, demain ou après-demain. Je voudrais aller à Saint-Jérôme chez Emma. Je vais avertir mes parents. Il faut bien rapporter ses affaires, vider son logement situé à côté de l'école. Je préférerais m'en charger avec toi et toi seul. Ce serait une épreuve trop douloureuse pour mes parents, Sidonie et Lauric.

— Pas pour toi ? demanda-t-il, apitoyé, certain qu'elle se sacrifiait.

— Disons que je n'aborderai pas cette situation de la même manière. Pierre, je dois te quitter, sinon nous partirons trop tard. Je suppose que vous travaillez demain matin. Je ne veux pas vous retarder. De toute façon, ce serait dangereux de naviguer de nuit.

Elle semblait perdue et fragile sous le foulard noir qui cachait en partie sa chevelure.

— Jacinthe, que se passe-t-il ?

— J'en parlerai le jour où nous irons tous les deux à Saint-Jérôme. Ou avant…

Il lui prit la main et étreignit ses doigts. Elle se dégagea, mais sans brusquerie.

— Nous sommes devant chez Matilda. Je voudrais lui dire au revoir. C'est une étrange femme. Quand j'étais petite, je m'en méfiais, car on la prétendait de sang indien et de mauvaises mœurs. Maintenant, elle fait office de gouvernante pour le curé. Les gens l'ont acceptée, ils viennent souvent la consulter.

— J'ai dû la croiser quand je traînais par ici. Elle est brune, a le teint mat et est bien portante ?

Jacinthe eut un sourire machinal, sans joie.

— Elle se souvient de toi. Hier soir, elle disait que nous formions un beau couple, que l'amour nous entourait d'un halo lumineux. Pierre, j'ai eu tort de t'accuser si vite. Pardonne-moi ! À tout à l'heure.

Sur ces mots, elle frappa à la porte de Matilda. Il recula sans parvenir à lui tourner le dos, souriant à son tour. « Elle m'a demandé pardon ! » se disait-il, abasourdi, envahi par un regain d'espoir.

*

— Matilda, je suis venue vous dire au revoir, avoua Jacinthe, à peine entrée dans la maison où régnait une douce chaleur.

— Tu t'enfuis, petite, tu regagnes ton gîte solitaire, là-bas, à Roberval, déplora la vieille femme en guise de réponse. Comment va ta mère ?

— Mieux, sinon je n'aurais pas eu le courage de la laisser. Matilda, je n'ai guère de temps à vous consacrer ; j'ai promis de dîner en famille, mais je n'ai personne à qui confier certaines choses.

— Pas même ce beau gars, ton Pierre ? Je l'ai vu par la fenêtre. Vos cœurs battent toujours à l'unisson, ma belle. Tiens, tiens, je me trompe pas, te voilà les joues roses. Si je te servais un verre de mon caribou ? Je le fabrique avec du vin blanc et du vin de bleuets, des bleuets ramassés à la bonne lune, pas n'importe quand comme font mes voisins, et sans whisky ni vin rouge ! Même monsieur le curé l'apprécie.

Matilda jugea que le léger signe du menton de sa visiteuse égalait à un oui. Elle la fit asseoir et s'installa à ses côtés.

— Il y avait un calepin dans le sac d'Emma, un agenda où elle notait de courtes phrases au crayon de plomb, dit Jacinthe très vite. Ce que j'ai lu... Mon Dieu, comment vous l'expliquer ? Ce que j'ai lu a fait d'Emma une étrangère. Si je n'avais pas reconnu son écriture, j'aurais juré que ce maudit carnet appartenait à une de ses amies. Enfin, non, puisqu'elle nous cite, Sidonie et moi, ainsi que maman. Pire encore, sur les dernières pages, en décembre, il y a la même lettre, l'horrible lettre où elle nous fait ses adieux, où elle annonce son suicide. Matilda, je n'ai pas osé avouer ça à ma sœur et à mon frère. Qu'en pensez-vous ? Ayez pitié, je n'arrête pas de chercher la solution et j'ai l'impression d'être en enfer. Mon cœur bat comme un fou depuis cette nuit.

Pêle-mêle, le souffle irrégulier, Jacinthe confia à Matilda les événements de la matinée, le réveil de sa mère, son retour à la réalité, le malaise de son grand-père.

— Pauvre Ferdinand ! Conseille-lui de venir me voir, petite. Je lui préparerai un sachet de plantes calmantes. Alberta pourra boire la même tisane que lui. Quant à toi, respire bien à fond, à pleins poumons, là, là... Dénoue tes mains, on croirait que tu serres le cou d'un poussin.

Jacinthe s'efforça d'obéir, choquée de s'imaginer en train d'étrangler un innocent volatile. Le regard perçant de Matilda se rivait au sien, à la fois curieux et attentif.

— Respire encore... Attends, ne bouge pas.

En dépit de sa soixantaine avancée, la maîtresse des lieux était vive et énergique. Elle s'empara d'un bocal en verre rangé sur une étagère, puis d'un autre. Elle les ouvrit sur la table, en sortit des feuilles racornies d'un vert sombre qu'elle froissa au creux de sa main droite. Ensuite, elle présenta sa paume ouverte sous le nez de la jeune femme.

— De la mélisse et de la menthe. Respire bien leur parfum, ton cœur s'apaisera. Tu n'as rien de grave, juste un trop-plein d'angoisse, de chagrin et de doutes. Laisse-moi t'aider.

Paupières mi-closes, Matilda appuya sa main gauche entre les seins de Jacinthe, une main brûlante, impérieuse. L'étrange cérémonie dura plusieurs minutes, pendant lesquelles la guérisseuse poussa de petits gémissements.

— Tu dois chercher la vérité pour trouver la paix, ma belle demoiselle.

— Mais comment ? gémit celle-ci.

— Te sens-tu mieux, à présent ?

— Ça cogne moins fort là-dedans, admit Jacinthe en désignant sa poitrine.

Matilda retira sa main et entreprit de ranger ses bocaux. Elle eut soin également de remuer le contenu d'une marmite, d'où s'élevait un fumet odorant.

— Je fais cuire une bonne soupe aux gourganes pour notre brave curé. Les fèves sont à point, je les accommode avec du lard, du chou et des oignons.

— Maman nous en faisait souvent au début de l'hiver, se rappela Jacinthe. Matilda, je vous en prie, comment savoir ce qui s'est passé ?

— Ce ne doit pas être si compliqué que ça. Préviens la police et montre-leur le carnet. Si mon défunt mari m'entendait, il ricanerait. Moi, parler de la police sans trembler. Je n'ai pas toujours été une honnête citoyenne quand j'étais petite.

Sans prêter attention à cet aveu, la jeune femme protesta :

— Si des policiers se penchent sur la mort d'Emma, s'ils lisent son agenda, ils harcèleront mes parents. Maman saura pour le suicide. Ils voudront procéder à une autopsie. Ce serait affreux, d'exhumer le corps de ma sœur et de le charcuter. Non, je refuse, surtout si j'en porte la responsabilité toute seule. Je suis déjà la bête noire de la famille, inutile d'être rejetée tout à fait. Seigneur, je voudrais tant ne jamais avoir retrouvé le sac à main et le carnet. J'aimerais dormir et me réveiller trois mois plus tôt.

Refoulant des sanglots de détresse, Jacinthe jeta un coup d'œil sur la pendule murale. Vite, elle se leva.

— Merci, Matilda. Nous nous reverrons bientôt. J'ai décidé de renoncer à mon poste d'infirmière, du moins à l'hôpital. Je pourrais m'établir comme garde ici, à Saint-Prime. Grand-père a besoin de moi.

— Ta mère aussi, ainsi que Sidonie, Lauric et même Champlain, sous ses allures d'ours noir. Suis ton instinct ; fais à ton idée. Pour ma part, je serai bien contente de te savoir dans le village. À la revoyure, petite.

Jacinthe n'osa pas l'embrasser. Elle la regarda cependant un court instant, désireuse de garder son image comme un précieux viatique, une représentation mystérieuse, couronnée d'une épaisse natte brune, les traits sereins et harmonieux malgré les outrages du temps, le regard empreint de sagesse et de bonté.

— À la revoyure, chuchota-t-elle. À dimanche prochain, sûrement.

Pierre avait rejoint Davy dans la salle enfumée et bruyante du *Grand Café* de Saint-Prime, qui tenait lieu de restaurant et jouxtait le magasin général où étaient proposés à la vente des produits d'épicerie, de la quincaillerie, du poisson frais et même de l'essence, comme en témoignait la pompe installée devant la vitrine.

— Il y a du monde ! Je me demande quand on va être servis, grommela le jeune ouvrier, une cigarette au coin des lèvres. J'ai commandé de la limonade en t'attendant et je ne vois rien venir.

— C'est l'heure du repas, mon chum. Que veux-tu faire ? Jeter les clients dehors ? grogna Pierre. Tu as un appétit d'ogre, toi.

— Oui, je ne dis pas le contraire.

Ils échangèrent un regard amusé. La veille, de nature économe sinon pingre, Xavier Desbiens s'était effaré de la quantité de nourriture ingurgitée par Davy. Le vieux Boromée, qui jugeait la chose plaisante, l'avait taquiné.

— T'es aussi vorace qu'un ours, mon garçon. Si tu te maries, ta blonde aura du mal à te rassasier.

Ils évoquaient tous les deux les soirées passées à Saint-Félicien quand le propriétaire, un torchon dans les mains, vint leur demander ce qu'ils désiraient. Au même instant, Pierre aperçut Jacinthe qui s'engouffrait en courant dans la rue Potvin pour regagner la rue Laberge. Son cœur battit plus vite. Il aurait voulu abolir la marche du temps afin d'être au rendez-vous fixé.

— Une omelette aux oignons et des filets de doré à la crème, disait Davy, la mine gourmande.

— La même chose, marmonna Pierre.

— Toi, tu es retombé en amour avec Jacinthe Cloutier, affirma tout bas son ami. Tu as une façon de la manger des yeux ! J'en étais gêné, au cimetière.

— Et toi ? Tu étais bouche bée devant Sidonie.

Davy s'empourpra et tritura sa serviette de table.

— J'ai jamais vu une fille aussi jolie, confessa-t-il. Mais, après m'avoir examiné des pieds à la tête, elle ne m'a plus adressé un regard.

— C'est normal, elle vient d'enterrer sa petite sœur. Il y a des moments où on devient sourd et aveugle aux autres. Peut-être qu'un jour tu auras ta chance avec elle.

Pierre parlait tout bas malgré le brouhaha environnant. Des hommes accoudés au comptoir discutaient en haussant le ton. Le sujet ne changeait pas : les inondations.

— Même pendant la crue de 1908, l'eau n'était pas montée autant. On avait mesuré

19,08, cette année-là ; aujourd'hui, elle atteint le point 23,8 ; quatre pieds de plus. Je m'en souviens, j'avais douze ans, mes parents avaient monté tous les meubles au second étage de la maison, de même que les provisions.

— C'est pareil à Saint-Méthode, à Saint-Gédéon et à Saint-Jérôme, répliqua son interlocuteur. Tout s'en est mêlé, la fonte des neiges, les pluies qui n'en finissent pas de tomber, et les barrages du côté de l'île Maligne. Paraît que les compagnies américaines ont acheté la force des eaux du lac et des rivières voisines. Une ânerie ! Autant dire qu'on pourrait acheter la puissance du blizzard, l'hiver, et les glaces de nos rivières.

— Qu'ils ouvrent les vannes ! On évitera le pire, intervint le patron du *Café*. J'ai entendu dire que les machines agricoles sont sous l'eau, à Saint-Méthode, les chars aussi.

— Faut pas se plaindre, le téléphone fonctionne encore, nota un autre client.

Davy écoutait distraitement les conversations tout en guettant le serveur. Après avoir étudié la physionomie songeuse de Pierre, il hasarda :

— Je parie que tu voudrais me voir au diable pour être tranquille avec ton ancienne fiancée, dans la chaloupe.

— Non, pas du tout. Tu m'as rendu un fier service. Je ne suis pas ingrat au point de vouloir rentrer seul du côté de Saint-Jérôme.

— Sans doute, mais, de Saint-Prime à Roberval, ça t'arrangerait bien que je ne sois pas avec vous, renchérit le jeune ouvrier, un brin moqueur.

— Serais-tu en train de me dire que tu as envie de rentrer à pied ? Davy, on est venus ensemble, on rentre ensemble. Jacinthe, j'aurai l'occasion de la revoir, je crois. On a parlé un peu, déjà. J'ai de l'espoir, oui, un bel espoir !

Ils restèrent silencieux, chacun caressant en esprit un visage de femme. Autour d'eux, on continuait à jaser, à critiquer bien fort les erreurs du gouvernement aussi bien que l'implantation des centrales hydroélectriques.

— On peut pas cracher sur le progrès, brailla un homme d'une carrure impressionnante. C'est quand même bien agréable, l'électricité et le train jusqu'à Dolbeau, où pas mal de gars ont trouvé des jobs grâce aux nouvelles usines. Je suis fils et petit-fils de colon, mais, moé, je dis qu'on doit vivre avec son époque.

Il avala d'un trait son verre de brandy et sortit en soulevant à peine sa casquette. Pierre allait confier sa propre opinion à Davy, mais la fille du propriétaire approchait, diligente et efficace.

— Vos omelettes, messieurs. Le niveau du lac n'empêche pas les poules de pondre ni la fromagerie de fabriquer le meilleur cheddar du Québec ! pérora-t-elle. Bon appétit !

Ils faisaient figure d'étrangers dans l'établissement. Les gens du village ne s'étonnaient plus de croiser de nouvelles têtes. Les curieux affluaient, ces jours-ci, journalistes ou touristes en mal de sensations fortes. Un respectable vieillard attablé devant une part de tourtière crut bon d'ajouter :

— Nous avons quand même eu une noyée, icitte, à Saint-Prime. Alors, le progrès…

Pierre se raidit, saisi de honte. Il rêvait de reconquérir Jacinthe, alors que, six mois plus tôt, juste avant Noël, Emma se cambrait de plaisir dans son lit, sa chair ferme et juvénile brûlante et tremblante sous lui, transportée par la morsure du désir, enflammée par l'extase, merveilleusement vivante.

« Paix à ton âme, petite fille ! Seigneur, si je savais qui t'a poussée à mourir ! »

7

L'île aux Couleuvres

Rue Laberge, même jour

Jacinthe trouva sa famille au complet dans la cuisine de Ferdinand. Son grand-père présidait en bout de table comme jadis, quand son épouse Olympe les invitait à déjeuner après la messe du dimanche. Champlain lui faisait face, assis près d'Alberta à gauche de qui se tenait Sidonie. En la voyant entrer, Lauric lui désigna d'un coup d'œil la chaise vide près de lui.

— Où étais-tu encore ? gronda son père. Ta sœur a préparé un bon repas. Il faut que tu traînes on ne sait où.

— Excusez-moi, je suis passée dire au revoir à Matilda. C'est une femme tellement particulière ! J'avais des palpitations et elle m'a soignée.

— Parle donc dans notre langue, qu'on comprenne ! dit le fermier, de toute évidence d'une humeur affreuse. Garde ton jargon d'infirmière pour tes malades.

— En langage simple, mon cœur battait si vite que je craignais d'avoir un malaise ! rétorqua-t-elle sèchement.

Sa répartie cinglante fut suivie d'un silence pesant.

— Il paraît que Matilda soulage beaucoup de gens, à Saint-Prime et dans les environs, admit Sidonie, mais, pour ma part, j'ai plus confiance aux vrais docteurs.

La jeune femme se leva et prit une grande assiette ronde dans le four, presque entièrement remplie d'une superbe omelette d'un jaune vif, grillée à point. Elle servit également une salade verte, agrémentée de rondelles de cornichon.

— J'ai prévu une grosse omelette au lard, ajouta-t-elle. Grand-père avait beaucoup d'œufs, car il ne les avait pas ramassés, ces deux derniers jours. Les canes ont pondu aussi. Le plat était au chaud. Nous t'attendions.

— La paille et le foin sont fichus, déclara Lauric en tapotant le dos de Jacinthe. Quand les eaux se retireront, le troupeau pourra brouter, mais, pour l'hiver prochain, ça m'étonnerait qu'on puisse faire une bonne fenaison. Pareil pour la paille.

— Peut-être si l'été est très sec..., avança Jacinthe d'un ton las.

— Tu me tapes sur les nerfs, ma fille, bougonna Champlain. Il faudrait six mois d'été pour réparer les dégâts.

Alberta piqua sa fourchette dans sa portion, mais sa main tremblait. Elle tenait à se montrer digne et courageuse ; pourtant, l'avenir l'effrayait sans sa plus jeune fille. Pendant des années, elle avait tenu son ménage avec joie et dévouement, elle avait secondé son mari dans les champs à la saison du foin, du blé ou de l'orge, elle participait à la tonte des moutons, cardait et filait la laine, souvent en berçant d'un pied le lit à bascule de ses nourrissons. Le caractère de Champlain s'était durci, au fil du temps, mais il lui témoignait du respect et de l'affection. Ses enfants avaient suffi à combler son immense besoin d'aimer et d'être aimée.

— Maman, est-ce que ça va ? s'inquiéta Sidonie, toujours sur le qui-vive.

— Mais oui. Je n'ai guère d'appétit. Et ton père se tracasse tant ! Nous n'aurions pas dû nous établir si près du lac.

— Et où donc voulais-tu t'installer ? aboya Champlain. Ce sont les meilleures terres de la région. Enfin, c'étaient les meilleures terres.

Furibond, il se versa du thé qu'il but d'un trait.

— Alors, Jacinthe, il paraît que Pierre Desbiens et un de ses amis te ramènent à Roberval en chaloupe, dit Ferdinand d'une voix faible. Ça ne me plaît pas, ma petite-fille. Tu comprends pourquoi. Si nous te perdions, toi aussi. Le vent forcit, le lac est agité. Maudit lac !

Le vieil homme essuya ses larmes du bout des doigts. Il reprit sa respiration en considérant son assiette sans aucun intérêt.

— Allons, pépère, fais honneur à mon omelette, supplia Sidonie.

— Oui, tu dois manger un peu, renchérit Jacinthe, émue par la détresse de son grand-père. Ne t'inquiète pas pour moi. La voie ferrée est hors d'usage, de toute façon. Ça m'arrange d'être à Roberval avant ce soir. En chaloupe à moteur, nous serons vite arrivés. J'ai confiance en Pierre et en son ami. Ils sont déjà allés jusqu'à Saint-Méthode, dimanche.

— Sois tranquille, grand-père, si un gars m'inspire confiance, à moi aussi, c'est Pierre, fit remarquer Lauric. J'étais bien content de le revoir par ici.

Il se tut, soudain nostalgique de son enfance et de son adolescence, déplorant en secret les tristes circonstances qui lui avaient permis de revoir son grand ami.

Sidonie enrageait après les déclarations de sa sœur et de son frère. Elle n'y tint plus et déclara d'une voix nette :

— Les gens changent. En qui avoir confiance, de nos jours ?

— Pierre est un honnête jeune homme, protesta Alberta, et bien élevé. Il avait un bouquet de fleurs pour la tombe d'Emma.

— C'est la moindre des choses, soupira Sidonie, ce qui mit Jacinthe au supplice.

— Qu'est-ce que tu chantes, toi ? interrogea leur père, l'œil menaçant. Pourquoi ce serait la moindre des choses ?

— Arrêtez donc ! s'écria Lauric. Pierre était souvent chez nous, à la ferme ; il a vu grandir Emma. C'est bien naturel qu'il apporte une gerbe. C'est même poli de sa part. Bon, je sors. Moi, des repas de ce genre, ça me coupe l'appétit.

Ce fut encore le silence, troublé par le tic-tac ténu de la pendulette du salon. Champlain reprit du thé. Alberta renonça à avaler quoi que ce soit, et Ferdinand l'imita.

— Je vous préviens, ce soir, au souper, ce sera le même menu, annonça Sidonie, qui refoulait des sanglots d'exaspération.

Jacinthe grignota un bout de pain, hantée par ce qu'elle avait lu la veille dans le carnet d'Emma. « Je dois en parler à Sido qu'elle n'accuse plus

Pierre à tort. Aujourd'hui, ce sont des allusions ; demain, elle serait capable d'en parler à papa. Mon Dieu, il ne faut pas ! » songea-t-elle en se levant à son tour pour aider à débarrasser la table.

— Je sors surveiller les brebis, dit Champlain. Viens, Jacinthe, j'ai à te parler. Tout de suite.

Elle le suivit dans le vaste enclos tapissé d'une jeune herbe d'un vert vif. Sous une pluie fine, ils marchèrent l'un derrière l'autre parmi les poules au plumage chamarré et les canards. Un agneau courut vers eux, effectua un petit saut et détala pour rejoindre sa mère.

— Le troupeau est sauvé, dit-elle à son père.

— Oui, mais la famille bat de l'aile, grogna-t-il. Où as-tu fourré le sac à main d'Emma ? Quand tu seras partie, j'expliquerai à ta mère comment nous l'avons retrouvé, en m'en tenant à une étourderie de Pacôme. Tu es allée le donner à Matilda pour que je ne mette pas la main dessus ?

Champlain la dominait d'une tête. Il se pencha, les mâchoires crispées, et la toisa de son regard brun.

— Tu le trouveras dans le vestibule ; je l'accrocherai au portemanteau. Si je l'ai gardé hier soir, c'était à cause de maman, justement, pour qu'elle ne le voie pas. Ça me consolait un peu de le tenir contre moi. Il n'y a qu'un bâton de rouge à lèvres, un porte-monnaie, une clef et le tube de barbituriques. Fais attention, ce sont des médicaments dangereux.

— Est-ce que je peux en faire prendre à ta mère, si elle souffre encore des nerfs ?

— Pas sans l'avis du docteur Claude, papa, je t'en prie.

— Si Emma en avalait pour dormir ! Ce n'est pas du poison, quand même.

— Tout dépend de la dose. Pacôme, qui est pourtant costaud, n'a pas résisté ; il a dormi plusieurs heures. Emma devait couper les comprimés en deux.

— Pas un mot à Desbiens sur la lettre de ta sœur et son suicide. Tu m'entends ? Lauric et Sidonie m'ont juré de se taire. Alors, toi, tu ne parles pas à tort et à travers. Tu es l'aînée, mais tu dois m'obéir.

D'un geste familier, Jacinthe porta la main à son front et effleura la cicatrice qu'avait remarquée Matilda. La trace blanche qu'une mèche de cheveux voilait le plus souvent lui donnait parfois l'impression d'être un animal marqué au fer rouge par son maître.

— Oui, papa, je t'obéirai.

C'étaient les mêmes mots qu'elle avait prononcés, fillette, dans la pénombre de la grange, le front ensanglanté. Champlain allait tuer une portée de chiots, dont il ne voulait pas s'embarrasser. L'exécution avait été annoncée pendant le souper. Révoltée, Jacinthe avait tenté de fléchir son père en promettant de trouver à les donner. Ses efforts avaient été vains. Elle s'était donc mis en tête de cacher la chienne et ses petits à l'aube. Quand son père s'était aperçu de la disparition de ses futures victimes, elle n'avait pas pu retenir un sourire de triomphe, tant il fulminait. Il avait compris. Malgré les prières d'Alberta, devant Lauric, Sidonie et Emma terrifiés, le fermier avait giflé si violemment sa fille aînée à plusieurs reprises qu'elle s'était écroulée, étourdie, contre des planches. Un clou dépassait, qui lui avait ouvert le front.

En relevant l'enfant, Champlain avait bredouillé des excuses, puis il s'était éloigné, une hachette à bout de bras. « Les chiots, il les a trouvés ! se souvint Jacinthe, un goût de fiel sur les lèvres. Au retour, il m'a demandé si je lui obéirais à l'avenir. J'ai répondu exactement les mots que je viens de dire, comme une bête bien dressée. »

— Je te le conseille, dit-il en lui tournant le dos. Oui, je te conseille de m'obéir.

Jacinthe comprit alors qu'elle avait besoin d'un appui, d'une oreille attentive, quelqu'un connaissant bien sa famille et Emma. « Pierre ! Lui, il peut m'aider. »

— Tu n'as rien d'autre à me dire, papa ? demanda-t-elle d'une voix raffermie. Je rentre, je n'ai pas pris de manteau.

— C'est ça, rentre donc.

Elle chercha Lauric des yeux, mais son frère n'était pas près du troupeau.

« Tant pis, je n'ai qu'à patienter jusqu'à dimanche. »

La maison de Ferdinand semblait déserte. Cependant, Jacinthe retrouva sa sœur dans le cellier qui jouxtait la cuisine. C'était un endroit sombre, aux cloisons couvertes d'étagères où s'empilaient des provisions de toutes sortes : conserves de haricots jaunes et verts, pots de confiture, de tomate et de miel, bouteilles de sirop d'érable, boîtes en métal étiquetées selon leur contenu, soit pâtes alimentaires, riz, vermicelle ou lentilles. Sidonie balayait le sol, un plancher grossier, avec une énergie insolite.

— Tu es ridicule, Jacinthe, jeta-t-elle. Seigneur, ta voix quand tu prononces le mot Pierre. Elle te trahit, on te sent prête à lui tomber dans les bras, à tout lui pardonner. Comment oses-tu, alors qu'Emma…

— Je t'en prie, ma Sido, ne t'emballe pas. Je suis vraiment désolée, je n'ai pas pu te mettre au courant avant. Il y avait un agenda, dans le sac d'Emma. Cette nuit, j'ai lu ses notes. Je voulais te le montrer ce matin, mais je n'ai pas pu. Une chose est évidente, Pierre n'a rien à voir dans la grossesse de notre sœur. Dès la fin du mois de février, elle signale des rendez-vous avec M. Il n'y a que la lettre et un point à la place du prénom. Et puis…

— Et puis quoi, dis-moi ! implora Sidonie, très pâle.

Jacinthe regarda dans la cuisine par la porte entrebâillée, de peur d'être entendue.

— Ne crains rien, maman et grand-père sont montés se reposer, fit Sidonie. Lauric fait tant de bruit quand il se déplace qu'il ne nous surprendra pas, s'il revient.

Tout bas, haletante, la jeune femme rapporta à Sidonie les phrases qui l'avaient le plus consternée.

— Au fond, il n'y a pas de quoi s'affoler, conclut Sidonie. D'accord, Pierre n'est pas le père du bébé et Emma avait rencontré un autre homme, ce qui ne m'étonne pas.

— Si ça ne t'étonne pas, pourquoi accusais-tu Pierre ?

— C'est toi, Jacinthe, qui l'accusait. Tu n'en fais qu'à ta tête, décidément. Je me suis couchée près de maman, la nuit dernière, mais tu aurais pu venir me chercher. Nous aurions lu l'agenda ensemble.

— J'aurais préféré, crois-moi. Je ne peux pas te le laisser : papa ne doit jamais savoir qu'il existe, ce carnet, ni maman.

Sidonie rangea le balai. Elle poussa un soupir agacé.

— Jacinthe, Emma s'est noyée et elle est morte. Nous devrions prier pour le salut de son âme. Qu'importe, après tout, qui était son dernier amant ou sa soif de s'amuser et de plaire ? Je voudrais que tu n'aies pas pensé à ces comprimés ni à son sac à main. Je voudrais pleurer ma sœur en paix. Pourquoi remuer de la boue et des choses sales ? Nous n'avons qu'à continuer à vivre en gardant d'Emma une jolie image, ses sourires d'enfant, son côté espiègle et sa gaîté. Ce maudit carnet, tu devrais le brûler. Je n'ai même pas envie de le voir ni de le toucher. Je n'ai jamais été dupe du tempérament de notre petite sœur, hélas. En réfléchissant bien, je me suis dit qu'il y a deux ou trois décennies elle aurait été mariée dès ses quinze ans, peut-être, et maman. Les femmes des colons s'estimaient adultes dès cet âge-là. Il aurait simplement fallu qu'Emma se marie très tôt.

— Selon toi, nous sommes donc des vieilles filles aigries ? ironisa Jacinthe, le cœur lourd.

— Non, pas du tout. Toi, tu adorais Pierre, vous étiez fiancés, mais tu as rompu pour finir tes études. C'était ton droit. Quant à moi, je suis consignée à Saint-Prime ; je n'en sors jamais. Je pourrais te décrire le visage de tous les hommes de mon âge ou un peu plus mûrs, car je les ai bien observés et aucun ne me plaît. Je suis assez sotte pour rêver du grand amour, qu'un jour je verrai apparaître à la barrière de la ferme, celui qui saura me ravir l'âme, le cœur et le corps. Bêtement, dès que je joue à imaginer cet oiseau rare, je vois Lauric.

— Notre frère ? balbutia Jacinthe, désemparée.

— Doux Jésus, ne fais pas ces yeux-là, je ne suis pas amoureuse de mon jumeau. Mais lui aussi reste célibataire, nous discutons littérature ou agriculture, nous travaillons ensemble, nous veillons le soir. Sa présence me suffit. J'aurais du mal à me séparer de lui.

— Enfin, Sidonie, tu ne peux pas comparer cette vie-là au quotidien d'un couple marié. Il y manque un élément capital, à mon avis. La nuit, le lit conjugal, les enfants qui naissent de cette intimité…

La jeune fille contempla de ses prunelles vertes l'alignement des bocaux. Son profil avait la finesse d'une gravure ancienne.

— Si c'était tellement important, cet élément, comme tu dis, pourquoi as-tu préféré tes études d'infirmière et ton métier à l'amour de Pierre ?

Vaincue, Jacinthe prit la main de sa sœur et l'entraîna dans la cuisine.

— L'heure tourne, je dois rejoindre Pierre et Davy. Sido, je reviendrai samedi ou dimanche, si je peux me libérer. Je monte embrasser maman et grand-père. Je rangerai le carnet d'Emma chez moi. Mais je ne t'ai pas tout dit. Il y a aussi une sorte de brouillon…

— Pitié, protesta Sidonie. Je t'en prie, pas maintenant. J'en ai assez, de ces histoires, de Pacôme, des cachets, du sac. Qu'est-ce que ça changera ? Emma est au cimetière, elle mérite un peu de respect. Donne-moi donc un bec tout de suite, je dois aller au magasin général acheter du tissu noir. J'ai besoin d'une robe de deuil pour cet été.

*

Quelques minutes plus tard, sanglée dans son imperméable et un foulard sur la tête, Jacinthe marchait sur la piste boueuse menant à la ferme familiale. Elle pleurait sans retenue, la pluie effaçant ses larmes au fur et à mesure. Son départ silencieux de la rue Laberge avait des allures de fuite, si bien qu'elle se comparait à une brebis galeuse mise à l'écart des siens. Le comportement de son père et celui de Sidonie lui paraissaient incompréhensibles et proches de la lâcheté.

« Ils se voilent la face, ils trichent. Papa réfute le suicide d'Emma, il veut oublier qu'elle était enceinte. Ma sœur tient aussi à préserver le secret. »

Jacinthe déplorait la disparition de Lauric, qui s'était dit prêt à l'aider.

« Et je cours vers Pierre. Je serai honnête, moi, au moins. Oui, je suis heureuse qu'il m'ait proposé de faire le trajet en chaloupe, oui, contente de le revoir et de lui parler », pensait-elle.

Son ancien fiancé représentait, à cet instant, un havre de douceur, de compassion, une épaule où pleurer encore jusqu'à en perdre le souffle. Elle se moquait de se donner en spectacle devant le dénommé Davy. Il lui avait paru un brave garçon. « Même si je me réfugie dans les bras de Pierre et que je sanglote à mon aise, en quoi Davy me jugerait-il ? Il sait pour Emma, il était au cimetière. »

Jacinthe voyait les toits de la maison où elle avait grandi, du hangar et de l'écurie. L'eau entourait chaque bâtiment, calme, grisâtre ; elle recouvrait les prés et le chemin, hérissée par une multitude de pointes d'herbe, ce qui indiquait un niveau plus bas. Impatiente, elle scruta le lac, en quête de la chaloupe et de la silhouette des deux jeunes gens. On l'appela.

— Mademoiselle Cloutier, attendez !

C'était la voix aiguë d'Artémise Thibault. Sa robe grise tendue par sa grossesse, la femme lui faisait signe de son perron. Brigitte Pelletier se tenait à ses côtés sous l'auvent. Jacinthe dut faire demi-tour et traverser un espace de terre gluante où les flaques abondaient. Par précaution, elle avait chaussé les bottes de Sidonie ; elle s'en félicita.

— On vous a vue passer ; je me demandais bien où vous alliez comme ça ! dit la mère de Pacôme.

— Je rentre à Roberval en bateau à moteur, expliqua-t-elle, agacée du contretemps. La voie ferrée est endommagée.

— Vous auriez pu me prévenir, quand même, ajouta Brigitte. J'essaie de faire parler mon fiston depuis hier pour vous rendre service.

L'œil brillant de curiosité, Artémise Thibault approuva d'un mouvement de tête. De toute évidence, l'épouse de Jactance était bel et bien au courant pour le sac à main et les comprimés.

— Mes trois p'tits monstres, ils s'en seraient pas remis, eux, s'ils avaient gobé ces saletés de remèdes…

— Je sais, le pire a été évité, hasarda Jacinthe, nerveuse. Madame Pelletier, si vous avez du nouveau, écrivez-moi à l'hôpital. Enfin, il faut mettre comme adresse : Hôtel-Dieu Saint-Michel, à Roberval. Vraiment, Pacôme n'a rien dit de plus ? Où est-il ?

— Chez Matilda. Il lui fend du bois. Avec cette humidité, faut encore se chauffer, et cuisiner, aussi, déplora Brigitte. Mais vous savez, mademoiselle Cloutier, Pacôme a déjà oublié, pour le sac de votre sœur. Je lui ai posé des questions, mais ça n'a rien donné. Il jouait avec ses osselets. C'est un gamin, un innocent.

— Merci d'avoir voulu m'aider, madame Pelletier. Prenez soin de vous, Artémise. C'est pour quand, le bébé ?

— Mon doux, en juillet, pas avant.

— Ne faites pas trop d'efforts, c'est plus prudent.

Jacinthe salua les deux femmes d'un sourire poli. Elle reprit sa marche en direction de la plage, entièrement submergée à présent. Une vague inquiétude lui nouait la gorge, car elle ne voyait toujours pas Pierre et Davy ni aucune chaloupe. Elle se trouva bientôt les pieds dans l'eau, à la hauteur de la ferme Cloutier, comme les gens du pays désignaient la propriété paternelle. L'écho d'une discussion animée lui parvint, puis on l'appela de nouveau :

— Ne bouge plus, on arrive !

C'était Lauric. Il déboula de l'écurie, suivi de Pierre.

— Je cherchais un endroit commode pour que tu montes à bord ! lui cria ce dernier. Lauric m'a conseillé d'approcher la chaloupe de votre remise à bois. Je vais te porter, Jacinthe, sinon tu auras de l'eau aux genoux.

— Où est ton ami ? Et toi, Lauric, qu'est-ce que tu fabriques ici ?

— Je suis venu dire au revoir à mon chum Pierre et fumer une cigarette avec lui, affirma son frère. On s'est promis de découvrir la vérité, au sujet d'Emma.

Encore une fois, la jeune femme se sentit exclue, indigne de partager une complicité avec quiconque. Elle les toisa tour à tour.

— Comment ferez-vous, l'un à Riverbend, l'autre à Saint-Prime ? Lauric, nous devions être discrets.

— Mais Pierre avait le droit de savoir qu'Emma s'était suicidée. Il fait presque partie de la famille, depuis le temps. En plus, vous avez été fiancés.

Jacinthe capitula, excédée. Pierre la fixait, de son regard gris-bleu. Elle devina qu'il n'avait pas parlé de sa visite chez lui, le samedi précédent, et qu'il avait dû écouter les confidences de Lauric en feignant la surprise.

— Où est ton ami Davy ? répéta-t-elle d'un ton sec. En ville ?

— En route pour Roberval, répondit Lauric. On s'est croisés, nous trois, devant le *Grand Café*. Ils venaient d'y déjeuner.

— Davy a eu l'idée de grimper dans une camionnette avec des types de la compagnie d'électricité qui rentraient du côté d'Alma

293

en contournant la route du lac par Sainte-Hedwidge.

— Mais pourquoi ? Je n'avais pas prévu d'être seule avec toi. Ce n'est pas correct, en plus.

Lauric quémanda une autre cigarette à Pierre. Il l'alluma, les paupières plissées, en étudiant le visage angoissé de sa sœur.

— Tu es majeure, je crois, lui fit-il. À part moi, personne ne saura que Davy avait faussé compagnie à Pierre. Jacinthe, avoue plutôt que tu n'as pas envie de pagayer si le moteur tombe en panne d'essence !

— Gnochon ! Dans ce cas-là, c'est moi qui ramerais, plaisanta Pierre sans joie. Nous serons vite arrivés. En plus, le vent nous poussera vers Roberval.

— Dans ce cas, partons tout de suite. Lauric, occupe-toi bien de maman, de Sidonie et de grand-père.

— Promis ! Bon voyage. Je te la confie, Pierre.

— J'en aurai soin, affirma-t-il.

Sans la prévenir, il la souleva du sol. Elle fut obligée de se cramponner à son cou. Ils avancèrent ainsi, sur les cinq mètres qui les séparaient de la chaloupe en bois. « J'aurais dû te tenir ainsi il y a deux ans pour franchir le seuil de chez moi après une cérémonie à l'église, songeait-il, ému de la sentir contre lui. Oui, tu serais venue dans une jolie robe, tes cheveux dénoués couronnés de fleurs, des vraies ou des fausses, peu importe. »

Envahi par une poignante nostalgie, il l'aida à s'asseoir sur une des banquettes de la chaloupe. Troublée, Jacinthe s'absorba dans la contemplation du paysage, dont la grisaille persistante l'accabla. Le ciel était couvert d'un lourd tissu de nuages couleur de cendre. Le lac avait la même teinte étrange. De la plage de Saint-Prime, les enfants Cloutier pouvaient voir, face à eux, une imposante avancée de terre nommée la Pointe de Saint-Méthode. La presqu'île, couverte d'érables, de bouleaux et d'épinettes, avait en partie disparu sous les eaux. Seules les vagues, au large, dentelées d'écume blanche, apportaient une touche de clarté.

— As-tu peur ? chuchota Pierre, inquiet de son silence.

— Non. De quoi aurais-je peur ?

— D'une panne de moteur, hasarda-t-il en riant tristement.

Sans rien ajouter, il détacha l'amarre de la chaloupe qu'il guida d'abord en usant d'une rame comme d'une perche, la coque frôlant le sol par endroits. Très vite, il put démarrer le moteur, et l'embarcation s'éloigna de la zone inondée.

— Jacinthe, tu souhaitais me parler sans témoins, déclara Pierre quand ils furent au large de la côte. Je t'écoute. Regarde autour de nous, ce désert liquide nous isole de tout. Il n'y a même pas de goélands, comme si le vent les avait emportés au bout du monde.

— Tu te trompes. J'en vois deux ou trois, là-bas.

Soudain, elle ferma les yeux, les rouvrit et joignit les mains à la hauteur de sa bouche.

— Qu'est-ce que tu as ? s'écria-t-il. Le mal de mer ? Je suis navré, ça secoue beaucoup.

— Non, ça va encore. Mais j'ai trop de chagrin et je voudrais ne pas avoir commis certaines erreurs, vis-à-vis de toi surtout. Je me sens si misérable ! Mon père me méprise ; il m'accuse d'avoir manqué à mes devoirs d'aînée. Maman me l'a reproché elle aussi. Pendant ces trois jours, je me suis battue contre des moulins à vent, voilà, comme don Quichotte. Alors, oui, je voulais te parler en espérant que tu m'aiderais à voir clair dans la mort d'Emma.

— Je ferai l'impossible, Jacinthe. Je suis touché que tu me redonnes ta confiance et ton amitié, même si ça me paraît inouï, incroyable.

Elle baissa la tête, avec l'envie de lui crier qu'elle était prête à lui redonner son amour, cet amour qui l'habitait tout entière. Elle ne pouvait pas s'empêcher d'être heureuse, parce qu'ils étaient tous les deux dans cette chaloupe, parce qu'elle entendait sa voix et qu'il lui souriait.

— Si incroyable que ça ? Je ne t'ai pas repoussé, à Saint-Méthode. Que serait-il arrivé si le bébé de madame Plourde n'avait pas pleuré ?

— Sais-tu que son mari et elle s'obstinent à rester dans leur maison ? Il est question d'un remorqueur que le gouvernement va envoyer pour faciliter l'évacuation générale. Les gens doivent emporter leur mobilier, leurs affaires, leurs provisions. L'eau ronge certaines fondations, quand les maisons sont anciennes, comme à Saint-Jérôme. Ce sont les gars de la compagnie d'électricité qui nous l'ont dit.

— Mon Dieu, les Plourde doivent s'en aller. Ils ont un bébé. Et Jules, leur fils, qui ne pensait qu'à sauver leur cheval !

— Le maire réussira bien à les raisonner avant qu'il ne soit trop tard, soupira Pierre.

Les vagues prenaient de la vigueur à mesure que la chaloupe affrontait les eaux plus profondes. Jacinthe commit l'erreur de regarder la masse mouvante des flots déchaînés.

— J'ai peur, tout à coup, peur de toute cette eau, peur du lac, avoua-t-elle d'une voix changée. Je viens de me rappeler ! Quand je me suis endormie chez Matilda, samedi soir, j'ai cru entendre une phrase dans ma tête : « Le lac vous guette depuis longtemps, ton frère, tes sœurs et toi. Emma est la première qu'il a prise. »

Elle se cramponna aux rebords du canot, une main de chaque côté, les bras écartés, l'air halluciné, effrayée. Le tangage lui donnait le vertige.

— Je t'en prie, calme-toi, l'exhorta Pierre. Tu es à bout de nerfs, tu manques de sommeil sans doute, telle que je te connais, et de réconfort. Le lac n'a pas pris Emma, il ne te prendra pas, ni Lauric ni Sidonie. Ce n'est qu'un lac, pas une bête fantastique. Souviens-toi, je t'ai appris à nager, les beaux jours d'été. Tu l'aimais, notre lac, à l'époque.

— Il était docile, alors, le lac. Aujourd'hui, on croirait un dieu mauvais changé en lac qui étendrait ses griffes sur nos terres pour semer le malheur et la ruine. Seigneur, si tu savais à quel point je souffre depuis samedi matin, depuis que j'ai appris la mort de ma sœur ! Je m'en fiche bien, si elle me méprisait, si elle nous bernait sans scrupules, je l'aimais.

Le jeune homme ne pouvait pas lâcher la barre, sinon le bateau aurait pu tourner sur lui-même, ou dériver s'il coupait le moteur. Il était au supplice, redoutant une crise nerveuse qui pousserait Jacinthe à commettre un geste insensé. « Ce sont des réactions bizarres, mais elles se produisent, parfois sans prévenir, sans qu'on ait le temps de les voir venir ! songea-t-il.

Les gens pris de malaises ou de vertiges se lèvent brusquement et se jettent à l'eau. Mon père m'en a parlé. »

— Jacinthe, appela-t-il tendrement, là, tu es en danger. Je ne peux rien faire, mais toi, si. Abandonne ton siège et viens t'installer là, à mes pieds, en me tournant le dos. Comme ça, je pourrai t'empêcher de tomber à l'eau. Tu te tiendras à moi. Je t'en supplie ! Ah ! je regrette l'absence de Davy. Je suis niaiseux !

— Tu t'es débrouillé pour te débarrasser de lui, c'est ça ? bégaya-t-elle.

— Oui, je comptais te le dire, mais tu n'es pas dans ton état normal. On pare au plus urgent dans le moment. Obéis, viens près de moi !

Elle refusa d'un signe de tête et regarda au loin, puis le long de la coque. Une seconde, elle crut distinguer un corps de femme en robe rouge, les cheveux répandus en étoile par les courants. La vision la fit claquer des dents. Pierre la saisit par la taille d'un bras autoritaire et l'obligea à s'asseoir au fond de l'embarcation, où il la serra entre ses genoux et ses cuisses.

— Ma chérie, ma jolie chérie, repose-toi, respire, je suis là et je te protège. Calme-toi. Je t'aime autant qu'avant, sais-tu, oui, de tout mon être.

Il réprima un sanglot. Elle s'apaisa peu à peu au contact de Pierre, de ses cuisses robustes qui l'emprisonnaient. Le bruit régulier de sa respiration la rassurait. Elle appuya sa tête contre son ventre et fixa le ciel. La pluie avait cessé, mais les nuages, drossés par le vent, menaient une course folle.

C'était plus facile de tout raconter ainsi, sans être émue ou troublée par son interlocuteur. Jacinthe confessa le moindre détail de ce qu'elle avait fait et appris au cours des derniers jours, égrenant les heures qu'elle avait passées à Saint-Prime, à Saint-Méthode, chez Matilda, chez Brigitte, avec Jactance Thibault, Sidonie et son père. Elle s'appliqua à dépeindre la lente montée d'un terrible doute, avec, en point d'orgue, la lecture du carnet d'Emma, le brouillon de sa lettre d'adieu dont elle n'avait pu parler ni à Sidonie ni à Lauric.

Souvent, elle étouffait un sanglot, balbutiait, tremblait, et c'était pour lui l'occasion de se pencher et d'embrasser son front, la cicatrice pâle qu'il connaissait si bien. Lorsqu'elle eut terminé, Pierre demeura silencieux quelques instants.

— Je ne comprends pas l'attitude de Champlain ni celle de Sidonie, indiqua-t-il enfin. Jacinthe chérie, tu es dans le vrai, Emma ne s'est pas suicidée et, même si elle s'est tuée, pourquoi le cacher ? Au nom de l'honneur des Cloutier, pour publier un article qui nuirait au gouvernement ? Pacôme en sait plus long que nous tous, à mon avis. Si tu m'avais dit tout ça à Saint-Méthode, je ne serais pas allé chez mon père, nous aurions réussi à faire parler Pacôme, Lauric, Davy et moi.

— D'après Matilda, c'est un brave garçon. Il faut l'amadouer, pas le brusquer. Je ne l'accuse de rien. Il a pu croiser Emma au bord de l'eau, ils ont discuté, ensuite il est parti. Peut-être qu'il lui a dérobé son sac. Mais quelle heure était-il ? Pourquoi Pacôme se trouvait-il dehors si tard, ou si tôt ? Je n'ai pas arrêté de me poser la question.

— Il faut prévenir la police, Jacinthe. Le docteur Gosselin avait raison, Matilda aussi. Ça me semble même bizarre que vous ayez eu le droit d'enterrer Emma si vite, sans aucune enquête.

— C'est encore une fois ma faute. J'ai montré la lettre d'Emma à papa le soir même, à mon retour de Riverbend. C'était un suicide, pour lui, pour Lauric et pour moi, un accident pour les autres personnes du village. Pierre, si je raconte ce que je sais à la police, il se passera des choses horribles. Maman saura la vérité, le corps sera exhumé et on en fera une autopsie. J'ai assisté à une séance du genre pendant mes études. C'est ignoble. Autre chose, ce M., ça ne te dit rien ? Tu en fréquentes, du monde, du côté d'Alma, de Saint-Jérôme ou d'Arvida. Je t'en prie, réfléchis bien. Tu disais avoir revu ma sœur, à la mi-janvier. Elle était seule ? Elle n'avait pas un amoureux ?

— Des noms ou des prénoms commençant par un M, il y en a des dizaines. C'est peut-être un surnom. Je chercherai, je te le promets.

Une bourrasque les frappa de plein fouet. Une nouvelle averse s'abattit sur la chaloupe, que Pierre devait maintenir dans la bonne direction. Il ne perdait pas la côte des yeux, guettant sans impatience l'apparition des bâtiments les plus imposants de Roberval, l'Hôtel-Dieu Saint-Michel, le Château Roberval, le couvent des ursulines. Il surveillait sans cesse les alentours, des billes de bois en provenance de la Mistassini pouvant flotter à fleur d'eau.

— Est-ce que nous sommes encore loin ? demanda la jeune femme.

— Nous approchons, hélas ! Je vais avoir du mal à te quitter. Au fait, quand veux-tu que je t'emmène à Saint-Jérôme récupérer les affaires d'Emma ?

— Demain soir, si tu peux, murmura-t-elle. Je me sens mieux, Pierre, maintenant que tu es au courant de la situation. Je voudrais te voir, m'asseoir en face de toi. Laisse-moi retourner sur la banquette.

— Pas sans te tenir la main. Sois prudente !

Au moment où elle tentait de se relever, il la retint, déjà au supplice de ne plus la sentir contre lui. Ils se dévisagèrent, et c'était comme s'ils se revoyaient après un long voyage pendant lequel ils n'auraient pas eu de nouvelles l'un de l'autre, sans avoir perdu l'espoir d'être réunis, toutefois.

— Mon Pierre, chuchota-t-elle. Dieu merci, tu es là avec moi.

— Jacinthe, je n'aurais jamais dû…

Elle se réfugia contre lui et le fit taire d'un baiser. Le monde entier pouvait bien être frappé des pires catastrophes, rien ne l'empêcherait de plaquer sa bouche sur celle de son amour, de percevoir sa chaleur et son odeur. Il coupa le moteur et lâcha la barre pour pouvoir au moins l'étreindre quelques instants avec passion. Ils restèrent ainsi enlacés, étourdis par la joie infinie que leur offrait la savante communion de leurs lèvres.

Les courants entraînaient la chaloupe, des courants puissants et capricieux grossis par les crues des rivières Mistassini, aux Iroquois, Tikouapé, Péribonka et d'autres encore.

— Si tu dormais chez moi, ce soir ? suggéra la jeune femme à l'oreille de Pierre. Moi non plus, je n'ai pas envie de te quitter.

Ses traits s'illuminèrent ; il était ravi autant que stupéfait. Alors qu'il lui souriait, prêt à accepter, il la vit se crisper, terrifiée.

— Attention, derrière toi !

Un choc violent ébranla le canot, accompagné d'un sinistre craquement. Ils avaient heurté un énorme tronc d'arbre à la dérive. Pierre n'eut même pas le temps de se retourner. Déséquilibré par la rudesse de la secousse qui avait soulevé la proue, il bascula sur le côté et tomba à l'eau. Tout s'était déroulé très vite. Jacinthe en éprouva la sensation d'avoir été victime d'une hallucination foudroyante ou d'un cauchemar.

— Pierre ? appela-t-elle, sans oser se mettre debout. Pierre, je t'en prie.

Avant même de chercher à distinguer sa tête parmi les vagues, elle vit un flux grisâtre translucide envahir le fond du bateau. Au même instant, des mains se cramponnèrent à la bordure de la coque. Pierre, ruisselant, les cheveux plaqués sur le crâne, émergea du lac.

— N'aie pas peur, ma chérie, on va s'en sortir ! s'écria-t-il. Aide-moi à remonter, mes habits pèsent et ça me gêne.

— Oui, oui, bredouilla-t-elle.

Tout en facilitant son retour à bord, Jacinthe avisa son sac en cuir, qu'elle avait posé sous la banquette. « Mon Dieu, le carnet d'Emma, il ne faut pas qu'il se mouille, que la lettre s'efface, surtout pas ! Personne ne me croirait si je perdais cette preuve-là, la preuve qu'il y avait quelque chose d'anormal dans ce suicide », songea-t-elle.

— Jacinthe, il faut écoper, répétait Pierre sans céder à la panique.

Il avait ouvert son baluchon en toile d'où il extirpa un gros gobelet en aluminium. C'était un peu dérisoire pour lutter contre la montée de l'eau, mais il n'avait rien de mieux.

— Nous allons couler, n'est-ce pas ? s'affola-t-elle. La brèche est trop grande, dans la coque…

— Je le sais bien, répliqua-t-il en jetant un regard soucieux vers les côtes brunes assez proches. Nous avons dépassé Roberval, en plus. Tiens, continue à écoper, je dois relancer le moteur. Nous pouvons atteindre l'île aux Couleuvres et, avec un peu de chance, nous pourrons accoster.

— Je ne la vois pas, gémit-elle.

— Là, à droite, regarde mieux. Elle est plus petite qu'avant, on dirait. Elle est en partie inondée comme tout le reste, mais il y aura forcément un coin de terre ferme. On devine les arbres.

Jacinthe reprit espoir ; Pierre avait raison. Elle enfouit son sac sous son imperméable, contre sa poitrine. Assez volumineux, il était encombrant et ses mouvements en étaient gênés, mais elle n'avait pas le choix. Elle entreprit d'écoper, acharnée, concentrée sur sa tâche.

— Pourquoi n'essaies-tu pas d'atteindre Roberval ? finit-elle par demander, consciente que son labeur n'arrangeait guère leur situation.

— Je profite du courant ; il nous pousse vers l'île. J'y allais souvent, ces derniers mois, même à la nage. Je trouverai peut-être de quoi rafistoler la chaloupe. Il y a des petits bâtiments sous les arbres.

— Mais nous n'allons pas y passer la nuit ? s'inquiéta-t-elle.

— J'espère que non. Peut-être que nous serons secourus, j'ai entendu dire à Saint-Félicien que le vapeur *Perreault*[1] devait rejoindre Saint-Méthode pour ramener des familles en lieu sûr. Nous pourrons signaler notre présence et faire du feu. Je suis désolé, Jacinthe, c'est encore ma faute. Si je n'avais pas voulu t'embrasser…

— Non, c'est moi, je n'ai pas pu résister à l'envie, avoua-t-elle avec un sourire.

Malgré leur situation précaire, ils échangèrent un sourire amusé qui les ramenait à leur insouciance de jadis, au temps béni de l'adolescence.

*

Saint-Prime, même jour,
même heure, chez Matilda

Pacôme engloutissait une pointe de tarte que lui avait servie Matilda avec un thé au lait. Elle aimait cuisiner et régaler son prochain. Assise en

---

1. Bateau à vapeur en service à cette période, lancé en 1920 à Roberval.

face du garçon, elle le regardait manger avec une certaine satisfaction.

— Alors, ça te plaît, mon grand ? J'ai ouvert un bocal de bleuets, ceux que je mets en conserve chaque été. La crème, j'y ai battu un œuf avec du sirop d'érable.

— C'est bon, content, moé, dit Pacôme, la bouche pleine.

— Tant que tu me fendras du bois, je te ferai des gâteaux pour te récompenser, en plus de l'argent. Tout travail mérite salaire.

Les révélations que lui avait faites Jacinthe en fin de matinée obsédaient Matilda. Elle avait envie de comprendre ce qui s'était passé au bord du lac, autant pour aider la jeune infirmière que pour apaiser sa curiosité.

— Tu es gourmand, toé, s'esclaffa-t-elle d'un ton jovial en imitant ses intonations simplettes.

Le sens de la ruse, hérité de ses ancêtres hurons, coulait dans ses veines, ainsi que le goût du combat, même sans armes. Elle pensait que, si elle se mettait à son niveau, il lui ferait confiance. Un détail l'intriguait, en effet. « Il aurait refusé de répondre aux questions de sa mère sur le sac à main d'Emma, se disait-elle en l'observant. Pourtant, il la craint. Quand Jacinthe l'a interrogé, il s'est fermé ! Son cerveau fonctionne au ralenti, mais il fonctionne quand même. »

— Peux en avoir d'autres ? bégaya Pacôme, la moustache luisante de crème, un bleuet confit au coin de la bouche.

— D'accord, mais je te nettoie le bec avant, lui dit-elle gentiment.

Elle se leva pour attraper un linge humide. En revenant vers la table, elle vit que, avec un air réjoui, il se frottait les lèvres à l'aide d'un joli mouchoir fleuri ourlé de fil vert. D'ordinaire, quand il épongeait la sueur de son front, dans la remise à bois, il sortait de sa poche un grand carré de tissu écossais en cotonnade.

Intriguée, Matilda garda le silence. Pacôme, à présent, humait le mouchoir et en tamponnait ses paupières mi-closes.

— Tu as envie de pleurer ? hasarda-t-elle, envahie par un sourd pressentiment. Il est beau, ce mouchoir. T'as de la chance, toé !

Le simple d'esprit avait de l'affection pour cette femme qui lui souriait toujours et lui offrait à manger.

— Emma, triste, pas moé, Emma, elle pleure, pas moé, chuchota-t-il.

— Quand ça ? Petite fille ?

— Non…, grande, avec moé, elle pleurait.

Sans rien dire, Matilda découpa une deuxième part de tarte. Sa science de l'âme humaine lui conseillait de prendre son temps, de ne rien précipiter. Si Pacôme n'était pas sollicité, il pouvait continuer à parler.

— Dis, mon garçon, si on buvait un verre de mon caribou, nous deux ? proposa-t-elle d'un ton complice. Tu l'diras pas à ta mère, mon doux, sinon elle serait pas contente.

— Torrieux, j'en veux ben, acquiesça le garçon en riant de joie.

— C'est ton papa, Ignace, qui en lançait des torrieux, quand il se tapait sur les doigts avec son marteau ! Je l'ai soigné, une fois.

— L'était gentil, papa, déclara Pacôme, fasciné par son assiette de nouveau garnie de pâtisserie.

Il but du vin, croqua une bouchée et reprit du vin sous l'œil attentif de Matilda. Le mouchoir avait échoué sur la table, près du torchon inutilisé.

— Ta maman aussi, elle est gentille. Elle t'a donné un beau mouchoir, dit-elle.

— Pas maman, Emma. Non, pas Emma, j'ai trouvé dans son sac, le mouchoir, le sac à Emma, tout blanc, joli, le sac... Je l'ai plus, le sac, moé, maman l'a pris.

— Et le sac, tu l'avais trouvé aussi ?

Pacôme adressa un grand sourire malicieux à Matilda. Il se tortilla un peu sur sa chaise.

— J'sais pas, moé...

On tambourinait à la porte. Sans attendre de réponse, Brigitte Pelletier entra, furibonde.

— En voilà, des manières, il faut rentrer à la maison, Pacôme. Dites, Matilda, avez-vous vu l'heure ? Je suis jamais tranquille, moi, quand il traîne dehors, mon fiston.

Dépitée, Matilda présenta ses excuses. Elle ramassa vite les deux verres et s'empara du mouchoir. Brigitte, qui fixait son rejeton avec sévérité, ne vit rien. Arraché au bon moment qu'il passait, Pacôme remit sa casquette et sortit en bougonnant. Les deux femmes se saluèrent. Le mystère demeurait entier.

*

Sur l'île aux Couleuvres, deux heures plus tard

Il faisait sombre dans la cabane où Pierre avait allumé un vieux poêle rouillé, à l'aide des débris à peu près secs qui jonchaient le sol et en arrachant les planches d'un petit placard suspendu.

Jacinthe restait assise sur le seuil de leur refuge précaire après l'avoir nettoyé à l'aide d'une branche de sapin en guise de balai. De l'île presque engloutie par les crues démentielles des derniers jours, on ne voyait que les jeunes arbres ayant poussé en son centre.

— Heureusement que les eaux étaient aussi hautes ! lui cria Pierre. Là où nous sommes arrivés, il y a des rochers avant la plage. La zone est dangereuse, surtout en chaloupe.

Les ronflements et crépitements du feu couvraient en partie sa voix. Jacinthe se mordilla les lèvres. Elle savait que son ancien fiancé était nu, occupé à se réchauffer et à étendre ses vêtements sur des branchages pour les faire sécher. Pour cette raison, elle s'obstinait à ne pas regarder en arrière.

— Nous avons surtout eu de la chance que tu aies dans ton sac des allumettes encore bonnes, répliqua-t-elle bien haut.

— Je suis vraiment désolé, jeta-t-il d'une voix peu convaincue. Le paysage te plaît-il ?

— Oui, je suis aux premières loges pour admirer le lac Saint-Jean et ses débordements. Mais, si j'étais seule sur l'île, je trouverais la vue sinistre.

Bizarrement, ils occultaient la tragédie qui les avait frappés, le deuil, les doutes, les vexations. Contre toute logique, la mort d'Emma les avait rapprochés et réconciliés.

— Tu vas me tourner le dos longtemps ? s'enquit-il d'un ton plus grave.

— Je préfère, oui.

— Une infirmière soigne les hommes et les femmes. Tu dois être habituée. Et puis rassure-toi, j'avais aussi des sous-vêtements de rechange dans mon sac.

Elle ferma les yeux, assez imaginative pour se représenter le corps de Pierre, un corps dont elle n'avait rien oublié. La bouche sèche et le cœur serré, elle s'assura encore une fois que l'agenda de sa sœur n'avait pas souffert de leur mésaventure.

— Tiens, j'ai des caramels dans une petite poche intérieure de mon sac ! s'exclama-t-elle. Nous aurons de quoi souper.

— Souper ici ? Je croyais qu'une fois rhabillé et bien sec je devais réparer la chaloupe en vitesse et te ramener chez toi.

— Les jours sont longs, en cette saison, même si le soleil semble avoir disparu à jamais. Et je blaguais. Il faut bien rire, on ne peut pas que pleurer !

— J'aimais tellement ton rire, avoua-t-il. Tu te souviens, je te chatouillais dès que tu jouais les filles sérieuses pour t'entendre rire. Jacinthe, n'aie pas peur, je te rejoins, mais je suis correct. J'avais emporté un peu de linge, au cas où mon père m'aurait retenu à Saint-Félicien. Ce qui s'est produit, mais j'ai encore des vêtements là-bas, dans ma chambre où rien n'a changé.

La jeune femme eut un sourire très doux en se remémorant une journée d'été chez Xavier Desbiens. Ils étaient allés lui annoncer leurs prochaines fiançailles. Après le déjeuner, l'instituteur était descendu faire la classe, et Pierre en avait profité pour emmener Jacinthe dans sa chambre. Vite exaltés par leur intimité, ils s'étaient embrassés à en perdre haleine. Pour la première fois, ils s'étaient autorisé des caresses audacieuses jusqu'à en trembler de désir contenu.

— À quoi penses-tu donc ? interrogea-t-il en imitant la voix éraillée de son grand-père Boromée.

— Devine…

— Un certain après-midi à l'étage de l'école de Saint-Félicien, débita-t-il.

Pierre s'installa près d'elle en gilet de corps blanc et long caleçon gris. Ils étaient très proches. Jacinthe ne put s'empêcher de considérer ses cuisses musclées de bon nageur et ses mollets vigoureux. Troublée, elle fixa la surface du lac qui cernait l'île de près, comme déterminé à l'engloutir.

— Est-ce que tu guettes l'apparition d'Ashuaps ? chuchota-t-il à son oreille.

— Ashuaps ? Quel drôle de nom ! Je suppose que c'est de l'indien, du montagnais.

— Je l'ignore, mais les gens désignent ainsi un monstre qui vivrait dans notre lac, que beaucoup auraient aperçu. D'après de vieilles légendes indiennes, son repaire serait ici, sur l'île aux

Couleuvres, qui s'appelait jadis l'île du mauvais esprit.

Jacinthe frissonna, incrédule, mais elle se rapprocha encore plus de Pierre.

— Pourquoi la nomme-t-on l'île aux Couleuvres, dans ce cas ?

— Les tribus qui vivaient dans ces parages détestaient les serpents. Ils auraient demandé à un missionnaire de les chasser en les envoyant sur ce bout de terre.

— Tu veux me faire peur, avec tes histoires à dormir debout, juste dans le but de…

— Dans quel but ?

Elle lui décocha un coup d'œil affolé, pareil à un éclat de turquoise. Soudain, n'y tenant plus, elle se blottit contre lui. Il entoura ses épaules d'un bras câlin.

— Quand je serai assez entraîné pour traverser le lac d'un bout à l'autre, je croiserai peut-être le monstre Ashuaps[1].

— Pierre, c'est de la folie, nager si longtemps !

— Davy me suivra en chaloupe. Si j'ai une crampe ou une jambe dévorée par Ashuaps, il me tirera d'affaire, plaisanta-t-il. À condition que je répare son pauvre bateau.

---

1. Dès 1975, la légende a ressurgi. Les journaux ont cité des témoignages, des récits de gens prétendant avoir vu un animal marin dans les eaux du lac Saint-Jean.

Il se tut, trop ému de sentir les longs cheveux de Jacinthe sur sa peau. Elle poussa un soupir ténu qui lui fit songer à un aveu de bien-être.

— Repose-toi, mon amour, dit-il tendrement. Repose-toi de tout. Les nuages s'en iront, le soleil reviendra avec les fleurs et les voiles blanches sur le lac qui sera à nouveau d'un bleu d'azur.

— Et nous deux ? Avons-nous un avenir, Pierre ? C'est étrange, mais j'étais si malheureuse à Saint-Prime ! Je me sentais si seule que j'ai rêvé d'être avec toi quelques minutes ou bien des heures. Par miracle, tu es apparu au cimetière. Mon Dieu, Emma… Je souris, je respire et elle est morte. Je croyais avoir aboli l'espace et le temps, que nous étions il y a trois ans, au début de notre amour.

— Je t'ai aimée bien avant cette date-là, précisa-t-il. Mais j'ai mal agi, je ne comprends plus pourquoi, à présent. Pourquoi suis-je tombé dans les bras d'Emma, la petite, comme nous la surnommions ? Pourquoi ai-je accepté de fréquenter Elphine ? C'est mon bien gros défaut, Jacinthe, ma faiblesse dès qu'une fille me fait les yeux doux. Seulement, je veux être honnête avec toi et avec moi-même. Dans ces moments-là, je me disais que je pouvais coucher avec toutes les femmes de la terre, puisque, toi, tu ne voulais pas de moi.

— En somme, c'est ma faute, déplora-t-elle, affligée par ses confidences.

Les paroles de Pierre étaient blessantes pour Jacinthe.

— Non, tu avais le droit d'étudier, afin d'avoir un métier. Pardonne-moi, ma chérie. Seigneur, je voudrais rester dans cette cabane des jours et des jours sans personne pour nous déranger. Je pourrais effacer mes erreurs, te consoler, te prouver ma bonne foi.

— Si nous restions là ce soir, au moins ! dit-elle d'une voix basse, tendue. Tu essaies de réparer la chaloupe avant la nuit et, au lever du jour, tu me ramènes à Roberval. Mais tu seras en retard à la papeterie.

— Sûrement ! Je m'en fiche, au fond. Je quitterai mon poste, s'il le faut. Il y a du travail ailleurs, à Dolbeau, à Alma, partout. Jacinthe, tu le souhaites vraiment ? Tu veux dormir ici, sur l'île du mauvais esprit, le repaire du monstre ?

Elle hocha la tête et lui tendit les lèvres. C'était une promesse, aussi chaude et lumineuse que le feu qui pétillait gaiement dans leur dos, gorgé de pommes de pin et de branches mortes.

*

Pendant que, en pantalon et chemise encore humides, Pierre évaluait l'avarie du canot, Jacinthe cherchait à rendre plus agréable la cabane délabrée où ils passeraient la nuit. Avide de voler un peu de bonheur à un présent sinistre, elle ne se posait plus de questions, en dépit de l'immense chagrin qui la rongeait, car elle souffrait sincèrement d'avoir perdu sa plus jeune sœur. Les mots et les phrases qu'elle avait lus dans son agenda tempéraient sa douleur contre son gré. « Je ne la pensais pas aussi dure, aussi méprisante, Emma. Dans ses notes, elle se plaint souvent, elle me juge froide, sévère et incapable d'aimer. Quant à Sidonie, elle semble l'utiliser à sa guise. Elle n'épargne que maman. »

Plus elle s'activait à la préparation de leur nid, plus son esprit se libérait, soupesait certaines expressions, en étudiait d'autres.

Elle fit ensuite un petit tour à l'extérieur, rapporta une provision de branches mortes, luisantes d'humidité, qu'elle rangea près du poêle. « Elles finiront par sécher », se dit-elle.

D'un geste souple, elle se débarrassa de son imperméable qu'elle accrocha à un clou. Sa jupe et son gilet, du noir et du gris, lui parurent assortis au ciel voilé de nuages sombres, aux eaux métalliques du lac. Afin d'égayer sa tenue, Jacinthe dénoua ses cheveux et les coiffa du bout des doigts. Enfin, presque intimidée, elle toucha à pleines mains la lourde veste en drap brun, un caban, qui peinait à sécher.

— Ce sera notre lit, dit-elle en frottant sa joue contre l'épais tissu.

Sa respiration s'accéléra. Qu'avait écrit Emma, encore ?

Pierre ne me comprenait plus, les derniers jours où je le retrouvais à Riverbend. Il m'incitait à la discrétion, à la prudence. Je le confirme, Jacinthe et lui auraient fait la paire. Merci, Dieu ou diable, d'avoir mis M. sur mon chemin.

Jacinthe se signa sans réfléchir, presque effrayée. Elle fut tentée de jeter le calepin au feu après l'avoir protégé de l'eau. Mais l'envie lui passa et elle se remit au travail.

Quand Pierre entra, elle lui tendit les bras.

— Bienvenue à la maison, monsieur Desbiens ! s'écria-t-elle.

Le sol était déblayé et le vieux poêle ronflait, un bruit familier, réconfortant. Trois caramels empaquetés de papier argenté étaient disposés sur une pierre plate. Le café de la bouteille thermos du jeune homme avait été tenu bien au chaud dans une vieille casserole cabossée dénichée au fond d'un placard.

— Des biscuits, s'étonna-t-il en découvrant un paquet de sablés au beurre, ses préférés.

— Ils étaient dans ton sac, expliqua-t-elle. Ton père ou ton grand-père les aura glissés là à ton insu. As-tu faim, mon chéri ?

— Une faim de loup, répondit-il en l'enla-çant. Faim d'une ravissante créature, le monstre qui m'attendait sur la terrible île aux Couleuvres.

Pierre caressa ses cheveux défaits qui ruis-selaient dans son dos, le bout de son nez et son menton, avant d'embrasser religieusement la cicatrice sur son front.

— Je ne peux pas réparer la chaloupe, dit-il à son oreille.

— Tant pis, souffla-t-elle, sa bouche près de celle de son homme. Le lac nous retient prison-niers et c'est très bien ainsi.

8

Les eaux du lac

Sur l'île aux Couleuvres,
même soir

Jacinthe et Pierre s'étaient longuement embrassés et câlinés sans céder à la fièvre amoureuse qui
les consumait. Au seuil des caresses plus intimes
propres aux amants, une ultime appréhension les
avait freinés.

Le jour ne voulait pas mourir. Les amants se
sentaient vaguement coupables, dans la lumière
blafarde de ce sinistre printemps, où les eaux du
lac s'étaient transformées en une sorte de bête
rampante, galopante, furieuse, rongeant les piles
des ponts et les fondations des maisons, pourris-
sant les jeunes pousses.

Assis près du poêle, ils partageaient du café tiède et les biscuits au beurre en guise de nourriture solide.

— Comment rentrerons-nous à Roberval ? demanda tout bas la jeune femme. Quand tu m'as annoncé que tu ne pouvais réparer la chaloupe, tout à l'heure, j'ai dit que c'était bien, mais je commence à m'inquiéter. Mon congé s'achève ce soir, même si je peux compter sur l'indulgence du médecin-chef de mon service et la compassion des sœurs. Et toi, ton travail ? Tu ne vas pas tout gâcher à cause d'un accident stupide que nous aurions pu éviter en étant plus sérieux !

Il ne répondit pas tout de suite, déçu de la sentir revenue sur terre et un peu distante.

— Je n'ai pas de solution présentement, dit-il après un silence songeur. Enfin, nous pourrions mettre le feu à la cabane pour attirer l'attention. Peut-être qu'on viendrait nous chercher. Tu semblais contente d'être prisonnière sur cette île, il y a à peine quelques minutes ! Que se passe-t-il ? Regarde-moi ! Tu évites de me regarder. Pourquoi ?

— Tu le sais très bien. Je m'en veux. J'ai été déraisonnable. Même sur le bateau, j'ai pris des risques inconsidérés. Pierre, j'ai réfléchi. Quel avenir pouvons-nous espérer ? Je suis en deuil d'Emma avec qui tu as eu une trop longue aventure à mon goût. Si je cède à ce que je ressens dans tes bras, ça nous mènera où ? Je souffrirai encore, parce que je ne te verrai plus, ensuite, ou si peu. La douleur du manque de toi, je l'ai suffisamment endurée. Je préfère tirer un trait sur nous deux. Je t'en supplie, nous devons repartir. Tu devrais explorer avant la nuit ce qu'il reste de l'île. Quelqu'un a pu abandonner une chaloupe ou une barque, même modeste.

— Je n'y crois pas, mais si tu le souhaites vraiment, je ferai mon possible.

— Ou bien, tu as raison, mettons le feu à cette malheureuse cabane, qui se sera bientôt écroulée. Les gens sont sur le qui-vive, en ce moment, avec les inondations, la police et les pompiers aussi. De grandes flammes, ici, ça attirera forcément l'attention.

Pierre se résigna. Il examina son caban en laine afin de vérifier s'il était sec. Jacinthe baissa la tête, le cœur lourd. Elle se voyait déjà nue sur le vêtement, promu lit de fortune.

— Je suis désolée, soupira-t-elle. Mais il y a autre chose. Depuis que nous avons rompu, je n'ai pas approché un autre homme, tu t'en doutes. Tandis que toi, il y a eu Emma, Elphine et celles dont j'ignore le nom.

Pierre sentait qu'il était sur le point de perdre la femme de sa vie juste après leurs retrouvailles qu'il jugeait miraculeuses. Jacinthe se retrancherait encore derrière son métier et sa famille qui lui donnait si peu d'affection. Sans même lui répondre, il la saisit par les poignets, pour l'obliger à se lever.

— Non, déclara-t-il. Non et non. J'ai trop souffert d'avoir été séparé de toi. Je me fiche de l'avenir comme du passé. Un jour, demain peut-être, ou après-demain, je te parlerai d'Emma et d'Elphine. Jacinthe, si tu m'échappes ce soir, nous n'aurons plus aucune chance, j'en suis certain, tout sera à jamais fini ! Regarde-moi, je t'en supplie !

Elle gardait obstinément la tête baissée, le visage en partie voilé par ses cheveux de feu. Pierre enserra délicatement ses joues entre ses paumes et la regarda fixement. Malade d'angoisse, la jeune femme ferma les yeux.

— Pourquoi refuses-tu d'être heureuse, au moins cette nuit ?

La voix masculine était empreinte d'une infinie tendresse.

— Regarde-moi.

Elle cligna des paupières, au bord de la panique. Enfin, elle céda et s'abîma dans les prunelles claires de Pierre, d'un gris bleuté lumineux, empreintes d'une douceur extrême, d'une adoration sans limites. Elle y déchiffra la force immuable de son amour, la puissance invincible de son désir d'homme. Avec une plainte d'agonie, elle se jeta contre lui.

— Je t'aime tant, moi aussi, avoua-t-elle dans un cri.

Il prit ses lèvres, sans crainte de lui prouver son besoin ardent de la faire sienne. Le baiser insistant, entrecoupé de petits mots câlins, vint à bout de ses réticences. Pierre ne la lâchait pas. Il lui disait à l'oreille comme il avait rêvé d'elle, de son corps, de son abandon.

Haletant, une main autour de sa taille, il l'entraîna au sol, mais sans l'allonger.

— Viens, n'aie pas peur, répétait-il.

Il s'assit le dos à la cloison et la fit asseoir sur son ventre, ses jambes repliées lui servant de dossier. Docile, elle s'appuya à ses cuisses, tandis qu'il caressait sa poitrine à travers le lainage de son gilet.

— Ne pense à rien, laisse-toi aller, chuchota-t-il. Nous sommes loin de tout ; rien n'existe à part toi et moi.

D'un geste discret et habile, il déboutonna le gilet gris, si terne comparé à la chair blanche et satinée de Jacinthe. Il découvrit le haut d'une combinaison en satin rose au plastron de dentelle.

— As-tu froid ? s'inquiéta-t-il.

— Non, pas du tout…

Doucement, il dénuda ses épaules, abaissa les bretelles de la combinaison, celles de son soutien-gorge blanc. Il recueillit ainsi ses seins au creux de ses mains ; il les enveloppa et les caressa. Il n'eut qu'à se pencher pour en embrasser le mamelon d'un brun clair. Elle eut un gémissement de plaisir et se rejeta en arrière, envahie par un souvenir merveilleux, celui de leur première fois, de leur unique nuit d'amour.

« J'étais étendue sur son lit ; il m'a déshabillée sans se presser. J'avais peur, j'étais gênée, à cause de la lumière de la bougie. Mais il m'a fait perdre la tête en touchant mes seins, en les embrassant comme ce soir. Très vite, j'ai eu envie qu'il vienne en moi malgré mes craintes. »

Les joues brûlantes, elle se rappela qu'ils avaient fait l'amour trois fois, jusqu'à l'aube. Conscient de son trouble, Pierre l'attira dans ses bras et s'empara délicatement de sa bouche. Elle était très sensible au rite du baiser, prélude et symbole à la fois de l'acte fusionnel de deux corps en transe. Quand ils reprirent leur respiration, Jacinthe se redressa et souleva sa longue jupe noire.

— Aide-moi, implora-t-elle, soudain impatiente.

Il frôla de sa joue la soie tiède de ses cuisses ; elle eut un rire étrange, parce que sa barbe la chatouillait un peu. Pierre la débarrassa de sa culotte et posa son front sur le triangle sombre, en bas de son ventre de femme.

— Jacinthe, ma chérie.

Il bafouillait, ivre de bonheur et transporté de désir. Du bout des doigts, il réapprit le modelé de ses jambes et de ses genoux. Elle se dégagea pour jeter par terre le lourd caban qui pendait à un clou. Un sourire rêveur sur les lèvres, elle s'allongea, la jupe roulée autour des hanches.

— Je t'attends, Pierre, mon amour, dit-elle, prête à pleurer.

Il se déshabilla en toute hâte et se coucha à ses côtés. Il voulait la combler longtemps de baisers et de caresses, il voulait l'admirer encore, aussi. Mais elle semblait redouter un événement soudain qui les séparerait à nouveau. Il cessa alors de la ménager. Après avoir effleuré d'une main impérieuse sa fleur intime, brûlante et moite à souhait, il s'étendit sur elle et la pénétra avec lenteur, avec délectation. Tous deux oublièrent dès lors le lieu où ils se trouvaient, la dureté du sol, les rafales, le grondement du lac.

Plus rien n'avait d'importance, hormis leurs corps transportés de plaisir, d'extase, d'une frénésie proche du délire. Ils ne virent pas la nuit s'abattre sur l'île ni les arbres s'agiter aux alentours.

*

Ils n'auraient pas pu dire combien de temps ils étaient restés unis l'un à l'autre, se grisant de leurs cris de joie et de leurs plaintes sourdes.

Enfin, repus et à bout de forces, ils revinrent sur terre. La pluie martelait les tôles, et une gouttière faisait un petit bruit répétitif. Ils se sourirent, éblouis, et s'embrassèrent encore. Pierre rompit la magie le premier.

— Je suis navré, déplora-t-il. Je n'ai pas fait attention, pas une seule fois. Mais, si tu étais enceinte, je t'emmènerais à des milles d'ici, aux États, là où personne ne nous connaît.

— Je ne serai pas enceinte, répliqua-t-elle à mi-voix. N'oublie pas que je suis infirmière ; j'ai appris certaines choses pendant mes études à Montréal. Un gynécologue japonais, Kyusaku Ogino, a étudié le cycle des indispositions féminines. Il a établi des jours où l'on a plus de chances de concevoir un enfant. Là, je ne risque rien, selon ses calculs. L'Église n'approuve pas sa méthode et peut-être qu'il se trompe, cet homme-là, mais, en y réfléchissant bien, ses déductions sont logiques.

Le discours parut rébarbatif à Pierre, qui fronça les sourcils.

— Est-ce que tu en avais parlé à Emma ? demanda-t-il.

— Non. J'aurais peut-être dû le faire, en effet, connaissant sa façon de vivre. Mais, règle générale, les femmes sont choquées à l'idée d'empêcher les naissances, surtout les plus pratiquantes. J'ai essayé une fois d'en discuter avec une jeune mère, à l'Hôtel-Dieu. Elle venait d'accoucher de son cinquième enfant à vingt-six ans. À l'entendre, son digne époux serait outré si elle ne lui en donnait pas très vite un sixième.

Pierre eut un drôle de sourire désabusé. Son père lui avait souvent vanté, quand il évoquait l'histoire de la colonisation au Québec, la tradition des grandes familles, qui visait à multiplier les colons prêts à conquérir les terres, à les défricher et à les cultiver.

— Te souviens-tu de madame Rosa, de Saint-Méthode ? Elle avait eu dix-huit enfants et une soixantaine de petits-enfants. Elle s'en vantait souvent auprès de mon grand-père !

— Bien sûr que je m'en souviens. Elle a fêté son centième anniversaire entourée d'une foule de descendants, dit Jacinthe d'une voix attendrie. Ils avaient tous l'air de beaucoup s'aimer dans cette famille.

Elle frissonna et rassembla ses vêtements. Pierre se rhabilla sans hâte, comme pour prolonger les doux moments qu'il venait de goûter.

— Je vais chercher du bois mort, dit-il. Il vaut mieux en avoir d'avance, le temps qu'il sèche

— Non, reste un peu. J'aimerais que tu relises la lettre d'Emma…, enfin, le brouillon dans son carnet. Tu l'as déjà lue, à Riverbend, mais je venais de t'accuser de sa mort et tu étais bouleversé. J'ai besoin de ton avis, car, l'an dernier, tu étais plus proche d'elle que nous tous.

— Ça ne peut pas attendre ? Nous sommes si bien, tous les deux !

— Pierre, cette histoire me sautera à la figure et me torturera dès que je serai seule chez moi ou que je me retrouverai à l'hôpital. Je vais devoir affronter la compassion de mes collègues. On me posera des questions, alors que je n'ai aucune réponse, que je cherche à comprendre.

— D'accord. J'ai promis de t'aider, je le ferai.

Très émue, Jacinthe lui tendit le carnet intime d'Emma. Il le fixa avec une expression proche de la superstition. Il suffisait de quelques feuilles de papier, de mots tracés au crayon gris ou à l'encre, pour semer la tempête, le poison du doute.

— C'est vers la fin de l'agenda, en décembre, indiqua-t-elle.

Pierre lut une fois, deux fois, l'air grave et absorbé.

— Maintenant, je trouve qu'il y a des phrases qui paraissent sincères, alors que d'autres, en revanche, sonnent faux, dit-il. Tu ne t'en es pas aperçue ?

— Si, hélas, mais j'ai mis ça sur le compte de son chagrin. Cependant...

— Cependant ?

— Quelque chose me dérangeait un peu et me dérange toujours.

Elle s'efforçait de retenir de nouveaux sanglots, avec la mine hésitante d'une enfant qui craint de faire une erreur, de dire une bêtise. Pierre éprouva à cet instant la force intacte de son amour pour elle tout en déplorant sa conduite depuis leur rupture.

— Je n'aurais jamais dû t'obéir, déclara-t-il. Je ne suis qu'un pauvre idiot, à avoir baissé les bras si vite. Nous pouvions nous marier. Tu aurais étudié à Montréal, j'aurais sûrement déniché une job là-bas, près de toi. Ma bien-aimée, pardonne-moi.

Jacinthe posa sa tête contre son épaule, surtout soucieuse d'expliquer le mieux possible ce qu'elle ressentait au sujet de la lettre.

— Ça ne ressemble pas au style des notes qu'elle écrivait dans le carnet, avança-t-elle prudemment. Tu sais ce qui s'est passé, je te l'ai bien exposé. En bref, ça signifie qu'Emma se serait enfuie de l'hôpital, qu'elle serait allée rue Marcoux mettre sa robe rouge, qu'elle aurait écrit la lettre, ou même les deux lettres, avant de se rendre à Saint-Prime par je ne sais quel moyen, pour enfin se noyer ? Pierre, qui ferait un brouillon d'une pareille lettre avant de mourir ? Pas même une jeune institutrice débutante, ça, non.

Les deux amoureux se turent, perdus dans leurs pensées, libérés du désir de chair, mais encore avides de tendresse, de la présence bénie de l'autre. Les baisers très doux de Pierre ponctuaient les raisonnements tâtonnants qu'il échafaudait pour chercher lui aussi une solution. Réconfortée par son contact et ses prévenances, Jacinthe versait à son aise des larmes d'apaisement.

Soudain, le bruit caractéristique d'un moteur les fit sursauter. Bientôt, des voix masculines s'élevèrent. On appelait. Les jeunes gens se levèrent et sortirent de la cabane. Ils virent une grosse barque à moteur, où deux hommes équipés de lampes à piles prenaient place. Ils maintenaient leur embarcation le long de la berge inondée, près de l'endroit où la chaloupe de Davy était amarrée.

— J'ai heurté une bille de bois et la coque a été brisée ! leur cria Pierre en agitant une main. Nous avons pu accoster sur l'île et j'ai allumé un feu pour nous sécher.

— Vous avez bien fait. On patrouillait le long de la côte et on a vu de la fumée, de la lumière aussi. Il n'y a pas eu de blessés ? s'inquiéta l'un des policiers.

— Non, tout va bien.

Déjà, Jacinthe ramassait leurs affaires et enfilait son imperméable. L'intermède inespéré qu'elle venait de vivre irait rejoindre ses souvenirs les plus précieux. En soulevant le lourd caban de son amant, elle le porta à son visage et y frotta ses joues. « Nous avons eu si peu de temps ! regretta-t-elle. Mais je le reverrai ; nous irons ensemble à Saint-Jérôme. »

*

Durant le trajet, leurs sauveteurs informèrent Pierre de la situation à Roberval. Les choses étaient loin de s'arranger.

— Nous faisons partie d'une équipe de secours, dit le plus âgé. La ville est pratiquement isolée. La rue Notre-Dame, la rue Arthur et bien d'autres, on peut y circuler qu'en canot. L'eau a atteint le premier plancher de l'hôpital.

— Les malades ont-ils été évacués ? demanda Jacinthe. Je suis infirmière là-bas, dans le service du docteur Gosselin.

— C'est prévu pour demain matin, mademoiselle. Le souci, comme disait la mère supérieure, ça demeure le transport, l'hébergement dans un endroit sûr. Pour emmener les moins vaillants à Chicoutimi, il faut envisager un bateau, un des caboteurs, car les trains ne circulent plus. En plus, le téléphone et le télégraphe sont coupés.

— Je ne sais pas comment je vais me rendre demain matin à Riverbend, fit remarquer Pierre. Je circulais en chaloupe depuis dimanche, la chaloupe de l'un de mes ouvriers, mais elle est hors d'état elle aussi, à cause des grosses billes de bois qui viennent des estacades de Saint-Félicien brisées par le courant. Mon père enseigne là-bas. Nous avons évacué mon grand-père qui réside à Saint-Méthode…, enfin, ce qu'il reste de Saint-Méthode. Les dirigeants de la Duke Price ne se décident pas à ouvrir les pelles de la Grande Décharge ?

— Rien de neuf, grogna un des hommes. Mais, à propos de billots, il y en a aussi qui flottent sur la rue Saint-Joseph et qui s'échouent n'importe où. Mademoiselle, où logez-vous ?

— Rue Marcoux…

Les policiers proposèrent de déposer Jacinthe au bout d'une rue qui lui permettrait, en suivant les trottoirs, de rentrer chez elle sans trop se mouiller les pieds.

Jacinthe accepta d'un signe de tête. Elle se préparait à rentrer dans son appartement, où elle se sentirait sans doute très seule, confrontée à la disparition d'Emma. Pierre lui jetait des regards inquiets, pensant à peu près la même chose.

— Moi, j'irai dormir chez un ami, déclara-t-il. Demain, je m'arrangerai pour rejoindre Riverbend.

Une demi-heure plus tard, quand la barque à moteur s'éloigna au sein d'un décor fantasmagorique, celui de Roberval envahi par les eaux du lac, la jeune femme hasarda tout bas :

— Qui est donc cet ami ?

— J'en trouverais peut-être un en me creusant la cervelle, mais je ne veux pas t'abandonner, Jacinthe. Même si on ne peut pas se marier dans l'immédiat, j'estime qu'on est enfin mari et femme, nous deux.

— Si mon père t'entendait, il serait furieux, eut-elle le courage d'ironiser, bouleversée par sa décision et sa voix enjôleuse. Viens. Je te remercie.

*

Roberval, demeure de la famille Gagné,
mercredi 30 mai 1928

En robe de chambre, Elphine regardait par la fenêtre de sa chambre, située au premier étage avec vue sur le lac. Pour l'instant, elle observait le jardin changé en une vaste mare d'eau brune, d'où pointaient rosiers et bosquets d'hortensias, des arbustes d'ornement que sa mère avait réussi à acclimater. Ce spectacle la désola, autant que la lumière blême du matin, d'une tristesse navrante.

« Combien de temps cela va-t-il durer, encore ? » s'interrogea-t-elle.

Au prix de maintes difficultés, la jeune femme était parvenue à revenir à Roberval, ses parents rentrant de Québec le soir même. Sans la possibilité de rencontrer Pierre, elle ne voyait aucun intérêt à séjourner chez son oncle Oswald. Il fallait se plier aux quatre volontés de cet homme vieillissant, disputer des parties d'échecs le soir, l'écouter raconter sa collaboration sur les premiers chantiers forestiers d'importance de la région… « Quel prétentieux ! s'indigna-t-elle. En plus, il me surveille. Dimanche, quand j'ai réussi à courir jusque chez Pierre, il m'a suivie en voiture. De toute façon, Pierre n'était pas là. Ni dimanche ni lundi. »

Elle tourna le dos à la vision affligeante du pays dévoré par les inondations et descendit rejoindre son frère dans la salle à manger au décor de style victorien.

— Ciel, que tu es matinale, Elphine ! s'esclaffa Wallace sans arrêter de beurrer un toast grillé à point. Mais c'est gentil de venir prendre le déjeuner avec moi. Valentine a préparé du café et du thé. Si tu veux du chocolat chaud, va à la cuisine lui en demander.

— Non, du thé me convient. Wallace, je m'ennuie, je me suis réveillée très tôt après une mauvaise nuit. J'ai dû faire des cauchemars à cause de la route. En plus, oncle Oswald ne cessait pas de bougonner. Tu veux que je l'imite ?

— Vas-y.

Elphine se servit du thé, y ajouta une goutte de lait, puis, en mimant une grimace austère, elle se mit à singer son oncle.

— « Ma nièce, si j'endommage ma voiture parce que tu as décidé de retourner à Roberval, tu en seras responsable. Aucun automobiliste ne s'aventurerait là par ce temps affreux ! Et ces ornières, là ! Si nous nous enlisons, tu pousseras, Elphine. Tu es capricieuse, lunatique... » et patati et patata. Attends, j'ai oublié le pire : « Et, je te mets en garde, je ne couvrirai pas auprès de tes parents tes escapades chez ton fiancé, enfin, ton prétendu fiancé. »

— En voilà, un oncle cruel qui cède à tes lubies, mais ne peut pas s'empêcher de te sermonner.

Wallace se moquait doucement de sa sœur. Il avait coutume de taquiner Elphine, de la traiter un peu de haut. Il était son aîné de onze ans et le lui rappelait à la moindre occasion.

— Oncle Oswald devait t'obéir sans oser se plaindre ni te contrarier ! ajouta-t-il en adoptant un ton autoritaire. Au sujet de Pierre Desbiens, je partage son opinion : ta toquade est ridicule.

— Ne te fatigue pas, Pierre veut rompre à cause de ta chère mademoiselle Cloutier. Je l'ai vue de près, samedi. Je ne comprends pas ce que les hommes lui trouvent.

Elle affichait un air indifférent, mais son frère perçut des notes de sincère douleur dans sa voix.

— Oublie vite ce type, Elphine, il ne te mérite pas, comme il ne mérite pas Jacinthe Cloutier. Je la connais un peu ; c'est vraiment une fille admirable, bien éduquée, instruite. Si j'avais pu l'épouser, elle se serait fondue sans peine dans notre famille.

Sa sœur le fixa intensément, alarmée. Sans être profondément amoureux de la belle infirmière, Wallace en parlait souvent et il tentait de la rencontrer en ville.

— Comment ça, si tu avais pu l'épouser ? Tu as toutes tes chances encore, parce que je ne renoncerai pas à Pierre. Il ne se débarrassera pas de moi comme il s'est débarrassé de la malheureuse Emma. Je ne suis pas de la même trempe ; il fera à mon idée et…

— Elphine, je crois que tu as perdu la partie. Moi aussi, du coup. Je l'ai admis samedi quand elle s'est presque jetée dans ma voiture dès que tu as embrassé Pierre sur la bouche. Le soir, je l'ai raccompagnée jusqu'à Saint-Prime. Elle était au supplice. Elle feignait le dédain vis-à-vis de son ancien fiancé, mais, je peux te l'assurer, si elle souffrait du décès de sa sœur, elle souffrait aussi d'avoir revu Pierre, de vous imaginer ensemble. Je ne tiens pas à lutter contre ce genre de sentiment. Je te conseille de chercher un autre amoureux, sauf si tu as outrepassé mes recommandations. Elphine, tu me l'as promis. Tu es restée sérieuse, au moins ? Je t'ai autorisée à passer du temps avec Pierre à une seule condition : que tu ne lui accordes rien qui pourrait nuire à ta réputation.

La jeune fille se rebiffa, jouant l'indignation avec talent :

— Je n'ai qu'une parole, Wallace. Pourtant…

— Pourtant ?

— Pierre insistait, il voulait brûler les étapes, mais j'ai su résister.

Elle ferma les yeux, le cœur serré. Des images se bousculaient dans sa tête : la nudité de son amant, sa chair drue, souple et chaude, ses baisers, son regard voilé par la jouissance.

— Qu'as-tu donc ? s'étonna son frère. Elphine, tu ne me caches rien ?

— Non, je suis malheureuse, rien d'autre. Je ne peux pas imaginer ma vie sans Pierre. Je serai sa femme, tu verras. Je réussirai à l'épouser, à marcher vers l'autel en robe blanche, un modèle splendide, évidemment. Notre cousine Félicée a fait preuve du même entêtement ; aujourd'hui, son couple est solide.

— Pourtant, au début de leur histoire, son charmant docteur hésitait à convoler en justes noces, admit Wallace. Bien, je pars pour la banque. Il me faut m'équiper, sinon je recevrai mes clients le pantalon boueux et les chaussures sales. J'ai décidé de circuler à bicyclette. Le facteur est venu chez nous sans encombre, perché sur son engin.

Elphine avisa alors le numéro du journal *Le Colon*, auquel son père s'était abonné, posé au bout de la table.

— Nous n'avons pas reçu le *Progrès du Saguenay*, sûrement à cause des dommages aux voies ferrées, soupira son frère. À ce propos, je doute que nos parents rentrent comme prévu. Ils n'auront pas de train pour Roberval.

— Je ne vois pas quel intérêt papa trouve à ce petit journal local, commenta-t-elle, lui qui se proclame un grand partisan du développement économique du pays. Depuis deux ans, les agriculteurs ne font que se plaindre, mais ils sont bien contents d'avoir de l'électricité et bien aises que le train se rende jusqu'à Dolbeau.

La mine boudeuse, Elphine s'empara du journal et en parcourut la première page d'un œil méprisant. Tout de suite, un nom attira son attention :

— Eh bien, ça alors ! s'écria-t-elle. On parle de la mort d'Emma Cloutier. Écoute, il y a même un gros titre.

Elle commença à lire de sa voix pointue :

Une jeune institutrice victime des crues du lac.
Emma Cloutier, qui est née à Saint-Prime
dans une honorable famille du village, s'est
noyée dans la nuit de samedi à dimanche. Les
parents de la jeune femme comptent porter
plainte contre la compagnie Duke Price, en aler-
tant aussi le gouvernement qu'ils jugent respon-
sable de ce deuil cruel, survenu selon eux à cause
des inondations exceptionnelles du lac Saint-
Jean. Une tragédie qui s'ajoute à une autre, dont
l'ampleur ne cesse de croître, semant le chaos,
provoquant de terribles dégâts. Les eaux conti-
nuent à monter.

— Ciel, pauvres gens ! Qu'espèrent-ils donc
obtenir ? commenta Wallace. Cet article leur
nuira plus qu'autre chose.

— C'est ridicule, même si le journaliste tient
à rester neutre, de toute évidence. Seigneur, cet
accident est regrettable, mais de là à accuser une
compagnie aussi sérieuse et le gouvernement…

*

Assise dans le réfectoire de l'Hôtel-Dieu Saint-
Michel, où elle avait repris son travail, Jacinthe
pensait exactement la même chose que sa rivale.

En longue blouse blanche, sa coiffe d'infirmière dégageant son front, elle venait de lire l'article, assez bref, sur la mort d'Emma. La sœur converse lui servit une tasse de café en fixant le journal d'un air gêné.

— Le docteur Gosselin l'a apporté ce matin, mademoiselle, sûrement parce qu'il savait que vous repreniez le travail.

— Je ne comprends pas, j'avais bien déconseillé à mon père de faire paraître un article de ce genre, répondit la jeune femme avec la pénible impression d'avoir été trahie par Marie-Christine Bernard, la jolie journaliste qui paraissait cependant loyale, sincère.

— Quand le chagrin est trop grand, certaines personnes ont besoin de réclamer justice, soupira la religieuse.

Sans rien ajouter, elle empoigna un balai et un chiffon pour nettoyer le sol humide. S'insinuant sous les portes, l'eau avait atteint le premier plancher de l'hôpital. Le potager était dévasté. Le poulailler désert était battu par les vagues.

La sœur supérieure, avec l'autorisation du diocèse, organisait l'évacuation des malades. Les augustines n'avaient jamais autant prié que ces derniers jours et, pour faire bonne mesure contre l'adversité, elles avaient accroché des médailles saintes à toutes les fenêtres.

— Je vous laisse, dit Jacinthe, c'est bientôt l'heure des soins.

Elle sortit, vivement contrariée par le gros titre du journal qui dansait en lettres noires dans son esprit. Pour se donner du courage, elle évoqua les moments de douceur passés avec Pierre sur l'île aux Couleuvres.

« Nous étions coupés du monde, là-bas. Mais une fois chez moi, nous avons ressenti une telle détresse, une telle fatigue aussi, que nous ne pouvions plus nous embrasser ni discuter. Pierre s'est vite endormi sur le divan et j'ai couché seule dans la chambre. Même si j'avais aéré, le parfum d'Emma m'entêtait ; c'était affreux ! Et ses vêtements dans le cabinet de toilette… Il faudra que je les lave. »

Le docteur Gosselin la croisa à l'étage, alors qu'elle sortait d'une chambre.

— Ma chère Jacinthe, vous êtes revenue !

Le médecin ne cachait pas sa satisfaction.

— Il n'y a rien de surprenant, mon congé est terminé.

— Nul ne vous aurait reproché de rester près de votre famille une journée supplémentaire.

La mine compatissante, il posa une main prédatrice et pesante sur l'épaule de l'infirmière qui se recula immédiatement, exaspérée par ce geste qu'elle trouvait déplacé.

— Excusez-moi, j'ai du travail, docteur. On m'accable de questions. Les personnes âgées sont très anxieuses à l'idée de l'évacuation.

— Bien sûr, nous sommes tous inquiets, mais accordez-moi une minute seulement. Je voulais vous dire que vous pouvez compter sur moi, ma très chère Jacinthe, et ceci en toutes circonstances.

Exaspérée par sa voix sirupeuse et son regard brillant de désir, non de respect ou d'amour, elle lui asséna d'un ton sec :

— Je suis désolée, mais j'ai déjà le soutien de celui que j'aime, à qui je suis fiancée. Nous nous marierons le plus vite possible.

Abasourdi, il leva les bras au ciel, cachant mal sa contrariété.

— Vous, fiancée ? À qui donc ? Vous menez une vie de nonne !

— J'ai retrouvé l'homme de ma vie, affirma-t-elle en s'éloignant, la gorge serrée, émue d'avoir osé énoncer à haute voix ce qui était pour elle une évidence, désormais.

Le médecin la suivit des yeux. Elle l'aurait giflé qu'il n'aurait pas eu l'air moins surpris.

« Qu'est-ce que ça signifie ? » se demandait-il. Il ressassa en son for intérieur des phrases toutes faites sur l'ingratitude de certaines demoiselles fort prétentieuses.

*

Il était une heure de l'après-midi. Le ciel demeurait bas, d'un gris profond, encore gorgé de futures averses. La ville de Roberval était totalement isolée et privée de ses moyens de communication depuis la veille. Le lac roulait des vagues menaçantes, qui venaient heurter les murs de l'hôpital. Des hommes envoyés par la mairie patrouillaient à bord d'une grande chaloupe.

Jacinthe était dehors, derrière l'imposant édifice, du côté où l'eau n'affleurait pas, la façade opposée faisant office de digue. Oppressée, elle était sortie prendre l'air pendant que le personnel de l'établissement déjeunait. Elle se tourmentait pour l'article paru dans *Le Colon*, et pour Pierre qui devait essayer d'atteindre Riverbend. Il était parti à six heures du matin après l'avoir embrassée, alors qu'elle était chaude et douce, tout alanguie de sommeil.

— Je vais récupérer ma voiture, avait-il murmuré à son oreille. Je reviendrai demain soir. Nous irons à Saint-Jérôme, si on peut y accéder.

Elle supposait que son bien-aimé se tracassait pour le bateau de son ami Davy et son retard à la papeterie. Un constat étrange la consolait : elle et lui ne faisaient qu'un comme avant, pas uniquement pendant l'acte d'amour, mais à chaque instant, à la faveur d'un sourire, d'un regard, d'un mot ordinaire.

Elle en était là dans ses méditations quand une jeune femme blonde en ciré noir à capuche descendit d'un taxi et lui fit signe tout en se dirigeant d'un pas rapide vers le perron. Jacinthe reconnut Marie-Christine Bernard, dont les beaux yeux pers brillaient d'une mystérieuse indignation.

— Mademoiselle Cloutier, quelle chance ! commença la journaliste. Vous êtes la première personne que je vois et je venais justement ici dans l'espoir de vous rencontrer.

— Je ne vous félicite pas, commença Jacinthe, furieuse. Moi qui avais confiance en vous ! Quand j'ai lu l'article, ce matin, j'étais vraiment déçue.

Elles étaient face à face, toutes deux de la même taille.

— Mademoiselle, je n'en suis pas responsable. J'ai obtenu une explication du directeur de notre journal. Votre père lui aurait téléphoné lundi ; les lignes fonctionnaient encore, n'est-ce pas ? Je ne sais pas trop comment il s'est arrangé, mais il a su convaincre mon patron de publier cet article. J'ai même eu droit à un blâme parce que je n'avais pas rapporté ce drame, la mort de votre sœur, à mon retour de Saint-Méthode. Je m'en suis défendue, car j'étais du même avis que vous, mais le rédacteur en chef n'a rien voulu entendre. Alors, j'ai trouvé un taxi et je suis venue vous présenter des excuses. En fait, je n'avais pas envie que vous me pensiez capable de trahir ma parole.

Jacinthe n'eut aucun doute, tant les intonations chaleureuses de la journaliste vibraient de compassion et de gentillesse.

— Dans ce cas, je vous remercie d'avoir fait le déplacement, surtout en ce moment, avec l'état des rues. En plus, il vous faudra rentrer à pied, car le taxi est reparti.

— Je me débrouillerai pour le retour ; j'ai mission de prendre des photographies de l'hôpital, du côté du lac, de toute manière. Il paraît que vous avez de l'eau à l'intérieur.

— Oui, les caves sont inondées. Je peux vous guider, si vous voulez. Je ne reprends mon service que dans une demi-heure.

— C'est très aimable.

Les deux femmes se sourirent, éprouvant une réelle sympathie l'une pour l'autre. Jacinthe n'hésita pas à confier à quel point le gros titre du journal l'avait choquée.

— C'est peut-être idiot, mais j'ai l'impression d'exposer le terrible sort de ma sœur à une foule de gens. Mon père avait prévu d'envoyer une photographie d'elle. Heureusement, il ne l'a pas fait.

— Savait-elle nager, votre sœur ?

— Une vraie sirène ! Elle n'avait peur de rien. Je suppose qu'elle a été victime d'un malaise ou d'une chute, même si elle ne portait aucune marque de blessure, répliqua Jacinthe, obligée de mentir.

— Je suis tellement désolée ! soupira Marie-Christine. Mourir à dix-neuf ans, au commencement de sa vie de femme, c'est une terrible injustice. Votre mère doit être désespérée. J'ai une fille de douze ans que j'adore. Je peux comprendre la douleur de vos parents à la suite d'une telle tragédie. Aussi, la démarche de votre père ne m'étonne guère. Mais ne parlons pas de choses tristes.

Elles étaient parvenues à l'angle du colossal édifice, sur le mur d'angle que les vagues argentées venaient fouetter en grondant. La journaliste prit plusieurs clichés sous l'œil songeur de Jacinthe.

— Pourquoi avez-vous choisi ce métier ? Peu de femmes deviennent journalistes, il me semble. Cela dit, je n'ai guère voyagé. De Saint-Prime à Roberval, puis deux ans à Montréal.

— Si j'étais taquine, je vous demanderais pourquoi vous êtes devenue infirmière, mais votre profession est nécessaire au reste du monde. Elle est bien plus utile que la mienne. Doux Jésus, le vent se lève !

Toutes deux se réfugièrent devant la porte principale de l'hôpital, épargnée par la crue.

— Vous ne m'avez pas répondu ! insista Jacinthe, soulagée de parler d'un sujet ordinaire après les âpres discussions qu'avait provoquées la mort d'Emma.

— Je voulais travailler. Mon mari l'a compris. J'aime le mouvement, la nouveauté, les rencontres. Je crois que je dois ma vocation à mon grand-père Gustave, un personnage un peu extravagant, merveilleux, en fait. Il est magicien et il nous faisait des tours, à nous, ses petits-enfants, quand nous avions l'âge d'être éberlués devant ses prouesses. Il feignait même de nous avoir rendus invisibles. Bref, il m'a donné le goût de la fantaisie et de l'originalité. Mais je dois vous ennuyer, avec mes confidences.

— Pas du tout, vous ne m'ennuyez pas le moins du monde ! Je suis, moi-même, très attachée à mon grand-père Ferdinand, le père de ma mère. Il m'a témoigné tant d'affection, ces derniers jours, mon cher pépère, malgré sa peine ! Et sachez qu'il a de nouveaux voisins venus de France chez qui il va écouter la lecture du *Colon*, justement. Il a du mal à lire ; il lui faudrait des lunettes.

Émue, Marie-Christine posa une main légère sur l'avant-bras de Jacinthe.

— Les grands-parents sont très précieux, n'est-ce pas ? Mademoiselle Cloutier, je continue mes investigations sur le terrain. J'espère vous revoir un jour.

— Moi aussi, répondit doucement Jacinthe.

Elles échangèrent une poignée de main. Cet intermède eut le mérite de réconforter la jeune infirmière, qui décida de ne plus se préoccuper de l'article. « Les gens oublieront, se dit-elle. De toute façon, dès qu'il y a un drame ou un accident, les journaux se précipitent pour remplir leurs colonnes. »

Cependant, cette journée qui avait débuté sous de singuliers auspices lui réservait encore une très mauvaise surprise. Dès la reprise de son service, elle fut confrontée à la panique générale qui régnait dans les chambres. Deux de ses patientes en particulier mirent ses nerfs à rude épreuve. Il s'agissait de Germaine Bouchard et de Maria Tessier, toutes les deux veuves, sans famille proche et approchant les quatre-vingts ans. Elles se lamentaient, vérifiaient sans cesse le contenu de leur maigre bagage, se confondaient en prières... Elles étaient notées dans les registres de l'Hôtel-Dieu comme indigentes.

— Gardez votre calme, la mère supérieure fera ce qui est le mieux pour chaque malade, répétait Jacinthe. Quand le niveau de l'eau baissera, tout rentrera dans l'ordre ; vous reviendrez dans cette chambre.

— Mon doux, aurons-nous des repas, au collège ? geignait l'une.

— Comment on ira là-bas ? gémissait l'autre. En barque ? Si elle se renversait, la barque…

En infirmière patiente, armée d'un sourire rassurant, la jeune femme promettait qu'il n'y aurait aucun problème, qu'elle y veillerait personnellement. Elle dut aussi réconforter des adolescentes, un frère et sa sœur atteints de la tuberculose. L'humidité persistante et l'absence de chauffage affectaient leur état de santé déjà précaire.

— Le docteur Gosselin a jugé bon de vous attribuer un appareil électrique. Il fera meilleur dans la pièce.

Les heures s'écoulèrent ainsi jusqu'au soir. Jacinthe s'apprêtait à remettre son manteau pour rentrer chez elle, quand Elphine Gagné fit irruption dans le hall où régnait encore une activité de fourmilière, les religieuses allant et venant, ainsi que des visiteurs sur le départ. En conversation avec un des docteurs, la mère supérieure se tenait sur le seuil de son bureau.

— Mademoiselle Cloutier ! héla la jeune femme, toujours d'une rare élégance, en tailleur de serge bleu foncé, un adorable chapeau niché sur ses cheveux blonds. Vous êtes pressée, me semble-t-il ?

— Laissez-moi passer, je vous prie, répondit Jacinthe tout bas. Je n'ai rien à vous dire.

— Moi, j'ai quelque chose à vous dire ! répliqua Elphine bien fort. J'ai appris par le plus grand des hasards que vous vous vantez d'avoir retrouvé un bien-aimé, sûrement votre ancien fiancé, qui est en réalité le mien. J'imagine que vous avez bradé votre sacro-sainte vertu pour le récupérer ?

Autour d'elles, le silence se fit pesant. Une petite religieuse proche de la trentaine avança d'un pas, prête à recommander plus de discrétion, mais Elphine ajouta :

— Vous devriez avoir honte de parler de vos amourettes ici où des gens souffrent et quand vous venez d'enterrer une de vos sœurs !

— Taisez-vous donc !

La voix de Jacinthe, livide, était menaçante. Son cœur cognait à se rompre de confusion et de colère.

La mère supérieure n'en toléra pas davantage. Elle marcha d'un pas énergique vers les jeunes femmes.

— Mademoiselle, je ne sais pas pour quelle raison vous osez élever la voix ainsi dans mon établissement, mais, si vous devez régler un compte quelconque, faites-le à l'extérieur. Quant à vous, Jacinthe, j'espère que ce sont des calomnies, ce que je viens d'entendre ! Nous tenons à la moralité de nos infirmières. Une scène de ce genre, déjà, est déplorable.

— Je suis désolée, ma mère, murmura-t-elle. Je vous demande pardon. Mademoiselle Gagné m'accuse gratuitement. J'en ignore la raison.

— Espèce d'hypocrite ! cria Elphine. Ma démarche n'est pas gratuite. Mon frère et moi avons déjeuné avec mon parrain, le docteur Gosselin, et il nous a confié vos mensonges, pire, vos élucubrations.

Afin de ne pas aggraver le scandale créé par la visiteuse, Jacinthe sortit précipitamment. La supérieure étudia les traits de la jolie fille blonde au verbe haut et à l'élocution soignée.

— Ainsi, vous êtes mademoiselle Gagné ? chuchota-t-elle.

— En effet, et je n'aurais pas osé me conduire de cette façon, ma sœur, si je n'avais pas le cœur brisé. L'homme que Jacinthe Cloutier s'est vantée d'avoir reconquis n'est autre que mon fiancé. Nous devions nous marier en juillet, mentit-elle sans hésiter une seconde. Quand j'ai compris la vérité, je n'ai pas pu me contenir. Mon père a fait des dons conséquents à votre hôpital. Nous sommes des gens bien, nous, de bons catholiques. Excusez-moi, je m'en vais. Je suis navrée.

Elphine esquissa une grimace d'amertume, tourna les talons et se rua dehors. Elle exagérait sa douleur, bien qu'elle souffrît vraiment. Pierre s'était montré franc et déterminé, samedi, en la quittant. Pas un instant il n'avait prétendu l'aimer, brandissant comme un bouclier sa passion intacte pour Jacinthe. Mais, quand le docteur Gosselin, avec force mimiques outrées, lui avait répété les paroles de la belle infirmière, en maîtresse rabrouée, elle avait décidé de nuire à sa rivale.

Son irruption à l'Hôtel-Dieu avait été soigneusement calculée grâce aux renseignements du médecin.

— Vous êtes encore là ? aboya-t-elle quand Jacinthe, qui l'attendait, lui fit face.

— Je n'ai pas besoin de témoins pour régler mes comptes, moi, répliqua-t-elle. Vous l'avez fait exprès ! Maintenant, la mère supérieure ne m'accordera plus sa confiance, ni les autres religieuses.

— Vous n'aviez qu'à tenir votre langue ! Mais ça devait vous amuser de blesser le docteur Gosselin, qui espérait vous épouser. Savez-vous ce que vous êtes ? Une arriviste ! Mon frère aussi est tombé dans vos filets.

— Si j'étais une arriviste, comme vous dites, je préférerais me marier avec Wallace Gagné qu'avec Pierre Desbiens. Or, que ça vous plaise ou non, j'aime toujours Pierre. Nous avons pu nous retrouver et je ne ferai pas deux fois la même erreur. Cette fois, je serai sa femme, et ce, dès que possible.

Sidérée, Elphine ne sut que répondre. Elle aurait volontiers giflé Jacinthe, qui lui paraissait aussi jolie qu'émouvante, ses beaux cheveux agités par le vent sous un petit chapeau noir, assorti à une longue veste cintrée, gris foncé.

— Je ne vous crois pas, glapit-elle. Si Pierre me sert la même version que vous, j'aviserai.

— Aviser, et de quoi ?

— De la meilleure manière de vous écarter de mon chemin. Au fait, samedi, après votre départ, je suis restée chez mon fiancé. Je l'ai consolé et il a beaucoup apprécié mes talents en ce domaine. Il ne peut pas me résister.

Bien que choquée, Jacinthe évita le piège. Elle jeta un coup d'œil apitoyé à la jeune bourgeoise avant de dire sur un ton paisible :

— Samedi, vous étiez ensemble, tous les deux, je n'ai pas à me tourmenter pour ça. Mais c'est terminé, mademoiselle Gagné. Hier soir, Pierre a dormi chez moi et je le revois demain. Au revoir !

Sur ces mots, elle s'éloigna d'un pas rapide, avec l'impression qu'Elphine aurait pu lui tirer dans le dos si elle avait été armée, comme le laissait voir le regard assassin dont elle l'accompagna.

*

Ferdinand Laviolette allait toquer à la porte de ses voisins, Franck et Renée, à qui il apportait des œufs. Il avait bien besoin, aussi, de sortir de ses quatre murs, de voir d'autres visages que celui de sa fille Alberta, ravagée par le chagrin, ou la mine renfrognée de son gendre Champlain, brassant sans cesse d'obscurs projets de revanche sur le mauvais sort.

Le vieil homme ôta son chapeau, puisqu'il se trouvait abrité par l'auvent, et arrangea son col de chemise. Toute sa vie, il s'était montré soucieux de son apparence, par respect pour autrui.

Soudain, interprétant un air d'opérette, une voix claire et très douce, celle de Renée, s'éleva dans la maison :

Belle nuit
Ô nuit d'amour
Souris à nos ivresses
Nuit plus douce que le jour
Ô belle nuit d'amour
Le temps fuit et sans retour
Emporte nos tendresses

Loin de cet heureux séjour
Le temps fuit sans retour[1]...

L'instant d'après, Franck Drujon ouvrait la fenêtre la plus proche et saluait le visiteur.

— Entrez donc, Ferdinand. Mon épouse fait son repassage et, comme souvent, elle pousse la chansonnette.

Ému et charmé par la mélodie et le talent de Renée, le grand-père de Jacinthe essuya une larme. Il tendit à son voisin un panier garni de paille, où il avait rangé une douzaine d'œufs à la coquille ivoirine.

— Nous en avions encore, mais ce sera l'occasion de faire une belle omelette, assura Franck. Dites, si ça peut vous distraire un peu, j'ai mis de côté des mots croisés. Je les ai découpés pour vous dans un autre journal que j'achète au magasin général le samedi.

— Ah ! j'en ai entendu parler, mais je ne vois pas bien de quoi il s'agit, avoua Ferdinand.

— C'est l'invention d'un Anglais, Arthur Wynne. Il a publié une première grille en 1913, dans le *New York World.* Le jeu s'est développé. Pour ma part, je l'ai découvert en France il y a quatre ans, quand un hebdomadaire, *Le*

----

1. *Barcarolle*, tirée des *Contes d'Hoffman*, opéra d'Offenbach créé en 1881.

Dimanche-Illustré, a mis dans ses colonnes une « Mosaïque mystérieuse », selon le nom qu'on lui a donné. Ensuite, d'autres gazettes ont suivi la mode, *Le Gaulois*, *L'Excelsior*… Mais asseyez-vous donc ! Vous m'avez l'air épuisé, mon ami.

— Je ne suis guère vaillant, admit le vieux grand-père, réconforté cependant par le bon sourire de Franck Drujon et par ses yeux clairs, brillants de sympathie. Montrez-moi vos mots croisés ; peut-être que ça m'occuperait l'esprit.

— Assurément, faites-moi confiance.

Renée Drujon fit son apparition. Elle avait cessé de chanter et même de repasser pour venir bavarder un peu avec son vieux voisin si cruellement éprouvé par la vie.

— Bonjour, Ferdinand, dit-elle d'un ton chaleureux. Je savais que vous étiez là et je suis vite allée dans la cuisine vous servir une chicorée. J'ai toujours de l'eau au chaud au coin de mon fourneau. Je préconise la chicorée, moins nocive pour le cœur et les nerfs que le café.

D'une élégance discrète, ses cheveux châtain doré auréolant un visage de madone, elle lui présenta une tasse sur sa soucoupe, agrémentée d'un biscuit.

— Ce que je suis content de vous avoir, tous les deux ! remercia Ferdinand. Vous me gâtez. Dieu le sait, avec le malheur qui nous frappe.

Les époux Drujon prirent place autour de lui, chacun dans un fauteuil en tapisserie fleurie. Comme s'il s'agissait d'un rite établi, Franck s'empara d'un exemplaire du journal *Le Colon*, mais il n'y avait pas dans son geste l'enthousiasme habituel. Renée, la mine gênée, tendit d'autres pages à son mari.

— Un peu de lecture, Ferdinand ? proposa-t-il. Tenez, écoutez ça, les gens sont à bout ; je les comprends.

Une protestation qui nous arrive du Lac-Saint-Jean même

Une dépêche de monsieur le chanoine Lavoie et de monsieur Joseph Girard demande une intervention des autorités pour faire cesser l'inondation qui gagne constamment. Le pont Taché est parti la nuit dernière. L'estacade s'est brisée et c'est pourquoi les pelles ont été fermées.

Nous avons reçu ce matin le message suivant :
Saint-Gédéon,
Le Progrès du Saguenay, *Chicoutimi*
L'eau du lac est à 24,1 à l'étiage ici ce matin. Cinq pelles sur sept, à la Petite Décharge, ont été fermées. L'inondation bloque le chemin, les bâtisses sont envasées, les dommages qui sont causés par la fermeture des écluses sont incalculables. Nous en appelons aux autorités

pour qu'elles forcent la compagnie à ouvrir les pelles. Pareille chose ne s'est jamais vue depuis quarante-cinq ans, même sans les écluses. L'eau monte toujours. Signé : chanoine E. Lavoie, Joseph Girard

— Moi non plus je n'ai jamais vu ça, renchérit le vieil homme. Pourtant, à cause de mon métier, le lac, je l'ai souvent eu sous les yeux, hiver, été, printemps et automne. Je l'ai traversé, aussi, pour notre voyage de noces, à Olympe et moi, sur le *Mistassini*, un beau bateau blanc. Si j'avais pu savoir qu'un jour ma petite-fille se noierait icitte, à Saint-Prime...

Ferdinand pleurait sans bruit. Attendri, Franck tentait de le consoler en lui tapotant l'épaule.

— Il y a un article qui parle de votre petite Emma, expliqua Renée tout bas. Votre gendre paraît déterminé à rejeter la faute de ce terrible accident sur la compagnie Duke Price. Nous comprenons sa démarche, ne vous en faites pas. Mais nous étions ennuyés, mon mari et moi. On se demandait s'il vous avait averti.

— Non, non, je n'en savais rien. Champlain exagère. Emma nageait depuis son enfance et elle connaissait les abords de la plage. Moi, je me dis qu'il y a quelque chose de louche dans tout ça. Je n'ai pas donné mon avis et, si je le faisais, personne ne me croirait, on me traiterait de sénile. Enfin, pas ma Jacinthe. J'ai dans l'idée qu'elle se rend malade à cause de cette histoire.

Une violente bourrasque venue droit du nord-est le fit taire. La maison en vibra. La pluie s'abattit de nouveau. Tous trois perçurent la rumeur furieuse du grand lac pris de folie. Renée se signa. Franck ralluma sa pipe.

— Tabarouette, si ça continue, nous serons tous fichus ! s'exclama le vieux Ferdinand.

*

Entre la maison des époux Drujon et celle de Ferdinand Laviolette se dressait une autre construction, fermée depuis deux ans. La peinture extérieure commençait à s'écailler. Les rideaux qui dataient d'une décennie offraient un aspect jauni derrière des carreaux grisâtres tapissés à chaque angle de toiles d'araignée poussiéreuses. Sidonie, qui guettait le retour de son grand-père à l'abri de l'auvent, considérait l'habitation voisine d'un air songeur.

Tenue de vivre rue Laberge jusqu'à la décrue, la jeune couturière en avait profité pour bien inspecter la maison de ses grands-parents, avec à l'esprit son projet d'ouvrir un atelier dans le village. Mais la place manquait et elle concevait mal de recevoir des clientes dans une pièce étroite, encombrée de meubles.

« Si Jacinthe disait vrai, qu'elle voulait s'établir comme infirmière ici, nous pourrions nous partager ce logement. Tant pis pour le voyage à New York, nous dépenserons l'argent que pépère a mis de côté pour nous. »

Jamais Sidonie n'avait eu l'occasion d'aménager un endroit à son goût. Elle se vit occupée à badigeonner planchers et cloisons dans des couleurs de son choix, à confectionner des rideaux, décorant par avance, grâce à son imagination, un intérieur où il n'y aurait plus les coups de colère de son père. Champlain Cloutier avait toujours fait preuve d'autorité et de sévérité, s'adonnant parfois à des crises de violence qui terrifiaient ses enfants. Depuis la mort d'Emma, il ressemblait à une bombe effrayante, que le moindre déclic ferait exploser.

La jeune femme soupira, désappointée. Comment laisser leur mère seule à la ferme, uniquement soutenue par Lauric ? « Encore un rêve, rien qu'un rêve ! » se dit-elle.

Son frère, qui revenait de nourrir les brebis, la trouva ainsi, le regard perdu sur la façade délabrée de la maison vide. Sidonie lui parut fragile, menue et d'une immense tristesse. Il l'entoura d'un bras protecteur et lui embrassa les cheveux.

— Courage, ma Sido, un jour, les choses s'arrangeront. Il le faut !

Elle se réfugia contre lui et ferma les yeux. Alberta les découvrit ainsi en entrebâillant la porte. Elle recula, se signa et se remit à prier.

9

Les secrets d'Emma Cloutier

Saint-Jérôme, le même jour

Les vagues avaient submergé la jetée de Saint-Jérôme pour battre de leur colère écumeuse les murs des maisons et des hangars, telles des bêtes avides de destruction. Après l'assaut, les eaux du lac rampaient dans les rues et les jardins, elles s'apaisaient pour mieux envahir la terre d'ordinaire consacrée aux humains. Comme à Roberval, à Saint-Prime ou à Saint-Méthode, c'était le même paysage de désolation, le ciel nuageux, les averses, la jeune végétation noyée dans un univers liquide, dans une clarté blafarde, sinistre.

Figée devant l'école de Saint-Jérôme, Jacinthe se demandait si le soleil et l'azur existaient encore. Mais Pierre étreignait sa main ; elle ne pouvait pas désespérer tout à fait.

Ils attendaient le maire, qui discutait une dizaine de mètres plus loin avec la nouvelle institutrice, une femme brune d'une quarantaine d'années. Dès qu'elle prit congé et s'éloigna, l'homme revint vers eux.

— Nous avons trouvé un arrangement, mademoiselle Cloutier ! s'écria-t-il. Je mets à votre disposition un local où stocker les affaires de votre sœur. Quand le malheur frappe, il faut se montrer conciliant. Voyez sur votre gauche, ce bâtiment.

— Je vous remercie, monsieur, dit Jacinthe tout bas. Pour la troisième fois, l'édile exprima la terrible surprise, doublée d'une sincère consternation, qu'il avait ressentie en apprenant le décès d'Emma.

— C'est votre frère qui m'en a informé lundi matin, par le télégraphe, mais heureusement que vous êtes venue, en personne, puisque nous ne disposons plus du téléphone. Par chance, notre village a été construit à l'écart du lac, sur un terrain surélevé. La classe reprendra lundi. Les eaux se seront sans doute retirées.

— La situation devrait s'améliorer, les pelles de la Grande Décharge vont être levées, paraît-il, annonça Pierre. Ce n'est plus une rumeur. Les dégâts deviennent considérables. Il fallait agir.

Le maire hocha la tête en scrutant le jeune homme d'un air curieux, proche de la méfiance. Les nerfs à vif depuis le début des inondations, il s'interrogeait sur les relations qui unissaient les deux visiteurs, certain aussi d'avoir déjà vu Pierre Desbiens près de l'école l'année précédente. Il préféra se renseigner.

— Excusez-moi, monsieur, mais vous n'étiez pas l'amoureux d'Emma Cloutier ?

Gênée, Jacinthe retira sa main de celle de son amant. Afin de couper court à la discussion, elle crut bon d'expliquer :

— Nous étions très proches, en effet, mes sœurs, mon frère et monsieur Desbiens, qui habitait Saint-Félicien, jadis. Il travaillait souvent à la ferme, chez nous. Oui, vous avez vu juste, monsieur Desbiens fréquentait ma sœur, mais ils ont rompu cet hiver. Il n'y a pas de mal à ça, ce sont des choses qui arrivent. Je n'aurais pas pu m'occuper des affaires d'Emma sans son aide. Pouvons-nous aller dans le logement, à présent ?

— Bien sûr, mademoiselle. Je vous remercie de votre franchise, pour ne pas dire votre franc-parler. Cela dit, madame Lebel s'installera demain. Je lui ai fait visiter les lieux hier ; il faudrait laisser l'endroit propre. Une précision encore : le lit et sa garniture ainsi que le mobilier utilitaire appartiennent à la municipalité. Votre sœur avait apporté une malle et une penderie, de même qu'un fauteuil paillé. Sur ce, à la revoyure, jeunes gens.

Il les salua en songeant que la nouvelle institutrice, au physique peu avantageux et au sérieux évident, lui causerait moins de soucis que la trop jolie Emma Cloutier, qui se prétendait souvent malade, renvoyait ses élèves dans leur foyer et s'était révélée désordonnée, même négligente.

— Si nous allions voir sa classe avant ? proposa Jacinthe.

Ils pénétrèrent dans l'école, et la jeune femme ouvrit une porte sur sa gauche. Elle considéra les pupitres en bois clair, les cartes de géographie suspendues entre les fenêtres, le tableau noir. La salle embaumait la cire, l'encre et la craie. Elle regarda l'estrade où trônait un bureau. Il ne lui fallut guère d'efforts pour se représenter Emma, ses boucles brunes disciplinées par un chignon haut, en jupe sombre et corsage blanc à col montant, sur cette estrade, derrière le bureau. Sa tenue réservée à l'école, Sidonie l'avait coupée et cousue, toute fière des modèles choisis.

— Mon Dieu, je devais lui rendre visite, avec maman, mais nous n'en avons pas eu le temps, avoua Jacinthe. Pierre, je voudrais tant n'avoir jamais retrouvé ce carnet !

— Viens, je t'en prie. Ce sont de mauvais moments. Ça me peine de te voir aussi triste.

— Je n'ai pas fini d'être triste.

Elle se tourna vers lui et le contempla. Pierre était ce qu'il y avait de plus doux et de meilleur au monde, à cet instant.

— Merci d'être là… malgré tout, mon Pierre.

Ils sortirent de l'établissement et se dirigèrent vers un immeuble, situé tout juste à côté, là où se trouvait l'appartement d'Emma. Pierre pénétra le premier dans un large couloir où s'alignaient des patères en métal. Il désigna un escalier à Jacinthe.

— Es-tu déjà venu ici ? s'enquit-elle dans un murmure.

— Oui, mais sans aller plus loin que la deuxième marche. Ta sœur veillait à sa réputation ; elle tenait à son poste.

Le cœur serré, elle pensa qu'il pouvait très bien lui mentir pour la ménager.

Il lui caressa la joue et l'entraîna vers le couloir. Ils gravirent l'escalier en silence, tous deux imprégnés du souvenir d'Emma, chacun à leur manière, cependant.

« Le jour où je me suis aventuré vers l'école, se souvenait le jeune homme, Emma m'a vu de son appartement et m'a crié de patienter, qu'elle descendait. C'était un samedi, nous allions souper à Chicoutimi dans un grand restaurant. Elle voulait se montrer, étrenner une robe verte. Seigneur, qu'elle était vive, jolie, bavarde ! Mais, au fond de moi, je la jugeais trop exubérante.

Ses façons de faire en public me mettaient mal à l'aise. »

Jacinthe s'arrêta quelques secondes avant d'entrer dans le logement.

« En fait, Emma fuyait la vie à la ferme. Elle nous l'avait confié, à Sido et à moi. Elle voulait enseigner avant tout pour vivre à sa guise, ne plus aider les parents à tondre les moutons ou à pétrir le pain. Elle nous chuchotait que rien ne l'empêcherait de danser et de s'amuser, qu'il suffisait de monter dans le train pour rejoindre Chicoutimi ou Hébertville. Pourquoi était-elle si différente de nous ? Pourquoi était-elle si avide de distractions ? »

Encore une fois, Pierre la précéda. Ils se retrouvèrent dans une grande chambre sobrement meublée. Un lit à une place aux montants de fer, une armoire, une table ronde encombrée de livres, de journaux et de paperasses. Des fleurs sauvages séchées s'étiolaient dans un vase en porcelaine, sur l'appui d'une fenêtre encadrée de rideaux épais de couleur brune. Jacinthe découvrit une petite pièce aménagée en cuisine, avec un évier et un petit poêle à bois. Le lieu semblait avoir été laissé à l'abandon. Un torchon traînait sur le linoléum près d'une pile d'assiettes sales. Des vêtements étaient éparpillés sur la rampe du palier et sur le dossier d'une chaise. Le plancher n'avait pas été balayé depuis un certain temps, manifestement. De plus, il faisait froid.

— On dirait qu'Emma passait peu de temps ici, hasarda Jacinthe, désemparée. Allons, au travail ! Tu devrais allumer le poêle, Pierre. Ça dissiperait l'humidité.

Elle ôta son manteau et commença à ranger, pâle d'angoisse et d'incompréhension. Le sentiment qu'elle avait déjà éprouvé de ne pas bien connaître sa petite sœur se ravivait. Avec des gestes nerveux, elle plia tout le linge qui traînait et en remplit une valise dénichée sous le lit.

— Il m'en faudrait une autre ! soupira-t-elle.

Pierre fouilla l'armoire, d'où il extirpa un grand sac en toile.

— Ça fera l'affaire ? demanda-t-il.

Envahie par des images troublantes, Jacinthe osait à peine regarder Pierre dans les yeux. En touchant un soutien-gorge d'Emma ou un jupon de soie, elle imaginait Pierre et sa sœur nus, en train de faire l'amour. Puis elle déshabillait Elphine Gagné en pensée, soudain révoltée à l'idée que, samedi dernier seulement, cette fille couchait avec lui, offerte, comblée par leurs étreintes. « Comme moi sur l'île aux Couleuvres ! » songea-t-elle, piquée au vif dans son amour-propre.

— Crois-tu vraiment que je puisse m'attacher un homme qui a un tel pouvoir sur les femmes ? s'inquiéta-t-elle soudain à voix haute. Nous sommes encore très jeunes. Durant des années encore, tu seras séduisant.

Accroupi près du poêle d'où s'élevait un ron-
flement réconfortant mêlé à l'odeur du bois sec
enflammé, Pierre esquissa un sourire d'excuse.

— Tu voudrais que je devienne laid et repoussant ? tenta-t-il de plaisanter.

— Mais non, admit-elle, la gorge nouée.

Très vite, elle lui raconta l'esclandre causé par
Elphine dans le hall de l'hôpital, la veille, et la
querelle qui avait suivi. Attendri par sa détresse,
Pierre vint l'enlacer.

— Je suis vraiment désolé, ma belle chérie.
Samedi, quand tu es repartie avec Wallace, j'ai
fait ce que j'ai pu pour me débarrasser d'Elphine.
J'étais affolé. Tu m'avais accusé à tort et je me
disais que tu me haïrais longtemps. Pourtant, je
t'avais revue et je n'avais qu'une idée, me justifier, te dire comme je t'aimais toujours. J'ai
rompu avec Elphine et j'ai bu un verre de trop.
Elle a réussi à m'embobiner en me suppliant de
rester son ami, au moins… Voilà.

— Voilà ?

— J'étais malheureux. Je lui ai cédé une dernière fois.

— C'est bien le problème, avec toi. Tu ne sais
pas résister à une femme.

Il l'embrassa sur les lèvres, un baiser fugace et
respectueux.

— Dorénavant, je ne verrai plus que toi,
je le sais au plus profond de mon cœur. Si j'ai

l'occasion de croiser Elphine, je lui dirai ce que je pense de son attitude. Bon sang, elle n'avait pas à t'agresser ainsi dans le hall de l'hôpital ni à mentir en prétendant que nous étions fiancés officiellement. Crois-moi, Jacinthe, je n'avais pas du tout l'intention de l'épouser. J'ai une idée ! Je pourrais demander un entretien à la mère supérieure et lui dire qu'Elphine a raconté n'importe quoi.

— C'est gentil de le proposer, Pierre, mais ce n'est pas la peine. Bon, au travail !

Elle entreprit de donner un coup de balai. Ils n'échangèrent plus aucune parole pendant une demi-heure. Pierre mit de l'eau à chauffer pour faire la vaisselle. Il s'en acquittait, les manches de sa chemise retroussées jusqu'aux coudes, quand Jacinthe se mit à trier une pile de documents entassés sur la table. Il y avait là bon nombre de lettres, certaines venant de Saint-Prime, les lettres de leur mère, de Sidonie, les siennes aussi, ainsi que des cartes postales envoyées par Ferdinand. « Pas un seul message d'un possible amoureux ! s'étonna-t-elle en silence. Emma a peut-être caché une correspondance plus intime. Je suis certaine que ce M. avait de l'importance pour ma sœur, que c'est certainement lui le père de l'enfant qu'elle portait. »

Cependant, elle différa le moment de se mettre en quête d'une preuve. Avisant une caisse en planchettes qui avait dû contenir des fruits, elle la remplit de livres, des romans français en grande partie. Sous le dernier ouvrage, elle trouva des ordonnances médicales, des feuilles pliées en deux. L'en-tête était imprimé en caractères bien lisibles. Elle lut tout bas :

— *Docteur Théodore Murray, Saint-Jérôme.*

Les ordonnances étaient écrites à la main d'une plume difficilement déchiffrable, excepté pour Jacinthe, accoutumée à la calligraphie hâtive et énergique des médecins. « Du sirop pour la toux, de l'aspirine, des gouttes oculaires, de la pommade contre les piqûres d'insectes », se dit-elle sans voir là rien d'anormal ni de particulier.

Mais il y avait aussi deux certificats attestant que l'état de santé de mademoiselle Emma Cloutier nécessitait un arrêt de travail d'une durée de quatre jours. Après avoir jeté un coup d'œil à la jeune femme, Pierre la rejoignit.

— Qu'est-ce que c'est ? s'enquit-il en s'essuyant les mains à un torchon.

— Emma devait être souffrante, à ces dates, en mars ou en avril.

— Je connais Théodore Murray. Il est marié à une cousine des Gagné, Félicée. Ils habitent une belle maison pas loin du presbytère.

— Il faudrait rendre visite à ce docteur. Il pourrait nous dire quels ennuis de santé ma sœur avait.

— Le début de sa grossesse, simplement, avança Pierre. Les futures mères ont souvent des malaises.

— Maman n'a jamais eu d'embarras, enceinte, ou bien elle a évité de nous en parler. Mais je te l'accorde, certaines femmes ont des nausées, même des évanouissements.

Jacinthe mit les papiers du médecin dans son sac, puis elle finit de ranger, secondée par le jeune homme. Bientôt, l'armoire fut vide, les placards aussi, et le matelas se retrouva replié sur le sommier.

Ils n'eurent qu'un aller-retour à faire entre l'école et le local attribué par le maire pour y abriter la penderie et le fauteuil. Pierre chargea la caisse de livres et les valises dans le coffre de sa voiture, une Ford équipée de roues à rayons qu'il avait achetée à un prix modique, le capot étant cabossé.

— Samedi, je viendrai prendre les deux meubles. Je pourrai les rapporter à Saint-Prime. L'eau aura baissé comme je l'espère et les routes seront plus praticables que ces derniers jours. Puisque tu veux retourner voir ta famille, je pourrai t'y conduire par la même occasion.

Ils discutaient dans la pénombre du bâtiment. Pierre attira Jacinthe dans ses bras et lui donna un baiser sur les lèvres. Au début, elle fut réticente, mais il insista savamment et avec douceur. Peu à peu, elle se laissa griser par ses lèvres chaudes, en perdit la notion du lieu et du temps. Des frissons de bonheur coururent le long de son dos, tandis que des ondes de plaisir naissaient au creux de son ventre. Enfin, elle se dégagea de son étreinte, haletante.

— Oh ! toi, toi, murmura-t-elle. Si on nous avait vus !

— Il n'y a personne, pas un chat. Ma chérie, je dois te faire un aveu : j'ai quitté ma place de contremaître.

— C'est une sottise, protesta-t-elle en le repoussant. Pourquoi ? Je t'avais dit d'être raisonnable.

— J'en avais assez. J'ai trimé à la papeterie pendant trois ans environ, mais ça ne me plaisait pas, ce genre de job. Sais-tu que j'ai mis de côté la moitié de mon salaire durant tout ce temps ? Je ne suis pas dépensier ; je voulais avoir de l'argent de côté au cas où il me prendrait l'envie de voyager et de quitter le pays. Quand j'aurai remboursé à Davy les frais de réparation de sa chaloupe, je t'assure qu'il me restera de quoi chômer pendant plusieurs mois.

— Quand irez-vous chercher son bateau ?

— Son père l'aidera à le remorquer, dimanche. Davy ne m'a fait aucun reproche, c'est un bon chum. Je le regretterai, surtout que c'était un ouvrier sérieux, le meilleur que j'avais sous mes ordres. Il a prévu d'acheter un nouveau moteur d'occasion pour naviguer plus vite sur le lac. Il pourra me rendre visite, parce que j'ai dans l'idée de loger à Saint-Méthode, d'abord chez mon grand-père. Si vraiment j'ai besoin d'un emploi, un jour, je pourrai embaucher à Dolbeau. Ils recrutent, là-bas. Jacinthe, je voulais être disponible pour toi durant les semaines à venir. Si tu décides de quitter l'hôpital, pour être garde à Saint-Prime, nous ne serons pas loin l'un de l'autre.

Jacinthe fit oui de la tête, se souvenant qu'elle lui avait parlé de ce projet lundi soir, quand il avait dormi chez elle.

— Ma chérie, je voudrais vivre près de toi dès ce soir, jusqu'à nos vieux jours. Tu m'as tellement manqué !

— Nous ne pouvons pas nous marier avant un an : il faut respecter la période de deuil.

— Tu n'es pas veuve ; il s'agit de ta sœur. Six mois suffiraient.

Jacinthe sortit du local les larmes aux yeux. Elle était incapable d'envisager une union avec le poids de son chagrin et de ses doutes. Pierre la rattrapa et lui saisit le poignet.

— Excuse-moi, je suis maladroit ! On ne se refait pas ! Je n'espérais même pas un dixième de ce qui est arrivé. Tu m'as pardonné et nous nous sommes retrouvés. Alors, changeons de sujet. Veux-tu que nous passions chez le docteur Murray ?

— Murray... Mon Dieu, Pierre, son nom commence par un M ! Si c'était lui, l'inconnu qu'Emma désignait ainsi ? fit-elle en retirant le carnet de son sac à main. En mars, le 15, elle a écrit : « *M. et moi, on s'est arrangés. Enfin un peu de liberté, rien que nous deux !* » Et, début avril, elle note : « *M. m'a promis de m'emmener à Québec cet été.* »

— Non, ça ne colle pas, Jacinthe. D'abord, Murray, c'est un patronyme, pas un prénom et, ce docteur-là, il a une épouse ravissante qui lui a donné un enfant. M. peut désigner une foule de types, Marcel, Maturin, Mathieu, Maurice et j'en passe.

— Sans doute..., mais nous pouvons quand même frapper chez lui pour en apprendre plus sur ma sœur. Elle a pu le consulter pour sa grossesse.

— Les médecins sont tenus à la confidentialité. Il répondrait sûrement à la police, mais, à nous, ça m'étonnerait.

— Je suis la sœur d'une de ses patientes, décédée dans des circonstances un peu particulières. Il peut faire un effort ! Je suis prête à lui dire qu'Emma s'est suicidée.

376

Félicée Murray, née Gagné, avait utilisé une part de sa dot pour acquérir une demeure cossue avec vue sur le presbytère, un magnifique édifice en briques rouges pourvu de nombreuses fenêtres blanches et de larges auvents qui protégeaient une enfilade de terrasses avec piliers et balustrades également d'un blanc pur. Comme son cousin Wallace l'avait rappelé à Elphine, sa fortune à l'appui, la jeune femme avait mené une guerre d'usure pour épouser Théodore Murray. Ils s'étaient croisés à plusieurs reprises dans les salons du Château Roberval ou à bord du *Saint-Henri*, le bateau qui assurait la ligne navale entre Saint-Cœur-de-Marie, Saint-Gédéon et Saint-Jérôme.

D'un tempérament ardent et volontaire, Félicée avait fini par séduire son beau docteur, comme elle le surnommait. Il ne s'en plaignait pas, apprécié qu'il était par ses beaux-parents, dont la générosité lui avait permis d'aménager un cabinet médical moderne bien équipé. Déjà parents du petit Wilfred, âgé de quatre ans, ils s'apprêtaient à accueillir dans leur foyer paisible un deuxième enfant. Afin d'éviter toute fatigue inutile à la jeune mère, le couple avait engagé une domestique depuis quelques mois.

Ce fut cette robuste personne en robe noire et tablier, les cheveux gris tirés en chignon et une vilaine verrue au menton, qui ouvrit la porte à Jacinthe.

— Bonjour, madame, est-ce que je pourrais voir le docteur, je vous prie ? demanda-t-elle d'une voix douce.

— Il est en consultation, mais vous pouvez aller dans la salle d'attente et vous asseoir, mademoiselle.

Resté au volant de sa voiture, Pierre coupa le moteur et alluma une cigarette. Jacinthe venait de disparaître à l'intérieur de la grande maison, presque aussi impressionnante que le presbytère. Il rejeta la tête en arrière et ébouriffa d'un doigt ses mèches brunes un peu ondulées. Son existence changeait de cap et il en éprouvait une joie sourde, encore refrénée par la mort d'Emma. « Je la plains, elle devait être vraiment désespérée pour en finir, à dix-neuf ans seulement, pensa-t-il. C'est stupide, il y avait des solutions. Tabarouette ! pourquoi a-t-elle fait un brouillon de sa lettre d'adieu ? Ce n'est pas normal, ça ! »

De son côté, Jacinthe se préparait à rencontrer Théodore Murray. Elle avait pris place sur une chaise rembourrée garnie de cuir fauve, en face d'un élégant vieillard en costume trois-pièces, qui l'observait discrètement.

— Il est tard, déclara-t-il tout à coup après avoir regardé sa montre. Je doute que vous puissiez consulter, mademoiselle.

— Ce ne sera pas long, je crois, répliqua-t-elle.

— Moi, je viens pour mon asthme. Avec une pareille humidité, les crises se succèdent.

— En effet, la supérieure de l'Hôtel-Dieu, à Roberval, souffre de ce mal à cause des inondations. L'eau s'infiltre partout.

— Mais je vous reconnais ! s'écria-t-il. Vous étiez dans le taxi, samedi dernier. Je descendais à Saint-Jérôme.

Il eut un coup d'œil apitoyé sur sa jupe noire et son gilet de même teinte. Cette belle jeune femme était en deuil ; elle avait perdu une sœur, il s'en souvenait très bien.

— Je ne vous importune pas davantage, mademoiselle, dit-il en lui souriant gentiment.

— Vous ne m'importunez pas, monsieur, je vous reconnais aussi. Vous m'avez parlé des ormes, de la superbe forêt que les crues d'il y a deux ans ont détruite.

— Oui, et, croyez-moi, je soutiens désormais de tout cœur le Comité de défense des cultivateurs lésés, et son président Onésime Tremblay, pour ainsi dire l'âme de ce mouvement qui regroupe plus de trois cents agriculteurs.

— Mon père devrait y adhérer, déclara Jacinthe à mi-voix.

Elle se demandait si son interlocuteur avait lu l'article du journal désignant Emma comme une victime des crues. Mais le docteur Murray fit son apparition dans la porte de la salle d'attente.

— Monsieur Turcotte, appela-t-il.

Les deux hommes se serrèrent la main et sortirent. Jacinthe se retrouva seule. Le médecin avait eu le temps de lui adresser un regard intrigué, dont elle ressassait l'éclat angoissé. Théodore Murray était séduisant. C'était un bel homme, tout à fait capable d'avoir fait tourner la tête de sa sœur. Grand et mince, il arborait un teint hâlé et des cheveux noirs coupés très court, ainsi qu'un visage altier aux lèvres bien rouges sous une fine moustache.

« Et si c'était lui ? pensa-t-elle. Non, c'est impossible, j'ai trop d'imagination. Il est marié et père de famille. Il n'était donc pas en mesure de répondre à l'amour d'Emma. La moralité existe, de même que le respect de certaines valeurs, même si l'amour peut nous égarer. J'en suis la preuve. »

Elle se revoyait dans la cabane de l'île aux Couleuvres, à demi dévêtue, en plein délire charnel sous les baisers de Pierre. Cependant, à sa grande surprise, elle ne parvenait à éprouver ni honte ni regrets. « Nous allons nous fiancer et nous nous marierons bientôt. Nous nous aimons sincèrement depuis des années », se dit-elle.

Perdue dans ses pensées, elle sursauta quand le docteur Murray réapparut en marmonnant un « mademoiselle » un peu agacé. Vite, elle le suivit.

— Asseyez-vous, dit-il une fois dans le cabinet d'examen. Qu'est-ce qui vous arrive ?

Jacinthe le fixa, déroutée par le ton froid, presque excédé du médecin. Elle hésita sur la meilleure façon d'aborder le sujet qui l'avait amenée là. Avant qu'elle ait pu dire un mot, une porte latérale à peine visible s'entrouvrit. Une jeune femme blonde aux cheveux frisés coupés à la dernière mode avança d'un pas, sa robe bleue mettant en relief une grossesse indubitable.

— Théodore, je croyais que tu n'avais plus personne, dit-elle avec un sourire. Nous recevons mes parents à dîner ce soir, ne tarde pas.

— Je n'en ai pas pour longtemps, *darling* ! Veuillez m'excuser, mademoiselle, mon épouse s'impatiente, dit-il à l'adresse de Jacinthe.

— Je comprends, bredouilla-t-elle, se reprochant déjà d'avoir osé soupçonner le médecin. Ne vous inquiétez pas, ce ne sera pas long. En fait, je ne suis pas malade. Je vous rends visite pour avoir des renseignements sur ma sœur, Emma Cloutier, une de vos patientes. J'ai trouvé des ordonnances signées de votre nom dans son logement. Elle était institutrice, ici, à Saint-Jérôme. Elle vous a consulté le mois dernier.

Pour justifier sa venue, Jacinthe sortit les documents en sa possession qu'elle posa sur le bureau du docteur Murray. Il semblait mal à l'aise.

— Emma Cloutier, bien sûr, soupira-t-il, les traits tendus. J'ai appris son décès dans le journal. Une tragédie au sein d'une autre tragédie, n'est-ce pas ? Je cours d'un bout à l'autre de la paroisse et même au-delà, ces temps-ci. Les gens sont anxieux. Ils prennent froid, l'humidité favorise les crises d'asthme et les rhumatismes. L'ambiance est à la panique générale.

Il avait une élocution rapide, des gestes nerveux et le regard fuyant.

— Que voulez-vous savoir ? interrogea-t-il après avoir relu ses prescriptions et les certificats de maladie.

— De quoi souffrait ma sœur, pour arrêter la classe plusieurs jours ?

Le médecin et l'infirmière se jaugèrent, chacun campant sur ses positions. Jacinthe ignorait si le médecin était au courant de la grossesse d'Emma. Il était prêt, lui, à brandir l'argument imparable du secret professionnel. Un silence étrange s'établit, dans lequel résonnait le bruit ténu de leurs respirations.

— Je ne voudrais pas abuser de votre temps, docteur, trancha soudain Jacinthe. Autant être franche, j'ai la conviction que ma sœur s'est suicidée parce qu'elle était enceinte. Mon père le sait, mon frère et mon autre sœur, mais nous l'avons caché à ma mère qui est très choquée par sa mort.

— Seigneur tout-puissant ! s'exclama le docteur Murray, manifestement pris de court. Sur quoi vous basez-vous pour affirmer une telle chose ?

— Emma m'a laissé une lettre d'adieu où elle se confie et explique sa décision de mourir.

— Pauvre petite jeune femme ! s'exclama-t-il. Mademoiselle Cloutier, je suis navré, ce genre de drame devrait pouvoir être évité. Le monde change, quand même. Pourquoi n'a-t-elle pas simplement dit la vérité à vos parents ? Et le père, savez-vous de qui il s'agit ? C'était à lui de prendre ses responsabilités.

— Certainement, murmura Jacinthe. Je n'aurais pas dû vous déranger. Je pensais que vous aviez peut-être diagnostiqué son état.

— Non, hélas ! Votre sœur m'a consulté pour des maux sans gravité, des migraines et des douleurs dorsales. Les examens que j'ai pratiqués n'étaient pas de cet ordre. Enfin, je veux dire qu'ils ne m'ont pas permis de constater une grossesse.

Théodore Murray se leva brusquement et ôta sa longue blouse blanche. Elle resta assise, si bien qu'il regarda sa montre.

— Mademoiselle, je comprends votre chagrin et votre révolte, mais en quoi puis-je vous être utile ? Même si j'avais appris à votre sœur qu'elle était enceinte, je ne pourrais en rien vous aider à surmonter votre deuil. Je serai direct. Que cherchez-vous ?

— Je cherche des renseignements sur l'homme qui a fait croire à ma petite Emma qu'il l'aimait, qu'il l'épouserait, et qui n'a pas eu peur de la compromettre en ayant des relations avec elle sans aucune précaution. En résumé, je cherche celui qui a causé sa mort par légèreté, insouciance et égoïsme. Je me disais que ce triste individu habitait peut-être Saint-Jérôme.

Jacinthe se leva à son tour et récupéra les papiers à en-tête du médecin sur le bureau.

— Vous ne m'avez pas donné les raisons des arrêts pour maladie, insista-t-elle.

Le docteur Murray dut soutenir son regard bleu-vert intense, brillant d'une émotion sincère.

— La fatigue, une grande fatigue, rétorqua-t-il. Débuter dans l'enseignement peut se révéler épuisant si les élèves sont turbulents et mal éduqués.

— Emma ne s'est jamais plainte de sa classe dans ses lettres. Elle avait assez de caractère pour faire la discipline.

— Dans ce cas, vous êtes mieux placée que moi pour tirer des conclusions. Je suis désolé, mademoiselle. Vous avez entendu mon épouse, on m'attend.

— Oui, je m'en vais… Merci, docteur.

Embarrassée, ne sachant plus que penser, Jacinthe baissa la tête. Elle remarqua à cette occasion combien les mains du docteur tremblaient. Ce fut une vision fugace, très brève, car il les enfonça très vite dans ses poches de pantalon.

— Vous pouvez sortir par la salle d'attente, déclara-t-il. Vous trouverez sans peine votre chemin. Toutes mes condoléances, mademoiselle Cloutier.

— Merci, docteur.

Le vestibule spacieux, orné de tableaux et lambrissé de chêne clair, était plongé dans la pénombre. Une haute porte double devait communiquer avec le reste de la maison, puisqu'un rai de lumière se devinait au ras du parquet ciré et qu'un rire d'enfant accompagné d'une voix de femme parvint à Jacinthe. « Un jeune couple heureux, aisé, fortuné même. Bientôt deux enfants… Mais ses mains tremblaient », songea-t-elle.

Pierre l'accueillit tendrement d'une caresse sur sa joue et d'un baiser sur ses doigts.

— Alors ? demanda-t-il.

Elle lui raconta l'entretien en détail. Il eut une mimique de perplexité, puis il chuchota :

— Quelqu'un nous observe de derrière les rideaux.

— La bonne, je crois. Partons vite, Pierre. J'ai peut-être tort, mais cet homme a pu séduire Emma, ou elle l'a séduit, ce qui revient au même. Si ses mains n'avaient pas tremblé, je me sentirais mieux.

Pierre descendit et tourna la manivelle. Le moteur crachota et tressauta avant de démarrer. Pierre se remit au volant. Il roula jusqu'à l'église, un magnifique édifice orné de deux clochers en flèche aux proportions imposantes, dont la construction s'achevait.

— Jacinthe, admettons que tu aies vu juste. Ce médecin et Emma ont eu une liaison, ce qui ne me surprendrait pas. Mais il ne pouvait pas réparer ses torts, étant marié, honorablement connu et père de famille. Il est responsable de la mort de ta sœur, dans ce cas, mais elle n'aurait pas dû tomber en amour avec lui. En couchant avec un homme marié, Emma connaissait les risques qu'elle prenait.

— Tu es dans le vrai et je le regrette de toute mon âme. Pierre, je t'en prie, je dois être courageuse, quitte à en souffrir. Ces deux dernières années, je n'ai pas souvent vu Emma, sauf pendant le temps des fêtes, chez nous, à Saint-Prime. Tu dois me confier tes sentiments à son égard, tes impressions quand vous vous fréquentiez, me décrire son comportement. Je te l'ai dit, les notes que j'ai lues dans son agenda m'ont consternée. Ce n'était plus ma petite sœur, toujours joyeuse, avec ses mines de fillette et ses câlineries. Non, je découvrais une autre facette de sa personnalité. C'en était effrayant.

— Mais, Jacinthe, à quoi joues-tu ? protesta-t-il avec douceur. Au détective ? Interroger le docteur Murray, fouiller le logement d'Emma, ce ne serait pas à toi de faire ça. Si tu as des doutes sur la mort de ta sœur à cause du carnet et de sa lettre d'adieu, préviens le chef de police, à Roberval.

— Je le ferai quand j'aurai au moins des certitudes.

Pierre continua à rouler lentement, en direction de Roberval cette fois. La route, quoique recouverte d'une fine couche d'eau, était bien visible. Le grand lac semblait calmé.

*

Chez le docteur Murray, même soir, même heure

La domestique avait allumé les lampes dans le salon et la salle à manger. Leur clarté dorée soulignait le décor cossu de cet intérieur bourgeois. Les cheminées ouvragées, le mobilier verni, les rideaux en velours, les statuettes en bronze, tout avait été choisi par la maîtresse de maison. Un garçonnet blond gambadait d'une pièce à l'autre sur les traces de son père qui déambulait, l'air soucieux. Félicée était assise dans un large fauteuil. Elle brodait des initiales sur un bavoir.

— Qui était cette fille, dans la salle d'attente ? lui demanda-t-elle d'un ton neutre. Je ne l'avais jamais vue. Elle n'est pas d'ici.

— En effet. Mais tu n'étais pas obligée d'entrer sans frapper en pleine consultation, avec ce prétexte rebattu de tes parents que nous recevons.

— Il était plus de dix-neuf heures. J'ai le droit de préserver notre vie de famille. Tu l'as examinée ?

Théodore Murray sentit la pointe de jalousie qui faisait vibrer la voix de sa femme. Il s'arrêta net et prit un cigare dans une boîte rangée sur la cheminée.

— Va donc à la cuisine, dit-il à son fils, qui tournait encore autour de lui. Dévonie te fera souper.

— Oui, papa…

Le timbre fluet de son enfant résonna étrangement dans l'esprit du médecin. Dans l'espoir d'éviter une conversation houleuse, il se pencha sur Félicée et lui caressa les cheveux.

— Comment te sens-tu, ce soir, *darling* ?

— Bébé bouge beaucoup. J'ai encore une douleur à la taille du côté gauche.

Il glissa sa main dans le dos de son épouse et massa l'endroit indiqué.

— Tu ne m'as pas répondu, Théodore. Qui était cette fille ? Une belle fille en plus !

— La sœur d'Emma Cloutier, avoua-t-il sèchement. Je n'ai rien compris à ce qu'elle voulait vraiment. Elle avait trouvé une ordonnance, à l'école, et désirait des précisions.

Le mutisme de Félicée n'augurait rien de bon. Il continua à la masser et s'enhardit à caresser son ventre rebondi.

— Nous n'aurons donc jamais la paix, déplora-t-elle enfin.

— Je t'en prie, ne t'égare pas. Cette malheureuse institutrice s'est noyée. Je suppose que la famille est venue récupérer ses affaires, d'où la visite de sa sœur.

— Théodore, je voudrais ne plus entendre un mot sur Emma Cloutier ou sa famille. J'ai suffisamment souffert quand j'ai cru que tu avais une aventure avec cette dévergondée.

Le docteur Murray se redressa et se remit à marcher de long en large dans le salon.

— Dieu m'est témoin que ce n'est pas ma faute si une de mes patientes, très jeune et assez jolie, a jeté son dévolu sur moi ! s'enflamma-t-il. Je l'ai découragée et elle n'a plus mis les pieds ici. De quoi te plains-tu encore ? Nous sommes mariés, je respecte les sacrements de l'Église et je te respecte. Alors, raisonne-toi un peu ! Je ne peux pas recevoir uniquement les patients de sexe masculin et les laiderons. Je sors cinq minutes fumer un cigare, puisque l'odeur t'écœure.

— Mais, Théodore, quelle mouche te pique, enfin ? s'étonna-t-elle.

— Tu n'as pas confiance en moi, c'est vexant, répliqua-t-il avant de claquer la porte.

Dans le vestibule, il enfila une veste et mit son chapeau. Ses pas le conduisirent dans le jardin du presbytère. De là, il se dirigea vers l'église, dont les flèches aériennes semblaient frôler les nuages.

« Emma ! Mon Dieu, Emma, je t'aimais tant ! se répétait-il. Tu m'as fait découvrir le sens du verbe aimer. J'ai enfin senti battre mon cœur grâce à toi, à tes rires, à tes baisers. Il a fallu que je te rencontre trop tard, une alliance au doigt, médecin à la réputation grandissante dépendant financièrement de la générosité de ses beaux-parents. »

Ce flot de pensées amères affolait son sang qui cognait à ses tempes. Il marcha plus vite, droit vers la limite entre les eaux du lac et la terre ferme. Il n'y avait plus un souffle de vent. Les ombres du soir envahissaient le village silencieux.

« Je devais t'emmener à Québec, cet été, Emma, pendant que ma femme séjournerait, comme chaque année, chez ses parents à Chicoutimi. Le bébé serait né, le sien, pas le tien. »

Des larmes roulèrent sur les joues lisses au teint très mat du docteur Murray. Il jeta le mégot de son cigare dans une flaque boueuse. « Le scandale a été évité, ma chère Félicée. Mais j'ai perdu Emma, son corps, son sourire et ses caresses. » Accablé, un rictus de chagrin l'enlaidissant, il se résigna à rentrer chez lui.

*

Roberval, le lendemain, vendredi 1er juin 1928,
Hôtel-Dieu Saint-Michel

Jacinthe et la mère supérieure étaient assises face à face, de part et d'autre d'un grand bureau en marqueterie. En proie à divers problèmes d'ordre pratique, la religieuse essayait de les régler un par un, en commençant, ce vendredi matin, par le cas de la jeune infirmière.

— Mademoiselle Cloutier, vous devez vous demander pourquoi je vous ai convoquée. Je n'ai jamais eu à me plaindre de vos services, de vos compétences, ni de votre éducation. Mais je

ne peux pas passer outre l'incident fort embar-
rassant de mercredi soir, quand mademoiselle
Gagné vous a apostrophée dans le hall devant
quelques-unes de nos sœurs, des visiteurs et un
médecin.

— J'en suis sincèrement désolée, ma mère,
murmura Jacinthe.

— S'il n'y avait que ça, ma pauvre enfant !
soupira la supérieure. À cause des inondations,
nous avons des visites fréquentes des autorités
et des équipes de secours. Sans que je sollicite
en aucune façon les bavardages, un policier a
déclaré à la converse, qui vous connaît bien,
qu'une de nos infirmières se trouvait en perdition lundi sur l'île aux Couleuvres, en compagnie
d'un homme. Il vous a décrite. Nous n'avons eu
aucun doute, votre physique n'est pas commun.
Mademoiselle Cloutier, dans l'hypothèse où vous
n'auriez pas été tous deux ramenés à Roberval,
que se serait-il passé, cette nuit-là ? Soyez
franche. Étiez-vous avec le fiancé d'Elphine
Gagné ?

— Oui, j'étais là-bas avec Pierre Desbiens,
répondit Jacinthe en songeant qu'elle n'avait
plus rien à perdre.

Après qu'elle eut éprouvé une vague confusion, la colère grondait en elle, qui avait si souvent courbé l'échine devant son père par peur
de sa violence, ainsi que devant les médecins de

Montréal et les étudiants, toujours prêts à jouer de sales tours aux élèves infirmières. Là aussi, entre les murs de l'hôpital, elle avait enduré sans broncher les gestes équivoques du docteur Gosselin et l'autorité de la mère supérieure, une sainte femme qu'elle admirait, certes, mais qui gérait tout l'établissement.

— Que le Seigneur vous pardonne, mademoiselle Cloutier. J'espérais une autre explication, qu'il s'agissait d'un frère ou d'un oncle.

— J'étais fiancée à Pierre, il y a plus de trois ans. J'aurais dû l'épouser, mais j'ai refusé pour terminer mes études. De vraies fiançailles officielles. Mademoiselle Gagné a menti sur ce point. Il n'y avait rien de sérieux encore entre elle et Pierre Desbiens. Je n'ai pas envie de me justifier ni de tricher. Si vous souhaitez me congédier, ma mère, pour mauvaise conduite, je n'y vois aucun inconvénient. J'avais l'intention de m'établir comme garde à Saint-Prime. Je préfère travailler près des miens, durement affectés par la mort de ma sœur.

La religieuse marmonna une prière et baissa les yeux sur son sous-main. Elle jugeait inutile de révéler qu'elle avait eu la visite, la veille, d'Elphine Gagné. La jeune femme, sobrement vêtue, le visage dépouillé de maquillage et l'air éploré, lui avait confié en implorant la plus grande discrétion que son fiancé était décidément un individu peu recommandable. « J'ai appris par mon frère que Pierre Desbiens avait eu avec Emma Cloutier une aventure qui a duré six mois, avait affirmé Elphine en pleurant. Maintenant, c'est le tour de sa sœur aînée. Je suis brisée, désespérée, ma mère. »

Un soupir échappa à la religieuse. Elle effleura la croix qui ornait sa robe noire et se décida à regarder Jacinthe :

— Vous congédier est la meilleure solution, mademoiselle Cloutier. Mais venez quand même travailler demain matin. Les eaux commencent à baisser, la pluie a cessé, mais il faut rester vigilant. Je préviendrai la comptable, que votre salaire vous soit payé à l'heure de votre départ. Notre-Seigneur m'en est témoin, je n'ai guère le choix.

— Je vous remercie, ma mère, et je suis désolée d'avoir causé des problèmes à l'Hôtel-Dieu.

— Je vous regretterai, mademoiselle. Bien, savez-vous que la fête des arbres sera célébrée cet après-midi par le curé Lizotte, en présence du ministre des Terres et Forêts, ainsi que d'autres dignitaires ? J'y assisterai, si je peux me libérer. Je me réjouis que la bénédiction des arbustes ne soit pas annulée. C'est un signe d'espoir, de renouveau malgré les épreuves que nous venons de traverser. Vous pouvez rejoindre votre étage, Jacinthe.

Jamais encore la supérieure ne l'avait appelée par son prénom. La jeune femme y vit une attention particulière, une marque d'amitié. Elle sortit en la saluant d'un sourire très doux.

« La fête des arbres ! se souvint-elle. Fillette, Emma se démenait pour que nous l'emmenions. Maman nous offrait le train, et Sidonie pomponnait notre petite sœur, ravie à l'idée de voir la cérémonie et la foule, d'écouter la fanfare de Vauvert. Nous étions si heureux en ces temps-là ! »

L'infirmière longea le large couloir et grimpa l'escalier aux marches lustrées par d'incessants va-et-vient. Au sein de ce bonheur enfui, une silhouette redoutable se dressait parfois, qui avait pour nom Champlain Cloutier. « Nous faisions tellement attention à ne pas contrarier papa, à ne pas le mettre en rage ! se dit-elle encore devant la porte de la salle réservée aux enfants phtisiques. Mais l'orage éclatait quand même. Il nous terrifiait. » Le cœur serré, elle entrevit à quel point Emma pouvait craindre la réaction de leur père, si elle lui annonçait sa grossesse, fruit d'une relation coupable. Et elle ne comprenait plus pourquoi elle avait douté de son suicide.

« Qu'elle ait été différente, loin de nous, plus acerbe dans ses propos, plus moqueuse, qu'elle ait eu deux ou trois amants ou je ne sais combien,

395

elle était vraiment désespérée en me quittant, vendredi soir. Peut-être qu'elle voulait parler à maman et à Sidonie pendant que papa dormait et, comme il faisait noir, elle s'est noyée. »

Jacinthe appuya son front au mur, sans entrer voir ses petits malades. Le docteur Gosselin la surprit dans cette position, son délicat profil tendu par l'émotion.

— Je vous cherchais, mademoiselle Cloutier, dit-il froidement d'une voix dépouillée de son velouté habituel. J'ai une lettre pour vous de Saint-Prime. Le facteur me l'a remise. J'ai appris que la supérieure comptait vous donner votre congé définitif ?

— C'est fait, je quitte l'hôpital demain.

— Quel dommage !

Il s'éloigna sur ce bref commentaire, drapé dans son humiliation d'amoureux éconduit. Elle lui décocha un regard indifférent et ouvrit l'enveloppe. L'écriture lui était étrangère. Au dos, elle déchiffra un nom : *Madame Veuve Brigitte Pelletier*. « C'est vrai, j'avais oublié Pacôme. Il a peut-être discuté avec Emma, se dit-elle. Sa mère avait promis de m'écrire si elle apprenait quelque chose de précis. »

Affolée, la bouche sèche, Jacinthe décacheta l'enveloppe et lut, son cœur battant à grands coups.

Chère Jacinthe,

Je renonce à faire parler mon fiston. Je lui ai encore posé des questions sur le sac d'Emma, mais il a piqué une crise de colère, puis il a boudé. Maintenant, il n'est plus du tout gentil avec moi, sa pauvre mère.

Si vous revenez bientôt à Saint-Prime, je vous prie par avance de laisser Pacôme tranquille, ce qui vaudra mieux pour tout le monde.

Brigitte Pelletier

— Seigneur, avait-elle besoin de m'écrire, dans ce cas, rien que pour me signifier ça ? déplora la jeune femme à mi-voix.

*

L'Hôtel-Dieu Saint-Michel paraissait désert. La mère supérieure et trois sœurs étaient parties assister à la fameuse bénédiction des arbustes, à laquelle participaient tous les notables de Roberval et les autorités civiles. Le ciel s'était éclairci, les eaux avaient légèrement baissé et, comme le disait la presse locale, tant que le vent du nord-est ne soufflait pas, la ville était sauvée.

Jacinthe était accoudée à une des fenêtres des cuisines qu'elle avait ouverte grand, l'air s'étant radouci. La jeune femme écoutait l'écho de la fanfare, l'esprit vide. Elle demeurait indifférente au tintement des cuivres, aux sons sourds des grosses caisses, aux accords joyeux des trompettes.

Elle imagina le curé Lizotte, d'un âge vénérable, un faible sourire sur les lèvres, tout content de célébrer la fête des arbres après ces jours aux allures de fin du monde. Les enfants de Roberval devaient se presser pour profiter du spectacle des musiciens ; les dames de la bonne société avaient dû faire étalage de leurs plus belles toilettes.

— Mademoiselle Cloutier, l'interpella la sœur converse, les goûters sont prêts. Pour madame Tessier et madame Bouchard, du lait écrémé sans sucre et du pain grillé. Si elles se plaignent de ne pas avoir de beurre, dites-leur que ce sont les nouvelles consignes du docteur Gosselin.

— Très bien, je ferai la piqûre de madame Bouchard en même temps, répliqua Jacinthe.

— Vous ne m'avez presque pas adressé la parole, aujourd'hui. Seriez-vous fâchée parce que je me suis sentie obligée de rapporter les propos de ce policier à la supérieure ? Dieu m'est témoin que j'ai cru bien faire, chère mademoiselle. J'espère que vous n'aurez pas d'ennuis à cause de moi.

— Je vais quitter l'hôpital dès demain, mais vous n'en êtes pas responsable, sœur Clarisse. J'en avais l'intention de toute façon. Un peu plus tôt, un peu plus tard… Vous avez agi selon votre conscience. Le décès brutal de ma jeune sœur m'afflige beaucoup. Je n'ai plus le courage de vivre loin de ma famille.

La converse essuya ses lunettes, puis ses yeux, car elle pleurait de dépit. D'un élan spontané, elle saisit les mains de Jacinthe et les serra dans les siennes, ridées et rougies par les travaux ménagers.

— Nous vous regretterons, mademoiselle Cloutier.

— C'est gentil. Moi aussi, je vous regretterai, sœur Clarisse. Vous faites le meilleur café de la terre.

Jacinthe s'empara du plateau et sortit. Elle se féliciterait bientôt de ne pas avoir discuté plus longuement avec la vieille religieuse qui, au fond, était demeurée fidèle à sa réputation de grande bavarde, ce dont elle se confessait avant chaque messe dominicale.

Après s'être occupée de ses patientes, ravies de ne pas avoir été évacuées, elle longea le couloir pour rejoindre la lingerie. À mi-chemin, elle aperçut une femme à la silhouette replète, en chapeau et manteau de pluie, qui se rapprochait d'un pas énergique, la mine souriante. Jacinthe l'identifia tout de suite grâce à la verrue qui déparait son menton. C'était la bonne du docteur Murray.

— Bonjour, madame, dit-elle aimablement. Vous cherchez quelqu'un en particulier ?

— Doux Jésus, ne vous mettez pas en peine. Je suis déjà venue dimanche, je connais le chemin. Mon mari a été hospitalisé pour une bronchite. Le vendredi, c'est mon jour de congé. Alors, je lui rends visite. Comme ça, vous êtes infirmière icitte et pourtant vous consultez le docteur Murray de Saint-Jérôme !

Il y avait une réelle note de curiosité dans la question de la domestique. Jacinthe se demanda si cette femme n'avait pas entendu une partie de son entretien avec le médecin, tout en songeant qu'elle avait dû rencontrer Emma, ces derniers mois.

— Je ne consultais pas le docteur, madame. C'était d'ordre personnel. Vous travaillez depuis longtemps chez lui ?

— Depuis la première heure, soit environ six ans, affirma Dévonie Lafontaine avec un air futé.

— Alors, vous avez sûrement croisé ma sœur, qui était institutrice à l'école de Saint-Jérôme, mademoiselle Cloutier. Une jolie jeune fille, brune, bouclée et très coquette.

— Mon Dieu, cette pauvre jeunesse qui s'est noyée du côté de Saint-Prime, c'était votre sœur ? Doux Jésus, je suis bien désolée pour vous. Mes condoléances. Ça date de la semaine dernière.

Le cœur de Jacinthe battait à se rompre. Elle hésitait à poser des questions précises à la bonne des Murray, son instinct lui soufflant pourtant qu'il le fallait. La physionomie joviale de la femme s'était assombrie. Un autre détail l'intriguait : elle ne bougeait plus, comme si elle hésitait à poursuivre la discussion.

— Oui, et je pensais que son médecin pourrait peut-être me donner des renseignements sur Emma. Ma sœur s'appelait Emma. J'ai trouvé des ordonnances dans son logement et voilà…, débita Jacinthe, la voix altérée par l'émotion. C'est un peu surprenant, ma démarche, mais, mes parents et moi, nous étions inquiets de la savoir livrée à elle-même.

— Je ne voudrais pas placoter à tort et à travers, mademoiselle, mais je crois que le docteur appréciait bien votre sœur. C'est vrai qu'elle était jolie, tellement gaie aussi, un rayon de soleil ! Un beau sourire quand je lui ouvrais la porte ! Pauvre petite ! Doux Jésus, il ne faut pas pleurer. C'est ma faute.

— Non, ce sont les mots que vous avez dits, un rayon de soleil ! Maman l'appelait ainsi, notre Emma. Madame, vous dites que le docteur appréciait ma sœur… Qu'est-ce que ça signifie, selon vous ? C'est un homme marié. J'ai aperçu son épouse, hier soir.

Dévonie Lafontaine n'aimait pas sa patronne, Félicée Murray étant en règle générale méprisante, autoritaire et exigeante. Elle pencha la tête et fixa Jacinthe avec un début de compassion.

— Marié, marié, ça, oui, mais ça ne veut pas toujours dire fidèle. Le beau monsieur Théodore, dès que madame séjournait à Chicoutimi dans sa famille, il me donnait congé et s'offrait des escapades en galante compagnie, à mon avis. Au mois de mars, au mois d'avril, trois jours par-ci, trois jours par-là. Attention, je ne parle pas de votre sœur, qui me semblait sérieuse. Je l'ai même mise en garde, une fois, en la prévenant que, le docteur, c'était un coureur. Bon, je jase à mon aise, mais mon époux m'attend. À la revoyure, mademoiselle. On se reverra peut-être bientôt...

— Au revoir, madame, et merci.

Jacinthe s'enferma dans la lingerie, bouleversée. Elle avait maintenant la conviction que le docteur Murray était bien l'incarnation du M. cité dans le carnet d'Emma.

« Pierre a raison, je joue les détectives ! se reprocha-t-elle. Mais, si j'ai une preuve, rien qu'une preuve, je pourrai au moins haïr celui qui a poussé Emma à mourir. Si c'est ce médecin, je lui ferai comprendre qu'on n'abuse pas de l'amour d'une jeune femme, qu'on ne la rejette pas après l'avoir mise enceinte. Tant pis pour lui si sa femme découvre la vérité, qu'ils souffrent tous les deux comme je souffre, comme maman souffre, et Sidonie, et Lauric, et mon père ! »

Elle s'effondra sur un tabouret et cogna sa tête contre la porte d'un placard une fois, deux fois. Après quelques sanglots silencieux, elle frotta ses yeux d'un poing malhabile et se redressa. D'un geste ferme, elle arrangea sa coiffe.

Une idée pénible traversa son esprit. Son obstination à démêler l'énigme que représentaient Emma et ses secrets devait déplaire à Pierre, qui était si heureux de leurs retrouvailles inespérées. « Pourtant, il a promis de m'aider ! se rassura-t-elle. Demain, je le revois demain. Il me ramène à Saint-Prime. »

Pierre n'avait pas dormi rue Marcoux la veille. Il était rentré à Riverbend et, accaparé par diverses obligations, y passait la journée. Jacinthe rêvait de le revoir, de lui prendre la main et de l'embrasser. Le mur de froideur et de méfiance qui les séparait quelques jours auparavant s'était disloqué, anéanti par le réveil chaud et doux de leur passion.

*

Dévonie était assise au chevet de son mari. Bertrand Lafontaine, âgé de cinquante-deux ans, lui paraissait chétif, en pyjama rayé, sa tête brune nichée au creux d'un gros oreiller. C'était un descendant des tout premiers colons de Saint-Jérôme, établis au bord de la rivière Couchepaganiche ; il était bûcheron de son métier. D'anciens écrits précisaient qu'il avait du sang indien, ses ancêtres ayant eu jadis pour voisins une trentaine de Montagnais, des Sauvages, comme on les appelait.

— Comment te sens-tu, mon homme ? demanda-t-elle pour la troisième fois.

— Ça siffle moins, là-dedans, marmonna-t-il en désignant sa poitrine. Le docteur a ordonné des cataplasmes de farine de moutarde. Ça soulage, mais j'ai encore de la fièvre.

— Tu seras vite sur pied, surtout si le temps se met au beau. Doux Jésus, si tu avais vu le lac, hier et lundi ! Les eaux ont fait de gros dégâts. Notre gendre a dû faire grimper sa génisse et son cochon sur un chaland. Les pauvres bêtes étaient comme folles.

Son époux hocha la tête, trop las pour se lancer dans une conversation sur les crues et leur série de nuisances.

— Je suis bien soigné, icitte, bien à l'abri. J'y pense moins, à tout ça.

— As-tu vu une infirmière, jeune avec de beaux yeux, plaisante à regarder, une mademoiselle Cloutier ? s'enquit Dévonie, la mine sérieuse.

— Oui, même qu'elle m'a posé des ventouses dans le dos, hier. Ça me cuisait la peau.

— C'est la sœur de l'institutrice de chez nous, celle qui s'est noyée. La jolie brune… Je t'en ai assez parlé. Je me demande si je ne devrais pas lui dire ce que je sais.

— Tiens donc ta langue, Dévonie ! Si jamais tu perdais ta place, comment on ferait ?

— Mais elle m'a fait de la peine. Elle pleurait, ton infirmière, quand je lui parlais de sa sœur.

— Elle pleurerait davantage si tu lui racontais tes histoires.

Une terrible quinte de toux fit taire le malade. Il devint cramoisi, défiguré par une grimace de douleur, les bronches en feu. Quand ce fut terminé, il sombra dans une somnolence réparatrice.

Dévonie retint un gros soupir. Elle s'inquiétait, sans oser toucher le front constellé de fines gouttes de sueur de son mari.

« Bertrand a raison, je n'ai qu'à tenir ma langue, se dit-elle. La patronne n'est pas commode. Pourtant, j'en ai entendu, des choses ! Mon doux, je ne pouvais pas faire autrement. Souvent, ils criaient si fort, le docteur et sa femme, toujours à cause de la petite demoiselle Cloutier. »

La domestique sortit un tricot et des aiguilles de son cabas. Elle compta ses mailles. Elle profitait

405

de son jour de congé pour mener à bien la confection d'une écharpe. Jacinthe la trouva occupée à dévider un peu de laine d'une grosse pelote, tandis que son mari dormait, un sifflement ténu s'échappant de sa bouche entrouverte.

Le cas du patient Bertrand Lafontaine, qui avait déclaré fumer depuis des années, tracassait le docteur Gosselin, qui redoutait une pneumonie. Une radiographie était prévue le lendemain.

— Ah ! vous êtes là, bredouilla la jeune infirmière. Votre époux a-t-il toussé ?

— Une affreuse quinte, mademoiselle. Depuis, il se repose. Vous n'allez pas le réveiller ?

— Je dois prendre sa température, son pouls et sa tension, madame. Vous pouvez rester.

— Non, non, je sors. J'en profiterai pour aller aux commodités.

Dévonie rangea son tricot et se leva. En passant près de Jacinthe, elle céda à son envie d'avouer ce qui lui trottait dans la tête :

— Fallait quand même que je vous le dise, c'est plus fort que moi, mademoiselle. Ça me tourmente trop. Mon patron, le docteur, je crois bien qu'il a déshonoré votre petite sœur, qui était tombée en amour avec lui, chuchota-t-elle avant de mettre l'index devant sa bouche afin de recommander la plus grande discrétion sur le sujet.

Elle se rua dans le couloir avec le regret d'avoir encore une fois désobéi à son mari. Jacinthe resta un moment stupéfaite, sidérée. Même si la brave domestique n'avait rien affirmé, elle avait pratiquement le témoignage tant espéré. Elle terminait les soins du malade quand Dévonie réapparut.

— Merci, madame. Vous ne pouvez pas savoir à quel point c'est important pour moi, ce que vous m'avez confié.

— Bah, entre femmes, n'est-ce pas ? chuchota Dévonie, la mine satisfaite.

10

Au gré des tempêtes

Roberval, le lendemain, samedi 2 juin 1928

Jacinthe fut réveillée par le sifflement du vent. Elle avait passé une nuit agitée, peuplée de cauchemars, entrecoupée de phases d'insomnie où elle se perdait dans diverses pensées, toutes plus amères les unes que les autres, mais centrées sur les paroles inquiétantes de Dévonie Lafontaine.

Soudain, les bourrasques redoublèrent de violence. Elle eut la nette impression que les murs vibraient, ainsi que les cheminées sur le toit. Au loin, elle entendit distinctement le fracas des vagues.

— Une tempête, le nordet s'est levé. Mon Dieu ! dit-elle tout bas.

L'infirmière devait partir pour l'hôpital dans une demi-heure. Vite, elle enfila une longue jupe droite démodée et des bottillons.

« Les enfants doivent être épouvantés, à l'hôpital ! » pensait-elle en faisant son lit.

Ses patients de l'Hôtel-Dieu lui paraissaient menacés et, sans avoir la vanité de se croire indispensable, Jacinthe sortit très vite de chez elle, un foulard sur ses cheveux, son imperméable bien serré à la taille. L'eau stagnante ondulait sous les rafales. La ville semblait déserte. On s'enfermait, courbant le dos sous les assauts des bourrasques. Une automobile remontait la rue Notre-Dame au ralenti en projetant des éclaboussures brunes dans son sillage.

« Le chaos, partout le chaos ! » songea la jeune femme qui courait presque. Elle évita de justesse une tôle arrachée du toit d'une remise à bois. Devant le bureau du Téléphone Centre, dont les lignes avaient été rétablies la veille, elle se heurta à l'opératrice qui abandonnait son poste, blême de peur.

— Madame, soyez prudente ! lui cria-t-elle. Venez vous abriter à l'hôpital, si vous ne savez pas où aller. Le bâtiment est solide.

Affolée, la femme la suivit. Chemin faisant, elle expliqua d'une voix chevrotante :

— Une maison a été balayée. Cette fois, la ville sera détruite…

Elles pénétrèrent enfin dans le hall. Jacinthe put constater que la panique régnait. Des hommes équipés de caisses à outils, des planches sous le bras, étaient dirigés vers les salles du rez-de-chaussée. La sœur converse, les manches de sa chasuble retroussées, courut vers elles.

— Mademoiselle Cloutier, Dieu soit loué, vous êtes là, saine et sauve ! Le maire nous a envoyé ces messieurs, qui vont barricader les ouvertures du côté du lac. Vous entendez ? Les lames claquent sur les murs d'arrière. Nos malades ont peur. Ce ne sont que plaintes et lamentations partout.

— Je monte immédiatement, sœur Clarisse.

— Notre supérieure fait une ronde, pendant que nos sœurs prient dans les chambres des patients les plus anxieux. Souhaitons que les médailles bénites accrochées à chaque fenêtre nous protègent.

Jacinthe confia la malheureuse opératrice du téléphone à la converse en lui recommandant de faire du café.

— La journée risque d'être longue. Nous devons prendre des forces.

Les rugissements du nordet se mêlaient aux grondements démentiels des vagues. Les lampes clignotaient au rythme des coups de boutoir qui secouaient les poteaux du réseau électrique et frappaient les façades du vaste édifice. Soudain, un vacarme assourdissant retentit, que tout le monde écouta le souffle court, surtout au premier étage. Une partie de la galerie venait d'être arrachée, ainsi qu'une véranda.

Les augustines, les infirmières et les médecins parcouraient les couloirs avec la même expression d'incrédulité. Jacinthe, quant à elle, se précipita au chevet de Maria Tessier, assise dans son lit, les mains jointes, paupières closes. La vieille dame priait du bout des lèvres. Elle ouvrit les yeux en sentant la main de la jeune infirmière sur son front.

— Ne craignez rien, le bâtiment est solide, madame Tessier. Seigneur, mais où est madame Bouchard ?

— Elle s'est levée pour aller à la toilette ! Pensez donc, tout ce chahut, ça vous retourne les entrailles.

— Ne bougez pas, continuez à prier, ce sont les conseils de la mère supérieure. Je vais chercher votre voisine de lit. Tant que vous resterez ici, vous ne risquez rien.

Jacinthe retrouva madame Bouchard en larmes. Sa chemise de nuit était souillée. Elle croisa une collègue, Alice, qui portait une petite fille d'environ deux ans dans ses bras. L'enfant sanglotait, cramponnée au cou de la soignante.

— Nos orphelins sont terrorisés. Je les ai rassemblés dans la même salle ; je vais leur chanter des comptines, expliqua-t-elle. Cette fois, je crois que nous allons être obligés d'évacuer l'hôpital.

— Ce serait dangereux, le vent dévaste les toitures et même les maisons. Le lac est déchaîné. Autant prier ou chanter, vous avez raison.

*

Saint-Prime, ferme des Cloutier,
même jour, même heure

Sidonie et Lauric s'étaient figés, les bras ballants, dès les premières attaques du vent de nord-est. L'eau s'étant retirée à quelques mètres de la ferme, ils remettaient la maison en ordre, avec une priorité pour la jeune femme, descendre sa machine à coudre au rez-de-chaussée, dans son atelier.

— On ferait peut-être mieux de rien bouger, hasarda son frère. Le nordet va nous envoyer de belles vagues encore.

— Mais non, la décrue est amorcée, tu le disais toi-même hier soir. J'ai nettoyé tous les parquets. Il faut que maman trouve la moindre chose à sa place quand elle rentrera. Grand-père est content de s'occuper d'elle, mais elle a envie de se retrouver dans son vrai foyer. Tu verras, si les nuages s'en vont, si le soleil revient, la vie reprendra son cours. Papa compte ramener le troupeau demain matin.

— Tabarouette, ça souffle dur, insista son frère. Je me demande si Jacinthe viendra ce soir. On n'a eu aucune nouvelle d'elle.

— C'est normal, le téléphone, le télégraphe, plus rien ne fonctionne. Allez, on y va.

— Mais ton fichu engin pèse son poids. Attendons papa.

— Pas question de patienter encore. Fais bien attention, surtout.

Le frère et la sœur avançaient à petits pas vers le palier en portant à bout de bras la machine à coudre de Sidonie. Cette façon d'avancer en crabe, mais face à face, finit par les faire pouffer nerveusement.

— On la pose un peu, supplia Sidonie, en proie au fou rire. Doux Jésus, qu'est-ce qui me prend ? Depuis la mort d'Emma, je ne pouvais même plus sourire.

— Il y a une semaine, jour pour jour. Les jours feront des mois et les mois, des années. On se souviendra d'elle dans sa robe rouge et des inondations, les pires qui se soient jamais produites.

Lauric haussa les épaules. Il posa sur sa sœur jumelle un regard d'une tristesse infinie.

— Je vais te dire une chose affreuse, Sidonie, que tu es la seule à pouvoir entendre. J'ai souvent

413

pensé depuis la mort d'Emma que, si tu t'étais noyée, toi, je n'aurais pas pu le supporter. Je me serais supprimé aussitôt.

La jeune femme baissa la tête, gênée.

— Ce sont des sottises, Lauric. La vie est sacrée. Il faut avoir le courage d'affronter toutes les épreuves, d'avancer encore. Maman en est un exemple. Elle souffre le martyre, mais elle tient bon pour nous, pour papa et grand-père. Allez, trêve de bavardages, on descend ma Singer. Ce soir, nous soupons ici, chez nous. Je veux allumer le fourneau et la cheminée du salon, je veux aussi préparer une tourtière. Je sais que les parents seront contents de se retrouver dans leur maison. Par chance, l'eau n'a pas fait trop de dégâts.

Ils n'échangèrent plus un mot jusqu'à l'atelier de la jeune couturière. Elle cala sa machine à l'endroit voulu, puis, toujours sans jeter un coup d'œil à son frère, elle entreprit d'allumer son petit poêle à bois.

— Il faut chasser l'humidité, marmonna-t-elle.

Le nordet continuait à rugir et à siffler sur le toit. Le bruit était si assourdissant qu'ils ne distinguèrent pas tout de suite des appels stridents mêlés à ce concert farouche. Mais le chien de Jactance Thibault, leur plus proche voisin, se mit à aboyer rageusement au bout de sa chaîne. Cette fois, Sidonie crut distinguer une voix humaine familière.

— Vite, on dirait maman ! s'écria-t-elle en entraînant son frère vers le perron.

Le spectacle qu'ils découvrirent les pétrifia d'abord. Alberta accourait sur le chemin boueux, ses longs cheveux bruns emportés par le vent, en chemisette et jupon, pieds nus, l'air hagard, la bouche ouverte sur un appel incessant :

— Emma ! Emma ! Emma !

— Mon Dieu, maman, murmura Lauric, horrifié. Elle a une nouvelle crise, elle devient folle pour de bon.

Déjà, Artémise et Jactance observaient la scène, à l'abri de leur auvent.

— Elle tient un papier, constata Sidonie.

Alberta gesticulait et hurlait en appelant Emma. Mais les deux syllabes, dérisoires, se diluaient dans le tumulte environnant.

— Il faut l'arrêter, elle court droit vers le lac, elle veut se noyer, s'alarma le jeune homme. Viens !

Ils se précipitèrent vers leur mère, bien déterminés à la retenir, à l'empêcher de commettre un geste désespéré. Cependant, à leur grand étonnement, la malheureuse se rua à leur rencontre.

— La lettre, c'est Emma, j'ai trouvé une lettre d'Emma ! leur cria-t-elle en agitant la feuille de papier qu'elle tenait. Champlain l'avait mal

415

cachée. Mes petits, mes pauvres petits, votre sœur s'est suicidée. Ma jolie fleur, mon rayon de soleil, elle s'est tuée par peur de son père !

Sidonie lui tendit les bras, mais Alberta fit non d'un geste véhément.

— Moi aussi, je voudrais me jeter dans le lac. Si vous saviez comme je serais soulagée ! Ne plus penser, ne plus avoir aussi mal, là, au cœur ! Je ne le ferai pas pour vous, pour Jacinthe, et pour pépère qui en crèverait à son tour.

— Maman, je t'en prie, calme-toi, implora Lauric en l'attirant contre lui.

Elle ne se débattit pas. Elle lui remit la lettre d'adieu d'Emma, froissée, parsemée de gouttes de pluie et de larmes.

— Donne-la-moi ! protesta Sidonie. Je veux la lire, la ranger aussi. Il faut la garder.

— Vous n'êtes pas surpris, déclara alors Alberta. Vous le saviez tous et personne ne me l'a dit ! J'avais le droit de connaître la vérité. Ma petite chérie attendait un bébé ; elle l'a tué en se noyant.

— Maman, je suis désolé, admit Lauric. Papa nous avait fait promettre de garder le secret pour te protéger. Comprends-tu ? Il valait mieux, selon lui, que tu croies à un accident.

— Mais ce n'était pas un accident. Ma petite a dû rôder près de chez nous, malade de honte et de terreur, et elle a préféré mourir plutôt que d'affronter son père, sa sale brute de père.

Sidonie resta bouche bée. Jamais encore leur mère n'avait proféré la moindre critique, le moindre reproche à l'égard de son mari.

— Il a profité de la situation, haleta Alberta. Il a osé faire publier un article pour se servir de sa fille, la désigner comme une victime des crues. Il n'y aura pas de pardon, cette fois, jamais, jamais plus.

— Entrons dans la maison, maman, implora Sidonie. Je trouverai de quoi t'habiller et te chausser. Je te coifferai, aussi. Jactance et sa femme nous regardent. Ils ne peuvent pas nous entendre, mais quand même !

— Qu'ils écoutent donc, coupa sa mère. Je peux aller leur raconter ce que je sais, ça ne me dérange pas. Je suis en colère, mes enfants, oui, en colère.

Lauric montra alors à sa sœur un attelage qui arrivait au grand galop. Ils reconnurent tous deux le cheval et, debout dans la charrette, les rênes en main, leur père. Il se dressait contre la bourrasque, ses cheveux blancs en arrière, sa haute silhouette raidie pour maintenir son équilibre. Alberta se retourna également. Son visage se crispa en apercevant son époux.

— Seigneur, tu es vivante ! bredouilla Champlain peu de temps après, quand il arrêta Carillon dans la cour de la ferme.

Vite, il sauta du véhicule, la mine défaite, d'une pâleur de craie.

— N'approche pas ! hurla Alberta. Je te hais, je te maudis ! La seule chose importante à tes yeux, c'est la terre, ta terre, le grain, le foin. J'ai trimé dur à peine mariée avec toi parce que tu achetais d'autres parcelles qu'il fallait encore défricher et labourer. J'ai perdu trois petits par ta faute, à m'éreinter derrière toi sans jamais me plaindre. Oui, trois petits qui ont coulé de mon ventre, dans la douleur, la peine, le silence. Maintenant, j'ai perdu Emma, son bébé. Pourquoi, Champlain ? Allons, dis-le, pourquoi ?

Changé en statue, le cultivateur regardait son épouse comme s'il s'agissait d'une étrangère. Conscient de la stupeur horrifiée de Sidonie et de Lauric, il leva une main apaisante :

— Ma pauvre Alberta, tu divagues encore. Le docteur va venir, il te fera une piqûre. Les enfants, ramenez votre mère rue Laberge et mettez-la au lit.

— Non, je ne veux pas de piqûres et je ne me coucherai pas. Je rentre chez moi, ici, dans ma maison, mais je t'interdis d'en franchir le seuil, Champlain Cloutier, et tu ne me toucheras plus, je le jure devant Dieu !

Sidonie éclata en sanglots, choquée, abasourdie. À l'instar de son père, elle découvrait une autre Alberta, rajeunie par la fureur, la chevelure en désordre. Mais le pire restait à venir. Peut-être pour échapper à la curiosité des voisins, Lauric obligea sa mère à se réfugier sous le hangar. Par habitude, Champlain y conduisit le cheval pour le dételer.

— Lâche-moi, mon fils !

L'ordre avait claqué, sec, pareil à un coup de fouet. Le jeune homme libéra sa mère, recula et prit Sidonie par l'épaule. Ils furent aux premières loges quand leurs parents s'affrontèrent, à deux mètres de distance l'un de l'autre.

— Je te le demande encore une fois, Champlain, vociféra Alberta, l'index pointé vers son mari. Pourquoi Emma avait-elle aussi peur de toi ? Je peux répondre : dès que tu as compris qu'elle aimait danser, se pomponner, jouer les coquettes, tu l'as mise en garde. Un faux pas et tu la reniais, tu lui faisais passer le goût de la fête avec ton ceinturon. Mais de qui tenait-elle son tempérament, de qui ?

— Tais-toi donc, tu es ridicule, ma femme, protesta-t-il d'une voix rauque. Tu ne vas pas remuer le passé. On était bien assortis, au fond, nous deux…

— Pas du tout assortis, Champlain Cloutier, ça non ! rétorqua-t-elle, pathétique dans ses vêtements de nuit blancs et légers que le vent agitait. Tu ne me plaisais pas, j'en aimais un autre, mais une fille pauvre n'a pas le droit de choisir. Tu t'es servi, tu as pris la part que tu voulais, mais qui n'était pas pour toi. Le Seigneur m'en est témoin, je fais souvent des cauchemars où je revis cette nuit d'été, la nuit où tu m'as forcée parce que tu étais fin saoul et que je ne pouvais pas me défendre. Tu m'as emmenée, frappée, jetée au sol. J'avais beau me débattre, je n'étais pas de taille. Tu as posé ta sale patte sur ma bouche, pour me faire taire. Écoute bien, Sidonie, comment un homme vole l'honneur d'une fille sage en quelques minutes. Après, la malheureuse, rongée par la honte, salie à jamais, n'a plus que ses yeux pour pleurer. Elle dit adieu au gentil gars qu'elle chérissait, elle épouse le salaud qui l'a violée et, quand elle met au monde un enfant, elle n'arrive pas à l'aimer, l'enfant de la violence, l'enfant de la honte.

— Jacinthe, c'est de Jacinthe que tu parles, maman ?

Lauric était révolté.

— Oui, Jacinthe, qui a grandi dans mon ventre pendant que je suffoquais de haine.

Alberta se mit à claquer des dents. Foudroyé, Champlain ne disait mot, le regard absent.

— C'était pas la peine de déballer ça, finit-il par bougonner. Au nom de quoi ils avaient besoin de savoir, nos jumeaux ?

— Emma était amoureuse et elle portait le bébé de cet amour, répondit son épouse. C'était un crime moins grave que le tien, Champlain.

Au nom de la justice, si elle t'avait avoué sa faute, tu aurais dû pardonner. Mais tu ne l'aurais pas fait, tu te crois le plus fort, le plus honorable ! Tu n'es qu'une ordure, une brute ! Tu l'as tuée, je l'ai tuée par ma faiblesse. Elle savait que je n'étais pas capable de la protéger.

Un long silence se fit. Lauric remarqua ainsi que la tempête s'était calmée, qu'il ne percevait plus la rumeur des vagues sur le lac. Blottie contre lui, Sidonie le constata aussi.

— Je croyais avoir réparé mes torts, déclara Champlain en les regardant tour à tour. Je me trompais. Calvaire, ça ne suffisait pas de la marier, votre mère, de lui donner une maison, du linge et de la laine à filer.

— Non, ça ne suffisait pas, répéta Alberta. Va-t'en, à présent, va-t'en, je te dis !

— Où veux-tu que j'aille, tabarnak ? Chez ton père ? Je ne suis pas aveugle. Le vieux Laviolette me traite en chien galeux depuis nos noces, puisqu'il a su la vérité, à l'époque. Mais, Alberta, j'ai eu des remords, tu le sais bien. Tu parles d'amour ! Je t'aimais, moi, je t'aime toujours. Tant que tu es fâchée, je peux installer une paillasse dans la remise à bois ?

— D'accord, tu peux loger dans la remise, répliqua Alberta.

Très digne, elle se dirigea vers les marches du perron. Ses pieds nus nacrés par l'humidité et maculés de boue s'enfonçaient dans la terre gorgée d'eau.

Sidonie ferma les yeux pour fuir la vision de sa mère, transfigurée, ardente, pétrie d'amertume. « Moi qui espérais consoler un peu maman, ce soir, avec un bon repas, une maison chaude et bien rangée ! se disait-elle. Mon Dieu, comment a-t-elle vécu vingt-trois ans près de papa, dans son lit, si elle le détestait autant ? Ce n'est pas vrai, ce que je viens de voir et d'entendre. Maman était si gaie ! Elle semblait satisfaite de son sort. »

Lauric, lui, s'étonnait de la capitulation si prompte de son père, vaincu par sa propre femme, qui lui arrivait à peine au menton. Il songea à la légende de David et du géant Goliath, qu'il avait apprise au catéchisme. « Le colosse frappé au front par une petite pierre, abattu, hors d'état de nuire ! Personne n'osait tenir tête à papa dans la région ni ici, chez nous. Sauf Jacinthe. »

*

Riverbend, chez Pierre Desbiens,
même jour, trois heures de l'après-midi

Le nordet avait soufflé aussi sur Riverbend, mais, après un début de panique causé par les terribles bourrasques, la tempête avait cessé, au grand soulagement de la population. Pierre ne s'était pas inquiété. Il remplissait une valise de ses effets personnels sous l'œil dépité de son ami Davy.

— Alors, tu déménages ? Ça me fera tout drôle de ne plus te voir du matin au soir ni de passer ici à l'improviste pour boire un coup, déplora le jeune ouvrier.

Il était perché sur l'appui d'une fenêtre, ses cheveux roux en bataille.

— Quand même, quitter ton poste comme ça sur un coup de tête, c'est pas fréquent, ajouta-t-il. Je peux te dire que les gars parlaient dans ton dos, à la papeterie.

— Si ça les amuse de placoter ! En plus, il paraît que j'ai été vite remplacé par Potvin. Il en rêvait, de jouer les contremaîtres. J'ai fait un heureux.

— Et ton logement, tu le videras quand ?

— D'abord, j'emporte ce dont j'ai vraiment besoin à Saint-Félicien. J'aurais voulu habiter chez mon grand-père, la maison de Saint-Méthode, mais il y a des rumeurs. L'eau aurait sapé certaines fondations. C'était épouvantable, là-bas. Quand le *Perreault* est entré dans le village, il y avait des familles perchées dans les greniers, que les matelots ont secourues. J'ai lu ça dans *Le Progrès du Saguenay*.

Pierre boucla une grosse valise en carton bouilli et vérifia le contenu d'une caisse. Il jeta un regard amical à Davy, qui allumait une cigarette américaine.

— Toi, tu vis chez tes parents. Tu pourrais louer ici, si jamais tu rencontres une jolie fille à ton goût.

— Faudrait qu'elle ressemble à Sidonie, ta future belle-sœur. Je suis bien content, moi, que ma chaloupe ait servi à votre réconciliation, à Jacinthe et toi.

Davy avait eu droit au récit de leur naufrage. Pierre n'était pas entré dans les détails, mais il avait su évoquer des instants précieux, des retrouvailles amoureuses qui avaient prélude à un projet de mariage.

— En somme, c'est le grand amour, entre vous deux, soupira-t-il, rêveur. Je voudrais connaître ça, un jour.

— Méfie-toi, ça peut être douloureux, même si ça vaut le coup. Si on chargeait la voiture au lieu de parler ? Ce soir, j'emmène Jacinthe à Saint-Prime. Je la plains. Ils sont tous tellement affligés, ses parents, sa sœur, son frère ! Moi, je m'en veux souvent, j'ai l'impression de ne pas avoir assez de chagrin pour Emma. Quand j'y pense, la nuit, ça me donne envie de pleurer. Je prie pour elle, même, mais…

— Mais quoi ?

— J'ai une impression bizarre, comme si, Emma, elle nous avait réunis, Jacinthe et moi, tout en me remettant sur le bon chemin. Au fond, depuis deux ans, j'évitais d'aller à Roberval, à Saint-Prime et même à Saint-Félicien. Tout s'est passé très vite. J'ai revu la seule femme que j'aime. J'ai aussi revu son frère, Lauric, qui était un ami, et j'ai pu m'occuper de mon grand-père Boromée.

Le bruit caractéristique d'un moteur d'automobile coupa court à la conversation. Davy regarda dehors.

— Tu as de la visite, annonça-t-il. Du beau monde.

Intrigué, Pierre sortit précipitamment. Il reconnut la voiture de Wallace Gagné, une *Rover Light Six* à la carrosserie d'un brun métallisé. Le jeune banquier en descendit, ainsi qu'un homme aux cheveux gris et à la moustache arrogante, Lucien Gagné. Elphine resta à l'intérieur de la voiture, assise à l'arrière.

— Pierre Desbiens, je suppose ? demanda le quinquagénaire. J'ai à vous parler.

— Je vous écoute ! répondit Pierre en s'approchant de son interlocuteur.

Les circonstances firent que, pour sa première rencontre avec le père de la jeune femme, Pierre ne s'était pas rasé ; il portait une salopette en toile et une chemise écossaise délavée. Le contraste était saisissant avec Lucien et Wallace, tous deux en costume de ville impeccable, chemise amidonnée et cravate, coiffés de chapeaux de feutre noir.

— Décidément, Elphine n'est pas difficile ! maugréa le père, outragé. Je serai bref, Desbiens. On ne peut pas attendre d'un type de votre genre de bonnes manières ni un peu d'éducation, mais de là à déshonorer ma fille unique en lui promettant le mariage, vous y êtes allé trop fort à mon goût.

— Je n'ai jamais promis le mariage à Elphine, trancha Pierre d'un ton froid.

— Traitez-la aussi de menteuse, tiens ! hurla Lucien Gagné. La pauvre enfant se consume de honte et de chagrin, et vous me toisez sans gêne ! Il n'y a pas de quoi être fier. Si vous voulez le savoir, mon épouse et moi, nous étions très inquiets quand Elphine a prétendu se fiancer avec un contremaître de Riverbend. Malgré tout, nous étions disposés à vous rencontrer, car seul comptait le bonheur de notre fille.

L'homme semblait sincère. Pierre imagina sans peine la comédie qu'avait dû jouer sa jeune maîtresse afin de provoquer l'indignation, la colère paternelle. Il se sentit pris au piège, prêt à en perdre la tête. Lucide quant à ses défauts et foncièrement honnête, il se savait dans son tort. « Champlain Cloutier aurait pu me tenir le même discours, s'il avait appris que je couchais avec Emma, mais, lui, il se serait montré plus expéditif », songeait-il.

— Je suis désolé, monsieur, débita-t-il tout haut. Je comprends qu'Elphine soit triste ; elle disait m'aimer. De mon côté, je ne l'aimais pas suffisamment pour envisager d'en faire ma femme.

— Mais suffisamment pour la mettre dans votre lit, espèce de salaud ? tonna Gagné en giflant Pierre de toutes ses forces.

— Père, voyons, c'est inutile ! s'exclama Wallace, qui n'avait pas desserré les lèvres jusqu'à présent.

— Toi, ne t'en mêle pas ! Je te confie ta sœur, mais tu ne la surveilles pas mieux que l'oncle Oswald. Le fait est là : j'ai trouvé ma fille désespérée à mon retour de Québec et j'apprends qu'un séducteur de pacotille l'a bafouée. Mais vous le regretterez, Desbiens. J'ai des relations, je suis l'ami du directeur de la papeterie. Vous serez viré, et je ferai en sorte que vous ne retrouviez aucune place à l'avenir.

Sur ces mots, il frappa de l'index la poitrine de Pierre, qui ne bronchait pas, imperturbable.

— Je prie Dieu qu'il nous épargne une honte plus grande encore. Vous me comprenez ? Le genre de honte qui vous obligerait à réparer vos torts !

427

De la fenêtre ouverte, Davy suivait la scène. Il avait retenu un cri de surprise au moment de la gifle. Maintenant, il guettait une répartie cinglante de son ami, dont la placidité le décevait un peu.

— Moi aussi, je vais prier dans le même but, monsieur, répliqua enfin Pierre. Je ne vous en veux pas, vous défendez votre fille envers qui j'ai mal agi, je l'avoue. Mais je tiens à rétablir la vérité. Je ne lui ai jamais promis le mariage ni des fiançailles. C'était son idée. Votre argent, vos placements dans les compagnies qui ont causé un désastre ces derniers jours, ça ne m'intéresse pas. Quant à mon emploi, que ça ne vous tracasse pas, je viens de le quitter et je rentre chez moi, à Saint-Félicien. Du travail, j'en trouverai en aidant les pauvres gens qui n'ont plus de maison et qui ne peuvent se reloger, en sauvant ce qui peut l'être des jardins potagers, des fenils et du bétail. Je sais par Elphine à quel point vous souhaitez voir l'économie de la région se développer et comment vous y avez contribué avec vos maudites piastres. Je suis pas de votre monde, c'est vrai, mais je m'en félicite, monsieur Gagné.

Dans la voiture, Elphine mordillait son écharpe en soie. Elle était partagée entre l'exaltation de la vengeance et l'envie de courir vers Pierre pour lui demander pardon. Là encore, bien que certaine de l'avoir perdu à jamais, elle le trouvait d'une beauté étrange et fascinante, d'une irrésistible séduction. Ce serait Jacinthe Cloutier, désormais, qui pourrait embrasser sa bouche tiède, douce et savoureuse, qui caresserait son dos et ses cuisses. « Pourquoi elle, pourquoi ? » enragea-t-elle, les larmes aux yeux.

Lucien ouvrit la portière, sidéré par le discours de Pierre, pressé de fuir ce quartier.

— Je me félicite, moi, de savoir ma fille tirée de vos griffes, conclut-il d'une voix moins assurée. Wallace, prends le volant, je m'assois à côté de ta sœur.

Davy en profita pour dévaler les marches du perron. Il décocha une bourrade affectueuse à Pierre, qui fixait Wallace d'un regard perplexe. Ce dernier eut un geste surprenant. Il s'approcha et tendit la main à son rival.

— Sans rancune, Desbiens ! J'ai appris que vous aviez reconquis Jacinthe. Rendez-la heureuse, elle le mérite, murmura-t-il.

— J'en ai l'intention, ne craignez rien.

Le jeune banquier tourna les talons, se mit au volant et claqua la portière. La luxueuse automobile s'éloigna.

— Bon débarras ! grogna Davy. Tu lui as bien cloué le bec, à ce vieil endimanché ! Tu m'as épaté, tu sais parler d'aplomb, mais moi je croyais que tu lui rendrais sa claque tout de suite.

— Non, ça ne m'est pas venu à l'esprit. Plus tard, si j'ai une fille et qu'un gars se conduit avec elle comme je l'ai fait avec Emma et Elphine, ce ne sera pas une claque qu'il prendra, mais un bon crochet du droit. Allez, on continue ! J'ai hâte d'être à Roberval et de voir Jacinthe. Elle me donne une seconde chance, je dois la saisir. Wallace, le fils Gagné, je sais qu'elle lui plaisait et qu'il commençait à lui tourner autour.

— Un beau parti, comparé à toi, blagua Davy en adoptant un air malicieux.

— Tais-toi, gnochon ! Au boulot !

Roberval, même jour, cinq heures du soir

Jacinthe marchait en direction de la rue Marcoux. Elle avait quitté l'hôpital définitivement, le cœur lourd d'abandonner ses malades, les enfants atteints de phtisie, les indigents, les vieilles dames esseulées comme Maria Tessier et Germaine Bouchard. Elle emportait sa blouse, sa coiffe et son salaire du mois de mai. Si la mère supérieure ne l'avait pas congédiée, elle aurait attendu la fin du mois de juillet pour donner sa démission de l'hôpital et établir sa clinique à Saint-Prime.

« De se laisser emporter par la force des choses, par le cours du destin, ce n'est pas plus mal, au fond », se dit-elle. Un sourire résigné sur les lèvres, elle s'imagina brindille de bois livrée aux vagues du lac, ce grand lac indomptable, dont la rumeur sourde avait bercé son enfance. L'hiver, c'était un merveilleux terrain de jeu quand il devenait une immense patinoire aux berges ornées d'une végétation nappée de givre.

— C'était le dernier coup de colère du printemps, avait commenté la sœur converse en lui servant une ultime tasse de thé accompagnée d'une tartine de confiture d'un violet sombre et luisant, la gelée de bleuets que les religieuses préparaient chaque été.

Une paix profonde succédait à la tempête, mais elle ne concernait que le ciel et le lac aux eaux tranquilles, l'air radouci. Il fallait maintenant réparer les dégâts, la galerie de l'hôpital, la véranda, les maisons, les toitures, les jardins où pourrissaient les jeunes pousses, promesses noyées d'un bel été. Certaines rues étaient encore inondées, les trottoirs en bois étaient endommagés et des clôtures s'étaient écroulées. Le même spectacle de désolation se voyait partout dans la ville. Une nuée de goélands survolait les berges, en quête de détritus.

« Je me demande à quel accueil j'aurai droit, à Saint-Prime », s'inquiéta Jacinthe en enjambant un billot échoué à l'angle du boulevard Saint-Joseph.

Elle décida de ne pas anticiper. Il y aurait toujours Matilda, son regard sombre et pénétrant, sa tendresse bourrue, les bonnes odeurs de sa cuisine, il y aurait aussi l'affection sans bornes de son grand-père Ferdinand et la solidarité de Lauric. Sidonie se réjouirait de la retrouver, même si elles avaient eu un différend à propos du carnet d'Emma.

Comme pour l'encourager à espérer, un pan de nuages s'écarta, libérant un rayon de soleil. Le paysage sembla se ranimer et se colorer. Émue, la jeune infirmière admira sur une clôture un petit arbuste fragile, dont les fleurs d'un jaune pâle s'étaient soudain illuminées.

— Le soleil, enfin ! lui cria une de ses voisines, penchée à sa fenêtre, un plumeau à poussière à la main. Le pire est derrière nous, on dirait.

— Oui, je crois, admit Jacinthe.

— C'était quand même une catastrophe, toute cette eau. Mon fils, qui est de Saint-Siméon, m'a expliqué que, là-bas, deux maisons ont été détruites et que quatre écluses ont été brisées, ainsi que les approches du pont Dufour. Doux Jésus, ça coûtera cher, les réparations ! À la revoyure, mademoiselle.

— Je ne sais pas quand nous nous reverrons. Je laisse mon meublé. Je rentre chez moi, à Saint-Prime.

— Ben voyons donc ! Quel dommage !

Jacinthe eut un geste fataliste et salua la ménagère d'un sourire. Une étincelle de gaîté osait pétiller dans ses veines à l'idée d'un futur encore lointain où, à l'instar de sa voisine, elle habiterait une maison bien à elle avec Pierre. « Le matin, je lui ferai des œufs au lard ; ça sentira bon dans toute la cuisine. Nous aurons un bébé, aussi, et il jouera à l'ombre d'un pommier, l'été, assis sur une couverture. Un petit gars, non, une fille, ou les deux ! se prit-elle à rêver. Et un chien, blanc et noir. »

Elle arriva ainsi chez elle. Sa vie prenait une direction qu'elle n'avait pas du tout envisagée, mais qui ne lui déplaisait pas. La mort tragique d'Emma lui faisait l'effet d'une rafale subite balayant les cartes déjà distribuées. Elle allait découvrir le soir même que ce funeste coup de vent avait aussi fait tomber des masques au sein même de sa famille.

*

Saint-Prime, ferme des Cloutier, le soir

Sidonie surveillait la cuisson de la soupe aux pois jaunes, le plat préféré de Lauric. Un fumet délicieux, mélange de thym, de céleri et d'oignons, s'échappait de la marmite en fonte émaillée, posée sur le poêle. Le feu ronflait dans le foyer. Pour la jeune femme, c'était renouer avec le quotidien, cette bonne chaleur qui luttait contre l'humidité ambiante.

— C'est agréable de se retrouver à la maison, n'est-ce pas, maman ? demanda-t-elle en jetant un coup d'œil soucieux à Alberta, assise à table.

— Ton grand-père doit se sentir bien seul ! lui répondit-elle.

— Je suis passée chez lui en revenant du magasin général. Pépère m'a dit qu'il soupait chez ses voisins, les Français. Ce sont vraiment des personnes d'une grande gentillesse. Maman, qu'en penses-tu ? J'ai envie de faire griller le jambon à part plutôt que de le découper en petits morceaux et de le mettre à mijoter avec les pois.

— Sidonie, pourquoi faire semblant ? Je te remercie pour tous tes efforts. Tu as nettoyé tous les parquets et cueilli des lilas au village, mais tu vois bien où nous en sommes !

Alberta égrenait son chapelet, dont les perles ivoire tranchaient sur le bois sombre de la table. Elle portait une robe noire ; ses cheveux étaient coiffés en chignon bas.

— Notre famille s'est disloquée sous l'effet d'une odieuse tempête, bien pire que toutes les tempêtes d'hiver. Emma repose au cimetière. Lauric et toi, vous avez appris la vérité sur mon mariage et sur votre père. Quant à Jacinthe, elle a payé cher les conditions de sa naissance. Il n'y aura plus de repas en famille ni de chansons pendant le temps des fêtes.

Sidonie essuya ses mains, couvrit la marmite et vint s'asseoir en face de sa mère. Elle estimait avoir l'âge de discuter en adulte du nouveau drame qui les frappait.

— Maman, sois franche. Si tu haïssais papa à ce point, pourquoi avoir vécu avec lui et dormi près de lui tout ce temps ? Dans quelles conditions sommes-nous venus au monde, mon frère, moi, Emma et les petits que tu as perdus avant leur terme ?

— Dans la résignation, Sidonie, l'acceptation de mon sort. Champlain m'aimait, ça, je n'en ai jamais douté. Il implorait souvent mon pardon. J'en venais à le supporter. Enfin, je te parle des premières années de notre mariage. Par la suite, il s'est enfermé dans la colère et j'ai commencé à le craindre. Son ressentiment n'était pas tourné vers moi, mais vers vous. Mon Dieu, le jour où Jacinthe s'est blessée au front parce qu'il l'avait brutalisée, j'ai rêvé de partir avec vous, mes enfants, pour ne plus craindre les fureurs de cet homme.

— Mais aujourd'hui il n'a pas osé s'en prendre à toi malgré tout ce que tu lui as dit.

— Il a eu honte, tellement honte ! Je l'ai dénoncé devant vous. J'ai fracassé son image d'homme honnête et irréprochable.

Des larmes coulaient sur les joues d'Alberta. Sidonie sortit son mouchoir de la poche de son tablier et les essuya.

— Tu as été très courageuse, maman ! Je t'en supplie, nous devons peut-être faire semblant pour tenir bon et continuer à vivre sur nos terres. Ce sera bizarre, si papa loge des années dans la remise à bois. Lauric a transporté un lit pliant là-bas et un réchaud à alcool, mais que diront les voisins ? Que dira le curé ?

— J'y réfléchirai, ma fille. Tu as raison, il faut sauver les apparences. Si tu couchais dans ton atelier, je pourrais occuper ta chambre. Plus tard, pas ce soir ni demain.

— Écoute, une voiture arrive sur le chemin ! s'écria Sidonie en bondissant de sa chaise. Seigneur, ces gens vont s'enliser ! L'eau a baissé, mais il y a tant de boue !

Elle regarda par la fenêtre. Comme elle l'avait prévu, une automobile s'était immobilisée à une trentaine de mètres de la ferme, et les roues arrière patinaient, prisonnières de la terre spongieuse. Une femme descendit du véhicule noir, vite imitée par le conducteur.

— C'est Jacinthe et Pierre Desbiens. Maman, qu'allons-nous lui dire ? Comment expliquer pourquoi papa n'a pas le droit d'entrer chez nous ?

— Va donc la chercher ! N'aie pas peur, Sidonie. Dehors, Lauric s'était déjà précipité à la rescousse de Pierre. Après avoir étudié la position de la Ford, il cria :

— Remets-toi au volant, je vais te pousser. Écarte-toi, Jacinthe, sinon ta jupe sera tachée.

— Je ferais mieux d'appeler papa, il ne doit pas être loin, hasarda-t-elle.

— Non, ce n'est pas la peine de le déranger, la coupa son frère avec une étrange précipitation. Va nous attendre sous le hangar. Tu aurais dû prévenir !

— Je n'ai pas pu : les lignes téléphoniques ne sont pas encore réparées. Et je vous avais dit que je serais là dimanche...

Jacinthe entra dans la cour de la ferme, rassurée de revoir les fenêtres éclairées et la fumée monter de la cheminée. Sidonie apparut en robe grise et tablier bleu, les cheveux tressés. Elle dévala les marches glissantes, courut vers sa sœur et l'étreignit avec effusion.

— Tu me manquais, Jacinthe. Comme je suis contente que tu sois là ! chuchota-t-elle à son oreille. Je dois t'avertir, maman a trouvé la lettre d'Emma. J'ai cru qu'elle avait perdu la raison pour de bon, mais non. Elle était furieuse, seulement furieuse après papa. Et elle lui a interdit de franchir le seuil de la maison. Il va passer la soirée et la nuit dans la remise à bois.

— Vraiment ?

— Oui. Moi, j'ai pu raconter à maman tout ce que je savais.

— Je suis soulagée qu'elle soit enfin au courant. C'est mieux ainsi. Mon Dieu, comme elle doit souffrir ! J'ai hâte de l'embrasser. Sido, j'ai quitté l'hôpital. Je reviens pour de bon à Saint-Prime, chez nous. Viens, je t'expliquerai ce soir, pas maintenant. Crois-tu que je peux inviter Pierre à souper malgré ce qui s'est passé avec papa ?

Stupéfaite, Sidonie s'inclina, fascinée par les traits sublimés de sa sœur aînée et la douceur de son regard bleu-vert.

— Bien sûr, il y a de la soupe aux pois. Préviens-le quand même, dis-lui que nos parents se sont querellés assez sérieusement.

*

Alberta accueillit Pierre avec gentillesse. À ses yeux, il demeurait l'adolescent en quête d'une mère pour qui elle gardait toujours une part de gâteau en prévision d'une de ses visites. Réconforté par la présence de son grand ami, Lauric en oublia de surveiller son père, dont la docilité et l'abattement l'inquiétaient. Mais Sidonie, qui partageait ses craintes, se rendit trois fois à la remise sous le prétexte d'apporter à son père un bol de soupe, du pain et enfin un édredon.

— N'aie pas peur, ma fille, lui dit Champlain une fois couché sur son lit de fortune. Je ne vais pas me pendre. Il n'y aura pas deux suicides dans la famille. Alberta s'est tuée pendant vingt-trois ans ; elle a bien le droit de se venger. Demain, je ramène nos bêtes ; il faudra bientôt les tondre. Je suis sur mes terres, peu importe où je dors.

Sidonie embrassa son père sur le front. Elle était incapable de lui témoigner de la froideur ou du mépris. Cet homme l'avait protégée de sa naissance à ce terrible mois de mai 1928.

Il était neuf heures et demie quand Pierre prit congé. Jacinthe l'accompagna jusqu'à sa voiture. Tous deux levèrent le nez vers le ciel d'un bleu profond piqueté d'étoiles.

— Comme c'est beau, s'extasia-t-elle. Il n'y a presque plus de nuages. Regarde, là, à l'est, la lune qui vient presque tout juste de se lever. Elle sera pleine demain. Pas étonnant que le noroît se soit levé et qu'il ait chassé le mauvais temps ! C'est comme si la page était tournée.

En guise de réponse, il l'enlaça et baisa ses lèvres avant de dire tout bas :

— Je tiendrai ma promesse ; je t'emmènerai à Saint-Jérôme dès que tu le souhaiteras. Tu peux m'écrire chez mon père, à Saint-Félicien.

— Merci. Je n'ai pas le choix, je dois comprendre ce qui s'est passé. Sinon, je n'oserai jamais être heureuse, vraiment heureuse.

Pendant le trajet de Roberval à la ferme, elle lui avait parlé de la domestique du docteur Murray, dont la confidence formulée en sourdine confirmait ses soupçons au sujet du médecin. Lui, de son côté, avait évoqué la pénible visite de Lucien Gagné afin de lui prouver que la blonde Elphine était bien sortie de sa vie.

Après le départ de Pierre, une étrange soirée commença, sous le toit des Cloutier, entre le ronronnement du poêle gorgé de bûches et le murmure des conversations. On veilla tard. Les visages étaient pâles à cause de la tension extrême que suscitait la moindre parole, le moindre aveu.

Alberta écouta avec courage le récit de Jacinthe. Certains mots la faisaient trembler, d'autres ranimaient sur ses traits une expression de haine. Souvent, elle portait une main à son cœur comme pour le protéger, l'exhorter au calme. Sidonie et Lauric connurent la même épreuve quand il fut question du beau docteur de Saint-Jérôme. Combien de fois le prénom d'Emma résonna-t-il dans la pièce, nul ne songea à en faire le compte ; cependant, au fil des heures, la jeune défunte reprenait sa place à la table familiale. Son ravissant visage les obsédait tous, comme l'écho de son rire en grelot et de sa voix légère. Emma n'était plus ce corps enseveli, captif d'un cercueil, mais une créature toute-puissante dont l'image dansait sur le lac, dans l'ombre de la cour.

— Je suis bien coupable, moi la première, déclara Sidonie alors que le clocher de Saint-Prime sonnait les douze coups de minuit. Maman, je voulais tant t'épargner des soucis et du chagrin que je couvrais de mes mensonges les incartades d'Emma. Elle ne supportait pas d'être privée de liberté, même à quinze ans. Je m'arrangeais pour qu'elle puisse aller au bal ou courir la campagne avec le garçon de son choix.

— Je n'étais pas aveugle, avoua Alberta. J'avais deviné que mon joli papillon ne craignait pas de se brûler les ailes à tous les feux. J'ai des torts moi aussi, Sidonie. J'ai fermé les yeux sur ses désobéissances, sa soif de distractions et de plaisirs, peut-être à cause de ma propre jeunesse qui a été si triste.

Jacinthe reçut à cet instant un regard insistant de sa mère, plein de remords et de regrets. Elle avait rarement bénéficié d'un tel regard et elle en frémit tout entière.

— Donne-moi ta main, ma grande, ma chérie, soupira Alberta. Tu as bien du courage, bien de la volonté pour vouloir connaître la vérité sur la mort d'Emma. Aujourd'hui, j'ai vidé un abcès très douloureux qui m'empêchait de te prouver mon amour de maman. C'est fini, je te vois enfin, ma belle Jacinthe, et je vais pouvoir t'offrir de la tendresse et de l'amour. C'est une bonne chose que tu t'installes à Saint-Prime pour y poursuivre ton travail. J'en suis bien contente.

— Mais, maman, qu'est-ce que tu as ?

— Sidonie et Lauric comprennent, eux. Ce que je dois te dire, il faudra l'accepter et ne pas en souffrir. Nous souffrons suffisamment, déjà. Ma grande, je t'ai accablée d'une croix que tu n'avais pas à porter.

Tremblante et en larmes, Alberta confessa à son aînée l'odieux secret de sa naissance, mais sur un ton posé, sans cris de rage ni sanglots de dégoût.

— Ah ! c'était donc ça ! fit simplement la jeune femme quand sa mère se tut.

Le silence s'éternisa autour de leurs doigts entrelacés qui exprimaient leur commune détresse.

— Je suis désolée pour toi surtout, ajouta Jacinthe. Maman, tu aurais dû me l'avouer bien plus tôt. Je me suis souvent interrogée sur ce que j'avais de différent pour être punie et réprimandée bien davantage que mon frère et mes sœurs. Papa s'est très mal conduit, je te l'accorde, mais tu aurais dû te révolter, à l'époque, te plaindre à tes parents ou aux siens. Pourquoi t'es-tu pliée aux convenances ?

— Je me croyais coupable, peut-être, d'avoir mis une robe neuve, d'avoir ri et dansé plus que les autres filles, confessa sa mère. Et, bien que contre mon gré, j'avais trahi celui dont je rêvais pour fiancé. Je me sentais salie, indigne de lui. J'ai préféré épouser Champlain.

— Ma pauvre maman, c'est affreux ! déplora Sidonie.

— Tu n'aurais pas dû te sacrifier, renchérit Lauric. Moi qui respectais mon père ! Il est salement tombé de son piédestal.

Il était rare, dans une famille catholique où la pudeur bridait les sentiments, de discuter aussi franchement. Mais Jacinthe était soulagée, car elle tolérait mal la soumission à une moralité parfois hypocrite. Elle était la seule qui avait vécu loin de Saint-Prime, ses études d'infirmière l'ayant plongée dans l'animation de la grande ville de Montréal, où, par la force des choses, elle avait côtoyé la misère humaine et des individus de toutes les classes sociales. Il en résultait une certaine ouverture d'esprit, une manière de réfléchir plus neuve.

— Tu devrais pardonner à papa, si tu le peux, argumenta-t-elle à la surprise générale, même si c'est difficile, même si sa conduite de jadis te révolte comme elle me révolte moi-même. Personne d'entre nous n'a jamais manqué de rien grâce à son travail acharné. Il a été ton compagnon toutes ces années. S'il nous a fait promettre de te cacher le suicide d'Emma, c'était pour te préserver, sans doute pour que tu gardes une image parfaite de notre petite sœur.

— C'est sûrement ça, maman, insista Sidonie. Et nous étions d'accord, tous les trois.

— Vous vous trompez, mes enfants, trancha Alberta d'une voix ferme. Champlain a trouvé là un moyen de hurler sa colère aux responsables des inondations. Un suicide motivé par la honte, par le dépit amoureux n'aurait guère intéressé la presse. Votre père a rencontré un journaliste de Québec, avant-hier, au *Grand Café*. Il lui a fourni une photographie d'Emma et il a craché sa rancœur, sa douleur de voir ses précieuses terres dévastées par les inondations. Il n'a que ça en tête ; il ne pourra pas ensemencer ses champs, et les prairies donneront moins de foin. Seigneur, pourquoi Emma n'est-elle pas venue me parler, à moi seule ? Je l'aurais aidée de n'importe quelle façon. Elle serait encore vivante. Seigneur, Sainte Vierge Marie, faites un miracle, ramenez-moi ma petite fleur, mon rayon de soleil !

Bouleversés, ils la virent se lever brusquement et joindre les mains à hauteur de sa bouche. Un long frisson la secoua, tandis qu'elle effleurait du front le crucifix suspendu au mur, dans l'attitude d'une pleureuse antique.

— Allons nous coucher, dit Lauric. Je me lève tôt. Viens, maman, montons. Au moins, tout ce malheur aura servi à quelque chose. Il n'y a plus de secrets ni de mensonges dans notre famille.

Jacinthe, épuisée par tant d'émotions conjuguées, baissa la tête sous le regard perspicace de Sidonie. Leur frère faisait fausse route, car il ignorait, à l'instar de ses parents, que Pierre et Emma avaient entretenu une liaison durant quelques mois.

« Pierre que j'aime de tout mon être, Pierre qui sera mon mari ! Mon Dieu, ayez pitié, pardonnez-lui, pardonnez-moi ! » Paupières mi-closes, elle pria avec passion. Apitoyée, sa sœur lui caressa les cheveux et la joue.

— Personne n'a besoin de le savoir, chuchota-t-elle à son oreille. Hier, j'aurais peut-être pensé autrement, mais tu as droit au bonheur, Jacinthe, et, ton bonheur, c'est Pierre. J'ai vu comment il te regarde. Tu es l'unique femme qui compte pour lui.

— Sido chérie, merci, merci ! Grâce à toi, je n'ai plus peur de rien.

*

Il était six heures. Une boule de feu d'un or pourpre se reflétait dans les eaux assagies du lac. Le ciel bleu pâle s'ornait d'écharpes de nuages aux teintes mauves, liserés d'une clarté éblouissante.

Alberta et ses filles contemplaient la somptueuse aurore que leur offrait ce beau matin de printemps. Le coq des voisins chantait, perché sur le toit du poulailler ; des chiens aboyaient du côté du village. À ce concert familier répondirent bientôt des bêlements, le martèlement continu de menus sabots sur le chemin.

Le troupeau de la famille rentrait au bercail. Le bélier trottait en tête en faisant tressauter son collier équipé d'un grelot. Derrière lui se pressaient les brebis, les agneaux au frêle timbre chevrotant et les moutons nés l'année précédente. L'odeur forte de suint imprégnait l'air frais. Le vieux Carillon poussa un hennissement de joie, comme s'il appréciait à sa juste valeur le retour de ses compagnons. Le quotidien reprenait ses droits. Avec la chaleur et le soleil, l'herbe repousserait et les arbres revêtiraient leur ramure d'été.

— Maman, ne pleure pas, supplia Sidonie. Le temps réparera nos blessures. Regarde, Lauric nous fait signe.

Sa mère agita la main pour répondre au jeune homme. Mais elle fixait la haute silhouette de son mari, qui fermait la marche avec la mine contrite d'un pénitent. La haine sourde cultivée soigneusement depuis leurs noces forcées se dissipa, affaiblie par une nuit de prière et de larmes libératrices.

Alberta savait qu'un jour prochain Jacinthe épouserait Pierre Desbiens et que le couple lui donnerait des petits-enfants à chérir. Quand ils auraient trouvé quelqu'un à aimer, Lauric et Sidonie sauraient rompre le lien particulier qui les unissait, et d'autres petits-enfants adorés viendraient gambader dans la cour de la ferme, sur la plage toute proche. Champlain avait mal agi, mais c'était qu'il était fou d'amour pour elle, malade de désir. L'homme qu'elle aurait voulu comme mari était mort à Verdun, en France, engagé volontaire dans l'épouvantable guerre mondiale qui s'était achevée dix ans auparavant.

— Jacinthe, soupira-t-elle, va donc dire à ton père qu'il vienne boire le café avec nous. Tu as raison : pourquoi chasser de la maison un fidèle compagnon ?

La jeune femme courut vers la masse mouvante du troupeau. Elle songeait que le monstre des anciennes légendes, Ashuaps, s'était rendormi au fond du grand lac, qu'il laisserait en paix pendant quelques décennies les malheureux humains vivant sur les rives de son domaine.

*

Saint-Prime, même jour, l'après-midi

Sidonie et Jacinthe observaient d'un œil critique la bâtisse abandonnée et décrépite qui se dressait entre le coquet logement des Drujon et la maison de leur grand-père. Des rosiers sauvages végétaient le long de la barrière en piteux état.

— Je n'ai pas osé y entrer, l'autre jour, quand l'idée m'est venue, expliqua la jeune couturière. Mais on peut la visiter. Personne ne trouvera à redire.

— Il faudrait surtout trouver le propriétaire, si on décide de la louer, répliqua sa sœur. Sido, ne sois pas vexée, je crois que maman va avoir besoin que nous habitions sous le même toit qu'elle pendant plusieurs mois.

— Pourtant, tu as décidé de t'installer comme garde à Saint-Prime à cause de la mort d'Emma. Nous ne serons pas loin de chez nous. Rien ne nous empêche de souper là-bas et d'y coucher après avoir passé la journée ici.

— Tu oublies une chose. Les gens qui feront appel à mes services doivent me trouver au même endroit la nuit comme le jour. S'ils doivent faire le déplacement jusqu'à la ferme, ils ne seront pas contents, surtout en plein hiver. Viens, entrons.

Elles traversèrent le jardin et s'aventurèrent sur le perron couvert d'un large auvent, à l'instar des constructions de la région. Ayant ouvert la porte, Sidonie s'aventura la première dans un large vestibule. Le sol était tapissé d'une couche de poussière et de particules de feuilles mortes. La disposition des pièces n'avait rien d'original. D'un côté, sur leur droite, une grande cuisine devait servir de salle à manger ; à gauche, c'était un tout aussi grand salon. L'air renfermé empestait l'humidité et les moisissures.

— C'est encore meublé, murmura Jacinthe, sidérée. Après un grand ménage et en aérant une bonne semaine, on pourrait s'établir ici très vite. Nous aurions toute la place nécessaire.

— Oui, je ferais du salon mon atelier de couture. Il y a déjà un grand miroir pour les essayages.

— Moi, la cuisine me conviendrait. J'achèterais un paravent qui isolerait la table d'examen. Mais je repeindrais tout en blanc et jaune.

Elles gardaient un vague souvenir de ceux qui avaient résidé là, mais c'était du temps où elles étaient élèves à l'école des sœurs, dans le couvent de Saint-Prime. Alberta leur interdisait de traîner sur le chemin, à l'aller comme au retour. Les quatre enfants Cloutier rendaient visite à leurs grands-parents uniquement le dimanche après la messe. Ils déjeunaient rue Laberge et s'intéressaient plus au gâteau à la crème du dessert qu'aux voisins.

— L'étage, maintenant ! s'écria Sidonie, ravie de voir Jacinthe enthousiasmée par son projet.

Elles parcoururent quatre chambres, où on avait laissé des lits à barreaux, des armoires et des commodes à dessus de marbre. Des vestiges en lambeaux de rideaux grisâtres pendaient aux fenêtres. Un cabinet de toilette occupait une partie du palier.

Curieuses, elles montèrent jusqu'au grenier, que l'on rejoignait par un escalier étroit et très raide. Une petite fenêtre était restée béante, et le plancher, aussi sale qu'au rez-de-chaussée, avait pris l'eau.

— On a une belle vue sur le lac, sur notre ferme et sur celle des Thibault, constata Jacinthe.

— Oui, en grimpant ici, on pourrait faire signe à maman si elle se tenait sur notre perron, admit Sidonie. Alors, qu'en penses-tu, grande sœur ?

— C'est l'endroit parfait. Viens, il faut interroger grand-père. Il saura sûrement à qui s'adresser.

11

Théodore Murray

Saint-Prime, rue Laberge, dimanche 3 juin 1928

La théière fumait sur la table de la cuisine. Ferdinand Laviolette avait tenu à disposer lui-même trois tasses, le sucrier en verrerie rose et la boîte de biscuits.

— Vous êtes gentilles de me rendre visite, déclara le vieil homme en contemplant tour à tour chacune de ses petites-filles.

— Tu vas te sentir bien seul, maintenant que nous sommes retournées à la ferme ! s'inquiéta Sidonie.

— J'ai l'habitude, ma petite. La maison me paraît triste, mais ça ne date pas d'aujourd'hui. Votre grand-mère et moi, nous avons été si heureux ici ! Je n'ai touché à rien ; j'ai conservé toutes ses affaires, si bien que j'ai l'impression qu'elle est encore là. Et puis, j'ai de bons voisins. Figurez-vous que je les appelle par leur prénom ; ils ont insisté, ce matin. Franck m'a prêté des journaux français de l'an dernier, où il y a des mots croisés. Si vous saviez comme ça m'occupe bien la tête. Pendant que je cherche les solutions, je ne pense pas trop à notre Emma. Enfin, tu es de retour, Jacinthe ! Quand Lauric m'a appris la nouvelle, ce matin, j'ai été surpris. Mais il m'a dit aussi que tu avais quitté ton poste à l'hôpital de Roberval sur un coup de tête. Dis, ce n'est pas très correct ! Je croyais que tu patienterais un peu.

— J'avais besoin de changement, pépère, mentit-elle. C'était difficile, de rester là-bas loin de vous tous. La mère supérieure l'a compris. Je serai vite remplacée. C'est seulement arrivé plus tôt que prévu. À ce propos, je comptais rencontrer le maire, demain, car il pouvait me proposer un local, mais Sidonie et moi avons eu une idée, celle de louer la maison d'à côté.

Ferdinand fronça les sourcils, l'air contrarié. Sans faire de commentaire, il servit le thé. Ses mains tremblaient.

— Qu'est-ce que tu as, grand-père ? s'alarma Sidonie.

— J'espérais parler d'autre chose avec vous deux, parce que je me tracasse beaucoup, voilà ce que j'ai, bougonna-t-il. Il ne faudrait pas oublier la mort de votre sœur. Je le disais à mes voisins : il y a du louche dans cette histoire. On m'a pas demandé mon avis. Pourtant, je le donnerais bien, astheure.

— Nous t'écoutons, dit Jacinthe, troublée par la mine déterminée du vieil homme.

Sa sœur et elle sursautèrent quand il tapa du poing sur la table.

— Ce n'est peut-être pas un accident, asséna-t-il. Il aurait fallu prévenir la police de Roberval quand ce niaiseux de Pacôme l'a retrouvée. Pourquoi donc elle se serait noyée, elle qui nageait mieux que personne ? Calvaire, je ne suis ni gâteux, ni sourd, ni aveugle. Hier, votre mère sort d'ici en chemise de nuit, les pieds nus, et elle part en courant, en hurlant des insultes à votre père qui était à la ferme, lui. Alberta tenait une feuille de papier. Mais toi, Sidonie, quand tu es passée l'après-midi, au retour du magasin général, tu ne m'as rien dit, rien expliqué. Seigneur, quel malheur d'être vieux ! Si j'avais mes jambes de vingt ans, je fouinerais partout, je parlerais avec les gens du village, avec la mère de Pacôme, par exemple. Jacinthe, Brigitte t'a rapporté le sac d'Emma ; j'étais là, à cette table. Champlain a débité des niaiseries, mais je n'y ai pas cru. Qu'est-ce qu'on me cache ?

Les deux sœurs échangèrent un regard ennuyé. Sidonie tenta une diversion :

— Nous t'en parlerons, grand-père, c'est promis. Pour l'instant, nous voulions surtout te demander à qui appartient la maison d'à côté. Jacinthe et moi, nous pourrions la louer. J'ouvrirais mon atelier de couture et elle installerait sa clinique. Tu nous aurais à portée de main et, à bicyclette, nous serions vite à la ferme.

Bizarrement, Ferdinand esquissa un sourire, et ses traits se radoucirent.

— La maison d'à côté ? Elle appartenait à une femme que les gens de Saint-Prime surnommaient la belle Anglaise, une institutrice. Toutes les maisons de la rue Laberge ont été construites après le grand feu de 1870. Mes pauvres petites, il vaut mieux avoir chaque année des inondations comme celles que nous venons d'endurer, plutôt qu'un feu pareil. La grande municipalité de Roberval, qui comprenait Saint-Prime, Saint-Félicien, Chambord et Roberval, donc, a été la plus éprouvée. Il ne restait qu'une cinquantaine d'habitations ; cent cinquante familles sur deux cents n'avaient plus de toit. J'ai vu des scènes épouvantables, de quoi blanchir avant l'âge. Des moutons enflammés couraient droit devant eux, tout le monde se ruait vers l'eau pour s'envelopper de broussailles humides ou se percher sur des troncs d'arbre. C'était au mois de mai, aussi, le printemps était sec, trop sec. On brûlait les abattis, mais la forêt était encore toute proche, à cette époque. Le vent du nord s'est levé. Il y avait eu avant une pluie sulfureuse, dont l'odeur se répandait partout, et la région s'est couverte de flammes. Le feu avançait à la vitesse d'un cheval au galop.

— Mon Dieu ! dit Sidonie en frissonnant.

— Pourquoi tu ne nous as jamais raconté ça, pépère ? demanda Jacinthe.

— Je ne voulais pas vous effrayer. Votre grand-mère et moi, nous avions tant de souvenirs abominables de ce grand feu ! Il fallait oublier ces images de fin du monde, les hurlements de ceux qui brûlaient vif. Cinq morts à Chambord et des enfants devenus infirmes, des cas de folie par la suite ! Toutes les provisions étaient détruites, le linge, les outils, le bois de chauffage. Même l'île de la Traverse s'est enflammée à cause des escarbilles incandescentes que le vent emportait. Il y a eu un grand mouvement de solidarité, ensuite. Ceux qui avaient été épargnés ont distribué du grain et de la nourriture, partagé le linge de maison et les vêtements. Moi, j'ai ramassé un lièvre rôti à point entre deux souches fumantes, je l'ai mangé avec mon frère et Olympe. Elle avait seize ans, votre grand-mère, et j'en avais vingt.

— Vous étiez déjà fiancés ? s'enquit Jacinthe.

— Non, nos parents étaient voisins. Les Savoie, une vieille famille d'Acadie, venaient d'arriver dans le pays. Ils avaient acheté de la terre ici après avoir quitté Québec.

Assoiffé, Ferdinand but quelques gorgées de thé tiède.

— Mais pourquoi est-elle vide, maintenant, la maison d'à côté ? insista Sidonie, intriguée.

— Un couple l'a occupée pendant la guerre. Le mari travaillait à la fromagerie, alors que la femme plantait des légumes et jardinait. Ils avaient trois enfants, des garçons. Ils ne se plaisaient pas ici. Ils sont partis je ne sais où.

— Je me souviens vaguement d'eux, concéda Jacinthe. Qui a pris la suite ?

— Un autre couple qui n'avait aucune famille. L'homme et la femme sont morts tous les deux à l'hôpital de Roberval de la phtisie, débita le vieil homme d'un ton morne. Tout est resté, même des meubles que personne n'a récupérés.

— Mais, tous ces gens, ils la louaient bien à quelqu'un. Pépère, si ta belle Anglaise est toujours la propriétaire, nous pourrions lui écrire.

— Le maire doit savoir où elle vit, peut-être le curé, aussi. Miss Susan Wallis ! Votre grand-mère en était un peu jalouse, au début de notre mariage, quand nous sommes devenus voisins.

Pris de nostalgie, Ferdinand eut un sourire mélancolique, qui s'effaça vite, cependant.

— Si on causait d'Emma, maintenant ! reprit-il. Vous me faites placoter en l'air. Je me doute que ça vous occupe l'esprit, vos jolis projets. Seulement, votre sœur, il n'y a même pas une semaine qu'elle dort au cimetière. Il ne faudrait pas lui manquer de respect, et c'est un peu ce que vous faites.

Il tapa encore sur la table du plat de la main. Les deux jeunes femmes découvraient soudain un autre visage de leur grand-père. Derrière ses traits affaissés et ses rides, l'homme de jadis se devinait à l'éclat de ses yeux clairs et à son expression volontaire.

— Nous avons beaucoup de chagrin, plaida Sidonie. Hélas, Jacinthe et moi, nous connaissions mieux Emma que toi. Les conditions de sa mort sont bizarres. Comment te le dire ?

Voyant sa sœur hésiter, les joues rouges de confusion, Jacinthe lui fit signe de se taire. Elle se pencha un peu et darda son regard turquoise dans celui de Ferdinand.

— Tu as le droit de tout savoir, grand-père. Alors, écoute bien, ce n'est pas facile à expliquer. Tu risques d'être choqué.

— Parle donc ! trancha le vieillard. Je ne suis pas en sucre, ma chère petite !

*

Jacinthe trouva Matilda occupée à étendre sa lessive. Elle avait frappé en vain à la porte restée entrouverte avant de contourner la maison, le jardin et deux petits bâtiments en bois qui se trouvaient à l'arrière.

— Doux Jésus, j'ai de la visite, une bien plaisante visite, ma foi ! s'écria la robuste sexagénaire. Approche, j'ai presque fini.

— Je vais vous aider.

— Je veux bien, mais fais-moi plaisir, arrête un peu avec tes « vous » cérémonieux. Je pourrais être ta grand-mère, vu mon âge. Il faut me tutoyer.

— Excusez-moi…, excuse-moi, c'est une manie prise à l'hôpital avec les malades.

Une pince à linge entre les dents, Matilda approuva de la tête. Elle se baissa pour prendre dans une large panière deux taies d'oreiller. Jacinthe, elle, s'empara de plusieurs mouchoirs. Ils étaient tous à carreaux gris et beiges, hormis un plus petit, aux motifs fleuris et au liseré d'un vert printanier.

— Pacôme l'a oublié chez moi, celui-là. J'avais hâte de te revoir pour t'en parler. Il a mangé ici, lundi dernier. Comme il s'est essuyé le bec avec, je l'ai interrogé. Ce mouchoir, à l'en croire, il l'a pris dans le sac de ta sœur. Mais il a dit aussi que ta sœur pleurait. J'avais le cœur qui sautait d'émotion. Seulement, avec lui, comment savoir ? Il a pu voir Emma pleurer bien avant ce drame. Hélas ! il n'a pas voulu dire où il a trouvé le sac. Là-dessus, sa mère est arrivée en faisant presque un scandale, comme si j'avais enlevé son enfant.

— Mon Dieu, il avait gardé son mouchoir, murmura Jacinthe d'une voix faible en retournant le carré de soie entre ses doigts. Matilda, la fureur du lac s'est apaisée et les eaux se retirent, mais, dans ma famille, la tempête continue et elle n'est pas près de se calmer. J'ai appris certaines choses sur Emma.

— As-tu le temps de me parler ?

— Oui, bien sûr, j'ai besoin de tes lumières.

Le terme fit rire Matilda. Elle cala la panière sur sa hanche et entraîna sa visiteuse vers la maison. À l'intérieur, une bonne odeur de légumes qui mijotaient les accueillit, ainsi qu'un joyeux désordre. Un chat noir somnolait sur le divan et un fagot barrait le passage entre le fourneau et la table.

— Je suis allée me promener, cet après-midi, déclara la maîtresse des lieux en guise d'excuse. Je voulais voir de mes yeux la décrue et trouver quelques plantes. Avec ce beau soleil, la nature reprendra ses droits. Veux-tu un verre de caribou, ou du thé ?

— Du caribou. Ça me donnera du courage.

Elles s'assirent dans le clair-obscur complice de la pièce éclairée par une unique fenêtre que l'église couvrait de son ombre.

— Tout à l'heure, commença la jeune femme, Sidonie et moi avons raconté à grand-père la vérité sur Emma. Il était en colère, il ne croyait pas à un accident. Il jugeait stupide de ne pas avoir prévenu la police. Malgré tout ce que je lui ai expliqué, il a conclu qu'elle s'était suicidée. Il s'en tient à la lettre d'adieu et à son désespoir d'être enceinte… Enfin, tu connais l'histoire. Il estime papa responsable de tout et ça ne m'étonne guère depuis que je sais ce dont il est capable. Mais s'il n'y avait que ça !

En pleurs, reprise par une sourde anxiété, Jacinthe confia à Matilda les événements de la veille, son entretien avec le docteur Théodore Murray et les révélations d'Alberta. Elle termina en évoquant Pierre Desbiens, leurs retrouvailles, leur amour renaissant et son retour définitif à Saint-Prime.

— Si vous avez échoué sur l'île aux Couleuvres, ce n'était peut-être pas un hasard, fit remarquer Matilda, l'air rêveur. Certains prétendent que ce morceau de terre abrite de mauvais esprits, mais je n'en crois rien. Il vous a réunis. J'en suis bien contente, ma belle. Ne laisse pas le chagrin brider ton bonheur. Le drame qu'a vécu ta mère jadis ne doit pas t'empêcher d'être heureuse. Sais-tu, j'ai toujours perçu un mystère, autour de Champlain et d'Alberta. Et cet homme-là, ton père, il vivait dans la honte et la colère. Maintenant, l'abcès est crevé. Tu sais à quoi t'en tenir sur ta naissance et tu dois aller de l'avant. Au fil des jours, tu souffriras moins ; tu seras libérée.

— Pas tant que j'aurai un doute, soupira Jacinthe.

— Pour ce docteur, que comptes-tu faire ?

— Je dois retourner le voir. J'espère qu'il aura le cran d'avouer ses torts et de nous demander pardon, à moi et à ma famille. Il ne sera pas le premier homme marié à tromper son épouse ou à séduire une jeune femme. Mais de la rejeter, de l'abandonner parce qu'elle porte un enfant, c'est ignoble. Je voudrais au moins qu'il ait des remords.

Matilda se servit un deuxième verre de son caribou en observant Jacinthe qui tenait toujours le mouchoir d'Emma, à présent froissé et presque sec à force d'être trituré.

— Que cet homme ait des remords, ça ne te mènera pas loin, Jacinthe. Le nœud du problème... Ah ! monsieur le curé dit souvent ça, le nœud du problème. Le nœud, donc, c'est la lettre de ta sœur. Si tu comprenais pourquoi elle a écrit de sa main deux lettres où elle annonce son suicide, tu l'aurais, ta vérité. En as-tu parlé à ta mère et à Lauric, hier soir ? Je ne t'ai pas entendue le dire.

— Non, je n'ai pas osé leur en parler. Seul Pierre est au courant, et toi, maintenant. C'était déjà tellement pénible, nos discussions !

— Tu dois le leur avouer, même à ton père. Plus nous serons nombreux à nous creuser la cervelle, plus nous aurons une chance de trouver la réponse. Et, je suis d'accord avec ton grand-père, il fallait signaler le décès d'Emma à la police.

— Matilda, je ne pouvais pas concevoir que le corps de ma sœur subisse une autopsie. J'ai peut-être eu tort, mais tant pis. Au fond, ce serait plus simple d'admettre son suicide, d'oublier ce médecin et de brûler le carnet et la lettre. Rien ne nous rendra Emma. À quoi bon brasser du vent ?

Le clocher sonna sept coups au timbre profond. Jacinthe se leva.

— Merci d'être là, Matilda. Pardonne-moi, je dois m'en aller.

— Si j'avais eu une fille, j'aurais aimé qu'elle te ressemble, ma belle petite. Reviens quand tu veux, puisque tu t'installes ici. Allez, va ! Moi, je dois porter sa soupe à monsieur le curé.

Jacinthe sortit à regret. Sur le seuil, elle hésita un instant et fit demi-tour.

— Matilda, pourrais-tu lui demander s'il connaît l'adresse de Susan Wallis ? Une très vieille dame, sûrement, propriétaire de la maison fermée, rue Laberge. Je reviendrai demain matin, au cas où tu aurais le renseignement. Sinon, j'irai chez le maire. Sidonie et moi, nous voudrions la louer et y aménager une partie en atelier de couture, l'autre en cabinet pour la garde Cloutier.

— En voilà, une bonne idée.

Elles se séparèrent dans la rue. Matilda suivit de son regard noir voilé de tendresse la gracieuse silhouette de la jeune infirmière. « Il faut qu'elle ait confiance en moi, ma belle demoiselle, pour me confesser les secrets de sa famille. Pauvre Alberta, je l'avais sentie, la douleur de son cœur, de son corps, qu'elle avait enfouie bien profond, toujours aimable, toujours dévouée ! songeait-elle. Elle devrait envoyer sa brute de mari au diable, mais elle lui pardonnera, ça aussi je le sens. Bien avant les premières neiges ! »

*

Saint-Prime, trois jours plus tard,
mercredi 6 juin 1928

Ce jour-là, Jacinthe reçut une première lettre de Pierre. Il lui parlait brièvement de ses activités du lundi et du mardi en indiquant qu'il prêtait secours aux gens de Saint-Méthode, car certaines familles étaient déjà de retour. Elle lut deux passages de la lettre à Alberta et à Sidonie.

Le rez-de-chaussée des maisons est le plus souvent dans un état lamentable, rongé par l'humidité et boueux. Les installations électriques, quand il y en avait, sont endommagées. Les femmes se lancent dans le grand nettoyage, avec l'espoir de pouvoir descendre leurs meubles du grenier, où certaines familles les ont entreposés. J'ai aidé les Plourde, dont le dernier-né a été baptisé Moïse, à réparer la clôture de leur poulailler, brisée par les vagues, comme l'a été une des cloisons de la grange. Madame Plourde te transmet ses amitiés et sa gratitude pour l'avoir veillée toute une nuit alors que les eaux montaient autour de son logement.

— C'est bien la dame qui a accouché dimanche dernier ? interrogea Sidonie.

— Oui, Antoinette Plourde. Le docteur Langelier lui avait suggéré d'appeler son fils Moïse et elle a suivi ses conseils, concéda Jacinthe avant de poursuivre :

[...] À Saint-Félicien, moins durement éprouvé que Saint-Méthode, la rivière paresse encore, comme si elle refusait de rentrer dans son lit. Les rues sont praticables, si l'on ne craint pas de salir

464

ses chaussures ou les jantes de sa voiture. Mon grand-père Boromée apprécie son séjour ici. Il se distrait en regardant les écoliers jouer dans la cour, à la récréation, depuis la fenêtre du logement.

Chacun veille à sauver ce qui peut l'être dans les potagers, mais, malgré le soleil revenu, la terre demeure gorgée d'eau et les cultivateurs du village sont indignés. Ils craignent de manquer de grain, de foin, de réserves pour l'hiver en général.

— La situation est partout la même, nota Sidonie. Il faut que le gouvernement dédommage les riverains. Il écrit bien, Pierre. Quand on est fils d'instituteur, on doit travailler davantage en classe !

Jacinthe fit une moue évasive. Alberta pencha la tête de côté, un sourire énigmatique sur les lèvres, en suspendant un moment son ouvrage. Elle avait remis en service son métier à tisser, le cadeau de noces que lui avaient fait ses beaux-parents. De taille modeste, la machine était rangée sous les combles depuis une décennie.

— J'ai filé beaucoup de laine, ces trois dernières années, mais nous n'en avons pas vendu, avait-elle dit à ses filles. Si tu ouvres ton atelier de couture, Sidonie, ce ne serait pas bête de proposer à la vente des foulards et des chandails tissés par mes soins. Nous aurons besoin du moindre sou, les mois prochains.

Toujours penaud, méconnaissable d'humilité, Champlain avait renchéri :

— Tu en as, dans la tête, Alberta !

— Le troupeau n'a pas souffert des inondations ; autant tirer profit de nos bêtes, avait-elle répondu sans accorder un seul regard à son mari.

— Faudra les nourrir, l'hiver prochain. Jactance pense comme moi, on n'est pas sûrs de faire assez de foin, cet été. Mes terres entre la rivière aux Iroquois et le lac sont devenues des marécages. L'herbe pourrit.

Le cultivateur se lamentait bien haut sur les dégâts qu'il avait subis. Il se posait en victime afin d'éviter d'être traité en bourreau par sa progéniture, désormais informée de ses méfaits passés. Toujours par souci de faire amende honorable, il avait télégraphié à la rédaction du *Progrès du Saguenay* pour empêcher la publication de l'article sur Emma, un papier qui aurait été illustré par un portrait de la jeune femme. La dépêche était arrivée in extremis, au grand soulagement de Jacinthe.

Quant à Lauric, il avait vu dans le comportement passé de son père l'opportunité de s'assurer un pouvoir sur cet homme dont l'autorité despotique lui pesait tant depuis son adolescence. Il clamait bien fort son avis sur l'état des semences, les parcelles à nettoyer, les agneaux à sevrer. Champlain hochait la tête, non sans taxer intérieurement son fils de jeune coq.

— Méfie-toi quand même, avait recommandé Sidonie à son frère jumeau.

— Quoi, je le méprise, je le déteste ! Comment vous pouvez le tolérer ici, chez nous, après ce qu'il a fait subir à maman ? Il l'a détruite par égoïsme.

— N'exagère pas, Lauric ! Nous lui devons la vie, à papa. Si maman en avait épousé un autre, on ne serait pas là, nous deux, et je suis bien heureuse de te connaître, moi.

C'était la veille au soir, sous le hangar. Sidonie avait voulu embrasser son frère sur la joue, mais il s'était retourné brusquement et leurs bouches s'étaient effleurées. Ils auraient pu en rire, mais ils s'étaient vite éloignés l'un de l'autre, gênés, pareils à des bandits se séparant après avoir commis un forfait.

*

L'après-midi, Jacinthe alla au bureau de poste. Elle avait répondu à Pierre pour lui dire à quel point il lui manquait et lui exprimer son espoir de le revoir très vite. Ce cri du cœur tracé d'une main tremblante faisait écho aux déclarations du jeune homme, qu'elle avait lues et relues plusieurs fois, seule sur le perron de la maison familiale. C'était, à la fin de la missive, des mots d'amour.

Ma chérie, tu es dans mes pensées du matin au soir, la nuit aussi. Je pense si fort à toi, à nous, que j'en deviens encore plus étourdi que jamais. J'ai hâte de t'emmener à Saint-Jérôme pour te revoir et t'embrasser. Dès que tu le jugeras bon, fais-moi signe.

La pudeur avait empêché la jeune femme de s'exprimer aussi librement, mais elle avait la conviction que Pierre saurait lire entre les lignes. Une autre lettre partait en direction de Québec à l'adresse de Susan Wallis, qui résidait là-bas, rue du Parloir, dans la haute ville, près du couvent des ursulines fondé en 1639, la plus ancienne institution d'éducation pour les femmes d'Amérique du Nord, comme l'avait précisé le curé à Matilda. « Pourvu qu'elle nous réponde rapidement, cette dame ! » se disait Jacinthe après voir vu les deux enveloppes jetées dans le sac postal en grosse toile beige.

Peu après, elle frappait à la porte du vieux docteur Fortin. En prévision de son entretien avec le médecin, elle avait choisi un corsage gris à manches longues et une jupe noire ; elle avait relevé ses cheveux en chignon.

Le notable reçut l'infirmière dans son cabinet d'examen. Assis derrière un bureau colossal en bois verni, il la laissa exposer son projet, la face impassible, ses lunettes au bout du nez.

— Ainsi, mademoiselle Cloutier, à peine diplômée, vous rentrez au bercail et vous voulez me faire concurrence ? Comme s'il ne suffisait pas que Matilda soigne la moitié de mes concitoyens en douce et gratuitement !

— Mais non, docteur, je pensais que je pourrais être utile, vous seconder en quelque sorte. J'ai rencontré monsieur le maire hier matin ; il était enchanté par mon projet. Cela dit, je ne veux en rien vous faire de l'ombrage.

— Vous êtes si jolie que ce serait difficile. Je vous taquinais, mon enfant. À soixante-douze ans, j'ai bien droit au repos, mon épouse me le répète souvent. Sans doute qu'un autre médecin viendra. Je me renseignerai à cet effet. D'ici là, je serai plus tranquille en sachant qu'une infirmière diplômée veille sur mes patients. J'espère que vous aurez vite la possibilité de louer une maison dans Saint-Prime. Dès que vous serez installée, prévenez-moi, je vous enverrai du monde. Vous aurez de quoi faire, dans le coin. Les naissances à n'importe quelle heure, les bûcherons estropiés, les brûlures, les rhumatismes. Je vous souhaite bonne chance, mademoiselle Cloutier. Jacinthe..., la varicelle en 1910, à cinq ans, une

bronchite en 1919. La mémoire fonctionne toujours, n'est-ce pas ?

Le docteur Fortin remit ses lunettes d'aplomb
et se pencha un peu vers elle.

— Nous avons perdu votre jeune sœur Emma.
Quel malheur ! J'étais absent le jour de l'enterrement, mais je l'ai examinée, chez Matilda, avant
la toilette mortuaire. J'avais la gorge serrée en
signant le permis d'inhumer d'une petite que j'ai
vue le lendemain de sa naissance, en plein hiver,
un hiver plus rude que de coutume.

— Quand je suis arrivée le samedi soir,
Emma était déjà dans l'église, balbutia Jacinthe.
J'étais épuisée ; je n'avais pas dormi depuis
vingt-quatre heures. À cause des inondations à
Roberval, l'hôpital était sens dessus dessous...
J'ignorais que c'est vous qui avez signé le permis
d'inhumer.

— C'est une formalité, hélas ! dont je me passerais.

— Et vous avez conclu à une mort par
noyade ? interrogea-t-elle tout bas.

— Oui, il n'y avait aucun doute, d'après mon
examen.

— Évidemment ! Quelle question ! Excusez-
moi, docteur. Je ne vous dérange pas davantage.
Docteur Fortin, je vous remercie de votre gentillesse, vraiment. Ah ! j'oubliais, j'ai encore une
question, si vous permettez. Connaissez-vous le

docteur Théodore Murray ? Emma l'a consulté à plusieurs reprises, puisqu'elle habitait Saint-Jérôme ces derniers mois.

— J'ai eu l'occasion de le croiser à Roberval, un soir, lors d'une réunion de notre ordre. Un brillant personnage. On m'a chuchoté à l'oreille qu'il avait travaillé dur pour devenir médecin, sa famille étant très pauvre. Mais il a fait un bon mariage, si bien qu'il a pu s'établir avec du matériel moderne. Vous me faites parler outre mesure, garde Cloutier. Dans notre profession, la discrétion s'impose. À bientôt, donc.

— À bientôt. Merci beaucoup, docteur.

Dans la rue, Jacinthe rejeta la tête en arrière pour se rassasier de l'azur lumineux. Elle se dirigea d'un pas alerte vers la maison de Matilda, à qui elle rendait visite à la moindre occasion. Mais, en franchissant le seuil, la porte étant ouverte, la jeune femme marqua un temps d'arrêt. Pacôme était assis à table et dévorait une portion de gâteau.

— Bonsoir, murmura-t-elle. Tu es seul ? Où est Matilda ?

Le simple d'esprit lui jeta un coup d'œil inquiet en avalant vite une dernière bouchée.

— L'est chez m'sieur le curé, grogna-t-il.

Mal à l'aise, Jacinthe prit place sur une chaise. Elle revoyait avec déplaisir la physionomie particulière de Pacôme, aux sourcils épais et au menton effacé. Les efforts de Brigitte Pelletier pour le tenir propre demeuraient vains. Hirsute, la moustache luisante, il avait les ongles noirs et une chemise crasseuse.

— Bon, le gâteau. Tu en voulais, toé ?

— Non, de toute façon, il n'y en a plus.

Il commença à se balancer de droite à gauche et de gauche à droite, la bouche ouverte. Jacinthe pensa encore une fois qu'il avait parlé à Emma avant sa mort. Enhardie par leur face-à-face, elle tenta à nouveau de le faire parler.

— J'ai quelque chose qui t'appartient, Pacôme. Tu l'as oublié ici. Regarde.

Elle sortit de la poche de sa jupe le mouchoir d'Emma, qu'elle avait précieusement gardé, lavé et repassé.

— Matilda m'a dit que c'était à toi. Je te le rends. Il est tout propre.

Pacôme fit non de la tête en grimaçant. Elle posa le mouchoir plié en quatre devant lui.

— J'le veux pas, l'est à Emma, la pauvre Emma, noyée, méchant lac. Et puis, y sent plus bon…

— Il sentait bon, avant ? Le parfum d'Emma ? C'était ma petite sœur, tu t'en souviens ? Pacôme, sois gentil, je voudrais savoir quand tu as vu Emma. Où était son sac, le joli sac blanc ? Tu as dit aussi qu'elle pleurait, ma sœur, mais quand ?

Il se passa alors un incident qui aurait pu être anodin. Très émue par sa propre question et les images qu'elle ravivait, Jacinthe fondit en larmes.

— Faut pas pleurer, bégaya Pacôme. J'suis gentil, moé, pleure pas... Si j't'e parle, faut rien dire à personne.

— À personne, assura-t-elle en priant pour que Matilda s'attarde au presbytère, car son retour couperait court à leur étrange conversation.

— Emma, elle est venue, en char... Le char, l'est reparti. Moé, je l'ai vue, Emma, elle allait vers le lac. Belle, Emma, je l'ai suivie. Après, on a parlé. Elle a ouvert le sac, elle a sorti les bonbons, mais j'en voulais, moé.

— C'est à ce moment-là qu'elle t'a dit que c'était de mauvais bonbons ? demanda doucement Jacinthe.

— Oui, marmonna-t-il en minaudant. Après, Emma, elle a dit que je parte, mais j'me suis caché chez Jactance.

— Te souviens-tu de l'heure ?

— J'avais déjà soupé. Maman, elle a même pas vu que j'sortais.

Pacôme pencha la tête, l'air excité. D'un geste rapide, il s'empara de la bouteille de caribou et but au goulot.

— Défendu, le vin.

Il ricana, l'air rêveur, et grappilla des miettes de gâteau dans son assiette.

— Qu'est-ce qu'elle faisait, Emma ? insista la jeune femme, malade d'impatience et de nervosité, un peu surprise de découvrir chez Pacôme une certaine vivacité d'esprit.

— J'sais pas, moé, mais elle a dit que je parte.

— Pacôme, je t'en supplie, que faisait-elle, pendant que toi tu étais caché ?

— Elle marchait près de l'eau. Vilain lac... Et puis un aut' char est venu. Un monsieur, même qu'il a couru, et il a pris Emma. Le joli sac, l'est tombé. Moé, je l'ai ramassé, et j'suis vite parti. Faut que j'rentre, astheure. Maman, elle s'fâchera, sinon.

Sans attendre de réponse, il se leva, renversa son siège et se rua dehors. Jacinthe l'appela, mais si faiblement qu'il n'entendit rien. Matilda fit son entrée, blême et les traits tirés. Elle avait emprunté la petite porte communiquant avec sa remise à bois.

— Je vous ai entendus, avoua-t-elle. Seigneur tout-puissant, qu'est-ce que tu vas faire, maintenant, ma belle ?

— Réfléchir, d'abord. Si j'essaie de traduire ce qu'a raconté ce pauvre Pacôme, Emma serait venue ici, à Saint-Prime, en taxi, ou avec quelqu'un qui l'a déposée. Son récit n'est pas clair. On peut penser que le taxi l'attendait...

Non, « un monsieur a pris Emma », ça signifie autre chose. Enfin, pour le sac, j'ai enfin une explication et je comprends pourquoi l'intérieur était bien sec.

— Je suis de ton avis. Sais-tu, Jacinthe, Pacôme, il a du mal à parler comme nous tous, mais il n'est pas si idiot que ça. La preuve, il a gardé son histoire plusieurs jours. Il aurait pu se taire encore longtemps.

— Pourquoi, selon toi ? Il n'a rien fait, il pouvait me répondre quand je l'ai interrogé, le soir des obsèques.

— Peut-être qu'il avait honte, ou qu'il avait peur à cause du sac à main d'Emma. Il aime bien récupérer des bricoles de-ci de-là, mais sa mère le dispute et le traite de voleur. Alors, il faisait le muet. En tout cas, petite, tu as réussi à lui délier le bec.

Matilda parlait sans entrain ni satisfaction. Elle s'assit pesamment et se servit du vin.

— Ça n'annonce pas du bon, cette affaire-là.

— Non, rien de bon, mais rien de précis non plus. Je m'en vais, je suis désolée. Ne m'en veux pas, Matilda. Demain matin, je prendrai le train avec Lauric. La voie ferrée est réparée, heureusement. Je dois voir le docteur Murray.

— Une minute, ne te sauve pas si vite. T'es-tu décidée à parler de cette drôle d'histoire de lettre, chez toi ?

— Je l'ai dit à Sidonie, qui a lu toutes les notes du carnet intime, aussi. Pour le moment, elle refuse qu'on en parle à nos parents et à mon frère. Elle prétend que ça ferait de la peine à maman, qu'elle se poserait autant de questions que moi et qu'elle en souffrirait trop. Je la comprends. Au fond, peut-être que ça ne signifie rien, rien du tout.

— Je n'en mettrais pas ma main au feu, ma belle ! Peut-être bien que c'est tout le contraire.

Jacinthe ne sut que répondre. Elle s'en alla sans oublier de donner le baiser devenu rituel à sa vieille amie.

*

Roberval, chez Lucien Gagné, le soir

Les Gagné recevaient de la famille à souper afin de distraire Elphine de son chagrin d'amour et pour fêter le retour d'un ciel plus serein. Coralie, l'épouse de Lucien, étrennait une robe droite qui lui descendait à mi-mollet, à la dernière mode, en strass vert. Un turban ceignait son front, ce qui mettait en valeur ses boucles d'un blond cendré.

476

— Dire que nous étions à Québec tout le temps qu'ont duré les inondations, soupirait-elle, un verre à la main. Nous suivions les événements à distance, par les journaux.

Félicée Murray, sa nièce à qui elle s'adressait, approuva en silence. Elle n'avait aucune envie de parler encore des crues du lac, des cultivateurs lésés, des maisons ou des ponts emportés par la violence des eaux.

— Je crois qu'il y a eu une sérieuse part d'exagération, intervint Lucien. Wallace a pu circuler, même quand les routes étaient soi-disant impraticables. N'est-ce pas, Wallace ?

— Quand même, père, on mettait des heures pour un trajet qui se fait d'ordinaire en une trentaine de minutes ! Si nous passions à table ! Je suis affamé.

— Il te faudra patienter : nous attendons notre cher ami Yvan. Théodore, encore un peu de gin ?

— Volontiers, répondit le médecin, d'une grande élégance en costume noir, chemise blanche et nœud papillon.

Installée au creux d'un gros fauteuil tapissé de velours rouge, Elphine fumait une cigarette. Vêtue d'un fourreau en satin ivoire brodé de perles sur la poitrine, elle exhibait des jambes ravissantes gainées de bas de soie. La jeune femme jouait les affligées, mais elle était surtout furieuse et blessée dans son amour-propre. Elle s'estimait de taille à vaincre

Jacinthe Cloutier. De s'être trompée la rendait hargneuse et morose. Valentine, la domestique, fit les frais de sa mauvaise humeur quand elle apporta des toasts à la mousse de saumon citronnée.

— Mademoiselle ? chuchota la bonne en lui présentant le plateau en argent massif.

Par malchance, une feuille de salade qui servait d'ornement tomba sur la somptueuse toilette d'Elphine.

— Imbécile, tonna-t-elle. Tu as sali mon écharpe. Maman, viens voir. Je suis sûre qu'elle l'a fait exprès.

Coralie Gagné se précipita pour constater les dégâts.

— C'est une petite tache de rien du tout, enfin, ne te mets pas dans un état pareil ! Vous, Valentine, faites un peu attention.

— Je suis désolée, madame.

— Votre maladresse vous perdra un jour, glapit Coralie, agacée par l'incident.

Les larmes aux yeux, la bonne marmonna de nouvelles excuses.

— Posez ce plateau et retournez à la cuisine, ordonna Elphine.

Sur ces mots, furibonde, elle annonça qu'elle montait se changer.

Wallace haussa les épaules. L'attitude de sa sœur et de ses parents l'exaspérait, mais il garda le silence afin de ne pas envenimer les choses.

— C'est de plus en plus difficile de trouver des domestiques convenables, commenta alors sa cousine Félicée.

— Nous n'avons pas à nous plaindre de Dévonie, *darling*, répliqua Théodore. Ce soir, elle joue les nounous. Sinon, nous aurions dû emmener Wilfred.

— Je la dédommage largement, et elle m'a précisé qu'elle acceptait parce que son mari est encore hospitalisé.

— Si nous parlions de sujets plus agréables, proposa Coralie Gagné d'un ton pointu. Je suis ravie de vous avoir tous les deux après ces jours éprouvants. N'est-ce pas, Lucien ? Nous redoutions de trouver le jardin dévasté, mais, grâce au ciel, mes hortensias ont résisté. Je les ai fait planter il y a six ans. J'avais ramené des boutures de Québec, achetées un bon prix. Ils ont bien poussé ; j'en suis très fière.

— Maman, tu ne changeras jamais, s'emporta Wallace. Toute la région du Lac-Saint-Jean est sinistrée, des gens ont perdu leurs terres, même leur maison, parfois, et toi, dans ta chambre du Château Frontenac, tu craignais pour tes arbustes d'ornement.

Coralie toisa son fils d'un œil froid.

— J'aurais pourtant préféré patauger dans l'eau, si cela avait pu éviter à ta sœur de se compromettre avec un ouvrier de Riverbend, rétorqua-t-elle. Sous tes yeux !

— Un contremaître, rectifia-t-il. Et je n'allais pas la surveiller de près, elle a vingt-deux ans.

— Contremaître ou ouvrier, ce n'était pas un homme pour elle, déclara tout bas Lucien. Je me félicite que cette Cloutier nous ait débarrassés de Pierre Desbiens.

Théodore eut un frémissement du corps dont nul ne s'aperçut. Il se servit un troisième verre de gin en affichant une mine désinvolte.

— Garde Cloutier, répéta Félicée. Celle dont la sœur s'est noyée à Saint-Prime.

— Elle-même, intervint le maître des lieux. Je peux vous confier, ma nièce, que notre ami Yvan Gosselin espérait l'épouser. Cette fille lui aurait ri au nez en brandissant son bien-aimé retrouvé ! Ensuite, il a raconté sa déconvenue à Elphine, avec qui il déjeune souvent au Château Roberval en sa qualité de parrain. Il ne pouvait pas deviner que Desbiens avait déjà été fiancé à Jacinthe Cloutier et que notre oie blanche le fréquentait.

— Père, tu considères Elphine comme une oie blanche ? ricana Wallace. Elle serait ravie de l'apprendre. Décidément, mère et toi, vous connaissez mal votre progéniture.

Il alluma un cigarillo, soulagé d'avoir gardé secret son attachement pour la belle infirmière, qui n'aurait pas été mieux accueillie dans la famille que Pierre Desbiens. Cependant, si elle avait éprouvé des sentiments à son égard, il s'était promis de quitter la riche demeure des Gagné et d'acheter une maison confortable. À trente-trois ans, il habitait encore chez ses parents par commodité, célibataire heureux de l'être jusqu'à sa rencontre avec Jacinthe. C'était un an plus tôt environ, lorsque la jeune femme avait ouvert un compte à la banque afin d'y déposer son premier salaire.

Le docteur Yvan Gosselin fit son entrée au même instant, en costume, ses rares cheveux bruns pommadés.

— Excusez mon retard, mes amis, une urgence à l'hôpital, mais j'ai pu me libérer assez vite. Coralie, vous êtes ravissante. Félicée, vous avez une mine resplendissante. La maternité vous sied à merveille, débita-t-il en souriant.

La future mère vérifia l'ordonnance de sa robe très ample et effleura son ventre proéminent d'un geste instinctif.

— Merci, Yvan.

— Où est ma chère petite filleule ? s'enquit-il en serrant la main de Wallace avant de donner l'accolade à Lucien.

Adolescents, les deux hommes étaient pensionnaires chez les frères maristes de Roberval. Leur amitié datait de cette lointaine époque.

— Elphine a dû se changer, expliqua Coralie. Elle ne sera pas longue. Passons à table, le gigot d'agneau sera bientôt à point.

*

De sa chambre, Elphine avait entendu la voix grave de son parrain. En combinaison et escarpins, elle vidait avec rage une partie de sa garde-robe sur le parquet ciré.

— À quoi bon me faire belle ? pesta-t-elle tout bas. Pour qui ? Tout est fichu, cette fois.

La jeune femme souffrait de crampes dans le bas-ventre depuis la fin de l'après-midi, et là, elle venait de voir des traces de sang sur sa culotte en satin. C'était le début de ces inévitables saignements mensuels qu'elle abhorrait en temps normal et qui achevaient de la désespérer, ce mois-ci.

— Si j'avais pu tomber enceinte, au moins, gronda-t-elle. Pierre aurait été obligé de m'épouser, même si papa prétend le contraire.

En refoulant des sanglots de déception, elle enfila un gilet en coton rouge et une jupe en jersey brun, une tenue banale où elle se sentait à l'aise. Sa mère esquissa une moue quand elle la vit apparaître.

— Elphine, tu aurais pu faire un effort ! jeta-t-elle sèchement.

— Ou rester toute de blanc vêtue ! lança son frère dans le but d'agacer leur père.

— Je ne suis pas d'humeur à supporter des remarques, riposta-t-elle.

Il y eut un silence gêné. À peine arrivés, Félicée et Théodore avaient eu droit aux confidences de Coralie Gagné concernant le drame d'Elphine, déshonorée et abandonnée par l'odieux Pierre Desbiens. Yvan Gosselin était au courant de toute l'histoire, Lucien lui ayant rendu visite à l'hôpital pour l'inviter notamment à souper ce soir-là.

Chacun avait été averti : il valait mieux éviter la moindre allusion au sujet. On se mit donc à commenter la fameuse tragédie du lac Saint-Jean, qui alimentait la presse depuis une dizaine de jours.

— Je suis un progressiste, plaida Gosselin. Nous tirerons grand profit des centrales hydroélectriques en plein essor. Cependant, nous avons frôlé la catastrophe, à Roberval. Les caves de l'Hôtel-Dieu ne sont pas près de se vider malgré la décrue. Le système de chauffage exigera de grosses réparations. J'ai circulé en barque, comme nos augustines.

— Yvan, y étiez-vous obligé ? se moqua Coralie. Wallace nous a dit que la façade principale du bâtiment était accessible, l'eau battant l'arrière de l'hôpital.

— Battre, le terme est faible, ma chère. Le rez-de-chaussée était inondé. Si l'on avait besoin de se rendre dans certaines rues, elles aussi submergées, on gagnait du temps en se déplaçant en bateau.

— Du côté de Saint-Joseph d'Alma, les gens ont eu très peur, intervint le docteur Murray. Les courants étaient d'une violence terrible. Plusieurs familles ont choisi de partir en n'emportant que le strict minimum. J'ai lu dans le journal que, près d'Alma, je crois, on a dû retenir des maisons à l'aide de câbles en acier, sinon elles étaient emportées.

— Oui, j'ai lu ça, en effet. Puisque vous êtes de Saint-Jérôme, Théodore, où en est le combat de ce cultivateur, Onésime Tremblay ? s'enquit Yvan Gosselin. Il paraît qu'il brasse ciel et terre et qu'il rassemble ses troupes afin d'impressionner les ministres. Ils sont nombreux avec lui à revendiquer des indemnisations, à clamer qu'ils ont été spoliés, dupés. Que diable, ils seront dédommagés tôt ou tard !

— Il vaudrait mieux tôt que tard, soupira Wallace.

— Son combat, comme vous dites, épuise cet homme, un personnage que j'admire, pour ma part, avoua crânement le jeune médecin.

Le nez tuméfié par des larmes versées en cachette, Valentine servit les hors-d'œuvre, du chou rouge en salade et des œufs durs à la mayonnaise. Quand elle s'éloigna, Elphine la suivit des yeux, l'air mauvais.

— Quelle cruche ! dit-elle entre ses dents. Il faudrait la renvoyer, maman.

— Ce serait dommage, elle cuisine fort bien, ma chérie. Allons, quitte cet air boudeur, ça ne te réussit guère !

— Merci bien. Remue le couteau dans la plaie en me rappelant que je ne suis pas assez jolie pour garder l'homme que j'aime. Eh oui ! je fais pâle figure, comparée à une certaine Jacinthe, n'est-ce pas ? Au fait, puisque nous avons ici deux fervents admirateurs de mademoiselle Cloutier, ils pourraient sans doute nous renseigner sur son pouvoir de séduction.

Lucien faillit avaler de travers. Il toisa sa fille.

— Je t'en prie, ne te rends pas ridicule, Elphine. Ce genre de débat stupide n'est pas de mise. Et qui serait le deuxième admirateur ?

— Wallace apprécie ma rivale.

— C'est nouveau, ça ! enragea Coralie Gagné. Arrêtons tout de suite ces idioties, ton père a raison.

— Pourquoi ? Il faut bien s'amuser un peu, protesta Félicée Murray avec un sourire ambigu. Théodore serait à même de participer ; il a reçu Jacinthe Cloutier jeudi dernier, au cabinet médical.

— Au fond, il n'y a rien de choquant à cela, père ! s'écria Wallace. L'important, c'est de satisfaire ma petite sœur. Elphine, retiens ce que je vais te dire. On ne peut pas toujours définir ce que l'on ressent. Personne à cette table ne t'a demandé pourquoi Pierre Desbiens te plaisait au point que tu le veuilles comme époux. Le mariage représente un contrat à long terme. C'est prudent de réfléchir avant de s'engager, même si on est follement épris.

— Tu ne réponds pas à ma question, répliqua-t-elle, enchantée d'avoir eu le soutien de Félicée.

— Jacinthe Cloutier est jolie, certes, mais pas davantage que toi, du moins selon mes critères. Je la dirais émouvante, discrète et sérieuse. Rien d'autre.

— Et vous, mon cher parrain, minauda la jeune femme.

— Je la décrirais comme une belle femme au caractère d'acier trempé sous ses airs émouvants. Une infirmière compétente, de surcroît. Mon intérêt est peut-être parti de là.

Wallace retint un rictus ironique. À son avis, le docteur Gosselin avait surtout succombé à la beauté sensuelle de Jacinthe, dotée d'un corps superbe. « Mais il ne le confessera pas chez

nous, devant nos parents, qui seraient outrés »,
songea-t-il.

Félicée sirota son verre d'eau en pointant sa
main libre en direction de son mari.

— À toi, maintenant, Théodore !

— Je serais en peine de porter un jugement
sur une jeune personne dont j'ignore tout. Elle
vient de perdre sa sœur ; c'est même irrespec-
tueux de la jauger ainsi comme une bête de foire,
s'enflamma-t-il.

— Mon mari chéri adore jouer les redresseurs
de torts, persifla Félicée. Théodore, dis-nous au
moins si cette Jacinthe est plus belle que sa sœur,
Emma.

— *Darling*, c'est d'un mauvais goût ! lâcha-t-il,
livide de colère.

— Vous connaissiez Emma Cloutier ? s'étonna
Gosselin.

— Elle enseignait à Saint-Jérôme. C'était une
de mes patientes.

Théodore Murray vida son verre de vin qu'il
reposa avec rudesse. L'attaque perfide de sa
femme le mettait hors de lui. Elphine en eut
conscience et l'observa plus attentivement. « Un
bel homme, racé, un teint mat peu commun,
des cheveux noirs brillants, une bouche très
colorée… Moi, il ne m'inspire pas. Mais Félicée
doit l'aimer passionnément ; elle semble d'une
jalousie féroce. Pierre est tellement plus beau !

Non pas vraiment plus beau, il a un charme inouï, c'est ça, un charme envoûtant. Je n'ai pas assez profité des moments que je passais près de lui. Mais c'est fini, je l'ai perdu. »

Elle en aurait pleuré, indifférente au silence qui s'installait, pendant que Valentine allait et venait, ôtait un plat, rapportait le gigot d'agneau doré parfumé au thym.

— Hum, mon régal ! s'extasia Gosselin. Avec des pommes de terre vapeur, en plus !

La mine solennelle, Lucien découpa la viande, une tâche qui lui revenait.

— Pour clore le débat, renchérit Félicée, je peux donner mon opinion. J'ai aperçu Jacinthe Cloutier, le visage sévère, un foulard sur la tête, dans un affreux imperméable. Sa sœur Emma était d'un autre genre ; c'était une très jolie créature, avec ses bouclettes brunes ; elle était menue et délurée.

Les mâchoires crispées, Théodore Murray paraissait au supplice. Wallace eut pitié de lui tout en trouvant bizarre le discours de sa cousine.

— Une créature de Dieu comme nous tous, énonça-t-il avec gravité. Paix à son âme !

L'injonction eut un effet salutaire. Chacun dégusta sa tranche de gigot, mais, pour Murray, la nourriture avait un goût de fiel. Il rêvait de balayer du revers du bras les couverts à liseré doré, la saucière, les verres en cristal, de courir ensuite droit devant lui, vers le lac qu'il imaginait impassible, pailleté de reflets argentés par le clair de lune. « La fougue d'Emma, sa chair drue et chaude, ses baisers, son rire voluptueux, je ne les oublierai jamais, se disait-il, ivre d'une immense épouvante. Je devrais lui en vouloir pour ce qu'elle m'a fait endurer, avec ses caprices, ses exigences, ses menaces, mais je ne peux pas. Elle gît dans une tombe, déjà la proie de sales bestioles, promise à la décomposition, elle qui vouait un culte à la joie des corps, elle qui célébrait l'amour comme une antique cérémonie païenne. » Il frissonna, fébrile.

Le docteur Gosselin lui décocha un coup d'œil intrigué.

— Un souci, cher confrère ? lui demanda-t-il.

— Non, la fatigue, les nerfs.

Félicée caressa du bout des doigts la main de son mari. Elle le contempla, attendrie.

— Théodore travaille beaucoup trop. Pourtant, il refuse de fermer le cabinet et de m'accompagner à Chicoutimi. Je pars la semaine prochaine chez mes parents. J'y resterai jusqu'à la naissance du bébé, au début août. Si tu venais avec moi, Elphine ? Le parc de la maison est frais et si agréable !

— Voilà une excellente idée. Nous vous rendrons visite, bien sûr, annonça Lucien, qui était très lié à Marianne, sa sœur cadette et la mère de Félicée. Qu'en penses-tu, Elphine ?

— Je veux bien. J'ai deux bonnes amies là-bas, d'anciennes pensionnaires.

Son père poussa un soupir de soulagement. Choyée par sa tante, la jeune femme fréquenterait la jeunesse dorée de Chicoutimi. Elle finirait par oublier Pierre Desbiens et, si la chance s'en mêlait, elle rencontrerait un futur époux digne de son nom.

*

Il était presque minuit quand le docteur Murray et son épouse prirent la route en direction de Saint-Jérôme. Après un temps de silence, une querelle éclata.

— Tu étais ridicule en faisant ton petit discours sur Emma Cloutier. Ma pauvre Félicée, ta jalousie devient maladive si tu t'en prends à une morte.

— Tiens, je ne suis plus *darling* ? pérora-t-elle. Autant te le dire, tu es le seul à avoir considéré le portrait que je dressais de ta patiente comme une manifestation de jalousie. Tu n'étais pas à ton aise, Théodore, je l'ai senti. De quoi avais-tu peur ? J'ai suffisamment d'éducation pour ne pas étaler mes déboires conjugaux à la table de mon oncle.

— Des déboires, n'exagère pas, trancha-t-il. Nous avons déjà eu une discussion à ce propos. Emma Cloutier ne venait plus en consultation et elle ne risque plus de t'importuner.

— Ne sois pas cruel, je n'ai jamais souhaité sa mort. Elle s'est noyée. Je n'y suis pour rien.

Un lièvre débouła devant la voiture. Le médecin fit une embardée pour l'éviter en poussant un juron retentissant. Affolé par la lumière des phares, l'animal se mit à zigzaguer avant de disparaître derrière une haie de broussailles.

— Sa sœur prétend qu'il s'agit d'un suicide, révéla soudain Théodore. Nous sommes peut-être coupables tous les deux. Moi, parce que je n'ai pas diagnostiqué une faiblesse mentale, une mélancolie fatale ; toi, parce que tu m'as obligé à ne plus la recevoir à mon cabinet.

Le ton avait monté pour devenir âpre, virulent. Stupéfaite d'entendre son mari vociférer, Félicée prit peur.

— Calme-toi, enfin ! Roule moins vite, aussi ! Tu perds l'esprit, à dire de pareilles inepties. Ni toi ni moi ne sommes responsables. Ralentis, pense au bébé ! Il y a des ornières sur cette portion de route.

Il la regarda une poignée de secondes et la découvrit les yeux agrandis par l'angoisse, les mains appuyées au tableau de bord.

— Je t'en prie, balbutia-t-elle.

Le médecin en eut la nausée. La vision de sa femme enceinte qui cédait à une panique légitime le ramena à la raison.

— Pardon, je suis navré, j'ai trop bu ce soir, avoua-t-il en freinant par à-coups. Ne crains rien, nous sommes presque arrivés à bon port.

Elle rejeta la tête en arrière et s'appuya au dossier, les mains sur son ventre, dans une position d'abandon, de détente. Mais elle pleurait sans bruit. Il respira profondément afin de maîtriser ses nerfs à vif. « J'ai failli craquer, lui crier qu'Emma attendait un enfant de moi, elle aussi ! songeait-il, effaré. Oui, j'ai bien failli lui jeter à la figure que je l'aimais, ma petite Emma, mais pas assez pour la choisir, pour renoncer à ce que j'avais eu tant de mal à obtenir. »

Il serra les dents, hanté par le souvenir de sa jeune maîtresse. Bientôt, il se garait devant leur belle demeure de Saint-Jérôme.

— Ne bouge pas, *darling*, je vais t'aider à descendre et à te mettre au lit, murmura-t-il. Je te présente toutes mes excuses. L'alcool ne me réussit pas. Nous ne parlerons plus jamais d'Emma Cloutier, d'accord ? Tout est rentré dans l'ordre.

Félicée approuva, encore bouleversée. La dernière phrase de son mari résonnait étrangement dans son esprit. Elle préféra ne pas chercher à comprendre. Théodore l'embrassa sur la bouche en caressant ses cheveux. Elle l'étreignit, farouche, comme si une menace imprécise planait sur leur couple, comme si on pouvait les séparer.

— Je t'aime tant ! chuchota-t-elle à son oreille quand il recula un peu, souriant.

— Je t'aime aussi et je tiens à te le prouver. Si nous partions samedi pour Chicoutimi ? Je passerais une semaine ou deux avec toi et notre fils, là-bas. Tant pis pour mes patients.

— Tu ferais ça ? Oh ! Théodore, je suis consolée. Wilfred sera tellement content ! Des vacances avec sa maman et son papa.

Ils s'embrassèrent encore.

Le lendemain, à midi, Jacinthe et Lauric sonnaient à la porte du couple.

12

Le goût amer de la vérité

Saint-Jérôme, jeudi 7 juin 1928

Jacinthe aurait voulu s'enfuir, renoncer. Elle écoutait le tintement métallique de la sonnette qui vibrait à l'intérieur de la maison des Murray. Elle avait jugé primordial d'interroger à nouveau le médecin, mais, à l'instant de le revoir, elle perdait pied et doutait encore. Une partie de la nuit, elle avait imaginé ce qui se passerait à Saint-Jérôme, l'attitude de Murray, ses silences, ses protestations, ou bien, peut-être, ses aveux.

À présent, sur le qui-vive, le cœur soumis à rude épreuve, elle se sentait faible, démunie de sa soif de justice, de vérité. Près d'elle, Lauric, en costume gris et chemise rayée, cravaté et les cheveux bien coiffés, trépignait d'impatience.

— Tu as promis, chuchota-t-elle. Ne t'emballe pas, reste calme quoi qu'il arrive.

— Mais oui, grogna-t-il, très pâle.

Durant le trajet en train, elle lui avait fait la leçon en répétant qu'en l'absence de preuves le docteur Murray demeurait innocent du drame qui s'était joué.

— Nous n'avons que les suppositions de la domestique et le récit confus de Pacôme, avait insisté Jacinthe.

La veille, de retour à la ferme, elle avait entraîné Sidonie et Lauric dans la chambre du jeune homme. Là, d'une voix basse et pressée, elle leur avait confié les révélations du simple d'esprit, se décidant enfin à montrer également à son frère le carnet d'Emma et le double de sa lettre d'adieu.

— Je ne vois qu'une explication, avait déclaré Lauric. Comme tu le dis, c'est un brouillon. Emma a dû la recopier ensuite. Es-tu devenue idiote, Jacinthe ? Elle a écrit ça pour duper quelqu'un, pour lui faire croire qu'elle voulait se suicider. Peut-être bien que, l'autre lettre, elle l'avait oubliée dans la poche de son gilet, ou alors elle l'avait déjà fait lire. Pourquoi fais-tu autant de cachotteries si tu veux vraiment la vérité ? Tu me prends pour un niaiseux, à me tenir toujours à l'écart ?

Elle avait juré que non avant d'affirmer, en le prenant aux épaules :

— Oui, je deviens idiote. Tu as compris tout de suite, toi, ce que je n'osais pas envisager. Pardonne-moi, Lauric. Demain, tu dois m'accompagner à Saint-Jérôme. Je voulais retourner voir le docteur Murray avec Pierre, mais je n'ai pas le temps de le prévenir. Vaut mieux que ce soit toi. De toute façon, tu es plus concerné.

— Dans ce cas, on prévient maman… et papa aussi, avait-il souhaité.

— Pas encore. Plus tard, je t'en prie.

Jacinthe aurait été incapable d'expliquer le sentiment d'urgence qui la taraudait. Lauric avait cédé à son beau regard plein de larmes.

— Quel prétexte donner aux parents ? Ils vont trouver bizarre que nous partions tous les deux, s'était-il inquiété.

— N'importe lequel fera l'affaire, s'était enflammée Sidonie. Allez-y, prenez le train, j'inventerai quelque chose de plausible. Mais, quand vous reviendrez, nous parlerons tous les trois aux parents. Ils ont le droit de tout savoir, cette fois, tout.

*

La porte s'ouvrit enfin, juste entrebâillée sur la figure ronde de Dévonie, qui eut l'air embarrassée en reconnaissant Jacinthe.

— Le docteur ne reçoit personne, mademoiselle, il a fermé le cabinet. Madame et lui vont bientôt prendre des vacances. Samedi, ils auront quitté. Il faudra revenir au mois de juillet, pas avant.

— Madame, nous ne venons pas pour une consultation. C'est important. Dites au docteur Murray que Jacinthe Cloutier et son frère désirent lui parler.

— Si je vous fais entrer, madame sera contrariée. Attendez un moment, soupira la bonne.

La domestique referma avec soin. Lauric jeta un coup d'œil anxieux sur une automobile noire, qu'il avait admirée au passage.

— Crois-tu que c'est la voiture en question, celle dont causait Pacôme ? Pauvre gars, quand je pense que je l'ai frappé alors qu'il n'avait rien fait de mal, qu'il nous aide, au fond !

— Ne t'inquiète pas, il a déjà oublié.

— Non, maintenant, il se sauve quand il me croise dans le village. J'irai lui présenter des excuses.

Jacinthe souffrait d'une nouvelle crise de palpitations. Les battements affolés de son cœur lui donnaient le vertige.

— Qu'il vienne donc ! souffla-t-elle. Je n'en peux plus.

Un déclic discret la fit sursauter. Théodore Murray leur apparut, mais, au lieu de les inviter à entrer, il sortit et claqua la porte derrière lui.

— Je préfère discuter dehors ; mon épouse a besoin de repos ; elle ne doit éprouver aucune émotion. Venez, marchons.

— Vous pouvez nous dire bonjour, docteur, s'indigna Lauric aussitôt. Et, entre gens civilisés, on se présente. Lauric Cloutier, le frère d'Emma et de Jacinthe.

— Enchanté, murmura le médecin.

Ces prénoms, il les avait souvent entendus. C'était après l'amour, dans la chambre meublée de Saint-Joseph d'Alma où il conduisait Emma. Ils étaient d'une extrême prudence. Elle guettait son arrivée derrière l'école, sur un chemin peu fréquenté. « Cette chambre, c'était notre petit nid, disait-elle. Le lit tenait toute la place. Blottie contre moi, à demi nue, Emma me racontait son enfance à Saint-Prime avec Lauric qui lui pinçait les joues, Sidonie, sa couturière attitrée, Alberta, la mère exemplaire, Champlain, un homme du passé, rude au labeur et sévère, et Jacinthe, l'aînée, sérieuse, mais très belle. »

Comme pour vérifier la véracité des discours de sa défunte maîtresse, le docteur Murray étudia le visage de la jeune femme, qui le fixait d'un regard profond couleur de turquoise. Il nota le rythme précipité de sa respiration et l'altération de ses traits.

— Vous ne vous sentez pas bien ? s'enquit-il.

— Ce n'est rien, l'émotion seulement.

Ils avancèrent tous les trois de front ; on aurait pu croire à un trio d'amis en promenade. Mais en les approchant, la tension morbide qui les habitait avec la même force aurait été perceptible à un observateur attentif.

Ils avaient dépassé depuis longtemps le presbytère et un groupe de maisons cossues. Ils longeaient un bois d'érable au jeune feuillage d'un vert lumineux. Lauric s'arrêta le premier. Jacinthe s'immobilisa elle aussi.

— Il n'y a aucun témoin, ici ! s'exclama-t-elle. Inutile de continuer plus loin, docteur. Vous savez bien pourquoi nous sommes venus.

— Encore à cause d'Emma, votre sœur, rétorqua-t-il. Seigneur, qu'espérez-vous donc ? Je n'ai rien à vous dire de plus que l'autre jour.

Le médecin alluma une cigarette. Ses gestes trahissaient une nervosité sans rapport avec la situation. Doté d'une solide intuition, Lauric en déduisit qu'il taisait l'essentiel, justement.

— Ne vous fichez pas de nous ! s'écria-t-il. Des personnes dignes de confiance ont donné une autre version de votre relation avec Emma. Il paraît que vous l'aimiez beaucoup, que vous étiez son amant. De plus, elle était soi-disant malade, vos certificats l'attestent, dès que votre chère épouse s'absentait. Vous, de votre côté, vous fermiez votre cabinet et vous disparaissiez. Alors ?

Théodore Murray devint livide malgré son teint mat. Il jeta sa cigarette par terre et l'écrasa du talon.

— Bon sang ! Qui a osé débiter des saletés pareilles sur mon compte ? Ce sont des calomnies, des ragots, se défendit-il sans réelle véhémence.

— Les notes de ma sœur, dans son agenda, sont assez précises. Elle fait état d'un nouvel amour, un certain M., et je suis sûre que c'est vous, trancha Jacinthe. Ma famille et moi, nous voudrions savoir la vérité, comprendre ce qui est arrivé à Emma. Il y a plus grave : quelqu'un de Saint-Prime a vu un homme l'emmener vers sa voiture, le soir où elle est morte.

Le docteur gesticula, furibond.

— De mieux en mieux ! Et ce serait moi, bien sûr ! Je ne suis pas le seul homme du coin à posséder une automobile, il me semble ! Écoutez, jeunes gens, je compatis à votre chagrin, mais il vous rend déraisonnables.

— Très bien. Si vous n'avez rien à vous reprocher, pourquoi nous emmener à prudente distance de votre maison ? s'étonna Lauric d'un ton froid.

— Ma femme est enceinte de sept mois et j'ai un petit garçon. Je n'avais pas envie que vous fassiez un scandale sous mon toit. Et j'ai bien fait, puisque vous osez débiter des âneries sur mon compte.

— Docteur Murray, s'écria Jacinthe, si vous avez eu une liaison avec Emma, autant l'avouer ! Notre sœur était enceinte, elle aussi, et je pense que vous le saviez, mais que vous avez rompu malgré tout, la poussant au désespoir. Vous prétendez le contraire, mais, la dernière fois que je l'ai vue, elle m'a bien dit que le père de l'enfant ne pouvait pas l'épouser, qu'elle devait trouver une solution.

Théodore se mit à déambuler autour d'eux, le regard vague, la bouche pincée. Il jouait les hommes en colère, indignés, mais ses mimiques et ses gestes saccadés sonnaient faux. Lauric eut l'impression de voir une bête piégée, incapable de prendre la fuite.

« Qui a parlé ? se demandait le médecin en allumant une autre cigarette. Surtout, qui m'a vu à Saint-Prime ? Ces deux-là ne se seraient pas déplacés sans preuve. Peut-être que c'est un coup de sonde seulement ; ils veulent me pousser à bout. Je dois me débarrasser d'eux pour protéger Félicée, mon fils et ma réputation. »

Depuis exactement huit jours, le docteur Murray vivait dans l'angoisse. En découvrant l'article du journal *Le Colon*, qui évoquait le décès accidentel d'une jeune institutrice native de Saint-Prime, il avait cru ses ennuis terminés. Il fit un effort surhumain pour se calmer et afficher un comportement normal.

— Vous n'avez que moi sous la main, déclara-t-il en tentant un sourire apitoyé. Mais réfléchissez un peu, vous, mademoiselle, et vous, jeune homme. J'exerce une profession honorable, je suis un bon mari et un bon père de famille. Pourquoi serais-je assez fou pour mettre en péril tout ce qui m'est précieux ? Je veux bien passer l'éponge sur vos élucubrations, je ne serais pas le premier à être victime de commérages. Emma Cloutier était une de mes patientes, mais je ne suis pas responsable de ses actes pour autant. Je vous prierais donc de me laisser en paix, dorénavant.

Il les salua d'un signe de tête et voulut s'éloigner. Lauric l'attrapa par le coude, d'une poigne implacable.

— Une minute, docteur ! Vous êtes sourd ? On nous l'a dit, vous couchiez avec ma sœur, oui, avec Emma ! Tabarnak, j'en ai assez de vos menteries, moi !

Hors de lui, Lauric saisit le médecin par le col de sa veste et le secoua avec rudesse.

— M. comme Murray ! hurla-t-il. Je l'ai lu, moi aussi, le carnet d'Emma. Elle parle d'un type qui a pu se libérer pour passer du bon temps avec elle. Je le sais que c'est vous ! Pire, je le sens à votre mine de coupable, à vos regards fuyants ! Tiens, vous transpirez, docteur. Tu as vu ça, Jacinthe ? Il sue la peur !

Pétrifiée, elle approuva d'un oui presque inaudible. La violence de son frère, qui lui rappelait les crises de rage de leur père, la plongeait dans un état second.

— Arrêtez de jouer avec nous, s'égosilla encore Lauric. Dites la vérité, ayez un peu de cran. De toute façon, nous avons des preuves.

Le docteur essaya de repousser son agresseur.

— Lâchez-moi, bredouilla-t-il.

Les yeux gris-vert de Lauric Cloutier le sondèrent, incisifs, exprimant une détermination redoutable. Théodore crut y lire son arrêt de mort.

— Eh bien, oui, je couchais avec Emma ! hurla-t-il. On s'aimait, tous les deux… Je n'ai pas pu résister, ni elle.

— Voilà, ce n'était pas si dur à dire ! aboya Lauric en lâchant prise.

Le docteur sortit de sa poche un mouchoir et tamponna la sueur sur son visage. Il était blême, hagard. Avisant un tronc d'arbre abattu, il s'y assit. Ses jambes le soutenaient à peine.

— Au début, tout était rose et idyllique, commença-t-il. Je n'avais jamais été aussi amoureux. Mon mariage avec Félicée Gagné tenait de l'amitié, surtout. J'ai découvert la joie d'un amour partagé avec Emma.

À la stupeur de Jacinthe et de Lauric, Théodore se mit à pleurer. Il tremblait et se cachait le visage entre les mains. Loin de découvrir un odieux séducteur, indifférent au sort de leur sœur, ils avaient devant eux un amant effondré, qui avouait sans hésiter ses sentiments.

— Je l'admets, j'ai parlé de divorcer à Emma, dans ces moments où l'on ne peut se résoudre à quitter son âme sœur. Je ne pensais qu'à elle ; chaque séparation me déchirait. Mais ma femme se méfiait de votre sœur. Elle m'a demandé de ne plus la recevoir au cabinet médical. J'ai cédé, mais Emma l'a mal pris. Quand j'ai dû lui préciser que Félicée était enceinte de quatre mois et que nous ferions mieux de rompre, il y a eu une scène affreuse, des cris et des larmes, jusqu'à ce que nous retombions dans les bras l'un de l'autre. Quelques semaines plus tard, Emma m'annonçait qu'elle attendait un enfant. Je ne savais plus quoi faire, j'étais terrifié.

Il se tut et alluma encore une cigarette. Totalement désemparé, Lauric s'installa à côté de lui.

— Je vous en offre une ? balbutia le médecin.

— Oui, j'ai oublié mon tabac à rouler.

Jacinthe restait debout, occupée à établir la chronologie de la relation entre Emma et le docteur Murray. « Son épouse est grosse de sept mois ; donc, Emma l'a su en février. Ils devaient donc être ensemble en janvier, déjà. Le bébé de ma sœur a été conçu fin mars environ. » Elle ressentait un calme étrange, dû au relâchement de ses nerfs. Son frère éprouvait sûrement la même chose, car il ne montrait plus aucun signe de colère ou d'animosité.

— Je suis toujours terrifié, déclara alors Théodore. Je n'en dors plus et la moindre nourriture me répugne. C'est qu'Emma m'a mené la vie dure, les derniers temps, au point de détruire notre histoire. Je devais lui jurer que je l'aimais davantage que mon épouse, lui promettre cent fois de divorcer, mais ça me semblait impossible au fil des jours. Alors, elle s'est abaissée à du chantage, un ignoble chantage. Si je ne partais pas avec elle, mes beaux-parents et mon épouse recevraient des lettres anonymes qui dénonceraient ma conduite et, bien sûr, mettraient en avant son malheur à elle, qui se retrouvait enceinte d'un homme marié, son aîné de quinze ans, en plus.

Le médecin se tut à nouveau, surpris de ne pas entendre s'élever un duo de protestations. Afin d'y couper court, il affirma :

— Il faut me croire, Emma était capable de tout, je vous assure ! Parfois, elle me faisait peur. Dès qu'on sonnait à ma porte, je redoutais de la voir entrer telle une furie pour crier la vérité à Félicée. Je ne savais plus comment me sortir de ce cauchemar… J'ai fini par lui proposer de louer une maison à Roberval, où je lui rendrais visite régulièrement. Elle pouvait garder l'enfant, j'aurais veillé à leur confort financier. Pour moi, c'était la meilleure solution.

— Je ne vous crois pas, s'insurgea Jacinthe. Dans ce cas, Emma me l'aurait dit quand elle s'est confiée à moi. Nous étions seules dans un local de l'hôpital, sans oreille indiscrète. Elle n'avait aucune raison de tricher, de me mentir !

— Emma ? Tricher, elle ne savait faire que ça ! ricana Murray, défiguré par l'amertume. Tricher, me duper, me torturer, me rendre jaloux, se moquer de mon épouse et même de vous, sa grande sœur. Elle me disait souvent que vous finiriez vieille fille, que vous aviez de la glace dans les veines.

— Taisez-vous ! rugit Lauric en se levant. C'est facile de tout mettre sur le dos de notre sœur. Elle ne viendra pas prétendre le contraire. Je suis d'accord sur une chose, Emma cachait bien son jeu, je m'en doutais un peu. Je l'ai su de source sûre hier soir en lisant son fichu agenda.

Ce n'était pas un ange, mais ça ne vous donne pas le droit de salir sa mémoire.

— Vous prétendez l'avoir aimée. Comment pouvez-vous la juger aussi mal ? renchérit Jacinthe.

— Je viens de vous le dire : elle m'a fait vivre un enfer, les derniers temps, à me poser des ultimatums insensés, plaida-t-il, tête basse. Elle se moquait de mes angoisses, elle menaçait de rencontrer ma femme en cachette pour lui prouver que nous étions ensemble, que je n'étais qu'un salaud. Ce sont ses mots. Je n'en pouvais plus, mais je ne voulais pas qu'elle meure, ça, non, jamais !

Il sanglotait. Une barrière se brisa en lui, à cause du souvenir d'Emma en robe rouge, ses bouclettes brunes perlées de pluie. À bout de résistance, il céda, abasourdi de s'entendre énoncer enfin la vérité :

— Je vous jure, c'était un accident, je n'ai pas voulu ça. Mon Dieu, je ne sais pas ce qui m'a pris. Je suis désolé, tellement désolé !

Lauric jeta un cri sauvage, prêt à se ruer sur le médecin.

— Laisse-le parler, pitié ! Je veux savoir ! s'écria Jacinthe.

— Es-tu sourde ? On en sait assez ! Je suis sûr qu'il a tué Emma. Hein, tu l'as tuée ?

Il bondit sur ses pieds et fit lever le médecin en le soulevant par le col de sa veste. Aussitôt, il le saisit par le cou d'une main et le cogna de l'autre à deux reprises. Sa sœur eut du mal à l'arrêter.

— Je t'en prie, Lauric ! Il doit nous dire ce qui s'est passé.

Son frère leva les bras au ciel, excédé. Il n'avait qu'une envie, frapper encore Murray qui titubait, le nez en sang, le menton tuméfié, une lèvre fendue.

— Monsieur, qu'avez-vous fait à Emma ce soir-là ? interrogea-t-elle d'une voix nette. Je me suis estimée coupable du prétendu suicide de ma sœur et j'ai besoin de réponses. Emma m'a parlé, elle semblait désespérée à cause du comportement de l'homme qu'elle aimait. Elle ne vous a pas cité, j'ignore pourquoi, mais c'était vous. Je l'ai sermonnée, humiliée sans doute avec mes reproches. Exaspérée, désespérée peut-être, elle est partie très vite en me disant qu'elle rentrait dormir où je logeais. Là, elle a mis sa robe rouge, une toilette neuve qu'elle adorait. J'ai retrouvé ses vêtements trempés, ceux qu'elle portait pour m'aider à l'Hôtel-Dieu, et son flacon de parfum, cassé. Lauric dormait profondément. Il n'a rien entendu quand elle est sortie. Le lendemain matin, quelqu'un du village l'a découverte noyée dans à peine trois pieds d'eau, une jambe coincée sous une branche d'arbre. Noyée… D'abord, je n'ai pas réagi, car même un excellent nageur peut avoir une crampe ou un choc au cœur et se noyer. Ce n'est qu'ensuite que j'ai trouvé une lettre d'adieu adressée à l'homme qu'elle aimait. Emma lui annonçait son suicide dans les eaux du lac, les folles eaux de notre lac changé en un monstre destructeur. Je le répète, que s'est-il passé, ce soir-là ?

— J'avais conduit mon épouse et mon fils à Chicoutimi, chez mes beaux-parents, ce vendredi-là, en prétextant le danger que représentaient les inondations. C'était aussi pour souffler un peu. Au moins, pendant ce temps, je n'avais plus à craindre une initiative malheureuse d'Emma. Je la sentais vraiment décidée à me nuire, à ruiner mon ménage et ma réputation. Le maire avait ordonné la fermeture de l'école à cause des crues. La veille, le jeudi, nous nous étions vus, Emma et moi, derrière l'église, en vitesse. Elle était dure, haineuse. Elle m'a dit qu'elle resterait plusieurs jours à Saint-Prime, chez vous, mais qu'elle serait à Roberval le vendredi. J'avais dans l'idée de la raisonner, de faire la paix, aussi. « Trop tard, j'ai juré ta perte, sale lâche ! » Voilà ce qu'elle m'a craché au visage. Là, je me suis affolé. Je lui ai signifié que c'était fini, nous deux, qu'elle ne pourrait plus me faire du chantage, car j'allais tout avouer à ma femme ; Félicée me pardonnerait d'une façon ou d'une autre, ne serait-ce que pour éviter un scandale.

Pour le bébé, je lui ai proposé de l'argent afin qu'elle puisse l'élever correctement...

Figé sur place, l'œil mauvais, Lauric écoutait. Jacinthe insista :

— Et puis ?

— Emma était accablée. D'un coup, elle est redevenue la radieuse jeune fille amoureuse, douce et humble. Elle pleurait et me suppliait, elle acceptait toutes mes propositions d'arrangements. J'ai tenu bon, j'en avais assez. Elle s'est enfuie en larmes. Le vendredi soir, j'ai eu un appel téléphonique, au cabinet. Elle me donnait rendez-vous à la gare de Roberval pour me dire adieu. « Je vais faire une bêtise, Théodore. Je ne peux pas vivre sans toi, j'ai même volé des barbituriques à l'hôpital », murmurait-elle à mon oreille. J'ai vite pris ma voiture. J'avais l'impression d'une descente aux enfers ; la route submergée, des vagues énormes sur le lac, la pluie battante, c'était un paysage de fin du monde. Emma m'attendait, saoule, maquillée, en robe rouge, très jolie. Elle avait froid, bien sûr, si peu vêtue, avec ce vent et cette humidité.

— Ma sœur saoule ? Vous inventez n'importe quoi, trancha Lauric.

— Elle avait bu, vous dis-je ! Ce n'était pas la première fois, d'ailleurs. Là, à la clarté d'un réverbère, elle a ouvert son sac à main, une babiole en cuir blanc que je lui avais offerte un jour. Elle en a sorti un carnet, celui dont vous parliez, jeune homme. Mon Dieu, comme elle pleurait ! Elle m'a montré le tube de cachets, une lettre écrite à la fin de son calepin. « C'est un brouillon, mais lis quand même, tu vas comprendre à quel point je souffre, pour vouloir mourir. J'ai oublié la vraie lettre, que je voulais te poster. »

Jacinthe serra les poings, désespérée, se demandant encore quel était le véritable stratagème élaboré par Emma. Le docteur reprit sa confession :

— Je lui ai dit que je la croyais incapable de se suicider et que, si elle en avait l'intention, c'était bel et bien une bêtise, si jeune, avec toute la vie devant elle. Là, elle est entrée dans une rage affreuse. « Tu ne m'en crois pas capable ? hurlait-elle. Je vais te le prouver. » Elle s'est ruée hors de ma voiture et je l'ai vue monter dans un taxi qui devait l'attendre. Comme elle parlait de se noyer dans sa lettre d'adieu, j'ai suivi la voiture, c'était sûrement ce qu'elle voulait. Seigneur, c'était la pire des sottises de ma part !

Bouleversée, Jacinthe guettait le dénouement de ce récit qu'elle trouvait sincère. Son cœur lui faisait mal et elle se plia en deux. Soucieux, Lauric se mit à genoux pour la prendre dans ses bras.

— Avez-vous bientôt terminé, docteur ? aboya-t-il. C'est un supplice de vous écouter, pour nous. Ma sœur n'en peut plus.

Théodore Murray n'eut aucune réaction. Le regard fixe, il reprit la parole :

— Le taxi l'a déposée à Saint-Prime, au carrefour de deux rues, et a fait demi-tour. Nous nous sommes croisés. Je me disais qu'Emma comptait peut-être rentrer chez ses parents. Je savais que votre ferme était située près du lac. Elle marchait vite, très vite. J'ai roulé au ralenti derrière elle. Le paysage était inquiétant, effrayant même. Il y avait de l'eau partout, une eau noire et mouvante qui envahissait les prés et cernait les maisons à la sortie du village. J'ai cru apercevoir un type bizarre, mais il a disparu. Soudain, Emma s'est arrêtée. Elle a fait face, immobile dans la lumière des phares, avec sa robe rouge, ses cheveux brillants et son visage clair. À cet instant, j'ai eu de la haine pour elle, une haine plus forte que mon amour. Je suis descendu de la voiture, je l'ai prise par le coude et je l'ai obligée à monter avec moi. Elle me défiait du regard en prétendant que j'avais eu peur de la perdre, peur de la voir morte. J'ai répondu que non, que j'en pouvais plus de ses manigances et de ses caprices. Elle m'a frappé, oui, en exigeant que je la ramène sur le chemin du lac. J'ai refusé. Elle s'est mise à crier qu'elle allait tout raconter à son père, à ma femme, au monde entier, que j'avais vu juste, qu'elle n'avait aucunement l'intention de mourir, car je serais débarrassé d'elle. C'était une scène épouvantable. Emma recommençait à me menacer en répétant que je n'avais pas de cœur, puisque je me moquais de la perdre. Elle était dans un état d'exaltation inquiétant. Elle parlait de son plan qui avait échoué comme tout ce qu'elle faisait. Moi, pendant ce temps, je roulais au hasard, très lentement. J'ai fini par arriver près de la gare. Tout était sombre. La route était boueuse avec de grosses flaques. J'ai dû ralentir. Emma en a profité. Elle s'est jetée hors de la voiture et elle s'est enfuie, elle a couru dans les prés. Moi, toujours furieux, je l'ai suivie à pied. L'eau nous montait aux chevilles. C'était épouvantable, elle ne disait plus rien. Moi aussi je me taisais, malade de rage. Soudain, elle a obliqué vers le lac. Elle a bientôt eu de l'eau jusqu'à mi-cuisses et elle a trébuché. J'ai pu la rattraper. Je l'ai relevée et secouée, comme ça, par les épaules. Elle m'a encore frappé en m'insultant, en me traitant de lâche. Je ne sais pas pourquoi ni comment, nous sommes tombés, ensemble. J'ai réussi à me remettre debout, mais elle, pendant quelques instants, elle est restée la tête sous l'eau. J'ai pensé à un malaise, parce qu'elle avait bu, mais elle s'est agitée et a voulu se redresser. Alors, je l'en ai empêchée, je l'ai maintenue dans l'eau de toutes mes forces. Elle ne s'est presque pas débattue, non, elle suffoquait déjà, peut-être à cause de l'alcool. Et voilà, bien vite elle était apaisée, les yeux fermés, toute pâle... Plus de menaces, plus de cris, plus rien.

— Et vous appelez ça un accident ? tonna Lauric. Vous l'avez assassinée, espèce d'ordure. Je vais vous régler votre compte, moi, ici, tout de suite.

Théodore Murray sembla se réveiller. Il avait parlé dans un état proche de la transe. Ahuri, il noua et dénoua ses mains, puis il se frotta le visage. Muette comme une statue, Jacinthe s'accrocha au bras de son frère qui, en se levant brusquement, l'avait entraînée. Elle vacillait, terrassée par ce qu'elle venait d'apprendre.

— Vous êtes un monstre, cracha-t-elle, horrifiée. Vous racontez ça sans paraître ému... Mais, au fait, le corps d'Emma n'était pas près de la gare ni près de l'embarcadère de Saint-Prime. On l'a retrouvé un peu plus loin que notre ferme, presque en face de la grange de nos voisins, parvint-elle à articuler.

— Je l'ai portée là-bas ; j'avais repéré les lieux quand Emma m'attendait près de chez vous. C'était logique de la découvrir à cet endroit. On pouvait penser à une noyade accidentelle ou à un suicide.

Cette fois, Lauric se rua sur le médecin et le saisit à la gorge :

— Encore un mot et je vous étrangle ! éructa-t-il.

— Je t'en prie, Lauric, ça ne servirait à rien, juste à t'attirer des ennuis. Il a avoué, il paiera cher son crime.

Le jeune homme recula. Il soufflait fort, les joues en feu.

— Monsieur, ajouta-t-elle, il faut être lucide : vous avez tué notre sœur. C'est un meurtre odieux, abominable. Vous devez vous livrer à la police.

Le docteur Murray les dévisagea avec un air égaré. Il fit non de la tête en tremblant d'une nervosité morbide.

— Me livrer, moi ? Je serai à la une de tous les journaux ! Et mon épouse, mon petit garçon ? Je ne verrai pas grandir mes enfants, le scandale éclaboussera toute la famille.

— Vous n'avez pas le choix, cracha Lauric, menaçant.

— Oui, sans doute. Mais je voudrais dire adieu à Félicée et à Wilfred, mon fils.

Il se remit à pleurer, délivré néanmoins des remords qui le hantaient depuis douze jours, vidé de son fiel et de sa honte. De donner le change en menant son existence habituelle lui avait demandé des efforts inouïs. Cependant, plus il feignait l'indifférence et la désinvolture, plus il en venait à se mentir, à se prendre pour la victime d'une navrante crise de nerfs.

La première visite de Jacinthe à son cabinet avait sapé le laborieux travail qu'il avait entrepris sur lui-même pour oublier Emma et se forger la conviction qu'il était innocent. La nuit même, il avait rêvé de sa maîtresse. Elle reposait sous l'eau limpide, les cheveux épars mêlés aux herbes, les yeux grands ouverts. Depuis, il étouffait. Il fuyait sa maison et marchait en l'évoquant comme si elle l'avait quitté, abandonné.

Dans un brouillard de panique, il perçut les voix fluctuantes de Jacinthe et de Lauric, qui discutaient sur la conduite à tenir dans l'urgence.

— Je reste avec lui, ici, disait le jeune homme. Cours téléphoner au chef de police de Roberval ou renseigne-toi : il y a peut-être un poste à Saint-Jérôme.

— Je préfère que tu y ailles, Lauric.

Bizarrement, leurs tergiversations pathétiques rendirent sa dignité au docteur Murray. Résigné à vivre les pires moments de sa vie, conscient d'être un criminel, il eut un geste dérisoire pour leur signaler qu'il voulait parler.

Lauric se jeta devant lui, prêt à le neutraliser.

— Ne vous cassez pas la tête, jeunes gens. Tout est fichu, ma carrière, mon ménage. Rentrons chez moi comme si de rien n'était. Là, j'embrasserai mon épouse et mon fils ; je leur demanderai pardon pendant que vous m'attendrez dehors.

Après ça, nous irons à Roberval avec ma voiture et je me livrerai à la police.

— Je n'ai aucune confiance en vous, protesta Lauric. Ce serait facile de vous sauver. Votre épouse et votre fils, il fallait penser à eux bien avant, quand vous couchiez avec ma sœur.

— Je le sais, rétorqua le médecin. Vous doutez de ma bonne foi et je vous comprends, mais je n'ai pas l'intention de fuir. J'ai commis un acte puni par la loi et je suis décidé à l'assumer. Je refusais de l'admettre, je me trouvais des excuses, mais je n'en ai pas, vous avez raison.

Jacinthe l'observait, sensible au changement qui s'effectuait sur sa physionomie, son allure et le son de sa voix. Il n'était plus ni arrogant ni veule ; il redressait la tête, et son regard sombre s'était ranimé. « Il n'a pas menti, Emma l'a poussé à bout, songea-t-elle. Pourquoi s'est-elle conduite ainsi ? »

— Faisons comme ça, Lauric, dit-elle tout haut. Je le crois sincère.

— Si tu le dis... Eh bien, allons-y ! gronda son frère.

*

Félicée poussa un cri d'effroi en voyant son mari pénétrer dans le salon. Il avait le visage

517

tuméfié, alors que du sang séchait sous son nez et sur sa chemise déboutonnée. Il paraissait vieilli de dix ans, aussi.

— Seigneur, Théodore, tu ne t'es pas battu, quand même ? s'exclama-t-elle. Viens vite dans la salle d'examen, je vais te nettoyer. Heureusement, Wilfred joue à l'étage ; Dévonie le surveille.

— Je suis pressé, appelle-le. Je veux voir notre fils.

Elle le fixa, sidérée, saisie par un affreux pressentiment. Jamais encore elle ne lui avait vu cette expression de pur désespoir.

— Mon chéri, parle-moi. Que se passe-t-il de si grave ?

Il la regarda, ému, apitoyé. Elle lui semblait nimbée de clarté sous sa chevelure blonde. Ses yeux bruns s'étaient adoucis et elle était toute ronde dans sa longue robe bleu ciel.

— Je te demande pardon, Félicée. Je vais te faire du mal, beaucoup de mal, te causer un grand tort. Pars vite chez tes parents, à Chicoutimi. Tu seras à l'abri, là-bas, avec notre petit gars.

La jeune femme se jeta à son cou et éclata en sanglots. L'infime soupçon qui lui était venu la veille se précisa.

— Mon Dieu, qu'est-ce que tu as fait, Théodore ?

518

— J'ai tué Emma Cloutier. C'était ma maîtresse, tu avais vu juste, et elle ne voulait pas rompre. Je vais me livrer à la police. C'est la solution la plus sage. Peu à peu, les remords m'auraient détruit. Je t'en prie, veille sur Wilfred et sur le bébé. On m'attend dehors. Peux-tu appeler notre fils, que je l'embrasse ?

Félicée crut qu'elle allait s'évanouir, mais elle avait un fort tempérament. Sans s'attarder sur ce que lui avait avoué son mari et sur la signification que cet aveu impliquait, elle cherchait déjà comment l'aider, refusant de céder à la panique.

— Tu l'as tuée. Il faudra expliquer pour quels motifs à ton avocat. Si elle te harcelait et te cherchait des ennuis, un avocat trouvera comment plaider ta cause au mieux, car tu auras un avocat, chéri, le meilleur possible. Je te soutiendrai. Malgré tout, nous avons été unis devant Dieu. Je ne t'abandonnerai pas, parce que je t'aime pour de vrai. Dévonie va accompagner Wilfred à Chicoutimi. Je le rejoindrai plus tard. Seigneur, pour la police, tu dois être présentable, au moins. Viens, prends juste deux minutes, tu as une chemise propre dans ton bureau. Il faut te passer de l'eau sur la figure, aussi. Qui t'a frappé ? Le père de cette fille ?

— Son frère.

Il la suivit et se laissa arranger par ses mains de femme, expertes à rendre correct un homme le temps d'un au revoir pathétique.

— Je viendrai te voir en prison. Tu me diras ce qu'il en est. Je témoignerai. Cette fille était à moitié folle. Tu es mon époux, le père de mes petits, Théodore. Rien ne nous séparera, rien. Va dans le couloir, je monte chercher Wilfred.

Il eut tout loisir de méditer sur sa stupidité. Effrayée à l'idée de le perdre, Félicée prenait son parti d'emblée. Il aurait pu lui avouer sa liaison, se prétendre séduit et non amoureux ; il ne risquait pas grand-chose, en somme. L'ironie de la chose lui arracha un soupir incrédule.

Des pas rapides dans l'escalier et la voix altérée, presque chevrotante de son épouse se firent entendre.

— Embrasse très fort ton papa, Wilfred. Il s'en va quelques jours ; il reviendra vite.

Le médecin étreignit son enfant et le couvrit de baisers. Enfin, il posa ses lèvres sur celles de sa femme.

— Je vous demande pardon à tous les deux, bredouilla-t-il. Je dois partir.

Il ouvrit la porte principale. Le soleil inonda le vestibule, jetant des touches joyeuses sur le parquet ciré et les lambris peints en gris. Félicée entrevit les cheveux mordorés de Jacinthe Cloutier de même que les traits hautains d'un grand jeune homme brun. La porte se referma et l'ombre fraîche revint, sans plus aucune trace de la clarté printanière.

« Soyez maudits, vous, les Cloutier ! Soyez tous maudits ! » pensa-t-elle en serrant son fils dans ses bras.

Elle avait imaginé un banal adultère ou bien une simple passade de son mari pour une jolie fille avide de plaisir, mais c'était bien plus grave. Ses remarques acides pendant le souper chez son oncle Lucien prenaient soudain une odieuse note tragique. En larmes, étourdie de chagrin, Félicée Gagné en vint à analyser sous un autre angle la nervosité anormale de Théodore durant le trajet du retour. « Il aurait dû m'avouer son crime hier soir ! se désola-t-elle. Ce matin, nous serions loin, déjà. Le train pour Québec, un bateau pour la France, l'Espagne ou n'importe quel pays d'Europe, loin, loin de ce qui va suivre… »

Le scandale allait être énorme, à la mesure des crues qui avaient ravagé la région du Lac-Saint-Jean. Elle le savait et elle devait s'y préparer.

*

Théodore Murray se gara devant le poste de police de Roberval. Il avait conduit vite, sans desserrer les dents. De leur côté, Jacinthe et Lauric étaient demeurés muets. Ils étaient tellement choqués qu'ils ne parvenaient pas à manifester leurs sentiments, pourtant tumultueux.

Le médecin coupa le moteur et alluma une cigarette.

— Je vous demande pardon, à tous les deux, dit-il. J'ai agi dans un état second, proche de la démence.

— Vous mettez au point votre défense ? ironisa Jacinthe, qui ne supportait plus d'être en sa présence. Mon frère va vous accompagner.

Assise sur la banquette arrière, elle appuya son front à la vitre. Les heures qu'elle venait de vivre lui laissaient un goût de fiel ; la vérité tant attendue s'était révélée atroce et répugnante. Autre chose la tourmentait. Cette triste affaire serait bientôt divulguée dans toute la région. Si la presse n'avait pas manifesté un grand intérêt pour une noyade accidentelle, un fait divers ordinaire, surtout en période d'inondations, elle se déchaînerait pour un crime passionnel déguisé en suicide.

« Un docteur renommé, une jolie institutrice de quinze ans sa cadette. Même victime, Emma sera traînée dans la boue. On saura qu'elle était enceinte et qu'elle faisait chanter son bourreau. Les gens de Saint-Prime seront outrés et nos parents souffriront davantage. Mon Dieu, j'avais besoin de savoir comment était morte ma sœur, mais je n'ai pas voulu ça. Non, jamais ! »

— Sortez, j'ai hâte de rentrer chez moi, disait Lauric.

Jacinthe entendit la portière s'ouvrir. Elle sursauta et se redressa, les mains crispées sur le dossier de la banquette avant.

— Lauric, si des journalistes apprennent ces horreurs, papa sera furieux. Maman ne pourra pas endurer ça. Est-ce qu'on va pouvoir demeurer dans la région ? J'ai peur !

— Que veux-tu, Jacinthe ? Tu t'en doutais, qu'il y aurait un fichu scandale, répliqua son frère.

— Essayez toujours, marmonna le médecin d'une voix tendue, repris par une terreur viscérale. Mais je compte dépeindre Emma telle qu'elle était, sans atténuer ses torts, car elle en avait, même envers vous tous. C'était loin d'être un ange et je peux le prouver. Elle vous a bernés comme elle a su me pousser à un geste fatal à force de ruses, de mensonges et d'égoïsme. Le bébé qu'elle portait, si je ne l'épousais pas, il aurait fini comme l'autre, privé de l'amour de sa mère, rejeté, condamné au triste sort des orphelins.

Lauric empêcha Murray de quitter la voiture en lui broyant le poignet. Jacinthe eut une singulière impression de vide, de dédoublement ; elle avait mal entendu, mal compris ! La bouche sèche, il lui fallut articuler :

— Quel autre bébé ?

— Vous l'ignoriez, j'en étais sûr ! Emma avait déjà mis un enfant au monde. Elle me l'a avoué un soir.

— C'est impossible, nous l'aurions su !
s'insurgea Lauric.

— Et pourtant, non, apparemment ! À quinze
ans et demi, elle fréquentait un garçon. Elle
s'est aperçue de sa grossesse au bout de quatre
mois, quand le bébé a bougé. Je n'ai pas pu en
savoir plus. Elle détestait y penser ; ça la rendait
malheureuse, quand même. Comment elle s'est
débrouillée pour accoucher et abandonner sa
petite fille ? Emma a refusé de me le dire. Il y a
quelque part au Québec une pauvre enfant qui
ne connaîtra jamais sa mère. Mais, ça, je n'en
parlerai à personne, soyez sans crainte.

Sur ces mots, Théodore Murray descendit de
son automobile noire en claquant la portière.
Très droit, la chevelure luisante sous le soleil, il
se dirigea vers l'entrée du poste de police.

*

Saint-Prime, six heures du soir

Le grand lac assagi caressait une étroite bande
de sable de ses discrètes vagues transparentes.
Jacinthe et Sidonie marchaient le long de la
plage, réduite à un chemin encore gorgé d'eau.
Des débris jonchaient le sol, qu'elles évitaient

sans y prêter attention : bouteilles en verre, morceaux de planches brisées, même des ustensiles ménagers emportés jusque-là par les crues conjuguées des rivières voisines.

Lauric, qui précédait ses sœurs, ramassa un petit poupon en celluloïd, la tête en partie écrasée. Sa trouvaille lui arracha un sanglot sec. Il ressassait la nouvelle selon laquelle Emma aurait eu un enfant à quinze ans.

— C'est vraiment épouvantable, répéta Sidonie, qui avait compris le désarroi de son jumeau devant ce pauvre jouet.

La jeune couturière était allée les attendre sur le quai de la gare. Tous trois s'étaient promenés à l'écart de la rue principale du village afin de discuter sans risque d'être dérangés. Jacinthe avait tout raconté à leur sœur. Quand sa voix tremblait trop ou qu'elle se remettait à pleurer, Lauric prenait le relais.

Maintenant, comme fascinés par l'immensité bleutée du lac à la surface pailletée de reflets dorés par le soleil oblique, ils tentaient de rassembler leurs idées. Ils étaient accablés par la cruauté du destin, le destin d'Emma.

— Je ne pensais pas qu'elle était ainsi, une vraie tête brûlée guidée par ses seuls sens ! dit Sidonie dans un soupir. Mon Dieu, si seulement elle s'était confiée à moi bien avant !

— Je la méprise, intervint Lauric, en colère. Je donnerais cher pour qu'elle soit encore vivante, mais, si c'était le cas, je m'arrangerais pour ne plus l'approcher, pour la rayer de mon cœur. Une fille de rien, une traînée ! Murray en a profité ; c'est un beau salaud lui aussi et je le hais, mais Emma couchait avec un homme marié. Elle n'avait pas à vouloir briser son ménage.

— Si elle surgissait devant toi, Lauric, tu lui pardonnerais vite malgré tout, affirma Jacinthe. Moi, je ne sais plus du tout qui était notre sœur. J'ai l'impression que nous avons enterré une étrangère. Mais il y a pire. Seigneur, le choc que j'ai eu quand le docteur nous a appris qu'elle avait abandonné un bébé ! Emma avait environ seize ans, tu te rends compte, Sido ? Nous devons chercher à quelle époque cela correspond, ce qui se passait cette année-là, en 1925. Est-ce qu'elle s'est absentée ? Où elle est allée dans ce cas ?

Sidonie lui fit face. Elle avait un air grave.

— Je vous ai prévenus, il faut tout dire à nos parents. Dans une heure, à table, nous devons débiter toutes ces horreurs, salir Emma encore une fois. Lauric, tu iras chercher grand-père. Il faut qu'il soit présent. On ne peut protéger personne, ni lui ni maman. Les conséquences de cette histoire vont être terribles. Nous aurons la visite de la presse, j'en suis certaine. La police viendra aussi nous interroger et enquêter auprès des voisins. Vous ne trouvez pas bizarre qu'il n'y ait eu aucun témoin, le soir où Emma a été tuée ? Les eaux du lac montaient, la rivière aux Iroquois avait envahi les champs des Thibault et les nôtres. Chacun surveillait sa terre, son jardin, le tour de sa maison, même tard le soir. Mais personne n'aurait rien vu ni rien entendu ?

— Laissons les policiers se débrouiller, trancha son frère. Nous devons bien réfléchir avant de parler du bébé, qui serait né il y a trois ans sans que personne s'aperçoive de la grossesse d'Emma. Jacinthe a raison, elle s'est forcément absentée. Et comment va réagir maman ? Elle va encore endurer le martyre en sachant que l'enfant de sa fille adorée grandit quelque part.

— Et si le docteur vous avait menti ? hasarda Sidonie. Il a pu déclarer ça pour se venger ou pour atténuer sa propre responsabilité.

— Non, j'ai senti qu'il était sincère, protesta Jacinthe. Mis au pied du mur, décidé à se livrer, pourquoi aurait-il inventé une chose pareille ? Venez, il faut rentrer à la ferme.

Pas un instant il n'y avait eu un geste de tendresse entre eux, aucun regard de complicité. Peut-être qu'ils s'en voulaient mutuellement d'avoir été aveugles et inattentifs, d'être passés à côté de l'essentiel, ces dernières années, en ce qui concernait la benjamine de la famille Cloutier.

Peut-être aussi qu'elle était trop vive, cette sœur, trop habile à cacher sa nature profonde. Emma dansait quand les autres piétinaient ; elle s'échappait, moqueuse, à l'heure où les pieuses demoiselles rentraient se coucher. C'était un papillon joyeux, mais qui préférait les ombres de la nuit et qui se brûlait les ailes au moindre éclat de fête, de bonheur volé.

*

Alberta triait des lentilles du bout des doigts, étalant les graines sur le bois de la table afin d'en ôter les petits cailloux. Toute vêtue de noir, un foulard sur ses cheveux, elle se tenait la tête un peu penchée, ses traits délicats dorés par la lumière de la lampe.

Ses filles entrèrent dans la pièce discrètement et s'assirent côte à côte sur le banc.

— Où est Lauric ? demanda-t-elle sans les regarder.

— Chez grand-père ; il le ramène ici, chuchota Sidonie.

— Et pourquoi ?

— Il le faut, maman, affirma Jacinthe, la gorge serrée, le cœur survolté. Papa nourrissait le cheval. Nous lui avons dit de ne pas trop tarder. Je sais enfin ce qui s'est passé, pour Emma. Nous sommes allés à Saint-Jérôme, aujourd'hui, rencontrer le docteur Murray.

Sa mère renonça à son fastidieux labeur. Elle joignit les mains comme si elle voulait prier.

— Je suis si lasse, mes petites ! avoua-t-elle. Parfois, je crois que la mort me guette, car on ne peut pas souffrir autant sans en mourir. Que dois-je apprendre encore sur ma petite chérie ?

Les deux sœurs échangèrent un coup d'œil affolé. Blafard, Champlain apparut à cet instant précis, la face crispée, sa robuste carcasse légèrement voûtée.

— Après-demain, samedi, je tonds les moutons. Faudrait que Pierre vienne nous aider, Lauric et moi, comme au bon vieux temps… Tu n'as pas un moyen de le joindre, Jacinthe ?

— Il y a le télégraphe, mais je ne le ferai pas. Il est occupé, là où il est. Nous avons des soucis, de gros soucis, papa.

— Calvaire, autant vite en parler. Vous avez un air bizarre, s'étonna-t-il.

Sidonie se leva. Elle avait besoin de s'activer. Avec méthode, elle ramassa les lentilles et les mit dans une casserole. Sur la table, elle disposa six verres, un pichet d'eau, du pain et du beurre.

— Nous attendons grand-père et Lauric, précisa Jacinthe.

— Parle donc tout de suite ! implora sa mère. Quelle idée de traîner mon pauvre père jusqu'à la ferme ! Pourquoi le mêler à tout ça ? Il a eu sa part de douleur.

— Nous n'avons pas le choix, maman. Et, même si c'était le contraire, il tient à être au courant.

Alberta et Champlain fixèrent leur fille aînée, tandis que Sidonie se raidissait, prête à affronter le chaos.

— Emma a été assassinée. Le docteur Murray l'a tuée, confessa tout bas Jacinthe. Il s'est livré à la police.

Un terrible silence s'installa. Chacun des protagonistes de la scène restait pétrifié, oppressé par la violence de ces mots.

*

Roberval, chez Lucien Gagné, même soir

En quelques minutes, un véritable séisme avait ébranlé les fondements de l'honorable famille Gagné, qui devait sa richesse passée et présente à de longues années de commerce et à d'excellents placements boursiers, un aïeul ayant découvert un riche filon d'or.

À sept heures du soir, Félicée était arrivée chez son oncle Lucien avec son fils Wilfred. Un taxi les avait déposés ; le chauffeur avait transporté deux valises jusqu'au perron aux colonnes de pierre blanche. En recevant sa nièce avec de grands sourires, Coralie Gagné avait simplement pensé qu'il y avait eu un léger changement dans les plans.

— Ah ! bonsoir, Félicée ! Tu vas partir d'ici pour Chicoutimi, peut-être ? Mais Elphine n'a pas encore préparé ses bagages.

— Non, ma tante, je ne pars pas tout de suite, je vais séjourner chez vous quelques jours.

Sans donner d'autres explications, la jeune femme s'était dirigée vers le salon, où son oncle et son cousin Wallace disputaient une partie d'échecs.

— Papa est parti loin, avait alors annoncé le petit Wilfred d'un ton plaintif.

Les mots de l'enfant avaient sonné le glas d'une harmonie relative, déjà mise à mal par le chagrin d'amour d'Elphine. Bizarrement, personne ne s'était mépris sur le sens de ce départ, sans doute à cause de l'expression pathétique de Félicée.

— Comment ça, parti ? avait quand même interrogé Coralie, dans l'espoir de ramener la situation à la normale.

— Si Valentine pouvait faire souper Wilfred, dans la cuisine, je vous dirais ce qui se passe, avait répondu sa nièce en refoulant son envie de pleurer.

Coralie avait sonné. La jeune bonne avait accouru et s'était chargée de l'enfant. Félicée avait tout raconté. Un quart d'heure avait suffi. Le récit, débité d'une voix basse et tendue, avait semé la stupeur et la consternation.

— Seigneur, ce n'est pas possible ! murmura Lucien. Tu n'en sais pas davantage ?

— Non. J'ignore même où est mon mari, ce soir. En prison, sûrement. Je n'ai pas eu le courage de rester seule à Saint-Jérôme. Wilfred me voyait en larmes et ça l'effrayait. Il réclamait même Dévonie, mais j'ai renvoyé cette grosse imbécile.

Sidéré, Wallace alluma un cigarillo. Son père l'imita. Ils osaient à peine poursuivre la discussion.

— Tu dois demander le divorce immédiatement, conseilla Coralie de sa voix aigre. Un assassin dans la famille ! Notre nom va être sali ; le scandale va rejaillir sur ton oncle et sur tes cousins. Mon Dieu, pensez que Théodore a soupé chez nous, hier ! Oui, c'était hier, et monsieur cachait bien son jeu.

— Je t'en prie, Coralie, ne commence pas à te lamenter ! intervint son mari. Essayons de réfléchir. Tu dois passer pour la première victime, ma chère nièce, et divorcer, évidemment, ce qui prouvera que tu es horrifiée par le crime de ton mari en attestant aussi que tu ignorais tout de sa liaison avec cette... fille de rien.

— Tu peux dire cette catin, cracha tout bas Félicée. J'aurais dû me méfier. Je voyais bien son manège, ses visites de plus en plus fréquentes au cabinet médical, sa façon de me toiser si nous nous croisions dans le vestibule. Théodore est tombé dans ses filets, un piège bien grossier.

— N'en fais pas la victime d'une séductrice chevronnée, coupa Wallace, révolté. Emma Cloutier avait dix-neuf ans, ton époux, quinze de plus environ. Qui est responsable, dans ces cas-là ? L'homme, à mon sens. C'est à lui de dominer ses pulsions, de mettre des barrières.

— Tu me déçois, à te ranger dans le camp adverse, rétorqua sa cousine. Résisterais-tu, toi, si une très jolie fille, une jeunesse comme on dit, te harcelait et te faisait comprendre que tu as toutes tes chances ?

— J'en suis certain, oui. Surtout si j'étais marié. Les sacrements de l'Église ont une grande valeur à mes yeux.

— Tu as été bien éduqué, toi, Wallace, déclara Coralie sans joie. On ne peut en dire autant de Théodore Murray, dont le père était un ouvrier, et la mère, une malheureuse femme de ménage.

Félicée porta les mains à son ventre, l'air affolé. Elle sembla guetter quelque chose, mais s'apaisa aussitôt.

— Le bébé bouge beaucoup, j'ai eu des contractions dans le taxi, avoua-t-elle.

— Ce n'est guère surprenant, ma pauvre petite, après un choc pareil : découvrir la vraie nature de son mari ! Il te trompe d'abord, ensuite il tue sa maîtresse, renchérit sa tante.

— Dieu merci, j'ai de l'argent, répliqua la jeune femme. Théodore aura le meilleur avocat. Autant vous le signifier dès ce soir, je ne veux pas divorcer. J'aime cet homme, je l'aime de toute mon âme.

Sur ces mots, sa résistance nerveuse se fendilla. Elle étouffa un sanglot en touchant de nouveau son ventre distendu. Elphine, qui rentrait pour le souper, découvrit cet étrange tableau.

— Qu'est-ce qui se passe ? s'alarma-t-elle. Félicée, tu ne vas pas accoucher, le terme est prévu au mois d'août ? Où est Théodore ?

Wallace quitta son fauteuil et entraîna sa sœur dans une pièce adjacente qui servait de bibliothèque et de bureau à leur père. Là, il lui décrivit la situation. Elphine fut abasourdie.

— Emma, il a assassiné Emma Cloutier ? Seigneur, je ne peux pas le croire. Pauvre Félicée, elle doit être totalement désespérée !

Très sensible depuis sa déconvenue amoureuse, elle pleura sans bruit, à petits coups, son charmant minois crispé par une sorte de terreur enfantine.

— C'est bizarre, bredouilla-t-elle en se réfugiant dans les bras de son frère. Théodore avait

534

tout d'un brillant docteur, l'intelligence, la cour-
toisie, la compétence, mais, au fond, il se révèle
un criminel. Wallace, combien de gens autour
de nous semblent inoffensifs et se changent en
brutes ou en meurtriers ?

— Pas tant que ça, sœurette, chuchota-t-il.
Cependant, je suis aussi bouleversé que toi. Je ne
pensais pas que Théodore trompait notre cousine. Avec Emma Cloutier, en plus.

— Mais le journal disait qu'elle s'était noyée.
Ce serait lui ? Il l'aurait tuée de cette façon ?
Quelle horreur !

Elphine porta une main à sa gorge comme
si elle suffoquait. Soudain, d'être en vie et en
bonne santé, jeune et fortunée lui parut un sort
éblouissant.

— Quand les Cloutier vont apprendre la nouvelle, ils seront encore plus malheureux, hasarda-
t-elle.

Wallace, qui pensait justement à Jacinthe,
conçut sans peine la douleur de la belle infirmière et de sa famille.

— Allons, du cran, soupira-t-il. Retournons
au salon. Je ne partage pas vraiment l'opinion de
nos parents ni celle de Félicée, mais nous devons
faire acte de présence. Je te préviens : selon notre
cousine, la plus coupable, c'est Emma. Je ne suis
pas du tout d'accord et je l'ai dit.

La soirée fut cependant moins pénible que prévu. En maîtresse de maison diligente, Coralie réussit à instaurer une ambiance chaleureuse. Avant et après le souper, on n'évoqua plus le drame abominable qui frappait toute la famille en plein cœur.

Elphine joua au nain jaune[1] avec le petit Wilfred, puis elle s'occupa de le coucher dans sa propre chambre.

Félicée eut droit à la compassion générale. Elle mangea son dessert allongée sur le sofa, comme si elle était atteinte d'une maladie fatale.

— Vous êtes tous si gentils ! déclara-t-elle en sirotant une tisane de tilleul. Comment vous remercier ? Théodore m'a conseillé de me réfugier chez mes parents, mais je n'irai pas là-bas tant que je ne l'aurai pas revu.

— Sois tranquille, Cardin, le chef de police, est un ami de longue date, affirma Lucien. Je solliciterai une audience. Je préférerais que tu tires un trait sur cet individu que tu as épousé malgré les réticences de ta mère, mais le mal est fait. Nous devons établir un plan de bataille pour éviter le pire. À cette fin, il faut connaître tous les éléments de l'affaire.

---

1. Jeu de cartes très simple auquel les enfants peuvent jouer dès l'âge de cinq ans.

— Et toi, tu dois te reposer, insista Coralie. Ça n'arrangera rien si le bébé vient au monde trop tôt.

— Personnellement, j'irai rendre visite à la famille de la victime, annonça alors Wallace. Oui, les Cloutier de Saint-Prime. On a tué leur fille, alors qu'ils croyaient à un accident.

Il n'obtint aucune réponse, seulement un profond silence et un éclat de colère dans les yeux clairs de sa cousine Félicée.

*

Ferme des Cloutier, onze heures du soir

Blotties l'une contre l'autre comme des fillettes apeurées rescapées d'un périlleux naufrage, les deux sœurs partageaient le même lit. Une bougie les éclairait, projetant sur le mur voisin des ombres aux formes fantasques.

— Je croyais que ce serait plus éprouvant, murmura Sidonie.

— Oui, mais, Lauric et moi, nous étions pareillement assommés, après les aveux de Murray, dit Jacinthe. En fait, quand l'émotion est trop forte, on se sent presque anesthésié. On dirait que notre esprit bloque nos réactions. On est incapable de hurler ou de sangloter. Mais il y a quand même eu des pleurs et des grincements de dents. Tu te souviens de la parabole où les méchants sont précipités dans la géhenne ?

— Nous l'avons apprise au catéchisme, mais ce soir c'étaient les bons qui pleuraient et grinçaient des dents. Pépère, maman et Lauric.

— Tu ranges notre père dans les mauvais ?

— Oui, j'ai eu pitié de lui, au début, quand maman lui a interdit la maison. Depuis, je le méprise. J'ai eu une pensée affreuse, ce soir.

— Dis toujours, Sido ?

— Peut-être qu'Emma tenait surtout de lui, qu'elle avait hérité de sa perversité, de ses pulsions honteuses. Quand même, t'es-tu représenté ce qu'il a fait à maman ? Il l'a violée pour se l'approprier, elle qui en aimait un autre. Moi, je l'aurais tué, par la suite, de n'importe quelle manière. La nature regorge de poisons... Jamais je n'aurais lié ma vie à un homme aussi abject. Pourtant, son sang coule dans mes veines et je l'aime encore. C'est quand même mon père.

Jacinthe frissonna, troublée par la voix glaciale de sa sœur.

— Ne remuons pas le passé ; le présent est déjà assez pénible comme ça, conseilla-t-elle. Papa paraissait accablé et meurtri, je t'assure.

— Heureusement ! Sinon quel père serait-il ? Au moins, il ne peut plus se servir de la noyade d'Emma qui n'est plus du tout une victime des inondations. Tu verras, demain, il va s'inquiéter de notre réputation. Il guettera le moindre visiteur afin de l'envoyer au diable.

— Sido, pitié ! Si nous parlions de l'enfant ?

— Personne n'y croit. À quoi bon rêver de le retrouver ?

— Mais, dès qu'elle l'a su, maman s'est métamorphosée, assura Jacinthe. J'ai lu l'espoir dans ses yeux. Admets-le.

— Je n'ai rien vu de tel. J'étais occupée à calmer grand-père. Le malheureux, il était méconnaissable. Il sanglotait et réclamait vengeance.

Les jeunes femmes se turent, ramenées en arrière, aux heures sinistres où la famille réunie avait débattu de sa propre tragédie qui, à l'instar des eaux déchaînées du lac, était venue détruire les apparences, bousculer les affections, mettre à nu les mensonges et les secrets.

Champlain avait beaucoup bu, Lauric également, afin de s'exhorter à maudire le docteur Murray, qu'ils qualifiaient de vil séducteur, de salaud assoiffé de sang et d'autres qualificatifs injurieux, ponctués de jurons bien sentis. Alberta avait gémi, poussé de courtes plaintes et fini par réfuter timidement la confession du médecin.

— Ce sale type a tout mis sur le dos d'Emma, avait-elle bredouillé. Ma petite n'était pas comme ça.

Il y avait eu aussi l'épisode où Ferdinand Laviolette s'était allié à son gendre et à son petit-fils pour élaborer un plan de bataille. Il fallait faire taire les inévitables commérages, les regards dédaigneux, l'opprobre des braves gens de Saint-Prime. Pour gagner, on avait trouvé le complice parfait, le curé. Dès dimanche, lorsqu'il monterait en chaire, il devait expliquer à ses paroissiens toute l'affaire à la sauce Cloutier, non à celle des journaux.

Après un temps de réflexion, Sidonie chercha la main de sa sœur sur le drap et l'étreignit.

— Peut-être que tu dis vrai, pour l'enfant, notre nièce, en fait. Une petite de trois ans. Demain, nous tâcherons d'y réfléchir. Ce soir, j'en suis sûre, personne n'y a cru. Même Lauric finissait par douter. Mais comment la retrouver ? Autant chercher une aiguille dans une botte de foin.

— J'ai de très bons yeux et une dose infinie de patience, répliqua Jacinthe. Si ce bout de chou est encore sur terre, je le retrouverai, moi.

13

L'onde de choc

Ferme des Cloutier, le lendemain matin,
vendredi 8 juin 1928

Par précaution, Alberta avait tiré les rideaux
en lin ivoire. Elle redoutait l'arrivée intempes-
tive de la police ou de journalistes, à cause des
sombres prévisions qu'avait énoncées Lauric, la
veille. Le jeune homme nettoyait la cour, toujours souillée d'une boue ocre. C'était un moyen
de calmer ses nerfs tourmentés tout en surveil-
lant les environs. Quant à Champlain, en costume noir et coiffé de son chapeau du dimanche,
il était parti discuter avec le curé.

— Aujourd'hui, maman, nous devrions nous
reposer, suggéra Sidonie, qui rinçait la vaisselle

du déjeuner. Même si nous avons encore plus de chagrin, il nous faudra reprendre notre vie habituelle.

— Comment faire ? répondit sa mère qui faisait les cent pas dans la grande pièce. J'ai envie de hurler à la mort ; je rêve de me jeter dans le lac !

— Maman, je t'en supplie, ne dis pas ça ! s'écria Jacinthe, qui revenait du village. Pense à nous et à grand-père !

Elle avait couru chez Matilda dès l'aube pour lui apprendre la vérité sur la mort d'Emma. Mais l'arrivée impromptue d'un voisin l'avait empêchée d'en dire davantage, notamment sur l'enfant que sa sœur aurait abandonné.

— Tu dois être courageuse, ajouta-t-elle, et je suis de l'avis de Sidonie : quitte à rester enfermées ici toutes les trois, autant nous occuper à des tâches ordinaires.

— J'ai du repassage en retard, admit-elle.

— Je m'en chargerai dès que le poêle chauffera mieux, vers midi, promit Sidonie. Nous ferons des crêpes, aussi. Lauric sera content.

La jeune femme eut un sourire fatigué. Elle portait une robe vert foncé sous son tablier réservé au ménage. Ses cheveux bruns attachés sur la nuque, le haut du front égayé par des boucles rebelles, elle semblait maquillée à cause du rose vif de ses lèvres et de la beauté de ses yeux verts frangés de cils noirs.

— Que tu es jolie, ma petite, ce matin ! soupira Alberta. Tu as des traits si délicats ! Emma avait le nez moins fin que toi, mais le teint plus coloré. Dieu m'a gâtée : il m'a donné trois belles filles et un beau garçon.

Jacinthe s'était installée à la table, une plume et un bloc de correspondance à portée de la main. Elle comptait écrire à Pierre pour lui raconter le triste jeudi qu'elle avait passé. Mais le choc avait été trop rude. Elle désirait reprendre ses esprits, digérer l'horreur de ce crime avant de le revoir. « Comment lui faire comprendre sans le peiner qu'il doit patienter avant de revenir ici ? se demandait-elle. Moi, à sa place, s'il traversait ce genre d'épreuve, je voudrais être près de lui pour le réconforter et l'aider. »

Dans l'expectative, elle mordillait l'ongle de son petit doigt, le regard rêveur, son visage altier d'une pâleur de craie.

— Maman, assieds-toi donc, implora Sidonie. Tu ne fais que guetter le chemin. Si une voiture approche, nous l'entendrons.

— J'ai tellement honte ! confia Alberta en prenant place au bout du banc réservé aux hommes de la famille. J'aimais Emma de tout mon cœur, je l'adorais. Elle s'est mal comportée, mais je ne parviens pas à lui en vouloir.

Elle a payé cher ses fautes, le prix inestimable de sa jeune vie. J'ai eu du mal à dormir, aussi, à cause de l'enfant, oui l'enfant de mon enfant, ma petite-fille. Elle a un père, cette petite, sans doute quelqu'un d'ici.

Jacinthe renonça à rédiger sa lettre. Elle se leva, attisa le poêle et ajouta du bois.

— Je vais préparer le repas de midi, dit-elle en remplissant une passoire de pommes de terre. Maman, je retrouverai la trace de cette petite. Si nous cherchions toutes les trois à quelle époque Emma a pu accoucher sans que nous le sachions ! Hier soir, nous étions très fatiguées, Sido et moi, et nous n'avons pas pu y réfléchir. Que s'est-il passé chez nous en 1925, mois par mois ?

— Je crois que tu es partie pour Montréal début janvier, avança Alberta. Le voyage en train a pris presque trois jours, tant il y avait de la neige. Nous t'avons revue seulement à Pâques. Tu nous en as raconté, des choses, sur l'hôpital, les malades, la ville…

— Tu t'en souviens, maman ? s'étonna Jacinthe.

— Bien sûr ! Je me tracassais beaucoup de te savoir aussi loin de nous.

— Moi, je travaillais à l'école ménagère de Roberval comme certaines anciennes élèves, nota Sidonie. Mais je rentrais ici le vendredi soir.

Emma attendait l'ouverture de l'École normale[1] des ursulines. Elle était déterminée à enseigner. Elle suivait encore la classe des grandes, au couvent.

— Le couvent de Saint-Prime, n'est-ce pas ? s'enquit Jacinthe.

— Évidemment. Nous y sommes allées toutes les trois.

— En plein hiver, Emma a pu facilement dissimuler sa grossesse. Elle était menue et, chez les sœurs, nous portions une blouse sans manches très ample, qui flottait sur le corps, expliqua Jacinthe.

— Un instant ! Je me souviens d'une chose, coupa leur mère. Au mois de janvier, Emma a quitté le couvent et elle est partie travailler dans la boutique de Marguerite Lagacé, à Péribonka, sur la recommandation du maire.

— Tu as raison, maman, renchérit Sidonie. Elle voulait gagner de l'argent pour vous aider, comme je le faisais à Roberval. Papa s'était endetté pour acheter je ne sais plus quelle machine. Je crois qu'elle est revenue au mois d'avril... Oui, je me rappelle très bien le jour de son retour. Il faisait beau et nous avons regardé des modèles de robe dans la revue pour femmes

---

1. L'École normale de Roberval a fonctionné à partir de 1925.

que j'achète encore. Elle n'était pas enceinte, j'ai pris les mesures, de sa taille et de sa poitrine.

— Alors, elle a dû accoucher à Péribonka, déclara Jacinthe. Il faudrait aller chez cette dame.

Alberta leur fit signe de se taire. Elle avait entendu un bruit de moteur, sur le chemin. Lauric déboula bientôt dans la maison.

— Je crois que c'est la police, dit-il, inquiet.

Il courut se laver les mains à l'évier de la cuisine et lissa ses mèches folles. Il regarda ensuite sa mère et ses sœurs, comme pour s'assurer qu'elles étaient présentables. Quelques minutes plus tard, on toquait à la porte. Jacinthe alla ouvrir.

— Entrez, messieurs, dit-elle aux deux policiers qu'elle avait vus la veille à Roberval. Vous connaissez mon frère. Voici ma mère et ma sœur.

— Mesdames, monsieur, bougonna le chef de police Alfred Cardin. Nous voudrions parler à Champlain Cloutier, dans un premier temps.

— Mon époux est en visite chez le curé, mais il ne devrait pas tarder, balbutia Alberta, très intimidée. Asseyez-vous, messieurs, je vous en prie.

Elle tremblait de tout son corps, la mine défaite, livide.

Sidonie s'empressa de la prendre par les épaules pour la rassurer.

— Non, ce n'est pas la peine, madame. Nous enquêtons sur la mort de votre fille Emma, annonça Alfred Cardin. L'affaire n'est pas simple. D'après la déposition de Théodore Murray, la jeune personne en question n'était pas de mœurs exemplaires ; elle les aurait harcelés, son épouse et lui, depuis plusieurs mois.

— C'est le monde à l'envers ! rugit Lauric. Bientôt, vous direz que ce docteur a fait œuvre de charité en tuant notre sœur !

— Calme-toi, supplia Alberta. Laisse parler le monsieur.

— Madame Cloutier, reprit le policier en foudroyant Lauric du regard, nous venons d'interroger le maire, le docteur Fortin et d'autres personnes dignes de confiance. Votre famille a bonne réputation dans Saint-Prime, ça ne fait pas de doute. Il apparaît aussi que votre fille Emma habitait Saint-Jérôme et pouvait mener sa vie à sa guise, notamment depuis le mois de juillet 1927, où elle a pu emménager dans le logement dévolu aux institutrices près de l'école. Répondez en toute honnêteté. Étiez-vous au courant de la liaison de votre fille avec le docteur Murray, un homme marié et respectable ?

— Non, hélas, dit Alberta d'une voix faible. Si mon époux et moi l'avions su, nous aurions tenté de raisonner notre petite, bien sûr.

547

La coupe était pleine pour Lauric. Il se campa devant les deux représentants de la loi et les toisa.

— Dites, il est toujours respectable, votre docteur ? Ce gars a tué ma sœur, il lui a tenu la tête sous l'eau, là, près de notre ferme, quand le lac avait envahi nos bonnes terres. Il s'en fiche, des ennuis que les gens d'ici ont eus et qu'ils auront encore longtemps. Faut le signaler dans les journaux, que les notables ont le droit de tuer les jeunes filles qu'ils ont déshonorées.

— Baissez d'un ton, jeune homme, gronda Alfred Cardin. Le docteur Murray s'est livré de son plein gré et il a avoué son acte criminel, mais il semble qu'il ait agi dans un état second, une crise de démence.

— Et vous croyez que ça nous console ? s'écria Jacinthe. Je suis d'accord avec mon frère. À vous entendre, ma sœur serait la plus coupable dans cette histoire. Mais elle est au cimetière et ne peut se défendre ni donner sa version du drame. Au fond, vous êtes dans notre situation : vous n'avez que la version de Murray, pas celle de notre sœur.

Elle avait touché un point délicat de l'affaire. Gêné, le chef de police garda le silence un court instant.

— C'est précisément pour cette raison que nous enquêtons, mademoiselle, répliqua-t-il. Je comptais entendre monsieur Cloutier, surtout, votre père, je suppose.

— Vous supposez bien, rétorqua-t-elle, exaspérée par la froideur du personnage. Mais, si vous avez des questions qui concernent notre sœur, tout le monde dans cette pièce peut y répondre.

— Très bien, nous verrons ça plus tard. Je souhaite voir l'endroit exact où le corps a été retrouvé. De plus, le docteur Murray prétend que vous avez le témoignage d'un de vos voisins qui l'aurait vu entraîner Emma Cloutier dans sa voiture, ce qui a dirigé vos soupçons sur lui, car, de surcroît, quelqu'un d'autre vous aurait affirmé qu'il avait une aventure avec votre sœur. Il faudra venir déposer à Roberval, vous et votre frère, puisque vous vous êtes presque enfuis, hier, dès que vous avez vu le suspect entrer dans mon bureau.

— Ce n'était pas une fuite ! Nous n'avions pas à assister à ses aveux, c'est tout, protesta Jacinthe. Pouvez-vous comprendre que nous ne supportions plus de le voir, d'être près de lui ? Mais j'ai parlé à ce monsieur qui vous accompagne pour lui demander si on pouvait espérer la plus grande discrétion sur l'identité de la victime.

— Il fallait vous adresser ailleurs, à la rédaction du journal *Le Colon* ou aux quotidiens de

Québec. Mais je peux vous rassurer sur ce point. Pour le moment, rien n'a filtré de l'affaire.

Le second policier, un dénommé Jourdain Provost, confirma son affirmation d'un mouvement de tête. C'était une recrue qui venait de Trois-Rivières. Il ne quittait guère Sidonie des yeux, ce dont elle ne s'apercevait pas, occupée qu'elle était à soutenir sa mère, dont la pâleur et les frissons continuels l'inquiétaient.

— Ne vous faites pas d'illusions, mademoiselle, soupira Cardin. À moins d'un miracle, la presse fera étalage des frasques de votre sœur... et de celles d'un médecin soi-disant honorable.

Jourdain Provost prit la parole pour la première fois. Il s'adressa à Lauric, qui se tenait à côté de sa jumelle et de leur mère.

— Il nous faudrait l'identité des témoins dont vous avez parlé au prévenu, dit-il d'un ton aimable et poli.

Son timbre grave et un peu rauque attira l'attention de Sidonie. Elle dévisagea le jeune policier. Leurs regards se croisèrent.

— Il s'agit de Pacôme Pelletier, un simple d'esprit qui habite rue Potvin avec sa mère, et de madame Dévonie Lafontaine, la domestique des Murray, précisa Jacinthe.

— De mieux en mieux, un simple d'esprit ! grogna Alfred Cardin en jetant un coup d'œil furibond à la jeune femme.

— Il souffre d'un retard mental sans être vraiment idiot, ajouta-t-elle. Pacôme a eu un rôle important en l'occurrence. Sans lui, j'aurais continué de croire au suicide de ma sœur et…

— Mademoiselle Cloutier, votre quête de la vérité partait d'un sentiment légitime, mais, que ce soit vous ou vos proches, notamment votre père, vous auriez dû nous contacter dès la découverte du corps.

Champlain Cloutier entra à cet instant précis. Il avait entendu les derniers mots de Cardin. Sa haute silhouette, sa stature robuste et ses traits volontaires en imposaient. Endimanché, la barbe taillée et sa chevelure d'argent peignée en arrière, il avait une certaine prestance.

— Bonjour, messieurs, dit-il sèchement.

Cette fois, les deux policiers se présentèrent. Alberta assistait à la scène, mais ses tempes cognaient et sa vue se brouillait. Elle s'était sentie humiliée par l'arrogance teintée de mépris d'Alfred Cardin, comme si elle avait donné naissance à une créature sournoise et perverse. Son cœur de mère refusait de considérer sa petite Emma ainsi. Soudain, pour elle, les voix et les bruits de l'extérieur, de la chanson lointaine du lac aux bêlements des moutons, s'estompèrent. Le décor lui-même devint flou, tandis qu'elle sombrait dans un délicieux néant.

— Maman ? Vite, maman se trouve mal ! cria Sidonie qui la maintenait debout à bras-le-corps.

Lauric se précipita, ainsi que Jacinthe.

— Il faut l'allonger, les jambes un peu en hauteur, ordonna-t-elle. Emmenons-la dans ton atelier, Sido, nous l'étendrons sur le petit divan.

Champlain eut un mouvement d'humeur et prit à partie les deux intrus.

— Ma femme a du mal à se remettre de toutes ces horreurs. M'est avis que vous avez retourné le couteau dans la plaie avec vos discours.

— Nous faisons seulement notre métier, monsieur, trancha Cardin sèchement. Sortons, je vous prie.

*

Allongée la tête à plat, deux coussins sous ses pieds, Alberta demeurait extrêmement pâle. Elle gardait les paupières closes, et son souffle était ténu. En infirmière diligente, sa fille aînée lui prit le pouls, regrettant de ne pas avoir de ten-siomètre.

— Je pense à une chute de tension et aussi à de la faiblesse, dit-elle après un examen attentif. Elle ne mange plus et dort très peu. Sidonie, va préparer un verre d'eau tiède très sucrée dans laquelle tu verseras de l'eau-de-vie, une cuillère à café environ. Lauric, pourrais-tu aller chez Matilda lui demander de venir ?

— Je n'aime pas cette vieille, Jacinthe. Je préférerais ramener le docteur Fortin, bougonna-t-il.

— Tu as tort. Matilda sera de bon conseil. Je crois, moi, que maman a besoin d'elle.

— Mais qu'est-ce qu'elle a, d'après toi ?

— Le chagrin, la honte, la peur, c'est suffisant pour ôter l'envie de vivre. Maman faisait semblant de tenir le coup.

— La malheureuse ! Bon, j'y vais.

Dans la pièce voisine séparée de l'atelier de couture par le couloir, Sidonie suivait les directives de sa sœur. Champlain et Alfred Cardin étaient sortis, de toute évidence, ainsi que le jeune policier à la voix particulière. Elle vit Lauric s'approcher, la mine sombre, au bord des larmes.

— Doux Jésus, l'état de maman n'a pas empiré, au moins ? s'affola-t-elle.

— Non, on dirait qu'elle dort. Je dois partir au village. Je prends ta bicyclette. Je reviens vite.

Bouleversé, Lauric embrassa sa sœur sur le front comme il le faisait souvent. Elle eut un sourire affligé. Son jumeau était à peine dehors que Jourdain Provost réapparut.

— Mademoiselle, votre père nous conduit sur le lieu où l'on a découvert votre sœur, expliqua-t-il. Est-ce que votre maman va mieux ?

— Pas encore, mais Jacinthe est infirmière, elle sait quoi faire.

— Dans ce cas, je suis rassuré, dit-il avant de ressortir.

Sidonie s'étonna de la sollicitude dont faisait preuve le policier, qu'elle avait senti sincère. Elle versa la dose d'alcool dans le verre et retraversa le couloir. L'adjoint d'Alfred Cardin l'intriguait. Sa physionomie n'avait pourtant rien d'exceptionnel. De taille moyenne, mince, le teint uni et les cheveux châtains coupés très court, les yeux d'un brun clair et la bouche bien dessinée sous une fine moustache, il offrait un visage plaisant empreint de douceur. Elle l'estima cependant moins séduisant que Lauric.

« Je n'imaginais pas qu'un policier pouvait avoir cet air-là ! songea-t-elle. Son chef, lui, a la tête de l'emploi et les mimiques hautaines qui vont avec. »

*

Le vent se levait, chargé d'une cohorte de nuages cotonneux d'un blanc lumineux. Des vagues de plus en plus vives naissaient à la surface du lac, dont la rumeur se fit plus présente, plus obsédante. Alfred Cardin observa les flots bleu sombre d'un œil perplexe. La chevelure ébouriffée, Champlain se tenait aux côtés du policier.

— C'était donc par ici, monsieur ? s'enquit Jourdain Provost.

— Ouais ! grogna le cultivateur. La parcelle appartient à mon voisin, Jactance Thibault. Ma fille était étendue à cet endroit, et c'était horrible de la voir.

— Avez-vous repéré le lieu précis où le dénommé Pacôme Pelletier a découvert le corps ? demanda le chef d'un ton neutre.

— Dites, est-ce que ça a quelque importance, présentement ? aboya Champlain.

— Monsieur, j'essaie de me représenter le parcours du docteur Murray, qui m'a raconté en détail ses faits et gestes avant le crime dont il s'est rendu coupable, dans une crise de démence selon lui.

— Ben voyons donc ! Si tous les cinglés sont dans la nature, faut qu'on se barricade. Sauf votre respect, il est pas plus fou que vous et moi, ce salaud !

— Si vous saviez où se trouvait votre fille avant d'être transportée à cet endroit, nous avons une infime chance de mettre la main sur un indice, argumenta Provost doucement.

— Pourquoi avez-vous besoin d'indices, tabarnak, puisque le meurtrier s'est livré et qu'il a avoué ? s'impatienta Champlain. Bon, je suppose que je n'ai pas le choix ! Venez.

Un appel retentit dans leur dos, les immobilisant. Jactance Thibault marchait vers eux à longues enjambées rapides en penchant en avant sa haute silhouette efflanquée.

— Hé ! Cloutier, fallait me prévenir ! cria-t-il. Ce sont-y des arpenteurs du gouvernement ? Ils viennent pour constater les dégâts ?

Sa méprise se comprenait, les deux policiers portant un costume sombre et un chapeau qui leur donnaient une allure de citadins, en apparence occupés à observer le sol.

— J'ai des dizaines d'acres changées en marécage, moé, brailla-t-il encore. Là où je semais de l'orge et du blé.

— Mets-la en veilleuse, Thibault, rétorqua Champlain quand son voisin lui tapa sur l'épaule, comme pour montrer aux étrangers qu'ils étaient solidaires. Ces messieurs sont là pour autre chose de bien plus grave que tes acres inondées. Retourne donc chez toi. Je parie que t'auras droit à un interrogatoire avant ce soir.

Incrédule, Jactance fixa Alfred Cardin, qui dégageait plus d'autorité, à son idée.

— Y a pas de raison de favoriser Cloutier, je peux prouver ce que j'avance, moé aussi, bredouilla-t-il.

— Monsieur, répliqua Cardin, nous sommes à Saint-Prime pour une affaire criminelle. Mon adjoint va vous accompagner et prendra votre déposition en ce qui concerne la mort d'Emma Cloutier.

— Ben, allez-y, dites-lui donc ! hurla Champlain, furibond. Ce sont les pires bavards dans le coin, Jactance et son Artémise. Hé ! puisque tu es si curieux, Thibault, autant que tu le saches : Emma, elle a été assassinée, oui. Une ordure de docteur lui a tenu la tête sous l'eau ; elle s'est pas noyée toute seule, ma petite. Après, il l'a traînée jusqu'ici.

— Misère de misère ! marmonna Jactance. Si je me doutais ! Je suis navré, Cloutier. Ben oui, messieurs, j'ai conduit la grande sœur Jacinthe avec ma barque, vers là-bas. Je peux vous montrer.

Les trois hommes s'éloignèrent sous le regard noir de Champlain. En chaussures de ville, les policiers s'enfonçaient parfois jusqu'aux chevilles dans la terre saturée d'humidité et couverte d'une végétation flétrie. « Qu'ils aient de la boue jusqu'aux genoux, ces gnochons, pensa-t-il, malade d'amertume et de hargne. La machine est en route, leur prétendue justice. »

Il attendit, stoïque, mais peu à peu une rage froide eut raison de ses bonnes résolutions. Il éprouvait de nouveau de la rancœur envers

Jacinthe. « Sans elle, nous n'aurions pas tant de soucis. Elle n'avait pas besoin de fouiner dans la vie de sa sœur ! se disait-il. Je lui avais pourtant recommandé de m'obéir. »

*

Saint-Prime, ferme des Cloutier,
trois heures de l'après-midi

Jacinthe n'avait guère quitté le chevet de sa mère. Afin de lui tenir compagnie, Sidonie s'était attelée à des travaux de couture qu'elle avait laissés de côté. Le soleil illuminait les rideaux en cretonne blanche ornés d'une bande de dentelle. La pièce, plus petite que la cuisine et le salon, avait servi jadis de salle à manger les jours de fête. Promue atelier, la pièce bénéficiait d'une décoration fantaisiste qui la rendait chaleureuse et agréable. Les cloisons en planches d'épinette étaient peintes en rose et beige, alors que des pans de tissus fleuris encadraient la porte et la fenêtre. Des illustrations de mode découpées dans des revues étaient fixées par de fines pointes sur les murs, ainsi que des bouquets de fleurs séchées et des patrons griffonnés de traits et de mesures.

Calée sous une grosse lampe, la fameuse Singer jouxtait une table rectangulaire, nappée d'une cotonnade rouge. Quant au divan étroit, garni de coussins chamarrés confectionnés par Sidonie, il faisait face à une penderie en bois léger qui abritait des robes et des corsages. Pour se déplacer, il fallait se faufiler entre les meubles. Matilda en fit les frais quand elle voulut approcher Alberta après avoir salué ses deux filles.

— Maman a repris ses esprits vers midi. Avant ça, elle dormait bien trop profondément à mon goût, expliqua Jacinthe. Merci d'être venue.

— Je n'ai pas pu arriver plus tôt, hélas, se désola Matilda. Alors, jolie dame, on est fatiguée ?

La question s'adressait à la malade, maintenant adossée à une pile de coussins, une couverture sur les jambes.

— Si je n'étais que fatiguée, ma pauvre amie ! répondit Alberta d'une voix d'outre-tombe. J'ai fait ce que je pouvais depuis l'enterrement d'Emma. Maintenant, je n'ai plus de forces. Dieu m'est témoin que j'ai plus souffert en deux semaines que tout le reste de ma vie. Matilda, je l'ai dit à mes enfants il n'y a pas une heure, je préfère mourir. Jacinthe vous a mise au courant ? Ils vont traîner ma petite chérie dans la boue. Les journaux étaleront ses défauts à la une.

Les gens d'ici et même d'ailleurs, ils la traiteront de dévergondée. Je voudrais m'en aller.

Matilda posa sa robuste personne au bord de la couchette. D'un geste maternel, elle s'empara des mains d'Alberta.

— Doux Jésus, vous êtes gelée ! s'écria-t-elle. Jacinthe, il faudrait une bouillotte et de l'eau frémissante. J'ai apporté des plantes à faire infuser.

— D'accord, je m'en occupe.

Sidonie leva le nez de son ouvrage et jeta un coup d'œil intrigué à la visiteuse. Elle ne comprenait pas la confiance presque aveugle que sa sœur accordait à cette vieille femme au teint hâlé qui ne faisait pas son âge et dont les manières directes ainsi que le franc-parler la gênaient. Mais elle aurait reçu le diable lui-même s'il avait pu insuffler à sa mère la volonté de vivre.

— Il y a eu le décès cruel d'Emma, j'en ai perdu la tête, admit Alberta. Ensuite, je me suis contrainte à respirer, à manger et à marcher. Mais à quoi bon vous raconter ce que vous savez déjà par Jacinthe ? Elle vous a dit aussi, pour Champlain ? Ce qu'il m'a fait avant de m'épouser.

— Plus ou moins, répondit prudemment Matilda. Je l'avais lu en vous depuis que je vous connais. Écoutez donc, madame ! de quoi avez-vous si peur, au fond ? Ce n'est pas prouvé qu'on salira votre fille dans les journaux. De plus, dans deux ou trois mois, ils oublieront, ceux qui auront lu un article là-dessus. De vilaines histoires, il y en a presque chaque jour que Dieu fait, imprimées noir sur blanc. Ce qui vous blesse, ça ne se trouve pas dans les placotages du village ni dans la presse. Non, c'est en vous, là.

Elle toucha sa poitrine à l'emplacement du cœur.

— Vous avez l'impression d'avoir perdu votre petite deux fois plutôt qu'une, car vous la pensiez différente. Un peu volage, mais sage ; avide de s'amuser et de danser, mais sérieuse. Vous devez lui pardonner, à Emma, sinon vous serez rongée de l'intérieur, et vous ne passerez pas l'hiver.

— Ça m'est bien égal !

— Et nous, maman ? s'offusqua Sidonie. Tu te moques du chagrin et du désespoir qu'on ressentirait si tu disparaissais, si tu n'étais plus là ? Matilda dit vrai, tu dois pardonner ses erreurs à Emma.

Alberta secoua la tête, éperdue, oppressée.

— Je voudrais tant qu'elle revienne, qu'elle entre dans la maison comme avant ! Nous parlerions en buvant du thé et elle me jurerait que toutes ces horreurs que l'on colporte sur elle ne sont que des mensonges... Vous ne savez pas le pire, Matilda. Son assassin prétend qu'elle aurait déjà eu un bébé, une fille, à notre insu. Un enfant confié à je ne sais qui dès sa naissance.

— Ah !

Jacinthe, qui revenait, entendit l'exclamation et perçut une étrange expression sur le visage tanné de leur amie.

— Tu le savais, Matilda ! s'écria-t-elle sur un ton de reproche. Et tu ne m'as rien dit.

— Ne te fâche pas, je n'étais pas au courant de grand-chose. Seulement, quand j'ai fait la toilette d'Emma, je te l'ai déjà dit, je l'ai examinée pour être sûre qu'un sale type n'avait pas abusé d'elle. Je n'ai pas de diplôme, mais, pendant des années, avant de m'établir par ici, j'ai travaillé comme sage-femme. Il y a des détails de l'intimité d'une femme qui ne trompent pas, voilà. J'avais bien vu qu'elle était enceinte et qu'elle avait déjà accouché, puisqu'elle avait été recousue, comme en faisait foi une petite cicatrice.

Sidonie se leva, révoltée. Elle estimait que Matilda aurait dû les informer bien plus tôt. Afin de ne pas crier sa colère et sa révolte, elle sortit de l'atelier en claquant la porte. De sa démarche légère, elle dévala les marches du perron et courut se réfugier près de leur vieux cheval de trait qui la salua d'un bref hennissement, son bon regard brun en partie dissimulé par les crins roux de sa frange.

— J'étouffe, Carillon, je n'en peux plus ! Parfois, je voudrais me sauver, monter dans le train et débarquer à Québec avec une petite valise. Mais je suis un peu comme toi, attachée dans le cercle de la ferme des Cloutier. Je me contente d'un petit rêve, celui de m'installer rue Laberge. Quelle ambition, n'est-ce pas !

Elle appuya son front contre l'encolure de l'animal, la gorge prise dans un étau, afin de contenir de gros sanglots de dépit. Mais ses épaules tremblaient sous un poids invisible devenu intolérable.

— Mademoiselle ? Est-ce que ça va ? fit une voix d'homme dans son dos.

Sidonie reconnut ce timbre si particulier. C'était Jourdain Provost. Elle croyait que les deux policiers avaient quitté Saint-Prime, la voiture n'étant plus garée sur le chemin.

— Pourquoi êtes-vous là ? demanda-t-elle sèchement.

— Je dois interroger une certaine Matilda. Il paraît qu'elle est chez vous en ce moment. J'ai croisé le curé devant l'église. Cette dame l'avait prévenu qu'elle s'absentait pour venir ici. Le chef discute avec le maire. Il a encore des gens à voir. Je suis donc revenu à pied. Excusez-moi, mademoiselle, mais j'ai cru que vous pleuriez. Est-ce que l'état de votre maman se serait aggravé ?

À la fois à bout de nerfs et troublée par la gentillesse de l'inconnu, Sidonie se montra désagréable.

— Vous soucier de ma mère, ça fait partie de votre enquête ? jeta-t-elle en le foudroyant de son regard vert.

— Non, mais un policier n'est pas obligatoirement dénué de cœur ni de compassion, rétorqua-t-il.

Elle arrangea, échappée de son chignon, une mèche pareille à un serpentin brillant de velours brun. Consciente de l'attention que le jeune homme lui portait, elle ne put empêcher ses joues de se colorer un peu.

— Je comprends mal la raison de cette enquête, dit-elle encore. Le coupable s'est livré et il a avoué son crime. Que cherchez-vous donc ?

— Des preuves qui confirmeraient ses propos. Savez-vous, mademoiselle, que certains prévenus se rétractent après leur mise en détention ? Dans ce cas, s'ils font une déclaration différente, il vaut mieux avoir des certitudes afin de les confondre. Dans le cas qui nous occupe, Murray pourrait prétendre avoir parlé sous la contrainte ; votre frère l'a bien tabassé, quand même !

— Qu'auriez-vous fait à sa place, si vous étiez un simple civil, confronté au meurtrier de votre petite sœur ? murmura-t-elle.

— Peut-être pire que lui, en effet, mais ça ne change rien au problème.

Radoucie, Sidonie approuva d'un signe de tête. Provost la jugea vraiment ravissante.

— Bien, je dois parler à cette dame.

— Allez-y ! Vous entrez et vous appelez. Elle est dans mon atelier, au chevet de ma mère avec ma sœur.

— Votre atelier ? Seriez-vous peintre ?

— Pas du tout, je ne suis qu'une modeste couturière.

Sur ce, la belle Sidonie s'éloigna en direction de la bergerie sans accorder un regard ni un au revoir au représentant des forces de l'ordre.

*

Jacinthe ne fut pas plus aimable que Sidonie avec Jourdain Provost. Elle avait éprouvé du soulagement en voyant démarrer l'automobile des policiers, à midi.

— Vous êtes encore là ? dit-elle en le découvrant sur le seuil de la maison.

— Pardonnez-moi de vous importuner à nouveau. Je cherche Matilda Laliberté.

Comme la plupart des gens de Saint-Prime, la jeune femme ignorait le nom de famille de Matilda. Elle eut un sourire ironique.

— Je vais la prévenir ; attendez un instant.

L'adjoint du chef de police songea que les filles Cloutier étaient fort jolies, mais d'un caractère épineux. Il leur trouva toutefois des excuses en raison des circonstances où il les rencontrait.

« Avant la mort de leur sœur, elles étaient sans aucun doute plus gracieuses et d'humeur joyeuse », se dit-il.

Matilda le rejoignit et, d'autorité, après l'avoir salué du bout des lèvres, elle l'entraîna à l'extérieur, sous l'auvent. Pour prendre des notes, Provost s'assit sur la première marche et sortit un bloc de correspondance dont beaucoup de feuilles étaient déjà noircies d'annotations. Matilda Laliberté resta debout, son visage aux traits épais empreint d'une mystérieuse dignité. Son regard noir étincelait, insondable, tandis qu'elle répondait aux questions du policier. En quête de détails révélateurs, il l'interrogea notamment sur la toilette de la morte.

— Donc, vous dites que le corps d'Emma Cloutier ne portait aucune marque de coups ni aucune trace d'étranglement. Elle était enceinte. Vous l'avez constaté sans en avertir ses parents. Pourquoi ?

— Je voulais les ménager, monsieur. Tout le monde pensait à une noyade accidentelle. Je n'ai pas jugé bon d'ajouter au terrible chagrin de la famille. Nous connaissions des jours épouvantables, déjà. Les rivières sortaient de leur lit, et le village risquait d'être envahi par les eaux folles du lac.

— Je ne vois pas trop le rapport, madame, s'étonna Provost. Roberval a davantage souffert des crues. Ça ne nous a pas empêchés de travailler ni de réfléchir.

— Ce n'est pas ce que je voulais dire. La peur régnait, de même que la colère, l'indignation. J'avais quinze ans en 1876 quand il y a eu dans le pays des inondations spectaculaires. Je m'en souviens bien ; la nature était la seule en cause, pas les barrages des hommes. Le samedi où Alberta et Champlain ont amené le corps de leur enfant chez moi, leur deuil allait de pair avec une pluie diluvienne, le ciel d'un gris menaçant et le déchaînement des vagues qui submergeaient les terres des cultivateurs. Devant cette jeune femme en robe rouge, si pâle et si belle, j'ai eu l'impression d'un triste présage. Aussi, je n'ai pas jugé très important le fait qu'elle ait été enceinte. J'ai eu tort, peut-être.

Jourdain Provost renonça à retranscrire les motivations de Matilda, qui lui semblaient bien confuses.

— Oui, madame. Le décès remonte à la nuit du vendredi au samedi 26 mai. Cet élément, si toutefois la famille avait averti la police, était prépondérant.

Un véritable concert de bêlements le fit taire. Lauric et Sidonie avaient libéré le troupeau de moutons. Les bêtes trottinaient en se dispersant dans la cour, à l'affût du moindre brin d'herbe. Champlain, qui avait endossé ses vêtements de travail, fermait la marche, un bâton à la main. En traversant la cour, le fermier décocha un regard glacial au policier.

— Je vous remercie, madame Laliberté, je dois rejoindre mon chef, décida brusquement Provost. Nous allons revenir très vite, selon moi.

Jacinthe sortit à son tour. Elle avait noué un tablier sur sa robe noire, qui faisait ressortir sa taille fine et sa poitrine arrogante.

— Avez-vous terminé ? s'enquit-elle. Ma mère te réclame, Matilda.

— Puis-je y aller, monsieur ? persifla la sexagénaire en exagérant son intonation.

— Mais oui, faites donc ! soupira-t-il. Mademoiselle Cloutier, je vous enverrai une convocation, ainsi qu'à votre frère. Vos dépositions sont nécessaires.

— Pourquoi ne pas les prendre aujourd'hui ?

— Non, je ne suis pas équipé. Je dois les taper à la machine, et il me semble qu'il y aura beaucoup de texte. Au revoir, mademoiselle. J'espère que votre mère se rétablira vite.

Le policier remit son chapeau et s'en alla d'un pas énergique. Jacinthe tourna les talons et regagna la cuisine. Elle avait envie de faire des crêpes pour le souper. De l'atelier lui parvint la rumeur d'une conversation. Matilda devait essayer de réconforter Alberta.

Pour la première fois depuis le matin, la jeune femme pensa à Pierre. Elle ne lui avait pas encore écrit. Il lui manquait. Des images de leur naufrage sur l'île aux Couleuvres vinrent la tourmenter. Elle revit le corps de son amant, ses cuisses musclées, ses bras, son sourire au summum du plaisir, la singulière douceur rêveuse de ses yeux gris-bleu quand il la contemplait.

« Pierre, mon Pierre, si tu pouvais apparaître, là, maintenant, et me serrer fort contre toi ! » songea-t-elle.

Jacinthe cassa trois œufs dans le récipient à demi rempli de farine, auquel elle ajouta du sel et de l'huile. Elle essuya ses larmes d'un geste rageur.

« Mon Dieu, comme j'ai eu tort, il y a deux ans, de le rejeter, de refuser sa proposition de mariage ! Persuadée que l'amour ne me suffirait pas, j'y ai vu une prison, et je n'ai connu que la solitude, le travail et la douleur de le savoir libre », se dit-elle encore.

Le cœur serré par les regrets, elle versa du lait et commença à brasser la pâte. Elle se souvint alors de son chagrin quand Emma lui avait appris sa relation avec Pierre. « C'était au mois d'août, rue Marcoux. Elle m'avait rendu visite. J'étais si fière, moi, d'avoir été engagée à l'Hôtel-Dieu Saint-Michel ! Je lui avais acheté des pâtisseries et de la limonade. Emma resplendissait, en robe verte, les jambes gainées de bas noir. A-t-elle deviné, ce jour-là, que chacun de ses mots me blessait affreusement ? Elle me racontait que Pierre était galant, tendre, qu'il l'emmenait danser le samedi, qu'il lui faisait mille compliments. Elle l'adorait, oui, ce sont ses mots. J'ai réussi à paraître heureuse pour elle ; je l'ai même félicitée. Seigneur, j'étais stupide ! Je le suis toujours. »

Elle constata, dépitée, que des grumeaux constellaient la surface de sa pâte à crêpes. On frappa discrètement à la porte du vestibule restée ouverte. Jacinthe se figea, haletante, en priant Dieu que ce soit Pierre. « Il sera venu en barque depuis Saint-Méthode ! »

Presque joyeuse, déjà, elle se précipita à la rencontre du visiteur. Mais sa déconvenue fut à la mesure de son espoir. Wallace Gagné attendait patiemment sur le perron, un gros bouquet de roses blanches à la main.

— Bonjour, Jacinthe. Je comprends votre surprise de me voir ici, chez vous. Cependant, je tenais à vous dire de vive voix, ainsi qu'à votre famille, combien je compatis à votre douleur.

Il se tut, embarrassé, n'osant pas prononcer les belles paroles qu'il avait répétées pendant le trajet.

— Je vois que vous cuisiniez, hasarda-t-il dans le but de lancer une discussion plus anodine. Vous avez de la farine sur les joues...

— Ah oui, bien sûr, balbutia-t-elle. Excusez-moi, je suis tellement surprise ! Je suppose que vous êtes au courant ?

— Le contraire serait difficile, Théodore Murray étant le mari de ma cousine Félicée, qui s'est réfugiée chez nous hier soir. Jacinthe, j'ai tout de suite pensé à vous en apprenant cette terrible nouvelle. C'est odieux, ignoble, je ne trouve pas de mots pour qualifier un tel crime. Oh !... tenez ! Des fleurs pour vous, votre sœur et votre mère.

— Merci. Ce sont des roses magnifiques. Wallace, attendez un instant. Je voudrais marcher un peu avec vous. Maman est souffrante. Je vais prévenir que je m'absente.

Elle ôta son tablier, lui dédia un faible sourire et s'éclipsa en emportant le somptueux bouquet. Matilda la vit se ruer dans l'atelier, encombrée de cette nuée de roses d'un blanc pur, protégées par un papier brillant aux reflets dorés.

— Chut, ta mère s'est endormie, souffla la vieille femme. Mes plantes agissent. Quand elle se réveillera, je l'aiderai à se lever. Mais d'où tiens-tu ces fleurs ?

— Peux-tu rester un peu près de maman ? répondit Jacinthe. Nous avons la visite de Wallace Gagné. Je le connais un peu ; il est sous-directeur de la banque à Roberval. Je voudrais lui expliquer poliment qu'il n'est pas le bienvenu ici, chez nous. Il a cru bien faire en offrant des roses. Je n'en ai pas pour longtemps, Matilda.

— Monsieur le curé n'a pas besoin de moi ce soir, il soupe au couvent. Si je ne dérange pas, je préfère veiller sur Alberta encore quelques heures.

— Il n'y a aucun problème. Ça me rassure de te savoir là.

Jacinthe était sincèrement soulagée. Il lui semblait vraiment inconcevable de voir Wallace sous leur toit, car il était lié de très près à l'assassin d'Emma, même s'il n'était en rien responsable. Sans se préoccuper une seconde de son apparence, elle rejoignit le visiteur, dont l'élégance détonnait dans le décor environnant. Vêtu d'un costume trois-pièces en lin beige, un chapeau en feutre de même teinte sur ses cheveux blonds, il arborait de surcroît une écharpe en soie ivoire, maintenue par une épingle dorée.

— Venez, allons sur le chemin, lui dit-elle en le devançant. Vous auriez dû enfiler une tenue de campagne, car vous êtes un peu trop chic pour patauger dans notre cour de ferme. Ma sœur Sidonie emploie souvent ce mot, « chic ».

— Je me moque de patauger et d'être chic ou non, Jacinthe. Je vous en prie, ne brandissons pas des banalités par gêne ou par pudeur. Je suis venu présenter des excuses à vos proches, au nom de ma famille.

— C'est une très mauvaise idée. Allez-vous-en vite. Où avez-vous garé votre voiture ?

— Près du cimetière. J'ai déposé un autre bouquet sur la tombe de votre sœur. Des lys blancs, des roses veinées de pourpre, autant de symboles de l'innocence massacrée.

Jacinthe aperçut le troupeau de moutons dans un pré voisin, ceinturé d'une haie de saules. Son père, Lauric et Sidonie semblaient inspecter le terrain.

— Vous avez de la chance, il n'y a personne à proximité, soupira-t-elle. Wallace, je dois vous mettre en garde. Mon Dieu, à quoi jouez-vous, avec votre innocence massacrée ? Emma ne méritait en aucun cas de mourir, mais ce n'était pas une jeune fille naïve tombée dans les filets du docteur Murray. Mon frère et moi, nous avons eu droit aux aveux de son assassin. Peut-être l'ignorez-vous…

— Je sais des choses. Cependant, je vous l'accorde, je n'ai guère de détails.

— Vous en aurez bien assez vite, prédit-elle. Soyez gentil, partez d'ici.

— Bon sang, je n'ai rien fait de mal. Pourquoi me chassez-vous ainsi ? Jacinthe, mettez-vous à ma place. J'ai été témoin de vos larmes, le jour même où vous avez appris le décès d'Emma. Hier soir, je découvre que le mari de ma cousine a tué votre sœur. J'accours, pour adoucir votre peine et présenter des excuses au nom des miens, ce qu'ils ne feront pas, hélas !

Ils avaient marché très vite et approchaient déjà de la rue principale. Wallace adressa un regard admiratif à la jeune femme, dont le corps splendide sublimait l'humble toilette noire qu'elle portait. Ses cheveux d'un châtain presque blond, coiffés en chignon haut, captaient les rayons du soleil comme son profil altier. Romantique dans l'âme, il la compara à une héroïne antique, obligée de garder la tête haute au milieu du chaos et des tempêtes.

— Ne m'en veuillez pas, Wallace. Je suis consciente que vous n'êtes en rien responsable de notre malheur et que vous avez suivi votre bon cœur. Autant vous le dire, j'ai fini par entre-voir la vérité, au sujet d'Emma, grâce à son journal intime et aux allusions de la domestique de votre cousine. Hier, mon frère et moi, nous sommes allés à Saint-Jérôme afin d'en savoir davantage. Effrayé par la violence de Lauric, le docteur Murray s'est jeté dans une longue et affreuse confession. Je m'attendais à tout, mais pas à ça. Il l'a tuée, il lui a maintenu la tête sous l'eau ! Concevez-vous l'horreur de son geste ? Oui, sans doute. Moi, il me hante. J'imagine la scène, le moment où elle n'a plus bougé, ma petite sœur. Il faisait nuit, les vagues devaient gronder, le lac se ruait vers la terre, nos terres, vers le village. Notre ferme était cernée, et lui, lui qui prétendait aimer Emma de tout son être, il l'a transportée près de chez nous.

— Jacinthe, ne pleurez pas. Seigneur, quelle abomination !

Le jeune banquier la prit par le bras. Ils s'engageaient dans la rue principale. Ils se turent d'un accord tacite, un groupe d'hommes sortant du *Grand Café*.

— On nous observe, chuchota-t-elle. Les gens sont curieux, ils doivent se demander qui vous êtes et ce que vous faites avec moi. Si vous pouviez me lâcher et vous écarter un peu ?

— Vous craignez pour votre réputation ?

— Bien sûr. Je vais m'installer comme garde dans le village, puisque j'ai été renvoyée de l'hôpital à cause de votre sœur.

— J'en suis navré, Jacinthe. J'ai été informé de cette histoire. Décidément, notre famille s'avère nuisible pour la vôtre ! Je voudrais vous aider, si c'était possible.

Elle haussa les épaules. Ils avaient contourné l'église et voyaient déjà les croix et les stèles du cimetière qui se dressaient sur une étendue d'herbe rase.

— Je ne suis pas revenue ici depuis le jour de l'enterrement, murmura-t-elle, émue. Wallace, puis-je vous faire confiance, vraiment confiance ?

— Entièrement confiance.

— Je vous parlais de mon projet de m'établir comme infirmière, mais je devrais peut-être renoncer. Dès que la presse aura divulgué l'assassinat d'Emma et ses circonstances, nous risquons d'être méprisés ou du moins très mal considérés. D'après le docteur Murray, ma sœur le faisait chanter et le menaçait de tout révéler à sa femme. Il y a pire : elle était enceinte de lui et elle n'a pas accepté l'arrangement qu'il lui proposait de payer pour l'enfant. À l'écouter, Emma l'aurait poussé à bout. Elle est allée jusqu'à écrire une lettre d'adieu pour lui faire croire qu'elle voulait mourir. Avide de vérité, je me suis débattue dans des dizaines de suppositions. À présent, je me débats dans ces atrocités.

Ils étaient devant la tombe. Les lys et les roses, liés d'un ruban argenté, gisaient sur la terre encore meuble, au pied de la croix en bois.

— J'ai parfois l'impression que la jeune femme qui repose là est une étrangère, avoua tout bas Jacinthe. J'aimerais tant retrouver ma petite sœur, ou du moins arriver à lui pardonner son comportement insensé ! Nous sommes brisés, tous, mes parents, mon frère, Sidonie, et moi.

Wallace esquissa un geste de tendresse amicale, mais il craignait tant d'être rabroué qu'il recula d'un pas.

— Vous avez bien fait de m'exposer la situation, déclara-t-il d'une voix douce. Je peux ainsi prendre votre défense, si besoin est. Je comptais vous prévenir. Ma cousine voue un amour exclusif à son époux et elle lui pardonne aveuglément son crime, déterminée à lui épargner des années de prison. Elle paiera un excellent avocat et, d'ores et déjà, mon père la soutient dans ce sens. Il a beaucoup de relations, le chef de police, des journalistes de Québec et que sais-je encore !

Jacinthe lui fit face, tendant vers lui un visage d'une gravité pathétique.

— Ce serait inadmissible, dit-elle d'un ton glacial. Mais, grâce à vous, je sais à quoi nous devons nous préparer. Ce matin, le chef Cardin était à la maison ; il a interrogé maman. Sa façon de parler d'Emma était odieuse, choquante, même. Ça ne m'étonne plus.

Elle porta une main tremblante à son front, son regard turquoise rivé à l'inscription sur la croix. « Dieu tout-puissant, nous discutons sur sa tombe. Emma est là, sous la terre, dans un cercueil, seule, si seule, privée à jamais des joies de ce monde », songea-t-elle.

Wallace Gagné devina-t-il son trouble ? Il osa lui prendre le bras pour l'emmener.

— Ma voiture est par là. Venez, vous êtes blanche à faire peur. Jacinthe, promettez-moi de me contacter au moindre ennui si vous êtes trop affligée.

Elle se laissait entraîner, prise de vertiges, le cœur battant à une vitesse anormale.

— Je vais vous reconduire jusqu'à votre ferme, dit-il. Vous n'êtes pas en état de rentrer à pied. Bon sang ! Où est donc Pierre Desbiens ? Il paraît que vous êtes réconciliés, tous les deux. Pourquoi ne vous soutient-il pas dans une épreuve aussi épouvantable ?

Le prénom de Pierre résonna en fanfare au sein du malaise qui terrassait la jeune femme. Elle allait le revoir, il viendrait dès qu'il saurait comment était morte Emma.

— Ne le jugez pas ! s'écria-t-elle, revigorée. Il ne sait rien encore. Partez, partez vite ! Je suis tout à fait capable de marcher. Merci de votre prévenance.

Elle le dévisagea et s'avisa de sa ressemblance avec Elphine. Tous deux étaient des blonds aux yeux clairs. Ils avaient des traits délicats et l'aisance des gens riches, nés dans le luxe.

— Je vous remercie, Wallace. Vous êtes quelqu'un de bien. Mais la barrière qui existe entre nous, rien ne la détruira, même pas une amitié sincère. N'essayez plus de la franchir, je vous en prie. Quant à cette affaire, j'espère que la justice sera équitable, qu'elle pèsera dans sa balance les torts de chacun. Au revoir.

Il resta muet, ébahi. Jacinthe Cloutier lui tournait déjà le dos et s'éloignait d'un pas aérien. Sa gracieuse silhouette noir et or s'amenuisa jusqu'au moment où elle disparut à l'angle d'une maison. « Que Dieu vous accorde le bonheur, ma chérie ! » pensa-t-il avec ferveur.

Il savait que c'était la première et dernière fois qu'il se permettrait de l'appeler ainsi dans le secret de son cœur d'homme.

*

Saint-Prime, ferme des Cloutier, le soir

La vieille maison en robustes planches d'épinette était plongée dans l'obscurité, baignée d'un calme bienfaisant après des heures pénibles. La visite des policiers avait semé des craintes et des colères sourdes, provoqué aussi l'inquiétant malaise d'Alberta dont elle n'était pas vraiment remise.

Jacinthe, qui avait réintégré son ancienne chambre, dressait le triste bilan de la journée.

À son retour du cimetière, elle avait trouvé Sidonie dans la cuisine. Sa sœur s'évertuait à brasser la jatte de pâte à crêpes, écrasant patiemment les grumeaux avec le dos d'une cuillère en bois.

— D'où viens-tu encore ? lui avait-elle demandé sur un ton hostile. Il paraît qu'un Gagné a osé venir jusqu'ici. Seigneur, j'ai failli jeter ces maudites roses blanches par la fenêtre.

Une discussion houleuse avait suivi, reprise dix minutes plus tard par Champlain et Lauric. Les fleurs avaient fini sur le tas de fumier, derrière le hangar.

— Nous ne sommes pas à vendre, s'était égosillé le maître des lieux après s'être débarrassé du bouquet. Bientôt, on nous proposera de l'argent, et Murray sera libéré.

Matilda avait préféré s'en aller, fuyant l'orage familial. « Je la comprends, papa ne lui adressait même pas la parole, songeait Jacinthe, bercée par le coassement des grenouilles. Maman a bu un bol de bouillon de légumes, ce soir, puis elle est montée se réfugier dans sa chambre en priant notre père de dormir où il voudrait, mais pas dans la même pièce qu'elle. »

Toujours boudeuse, Sidonie avait annoncé qu'elle passerait la nuit dans son atelier, sur le divan. Champlain et Lauric avaient de nouveau bu déraisonnablement. « Ils bougonnaient encore en montant l'escalier, aussi saouls l'un que l'autre », se souvint la jeune femme.

Elle s'agitait entre ses draps, surprise par la lourdeur étouffante de l'air. Le vent était tombé avec le crépuscule, cédant la place à une chaleur moite. En quête d'un peu de fraîcheur, Jacinthe avait ouvert grand la fenêtre protégée par une moustiquaire tendue sur un cadre qu'on installait chaque été du temps qu'elle était là ; elle avait dû rester là les deux derniers hivers, puisqu'elle habitait Roberval.

Le chien de Jactance Thibault aboya ; un autre animal lui répondit depuis le village. Les grenouilles firent silence.

« Rien n'a changé. Emma pourrait être sous ce toit, toute sage dans son lit, se dit-elle. Notre petite Emma, qui n'aurait que neuf ans, avec ses nattes ornées de rubans roses. Mon Dieu, je ne parviens pas à croire à ce bébé abandonné, à une grossesse cachée ! Qui peut bien être le père ? Un garçon d'ici sans doute. »

Jacinthe frissonna. Des fragments de scène la hantaient, comme autant de clichés de cette sinistre journée dont les péripéties l'empêchaient de trouver un peu de repos. Elle revit sur le perron Wallace Gagné, armé d'un bouquet de roses, puis ce fut la tombe d'Emma, le cimetière désert, son effroi sacré en se représentant le corps de sa sœur prisonnier sous la terre. Ensuite se dessina la face haineuse de son père pendant le souper. Après avoir ingurgité deux verres de gin, il l'avait accusée encore une fois, l'index pointé dans sa direction.

— Pour qui te prends-tu, à fouiner partout, à brasser des saletés que personne n'avait besoin de voir remonter au grand jour ? Sans toi, ma pauvre Jacinthe, on ne serait pas en danger d'être la honte de Saint-Prime. Sans toi, la mémoire d'Emma serait bien propre, sans vilaines taches, vu qu'il n'y a pas de mal à se noyer pendant de grandes crues.

Nul ne l'avait défendue, soit par lâcheté, par peur d'irriter davantage l'ogre Champlain Cloutier, soit par lassitude. Sidonie était bizarrement absente, perdue dans ses pensées. Lauric était abruti par l'alcool et le chagrin. Quant à Alberta, elle s'était contentée de hocher la tête, le regard vide.

Jacinthe se recroquevilla en chien de fusil. Des larmes coulaient de ses yeux.

— Ils ont raison de m'en vouloir, au fond ! énonça-t-elle très bas d'une petite voix désolée. J'ai semé la tempête sans le vouloir… Mais je ne regrette rien.

Le chien des voisins aboya à nouveau, un bref jappement suivi d'une plainte modulée. Presque aussitôt, un léger bruit surprit la jeune femme, comme si une bestiole heurtait la moustiquaire.

Elle se redressa sur un coude et scruta la fenêtre. Il n'y avait rien. Soudain, il y eut un autre choc discret, puis encore un autre.

« On jette des cailloux, de petits cailloux. Pierre l'a fait, un soir. Pierre, c'est lui ! »

Elle se leva, fébrile, seulement vêtue d'une chemise de nuit blanche à bretelles. Vite, elle plaqua son visage au fin treillis métallique. Une forme masculine se tenait dans l'ombre, qui recula vite en l'apercevant. La lumière d'une demi-lune blême qui jaillissait de l'horizon révéla son visage.

« Pierre, c'est vraiment lui ! »

Elle s'enveloppa d'un large foulard en satinette et sortit de sa chambre avec d'infinies précautions. Elle descendit les marches sur la pointe des pieds, des chaussons en cuir à la main. La porte du vestibule grinça sur ses gonds ; elle renonça à la refermer derrière elle. Transportée de joie, délivrée de toute mauvaise pensée, elle vibrait au rythme de son cœur enfin comblé.

Il était bien là, les bras tendus, souriant, en bas du perron. Elle se jeta contre lui et l'étreignit. Ils s'embrassèrent à perdre haleine sans se soucier d'être découverts.

— Viens, souffla-t-il à son oreille.

— Oui, oui ! Une seconde, je me chausse.

Main dans la main, ils coururent vers le lac. Une fois sur la place, haletants, étroitement enlacés, ils furent pris du même rire muet.

— Comment es-tu venu ? s'enquit-elle. En bateau ?

— Non, avec ma voiture, mais je l'ai garée près de l'embarcadère. Il était tard et je craignais de réveiller tout le monde. J'ai marché jusqu'à la ferme. Jacinthe, ma chérie, ma douce, je me languissais de toi. Tu n'as ni écrit ni envoyé de télégramme. Pourtant...

— Pourtant ?

— Dès que j'ai su, pour Emma, j'ai tourné en rond, horrifié, épouvanté, mais j'ai patienté afin de ne pas débarquer ici en plein drame. Là, je n'y tenais plus ; je voulais être près de toi pour te consoler.

Elle le repoussa délicatement et scruta ses traits.

— Qui te l'a dit ? Comment as-tu su ? Est-ce qu'un article en parle ? Ça m'étonnerait. Ce serait impossible. La police était là aujourd'hui ; le chef m'a assuré que la presse n'avait pas été avertie.

— J'étais à Saint-Félicien. L'école est équipée du téléphone et Elphine a pu me joindre. D'abord, elle a eu mon père au bout du fil. Il m'a appelé. Voilà ! Elle m'a appris la mauvaise nouvelle.

— De quoi se mêle-t-elle ? Je t'aurais écrit demain.

— On s'en fiche. Même si c'était un prétexte pour discuter avec moi cinq minutes, au moins, ça m'a obligé à venir et nous sommes enfin tous les deux. Jacinthe, c'est un tel miracle de nous aimer toujours aussi fort ! Je ne supporte plus d'être séparé de toi.

Il avait dans la voix des accents de sincérité absolue. Il caressait ses joues, ses cheveux et ses épaules en la contemplant avec passion.

— Tu dis vrai, on s'en fiche. Tu es venu alors que j'avais besoin de toi, chuchota-t-elle, ivre de soulagement.

— Que tu es belle, sous la lune, tout en blanc ! On dirait presque une robe de mariée, ta chemise. Ma chérie, je pense à toi sans arrêt, depuis l'île aux Couleuvres. Tu n'as pas oublié ?

— Oh non ! Si nous pouvions nous envoler là-bas et être seuls, certains de ne pas être dérangés !

Il l'enlaça et la serra de très près en effleurant d'un doigt la pointe de ses seins, puis son ventre. Elle quémanda un baiser, les yeux fermés afin de savourer les délicieuses sensations qui s'éveillaient dans chaque fibre de sa chair. Le contact de Pierre avait un effet inouï sur ses sens. Sa peau devenait chaude, son sang courait plus vite, tandis qu'une nuée d'étincelles parcourait son corps en accord avec la fulgurance du désir.

— Je te veux, dit-elle, bouche contre bouche. Emmène-moi.

Affolé par le parfum de lavande de Jacinthe et l'odeur de ses cheveux, il étudia le vaste paysage qui les entourait. Sa respiration saccadée l'émouvait.

— Si nous allions dans le cabanon de Lauric ? avança-t-il.

Il s'agissait d'une baraque exiguë à moitié délabrée que le jeune homme avait construite lui-même, adolescent, pour s'en servir de poste d'affût. Champlain venait d'offrir à son fils le vieux fusil de chasse qu'il n'utilisait plus, et Lauric, excité, se promettait de rapporter à la famille du gibier d'eau et des lièvres.

— Oui, bonne idée, c'est tout près, répondit-elle, la voix altérée par la fièvre d'amour qui la consumait.

Ils coururent encore le long de la plage, où se mouraient dans un murmure de petites vagues cristallines. De là, insensibles à la glaise visqueuse qui s'attachait à leurs pieds et maculait leurs chevilles d'éclaboussures, ils obliquèrent à travers un pré désormais marécageux. Parvenu devant le cabanon, essoufflé, Pierre reprit Jacinthe dans ses bras et ôta le foulard qui couvrait son décolleté. Ils échangèrent un baiser frénétique, se livrant totalement l'un à l'autre. À tâtons, avides de toucher un bout de peau, leurs mains se glissaient sous le tissu.

— Entrons, dit-elle, égarée, folle de désir.

Elle avait hâte de s'allonger sur le sol pour le sentir et s'offrir à lui.

Il fit oui d'un signe et poussa la porte branlante sur une obscurité navrante, assortie d'une désagréable odeur de moisissure. Tous deux reculèrent, rebutés.

— Ce devait être inondé, ces derniers jours. Il vaut mieux rester dehors, la nuit est douce. Ma chérie, je voudrais tant faire apparaître un grand lit moelleux rien que pour toi et moi ! déplora-t-il.

— Nous l'aurons un jour, bientôt même.

Pierre approuva, le souffle précipité. Soudain, il enleva sa veste en toile, la disposa sur l'herbe humide et y posa le foulard. Pendant ce temps, Jacinthe se débarrassa de sa chemise de nuit qu'elle étala aussi par terre.

— Je remercie le ciel, déclara-t-il alors en la découvrant nue, agenouillée comme une pénitente des temps anciens, superbe, cependant, et d'une totale impudeur.

Sans rien dire de plus, il se déshabilla à son tour. Jacinthe leva la tête et le regarda. La clarté lunaire modelait chacun de ses muscles et irisait les poils bouclés de son torse ainsi que de ses cuisses. Prête à pleurer de plaisir anticipé, elle effleura son sexe durci par l'excitation. Il tressaillit en émettant une plainte voluptueuse.

Comme en écho, il la vit se rejeter souplement en arrière, adorable statue d'ivoire aux mouvements sensuels.

— Tu as de si beaux seins ! chuchota Pierre en se couchant à ses côtés. Les plus beaux du monde ! Tes épaules ont la rondeur des galets. Ton ventre est doux, si doux, et le reste, là...

Il avait ponctué ses compliments de gestes câlins subtils. À présent, ses doigts jouaient dans la toison mordorée qui protégeait son sanctuaire intime brûlant, où il célébrerait avec extase le plus ancien rite de l'humanité : un homme et une femme, nus comme aux premiers temps sous le ciel étoilé, unis sur la terre nourricière.

Jacinthe le guida avec la fièvre au ventre en ce lieu mystérieux, calice de vie, source de jouissance infinie. Il s'y abîma les reins cambrés, paupières mi-closes, avant de multiplier ses assauts avec des cris sourds qui décuplaient leur égarement. Elle gémissait, se cambrait et râlait, submergée par la violence de son plaisir. La joute amoureuse dura plus d'une heure, sans qu'ils se désunissent jamais vraiment, excepté les moments où ils cédaient à l'envie de se voir, de s'embrasser, de se livrer à des fantaisies qui exacerbaient encore leur délire.

L'appel flûté et monocorde d'une chouette les ramena à la réalité. Le croissant de lune était haut, l'air, moins chaud.

— Mon amour, je ne veux plus te quitter, soupira Jacinthe, une joue nichée contre la poitrine de Pierre.

— Moi non plus. Tu es ma femme, mon épouse.

— Je le serai, oui, le plus vite possible. En septembre.

Il déposa un baiser sur son front.

— C'est loin, septembre, mais ça me plaît bien.

En s'embrassant entre les mots, les rêves et les détails pratiques, ils échafaudèrent alors les projets que font les jeunes couples à l'idée de leurs noces.

— Je dois rentrer à la ferme, dit-elle enfin, transie, malgré sa veste à lui dont il l'avait enveloppée. Sais-tu, mon père voulait que tu les aides, Lauric et lui, à tondre nos brebis. Dors un peu dans ta voiture et rends-toi présentable. Tu passeras ce samedi avec moi.

— C'est promis, mon amour. Sauve-toi vite, ma douce chérie, je serai dans la cour à huit heures précises.

Après un dernier baiser, Jacinthe enfila sa chemise de nuit froissée, humide et maculée de terre. Elle mit ses chaussons de cuir et s'enfuit, heureuse en dépit de tout.

14

Tourments secrets

Saint-Prime, ferme des Cloutier, même nuit

Jacinthe s'était arrêtée en bas du perron après son équipée joyeuse. Il y avait de la lumière dans la cuisine. Elle se tenait là, inquiète, ne sachant pas qui s'était relevé ni si on s'était aperçu de son absence.

« Je pourrais dire que j'avais trop chaud, que j'avais envie de marcher au bord du lac et que je suis tombée, d'où l'état de ma chemise de nuit », se disait-elle, peu à peu gagnée par une peur insidieuse. La jeune femme craignait surtout d'avoir affaire à son père. Si Champlain courbait l'échine devant Alberta, il reprenait déjà son autorité sur ses enfants.

« Je ne vais pas rester dehors jusqu'à l'aube ! »
décida-t-elle en ôtant ses chaussons.

Sans bruit, prudemment, elle gravit les larges
marches délavées par les intempéries et s'aventura jusqu'à la fenêtre, d'où coulaient des rais de
clarté jaune. Tout de suite, les rideaux ne voilant que la moitié des carreaux, elle vit Sidonie,
déjà habillée, mais les cheveux dénoués, qui
préparait du thé. Rassurée, Jacinthe s'apprêtait
à entrer quand Lauric sortit de la dépense, la
petite pièce non chauffée où la famille entre-
posait les provisions. La moustiquaire créait
une sorte de flou qui conférait à la scène une
étrange atmosphère, proche de celle d'un rêve.

« Quand même, que font-ils debout à cette
heure-ci ? enragea-t-elle. Je pourrais m'expliquer
avec Sidonie, pas avec mon frère. »

Elle continua à les observer, agacée. Ils discutaient, mais si bas que leurs paroles demeuraient inaudibles. Pourtant, leurs gestes nerveux
et leurs visages tendus lui firent penser qu'ils se
querellaient. Lauric semblait furieux.

« Ils ont peut-être constaté que je n'étais
pas dans ma chambre et ils s'inquiètent », se
demanda-t-elle, anxieuse.

La suite la détrompa. Sidonie éclata en sanglots. Son jumeau la saisit par les épaules et la
secoua en lui parlant de très près. Cette fois, elle

perçut la voix de son frère et un cri sourd de sa sœur qui essayait de se libérer.

« Mais qu'est-ce qui se passe ? »

Elle hésitait à intervenir quand Lauric serra sa sœur contre lui en l'embrassant sur la bouche avec une rudesse de soudard. Sidonie se débattit tout aussi violemment, le tirant en arrière par les cheveux. Hébété, il la lâcha et disparut dans le cellier. L'étroite porte se referma.

« Mon Dieu, ce n'est pas possible, ils ont perdu la tête ! Enfin, surtout notre frère », songea-t-elle.

Encore pétrie d'incrédulité, elle se précipita dans la cuisine. Assise à la table, sa sœur pleurait en silence. Elle se pencha sur elle et caressa ses cheveux.

— Sido, que fais-tu debout en pleine nuit ?

— Et toi ? D'où viens-tu ? Je n'ai pas entendu de pas dans l'escalier.

Elle se frotta les yeux et se retourna pour vite constater dans quel état était Jacinthe.

— Est-ce que tu es allée au bord du lac ? Tu n'as pas voulu…

— Mais non, je n'ai aucune envie de mourir, loin de là. Sidonie, j'étais avec Pierre. Je ne veux pas te mentir. Il a su, pour Emma, et il est venu, il a jeté des cailloux contre ma moustiquaire. Nous nous sommes promenés.

— Promenés ? Tu appelles ça ne pas mentir ?

— D'accord, nous avons fait autre chose. Là, es-tu contente ? Et toi, tu n'as rien à me dire ? Je vous ai vus, Lauric et toi.

Du coup, Sidonie se leva, le visage empourpré. Elle agita les mains en signe de dénégation, le regard effaré.

— Je n'y suis pour rien, Jacinthe. Mon Dieu, tu nous épiais ?

— C'était involontaire, je voulais rentrer discrètement, mais il y avait une lampe allumée ; j'ai jeté un coup d'œil par la fenêtre. Peux-tu m'expliquer ? N'aie pas peur, je garderai ça pour moi.

— Il avait bu. Notre pauvre frère était tellement ivre qu'il a fait n'importe quoi, affirma Sidonie. Je lui ai conseillé d'aller se recoucher, mais dans la remise à bois où il y a encore le lit de camp. Demain, il aura oublié. Doux Jésus, tu as vu la pendule ? Il est presque trois heures du matin. Je n'arrivais pas à dormir ; alors, j'ai fini de coudre un corsage pour une cliente, des broderies sur le col. Le jour, le bruit de la machine ne dérange personne, mais, le soir, je travaille à la main.

Elle murmurait, un sourire forcé sur ses lèvres meurtries. Attendrie, Jacinthe lui désigna la théière fumante.

— Asseyons-nous. Autant boire une tasse de thé, il est chaud, proposa-t-elle. Nous parlerons un peu.

— Il ne faudrait pas réveiller maman ni papa, recommanda sa sœur. Tu as une drôle de tête. Ne te vexe pas, je dirais un air de dévergondée… et fière de l'être.

Sur ces mots qui se voulaient moqueurs, Sidonie se remit à sangloter. Jacinthe la cajola avant de l'interroger.

— Lauric a l'habitude de te traiter ainsi ? Dis-le-moi, je t'en supplie.

— Non, c'est la première fois qu'il ose faire ça et il ne recommencera pas, je te le jure.

— Mais pourquoi s'est-il comporté aussi mal ?

— Il y a plus d'une heure, je crois, il est descendu. J'étais dans mon atelier. Je pensais qu'il viendrait ici, dans la cuisine, pour boire de l'eau ou encore du vin. Non, il m'a rendu visite et là, il s'est mis à me poser des questions sur ce policier, l'adjoint du chef. Tu n'étais pas souvent là, Jacinthe, ces derniers temps. Tu ignores à quel point Lauric me surveille. Une fois encore, il m'a jeté à la figure qu'il m'avait vue parler avec cet homme sous le hangar et que j'avais l'air bizarre ensuite.

— Et où se cachait-il, lui ?

— Il était dans la bergerie avec papa. Tu sais bien qu'on voit à travers les planches ! hoqueta Sidonie sans hausser le ton.

— C'est ton frère. Il n'a pas à être aussi jaloux ni à t'embrasser sur la bouche ! Seigneur, c'est inadmissible.

— Moins fort. Peut-être qu'il nous écoute.

— Je m'en moque, je compte bien le raisonner à ton sujet. Il y a quelques jours, tu me confiais qu'aucun garçon ne te plaisait, que Lauric représentait l'homme idéal, que tu aurais du mal à te séparer de lui. J'ai été gênée en t'écoutant. Et à présent tu me révèles une autre facette du problème. Ma Sido, je vois bien que tu souffres. Que te disait notre frère avant de t'embrasser ?

— La même chose que dans mon atelier. Il m'interdisait d'approcher ce policier, quand il reviendrait, et..., et... que je lui appartenais, à lui, Lauric. Tout ça parce que j'ai eu le malheur de lui avouer sans penser à mal que l'adjoint du chef de police ne me déplaisait pas. C'était vrai, je l'ai trouvé poli, prévenant, plein de sollicitude.

Effarée, Jacinthe saisit les mains de sa sœur et les étreignit.

— Mais c'est ton droit. Tu ne vas pas sacrifier ta jeunesse et ta vie à ton frère. Il est malade, à la fin. Il ferait bien de chercher une blonde à son goût et de te foutre la paix. Je peux admettre qu'il t'aime de tout son cœur, tu es sa sœur jumelle. Seulement, il doit lutter contre ses sentiments s'ils sont contre nature, et je le lui ferai savoir. Seigneur, la façon qu'il a eue de t'imposer un baiser, j'en ai la nausée ! Décidément, il est bien le fils de son père.

— Je me sens très misérable, confessa Sidonie sans relever l'allusion venimeuse. C'est un peu ma faute. Depuis quelques mois, Lauric se montrait plus affectueux qu'avant. Il me prenait souvent dans ses bras ou sur ses genoux. J'étais contente, j'ai tellement besoin de tendresse ! Parfois, maman me faisait les gros yeux. Un soir, elle m'a dit que nos manières étaient indécentes. J'ai fait attention, mais Lauric a continué. Il me cajolait dès qu'il le pouvait, quand personne ne pouvait nous surprendre. Là, il a dépassé les bornes. J'ai eu peur, Jacinthe, très peur de lui.

— Je ne l'aurais pas laissé aller plus loin, Sido. Maintenant, je vis sous le même toit que vous. Je suis au courant et je vais t'aider.

La jeune couturière renifla et sécha ses larmes. Elle dévisagea sa sœur avec une expression émerveillée avant de se jeter à son cou.

— Je t'aime tant, Jacinthe ! Pardonne-moi, je n'ai jamais pris ta défense, je refusais de te croire au sujet d'Emma et du docteur Murray. Pourtant, tu voyais juste. Je suis désolée, vraiment désolée, et j'ai honte.

— Chut, ne dis pas ça. De quoi aurais-tu honte ? Courage, ma Sido, peut-être que bientôt nous nous installerons toutes les deux, si miss Susan Wallis accepte de nous louer sa maison.

— Encore un joli rêve ! soupira sa sœur. Maman est si fragile ! Nous ne pouvons pas l'abandonner. Et toi, tu vas te marier avec Pierre.

— Et alors ? Nous verrons bien ce que nous réserve l'avenir. En attendant, il nous faut garder espoir et être heureuses. Si Emma nous écoute de là-haut, je suis certaine qu'elle souhaite notre bonheur. Qui sait, elle pourrait jouer les anges gardiens pour ses deux vieilles filles de sœurs. N'oublie pas qu'elle nous prédisait le célibat ou le couvent.

Sidonie eut un petit rire triste.

— Nous devrions dormir un peu, déclara Jacinthe. Demain, c'est une dure journée, la tonte de nos moutons. Pierre sera là.

*

*Saint-Prime, cabanon de Lauric,
même nuit, une heure plus tard*

Après le départ de Jacinthe, Pierre s'était rhabillé, puis il avait fumé une cigarette, l'esprit plein du souvenir exquis de leurs étreintes. Allongé sur le côté à même la terre, un bras sous la tête en guise d'oreiller, il avait fini par s'endormir, vaincu par la douce fatigue des joutes amoureuses qu'il venait de vivre.

L'humidité du sol et l'inconfort de sa position finirent cependant par le réveiller. Engourdi, il se redressa et s'assit en tailleur, de nouveau envahi par des images exquises : le corps dénudé de Jacinthe, ses seins qu'il avait caressés à pleines mains, ses sourires éblouis, ses gémissements d'extase, la profondeur de son intimité qu'il avait sondée. « Je voudrais qu'elle revienne, je voudrais la tenir encore contre moi », se disait-il, peu pressé de se lever et de marcher jusqu'à sa voiture.

Il n'avait pas envie de bouger, comme par gratitude envers ce lieu où ils s'étaient aimés avec passion. Sa montre-bracelet indiquait quatre heures. Il s'étira. En flânant un peu au bord du lac, il rejoindrait sa vieille Ford dans une quarantaine de minutes ; après, il attendrait l'ouverture du *Grand Café* de la rue principale. Bon vivant, gourmand dans bien des domaines, il se promit d'engloutir un solide déjeuner.

Satisfait de son plan, il se mit debout, secoua sa veste et se dirigea vers la plage. La lune poursuivait sa course lente dans un ciel moins sombre à l'approche de l'aube. Le grand lac reflétait une luminosité bleuâtre, animé par la danse incessante des vagues dentelées d'écume. Des oiseaux pépiaient sous le couvert des bois voisins. Il régnait un calme profond, digne d'un autre temps, où l'homme n'avait pas investi ce pays du bout du monde.

Pierre s'arrêta, toujours enclin à la contemplation de la nature, de sa beauté farouche. Il admira les dernières étoiles qui pâlissaient déjà, l'horizon brumeux, la langue de sable et de galets longeant les prairies changées en marécage. Sans doute dérangés par sa présence, des canards sauvages s'envolèrent dans un mélodieux bruissement d'ailes. Il les suivit des yeux, amusé, presque ému.

— Merci, Seigneur, de me redonner la joie de vivre et la femme que j'aime de tout mon être ! formula-t-il du bout des lèvres.

Il dédia au lac un regard amical, car c'était là, sur ses berges, qu'il avait rencontré Lauric et fait la connaissance de ses trois sœurs. L'été, ils se baignaient tous ensemble, Pierre jouant les maîtres-nageurs. Perdu dans ses douces réminiscences, il ne prêta guère attention à une boule sombre qui semblait flotter. Depuis les crues exceptionnelles du mois de mai, bien des objets dérivaient encore avant de s'échouer sur les rives. Cependant, quelque chose l'intrigua très vite : la forme ronde disparaissait sous l'eau et remontait en alternance. Soudain, il crut deviner une main.

— Bon sang !

Il se rapprocha, anxieux, et scruta l'endroit où le phénomène se produisait. Malgré la distance, il fut certain d'avoir aperçu un bras levé et un profil. Là-bas, quelqu'un était en difficulté, en passe de se noyer.

Pierre ôta ses vêtements le plus vite possible, ne gardant que son caleçon. Sans hésiter une seconde, il se jeta à l'eau. Excellent nageur, il se lança dans un crawl effréné. Deux fois, il cessa ses mouvements pour vérifier si l'homme ou la femme faisait encore surface. Il crut distinguer le sommet d'un crâne et décupla ses efforts.

« Mon Dieu, aidez-moi ! » implora-t-il, horrifié à l'idée d'arriver trop tard.

Enfin, il heurta un corps secoué de spasmes, qu'il attrapa sous les aisselles et remonta à l'air libre. À la musculature robuste, à la peau lisse et dorée, il sut qu'il s'agissait d'un jeune homme.

« Il va s'en tirer, il s'agite, il recrache de l'eau ! pensa-t-il. Merci, Seigneur, je l'ai vu pendant la phase où le noyé cède à la panique et se débat. J'ai pu l'empêcher de couler ; ses poumons ne sont pas trop remplis d'eau. »

Il se renversa en arrière, battant des pieds afin de ramener le rescapé sur la plage.

— Lâche-moi donc ! balbutia celui-ci. Laisse-moi mourir !

Sidéré, il identifia la voix et, sous les cheveux plaqués sur le visage livide, c'étaient les traits virils de Lauric.

— N'y compte pas, mon chum ! cria-t-il, haletant. On parlera quand je t'aurai sorti de là. Le courant nous emporte pile où il faut.

Au grand soulagement de Pierre, Lauric ne se débattit pas, auquel cas il aurait été obligé de le frapper. « Mais qu'est-ce qui lui a pris ? » se demandait-il.

Ils se retrouvèrent enfin sur la plage, l'un à bout de souffle, l'autre à demi inconscient.

— Fallait pas me sauver, bégaya Lauric.

— Mets-toi à plat ventre, tu dois expulser de l'eau. Tu as bu la tasse, répondit Pierre en joignant le geste à la parole et en retournant son ami. As-tu pensé à ta mère, toi qui en as une ? À son chagrin ? Il n'y a pas assez d'Emma au cimetière ? Elle avait dix-neuf ans, elle ne voulait pas mourir et toi tu décides d'en finir. Pauvre gnochon !

La colère le submergeait. Il se retint de donner des claques à son ami.

— Il faut croire que Dieu veille sur toi, Lauric, ajouta-t-il, parce que, franchement, je n'aurais pas dû me trouver là avant le lever du jour. Tu as eu de la chance que je regarde le lac au bon moment. Et Jacinthe, Sidonie, ton père, eux aussi tu leur aurais brisé le cœur. Pourquoi tu as voulu te noyer ?

Sans attendre de réponse, Pierre entreprit d'enlever la chemisette trempée que portait le jeune homme. Il bondit ensuite sur ses pieds pour aller prendre sa propre chemise et sa veste, dont il couvrit son ami en le frictionnant.

— Qu'est-ce que tu faisais là, j'peux savoir ? ânonna Lauric d'une voix tremblante. Me raconte pas de blagues, hein ? Tu étais pas là par hasard pour me récupérer dans l'eau… T'as pas une cigarette ?

— Dans la poche de ma veste, il y a un paquet d'américaines et un briquet. J'avais une bonne raison de traîner par ici. J'ai su qu'Emma avait été tuée. Il fallait que je vienne, que je parle à Jacinthe.

Pierre enfila son gilet de corps en se frictionnant les bras pour se réchauffer. Profondément étonné par le geste de désespoir de Lauric, il étudiait sa physionomie tourmentée. Une terreur rétrospective chassa sa fureur indignée dès qu'il songea à ce qui aurait pu se produire. « Toute la famille terrassée, encore une tragédie atroce, intolérable, se disait-il. Je me serais présenté à la ferme à l'heure prévue. Peut-être qu'ils ne se seraient pas aperçus de sa disparition ; le lac aurait rejeté son corps plus tard. »

— Lauric, tu es mon chum et tu deviendras mon beau-frère un jour prochain, commença-t-il. Je ne peux pas y croire. Là-bas, quand je t'ai saisi à bras-le-corps, tu m'as bien dit de te laisser mourir, de te lâcher. Nom d'un chien ! dis-moi que c'était faux, que tu te fichais de moi. Tu allais reprendre de l'air, nager et revenir.

— Peut-être, j'avais le choix, à mon avis. Couler ou remonter, respirer. Et qu'est-ce que tu racontes ? Toi, mon beau-frère ?

— Oui, cette nuit, Jacinthe et moi, on a décidé de se marier au mois de septembre. Je l'aime, je n'ai pas cessé de l'aimer, et elle m'aime elle aussi, autant qu'avant.

— Bien, c'est bien. Sûr, vaut mieux épouser la femme qu'on aime quand on peut le faire.

Pierre fronça les sourcils, intrigué par la bizarrerie de cette réponse. Au même instant, une lueur d'incendie se répandit, teintant d'un or écarlate l'immense paysage. À l'est, irradiant les contours lointains des Laurentides, un disque de feu apparaissait.

— Regarde, le soleil se lève, Lauric. Écoute les oiseaux. As-tu déjà vu plus beau spectacle ? La magie de l'aurore exprès pour nous…, pour toi.

— Ouais, c'est joli, mais, depuis des années, depuis que j'ai arrêté l'école surtout, j'ai dû me lever avec le soleil et trimer, trimer jusqu'à la nuit. Défricher, arracher les souches d'arbre, faucher, battre l'orge et le blé… Maman et mes sœurs, elles n'avaient pas plus de répit, sauf qu'elles, c'était la cuisine, la vaisselle ou les grandes lessives. Tu veux que je te dise ? Jacinthe et Emma, elles ont réussi à prendre le large, à échapper à la tyrannie de notre père, mais Sidonie et moi, non. On n'a presque pas quitté la ferme. C'était presque une fête de se rendre à la messe le dimanche et de déjeuner chez nos grands-parents.

Après ces aveux, Lauric s'allongea sur le dos, cachant ses yeux sous son avant-bras droit.

— Pierre, je suis qu'un salaud, j'vaux pas plus cher que mon père. Aide-moi, je ne peux pas rentrer à la maison. Si tu m'héberges une semaine, à Saint-Félicien, je décrocherai bien une job, dans une scierie ou dans une usine, à Dolbeau.

— Qu'est-ce que tu as fait ? Vas-y, parle donc, tu en as trop dit ! Je ne te jugerai pas, parce que j'en ai commis, des sottises, moi aussi.

— Je suis tombé en amour avec Sidonie, ma sœur. Ça date d'un an environ. Hier soir, j'ai beaucoup bu et, comme chaque fois, j'ai eu de mauvaises idées. Le diable s'en est mêlé, elle était dans son atelier, bien réveillée. Sans savoir que ça me rendrait fou de jalousie, elle m'annonce qu'un type lui plaît, un policier, l'adjoint de Cardin. Tabarnak, il la mangeait des yeux, Sidonie, et plus tard, dehors, il va placoter à son oreille, du genre prêt à la consoler de tous les malheurs de la terre. J'étais en colère. Je ne voyais plus ma sœur, mais la merveilleuse fille que j'adorais, dont je rêvais la nuit, et qui me trahissait.

— Et alors ? interrogea Pierre d'un ton neutre, parce que Lauric s'était tu.

— Alors, je l'ai embrassée à pleine bouche. Elle a réussi à me repousser. J'y ai laissé une poignée de cheveux. Et si tu savais comment elle me regardait, avec du mépris et de la haine ! J'me suis sauvé, j'ai pleuré un bon coup dehors, sous le hangar. J'étais tellement malheureux, j'avais une si grosse honte de moi ! J'ai décidé de mourir. Ma petite mère s'affaiblit, elle n'a plus le goût de vivre non plus. J'en ai assez enduré, ces derniers temps. Sidonie et moi, souvent, on projetait d'habiter ensemble, de jamais se séparer. C'est fichu, elle me pardonnera pas, jamais !

Pierre encaissa le choc. Il n'était pas préparé à écouter un tel discours, dont le propos le hérissait.

— Tu mélanges tout ! trancha-t-il. Tu ne peux pas être tombé amoureux de ta sœur jumelle. Sidonie et toi, vous êtes en âge de fréquenter quelqu'un de votre choix. C'est malsain, ton histoire. Vous restez trop confinés ici. Voilà le résultat ! En plus, boire autant n'arrange rien. Sobre, tu n'aurais pas osé l'embrasser.

Lauric se redressa et fixa son ami d'un air égaré.

— Je te dégoûte ?

— Non, mais… quand même, tu aurais dû t'en aller bien avant, dans ce cas. Des belles filles, tu peux en trouver partout que tu auras le droit d'aimer.

— Maman m'a dit ça, un soir… Sans doute qu'elle avait vu clair en moi. Mais tu en as de bonnes ! Comment veux-tu que je décampe ? Papa compte sur moi. On aura davantage de travail, avec un tiers de nos terres devenues incultes. On avait prévu d'acheter des vaches, l'an prochain, et vendre du lait à la fromagerie. Ce n'est plus la peine, on n'aura pas assez de foin, à l'avenir.

— Si le gouvernement verse des dédommagements aux cultivateurs lésés, ton père pourra acquérir d'autres parcelles, hasarda Pierre. De toute façon, tu ne pensais pas à ce genre de soucis en voulant te supprimer. C'était quand même plus simple de dessaouler et de présenter des excuses à Sidonie, au matin. Tu dois t'enlever ces bêtises de la tête. Ta sœur, si un homme lui plaît, ça ne te concerne pas. Elle est libre.

D'un jaune lumineux, le soleil montait. Ses premiers rayons réchauffaient les deux jeunes gens, comme la brise, vite redevenue tiède, qui les caressait.

— Je n'avais jamais avoué ça à personne, ajouta Lauric. Je me sens soulagé. C'est bizarre, le fait de le dire tout haut, de m'entendre en parler et que tu me donnes ton opinion, ça me paraît moins grave. Tu as raison sur un point : on est vraiment trop confinés, Sido et moi. Faut que ça change !

Pierre se leva, survolté. Il était partagé entre la compassion et l'incompréhension.

— Tu es un vrai fou, grogna-t-il. Désolé, mais je n'arrive pas à digérer ce qui s'est passé.

— Le baiser ?

— Non, le fait que tu aies cherché à te tuer. Tu te serais noyé si je n'avais pas été ici, sur la plage de Saint-Prime. Peut-être bien que tu crevais de chagrin et de honte, peut-être que, la mort d'Emma, ça t'a détraqué quelque chose dans la cervelle, mais doubler la mise, oser faire autant de mal à tes parents et à tes sœurs, je ne peux pas l'admettre.

Lauric se mit debout à son tour. Ses mèches brunes voletaient ; son regard gris-vert exprimait un début de colère. Pierre songea que c'était un beau garçon, ardent, enclin à la violence comme son père.

— Ne m'insulte pas, Desbiens. T'étais mon chum, jadis, mais je t'ai pas souvent revu depuis deux ans. Maintenant, tu reviens, tu veux épouser Jacinthe et tu me traites de haut ! Dégage de là, j'ai pas besoin de tes leçons de morale.

— Ah oui ?

Pierre Desbiens était excédé. Il aimait Lauric comme le frère qu'il n'avait pas eu. En l'imaginant mort en pleine jeunesse, une brusque colère le submergea. Lui qui ne s'était jamais battu, lui qui méprisait l'usage de la force, il donna un premier coup de poing. Touché au menton, Lauric tituba. Il allait riposter quand un deuxième coup l'atteignit à la pommette gauche.

— Ça t'apprendra à me faire une peur pareille, petit crétin ! cria Pierre Desbiens, tremblant d'émotion. Ne recommence jamais. Aie le courage de vivre, nom d'un chien !

Sa voix se brisa. Il se rua à nouveau sur le jeune homme, mais cette fois il le serra dans ses bras de toutes ses forces. Hagard, stupéfait, Lauric se mit à pleurer, de gros sanglots de petit garçon pris en faute. Il se délestait d'un trop-plein de peines enfouies, d'humiliations infligées par son père, du venin délétère de son amour coupable pour sa sœur. Il évacuait aussi l'horreur d'une vision : Emma en robe blanche sous la voûte de l'église, petite mariée blafarde au joli visage impassible, mariée avec le néant, le mystère de la mort.

— T'es mon chum, Pierre, oui, un vrai bon chum ! marmonna-t-il, une fois calmé.

Sept heures sonnèrent au clocher du village. La cheminée de la ferme fumait.

— Viens, je t'accompagne. On dira qu'on s'est baignés et qu'on a nagé tous les deux comme avant, soupira Pierre.

*

Installé à la grande table familiale, Champlain affûtait, à l'aide d'une pierre spéciale, ses forces, de gros ciseaux à lames larges assez courtes qui servaient à tondre les moutons. Assises en face lui, Sidonie et Jacinthe semblaient fascinées par le geste régulier de leur père. Il frottait le métal en trempant souvent la pierre dans une cuvette d'eau posée sur un tabouret.

— Pensez-vous que votre mère va descendre ? grogna-t-il en testant du gras du pouce le tranchant de son outil. D'ordinaire, elle m'aide, un jour comme celui-ci. La laine, c'est son affaire.

— Maman m'a demandé de lui monter une tasse de thé, dit Sidonie. Elle semble aller mieux, mais elle ne veut rien manger.

— Calvaire, ça va durer encore longtemps, sa maladie de nerfs ? bougonna-t-il.

— Selon Matilda, elle peut se laisser dépérir, avoua Jacinthe à son père. Elle peut garder le lit et boire de l'eau ou du thé, mais refuser la nourriture. Si le docteur Murray écope d'une peine sévère, ça la consolera peut-être, mais je sais ce qui lui redonnerait envie de vivre.

— Dis toujours, laissa tomber Champlain avec un regard méfiant.

— Il faudrait retrouver l'enfant d'Emma et l'emmener chez nous. Maman aurait l'impression que sa petite chérie, comme elle dit, n'est pas tout à fait morte.

— Comment comptes-tu faire ? aboya-t-il. Tu vas fouiner dans toute la province en placotant à tort et à travers et en déballant notre déshonneur ? Crois-tu utile que notre famille se vante qu'une fille de seize ans a accouché en cachette et abandonné son enfant ensuite ? Autant de saletés qu'on n'aurait jamais sues, nous autres, sans ta maudite curiosité.

— Papa, tu es injuste avec Jacinthe, dit bien haut Sidonie. Tu aurais préféré le secret, toujours le secret. Tu aimais mieux Emma Cloutier en jeune institutrice exemplaire prise au piège des inondations et noyée. Ta fille n'était-elle pour toi qu'un moyen d'influencer les gens du gouvernement pour qu'ils te versent plus d'argent qu'aux autres fermiers de la région ? Ma sœur et grand-père Ferdinand ont été les seuls à flairer une triste affaire. Moi, je me rangeais à ton avis. Il fallait se taire, ne rien voir, ne rien entendre. C'est terminé, ce temps-là. La vérité a éclaté. Je suis d'accord avec Jacinthe. Nous devons au moins découvrir ce qu'est devenu ce bébé, notre nièce. Elle a trois ans, papa. C'est ta petite-fille et elle croupit peut-être dans un orphelinat, alors qu'elle a une famille, la nôtre.

Sidonie avait à peine dormi deux heures, et ses yeux étaient cernés de mauve. Ils s'animaient toutefois sous la virulence de son indignation. Ordinairement discrète et timide, tout en délicatesse, elle se révélait différente, ce matin-là. Désemparé, Champlain piqua du nez sur son ouvrage.

— Faites à votre idée, lâcha-t-il. La petite, si vous la trouvez, elle aura sa place ici, chez nous.

Des bruits de voix sur le perron empêchèrent Jacinthe de répondre. Elle avait pris la main de sa sœur, touchée par sa réaction.

— On a de la visite, nota Sidonie. La police, déjà ?

Mais tous trois virent entrer Pierre et Lauric, dépenaillés, les cheveux humides et la mine penaude d'enfants ayant commis une fameuse bêtise.

— Tiens, le gars Desbiens, s'étonna Champlain. Tu es souvent dans le coin, ces temps-ci. Je tonds mes bêtes, aujourd'hui. Si tu veux nous aider, ce sera pas de refus.

Jacinthe jeta un coup d'œil affolé à son amant, tandis que Sidonie fixait son frère, l'air perplexe.

611

— Figurez-vous que je me baladais sur la plage, au petit jour, expliqua Pierre. J'avais prévu de vous rendre visite vers huit heures pour prendre des nouvelles. J'ai su la vérité au sujet d'Emma. Quelqu'un de Roberval a téléphoné hier à l'école de Saint-Félicien. J'ai décidé de venir.

— Tu as bien fait, approuva le maître de maison. Les filles, préparez donc du café ! J'aime pas trop le thé, moi.

— Sur la plage, reprit Pierre, j'ai croisé Lauric qui allait se baigner. Il a abusé de la boisson, hier ; il voulait se rafraîchir les idées.

— Oui, et ensuite on a joué à celui qui irait le plus vite au crawl et à la brasse, renchérit le jeune homme. On s'est amusés à échanger quelques coups, aussi. C'était comme au bon vieux temps. Tu te souviens, Jacinthe ?

Elle s'était levée et activait déjà le fourneau. En prévision d'une journée consacrée à la tonte, elle avait mis une large blouse grise sur sa robe noire et réuni en une seule tresse sa chevelure, qui faisait un câble soyeux aux reflets de soleil dansant le long de son dos.

— Je me souviens, concéda-t-elle tout bas.

De retrouver Pierre une heure plus tôt que prévu dans la cuisine la bouleversait. Elle se revoyait nue près du cabanon, impudique, en plein délire amoureux, et le rouge lui monta aux joues. Vite, elle se détourna.

— Bonjour, Sido, balbutia Lauric en passant près de la chaise de sa jumelle.

— Bonjour. Tu devrais grimper dans ta chambre enfiler des vêtements propres, dit-elle sèchement. Tu en profiteras pour embrasser maman.

— Plutôt deux fois qu'une, répliqua-t-il, d'une gaîté insolite.

Il disparut dans le couloir ; on l'entendit monter au pas de course.

Champlain fit signe à Pierre de s'asseoir près de lui.

— Vois un peu mes deux paires de forces. Les lames coupent aussi bien que des rasoirs. Alberta parlait d'acheter une tondeuse électrique quand on a été raccordés à Saint-Prime, mais ça m'inspire pas confiance, ces engins modernes. Qu'est-ce que tu en dis, toi ?

— Je n'y connais rien. Je vous ai toujours vu tondre avec vos outils. Mais l'électricité est pratique, règle générale.

— C'est vrai qu'à Riverbend, vous devez en profiter. Vous êtes à côté des centrales, pas loin des maudits barrages. Moi, je me serais bien éclairé encore une décennie à la chandelle pour ne pas voir ce que j'ai vu le mois dernier. Je ne sais pas ce qui me retient de revendre mes terres, les bâtiments et le logement pour aller travailler dans une usine.

Agacée par le tour que prenait la discussion, Jacinthe disposa des tasses, le sucrier et une assiette garnie de crêpes froides, reliefs du souper de la veille.

— Papa, n'ennuie pas Pierre avec tes récriminations, dit-elle. D'abord, il ne travaille plus à Riverbend. Il va s'établir à Saint-Méthode.

— On redevient presque des voisins, astheure ! se réjouit Champlain. J'en suis bien content. Toi aussi, Jacinthe, je parierais…

La soudaine amabilité de son père la rassura. Il ne trichait pas, car il appréciait Pierre. « Qui ne l'aimerait pas ? se dit-elle en le dévisageant. Il séduit sans le faire exprès ; c'est son talent à lui. » Elle chercha la clef de ce pouvoir inné et l'attribua à la douceur du visage, ainsi qu'à ses yeux bleu-gris dont l'expression rêveuse lui donnait un air romantique.

— Tu ne réponds pas, Jacinthe ? insista son père. Alors, vous ne seriez pas réconciliés, vous deux ?

— Ça se pourrait, déclara Pierre en souriant.

— Il faudrait vous marier, alors, reprit Sidonie. Vous avez été fiancés un an et demi, déjà, ce n'est pas la peine d'attendre trop longtemps. Ça me plairait de te coudre une belle robe, Jacinthe.

— Nous verrons. À l'automne, peut-être.

Champlain tapa sur la table, sincèrement satisfait. Il décocha aussi une bourrade amicale dans le dos de Pierre.

— Tu finiras par être mon gendre, toé, s'esclaffa-t-il.

L'homme était ainsi, prompt à la fureur comme à la bonne humeur. Ce matin-là, en chemise écossaise, auréolé de sa tignasse neigeuse et le regard malicieux, il inspirait la sympathie.

« Au fond, papa est un passionné, un sanguin. Capable du pire comme du meilleur, il s'emporte dans le bien et dans le mal avec le même élan ! » se disait Sidonie. Elle savait aussi que, pour cette raison, il était difficile de le haïr vraiment.

*

Les rideaux blancs étaient tirés dans la chambre d'Alberta, voilant la clarté du soleil. Il régnait là de l'ordre et de la propreté, de même qu'une austérité monacale. À genoux près du lit, Lauric gardait la tête posée contre le flanc maternel. Il sentait sur ses cheveux le poids infime d'une main apaisante. Après un long silence entrecoupé de petits sanglots enfantins, il avoua enfin :

— Pardon, maman, je te demande pardon. J'ai eu envie de mourir ; ça m'a pris comme un coup de folie. Je n'en pouvais plus. J'ai nagé aussi loin que j'ai pu. L'eau était froide et j'étais épuisé. Ce sont de drôles de moments. Une fois, je voulais me laisser couler, juste après, je me débattais. J'ai pris un bouillon, je ne sais plus. Pierre est venu me chercher.

— Pierre Desbiens ?

— Oui, il marchait sur la plage et il m'a vu.

— Alors, Dieu a guidé ses pas ! s'exclama-t-elle, exaltée. Notre-Seigneur a eu pitié de moi, il l'a envoyé te sauver.

— Faut le croire, maman. Je pensais même pas au mal que je t'aurais fait. Pardonne-moi ! Tu sais, toi, ce qui me tourmente, et ça ne faisait qu'empirer, ces derniers jours. Mais c'est fini, je te le jure.

Les doigts d'Alberta se crispèrent sur les mèches brunes encore humides de son fils.

— Mon garçon, j'en serais morte à mon tour dans de terribles souffrances, le cœur et l'âme brisés, mais sans m'accorder le droit de me supprimer. Te perdre, Lauric, après avoir perdu Emma ! Mon petit, viens, viens plus près.

Il s'allongea à ses côtés, infiniment heureux de se blottir contre elle. Sa mère l'étreignit en respirant très vite.

— Je ne veux plus enterrer un de mes enfants, les seuls trésors que Dieu m'a offerts. Lauric, puisque tu es là, bien vivant, il te faut guérir.

Oui, j'ai deviné ce qui te rongeait, ton attachement malsain à ta sœur. Tu dois en parler à monsieur le curé. Il saura te conseiller, te remettre sur le droit chemin. Quand j'ai compris, je me suis interrogée. Est-ce parce que vous avez grandi tous les deux dans mon ventre ? Est-ce parce que je vous ai couchés dans le même berceau, que Champlain avait fabriqué en osier ?

— Nous sommes si proches, Sido et moi, maman ! Le jour de nos treize ans, elle m'a promis de ne jamais se marier ; j'ai promis aussi. On était bien niaiseux, à cet âge-là. Je suis sûr qu'elle a oublié.

Alberta couvrit de baisers le front et les joues de Lauric.

— Appelle Sidonie ; dis-lui de monter.

— Non, maman, pas ça. Tu ne sais pas tout. Cette nuit, je me suis mal conduit, très mal. J'étais ivre et en colère. Je l'ai embrassée comme on embrasse sa fiancée.

— Lauric, fais ce que je te dis, vite.

Il se résigna à obéir. Pendant qu'il sortait de la pièce et descendait les trois premières marches de l'escalier, sa mère se redressa. Bien assise, appuyée au dossier du lit, elle arrangea les plis du drap et tapota la courtepointe.

*

— Je crois que ton frère t'appelle, indiqua Champlain.

— Je ne suis pas à son service, rétorqua Sidonie. Papa, il faudrait penser à la tonte. Jacinthe, Pierre, nous pourrions aller chercher le troupeau tous les trois. Hier, nous l'avons mis dans la grande pâture qui rejoint la rue Potvin.

— Nous irons, bien sûr, assura sa sœur, mais Lauric vient de dire que maman te réclame. Je t'accompagne, si tu veux…

— Depuis quand Sidonie a besoin d'une escorte pour se rendre à l'étage ? En voilà, des manières ! Vas-y, ma fille, ne fais pas attendre ta mère.

Sidonie s'exécuta, une moue boudeuse sur les lèvres. Excédée, elle se rua dans l'escalier. Le palier était désert.

— Maman ? appela-t-elle devant la porte entrebâillée de la chambre.

— Entre, ma petite Sido, ne crains rien, répondit Alberta. Nous avons à parler. Ton frère est là.

La jeune femme respira profondément afin de garder son calme. À cet instant précis, elle détestait Lauric.

*

Félicée Murray regarda sa montre, un bijou en argent au cadran serti de brillants, le cadeau que Théodore lui avait fait à leur troisième anniversaire de mariage. Elle eut les larmes aux yeux. Soucieuse de son apparence, elle avait mis une robe en soie jaune, une veste en coton beige et une cloche assortie sur ses cheveux blonds.

— Que c'est long ! Pourquoi me faire attendre ainsi ? se demanda-t-elle à mi-voix.

Un jeune policier en costume civil l'avait conduite dans une salle aux fenêtres grillagées. Elle s'était assise à une des tables, trente minutes plus tôt précisément. L'impatience la faisait trembler. Enfin, il y eut des bruits de pas et de serrure, puis une porte s'ouvrit sur le docteur Murray. Les traits tirés, le visage encore marqué d'ecchymoses, il était affublé d'une combinaison en toile beige. Un gardien en uniforme referma derrière lui.

— Théodore ! appela-t-elle.

— Félicée ! Je suis désolé que tu sois obligée de venir ici, marmonna-t-il en prenant place en face d'elle.

Ils avaient chacun reçu des consignes. Ils devaient rester à une distance raisonnable et il leur était interdit de s'enlacer. Elle tendit les mains, éperdue de joie à son simple contact.

— Lundi, tu verras ton avocat, dit-elle en premier lieu. Il arrive de Québec demain. Mon oncle lui a réservé une chambre au Château Roberval. Ne t'inquiète pas, nous paierons une caution, si nécessaire.

Il la regarda, déconcerté par sa vivacité, l'éclat de ses yeux clairs et l'amour total qu'il pouvait y lire.

— Je ne mérite pas tant d'égards, répliqua-t-il. Votre avocat, quand il aura lu ma déposition, il ne saura pas comment me défendre. Félicée, j'ai commis un meurtre.

— Tais-toi ! Parle moins fort, je t'en prie ! Il faudra plaider la folie, une crise de démence. Tu étais harcelé, à bout de nerfs, et tu as perdu la tête. Le chef de police a laissé entendre à mon oncle que tu aurais toi-même expliqué ton geste de cette façon. Théodore, Wilfred est triste ; il voudrait te voir. Il t'avait fait un dessin, mais je l'ai oublié.

Elle se tendait vers lui, mettant toute sa tendresse, tout son désarroi dans l'étreinte de leurs mains.

— Dis-moi ce qui s'est passé, implora-t-elle. Je me pose tant de questions que je n'en dors plus.

— J'ai tué Emma. Tu n'as pas besoin d'en apprendre davantage.

Félicée nota que Théodore ne mentionnait pas son nom de famille. Elle en éprouva une sensation désagréable, comme si ce simple prénom tissait un lien d'intimité indéfectible entre son mari et sa victime.

— Tu préfères que je découvre toute l'histoire par les propos de l'avocat ou pendant le procès ? dit-elle d'un ton sec. Je dois annoncer ton arrestation à mes parents. Je voudrais leur donner une version qui ne fera pas de toi un épouvantable assassin. S'il y avait moyen d'éviter un scandale… Mais l'affaire aura forcément des répercussions, ici et à Chicoutimi.

Livide malgré son teint mat, Théodore Murray la considéra avec une sorte de mépris. Il lui lâcha les mains.

— Mais oui, Félicée, à Québec et à Montréal, aussi. Un médecin de trente-quatre ans qui élimine sa jeune maîtresse de dix-neuf ans en la noyant… La presse en tirera des articles retentissants. Au fait, pourquoi es-tu restée à Roberval ? Je t'avais conseillé de te réfugier à Chicoutimi, dans ta famille.

Frappée en plein cœur, sa femme demeura muette, occupée à se répéter les mots qu'il avait prononcés : sa jeune maîtresse.

— Je suis bien sotte ! dit-elle enfin. Je m'en doutais depuis un moment que tu couchais avec Emma Cloutier. Hélas, tant que tu ne m'avais rien avoué, j'espérais encore, je refusais d'y croire vraiment. Ça durait depuis combien de temps ? Un an, six mois, quelques jours ?

Fébrile, elle posa ses paumes sur son ventre en esquissant une grimace.

— Souffres-tu ? s'inquiéta-t-il. Seigneur, tu dois te ménager ! La naissance est prévue en août ; un prématuré aurait peu de chances de survivre.

— Quelle importance ? Est-ce que tu l'aurais aimé, cet enfant conçu avec une femme que tu as trompée, trahie ? Théodore, pourquoi ? Tu prétendais que je suis jolie et je ne suis pas vieille. Qu'avait-elle de plus que moi, cette fille ? Le diable au corps, n'est-ce pas ?

Le médecin baissa la tête, désespéré, conscient que plus jamais il n'appartiendrait au monde brillant de la bonne société. En deux jours d'isolement, l'abomination de son crime lui était apparue, un constat auquel s'était ajoutée une intolérable sensation de manque, le manque d'Emma. Il avait gommé ses caprices de gamine, ses exigences de jeune amante jalouse, pour se griser de leurs plus beaux souvenirs, les baisers fous, les heures d'amour au creux d'un lit. Chacune de leurs retrouvailles avait un parfum d'éternité. Il s'en était persuadé, oublieux du climat oppressant de leur ultime soirée à Saint-Prime.

— D'accord, reprit Félicée, elle t'a séduit et entraîné dans ses filets. Les hommes sont faibles, maman me l'a souvent répété. Tu aurais sûrement eu une maîtresse un jour ou l'autre. Mais, si tu l'as tuée, c'est que tu ne l'aimais pas tant que ça ! Pourquoi l'avoir tuée, Théodore ? Parle vite, nous avons peu de temps.

— Emma voulait que je te quitte pour vivre avec elle. Elle menaçait de t'écrire, de te révéler notre liaison, de briser ma réputation de médecin. J'aurais tout perdu, toi, mon fils, tout ce que j'avais acquis au prix de grands sacrifices.

— Une sale petite catin, oui ! cracha son épouse. Elle te faisait chanter ?

— Appelons ça du chantage. Mais il y a pire : Emma attendait un bébé, elle aussi. Elle l'avait annoncé à sa sœur, l'infirmière. Bien sûr, après sa mort, Jacinthe Cloutier a cherché qui était le père. Je leur ai tout raconté, à son frère et à elle, jeudi, quand ils sont venus.

Une chape de glace coula sur Félicée. Le front moite, elle était assaillie par des nausées.

— Mon Dieu, je comprends, à présent, je comprends mieux. Si tu savais à quel point tu me blesses, Théodore, à quel point j'ai mal.

Le souffle court, les pupilles dilatées, elle l'interrogea d'une voix changée, vibrante de dégoût :

— Tu l'as noyée ! Comment ?

— La malheureuse a trébuché. Je l'ai vue couchée sous l'eau, ses cheveux pareils à des algues.
Je l'ai simplement maintenue et elle n'a pas pu se
relever. Pauvre Emma.

Le docteur Murray pleurait en silence, vieilli,
le dos voûté. On frappa à l'ouverture grillagée et
la porte s'ouvrit aussitôt.

— Adieu, Félicée. Je te demande pardon,
ainsi qu'à mon fils et au petit qui va bientôt
naître, s'empressa le prévenu.

Il était déjà debout, pressé de se retrouver seul
dans sa cellule. Jourdain Provost, lui, se chargea
de reconduire la jeune femme à l'extérieur. Pâle
et le corps déformé par la grossesse, elle lui inspirait une profonde pitié, ainsi condamnée pour
des années à d'autres courtes entrevues.

— Est-ce qu'on vous attend, madame ? s'enquit-il. Je peux appeler un taxi.

— Non, c'est inutile. Mon cousin va me
reconduire.

Wallace Gagné la vit marcher d'un pas hésitant dans sa direction. Il fumait un cigare en
déambulant autour de la luxueuse Rover qui attirait bien des regards envieux quand il traversait
Roberval à son volant.

— Alors, as-tu eu des explications ? lui
demanda-t-il quand elle le rejoignit. Ciel, tu as
une mine affreuse !

— Partons vite, Wallace, je t'en supplie.

Le fils de famille aida sa cousine à s'installer sur le siège du passager et referma la portière. Bientôt, il roulait au bord du lac en direction de Saint-Jérôme, Félicée l'ayant prié de lui rendre ce service.

— Je dois récupérer des vêtements et les jouets préférés de Wilfred, lui confia-t-elle. Après, je te donnerai les clefs de la maison. Je vais la mettre en vente. Je n'y reviendrai pas. Je compte divorcer et retourner habiter près de mes parents.

— C'est une sage décision, affirma-t-il. Nous serons là pour toi, ma chère cousine.

Le temps d'arriver devant la demeure du docteur Théodore Murray, Wallace avait appris dans quelles circonstances atroces Emma Cloutier était morte, assassinée par l'homme qu'elle aimait. Il comprit également le comportement de Jacinthe, la veille, quand il s'était présenté à la ferme de Saint-Prime. « Elle savait, son frère aussi, tout comme ses parents. Certes, je ne pouvais pas être le bienvenu, même si je n'ai rien à voir dans ce désastre. Mais je m'appelle Gagné. Pendant six ans, j'ai fréquenté le meurtrier d'Emma. J'ai trinqué avec lui les soirs de fête, j'ai joué aux échecs ou au tennis avec ce type. Mon bouquet de roses blanches était ridicule, vraiment dérisoire », songea-t-il.

En mathématicien lucide et épris de logique, le jeune banquier aurait assurément trouvé normal

que son fameux bouquet ait achevé sa brève carrière sur le tas de fumier des Cloutier.

*

Saint-Prime, ferme des Cloutier,
six heures du soir

Des draps usagés disposés devant le hangar et
au milieu de la cour sur le sol étaient couverts de
toisons jaunâtres. Les amas de laine dégageaient
une forte odeur de suint.

Toute la journée avait été consacrée à la tonte,
un rude labeur qui exigeait de bons muscles, de
la patience et de la dextérité. Il fallait immobi-
liser chaque bête le temps nécessaire et manier
les ciseaux avec rapidité et habileté.

Champlain était un champion en la matière.
Une fois l'animal couché sur une sorte d'estrade
rudimentaire, il bloquait sa tête entre ses genoux
et le tondait en quelques minutes. Lauric avait
une autre méthode. Il faisait asseoir le mouton
contre ses jambes et œuvrait de la droite en
maintenant les deux pattes avant de l'animal
de sa main gauche. Pierre avait surtout joué les
assistants, remplaçant Sidonie dont c'était le rôle
les années précédentes.

— Il ne reste plus que notre vieille brebis borgne et ce sera terminé, fit remarquer Alberta à ses filles. Mon Dieu, c'est bien la première fois que je me tourne les pouces un jour de tonte.

Elle avait assisté aux opérations depuis un fauteuil, à l'abri de l'auvent. C'était une idée de Jacinthe, toute contente de voir sa mère presque rétablie.

— Je le dois au Seigneur, et à Pierre, avait-elle déclaré le matin dans sa chambre, quand Lauric et Sidonie s'étaient étonnés de la voir se lever. Laissez-moi, à présent.

Vingt minutes plus tard, elle était descendue, bien coiffée. Vêtue d'une robe longue à l'ancienne mode de couleur claire, elle sentait le savon et l'eau de Cologne. Champlain lui avait décoché un regard admiratif en s'écriant :

— Te voilà bien jolie, ma femme !

— Il y a des jours où la grâce divine nous montre le chemin.

Alberta avait répondu de façon énigmatique avant d'embrasser Pierre sur les deux joues, à la stupeur de son mari et du jeune homme. Émue, Jacinthe s'était posé bien des questions.

Le ton de ce samedi était donné ; une halte bienfaisante entre deux tempêtes permettait de reprendre courage, de panser les blessures.

Pendant le bref repas de midi, où on avait dévoré une grosse omelette au lard et une purée de pommes de terre, on avait parlé de banalités et, encore une fois, des dégâts causés par les inondations. Ensuite, Jacinthe avait sorti un fauteuil du salon et installé sa mère confortablement.

— Surveille bien nos hommes, avait-elle dit à son oreille. Sido et moi, nous faisons la vaisselle.

Le discret vacarme des assiettes et des couverts, de l'eau brassée, versée, vidée et encore brassée, avait servi de fond musical à la conversation entre les deux sœurs. Sidonie avait fait un récit concis d'une voix douce et conclu :

— Lauric m'a demandé pardon. Il a juré devant maman et moi qu'il était libéré de ses sentiments malsains et de sa jalousie. Il disait que notre lac lui avait donné un second baptême dont il tirerait profit. Je l'ai senti sincère. Si je l'avais perdu, aujourd'hui, après Emma, je pense comme maman que je n'aurais pas surmonté ce nouveau deuil. Ce doit être un peu pareil, la guerre, la mort qui peut frapper à chaque instant et le besoin d'être heureux ne serait-ce qu'une heure, qu'une journée quand on y échappe. Ce soir, Pierre restera souper, bien sûr. Je cuisinerai un pâté au jambon. Et nous chanterons tous ensemble.

Malgré sa joie de voir son futur époux riant et travaillant avec son père et son frère, Jacinthe n'avait pas pu profiter pleinement de la bonne humeur générale. Sans cesse, elle imaginait Lauric prêt à disparaître dans les eaux limpides du grand lac. Elle en frémissait, transie en dépit du soleil éblouissant. Une phrase insidieuse entendue dans un demi-sommeil deux semaines auparavant revint la hanter.

— *Le lac vous guette depuis longtemps, ton frère, tes sœurs et toi. Emma est la première qu'il a prise.*

Sans Pierre, Lauric aurait été la deuxième victime.

*

Le troupeau des Cloutier était enfermé dans la vaste bergerie. Le lendemain, les bêtes seraient ramenées sur la pâture voisine. Des bêlements plaintifs s'élevaient dans le calme du soir. La laine, mise en ballots dûment ficelés, était stockée sur le plancher à foin du hangar.

Main dans la main, Pierre et Jacinthe quittèrent la cour et s'engagèrent sur le chemin menant au village. Ils allaient récupérer la voiture du jeune homme. Au retour, ils devaient inviter Ferdinand à souper.

Le ciel pâlissait et devenait progressivement d'un bleu lavande, parsemé de légers nuages lisérés d'or par le soleil déclinant. L'air était tiède et parfumé.

— Merci, tu as sauvé mon frère ce matin, murmura-t-elle. Sidonie m'a tout raconté. Maman dit vrai, Dieu a eu pitié de nous. Si tu n'avais pas été là… Je ne veux pas y penser, mais je ne fais que ça, depuis midi. Je pourrais te remercier ma vie durant.

— Le hasard, le destin, la Providence divine, comment nommer une suite d'événements qui s'enchaînent pour aboutir à une fin heureuse ou malheureuse ? répliqua-t-il. Si Elphine ne m'avait pas téléphoné hier, je n'aurais pas osé venir à Saint-Prime. Si tu n'avais pas pu me rejoindre cette nuit et, surtout, si je ne m'étais pas endormi en rêvant de toi près du cabanon, il en eût été tout autrement. En me réveillant, j'ai eu envie de marcher au bord du lac en guettant le lever du jour. Peut-être qu'on m'a guidé vers la plage, que c'était écrit. Peu importe la réponse, je crois que Lauric n'importunera plus Sidonie. La peur de mourir, mes sermons et mes coups de poing, ça lui a remis les idées en place.

— Et la promesse de maman, aussi, confessa Jacinthe. Encore un sacrifice de sa part ! Quand elle les a réunis dans sa chambre, ce matin, elle a fait le serment de se reprendre, de s'alimenter, de ne plus s'abandonner à son chagrin, à condition que tous deux deviennent raisonnables. Sidonie estime qu'elle a des torts elle aussi. À l'écouter, elle aurait encouragé Lauric dans sa folie en lui répétant qu'il était l'homme idéal, qu'elle n'avait aucune envie de se marier, qu'ils pouvaient se contenter l'un de l'autre. Autant de choses bizarres que je n'ai ni vues ni soupçonnées, parce que j'avais quitté la ferme pour aller étudier à Montréal et que j'ai logé à Roberval par la suite. J'ai failli à mon rôle de sœur aînée.

Jusqu'à l'embarcadère, ils échangèrent d'autres confidences. Jacinthe avoua de façon succincte les circonstances de sa naissance. Pierre en fut révolté.

— Tu dois en souffrir terriblement ? hasarda-t-il.

— Pas tant que ça, mais j'aimerais ne plus jamais en parler. La passion pousse les hommes et les femmes à tant d'actes insensés. La mort d'Emma me suffit, comme croix à porter. Et puis, tu es là, maintenant.

On les saluait, on discutait quelques minutes avec eux, intrigué par leurs mains entrelacées, signe manifeste d'un amour proclamé.

De sa fenêtre, Matilda les vit passer. Elle ne se montra pas, comblée de les voir réunis. « Doux Jésus, ce n'est pas moi qui irais les déranger, mes tourtereaux ! songea-t-elle. J'ai prié pour eux, et le Seigneur m'a exaucée. »

La vieille femme se signa en retournant à son fourneau. La soupe du curé mijotait, odorante, savant mélange de choux, d'oignons et de carottes en fines rondelles. « Mais, ce soir, notre bon prêtre ne la mangera pas seul ; je m'invite à sa table ! se promit Matilda. Sait-on jamais ! C'est le berger des âmes de la paroisse. Il a pu recueillir des aveux, de la petite Emma, notamment. Je l'ai lu dans mes tarots. Pour retrouver l'enfant perdu, il faut chercher du côté de la religion. Alors, c'est le curé ou des religieuses. »

Le regard intense de la guérisseuse se fit étincelant. Elle semblait fixer, au-delà des murs, un point déterminé entre le triangle formé par l'église, le presbytère et le couvent de Saint-Prime.

15

Sur les pas d'Emma

Saint-Prime, dimanche 10 juin 1928

Matilda et Jacinthe venaient se retrouver devant l'église. La messe allait commencer. Endimanchés, les fidèles se pressaient sur le parvis et échangeaient les salutations d'usage avant d'entrer. La jeune femme se laissa distancer par sa famille, car sa vieille amie la retenait par le coude.

— Écoute, ma grande, ça me tient à cœur, de retrouver l'enfant de ta sœur. Hier soir, j'avais l'intention de faire parler monsieur le curé. J'avais mes raisons, que je n'ai pas le temps de t'expliquer. Mais il m'a congédiée gentiment, lui qui me propose parfois de souper à sa table.

Il n'avait pas le temps de parler, qu'il m'a dit, il devait écrire son sermon.

— Oui, une idée de mon père, murmura Jacinthe. Papa croit qu'il vaut mieux dire la vérité sur Emma aux gens d'ici avant qu'ils la découvrent dans les journaux. Sans te vexer, Matilda, je crois que c'est inutile d'interroger le curé. J'ai pensé à le questionner, moi aussi. Il nous a baptisés et entendus en confession. Emma lui a peut-être parlé de sa grossesse, mais, de toute façon, il ne trahira jamais ses pénitents, même si un garçon de la région lui a avoué une relation coupable avec ma sœur à l'époque qui nous intéresse. Viens vite ! Nous allons entrer les dernières dans l'église. Je n'aime pas ça ; tout le monde se retourne et regarde les retardataires.

— Tu dis vrai, demoiselle. Allons-y, renchérit la vieille femme.

Jacinthe s'était inquiétée en vain. Certains fidèles tardaient à s'asseoir, encore groupés dans la nef, tandis que résonnait alentour le bourdonnement sempiternel des chuchotements et des bavardages. Toute vêtue de noir, elle s'installa au premier rang des bancs, près de Sidonie. Sa famille arborait le grand deuil. Alberta avait mis un chapeau à voilette avec du tulle noir. Ferdinand Laviolette n'échappait pas à la consigne. Ses voisins, Renée et Franck Drujon, étaient assis à ses côtés.

Fidèle à une de ses manies, Matilda demeura debout près du bénitier, mais se réserva une chaise en mettant la main sur le dossier. Elle se proposait d'examiner avec soin la figure de chaque paroissien, notamment ceux de la génération des quatre enfants Cloutier. Quand le sort cruel d'Emma serait dévoilé, un de ses anciens prétendants pourrait avoir une réaction significative.

La messe suivit son cours. Elle était terminée quand le curé prit la parole après avoir demandé à l'assistance de s'asseoir.

— Mes chers paroissiens, vous êtes venus nombreux ce dimanche, et je voudrais en profiter pour répondre à l'humble supplique d'un père. Champlain Cloutier, issu des premiers colons établis à Saint-Prime, trop affecté par le drame qui frappe sa famille, m'a chargé d'un message qu'il adresse à vous tous, ses voisins et ses amis. Nous sommes au courant, bien entendu, de la perte cruelle qu'ont subie sa famille et lui-même, en la personne d'Emma, une enfant de chez nous. Demain ou après-demain, vous trouverez peut-être dans la presse de tragiques révélations. Ce que Champlain souhaite éviter, c'est que vous appreniez la vérité par les journaux.

Une rumeur intriguée parcourut les rangs de l'assemblée. Sidonie serra la main de sa mère, alors que Jacinthe saisissait le bras de Lauric, dont une jambe s'agitait sous l'effet de la nervosité.

— Nous avons pleuré la jeune Emma, devenue institutrice dans une autre municipalité, reprit le prêtre. Nous l'avons crue victime d'un accident, noyée dans les eaux en crue du lac, mais il n'en était rien. Attirée sur une voie périlleuse, pareille à la brebis égarée du livre saint, Emma s'était brûlée à un amour défendu et prise au piège d'un homme marié, un respectable docteur, croyait-on, de quinze ans son aîné. C'est lui qui, après l'avoir déshonorée, a mis fin à ses jours, ici, à Saint-Prime.

Cette fois, la rumeur s'amplifia, entrecoupée d'exclamations et de plaintes horrifiées. Le curé imposa le silence d'un geste de la main. Il paraissait bouleversé par sa mission, mais décidé à la mener à bien.

— Comme Notre-Seigneur Jésus, nous devons pardonner à ceux qui ont péché. À l'âge des premiers émois amoureux, qui n'a pas commis des sottises ? Emma est-elle la plus coupable ? Affolée, dans une situation embarrassante, elle a redouté le courroux légitime de son père et la honte de sa mère. Elle a mendié le secours de l'unique fautif, l'objet de son fol amour. Excédé, il l'a assassinée. Je vous demande donc, mes chers paroissiens, de ne pas juger Emma Cloutier sur les articles que divulgueront forcément les journaux. Je vous invite aussi à ne pas reporter sur sa famille, suffisamment éprouvée, votre indignation, votre soif d'honneur et de convenances. Rappelez-vous, nous serons tous jugés avec la mesure dont nous aurons jugé notre prochain. Et n'oubliez jamais les paroles de Notre-Seigneur Jésus devant la horde furieuse qui voulait lapider Marie-Madeleine : *Que celui qui n'a jamais péché lui jette la première pierre.* Maintenant, prions ensemble pour le salut d'Emma et celui de son meurtrier.

Le silence qui suivit était plus impressionnant que les rumeurs précédentes. Le curé entama la récitation du *Notre Père* et fut bientôt imité par la plupart des paroissiens. Tout en récitant sa prière, Matilda observait Brigitte Pelletier, qui chuchotait à l'oreille de Pacôme. Le simple d'esprit fit non de la tête, la face cramoisie. Endimanché, le grand garçon ne semblait pas à son aise.

« Si je pouvais savoir ce qu'elle exige de son fiston et pourquoi il refuse…, s'interrogea-t-elle. Je vois le cadet d'Osias Roy qui verse une larme. Quel âge a-t-il, déjà ? Vingt-six ans, oui, c'est ça. »

Elle fut tirée de ses cogitations par la voix du prêtre. Il faisait signe à une personne du second rang.

— Avant la communion, mes chers fidèles, une amie de monsieur Laviolette, le grand-père d'Emma comme chacun le sait, va chanter l'*Ave Maria* en hommage à la disparue et en témoignage de sa compassion.

Renée Drujon se leva, triste et un peu mal à l'aise. Elle aimait chanter et s'y prêtait volontiers, mais sans se départir de sa réserve naturelle qui la rendait charmante.

— Tout s'est bien passé, maman, souffla Sidonie à Alberta. Pépère nous a fait une belle surprise.

Jacinthe se retourna pour sourire à son grand-père. Il lui caressa la joue furtivement. Renée se plaça près de l'autel. Elle avait choisi de se parer d'une élégance discrète ; sa robe de soie grise était égayée par un collier de perles. Sa jolie voix s'éleva bientôt, nette et suave à la fois, pour célébrer la Vierge Marie. Son doux visage se tendit vers le ciel comme un gage de sa ferveur sincère ; son corps gracieux exprimait une humilité touchante. Quand elle se tut, bien des femmes essuyaient une larme.

Champlain se détendit. L'épreuve était franchie, il avait fait son possible, le curé également. Soulagé, touché par le timbre limpide de la chanteuse, il essuya quelques larmes lui aussi. Alberta s'en aperçut. Elle pleurait et, sans réfléchir, elle glissa sa main gantée sous le bras de son époux en lui souriant derrière sa voilette. Il crut à un pardon, mais ce n'était qu'un élan fugace de pitié.

À la fin de la messe, l'église se vida rapidement. Toujours à son poste de guet, Matilda assista à la sortie massive de ses concitoyens qui, avides de soleil et d'espace, semblaient fuir la fraîcheur du sanctuaire. Jactance Thibault la salua d'une inclinaison de la tête. Sa femme Artémise s'arrêta à sa hauteur.

— Matilda, mon terme approche. Est-ce que j'aurai une fille, cette fois-ci ? Tu le sais ? Après trois petits gars, ça me ferait plaisir.

— Je crois que oui, mais attention, je peux me tromper.

— Merci. Je viendrai te voir demain.

Brigitte Pelletier, quant à elle, lui jeta un coup d'œil méfiant en passant le plus loin possible du bénitier. Mais, les bras ballants, Pacôme trottina vers celle qui le régalait de gâteaux aux fruits secs et de tartes à la farlouche.

— Bonjour, Matilda, ânonna-t-il en se dandinant d'un pied sur l'autre. Elle était vilaine, Emma, hein ? Maman l'a dit.

— Et toi, mon brave Pacôme, qu'en penses-tu ?

— Pas vilaine. Emma, gentille, belle !

— Viens donc vers quatre heures ; j'ai cueilli de la rhubarbe hier ; je ferai un renversé.

Le simple d'esprit se mit à rire, ravi de l'invitation, puis il courut sur le parvis pour rattraper sa mère. Il ne restait dans l'église que la famille

Cloutier, Ferdinand et ses amis Drujon, en conversation avec le curé.

Assise un peu à l'écart, Jacinthe écoutait à peine. Elle pensait à Pierre. « Il a soupé à notre table, hier soir comme jadis, quand il aidait aux moissons ou au battage du blé et de l'orge. Ça m'a donné l'impression d'être une nouvelle promise. Nous étions libres de montrer notre amour, de rêver à notre mariage. Mais il a dû repartir pour Saint-Félicien. Lauric le rejoindra demain par le train. Papa tenait à ce qu'il assiste à cette messe, mais Lauric aurait préféré faire le trajet en voiture. C'est Pierre qui lui a proposé de séjourner deux jours là-bas. Il se rendra utile, puisque le vieux Boromée Desbiens exige de retourner chez lui, à Saint-Méthode, avec ses chats et son accordéon. »

On lui tapa doucement sur l'épaule. C'était Matilda.

— Veux-tu manger un morceau chez moi ? Je viens d'entendre des choses, à côté. Tout le monde va déjeuner chez ton pépère, même monsieur le curé. On doit parler, nous deux. Arrange-toi avec tes parents, je m'éclipse pour te préparer un petit ragoût.

— D'accord, je viendrai, assura Jacinthe.

*

— Ton ragoût était délicieux, Matilda, déclara Jacinthe. Je cuisine beaucoup moins bien que Sidonie. Il faudra que tu me donnes la recette.

— C'est facile, demoiselle. Des morceaux de bœuf rissolés, des pommes de terre sautées et des oignons dorés au beurre, le tout arrosé de crème.

— J'essaierai de m'en souvenir. Quand je serai mariée avec Pierre, je voudrais lui préparer de bons petits plats.

— Alors, c'est bien vrai, cette fois ? Tu l'épouses, ton grand amour ?

— Oui, et je me demande comment j'ai pu me priver de lui pendant deux ans. La noce se fera au mois de septembre ou en octobre, quand les érablières deviennent toutes rouges et flamboyantes. Tu te rends compte ? Mes parents paraissent satisfaits.

— Doux Jésus, ils étaient déjà contents à l'époque de vos fiançailles ! Pourquoi ils auraient changé d'avis ?

Matilda eut un rire attendri. Elle se leva de sa chaise et mit de l'eau à bouillir sur un réchaud.

— Pas de café pour toi, à cause de ton cœur qui s'emballe trop vite. Tu as droit à une infusion de tilleul et d'aubépine. Tiens, passe un coup de chiffon sur la table, je voudrais te montrer quelque chose, le genre de choses que monsieur le curé désapprouve. Misère, s'il savait que je tire les cartes à ses paroissiennes, je me demande s'il oserait manger ma soupe !

— Tu te moques de lui, Matilda, fit remarquer Jacinthe d'un ton faussement réprobateur.

— Ce n'est pas méchant. Comprends-tu, Jacinthe, je suis bonne chrétienne, je prie Dieu et la Sainte Vierge, mais, à mon humble avis, il existe d'autres esprits puissants dans la terre, le feu, l'eau et l'air, peut-être aussi dans les arbres, les rochers, les cailloux et dans les cartes, surtout les tarots. Ils m'ont causé, hier, ils m'ont dit qu'il fallait chercher du côté de la religion pour retrouver la fille d'Emma. Ne fais pas cette tête incrédule. Ces renseignements, je les déchiffre selon les cartes que je retourne. On obtient des révélations sur l'avenir, le passé et le présent, souvent. Osias, le fier Osias Roy, le bras droit du patron de la fromagerie Perron, il passe l'air de rien devant la maison, il entre en douce, et je dois lui prédire combien il va gagner avec certains placements boursiers ou le rassurer sur la fidélité de son épouse.

Jacinthe frottait toujours la table, désemparée.

— Toi, Matilda, tu t'adonnes à ces pratiques ? s'étonna-t-elle. Je croyais que les gens venaient te voir pour des conseils de santé, des plantes à prendre en tisane ! Le docteur Fortin m'a dit l'autre jour que tu lui prenais ses patients.

— Tu parais fâchée, ma jolie. Les gens d'ici, ils viennent pour ce qu'ils veulent. Je leur donne satisfaction si je peux. Bon, pose ce chiffon, je prends mes tarots.

— Non, je ne veux rien savoir de l'avenir, moi, et, le passé, je le connais. Si les cartes te parlent, pourquoi n'as-tu pas prévu la mort d'Emma et sa passion insensée pour le docteur Murray ?

L'air gêné, Matilda s'occupa de la tisane qui infusait. Elle ôta la casserole du feu et filtra la préparation.

— Comment te dire, petite ? Je ne te connaissais pas assez pour t'en parler, il y a une quinzaine de jours. Tu m'aurais prise pour une illuminée. D'accord, je n'ai pas prévu la mort de ta sœur. Pourtant, un soir, penchée sur les tarots, j'ai eu une impression bizarre. Les tirages m'indiquaient la mort ; ils désignaient l'eau, une eau menaçante, et une jeune femme du pays en grand danger. Voilà, à présent, je comprends mieux mes cartes. Mais ce n'était pas facile de te raconter ça, surtout qu'il s'agissait d'Emma.

Le visage de Matilda se crispa. Sidérée, Jacinthe la regardait, partagée entre la crainte et le respect que lui inspirait ce genre de don.

— Tu aurais dû m'en parler quand même, ces derniers jours. Nous sommes amies. Dans ce cas, tu pourras m'aider à retrouver la petite de ma sœur. Que t'ont dit les cartes à ce sujet ? Je suis sûre que tu as cherché à savoir. Je t'avoue tout de même que je suis sceptique.

Matilda ne répondit pas immédiatement. Elle se taisait, en liaison avec ceux qu'elle appelait en secret ses guides, qui communiquaient avec elle par l'intermédiaire des cartes, mais aussi par le biais de brèves visions. Là, comme en écho à la question de Jacinthe, ils insistaient et lui faisaient comprendre que rien n'était terminé, qu'elle devait rester sur ses gardes pour le moment où la vérité éclaterait au grand jour.

Ce fut tout. Matilda se prit la tête entre les mains quelques secondes, puis elle regarda Jacinthe en lui souriant.

— Excuse-moi, je voulais être sûre. Là, c'est confirmé, il faut chercher dans un établissement religieux ou parvenir à fléchir notre curé.

Troublée, Jacinthe sucra le liquide doré qui fumait dans sa tasse en y versant un filet liquo-reux de sirop d'érable.

— Les établissements religieux ? Ça prendrait des mois. Il en existe beaucoup au Québec.

— Pourquoi viser toute la province ? Déjà, tu pourrais écrire aux orphelinats et aux congréga-tions de la région du Saguenay, et rendre visite aux sœurs de Saint-Prime.

— Je sais, Emma y travaillait durant l'hiver 1924, l'année où elle est tombée enceinte. Mais de qui, mon Dieu ?

— Valentin, le fils d'Osias Roy, a versé sa larme, à la fin du discours du curé, avant que cette dame commence à chanter, indiqua Matilda avec un air rusé.

— Non, Emma le trouvait laid et stupide. Je doute que ce soit lui. Nous pouvons tout envisager, peut-être un viol, ce qui expliquerait son attitude. Elle avait honte, peut-être. Elle a préféré accoucher en grand secret et abandonner l'enfant. Qu'en penses-tu ?

— Comme tu le dis si bien, demoiselle, on peut échafauder bien des plans, soupçonner le pire.

Peu satisfaite de cette réponse évasive, Jacinthe ajouta :

— Je dois absolument me rendre à Péribonka pour discuter avec Marguerite Lagacé, une commerçante chez qui Emma avait trouvé une job. J'irai avec Sidonie en bateau. Ce sera une vraie aventure pour elle, qui connaît seulement Saint-Prime et Roberval. Matilda, je fais la fière, en annonçant que nous allons traverser le lac, mais j'ai peur. Dans la chaloupe, avant que nous échouions sur l'île aux Couleuvres, Pierre et moi, j'ai eu une crise de terreur. J'étais sûre que l'eau m'appelait et des vertiges m'ont privée de mon équilibre. Tu ne sais pas tout : cette nuit, Lauric a failli se noyer.

Certaine de son amitié, de sa compassion et de sa discrétion, Jacinthe raconta à Matilda le nouveau drame qui s'était joué sous le toit de la ferme.

— Doux Jésus, il y en a, du grabuge, chez vous ! Ne crains rien, je n'en parlerai jamais à personne. Tu me fais un beau cadeau en me traitant comme si j'étais ta grand-mère ou une amie de ton âge ! Encore une fois, vous comptez cacher ça à Champlain ? Pourtant, ça pourrait le rendre moins dur, lui ouvrir le cœur.

— Je ne voulais plus de secrets dans la famille, mais la décision vient de maman. Matilda, réponds franchement, crois-tu que le lac nous veut du mal ? Que Lauric, Sido et moi, nous finirons noyés comme Emma ?

Matilda hocha la tête en contemplant avec tendresse le beau visage de Jacinthe, empreint d'une angoisse indéfinissable.

— Non, ça n'a rien à voir. N'oublie pas qu'Emma a été tuée par son amant. Quant à ton frère, Dieu veillait sur lui et, avec ou sans Pierre, peut-être qu'il aurait choisi de vivre et qu'il serait revenu sur la plage sans aide. Fais-moi plaisir, demoiselle, traverse la place de l'église et va frapper chez les sœurs. Tu ne les dérangeras pas ; le dimanche, elles ne font pas la classe.

Jacinthe éprouvait une émotion singulière. Elle venait de tirer la clochette suspendue à la porte principale du couvent, un bel édifice en briques, dont les fenêtres étaient peintes en blanc. Rien n'avait changé. La statue de la Vierge Marie, également d'un blanc pur, accueillait les visiteurs du haut de sa stèle érigée au centre d'un massif circulaire où fleuriraient des rosiers nains dès les premières chaleurs de l'été.

Sa scolarité, comme celle de ses sœurs, s'était déroulée entre ces murs. Pendant des années, assumant son rôle d'aînée, elle avait conduit Sidonie et Emma par la main de la ferme à cette porte double derrière laquelle se devinaient à présent des bruits de pas.

On ouvrit et elle se retrouva devant une jeune religieuse, un tablier noué sur son costume noir de la communauté du Bon-Conseil.

— Bonjour, ma sœur. Je suis désolée si je trouble votre repos dominical, mais je voudrais parler à la mère supérieure.

— Je ne me repose pas, soyez rassurée, mademoiselle, répondit gaiement la converse. Je mets des fruits à confire. Mais entrez.

Dès qu'elle fut dans le vestibule, Jacinthe fut troublée par la senteur d'encaustique et de savon noir qui l'enchantait, fillette. Il s'y ajoutait, cet après-midi-là, des effluves de sucre brûlant.

— Je ne serai pas longue, mademoiselle…

— Mademoiselle Cloutier. J'ai été élève ici.

— Vous êtes la sœur de la malheureuse qui a trouvé la mort au bord du lac, il y a une quinzaine de jours ? Monsieur le curé nous a appris la triste nouvelle avant-hier soir. Nous avons prié pour Emma et pour votre famille.

— Je vous en remercie, ma sœur.

— Sœur converse Saint-Thomas. Je ne suis pas là depuis longtemps. Si vous voulez bien patienter, je préviens notre supérieure à l'étage.

Une fois seule, Jacinthe détailla les cadres suspendus aux murs, qui abritaient des photographies des fondatrices, dont elle gardait un souvenir confus : mère Saint-Gabriel, la supérieure, sœur Saint-Jean-de-Dieu, sœur Saint-Georges, sœur Sainte-Hélène et sœur Jeanne d'Arc[1].

« J'avais huit ans quand j'ai été admise en classe élémentaire. C'était en 1913. Beaucoup de sœurs se sont succédé ensuite. » Pour tromper l'attente, debout à la même place, toute vêtue de noir et dans l'attitude d'une enfant sage, elle tenta d'évoquer quelques-unes des religieuses qui lui avaient

---

1. Ce sont les véritables noms des religieuses fondatrices du couvent construit en 1911 et qui fit fonction d'école jusque dans les années 1950.

enseigné. « Voyons… Il y avait, l'année de mes quinze ans, en 1920, sœur Marie-du-Précieux-Sang, sœur Sainte-Rose-de-Jésus, oui, c'est ça. Mon Dieu, ces noms m'impressionnaient, je les ai retenus. Sœur Marie du Bon-Secours aussi[1]. »

Elle perçut des murmures dans l'escalier. La supérieure fit son apparition, suivie de sœur Saint-Thomas.

— Mademoiselle Cloutier, venez, dit une grande religieuse au visage émacié et aux yeux d'un bleu très clair.

Elle était sans doute âgée d'une cinquantaine d'années.

Elles pénétrèrent dans un bureau inondé de soleil, qui faisait office de bibliothèque, comme en témoignaient deux vitrines remplies de livres reliés.

— Je suis navrée de vous déranger en ce jour du Seigneur, dit Jacinthe. C'est au sujet de ma jeune sœur Emma, qui a travaillé ici à la fin de l'année 1924. C'était une ancienne élève, comme mon autre sœur Sidonie.

La mère supérieure approuvait en silence, les mains croisées à la hauteur de sa taille.

— Je compatis à votre deuil, mademoiselle Cloutier, mais en quoi puis-je vous être utile ?

---

1. Religieuses ayant existé et ayant séjourné au couvent de Saint-Prime.

Je suis arrivée à Saint-Prime il y a quelques mois seulement, après le décès de sœur Marie-de-l'Eucharistie. J'ignore ce que vous cherchez exactement, mais il faudrait vous adresser aux religieuses qui étaient en place durant l'année correspondante.

— Comment puis-je obtenir leurs noms ? s'enquit Jacinthe, embarrassée.

— Sur ce point, je peux vous aider, admit la supérieure en s'asseyant derrière une longue table de bois sombre.

Impassible, elle consulta un registre. De l'index, elle suivait certaines lignes d'écriture, réfléchissait, notait quelque chose sur une feuille de correspondance. Quand elle en eut terminé, comme prise d'une inspiration subite, elle ouvrit un tiroir et en sortit une grosse enveloppe.

— Ce sont des clichés de ces dernières années, faits lors de la distribution des prix. Consultez-les, mademoiselle. Peut-être y figurez-vous, ou votre défunte sœur. En fait, je les ai regardés avant les obsèques, la mère supérieure de l'Hôtel-Dieu Saint-Michel nous ayant rendu visite. À cette occasion, nous avons évoqué le sort tragique de cette jeune femme. Nous avons beaucoup prié pour Emma, nos grandes étudiantes aussi. Notre vocation d'enseignantes, rendons-en grâce à Dieu, nous permet de veiller sur l'éducation spirituelle des enfants de la paroisse. Mais, cette année, nous ne sommes que trois sœurs ici. L'école modèle de filles compte vingt-cinq élèves et nous avons deux classes élémentaires de trente-cinq fillettes.

Ne sachant que dire, Jacinthe prit la pile de photographies. Sans y être invitée, elle s'assit sur une chaise. La supérieure contourna la table et vint se pencher sur son épaule.

— Les dates sont inscrites au dos, précisa-t-elle de sa voix feutrée.

Elles examinèrent bientôt un cliché pris au début du mois de juillet 1924. Emma s'y trouvait, en bas d'un escalier sur lequel les élèves s'étaient placées, les marches faisant office d'estrade. Une jeune religieuse se tenait près d'elle. « Mon Dieu, Emma en blouse grise, si souriante, ses bouclettes brunes retenues par des peignes. Qu'elle était jolie ! » songea-t-elle, bouleversée.

Sœur Saint-Thomas entrebâilla alors la porte du bureau, après avoir donné un léger coup sur le battant.

— Ma mère, souhaitez-vous que je serve du thé pour vous et notre visiteuse ?

— Non, merci, sœur Saint-Thomas, mais vous pourriez nous aider. Venez voir ce cliché. Vous connaissez peut-être la sœur qui pose avec cette classe. C'était il y a quatre ans.

Soucieuse de se rendre utile, la converse s'exécuta. Elle regarda avec attention le visage de la religieuse.

— Mais il s'agit de sœur Sainte-Blandine. J'ai quitté le couvent de Péribonka quand elle y prenait ses fonctions.

— Ah ! il y aurait un couvent à Péribonka ? demanda tout bas Jacinthe, troublée.

— C'est un modeste établissement, peu confortable durant les longs mois d'hiver, avoua sœur Saint-Thomas. Je suis tombée malade, là-bas, ce qui m'a obligée à regagner quelques mois Chicoutimi, où nos chères sœurs de Notre-Dame-du-Bon-Conseil m'ont remise sur pied.

Jacinthe se releva, très émue. Le voyage jusqu'à Péribonka s'imposait plus que jamais. Emma avait pu se réfugier de l'autre côté du lac en toute connaissance de cause si elle savait trouver un appui auprès de sœur Sainte-Blandine.

— Je vous remercie vraiment de tout cœur ! s'écria-t-elle. La décence m'impose de ne pas vous confier le motif exact qui me pousse à ces recherches.

La supérieure et la converse la fixaient du même air intrigué.

— Vous n'avez aucune obligation de le faire, mademoiselle Cloutier, affirma la révérende mère d'un ton grave. Que Dieu vous ait en sa sainte garde, mon enfant.

« Les tarots disaient vrai ; je vais en discuter avec Matilda », songeait Jacinthe en s'éloignant du couvent.

Sa vieille amie cuisinait. Ses nattes brunes en couronne autour de son front, elle se fendit d'un sourire après l'avoir écoutée :

— Qu'est-ce que je t'avais dit ? Aie confiance, tu es sur la bonne voie, je le sens. File donc, à présent. J'attends ce pauvre Pacôme. Il est joyeux quand je lui offre une collation, mais, si tu es là, il ne sera pas à son aise.

— Je te laisse à ta pâtisserie. Je rentre à la ferme. J'ai hâte de discuter avec Sidonie. Tiens, je te donne un bec pour te remercier.

Matilda reçut avec délectation un petit baiser sur la joue. Pour elle que la vie n'avait pas gâtée, c'était la plus précieuse des récompenses.

*

Saint-Prime, ferme des Cloutier,
lundi 11 juin 1928, trois heures de l'après-midi

Après un hiver rigoureux et très neigeux suivi d'un printemps diluvien, la nature semblait vouloir se faire pardonner en dispensant un été précoce aux riverains du lac Saint-Jean. Un franc soleil brillait dans un ciel serein. La végétation se faisait exubérante. Les arbres déployaient un feuillage d'un vert vif, verni par la lumière éclatante.

La maison était plongée dans un calme reposant. Alberta était montée s'allonger, alors que Lauric avait pris le train pour Saint-Félicien au petit jour. Quant à Champlain, il avait annoncé qu'il se rendait à la fromagerie Perron sans fournir de précisions à sa famille.

En prévision de leur expédition à Péribonka, Jacinthe et Sidonie s'étaient enfermées dans l'atelier et discutaient de la toilette la plus appropriée. Le vent du lac soufflait son haleine tiède à travers la moustiquaire, car la fenêtre était grande ouverte.

— Nous sommes en deuil, insistait la jeune couturière. De plus, il faut inspirer confiance. Alors, pas de fantaisie.

— Pourtant, tu serais si charmante avec ce corsage vert, Sido ! Quand même, tu as le droit d'être chic ! C'est la première fois que tu quittes Saint-Prime, je te le rappelle.

— Ne te moque pas, je me plais, ici. Qui sait, dans un an ou deux, je serai peut-être installée à Montréal ou en Europe ! À Paris, la capitale de la mode, peut-être !

— Surtout si Susan Wallis ne répond jamais à notre lettre, fit remarquer Jacinthe. Cela dit, c'est une dame âgée. Elle a pu mourir sans que le monde soit prévenu, au village. Nous le saurons tôt ou tard. Maintenant, réfléchis bien : tu peux porter ce corsage en soie verte sous ta veste noire, avec ta jupe de même couleur.

— Non, je mettrai mon gilet gris sous ma veste. Il ne doit pas faire si chaud que ça, sur le bateau, et je n'ai pas envie d'attirer l'attention. Et toi ?

— Puisque tu n'en veux pas, je t'emprunterai le corsage vert, qui égaiera ton ensemble en jersey gris foncé, que tu vas me prêter aussi.

— Tu y feras attention, c'est un tissu difficile à travailler. Essaie-le tout de suite, car je suis plus menue que toi, notamment de la poitrine. Si tu savais, Jacinthe, j'ai l'impression de partir à l'aventure ! Mais ça m'inquiète de laisser maman seule avec papa. Si elle a un nouveau malaise, il ne saura pas se débrouiller.

— Maman n'aura pas de malaise. As-tu vu ses yeux briller dès que nous parlons de la petite fille d'Emma ? Ne te tourmente pas, grand-père viendra déjeuner ici, et Matilda passera dans l'après-midi.

— Tu aimes bien cette vieille ! lui reprocha Sidonie. Moi, elle me fait peur. Déjà, je suis sûre qu'elle a du sang indien, et des gens la traitent de sorcière.

— Matilda a des ancêtres hurons. Et alors ? protesta Jacinthe. Ce n'est pas une Sauvagesse pour autant. Elle n'est pas plus sorcière que moi, mais elle possède la science des plantes.

— Hum, elle tire les cartes, une pratique interdite par l'Église.

— Sidonie, ça ne fait de mal à personne. J'ai eu tort de te parler de ça. Je t'en prie, n'ébruite pas la chose.

— Sois sans crainte… Tiens, une voiture.

Les automobiles avançaient rarement jusqu'à la ferme, excepté la camionnette d'Osias Roy, que les trois garçons de Jactance Thibault venaient admirer en se tenant à distance respectueuse.

Sidonie éprouva alors un bizarre pincement au cœur.

— La police devait revenir, murmura-t-elle.

— Dans ce cas, va voir qui c'est. Pendant ce temps, j'essaie tes vêtements.

— Viens avec moi, Jacinthe. Ce sont peut-être des journalistes, à cause de l'article paru dans *Le Colon*.

Franck Drujon s'était déplacé le matin même pour apporter à Champlain son exemplaire de ce journal essentiellement régional. Le texte, assez bref, était néanmoins précis.

— Je voulais votre avis, avait hasardé le sympathique Français. Il vaudrait mieux que je n'en fasse pas la lecture à monsieur Ferdinand.

— Lisez donc, voisin, avait bougonné le cultivateur, plein d'appréhension.

Alberta, Jacinthe et Sidonie avaient écouté elles aussi, dans la chaude odeur du café fumant et du lait mis à bouillir.

Un crime passionnel à Saint-Prime

Emma Cloutier, que l'on considérait comme la première victime des crues dévastatrices de ce printemps, a été tuée par son amant, le docteur Théodore Murray, de Saint-Jérôme, qui s'est livré à la police jeudi. La vérité a semé la consternation dans le village natal de la jeune institutrice, où s'est joué le dernier acte d'une tragédie amoureuse, dans la nuit du vendredi 25 mai au samedi 26 mai, en parallèle, donc, avec la tragédie qui frappait ces jours-là tous les riverains du lac.

— Tabarnak, ils savent résumer, eux autres ! s'était exclamé Champlain. Tant qu'ils n'en rajoutent pas !

— Mon père est choqué. À quoi bon le peiner davantage ? avait tranché Alberta. Si vous pouviez me le découper plus tard, cet article, monsieur Drujon, ça me ferait bien plaisir.

Franck avait promis avec un bon sourire apitoyé.

*

Les joues roses et le regard affolé, Sidonie prit le bras de Jacinthe.

— Viens vite, tu as entendu ? On a coupé le moteur et claqué une portière. Doux Jésus, ça commence ! Il faut rester ici demain, sinon ils harcèleront maman ou grand-père.

— Ne sois pas si nerveuse, enfin ! Allons-y toutes les deux. Les journalistes sont des gens comme les autres. Si tu refuses de leur répondre, ils s'en iront.

Du perron, Jourdain Provost les vit sortir de l'atelier, toutes deux en longue blouse bleu ciel ceinturée d'un ruban, les cheveux dénoués en guise de parure.

— Mesdemoiselles, je ne vous dérangerai pas longtemps, dit-il comme préambule.

Jacinthe nota la façon dont il dévisageait sa sœur qui, pour sa part, gardait obstinément la tête baissée.

— Entrez, monsieur, dit-elle. La présence de nos parents est-elle nécessaire ? Notre père est au village, et maman doit dormir.

— Non, je peux très bien m'adresser à vous. Voilà, l'enquête est quasiment bouclée, répliqua-t-il.

Elles le précédèrent dans la grande pièce où battait le cœur de la ferme, baptisée cuisine du fait qu'on y préparait les repas sur le gros four-neau en fonte et qu'on y mangeait matin, midi et soir. Le salon ne reprenait vie qu'au temps des fêtes, bien qu'impeccablement rangé et nettoyé le reste de l'année.

L'adjoint du chef de police semblait très gêné. Il s'absorba dans la contemplation du métier à tisser, dressé près de la fenêtre.

— Pourquoi dites-vous que l'enquête est bouclée ? interrogea alors Sidonie d'un ton dur en osant le regarder.

Il tressaillit, happé par l'éclat de ses yeux verts.

— C'est sans doute le cas quand un coupable se livre à la police et fait ses aveux, supposa Jacinthe. Monsieur, voulez-vous un verre d'eau fraîche ? Il fait très chaud à cette heure-là.

— De l'eau, volontiers, merci beaucoup. Mesdemoiselles Cloutier, mon chef m'a envoyé vous communiquer une nouvelle importante et remettre une lettre à votre famille. Nous l'avons ouverte et lue, comme la loi nous y autorisait. Voilà, le docteur Murray s'est suicidé… Très tôt ce matin.

Les deux sœurs semblèrent changées en statue, le souffle suspendu, une expression de profonde stupeur sur leurs traits harmonieux.

— Hier, il avait demandé du papier et des enveloppes. En fait, il a écrit à son épouse, à sa mère et à votre famille.

— Comment a-t-il pu se supprimer, en prison ?

Livide, Jourdain Provost eut un geste d'impuissance.

— Beaucoup de détenus y parviennent malgré la vigilance des gardiens. Murray s'est pendu en fabriquant une corde avec du tissu. Le chef était très contrarié. Tout est allé si vite depuis jeudi ! Le détenu avait dû se procurer d'une façon ou d'une autre un objet coupant ou il a utilisé ses dents. Il y a mis toute la nuit peut-être.

— Il fallait mieux le surveiller, enfin ! s'exclama Jacinthe, hors d'elle. Cet homme devait vivre et être jugé. Il n'y aura pas de procès et nous n'en saurons jamais davantage sur sa relation avec Emma. Le docteur Murray a fréquenté notre sœur ces derniers mois. J'aurais pu lui rendre visite au parloir et exiger d'autres renseignements. Je ne me souviens pas avec précision de son récit. C'étaient des moments tellement éprouvants ! Mon frère bouillonnait de haine et de rage, j'avais mal au cœur et j'éprouvais des vertiges. Nous écoutions, mais dans un état de tension affreux.

Elle en pleurait de dépit. Sidonie lui tapota tendrement l'épaule, puis elle se chargea de servir de l'eau au policier.

— Je comprends, dit-il. Mais il y a la lettre. Tenez !

La voix grave et sonore de Provost produisait toujours un effet singulier sur la jeune couturière, une sorte de langueur qui la mettait mal à l'aise. Il sortit une enveloppe beige de sa poche intérieure et la posa sur la table.

— Je ne sais pas si vous comprenez vraiment, insista Jacinthe. Mes parents redoutaient le procès, car la conduite de notre petite sœur aurait été détaillée et étalée au grand jour. J'aurais préféré, je crois, pour que son assassin soit puni, que l'on entende également ses révélations. Mon Dieu, il a dit de telles horreurs sur Emma !

— Je vous l'accorde, mademoiselle, le docteur Murray a trouvé un moyen d'échapper à la justice, à un procès, au déshonneur et au scandale. Il ne se faisait aucune illusion sur les conséquences de ses actes, même si son épouse avait fait venir un avocat renommé. Ce monsieur s'est présenté en fin de matinée pour apprendre le décès de son client.

— Cet homme était un monstre, un lâche ! Je ne toucherai même pas l'enveloppe qu'il a touchée de ses mains, les mains qui ont tenu Emma sous l'eau ! s'écria Sidonie en éclatant en sanglots.

Jourdain Provost s'écarta un peu, son chapeau à la main. Il songeait que Cardin lui avait délégué une tâche pénible, mais il ne le regrettait pas, trop content qu'il était de revoir la jeune femme qui hantait ses pensées depuis samedi. Il devait prendre congé. Pourtant, il s'attardait, espérant prolonger la discussion, car il n'aurait aucune chance de revenir chez les Cloutier à l'avenir.

— Mesdemoiselles, dit-il, si je peux vous rendre service, je le ferai. Si vous avez des questions…

— Oui, j'ai une question, s'empressa Jacinthe. De quelle manière les journaux sont-ils si vite et si bien informés ? Il y avait un article, ce matin, dans *Le Colon*.

— Si vous habitiez une grande ville, l'article aurait paru le lendemain de l'arrestation de Murray. Vous semblez l'ignorer, mais *La Presse*, un grand quotidien de Montréal, a publié une colonne sur votre sœur et Murray aujourd'hui.

— Vraiment ? s'effraya Sidonie en essuyant ses joues humides du bout des doigts. Mais seule la police peut divulguer les affaires en cours.

— Je serais en peine de vous le dire, je commence dans le métier. Une chose est sûre, chaque journal a des correspondants, un par municipalité. Leur rôle est de fournir des informations le plus rapidement possible. Des journalistes viennent aussi exiger des détails auprès des policiers qui, en principe, doivent refuser. Connaissez-vous le correspondant du *Colon* à Saint-Prime ? Il y a fort à parier que cette personne a contacté le rédacteur en chef, et ainsi de suite.

Jacinthe approuva. En priant le curé de dévoiler l'assassinat d'Emma et sa cause, son père avait dû faciliter le processus. Elle s'empara de la lettre de Murray et se dirigea vers le couloir.

— Sidonie, j'ai entendu du bruit là-haut. Maman doit être réveillée ; je monte la prévenir. Je vous dis au revoir, monsieur, et merci. Ma sœur va vous raccompagner.

Bizarrement, la jeune femme s'abstint de protester. Jourdain Provost la suivit sous l'auvent. Elle descendit les marches et s'avança dans la cour, en plein soleil. Il la rattrapa, intrigué autant qu'incrédule, et marcha à ses côtés.

— Vous aviez peut-être à faire dehors ? murmura-t-il.

— Oui, me réchauffer et respirer le vent du lac. Tout ceci m'a glacée, écœurée. Doux Jésus, pourquoi êtes-vous policier ? Vous êtes sans cesse confronté à la mort, à la violence, aux perversions humaines !

Exaltée, elle pressa le pas et quitta l'enceinte de la cour, délimitée par des barrières blanches, et s'approcha de la voiture de police. Jourdain la devança, cette fois, et s'appuya contre une des portières.

— Mademoiselle, j'ai tenu une promesse faite à mon père, expliqua-t-il. Il était militaire et il me voulait chef de police. J'ai des doutes sur mes capacités, mais de faire respecter la loi et de protéger ses concitoyens me semble un engagement honorable.

— Votre père doit être content, alors, hasarda-t-elle d'une voix radoucie.

— Je l'espère… Il est mort pendant la guerre, en 1917. J'avais quinze ans. L'épidémie de grippe espagnole, deux ans plus tard, a emporté mes sœurs. Il me reste ma mère, qui est invalide.

— Mon Dieu, excusez-moi, je suis désolée !

— Vous ne pouviez pas savoir, plaida-t-il avec un sourire.

Sidonie le dévisageait sans un mot. Elle trouvait de plus en plus séduisants ses traits presque féminins, sa fine moustache châtain et ses yeux d'un brun doré. Les battements de son cœur s'accélérèrent et elle eut à nouveau les joues roses.

— Pendant que j'y pense, ajouta-t-il, cherchant désespérément un moyen de la revoir malgré tout, vous êtes couturière et sûrement très capable. J'aimerais offrir une jolie robe d'été à maman pour son anniversaire, le 4 juillet. Elle pourrait choisir un modèle ainsi que le tissu, et je vous confierais la façon.

— La façon… Peu de messieurs s'y connaissent autant en confection, enfin, en couture. Vous êtes un drôle de policier. Mais j'accepte ; le moindre ouvrage est le bienvenu.

Les nerfs à vif, Sidonie frémissait, se demandant si c'était bien elle qui discutait sans crainte avec un jeune homme, un beau jour d'été, sur le chemin du lac.

— Alors, j'aurai le plaisir de vous revoir, murmura Jourdain. Au moment des essayages, il faudrait vous déplacer. Je viendrai vous chercher un jour où je serai en congé.

— D'accord, vous pouvez m'écrire afin de fixer une date.

— Bien sûr. Au revoir, mademoiselle.

Elle lui tendit la main. Il la serra délicatement en s'inclinant un peu et se mit au volant. Le regard qu'ils échangèrent alors en disait beaucoup plus long que tous les discours.

*

— Il s'en va, indiqua Jacinthe à sa mère en entendant décroître un bruit de moteur. Ce garçon n'a rien d'un policier comme je les imaginais ; il est sympathique.

Alberta était descendue de sa chambre. Assise à la table de la cuisine, elle considérait d'un air suspicieux la lettre du docteur Murray.

— Que fait ta sœur ? s'étonna-t-elle. Elle devrait être là. J'ai bien vu, de la fenêtre, qu'elle jasait avec cet homme. Policier ou pas, ce n'est pas correct. Si Artémise l'a vue, elle va commérer. J'aurais dû être plus sévère avec Emma. Rien ne serait arrivé.

— Je prépare du thé, coupa la jeune femme. Sidonie n'a pas le caractère d'Emma. Il n'y a pas de fille plus sérieuse qu'elle.

Sa mère hocha la tête d'un air peu convaincu en jetant un coup d'œil vers le couloir.

— Je serai tranquille quand vous serez mariées toutes les deux, renchérit-elle. Vous devez avoir une conduite exemplaire, sinon nous deviendrons indésirables à Saint-Prime. Seigneur ! Tout ce malheur qu'a semé ma petite chérie ! Je lui pardonne, mais je suis lucide. La mort de son assassin me soulage, Jacinthe. Dès que tu me l'as annoncée, le poids sur ma poitrine s'est atténué. Hélas, le docteur laisse une épouse enceinte, elle qui a déjà un fils.

— Tu as raison, maman. Tiens, voici notre Sido.

La jeune fille mordillait un brin d'herbe. Elle embrassa Alberta et s'occupa immédiatement de disposer les tasses et le sucrier.

— Nous t'attendions pour lire la lettre, lui dit Jacinthe.

— Papa sera bientôt de retour. Pourquoi ne pas l'attendre, lui aussi ?

— Parce que je veux savoir ce qu'il y a d'écrit, répliqua leur mère sèchement. Au fond, je suis la première coupable de cette tragédie. En pardonnant tout à votre sœur, j'ai précipité sa perte. Champlain ne nous en voudra pas de prendre les devants. Lis, Jacinthe, puisque tu prétends pouvoir tenir ce papier sans répulsion.

— Même si j'éprouvais autant de dégoût que toi et Sidonie, je n'aurais pas le choix. Je suis infirmière et j'ai accompli de bien pires besognes.

Aux parents d'Emma, à ses sœurs et à son frère,

Je tiens par ces lignes à vous demander pardon pour la terrible douleur que je vous ai infligée, à tous. Ces trois jours passés en cellule m'ont mis en face de moi-même et j'ai fait mon propre procès. La sentence m'est apparue, évidente. Je mérite la peine capitale. J'ai pris la vie d'une enfant de dix-neuf ans qui m'avait donné sa jeunesse, sa confiance, et à qui je dois les plus belles heures de mon existence.

Au début de mon emprisonnement, effrayé, je n'avais qu'une idée, sauver ce qui pouvait l'être, vite retrouver ma liberté. Je m'estimais victime, poussé à bout par les exigences d'Emma. Je redoutais de perdre ma respectabilité, mon foyer, mon statut social. Je voulais croire que j'avais agi sous l'effet d'une crise de folie et j'ai fini par m'en convaincre.

Mais si j'ai cédé à une pulsion mauvaise, dont je suis horrifié à présent, j'ai vite compris, face à moi-même, que j'ai volé la vie d'Emma parce que je pensais impossible de l'aimer en toute liberté, honnêtement.

Ces mots sont cruels pour une famille en deuil, je le conçois, et vous en demande encore pardon.

J'ai décidé de mourir, car à mes tourments intérieurs s'ajoute le manque intolérable d'Emma. Je veux la retrouver, la rejoindre dans l'au-delà ou le néant auxquels je l'ai condamnée. En restant vivant alors qu'elle repose sous terre, je ne connaîtrai jamais la paix, une paix que je ne mérite pas.

J'aimais Emma de tout mon être, au point de la tuer par désespoir. Je préfère la rejoindre. Dieu sera mon unique juge, bientôt.

J'espère sincèrement que vous retrouverez l'enfant qu'elle a mise au monde en grand secret et qu'elle a dû abandonner. La mémoire m'est revenue, en prison, à propos du prénom qu'Emma avait donné à sa petite. C'est Anathalie. Cela peut vous aider. Pardon, pardon, pardon ! Je ne vous demanderai jamais assez pardon.

À Roberval, dimanche 10 juin 1928, 23 heures,
Théodore Murray

La gorge serrée et un sanglot dans la voix, Jacinthe répéta tout bas :

— Anathalie.

Elle vit Alberta se signer. Elle était d'une pâleur crayeuse.

668

— Que c'est triste, tout ça ! bredouilla Sidonie, en larmes.

— Bien triste, oui, renchérit leur mère. Quand même, connaître le prénom de la petite, c'est une chance.

Elles gardèrent le silence un moment, toutes trois pénétrées par la puissance pathétique de ce message d'adieu, rédigé de la main d'un homme déterminé à en finir avec la vie, à payer le prix ultime de ses fautes.

— Maman, nous retrouverons Anathalie, affirma Jacinthe. Seigneur, je voudrais être déjà sur le bateau pour Péribonka !

— Il vous faut de l'argent, dit Alberta. Ce serait plus sage de dormir à l'auberge. Il y a aussi le prix de la traversée.

— J'ai le nécessaire, maman. Nous hésitions sur nos toilettes, Sidonie et moi, quand le policier est arrivé.

— Pas de fantaisie, mes filles. Portez le deuil, recommanda-t-elle. Soyez discrètes et prudentes. Je penserai à vous.

L'entrée de Champlain les surprit ; il n'avait fait aucun bruit, ce qui n'était pas dans ses habitudes. En costume de toile grise, son canotier à bout de bras, il paraissait de bonne humeur.

— Du thé, papa ? proposa Sidonie en reniflant encore, les yeux humides. Il est chaud.

— Non, un petit verre de sherry, ma fille. La justice divine a tranché : ce salaud de médecin s'est pendu. Eh oui, je suis au courant ! J'ai croisé l'adjoint de Cardin dans la rue principale. Il venait de chez nous. Je respire mieux depuis que Murray est rayé de la carte.

Il s'affala sur une chaise et tapa sur la table, mais du plat de la main et modérément, comme pour signifier qu'un de ses soucis majeurs était réglé.

— Autre chose, dit-il. J'avais rendez-vous avec le patron de la fromagerie Perron. Osias Roy m'avait soufflé à l'oreille qu'un employé quittait sa place, parce qu'il partait au sanatorium de Lac-Édouard. Je suis embauché. Je commence jeudi.

— Toi ? Et le travail d'ici, qui le fera ? s'inquiéta Alberta.

— Quel travail, ma pauvre femme ? Les semences sont pourries, je ne récolterai rien cette année, ni blé, ni orge, ni sarrasin. Au mieux, nous aurons des pommes de terre. Le foin, ce sera deux fois moins que d'ordinaire. Je dois gagner de l'argent, puisque j'ai perdu des acres de terre arable, de même que de la prairie. Bientôt, j'adhérerai au mouvement d'Onésime Tremblay, car, plus nous serons nombreux à déposer des plaintes, plus le gouvernement écoutera nos doléances. Je me renseigne au *Grand Café*. Certains gars y voient clair. Les dédommagements promis, ils seront longs à venir[1]. Autant prendre une job. D'ici un mois, Lauric aura sa chance lui aussi. Ça se vend bien, le cheddar de Saint-Prime, jusqu'en Angleterre et aux États. J'aurai assez du dimanche et des soirées pour soigner le troupeau et stocker du bois pour l'hiver.

Champlain vida son verre et regarda tour à tour son épouse et ses filles.

— Rien ne m'abattra ! déclara-t-il. Moi aussi, j'ai des torts à réparer… Paraît que j'ai une lettre à lire.

Jacinthe poussa la feuille pliée en quatre vers son père.

— Nous resterons unis, papa, dit-elle d'une voix douce. Et Emma aura toujours sa place dans nos cœurs. Lis, papa, lis.

Le silence se fit. À la fin de sa lecture, les trois femmes virent le maître de maison tressaillir et frotter ses yeux du revers de la main.

— Anathalie, c'est bien joli ce nom-là ! murmura-t-il.

Et il se frotta de nouveau les yeux.

*

---

1. Des procès eurent lieu jusqu'en 1932 et même plus tard, des cultivateurs faisant appel plusieurs fois.

Elphine n'en pouvait plus. Recroquevillée au creux du gros fauteuil en cuir de son père, elle se boucha les oreilles quelques secondes. Les cris stridents entrecoupés de clameurs rauques, presque bestiales, retentissaient au premier étage sans discontinuer.

— Seigneur, ça dure depuis le début de l'après-midi, soupira Wallace, qui faisait les cent pas.

— Comment est-il possible de souffrir autant sans mourir ? s'effraya sa sœur.

— C'est peut-être ce que souhaite notre cousine, suivre son époux dans la mort, rétorqua-t-il.

— Idiot. Crois-tu qu'une femme accouche à volonté, surtout à bientôt huit mois de grossesse ? Les douleurs se sont déclarées peu de temps après la visite du chef de police. Il a eu beau annoncer le suicide avec ménagement, Félicée a fait une crise de nerfs aussitôt. Elle s'était tellement dominée depuis jeudi !

Wallace secoua la tête et écrasa sa cigarette dans un cendrier.

— Il faudrait la transporter à l'hôpital, s'emporta-t-il. La bonne ne pourra pas tenir Wilfred à l'écart plus longtemps. Pauvre gamin, il risque de se retrouver orphelin avant demain !

D'abord son père, ensuite sa mère. Ce n'est pas possible, ça, ce serait trop injuste si notre cousine mourait en couches ! Dieu ne peut pas le permettre.

Exaspérée, Elphine bondit de son siège. Elle se campa devant son frère et lui décocha un léger coup de poing à la poitrine.

— Tais-toi donc, oiseau de malheur ! glapit-elle. Félicée s'en sortira. Parrain la sauvera. C'est un bon docteur, un des meilleurs de Roberval.

— Mais Gosselin ne fera pas de miracles. Il nous l'a dit lui-même : l'obstétrique n'est pas son domaine.

— Je m'en fiche, un docteur reste un docteur. De toute façon, la sage-femme n'arrive pas.

La jeune femme sursauta. Un hurlement atroce résonnait dans toute la demeure.

— J'en ai assez, Wallace, je sors. Où Valentine disait-elle qu'elle emmenait Wilfred ?

— Le long du lac et sur le port. Les vestiges du vieux *Péribonka* attirent les curieux.

Il s'agissait d'un bateau échoué dans la rade de Roberval. Il avait vaillamment transporté passagers et marchandises de la ville jusqu'à Péribonka, d'où son nom. Alors qu'il avait été retiré du service après des années à naviguer sur le lac, les grandes crues du mois de mai l'avaient mis en pièces.

— Je vais la rejoindre, où qu'elle soit.

— Ne dis rien au petit.

— Ciel, je ne suis pas si stupide, même si j'en ai l'air ! rugit Elphine en s'éloignant.

Une fois seul, Wallace décida d'aller aux nouvelles. Anxieux et peu enclin à l'optimisme, il monta sans hâte le large escalier aux marches tapissées de velours rouge.

« Murray aurait pu penser à sa femme et à son fils ! se disait-il. Décidément, ce type aura tout ravagé, la vie des Cloutier comme celle de sa propre famille. »

Lucien et Coralie Gagné avaient accueilli le suicide du médecin comme un acte de suprême lâcheté, dissimulant mal un notable soulagement. Il n'y aurait ni divorce ni procès ; la presse se lasserait vite de l'affaire. « Un peu plus et, pour consoler Félicée, mes parents lui auraient parlé d'un prochain remariage, d'un avenir meilleur ! » enragea-t-il.

Jamais il n'oublierait l'épouvantable scène qui avait suivi le départ d'Alfred Cardin. Le policier s'était retiré, toujours froid et méthodique, en précisant les dispositions à prendre pour récupérer le corps du défunt.

— Je veux le voir, je veux l'embrasser ! avait gémi sa cousine, les yeux fous, secouée de frissons pathétiques.

Sur un geste de sa patronne, la jeune bonne s'était empressée de conduire le petit Wilfred au

fond du jardin, où il faisait souvent de la balan-
çoire sous sa surveillance.

— Théodore ! avait appelé Félicée, vaguement consciente que son enfant avait disparu de
son champ de vision.

Chacun l'exhortait au calme et à la décence,
mais la malheureuse veuve avait commencé
à tourner en rond en haletant et en aboyant
des insultes cinglantes à l'égard de son mari et
d'Emma. Elle râlait, hurlait, sanglotait, toussait.
Bientôt, elle s'était pliée en deux. Enfin, sous les
regards affolés de tous, entre ses jambes écartées
avait ruisselé un flot de liquide rougeâtre qui
avait formé une flaque sur le parquet.

— Maman, papa, Félicée saigne, maintenant !
s'était égosillée Elphine.

Lucien avait aussitôt téléphoné à Yvan
Gosselin afin de lui expliquer la situation. Le
docteur s'était présenté dix minutes plus tard,
accompagné d'une infirmière de l'hôpital. On
avait installé la jeune femme dans sa chambre du
premier étage.

— Le travail se met en route. Le passage est
bien ouvert, déjà, avait déclaré Gosselin. Le bébé
est gros, mais elle peut accoucher ici.

Il y avait plusieurs heures de cela.

Wallace longea le couloir, sans rien voir ni
des cadres dorés ni des appliques en laiton
ou en cuivre. Les cris et les plaintes d'agonie

ne cessaient pas. Il atteignait la porte derrière laquelle se perpétuait un projet éternel, la naissance, quand sa mère sortit, le visage cramoisi. Elle était défigurée par un rictus de sinistre augure.

— Mon Dieu, comme elle a souffert dans son corps et son cœur ! Et ce n'est pas fini, Wallace ! Yvan a pu sortir le bébé, un garçon mort-né. Trois tours de cordon autour du cou.

— Mais Félicée ? Elle est hors de danger ?

— En principe, oui. Tu imagines son chagrin ! Elle adorait Théodore malgré tout. D'élever un autre enfant de lui, ça l'aurait aidée à revivre. Dieu ne l'a pas voulu.

Bouleversé, Wallace dit très bas :

— Dieu, ou le diable, maman ! Excuse-moi, je ne sais plus ce que je dis.

Sur ces mots, il haussa les épaules et prit la fuite.

16

L'aiguille dans une botte de foin

Roberval, sur le lac Saint-Jean,
mardi 12 juin 1928

Deux jeunes femmes vêtues de noir se tenaient sur le pont du vapeur, le *Perreault*, parmi une vingtaine de passagers. La mine grave, elles avaient embarqué une demi-heure avant le départ sans jamais s'éloigner l'une de l'autre. Charmé par d'aussi jolis visages, un matelot leur avait indiqué le temps que durerait la traversée.

— Si le vent se lève, mesdemoiselles, vous pourrez aller à l'intérieur. Il y a un bar et des banquettes pour s'asseoir, avait-il ajouté.

Il n'avait obtenu qu'un merci chuchoté. Maintenant, le bateau manœuvrait pour quitter le port, sa cheminée laissant échapper un panache de fumée noirâtre. Successeur du vieux traversier *Le Nord,* le grand vapeur devait son nom au ministre de la Colonisation Joseph-Édouard Perreault. Il avait été mis en service au mois d'août 1920, à Roberval, en grande pompe, acclamé par la foule venue assister au spectacle. Mais c'était le curé de Péribonka qui l'avait béni.

Des goélands évoluaient dans le gris du ciel matinal, leurs ailes blanches déployées, tour à tour silencieux ou criards.

— Doux Jésus, nous sommes parties ! s'extasia Sidonie.

Elle s'accrocha au bastingage afin d'observer le glissement de l'eau le long de la coque. Jacinthe contemplait l'imposante architecture de l'Hôtel-Dieu Saint-Michel et les maisons alentour, tout un panorama familier qui s'amenuisait déjà.

— J'ai l'impression d'être partie de l'hôpital il y a des siècles, confia-t-elle à sa sœur. Je n'arrive pas à croire que j'ai habité un an là-bas, rue Marcoux. Il s'est passé tant de choses en si peu de jours !

Sidonie lui adressa un regard de reproche. Ce matin brumeux, elle voulait se tourner vers l'avenir. Elle était grisée par la simple perspective d'un aller-retour à Péribonka, qui faisait figure à ses yeux d'une lointaine terre inconnue.

— J'essayais de l'oublier, Jacinthe, dit-elle. Je t'en prie, parlons de nos projets et surtout d'Anathalie. Je n'arrivais pas à dormir, hier soir, tellement j'étais nerveuse à cause de ce voyage. Il y a une hypothèse à laquelle nous n'avons pas pensé, ni maman, ni toi, ni moi. Quelqu'un a pu l'adopter. Un bébé pouvait intéresser un couple en mal d'enfant. Dans ce cas, il sera difficile, même impossible de la retrouver.

— Gardons espoir. Ça ne sert à rien d'envisager quoi que ce soit tant que nous n'en savons pas plus. Moi, j'ai imaginé le pire.

— Tais-toi, elle est vivante, trancha Sidonie.

Le *Perreault* croisa bientôt au large de l'île aux Couleuvres. Jacinthe la désigna à sa sœur et lui confia à l'oreille comment ils s'étaient échoués là, Pierre et elle, une dizaine de jours auparavant, et ce qui s'y était passé. Elle ne donna aucun détail, bien sûr, mais ce fut suffisant pour troubler la jeune femme.

— Doux Jésus, ça me paraît inconcevable, répondit-elle tout bas. Déjà, l'autre nuit, dans la nature… Je suis vraiment naïve !

— Pourquoi ?

— Je me suis toujours représenté le devoir conjugal dans un lit, la porte de la chambre bien close et la lumière éteinte.

Une brusque rafale la fit taire en soulevant un peu le foulard noir qui cachait ses cheveux.

— Ciel, le devoir conjugal, quelle triste expression ! soupira Jacinthe. Pour ma part, je ne suis pas encore mariée et ça n'a rien d'un devoir, crois-moi.

— N'en dis pas plus, s'effara Sidonie en lui tournant le dos. Si on nous entendait !

Une femme et un garçon d'une dizaine d'années s'étaient approchés, chacun portant une sorte de baluchon en toile grise sur l'épaule. Tous deux fixaient la ligne d'horizon sans se dire un mot. Un peu plus loin, des hommes coiffés de casquettes faisaient cercle. Certains fumaient, la mine soucieuse, assis sur des caisses solidement arrimées. Par instants, ils jetaient des regards intrigués sur les deux jeunes femmes en deuil.

Dès six heures du matin, Alberta avait veillé sur la toilette de ses filles. Le corsage en soie vert foncé avait été proscrit, ainsi que l'ensemble veste et jupe en jersey gris. D'autorité, les cheveux avaient été tirés en arrière et nattés en une unique tresse roulée sur la nuque.

Le souvenir des exigences maternelles fit sourire Jacinthe. Elle prit sa sœur par le bras et déclara à mi-voix :

— Si Emma nous voyait, elle se moquerait encore, ou bien elle penserait que nous entrons au couvent aujourd'hui même.

— Tant mieux, rétorqua Sidonie. Au moins, on ne nous importunera pas.

Elle promena un regard inquiet sur la gent masculine, ce qui eut le don d'attendrir Jacinthe.

— Viens, marchons un peu, lui dit-elle. De quoi as-tu peur ? Nous sommes en pays civilisé, Sido. Et donne-moi notre sac ; tu le serres contre toi comme un bouclier. Profite du paysage. Regarde, les nuages s'en vont et il y a des pans de ciel bleu. La côte est loin, à présent.

— Je ne croyais pas que notre lac était aussi grand… On dirait qu'on s'en va sur la mer. Nous allons peut-être débarquer en France. Ensuite, nous irons à Paris.

Elles se mirent à rire en sourdine et longèrent le bastingage d'une démarche mal assurée, à cause de vagues assez amples qui parvenaient à secouer le grand bateau. Une fois à la proue, elles se prirent par la taille, silencieuses, fascinées par l'immensité du lac qu'un timide soleil commençait à iriser de reflets dansants.

*

Champlain Cloutier regarda la pendulette bon marché posée sur le coin du buffet. Il se gratta la barbe d'un air songeur.

« Les filles sont à bord du vapeur, sans doute ! songea-t-il. Mais je ne sais pas à quelle heure elles arriveront à Péribonka. »

La maison lui paraissait étrangement vide. Levée avec le jour pour assister au départ des voyageuses, Alberta était remontée se reposer. Selon lui, son épouse l'évitait en se réfugiant dans sa chambre, une nouvelle manie qu'il respectait néanmoins.

— Ça ne me plaît pas, ce silence, grogna-t-il en se servant une tasse de thé tiède.

Il s'ennuyait des allées et venues sonores de Lauric, qui ébranlait souvent le plancher de son pas volontaire, de la silhouette affairée de Sidonie devant le fourneau et même du bruit particulier de sa machine à coudre, un roulement monocorde.

« Ces deux-là, ils sont ancrés ici, chez nous. Jacinthe et Emma, on s'était habitués à les savoir ailleurs, pensa-t-il, morose. Je ferais mieux d'aller jusqu'au *Grand Café*, parler un peu avec le voisinage. »

Il renonça bien vite. Osias Roy l'avait aidé à décrocher un job à la fromagerie ; le directeur s'était montré sympathique, sans faire allusion au discours du curé qu'il avait écouté comme les autres paroissiens de la municipalité. Mais les clients du café risquaient de lancer la conversation sur le meurtre d'Emma. Il préférait se tenir à l'écart, tout compte fait.

« Est-ce qu'elle dort, Alberta, seulement ? se demanda-t-il enfin après avoir déambulé dans la cuisine. Ou bien, elle attend que je sorte pour redescendre ? » Il décida de vérifier, avec le vague espoir qu'elle serait éveillée et qu'ils pourraient discuter un peu. Jamais il n'avait gravi l'escalier aussi discrètement ni tourné une poignée de porte avec autant de délicatesse.

Les rideaux en lin épais voilaient la faible clarté du matin encore brumeux. Allongée sous le drap, une épaule dénudée et un bras replié sous sa tête, son épouse dormait paisiblement. Ses cheveux retenus par un ruban s'étalaient sur l'oreiller en ondulations brunes.

Champlain demeura figé sur le seuil de la pièce, gêné, comme s'il surprenait sa femme dans une situation impudique. Il s'apprêtait à reculer quand Alberta poussa une légère plainte dans son sommeil.

— Es-tu souffrante ? interrogea-t-il tout bas.

Il n'obtint aucune réponse, mais, incapable de la quitter des yeux, il avança d'un pas, puis de deux, toujours sans faire aucun bruit.

— Tu m'as fait des grosses peurs, depuis la mort d'Emma, à perdre le sens commun et à te griffer la figure, murmura-t-il encore. Si jamais tu avais un malaise...

C'était un prétexte qu'il se donnait. Il était taraudé par l'envie de l'approcher, de l'observer dans un moment de détachement où l'âme s'abritait derrière le rempart des paupières closes, se réfugiant dans les rêves. Une fois près du lit, il put contempler son visage. Il s'émut de lui trouver un air de jeunesse, de fragilité. Il aurait bien effleuré son épaule menue, mais bien ronde, dévoilée par une combinaison en satin à fines bretelles, une pièce de lingerie qu'il ne lui connaissait pas.

— Tu n'as pas trop changé, avoua-t-il dans un souffle. Tu es toujours aussi jolie.

Inquiet, car elle dormait vraiment profondément, il fut envahi par un doute. « Et si elle avait pris des cachets ? Non, ceux qu'il y avait dans le sac d'Emma, je les ai jetés dans le poêle », se rassura-t-il.

Champlain continua à caresser sa femme du regard et fut bientôt en proie au désir. Alberta ne s'était jamais refusée à lui avant ces derniers jours où elle l'avait contraint à coucher dans la chambre de Lauric. Cependant, leurs étreintes se déroulaient le soir, dans l'obscurité ou la pénombre, selon un rite établi. Quand il la voulait, il s'approchait d'elle, relevait le bas de sa chemise et touchait sa cuisse. Docile, elle se laissait pénétrer sans manifester ni joie ni répulsion. C'était vite terminé ; il reprenait sa place, son besoin contenté.

— Seigneur, je ne te mérite pas, ma pauvre petite femme, chuchota-t-il en s'asseyant doucement au bord du matelas. Puisque tu dors si bien, je peux te dire des choses, que je n'ai jamais osé te dire. Tu les entendras pas, mais moi, au moins, je les aurai plus sur le cœur, ce cœur qui t'aime fort. Et ça date de loin !

Il se tut et regarda autour de lui, un rien méfiant. Personne, toujours le silence insolite d'une maison déserte.

— Alberta, j'ai mal agi avec toi il y a vingt-quatre ans. Tu me l'as crié bien fort devant nos enfants, mais je le savais, et je me le suis souvent reproché. Si je n'avais pas autant bu ce soir de bal, je ne t'aurais pas fait violence, tu serais peut-être mariée à ce gars qui te plaisait. Va savoir si vous auriez été heureux ! Une chose est sûre, il pouvait pas t'aimer comme je t'aimais, moi. Je respirais pour l'instant où je te croisais dans le village ou au bord du lac. Mon frère répétait que tu te fichais de moi, ses chums pareillement. Alors, je t'ai prise de force, je t'ai volé ta liberté.

Bourrelé de remords, il secoua la tête en soupirant et joignit ses mains calleuses sur ses genoux.

— Qu'est-ce que j'ai gagné ? Une des plus jolies filles de la région, bonne cuisinière, travailleuse, habile à filer et tisser le lin ou la laine, une femme qui accouchait sans se plaindre et élevait ses petits bien comme il faut. Tu étais soulagée, hein, quand tu t'apercevais que tu étais enceinte, car tu m'échappais. Je n'avais plus droit à mon plaisir. Mais je comprenais ça. Dis donc, mon Alberta, tu en aurais fait vingt, des bébés, pour pas sentir mon poids sur ton corps, ton beau corps que je n'ai même jamais vu. Tiens, ce matin, j'ai droit à un bout d'épaule, même que j'y donnerais bien un bec, à cette épaule. En voilà, des manières de créature, ce vêtement léger sans manches !

Le désir l'avait fui. Il avait envie de pleurer à l'idée de toutes ces années de compagnonnage, sans tendresse ni complicité, au mieux une amitié de routine.

— Tu m'as souvent rendu heureux d'un sourire et, la nuit, oui, ces nuits où je te possédais. Mais toi, ma pauvre femme, tu n'as jamais eu de satisfaction, rien. Je te demande pardon, oui, mille fois pardon. En plus, avec le temps, j'en ai eu, de la colère, de la rancune envers toi et envers Jacinthe, l'enfant de ma faute. J'ai fait tout un gâchis.

Champlain se perdit dans ses pensées. Réveillée depuis qu'il s'était assis sur le lit, Alberta gardait les yeux fermés. Elle avait été sensible à ce que disait son mari, dont la voix, selon les mots, tremblait, s'emportait ou se faisait câline. Soucieuse de feindre le sommeil, elle mesurait sa respiration, impuissante cependant à refouler des larmes amères. Un gâchis ! Il avait raison, elle en prenait conscience.

— Vaut mieux que tu te reposes encore, bougonna-t-il en se levant.

Mais une main chaude sur son bras l'arrêta. Il sursauta et regarda son épouse. Elle le fixait, les joues humides.

— Champlain, reste un peu.

— Tu m'as écouté ?

— Oui.

Elle ne le lâchait pas, envahie par une sensation inconnue. C'était tellement inhabituel d'être allongée devant lui, à la lumière du matin, dans leur maison silencieuse. Prise d'une langueur singulière, elle percevait avec acuité la nudité de son épaule, que Champlain souhaitait embrasser. Le contact de ses lèvres d'homme sur sa peau, elle en avait soudain envie. Certaines femmes osaient parfois confier les délices de leurs nuits conjugales tout bas en riant de confusion, des délices qui demeuraient un mystère pour elle.

— Champlain, viens, je veux bien, viens donc, dit-elle.

— Alberta… Ça alors, tu veux bien ?

Tremblante d'émotion, elle se redressa et ôta sa chemisette. Il vit ses seins lourds, aux mamelons bruns et drus. Sa chair laiteuse de satin l'attendrit.

— Seigneur, bégaya-t-il, stupéfait.

Il osait à peine y croire. D'une main hésitante, il commença à dégrafer sa ceinture en se détournant un peu. Il pensait qu'il la trouverait, nue, offerte, et la virulence de son désir le faisait presque souffrir. Ce fut alors que, se mettant à genoux sur le lit, son épouse l'enlaça et se blottit contre lui pour l'étreindre. Ses cheveux le chatouillaient, sa joue veloutée se frottait à la sienne, un peu piquante.

— Mon Dieu, répéta-t-il, totalement dépassé. Tu me veux vraiment, ma jolie, toi, tu me veux ?

Pour lui aussi, c'était une découverte de tenir une femme dénudée à bras-le-corps, entrevoir la toison frisée entre ses cuisses. Il poussa un cri farouche, couvrit de baisers l'arrondi de son épaule et honora enfin de sa bouche brûlante sa poitrine, son cou et sa nuque. Elle haletait, tressaillait et gémissait sans s'écarter de lui.

— Alberta, tu es belle, chuchota-t-il à son oreille.

Ils échangèrent un baiser avide, ardent. Égaré et fébrile, Champlain entreprit de se déshabiller. Elle l'aida en osant de timides caresses.

— Mon mari, mon époux, bredouilla-t-elle, grave, à l'écoute du bouleversement inattendu de son être intime, comme vivant, affamé du sexe viril dont elle avait tant de dégoût jusque-là.

Elle se renversa en arrière, entièrement livrée à son regard. Il se montra prudent et délicat en la pénétrant. Pour la première fois, il se domina afin de ne pas la décevoir. Une curiosité lui venait du fait d'être témoin de sa joie de femme, d'avoir la preuve qu'il la comblait. Très vite, il perdit sa lucidité, grisé qu'il était par ses mimiques de jouissance, troublé devant l'éclat voilé de ses yeux clairs, affolé par ses petites plaintes émerveillées. Lorsqu'elle se cambra, secouée d'un long spasme voluptueux, il s'abattit sur elle après un dernier coup de reins.

Les époux enfin réconciliés restèrent ainsi de longues minutes, éblouis d'abord, ensuite étonnés. Était-ce vraiment eux, Alberta et Champlain Cloutier, nus et en sueur, au milieu d'un lit en désordre ?

*

Auberge de Péribonka, même jour,
un peu avant midi

La salle du restaurant était comble, mais, à la belle saison, le patron dressait des tables d'appoint le long de sa devanture. Elles étaient protégées du soleil par une avancée en toile jaune.

À peine descendues du bateau, Jacinthe et Sidonie s'étaient dirigées vers la terrasse de l'établissement, qui leur paraissait accueillante, et s'étaient vite assises à prudente distance d'un couple. Elles avaient fini le trajet dans l'habitacle assez spacieux du grand vapeur. Entourées d'étrangers, étourdies par le bruit du moteur et des discussions, elles n'avaient guère pu se parler.

La situation se reproduisait, l'auberge donnant sur le quai encombré d'une foule animée. Les matelots déchargeaient des caisses de marchandises avec force cris et éclats de rire. D'une rue voisine arrivaient des attelages, souvent de fortune ; c'était une charrette branlante tirée par un cheval de trait harnaché sommairement à un chariot bâché. On venait des fermes reculées chercher du matériel ou des provisions. Une automobile se fraya un passage et se gara à proximité du ponton.

— Il fait chaud, icitte, et y a moins de vent que sur le lac ! leur cria un homme qui avait débarqué en les suivant de près. Torrieux, mes jolies, si vous aviez vu le quai y a une dizaine de jours, j'aurais pas pu m'asseoir icitte. J'aurais flotté comme un bouchon !

Les jeunes femmes ne daignèrent pas lui répondre.

— Quelle cohue ! déplora un peu plus tard Sidonie, très pâle.

— Si tu allais à Montréal, tu serais terrorisée, plaisanta Jacinthe. Il faudrait commander, je suis affamée.

— Moi, je ne pourrai rien avaler, je t'assure. Là-bas, derrière la vitre, des clients nous observent, indiqua sa sœur dans un souffle craintif.

— Sido, essaie de te raisonner, nous ne risquons rien. Enlève ton foulard, tu seras plus à ton aise.

Jacinthe s'était débarrassée du sien et exhibait sa longue tresse d'un blond-roux chatoyant. Elle avait aussi déboutonné sa veste noire qui s'entrouvrait sur un corsage noir appartenant à leur mère.

— Que dirais-tu d'un filet de doré à la crème ? proposa-t-elle après avoir parcouru le menu.

— Non, du ragoût, c'est moins cher.

— Tu en manges deux fois par semaine, à la maison.

— Nous aurions dû rendre visite tout de suite à cette dame Marguerite Lagacé. Le déjeuner pouvait attendre.

— Rien ne presse, allons, nous avons le temps. Maman nous a conseillé de dormir ici ce soir, à cause des horaires du train. Même en prenant le bateau en fin de journée, nous n'aurions aucun moyen de rentrer à Saint-Prime depuis Roberval.

— Si, un taxi, qui ne coûterait pas plus cher qu'une nuit à l'auberge, argumenta Sidonie, résolument de mauvaise humeur.

— Je pensais que tu serais ravie de notre expédition, mais tu ne fais que te plaindre. Ce matin, tu étais toute contente, pourtant !

La serveuse vint se camper près de leur table, arborant une mine sérieuse, impressionnée par le grand deuil manifeste des deux inconnues.

— Qu'est-ce que je vous sers, mesdemoi-selles ?

— Deux filets de doré et une carafe de vin blanc, je vous prie, répondit Jacinthe d'un ton ferme. Comme dessert, celui du jour, le flan aux cerises.

Dès qu'elles furent seules, Sidonie protesta à mi-voix.

— Toi et tes manies de citadine ! Je n'ai pas faim.

— Tu te forceras. Mon Dieu, j'aurais dû venir ici avec Pierre. Il était très déçu de ne pas m'accompagner, figure-toi. Quand je lui ai télé-phoné à l'école de son père, il croyait que j'allais lui demander de venir à Saint-Prime, mais non, je lui ai annoncé la mort de Murray et notre expé-dition à Péribonka. Il se sentait mis à l'écart. Un peu plus et il se joignait à nous, mais j'ai préféré être seule avec ma Sido, qui rêvait de traverser le lac et qui, maintenant, se plaint de tout.

Ce petit discours fit mouche. La jeune couturière, vexée, piqua du nez sur les carreaux de la nappe. Presque aussitôt, elle sortit un mouchoir de sa poche et tamponna ses yeux remplis de larmes.

— Ce n'est pas ma faute, gémit-elle. Je m'inquiète pour maman, que nous avons laissée seule à la maison. Je me soucie de Lauric, aussi. S'il allait répéter son geste de désespoir ! En plus, tous ces gens me font peur. Si encore on rentrait ce soir !

— Décidément, tu devrais épouser un policier qui veillerait sur toi chaque instant, la taquina Jacinthe.

Loin de se fâcher, sa sœur sembla sauter sur l'occasion pour parler de Jourdain Provost.

— Comme l'adjoint du chef de police, dit-elle tout bas, les joues soudain écarlates. Tu te moques de moi, mais ça me permet de revenir sur le sujet. Je me demande bien pourquoi j'ai accepté de confectionner une robe pour sa mère, qui serait infirme, à ce qu'il m'a dit. Il peut lui en acheter une en boutique ! Crois-tu qu'il cherchait un moyen de me revoir ? Il n'est pas malin, dans ce cas.

— Sidonie, quand tu m'as raconté ça, hier soir, tu pensais le contraire de ce jeune homme.

Tu le trouvais attentionné et poli. Tu devrais te réjouir, s'il a décidé de te confier de l'ouvrage uniquement pour te revoir. C'est touchant. Est-ce qu'il te plaît ?

— Non, enfin, oui, un peu. Comment as-tu su, toi, que Pierre te conviendrait ?

— La première fois qu'il est entré dans la cour derrière Lauric, j'avais treize ans, et lui, seize. Dès qu'il m'a souri, mon cœur s'est mis à battre très vite. Je crois bien être devenue amoureuse ce matin-là. Par la suite, nous étions tous bons camarades, mais j'espérais toujours sa venue. Quand il m'a appris à nager, j'ai été obligée de m'accrocher à son cou et il m'a regardée de tout près. Ce regard, je me le rappelle souvent. Si vous n'aviez pas été là à faire les idiots dans l'eau, je l'aurais embrassé. J'ai su plus tard qu'il ressentait la même chose.

Le retour de la serveuse la fit taire. Elle déposa une carafe d'eau et une corbeille de pain tranché pour repartir aussitôt d'un pas rapide.

— J'avoue que Pierre est séduisant ; Emma me le disait assez. Elle avait à peine douze ans quand elle a commencé à se pavaner devant lui, rappela Sidonie.

— Oui, mais, dès que nous avons parlé de nos fiançailles, elle a changé d'attitude. De toute façon, Pierre la considérait comme sa petite sœur, sa future belle-sœur. Elle prétendait se réjouir pour nous deux. C'était sincère, à mon avis.

— Surtout si elle avait jeté son dévolu sur d'autres garçons, sûrement davantage de son âge. Par moments, j'oublie qu'elle est morte. Je m'étais accoutumée à son absence depuis qu'elle logeait à Saint-Jérôme. D'un coup, la réalité me rattrape. Je la revois dans sa robe rouge, toute trempée et le teint livide.

— Chut ! Aujourd'hui, nous cherchons une petite aiguille dans une énorme botte de foin : l'enfant d'Emma. Réfléchis, c'est son sang. C'est un peu d'elle qui existe encore sur terre. Nous aurons forcément des renseignements ce soir.

— Mesdemoiselles, vos poissons ! s'écria un homme de taille moyenne, un tablier blanc sanglé sur son ventre bedonnant.

Il devait avoir une cinquantaine d'années ; son crâne chauve luisait de sueur. Il les servit en les gratifiant de coups d'œil intrigués. C'était le patron de l'auberge, mais elles l'ignoraient.

— Je vous souhaite un bon appétit, ajouta-t-il sans s'éloigner.

— Merci, monsieur, répondit Jacinthe.

— Je ne vous ai jamais vues à Péribonka. Vous rendez visite à de la famille, peut-être ?

— Oui, et nous comptons dormir ici, dans cet établissement.

— Fallait le dire. Je vous garde une chambre. Lazare Martineau, à votre service.

Il se faufila entre les tables, l'air satisfait. Sidonie hocha la tête en considérant son filet de doré avec suspicion.

— C'est excellent, affirma sa sœur qui venait de goûter.

Au bout d'une demi-heure, le vin blanc aidant, elles étaient plus détendues. Le spectacle de la rivière Péribonka et du lac, au loin, d'un bleu pur à cette heure de la journée, les fascinait. Chargées de foin ou de sacs de farine circulaient, au-delà du quai, des barques menées par un fermier solitaire ou une paire d'adolescents bruyants. Un élégant voilier blanc se devinait au large.

— Le dessert, du café, et nous irons rencontrer Marguerite Lagacé, annonça Jacinthe, ou bien nous allons d'abord au couvent. Le village est petit. En nous promenant, il nous sera facile de situer la boutique et l'établissement religieux.

Ce terme la fit sourire. Elle songeait à Matilda quand elle avait articulé ces mots-là avec soin, leur conférant un écho solennel.

— Qu'est-ce qui t'amuse ? lui demanda Sidonie.

— Tu vas me faire encore un sermon si je te le dis. Je pensais à Matilda, une personne vraiment particulière. Tu devrais m'accompagner chez elle quand nous serons de retour. Grâce à ses cartes, tu connaîtrais peut-être le nom de ton futur mari.

— Ce sont des pratiques impies qui attirent le malheur. Jamais je n'y consentirai. Oh ! Jacinthe, regarde, là-bas ! Des Sauvages !

Sa sœur fixait avec circonspection deux femmes et un homme au teint de pain brûlé et à la chevelure de jais. Accoutrés de vêtements à l'européenne en piteux état, ils arboraient des chapeaux cabossés, piqués de plumes, et des colifichets de leur fabrication.

— Que font-ils ici ? chuchota la jeune couturière, effarée.

— Je n'en sais rien, Sido. Ce sont sans doute des Montagnais de la réserve de Pointe-Bleue. L'été, ils viennent parfois chasser de ce côté-ci du lac, dans la forêt. La mère supérieure, à l'hôpital, nous a parlé des Indiens qui vivaient dans toute cette région, jadis, avant l'arrivée des colons. Ils ne sont pas plus sauvages que nous.

Le trio défila à pas lents devant l'auberge sans accorder un regard à quiconque.

— Pauvres gens ! murmura Jacinthe. Viens, Sidonie. Allons payer nos repas et la chambre.

*

Elles trouvèrent sans mal la boutique de Marguerite Lagacé, qui faisait office d'épicerie et de dépôt de tabac tout en proposant de la mercerie et des articles de ménage, comme l'indiquait un des panneaux de la devanture.

— Il fait sombre à l'intérieur, murmura Sidonie. C'est fermé, il me semble.

Jacinthe tourna la poignée en cuivre pour vérifier. La porte s'ouvrit en faisant tinter un carillon. Le magasin regorgeait d'un joyeux assemblage de marchandises, présentées dans des cagettes en bois blanc à même le plancher ainsi que sur des rayonnages qui couvraient chacun des murs. Une vitrine gardait à l'abri des fromages et des morceaux de lard salé.

Les jeunes femmes virent le plafonnier s'allumer, puis la commerçante apparut après avoir écarté un rideau de perles en bois.

— Bonjour, mesdemoiselles, dit-elle d'un ton aimable.

En robe bleue et tablier gris, Marguerite Lagacé arborait une coupe à la mode, des boucles très blondes et une figure étroite au long nez.

— Je vous laisse faire votre choix, ajouta-t-elle avec le sourire.

— Bonjour, madame, répliqua Jacinthe. Nous ne désirons rien acheter pour l'instant. En fait, nous voudrions vous parler d'Emma Cloutier.

C'était notre sœur. Vous avez dû apprendre son décès par les journaux !

— En effet, le monde a bien jasé. Chacun voulait savoir ce qui se passait autour du lac, à cause des inondations. On lisait *Le Colon* en détail. Quand le journal a écrit qu'une jeunesse du pays était morte assassinée, les langues se sont déliées. Mais je ne vois pas en quoi je peux vous être utile.

— Emma a travaillé chez vous, il y a plus de trois ans, au début de l'année 1925, intervint Sidonie dans un sursaut de courage.

— Doux Jésus, en voilà une nouvelle ! Je n'ai jamais vu cette demoiselle. Le maire de Saint-Prime me l'avait recommandée. Elle devait se présenter à la boutique, mais elle n'est jamais venue. Je me suis dit qu'il y avait eu un problème, avec vos parents peut-être, et j'ai trouvé quelqu'un de très sérieux.

Jacinthe était accablée. Elle jeta sur le pittoresque bazar alentour un regard navré.

— Pourtant, notre sœur serait restée trois mois à Péribonka. Elle écrivait à la maison. N'est-ce pas, Sido ?

— Oui, les lettres étaient expédiées d'ici. Emma disait se plaire au magasin.

La commerçante leva les bras au ciel. Les visiteuses en noir et à la mine soucieuse l'apitoyaient.

Elle n'osait pas les peiner davantage en leur avouant le fond de ses pensées.

— C'étaient des menteries, dit-elle enfin. Je ne veux pas vous offenser, mesdemoiselles. Seulement, d'après l'article du journal, votre sœur se conduisait d'une drôle de manière, il me semble. Ça ne date peut-être pas d'aujourd'hui ; vous me comprenez ? Je n'ai pas coutume de juger les autres et encore moins ceux qui ont connu un sort tragique, mais si jeune et duper sa famille à ce point ! Sûrement qu'elle postait des lettres de Péribonka pour faire croire qu'elle s'y trouvait.

Marguerite Lagacé laissa planer le doute sur son opinion, qu'elle exprimait cependant par le biais d'une mimique explicite.

« Mon Dieu, cette femme suppose qu'Emma avait un amant ici et qu'elle menait une vie dissolue, déjà, à seize ans, songea Jacinthe. Son avis, je m'en moque. Hélas ! elle ne pourra pas nous renseigner. »

Bizarrement, Sidonie insista, véhémente :

— Madame, vous êtes vraiment certaine de ne jamais avoir vu Emma ? Faites un effort. Les premiers mois d'hiver 1925, une jeune fille très brune, aussi bouclée que vous, petite, mince, rieuse…

— Mais, ma pauvre demoiselle, j'en vois passer du monde, icitte, des filles de ce genre-là également !

— Elle aurait pu entrer, décider de ne pas travailler chez vous et ressortir.

— Ça se pourrait, concéda Marguerite Lagacé. Si c'est arrivé, je ne m'en souviens pas et je ne comprends toujours pas ce que vous me voulez. Là, j'étais concentrée sur mon registre de comptabilité, un vrai casse-tête.

— Excusez-nous, madame, soupira Jacinthe. Nous ne vous dérangerons pas plus longtemps. Merci de votre accueil.

— Il n'y a pas de quoi. Toutes mes condoléances ! C'est une sale histoire ; je vous plains.

Sidonie sortit la première après avoir marmonné un au revoir. Elle jeta un coup d'œil dépité à l'alignement des maisons en bois entourées d'un jardin et contempla le clocher de l'église. Jacinthe la rejoignit et lui prit le bras.

— Il valait mieux savoir ce qu'il en était avant d'aller au couvent, fit-elle remarquer. Viens, Sido. Espérons que sœur Sainte-Blandine est toujours à Péribonka.

— Espérons-le. Mais où pouvait être Emma, durant trois mois, sans argent ? Et si c'était au couvent, justement ?

— Nous le saurons très vite. Viens.

— Seigneur ! Jacinthe, pourquoi ne m'a-t-elle pas avoué sa grossesse ? J'aurais pris sa défense.

— Maman adorait sa petite, tu as raison. À vous deux, vous aviez une chance de fléchir papa. C'est trop tard, de toute façon. Il faut prier, Sido, prier très fort pour que Dieu nous guide vers Anathalie.

*

Saint-Prime, ferme des Cloutier, même heure

Ferdinand Laviolette venait de quitter la cour sous le regard rêveur de sa fille, qui l'avait escorté jusqu'au perron. Alberta en avait profité pour lui montrer jusqu'où avait monté l'eau pendant les crues ; il avait pu constater de lui-même les marques brunâtres qui marquaient la façade.

Comme convenu, le vieil homme avait déjeuné avec elle et Champlain. Son gendre avait mangé une assiettée de la tourtière préparée la veille par Sidonie, puis il était parti chez Jactance Thibault, qui avait besoin de son aide pour ferrer un de ses chevaux.

« Papa m'observait avec un drôle d'air. Est-ce qu'il a vu quelque chose sur moi ? s'interrogeait Alberta. J'ai peut-être changé ! »

Perplexe, elle étudia son reflet dans le petit miroir suspendu à un clou près de l'évier. « Seigneur, on dirait une jeunesse ! » Malgré son chignon serré et sa robe noire à col haut, elle se sentait encore provocante, tant son corps lui était perceptible. De même, elle trouva à son visage un éclat nouveau, des lignes harmonieuses.

Gênée comme si elle était prise en flagrant délit de vanité, Alberta alla prier devant le crucifix qui se détachait, sombre et verni, sur la cloison peinte en jaune.

— Mon Dieu, je n'ai pas péché, pourtant ! Champlain est mon époux, Vous avez sanctifié notre union. Peut-être que Vous m'accorderez encore un tout-petit à choyer. Je ne suis pas si vieille, à quarante-deux ans. Si nous retrouvions l'enfant d'Emma, ces deux-là grandiraient ensemble, chuchota-t-elle.

De menus détails lui revinrent du repas paisible où chacun avait évité d'évoquer des choses tristes. « Mon mari me couvait des yeux. Il était heureux. Papa a dû s'en apercevoir et ne rien y comprendre. Comment être heureux au milieu des épreuves que nous traversons ? »

En dépit de tout, la découverte qu'elle avait faite du plaisir charnel la hantait. Il s'y mêlait une langueur singulière jamais éprouvée quand Champlain l'approchait. Elle avait eu envie, pendant le déjeuner, d'enlacer son époux et de l'embrasser.

« Ce soir aussi et cette nuit, nous serons seuls dans la maison. Ça s'est produit, jadis, avant la naissance de Jacinthe, mais je refusais qu'il me touche. Le jour, il trimait dur ; moi, je préparais le trousseau du bébé jusqu'à en avoir les doigts en feu. J'ai arrosé la layette de ma première née de tant de larmes ! » se souvenait-elle.

Bouleversée, Alberta décida de terminer la pièce de laine qu'elle avait commencé à tisser la semaine précédente. Les mouvements répétitifs que nécessitait son ouvrage rythmèrent le cours de ses pensées.

« C'est donc ça ! se dit-elle bientôt. Je ne comprenais pas pourquoi l'amour poussait à une conduite immorale, à des extrémités insensées, souvent. Champlain et moi, nous ne sommes plus tout jeunes, mais, ce matin, j'ai cru mourir de joie. Et là, j'ai hâte que mon homme revienne pour qu'il me reprenne dans ses bras. Ma petite Emma devait ressentir ce besoin de l'autre, elle qui était si passionnée ! »

Tout s'éclairait à ses yeux. Le vent de l'extase avait balayé ses idées fausses et ses répugnances. En maniant les fils de laine et la navette, elle faisait la somme de ses aveuglements. Elle revoyait sa voisine Artémise poser une main câline sur la nuque de Jactance, Osias Roy, sa face ronde ravagée par la jalousie, guetter le retour de son épouse.

Plus loin encore dans ses souvenirs, Alberta évoqua ses parents et se rappela les gestes tendres de son père pour la douce Olympe, sa mère.

— Ce n'est pas ma faute, dit-elle tout bas, si je n'ai pas pu aimer Champlain. Je lui gardais une telle rancune, je le méprisais. Pendant ce temps, les années défilaient ; les enfants me consolaient. Peut-être que je l'aimais, au fond. À présent, je crois bien que je l'aime pour de bon, mon homme.

Elle se tut, intimidée par le son de sa voix, à la fois honteuse et heureuse de l'étincelle de désir qui se réveillait au plus intime de sa féminité.

*

Péribonka, même jour, un peu plus tard

Peint en blanc et coiffé d'une solide toiture, le couvent de Péribonka avait une allure assez ordinaire en comparaison de celui de Saint-Prime. Les religieuses y faisaient la classe, accueillant les fillettes du village et des fermes avoisinantes.

La sœur converse, une septuagénaire de forte corpulence, reçut Jacinthe et Sidonie avec un aimable sourire. Elle les conduisit dans le bureau de la supérieure.

— La mère révérende instruit nos plus grandes élèves. Je vais la prévenir.

— Cette fois, il faudra dire qu'Emma attendait un enfant, recommanda Sidonie. Tu aurais
dû en parler à madame Lagacé.

— À quoi bon, puisqu'elle ne l'avait jamais
vue ? Mais, si nous n'apprenons rien au couvent,
j'interrogerai les habitants, un par un s'il le faut.

Des bruits de pas dans le couloir lui firent
palpiter le cœur. Sœur Sainte-Blandine était
peut-être devenue la supérieure de l'établissement...

Une fois de plus, elle fut déçue. La femme qui
les salua, l'air intrigué, était âgée, maigre et très
pâle sous son voile.

— Bonjour, mesdemoiselles, dit-elle en s'asseyant. Le Seigneur soit loué ! Vos visages me
sont familiers. Jacinthe et Sidonie Cloutier,
écolières à Saint-Prime durant l'année que j'ai
passée là-bas. Vous ne me reconnaissez pas ?
Sœur Sainte-Véronique... Je sais le deuil cruel
qui vous a frappées en de bien tragiques circonstances. Depuis des jours, tout le monde parle
des inondations et des plaies qu'elles ont cau-
sées à notre région, mais votre famille a subi une
tourmente plus grave encore, hélas ! Vous pré-
senterez mes plus sincères condoléances à vos
parents.

La mémoire revint à Jacinthe à force d'observer le regard d'un bleu transparent, mais il
manquait à la religieuse plusieurs kilos, et ses

bonnes joues avaient disparu. Elle présuma une maladie fatale et en conçut une profonde compassion.

— Merci de nous recevoir, ma mère. Nous sommes désolées, Sidonie et moi, de vous avoir dérangée, mais c'est important.

— Je vous écoute, mesdemoiselles. Quel que soit le but de votre visite, je m'en réjouis. J'aurai eu la satisfaction de revoir deux de mes élèves, sages et appliquées.

— Nous voudrions savoir si sœur Sainte-Blandine enseigne encore ici, expliqua Sidonie d'une petite voix.

Sa déclaration eut un effet inattendu. La religieuse se signa, manifestement très émue.

— Dieu m'est témoin, mes chères enfants, que je ne pensais pas entendre à nouveau ce vocable, qui a eu une si brève carrière dans notre congrégation. Sœur Sainte-Blandine a disparu il y a trois ans environ, le mois de mon entrée en fonction à Péribonka. Elle n'avait pas encore prononcé ses vœux définitifs. La converse a retrouvé son costume plié dans le réfectoire, sans un message. Notre petite communauté a été affligée par son geste. Ce n'était pas tant parce qu'elle renonçait à sa vocation religieuse ; elle en avait le droit. Mais la façon de nous le signifier manquait de la plus élémentaire politesse ; une fuite pendant la nuit en dérobant du pain et notre maigre pécule ! C'était honteux. Nous avons alerté le diocèse. Sœur Sainte-Blandine, Léonide Simard selon son nom civil, n'avait plus aucune famille. Nous ignorons donc ce qu'elle est devenue.

Sidonie et Jacinthe échangèrent un regard alarmé. La disparition de sœur Sainte-Blandine semblait coïncider avec la présence d'Emma à Péribonka.

— Ma chère mère, dit Jacinthe, je suis tenue de vous exposer les raisons de notre visite...

*

Sœur Sainte-Véronique se montra une auditrice attentive durant le récit précis et dépouillé que lui fit Jacinthe. Ses mains diaphanes et décharnées demeurèrent jointes sur le bois de son bureau, se crispant souvent, néanmoins. Le silence revenu, elle énonça très bas, d'un ton recueilli :

— Quelle épouvantable tragédie que la vôtre ! J'aimerais pouvoir vous aider, mes pauvres demoiselles. Je pense cependant que vous faites fausse route. Jacinthe, vous fondez vos recherches sur un élément bien mince, une photographie, une sympathie qui paraît évidente entre Emma et sœur Sainte-Blandine. Je comprends que vous espériez obtenir des informations sur votre jeune sœur auprès d'elle, puisque toutes deux étaient ici, à Péribonka, à la même période, mais il ne faut pas en tirer de conclusions hâtives.

— Je vous l'accorde, ma mère, se désola Jacinthe.

Sidonie était découragée. Elle ne trouvait à leur expédition aucun des agréments escomptés et il lui semblait désormais impossible de savoir ce qu'était devenue la petite Anathalie.

— Et les orphelinats ? suggéra-t-elle en désespoir de cause. Notre nièce a pu y être placée.

— Je songeais à cette éventualité, concéda la supérieure. Hélas, l'orphelinat de l'Hôtel-Dieu Saint-Vallier, à Chicoutimi, a fermé il y a deux ans après avoir accueilli plus de mille enfants depuis sa création à la fin du siècle dernier.

— Mais les orphelins qui avaient été confiés à l'Hôtel-Dieu Saint-Vallier avant la fermeture de l'orphelinat, avança Jacinthe, où les a-t-on hébergés ?

— Le mieux serait de rendre visite aux Augustines de la Miséricorde de Jésus, à Chicoutimi. Elles ont forcément des registres avec le nom de leurs protégés. Ici, à Vauvert, près de Péribonka, il y a l'orphelinat des frères de Saint-François-Régis, mais il n'accueille que des garçons. Je vous souhaite de retrouver cette innocente enfant, mesdemoiselles.

La religieuse se leva, leur donnant ainsi congé. Jacinthe insista sur un point.

— Ma mère, est-il sûr et certain que sœur Sainte-Blandine n'avait aucune famille ? Même si ses parents sont morts, elle pouvait avoir des cousins, une tante ou un oncle.

— Le diocèse n'a peut-être pas cherché aussi loin, je vous l'accorde. Mais l'épidémie de grippe espagnole a décimé notre province il y a dix ans, d'où le nombre croissant d'orphelins. Mes chères filles, que Dieu vous ait en sa sainte garde ! Je prierai pour vous tant qu'il me restera un souffle de vie. Je continuerai du ciel par la suite.

Elle ajouta plus bas :

— Le Seigneur me recevra bientôt, s'il me juge digne de Son paradis.

Jacinthe ne s'était pas trompée. Sœur Sainte-Véronique était condamnée.

*

Auberge de Péribonka, le soir

Sidonie contemplait la rivière Péribonka et le lac Saint-Jean dont les eaux étaient singulièrement calmes, teintées d'or et de reflets sanglants par le soleil couchant. De la fenêtre, la vue portait loin, et la jeune femme s'étonnait de trouver au vaste paysage une allure aussi paisible. Quelques jours auparavant, les éléments s'étaient déchaînés. L'eau, le vent et la pluie avaient conjugué leurs assauts, mais tout semblait être rentré dans l'ordre. Il aurait fallu faire le tour complet de cette mer intérieure pour constater qu'il n'en était rien. Des ponts et des bâtiments avaient été détruits, alors que de bonnes terres fertiles resteraient à jamais submergées.

Un éclat de rire sur le quai attira son attention. Un jeune couple approchait de la terrasse de l'auberge, main dans la main. L'homme et la femme affichaient une élégance moderne et une allure très libre. Ils s'accordèrent même un baiser furtif avant de se sourire. « Des touristes, sûrement américains ! » se dit-elle en s'avisant de leurs cheveux très blonds et de leurs vêtements à la mode. Elle avait l'impression de voir des clichés de magazine soudain animés ou des sosies du célèbre écrivain Scott Fitzgerald[1] et de son épouse Zelda. La modeste couturière s'était procuré à Roberval le roman *Gatsby le Magnifique*, paru trois ans auparavant. Le livre, qui reflétait la naissance du jazz à New York en dépeignant l'opulence d'une certaine bourgeoisie, l'avait fait

---

1. F. Scott Fitzgerald, de son nom complet Francis Scott Key Fitzgerald (1896-1940), illustre écrivain américain.

rêver d'un univers coloré, riche, étourdissant, dont elle serait une héroïne.

Assise au bord du lit à deux places, Jacinthe brossait sa longue chevelure, ondulée par le tressage quotidien.

— Quelle journée ! soupira-t-elle. Mais nous avons remporté une petite victoire.

— On peut dire ça, admit sa sœur en la rejoignant. Nous avons la preuve qu'Emma a passé des semaines à Péribonka durant l'hiver 1925.

Après avoir quitté le couvent, les jeunes femmes s'étaient lancées dans un véritable porte-à-porte. Grâce à leur tenue de deuil, elles inspiraient confiance et pitié. Seul un vieillard, persuadé d'avoir affaire à des quêteuses, les avait éconduites.

Une joviale ménagère leur avait signalé l'existence, derrière l'église, d'une pension de famille bon marché où certains bûcherons logeaient entre deux chantiers. Le miracle avait eu lieu.

— Une jeunette bien brune avec des frisettes ! s'était exclamée la logeuse, une métisse de forte corpulence, une pipe calée à la commissure des lèvres. Il y a trois ans bien sonnés, je crois ! Mon doux ! oui, je m'en souviens. Elle se faisait appeler Julianne Morency. Elle était grosse de sept mois, et son mari était dans les chantiers, qu'elle disait. Un matin qu'il gelait dur, l'oiseau s'était envolé sans payer la semaine en cours.

Julianne était le troisième prénom d'Emma, gravé sur la croix de bois au cimetière de Saint-Prime. Quant à Morency, il s'agissait du patronyme d'une des familles de leur village, établie là depuis les premières cabanes de colons. Il n'y avait plus de doute possible.

La femme, une caricature de Matilda, selon Sidonie, leur avait offert du thé afin de pouvoir causer un peu.

— Alors, c'était votre sœur ! s'était-elle étonnée. Je l'aimais bien, moi, ma pensionnaire. Je veillais à ce que les autres clients lui fichent la paix. Mais elle n'était pas gaie, la malheureuse. Combien de fois je lui ai vu les yeux rouges parce qu'elle pleurait en cachette ? Je la consolais. Souvent, on buvait un bon coup de gin et elle pouvait dormir, après ça.

— Ce n'est guère recommandé à une femme enceinte, avait protesté Jacinthe.

La vieille avait eu une grimace ironique. Avide d'entendre parler de leur sœur, Sidonie s'était entêtée à tirer de leur hôtesse le moindre détail.

— Avait-elle des visites ? Sortait-elle ? Nous avons reçu du courrier, à cette époque. Elle devait se rendre au bureau de poste.

— Mon fils s'en occupait, de porter les lettres. J'avais bien flairé du louche, car ma pensionnaire préférait ne pas mettre le nez dehors. Il faisait un grand froid, icitte, cet hiver-là.

Ayant épuisé tous les souvenirs de la métisse, elles étaient reparties. Jacinthe avait réglé la dette d'Emma, à la stupeur de la logeuse.

— Vous êtes des personnes bien honnêtes, vous ! Ça ne court pas les rues.

Pendant le souper pris très tôt à l'intérieur de l'auberge, elles avaient ressassé leur récolte d'images, de même que de paroles qu'aurait prononcées Emma. Dans l'humble décor de leur chambre, Sidonie se prêta à la même cérémonie en se torturant le cœur de vains remords.

— Tu l'imagines, Jacinthe, seule dans cette affreuse pension ? Elle pleurait souvent, notre petite sœur. Te rends-tu compte ? Le mari qu'elle s'inventait, son chagrin d'être isolée, sans notre affection, sans l'adoration de maman ! Ça nous prouve au moins qu'elle avait honte de sa condition pour se cacher de l'autre côté du lac, aux soins de cette bonne femme. L'odeur de sa pipe était insupportable... Si j'avais su où se trouvait Emma et dans quelle situation lamentable, j'aurais volé à son secours et, s'il l'avait fallu, je me serais enfuie avec elle.

— Oui, nous en revenons à nos hypothèses. Sœur Sainte-Blandine, enfin Léonide Simard, s'était liée d'amitié avec Emma. Si elles ont choisi une destination ensemble pour l'accouchement, un hôpital ou un hospice, il leur fallait de l'argent. Or, Emma avait une dette envers sa logeuse. Léonide a dérobé le pécule des religieuses et du pain. Comment savoir où elles sont allées ?

— Et ce qu'elles ont fait du bébé, puisque Emma est rentrée à Saint-Prime toute mince et joyeuse, prête à suivre les cours de l'École normale à Roberval.

Les incessantes cogitations auxquelles les deux sœurs se livraient se révélèrent un excellent remède contre l'ennui et la mélancolie. Elles se prenaient au jeu, échafaudaient les plus folles théories, notamment quand elles cherchaient un père à leur nièce. Une fois couchées, la fenêtre close sur un crépuscule bleuâtre, elles n'eurent de cesse d'identifier le coupable.

— Si c'était le maire ? hasarda Jacinthe. Il l'avait recommandée par télégramme à madame Lagacé. En 1924, il avait la quarantaine. C'est un bel homme.

— Non, trancha Sidonie. Le maire a de l'argent de côté. Il aurait aidé Emma financièrement afin d'éviter un scandale.

Elles énumérèrent les noms de la plupart des garçons du village susceptibles d'avoir obtenu les faveurs de l'exigeante Emma.

— Valentin Roy a pleuré pendant la messe, précisa Jacinthe. Matilda observait nos jeunes gens.

— Demain soir, tu iras chez elle, s'enflamma Sidonie. Que ses maudites cartes servent à une bonne cause !

— Tiens, tiens, tu pactises avec le diable ! Figure-toi que j'avais l'intention de tout lui raconter et de solliciter son aide.

— Il ne faut pas rater le départ du bateau, s'inquiéta sa sœur.

— Il n'y a pas de risque. Je parie que nous serons réveillées avant le jour.

Il faisait nuit noire lorsque la jeune couturière, blottie contre Jacinthe, osa aborder un autre sujet qui la tracassait.

— Si je me marie, je serai bien innocente, le soir des noces. Tu me connais, je n'ai pas d'amies. Emma et toi, vous me suffisiez pour placoter, jouer aux dames, inventer des modèles de robe que je dessinais une fois seule. Mais nous avons été séparées, ces dernières années, excepté pendant les vacances. Tu t'es fiancée à Pierre et Emma collectionnait les amourettes. Jacinthe, tu me l'as avoué, tu as eu des relations avec Pierre. Est-ce que c'est douloureux, la première fois ? A-t-on vraiment du bonheur à faire ces choses ?

L'obscurité favorisait les confidences et autorisait des mots explicites en voilant les rougeurs aux joues.

— Je n'ai pas eu mal, ou si peu, affirma Jacinthe. Mais une des élèves infirmières, à Montréal,

prétendait que son fiancé n'avait pas pu la pénétrer parce qu'elle souffrait trop. Ce doit être un
cas rarissime. Je pense que, règle générale, la douleur est infime. On l'oublie vite.

Sidonie s'enhardit au mépris de sa pudeur et
de sa réserve habituelle :

— Et qu'est-ce qu'on ressent ? En plus, ce
doit être très gênant, l'intimité, les gestes d'un
homme sur soi.

— Ma chérie, quand on s'aime très fort et
qu'on partage le même désir, on éprouve des
sensations si exaltantes que rien ne paraît choquant ou déplaisant. Au fond, c'est naturel ;
et c'est merveilleux, inouï. Je peux imaginer,
cependant, à quel point ce doit être pénible
quand on n'éprouve pas des sentiments sincères,
un véritable besoin de l'autre. Quand le docteur
Gosselin me frôlait, ça me hérissait. J'aurais pu le
repousser, même le frapper. Alors, le reste…

— Pauvre maman ! Comme je la plains. Peut-
être que les propos qu'Emma a consignés dans
son carnet sont fondés ; je ferais mieux d'entrer
en religion. Je travaillerais à l'ouvroir et je
confectionnerais des étoles pour l'évêque.

Jacinthe lui décocha un petit coup de coude.

— Jouer les religieuses pour échapper à des
nuits d'amour ! En voilà, une idiotie, Sidonie !
Tu finiras comme sœur Sainte-Blandine : en
ôtant ton costume de novice pour t'enfuir.

La jeune femme se figea, le souffle suspendu.

— Je viens d'avoir une idée. Si c'était Léonide Simard qui avait gardé Anathalie… Elle avait encore de la famille, là où elle se serait réfugiée. Elle a pu se marier, aussi, et le couple élève la petite. Je vais écrire au diocèse, à l'orphelinat de Chicoutimi, partout.

— Et l'annuaire, au bureau de poste ? Tous les Simard de la région y seront consignés.

— Uniquement ceux qui sont équipés du téléphone, c'est-à-dire bien peu. Si Léonide s'est mariée, d'un autre côté, nous ne devinerons pas le patronyme de son époux. Seigneur, je voudrais déjà être chez Matilda. Dormons vite ! Et toi, ne rêve pas d'endosser le costume des ursulines ou des augustines. Pense plutôt à l'adjoint du chef de police, un si charmant jeune homme !

Sidonie ne répondit pas, mais un sourire lui vint sur les lèvres dans le noir complice de la chambre.

17

Matilda

Saint-Prime, chez Matilda,
mercredi 13 juin 1928

— Alors, est-ce que les cartes t'ont parlé de la petite fille d'Emma ? demanda Jacinthe pour la deuxième fois.

Assise près de sa sœur, Sidonie s'obstinait à fixer les figures colorées des tarots.

— Non, je ne ressens rien, ma belle, et les cartes boudent, elles ne parlent pas. Je t'ai prévenue, ça ne marche pas à tous les coups.

— Essaie encore, je t'en supplie ! Ce matin, au bureau de poste, j'ai téléphoné à une douzaine de familles Simard. Personne ne connaissait de Léonide.

Matilda secoua la tête, dépitée. Quelque chose la perturbait. Elle se demandait si ce n'était pas la présence hostile de Sidonie. Elle se leva et fouilla dans son buffet, d'où elle sortit un étui en cuir.

— Nous pouvons rentrer à la ferme, Jacinthe. Nous perdons notre temps, chuchota la jeune couturière dans son dos.

— Mais tais-toi donc ! rétorqua sa sœur.

— Oui, ça vaudra mieux, ma petite, renchérit la guérisseuse. Qu'est-ce que tu me reproches ? J'ai l'esprit brouillé par tes mauvaises pensées. Il ne fallait pas venir, si tu crois que je ne peux pas vous aider.

Douchée par le ton rogue de leur hôtesse, Sidonie adressa à Jacinthe un regard empreint de détresse. Sa sœur lui retourna une œillade pleine de réprobation.

— Excusez-moi, bredouilla Sidonie. Je ne voulais pas vous blesser.

— Hum, n'en rajoute pas non plus ! bougonna Matilda. Tu es une jolie rose, mais bardée d'épines, toi. Je plains ton futur mari. Bon, ne nous fâchons pas. Je vais utiliser un jeu de cartes ordinaire, cette fois. Et vous, demoiselles, il faudra penser de toutes vos forces à Emma et à sa fille en répétant son prénom, Anathalie. Mais j'ai un autre souci. Si des gens l'ont adoptée ou recueillie, cette mignonne, ils ont pu l'appeler autrement.

Matilda rangea ses tarots avec respect et sortit de l'étui en cuir des cartes de dimension moindre qu'elle se mit à mélanger d'un geste expérimenté. Au bout de plusieurs manipulations fort mystérieuses pour les deux sœurs, elle respira un peu plus vite, paupières mi-closes.

— L'enfant est vivante, ça, je peux vous l'assurer, mais il y a de l'ombre autour d'elle. C'est confus, j'ai du mal à expliquer le message qu'on me donne.

Jacinthe n'osait plus poser de questions, Sidonie encore moins. Elles avaient suivi les consignes de Matilda, au point d'en être étourdies par les sonorités du prénom Anathalie. Soudain, elles virent Matilda trembler et se cacher le visage entre les mains.

— Rien, je ne reçois rien d'autre. Tout se mélange. Je tenterai d'en savoir davantage plus tard, quand je serai seule. Je suis fatiguée.

— Nous te laissons tranquille, déclara Jacinthe.

Elle avait cependant l'intuition que sa vieille amie leur dissimulait un élément important. Sidonie marmonna un au revoir presque inaudible et sortit la première, soulagée de retrouver le ciel limpide sur lequel se dessinait le clocher de l'église. De son pas aérien, elle franchit les quelques mètres qui la séparaient de l'entrée du sanctuaire.

Jacinthe, de son côté, implorait Matilda :

— Je ne viendrai plus avec ma sœur, mais dis-moi ce qui s'est passé. Je suis capable d'entendre le pire. Si tu as eu un triste pressentiment, je préfère le savoir.

— Tu te montes la tête, ma grande. Prends mes mains ! Elles sont glacées, n'est-ce pas ? Je voulais trop t'apporter une solution et répondre à tes questions, mais j'ai abusé de mes forces ; je dois m'allonger un peu pour me réchauffer. Dans une heure, monsieur le curé attendra son souper. Et ne m'amène plus Sidonie, nous n'avons pas de sympathie l'une pour l'autre. Ce genre de rapport dégage des ondes néfastes.

*

Cimetière de Roberval, vendredi 15 juin 1928

Elphine et Wallace Gagné soutenaient leur cousine, dont les jambes étaient secouées de frissons nerveux. Cette matinée brumeuse, devant le monticule de terre qui recouvrait un cercueil en bois d'épinette, Félicée venait d'enterrer ses rêves de grand amour, sept années de vie conjugale. Dans son cœur, la haine avait balayé toute compassion, toute indulgence.

— Rentrons à la maison, décida Lucien. Tu ne tiens pas debout, Félicée.

La jeune veuve en tailleur gris perle, une toque noire à voilette sur ses cheveux blonds, approuva d'un signe de tête.

— Je viens, mon oncle, balbutia-t-elle, blanche à faire peur. J'ai commandé une stèle en pierre aux pompes funèbres. Wallace, tu t'assureras qu'elle a été livrée et posée. Il y aura les noms et les dates, rien d'autre.

— Oui, je m'en occuperai, assura son cousin. Je porterai des fleurs blanches. L'enfant y a droit, lui.

Le cimetière était désert. Le fossoyeur lui-même n'avait pas traîné, prétextant l'heure du repas.

— L'enfant, oui, bien sûr, soupira Félicée, qui avait exigé que son fils mort-né soit inhumé dans le cercueil de Théodore.

Cramponnée au bras d'Elphine, elle jeta un ultime regard sur la tombe.

— Je voudrais être déjà à Chicoutimi, souffla-t-elle à l'oreille de sa cousine. Maman et papa ont été si gentils au téléphone. Tu n'as pas changé d'avis, Elphine ? Tu viens avec moi ?

— Je te l'ai promis. Je me suis attachée à Wilfred, le plus adorable des neveux.

— À l'automne, papa a prévu un séjour à New York. Nous t'emmènerons.

Les traits d'Elphine s'illuminèrent. Rien ne pouvait la ravir autant. Pierre Desbiens perdait de sa consistance et sortait à pas de loup de son cœur. « Qu'il épouse sa chère Jacinthe et qu'ils soient très malheureux ensemble ! » ironisa-t-elle.

Au même instant, Félicée, à bout de résistance nerveuse, éclata en sanglots. Son corps la trahissait. Lucien et Wallace se précipitèrent pour la soutenir. Ils durent presque la porter jusqu'à leur voiture. Pour assister à l'enterrement, la jeune femme avait désobéi aux ordres du docteur Gosselin qui la jugeait encore trop faible. Les heures suivant ses couches avaient été très pénibles. Alitée, le teint blafard, Félicée se lamentait d'une voix atone.

— L'homme que j'aimais est devenu un assassin, disait-elle. Il a tué sa maîtresse, un crime banal comme on en lit dans les journaux. Mais il a tué deux enfants, celui de cette fille et le nôtre. S'il n'avait pas eu la lâcheté de se supprimer, j'aurais accouché d'un beau bébé, bien vivant. Notre union a été souillée par l'adultère et le mensonge. Dieu m'a punie à travers mon enfant innocent parce que j'ai promis ma foi à un homme indigne. Il en voulait à mon argent, surtout. Je m'en suis souvent doutée, mais je me voilais la face.

On s'était relayé à son chevet pour la surveiller, une infection postnatale étant possible, mais aussi pour la convaincre que le docteur Murray l'avait aimée. Elphine s'était le mieux acquittée de cet exercice périlleux, car sa cousine endurait mal les paroles sentencieuses de Lucien sur l'inconstance masculine soi-disant très répandue ou les théories médicales du docteur Gosselin. Selon lui, étranglé par le cordon ombilical, l'enfant serait mort inévitablement, indépendamment des circonstances.

Elphine n'avait pas triché. Elle lui avait tenu un discours qui avait su apaiser sa douleur.

— Félicée, je vous ai souvent observés, ton époux et toi, du jour de votre mariage au dernier souper, ici. Il te respectait ; tu représentais la femme accomplie, détentrice d'une éducation dont il s'est inspiré pour briller dans le monde. Le jour du baptême de Wilfred, je me souviens qu'il t'a embrassée sur la bouche avant la cérémonie. Tu lui avais tout donné. Sur ce point, tu as raison, et l'amour qu'il te vouait était un véritable amour, pas une fièvre de possession. Si Emma Cloutier n'avait pas croisé son chemin, jamais, tu m'entends, jamais Théodore ne t'aurait trahie. Cette fille avait le feu où je pense, je l'ai deviné à la façon dont Pierre m'en parlait. Je crois qu'il existe sur terre des créatures conçues pour semer le malheur et la discorde, pour tout détruire. Comme Emma Cloutier ! Sa sœur Jacinthe ne vaut pas grand-chose non plus.

C'était exactement ce que voulait entendre Félicée, veuve à vingt-huit ans et en deuil d'un fils mort-né.

*

Saint-Prime, ferme des Cloutier,
vendredi 29 juin 1928

Deux semaines environ s'étaient écoulées dans un calme relatif, que Jacinthe comparait à un cessez-le-feu entre deux batailles. « Ça ne durera pas, ça ne peut pas durer », songeait-elle en mordillant le bout de son stylo.

Les renseignements que Sidonie et elle avaient rapportés de Péribonka s'étaient avérés une nouvelle source de désolation, les premiers jours. Alberta s'était adressé de cinglants reproches à l'idée de sa benjamine cloîtrée dans une pension de famille en plein hiver. Champlain lui-même, bizarrement radouci, s'était écrié qu'il serait allé chercher sa fille s'il avait su.

— Vraiment, papa ? s'était étonné Lauric. Non, tu dis ça parce que Emma est morte, mais, à l'époque, tu aurais décrété qu'elle pouvait rester là-bas.

Les discussions avaient été suivies d'un semblant de paix. Le soir, à la veillée, on continuait cependant de se demander comment retrouver la petite Anathalie. Mais les interminables discussions n'avaient guère donné de résultats, ni les lettres adressées par Jacinthe aux sœurs augustines de Chicoutimi et au diocèse.

La jeune femme retint un soupir et relut la lettre qu'elle venait d'écrire à Pierre. Il travaillait à la scierie de Saint-Félicien, un emploi qu'il entendait occuper au moins jusqu'à leur mariage.

Mon Pierre chéri,

Je suis seule dans la maison cet après-midi et j'aimerais bien que tu me fasses la surprise d'apparaître, là, sur le seuil de ma chambre. Nous nous sommes vus seulement quelques heures, le 15 juin, le jour même où tu as raccompagné Lauric chez nous.

Tu me manques tant que je t'épouserais volontiers sur-le-champ.

Je te donne quelques nouvelles. En ce qui concerne mes parents, rien n'a changé ; ils semblent réconciliés. Je dirais même que je ne les ai jamais vus aussi proches. Sidonie est partie pour Sainte-Hedwidge en compagnie de Jourdain Provost. Elle a terminé les vêtements commandés pour la mère de ce jeune homme : une robe et deux corsages d'été. Elle doit vérifier si des retouches sont nécessaires. J'ai beau l'interroger, elle prétend que ce policier, manifestement tombé en amour avec elle, ne lui plaît pas.

Grand-père Ferdinand s'adonne toujours aux mots croisés, le plus souvent chez ses voisins, les

Français, comme dit maman. Je suis rassurée de le savoir en bonne compagnie. Je lui rends cependant visite en fin d'après-midi et nous buvons du thé, toujours du thé.

Papa et Lauric apprécient leur job à la fromagerie Perron, surtout Lauric qui emballe les meules de cheddar en compagnie d'une jolie rousse prénommée Amélie. Quant à moi, je me lance chaque matin dans des travaux ménagers afin de tromper l'ennui : lessives, confitures, peinture extérieure Je n'ai encore aucun moyen de m'installer comme garde ; Susan Wallis ne nous a pas écrit.

Je n'ai même plus l'occasion d'aller placoter avec Matilda. Elle a déserté sa maison sans me prévenir, sans un mot d'explication. Il y a six jours de ça. Déjà, elle avait changé de comportement ; elle se disait occupée et écourtait mes visites. Le curé m'a affirmé qu'il lui arrivait de s'absenter ainsi. Dans ces cas-là, il soupe au couvent et jeûne à midi. Depuis, le pauvre Pacôme erre dans le village comme une âme en peine. Je l'ai croisé deux fois près de l'église, mais il s'enfuit dès que je lui dis bonjour.

Tout me paraît bizarre, ces temps-ci, mais je ne veux pas t'ennuyer. Le soir, avant de m'endormir, j'espère entendre le bruit d'un caillou contre ma moustiquaire et que tu sois là, en bas de la maison. Hélas ! nous avons décidé d'être sérieux, comme il convient à des fiancés.

Je t'embrasse très fort,
Jacinthe

Déçue par sa prose, Jacinthe faillit froisser la feuille et la déchirer.

— Pourquoi la lui envoyer ? Je parle de la famille, de Matilda et de Pacôme comme dans ma précédente lettre, s'insurgea-t-elle à voix haute. Et je n'ose pas écrire tous les mots d'amour qui m'étouffent.

Elle déambula dans la pièce, seulement vêtue d'une ample tunique en cotonnade fleurie, tant il faisait chaud.

« Je voudrais dire à Pierre que je l'aime, que j'ai envie d'être nue dans ses bras, de le sentir contre moi, en moi. Il est ma joie sur la terre. »

Le chien des Thibault aboyait, des jappements plus joyeux que menaçants. Elle s'immobilisa, se souvenant que sa mère était au chevet d'Artémise. Leur voisine avait mis au monde une petite fille, la veille, assistée par Jactance. Le vieux docteur Fortin s'était contenté d'examiner la nouveau-née et de féliciter les parents.

— Ils ont sûrement de la visite, et moi j'avais promis à maman de la rejoindre. Où ai-je la tête ? Je sais, du côté de Saint-Félicien.

Vite, elle s'habilla décemment et se coiffa. Dix minutes plus tard, elle entrait dans la chambre de l'accouchée. Alberta tricotait, assise près du lit où trônait Artémise, sa petite nichée contre sa poitrine. Près de la fenêtre se tenait Matilda.

— Bonjour, ma belle, dit-elle aussitôt. Je suis de retour.

— Je vois ça ! Bonjour, madame Thibault. Je viens voir le bébé.

— Une adorable poupée ! s'esclaffa la guérisseuse.

— On est bien contents, Jactance pis moé, d'avoir enfin une fille, s'extasia Artémise. Matilda ne s'était pas trompée. On la baptisera Marie pour rendre grâce à la Vierge que j'ai tant priée.

— Elle avait une chance sur deux de faire erreur, insinua malicieusement Alberta en levant le nez de son ouvrage.

Jacinthe se pencha un peu et aperçut le profil comme esquissé de la nouveau-née, le teint rose, un duvet blond sur le crâne.

— Moi qui pensais me rendre utile pendant vos couches ! nota la jeune femme. Vous n'avez eu besoin de personne, sauf du papa. Je vous félicite, tous les deux.

— Bah, mon Jactance sait y faire. C'est le meilleur du village pour aider les juments à pouliner ; alors, son épouse qui a déjà eu trois beaux garçons...

L'allusion hardie fit rire Matilda. D'un regard égayé, elle sembla quêter la complicité de Jacinthe, mais celle-ci admirait encore la petite enfant endormie.

— Je descends préparer de la tisane, dit-elle alors. J'ai apporté des plantes qui hâtent la montée de lait. Ma grande, viens donc m'aider ! Autant faire du thé, aussi.

C'était une invite directe à s'isoler, toutes les deux. Une fois dans la cuisine, la guérisseuse ne perdit pas de temps.

— Tu en fais, une tête, demoiselle. As-tu des soucis ?

— Pas vraiment, mais je suis vexée. Tu as disparu plus de six jours sans m'avertir, et là, tu reviens comme si de rien n'était. Encore, si ce n'était que ça ! Avant ton départ, tu semblais distante. J'ai eu souvent l'impression de t'agacer, de te déranger.

— J'ai quand même le droit d'aller où je veux quand je veux, rétorqua Matilda, les traits tendus.

— Je croyais que nous étions amies, lui reprocha Jacinthe qui cherchait comment faire bouillir de l'eau, le fourneau étant éteint.

— Artémise range son réchaud à alcool dans ce placard, là. Laisse-moi faire, je connais la maison. Bien sûr que nous sommes amies ! Si ça peut te consoler, c'est pour te rendre service que je suis partie. Moi aussi j'ai pris le bateau pour Péribonka et j'ai fait une visite à la pension de famille. Cette femme, la logeuse, tu m'avais dit

731

qu'elle était métisse. J'ai voulu vérifier quelque chose.

Jacinthe se sentit grotesque. Elle s'était montrée injuste et inutilement froide avec Matilda.

— Excuse-moi, je me suis sentie abandonnée, privée de toi et de Pierre. Que voulais-tu vérifier ?

— J'ai interrogé les cartes plusieurs fois et ça me rendait grincheuse de n'avoir aucune réponse au sujet de la petite fille. Quand tu venais, j'aurais voulu te communiquer une bonne nouvelle. J'ai pensé que, si j'allais à Péribonka, là où Emma s'était cachée durant trois mois d'hiver, mes guides m'aideraient plus volontiers. J'ai pris une chambre à l'auberge. Le soir, je brassais mes tarots, je priais, j'espérais un message. Rien. La métisse m'a débité la même histoire qu'à ta sœur et à toi. Ce n'est pas une menteuse.

— Tu es déçue ? Tu as fait tout ça en vain.

Matilda émietta des feuilles sèches de framboisier et de chardon béni dans une casserole ; elle y ajouta des graines de fenouil. Penchée sur sa préparation, elle bougonna :

— Ce n'était pas en vain, ma pauvre petite. J'ai su la vérité, là-bas. Ne te mets plus en peine ; l'enfant que tu cherches n'est plus de ce monde.

Jacinthe dut s'asseoir, violemment émue. Elle refusait d'y croire.

— Mais non, c'est impossible, Matilda. Il y a quelques jours encore, tu affirmais qu'elle vivait, peut-être dans des conditions difficiles, mais bien vivante. Maman sera tellement triste !

— Elle a pu mourir ces derniers jours. Cette enfant, aucun de vous ne l'a vue ni entendue rire. Vous ne perdez qu'un rêve, une image. Il vous faut faire votre deuil d'Emma et de sa fille. Tu seras mère bien vite, quand tu auras épousé ton Pierre ; Alberta aussi, je crois…

— Quoi ? la coupa Jacinthe. Maman, à son âge ?

— Mais oui ! Artémise a quatre ans de moins que ta mère et elle vient d'accoucher sans problème. La nature n'a pas encore rendu la jolie Alberta inféconde.

Totalement sidérée, Jacinthe comprit de quelle façon ses parents s'étaient réconciliés. « Sur l'oreiller », comme disaient les commères du village. Quant à la mort d'Anathalie, elle en éprouvait un pénible sentiment d'échec. Un gros sanglot la suffoqua.

Matilda vint lui caresser les cheveux en chuchotant d'une voix douce :

— C'est peut-être mieux ainsi, crois-moi.

*

Jourdain Provost venait de démarrer sa voiture après plusieurs tours de manivelle infructueux. Il se mit au volant avec un sourire d'excuse.

— Je suis désolé, je vous fais attendre, dit-il à Sidonie.

— Il n'y a pas de mal, répliqua-t-elle d'une petite voix. Rien ne presse. Je ne vais pas me plaindre. Votre mère était si contente !

— Grâce à votre talent, mademoiselle. Vous avez confectionné des vêtements impeccables en respectant ses goûts.

La jeune couturière ne répondit pas tout de suite. Ils longeaient la rivière Ouiatchouaniche, dont les eaux vives miroitaient sous le soleil. Toute proche se dressait, d'un blanc étincelant, la petite église du village. La flèche du clocher se détachait sur le bleu du ciel.

— C'est une belle journée, dit-elle enfin. Ce doit être plaisant d'habiter ici, pour votre mère.

— Elle s'y plaît plus qu'à Trois-Rivières. La maison où nous logions là-bas était un héritage du côté de mon père, mais elle était située près des forges du Saint-Maurice, un endroit bruyant et pollué. Quand j'ai été nommé au poste de police de Roberval, j'ai cherché un endroit tranquille, bucolique. J'ai pu vendre un bon prix notre propriété, récemment. C'est une chance, puisque je dois payer une personne pour s'occuper de maman le jour, parfois le soir aussi.

Sidonie se demandait si le jeune homme lui confiait tout cela dans un but précis, comme lui prouver qu'il avait de l'argent en suffisance.

— Vous êtes un bon fils, déclara-t-elle d'un ton sincère.

— Je fais mon possible pour bien remplir mon rôle. Mon métier ne me facilite pas la tâche, mais ma mère est fière de moi. Elle s'accommode de mes horaires et de mes absences. Vous lui avez beaucoup plu, mademoiselle. Elle me l'a dit à l'oreille, quand vous étiez déjà sortie.

— C'est une dame charmante et si gentille ! Moi qui suis timide, elle m'a mise à l'aise aussitôt. Savez-vous que je n'avais jamais travaillé de cette manière ? J'avais des doutes. Pourtant, il y avait bien peu de retouches à faire.

Jourdain eut un petit rire ému. Il s'engagea au ralenti sur la route menant à Roberval.

— Ça prouve que vous êtes douée.

Secrètement flattée, Sidonie le remercia tout bas.

Le jeune policier à la voix envoûtante était venu déjà deux fois à Saint-Prime. Il la prévenait par lettre. Elle discutait avec lui sur le chemin du lac. Afin de remédier au problème des essayages, il lui avait apporté les mensurations pour la robe et le tissu choisi dans lequel elle devait également tailler un corsage. Pour la façon, il lui avait prêté un ancien corsage de sa mère avec mission de suivre le modèle.

— Il se creuse la tête pour te voir le plus souvent possible, avait prétendu Jacinthe, attendrie.

Bien sûr, Sidonie avait nié en arguant de l'infirmité de Désirée Provost. Maintenant qu'elle avait rencontré sa cliente une première fois, elle se promettait de prouver à sa sœur qu'elle se trompait. « La malheureuse est quasiment impotente. Pourtant, elle tient à être élégante et elle se dit coquette ! » songea-t-elle.

Un coup de klaxon la fit sursauter. Jourdain avait prévenu un cycliste qu'il le doublait, l'homme zigzaguant au milieu de la chaussée.

— En voilà un qui a dû abuser du gin familial, hasarda-t-il dans l'espoir d'amuser sa passagère.

— L'abus de la boisson est une malédiction, commenta-t-elle. Le docteur Murray a prétendu que ma sœur Emma buvait souvent, qu'elle était ivre le soir de sa mort.

Sidonie avait parlé sans réfléchir. La tragédie qui avait frappé sa famille était trop récente. Elle y pensait la moitié du temps.

— Je sais, j'ai lu et relu la déposition de Murray, répliqua-t-il. L'usage de l'alcool peut expliquer le comportement de votre sœur. Je suis vraiment navré ! C'est une affaire lamentable. Le chef Cardin m'a appris que l'épouse de cet homme avait mis au monde un enfant mort-né, sans aucun doute à cause du choc nerveux qu'elle a subi lorsqu'elle a été informée du suicide.

— Nous en avons été avertis par Wallace Gagné, son cousin. Il a écrit à Jacinthe.

— Vous devez souffrir au quotidien ! De perdre un être cher dans des conditions aussi odieuses est une terrible épreuve. Je vous plains de tout cœur, mademoiselle Sidonie.

— Appelez-moi Sidonie, ce sera plus simple.

— Dans ce cas, il faut m'appeler Jourdain, répliqua-t-il.

Ils se regardèrent un instant, ravis de ce premier pas vers une respectueuse familiarité.

— Je suis vraiment content d'avoir fait votre connaissance, ajouta-t-il, même si je déplore les circonstances qui m'ont amené à Saint-Prime.

Le cœur de Sidonie s'affola. Elle espérait et redoutait ce qu'il pourrait dire ensuite. Vite, elle détourna la conversation.

— Je voulais vous poser une question, à l'aller, mais je n'en ai pas eu l'occasion, dit-elle. Vous êtes policier. Vous aurez peut-être une idée.

— Je vous écoute. Si je peux vous rendre service, ce sera avec un immense plaisir.

— Quand une personne disparaît de son plein gré ou sous la contrainte, comment retrouver sa trace ?

Surpris, il réfléchit un moment. Sidonie n'avait pas l'intention de lui révéler l'existence d'Anathalie, surtout sans avoir l'accord de sa famille.

— Ne vous inquiétez pas, ajouta-t-elle sur un ton anodin. Ma sœur Jacinthe et moi, nous aimerions avoir des nouvelles d'une religieuse qui a enseigné quelques mois au couvent de Saint-Prime. Par le plus grand des hasards, nous avons su qu'elle avait renoncé à ses vœux pour reprendre la vie civile. Mais ses parents sont morts. Nous avons consulté l'annuaire, téléphoné à des personnes ayant son patronyme, sans résultat. Cela dit, peu de gens ont le téléphone dans la région. C'était une amie.

Jourdain retint un sourire comblé. Jamais encore Sidonie n'avait autant parlé. Elle guettait sa réponse, ses yeux verts fixés sur lui. Il lui trouvait une beauté tout en délicatesse et il s'extasiait devant ses sourcils en ailes d'oiseau, son teint pur, son nez fin, sa bouche au dessin parfait. Tout en se demandant par quel miracle elle n'était ni fiancée ni mariée, il se jugea indigne d'un tel trésor.

— La police a ses méthodes, admit-il, mais il s'agit souvent de traquer un malfaiteur, un criminel. Dans le cas d'une personne dont on n'a aucune nouvelle, mais qui n'a commis aucun méfait, c'est plus compliqué, car un individu majeur célibataire et sans enfants a le droit de changer d'existence, une religieuse aussi. Hélas, certaines disparitions, une fois élucidées, révèlent un décès, par suicide ou par accident.

— Oui, je comprends, soupira-t-elle.

— Ne vous découragez pas ! s'écria-t-il. Avez-vous pensé aux petites annonces dans la presse ? C'est un bon moyen de retrouver quelqu'un. Soit la personne lira l'annonce et décidera de se manifester, soit la parution attirera l'attention d'un proche ou d'une relation de travail susceptible de vous donner des nouvelles ou des renseignements. Le prix est modique. Enfin, sauf si vous passez l'annonce dans plusieurs journaux et durant plusieurs semaines.

— Quelle excellente idée ! s'écria Sidonie. Merci, Jourdain, vous ne pouvez pas imaginer à quel point c'est important pour nous.

Elle le dévisagea et remarqua un grain de beauté sur sa joue. Il lui plaisait. Elle avait, bien sûr, menti à Jacinthe en affirmant le contraire. « Je voudrais qu'il me prenne la main quelques secondes, rien d'autre », se dit-elle.

La route longeait maintenant le lac, d'un bleu pur sous le soleil. Des goélands se laissaient bercer par d'innocentes vaguelettes. Encore une fois, comme à Péribonka, la jeune femme s'étonna de ce grand calme, hantée par le souvenir des jours de terreur où les eaux grises, furieuses, se ruaient à l'assaut des malheureux humains, de leurs maisons et de leurs modestes biens, linge, provisions, bétail.

La vue du clocher de Saint-Prime la tira de ses méditations, ainsi que la voix grave de Jourdain qui murmurait :

— J'aimerais tant vous revoir, Sidonie !

— Moi aussi, avoua-t-elle.

— Dimanche prochain, je suis en congé. Nous pourrions nous promener l'après-midi, si votre père n'y voit pas d'inconvénient.

— Je vous attendrai devant la gare, à quatre heures.

— Merci, Sidonie.

Et il lui prit la main, comme s'il avait lu dans ses pensées.

*

Un quart d'heure plus tard, Sidonie entrait dans la cour de la ferme. Elle se sentait légère et exaltée ; ses joues étaient plissées par un sourire involontaire. L'été lui apparaissait sous de bons augures, ponctué de rendez-vous avec Jourdain. Elle avait un autre motif de se réjouir : la perspective des fameuses petites annonces. « Jacinthe n'y a pas songé, ni maman. Elles vont être épatées ! »

Elle se précipita dans la maison et suspendit à une patère du couloir le cabas qui lui avait servi à transporter les vêtements de Désirée Provost. Tout était silencieux. Pourtant, elle crut percevoir un bruit de sanglots. Sa belle humeur retomba quand elle découvrit Alberta en larmes, assise à la table. Jacinthe la serrait dans ses bras, l'air désolé.

— Qu'est-ce qui s'est passé ? s'étonna Sidonie. Un nouveau malheur ? C'est Lauric ?

Son frère jumeau avait adopté une attitude distante les derniers jours, ce qui la rassurait. Cependant, elle l'aimait toujours autant et ne concevait pas de le perdre.

— Non, Lauric va bien, répliqua sa sœur. Mais Matilda m'a affirmé qu'Anathalie n'était plus de ce monde ; je te répète ses mots exacts. Nous n'avons plus besoin de la chercher si cette pauvre enfant a rejoint Emma. Nous ignorerons toujours au prix de quelles souffrances, de quel chagrin elle a quitté cette terre. Les innocents mal aimés et mal traités n'ont aucune chance de se défendre. Ils sont rayés de la carte.

Alberta eut un hoquet horrifié, sans cesser de pleurer à fendre l'âme. Assommée par la nouvelle, Sidonie prit place sur le banc. Très vite, elle se rebella contre ce coup du sort.

— Est-ce que Matilda en a la preuve, ou bien se fie-t-elle à ses maudits tarots ? interrogea-t-elle durement.

— Tu sais qu'elle s'était absentée, soupira Jacinthe. En fait, elle s'est rendue à Péribonka comme nous. Là-bas, elle s'estimait plus proche d'Emma et plus susceptible d'obtenir une réponse. C'est arrivé. Elle a su qu'Anathalie venait de mourir.

— Mais une réponse de qui, de quoi ! s'enflamma Sidonie. Ces mystérieux guides dont tu m'as parlé ? Moi, tant que je n'aurai pas vu une tombe ou entendu des gens en chair et en os me garantir que notre nièce est morte, je ne baisserai pas les bras. J'étais toute contente, car Jourdain Provost m'a donné un excellent conseil.

Leur mère renifla et frotta ses paupières meurtries du bout des doigts.

— Lequel, Sido ? bredouilla-t-elle. Dis-nous.

— Il faudrait passer des annonces dans les journaux de la région et d'autres régions du Québec. Même si Anathalie est morte, il faut le faire pour avoir des certitudes… ou une heureuse surprise. Comment pouvez-vous pleurer et vous désespérer à cause d'une simple affirmation de Matilda ? Au fond, elle peut nous raconter ce qu'elle veut !

Ce petit discours véhément fit son effet, notamment sur Jacinthe qui était déconcertée par le changement de caractère de la guérisseuse.

— Oui, peut-être, nous n'avons pas de preuves du décès d'Anathalie, concéda-t-elle.

Alberta se calma et regarda ses filles tour à tour.

— Tu n'as pas tout à fait tort, Sidonie, avoua-t-elle.

— Je crois même avoir raison, maman. Nous dépenserons le nécessaire, mais nous passerons des annonces, et pendant plusieurs semaines. Si quelqu'un sait ce qu'est devenue ta petite-fille, notre nièce, là, nous pourrons aviser, pleurer ou rire de soulagement.

— J'irai à Roberval retirer mes économies de la banque, déclara Jacinthe. Je comptais dessus pour ouvrir mon cabinet de garde, mais je n'ai pas le local. Je préfère vous aider.

Satisfaite de son coup d'éclat, Sidonie prépara du thé. Alberta alla se rafraîchir le visage à l'eau fraîche. Discrètement, elle étudia son reflet dans le miroir suspendu à côté de l'évier, aussi soucieuse de son apparence qu'une jeune femme amoureuse.

— J'y songe, Jacinthe, dit-elle en s'asseyant à son métier à tisser. Où habiterez-vous, Pierre et toi, après le mariage ? Si vous louez la maison de Susan Wallis, ça posera problème à Pierre, qui a trouvé un emploi à Saint-Félicien.

— Nous n'avons pas encore décidé, maman. Ce n'est pas le plus important.

— Pourquoi ne pas vous installer à Saint-Méthode, chez Boromée Desbiens ? suggéra

Alberta. Tu me disais l'autre jour que sa maison est grande. Un homme de son âge serait content d'avoir son petit-fils près de lui pour les gros travaux. Et toi tu aurais sans doute plus de patients là-bas. Il y a du monde.

— Il n'y a plus beaucoup de monde, depuis les crues.

— Les gens reviendront chez eux, Jacinthe, insista sa mère.

Un peu surprise, la jeune femme ne répondit pas immédiatement. Sidonie et elle estimaient indispensable de s'établir à proximité de la ferme de leur grand-père Ferdinand. « Même Pierre était d'accord, se dit-elle. Il envisageait de vivre à Saint-Prime, quitte à travailler ici. »

Il lui vint alors une singulière idée. Ses parents avaient peut-être envie d'intimité, puisqu'ils semblaient s'entendre à merveille, désormais. « Non, je suis idiote d'imaginer une chose pareille. »

Elle avait à peine formulé cette pensée qu'Alberta ajouta en souriant à Sidonie :

— Toi aussi, ma fille, jolie et sérieuse comme tu es, tu seras bientôt mariée. L'adjoint du chef de police te rend visite et te procure de l'ouvrage ; ce serait un excellent mari. Mais je te dis ce que je viens d'expliquer à ta sœur. À quoi bon ouvrir un atelier de couture ici, au village ? Attendez donc de voir la suite des événements, toutes les deux.

— Mais, maman, tu vas un peu vite, protesta Sidonie. Je connais à peine Jourdain Provost.

— Je n'ai qu'un souhait, mes petites, celui de vous savoir heureuses et respectables.

Elle essuya encore une larme et poussa un soupir avant de dire d'une voix tremblante :

— J'ai de l'amitié pour Matilda, mes petites. Néanmoins, il ne faudra plus l'écouter quand elle se mêle de nos affaires. C'est une honnête personne et une bonne guérisseuse, mais le reste de ses activités est contraire à la loi de Notre-Seigneur.

— Maman, admets que, sans ses cartes, nous n'aurions pas su où était Emma pendant l'hiver 1925 ! s'écria Jacinthe. Grâce aux cartes, nous avons une certitude : elle était bel et bien enceinte, seule et malheureuse.

Elle craignait maintenant de s'être fourvoyée en devenant l'amie de Matilda Laliberté.

— Je reviendrai pour souper, annonça-t-elle. Si je tarde, commencez sans moi.

Sidonie haussa les épaules, Alberta secoua la tête.

*

Afin de ne pas croiser son père et Lauric qui rentraient de la fromagerie par le chemin du lac,

Jacinthe emprunta un autre itinéraire, coupant à travers le pré où leur troupeau pâturait. Le bélier s'arrêta de brouter et l'observa, hiératique, les cornes enroulées sur elles-mêmes, dorées par le soleil du soir. Deux agneaux cabriolaient sous l'œil placide des brebis, véritables jouets animés. Leurs flancs gonflés d'une vie future s'ornaient déjà d'un soupçon de laine en pleine repousse. « Les bêtes ne se posent pas de questions comme nous, songea la jeune femme. Elles obéissent à leur instinct. Elles naissent, se reproduisent et meurent sans faire tant d'histoires. »

Elle enjamba une clôture, longea une haie de saules et arriva ainsi dans un pré appartenant à Osias Roy. D'ordinaire, le plus riche cultivateur de la municipalité y mettait ses vaches, dont le lait était vendu à la maison Perron pour la fabrication du beurre et du cheddar. « L'herbe n'est pas assez haute ! » se dit-elle en continuant à suivre la ligne d'arbres jusqu'à une barrière blanche.

De là, elle comptait contourner le poulailler de son grand-père, emprunter la rue Potvin et rejoindre l'église. Mais un homme était assis sous un vieux pommier. Il se balançait d'avant en arrière, les mains jointes.

— Pacôme ? chuchota-t-elle.

Jacinthe ne l'avait pas reconnu tout de suite, car il portait un large chapeau de paille qui jetait de l'ombre sur son visage. Il avait en outre enfilé des vêtements propres, un costume en toile beige, une chemise blanche et des chaussures de toile neuves. Elle ne pouvait pas l'éviter et lui non plus. Il lui jeta un regard méfiant.

— Bonsoir, Pacôme. Tu es élégant aujour-d'hui ! lui dit-elle le plus gentiment possible.

Il piqua du nez et fixa ses doigts noueux. Apitoyée, elle fit un effort pour discuter avec lui.

— Matilda est revenue. Je suis sûre que tu es allé la saluer.

— Non, méchante Matilda, bafouilla-t-il, comme prêt à pleurer.

— Elle n'avait pas fait de gâteau ?

Il frotta ses joues bien rasées et ôta son cha-peau. Ses cheveux bruns étaient peignés et pom-madés.

— Pacôme, tu aimes bien Matilda. Pourquoi dis-tu qu'elle est méchante ? s'inquiéta-t-elle, troublée.

— Toi aussi, méchante, grogna-t-il. Veux pas te voir, va-t'en. Pacôme, il a plus rien astheure.

Le simple d'esprit se recroquevilla en adop-tant un air d'enfant puni. Sa lèvre inférieure fré-missait, comme s'il se retenait de pleurer.

— Pourquoi dis-tu ça ? demanda-t-elle.

— M'man, elle a pris le joli sac d'Emma, toé, le mouchoir. Méchante, toé, vilaine fille, toé.

Jacinthe prit une décision qui ne lui coûtait pas. Théodore Murray avait précisé qu'il avait offert le sac en cuir blanc à Emma. L'objet ne manquerait à personne.

— Pacôme, je te fais une promesse. Reviens ici demain à la même heure et je te rendrai le sac et le mouchoir. Je t'apporterai aussi un sachet de bonbons. Qu'est-ce que tu préfères ? De la réglisse ou des caramels ?

Il la regarda tout en protégeant sa figure crispée de ses avant-bras repliés. L'expression de ses yeux évoquait un animal qui craint d'être frappé.

— Je ne te ferai jamais de mal, affirma Jacinthe. Tu m'as rendu un grand service. Tu m'as aidée à comprendre ce qui est arrivé à Emma… Je voulais te remercier, mais, chaque fois que tu me voyais, tu te sauvais. Bon, je t'ennuie. Je te laisse tranquille, je dois parler à Matilda.

— Méchante, elle, y va pas, toé…

— J'y suis obligée. À la revoyure, Pacôme. N'oublie pas, demain, ici. Si tu oublies, je finirai bien par te trouver dans le village.

Elle s'éloigna, mal à l'aise, en s'interrogeant sur les propos incongrus du malheureux garçon. Cinq minutes plus tard, elle toquait à la porte de Matilda. On lui cria :

— Entre, Jacinthe.

— Tu savais que c'était moi ? s'étonna la jeune femme.

— Bien sûr, je t'ai vue passer sur la place. J'ai déjà servi monsieur le curé ; il était fatigué. Il voulait souper tôt et se coucher. Ça ne va pas fort.

— Qu'est-ce qui ne va pas fort ? Toi ou moi ?

— Monsieur le curé. Je sens sa faiblesse. Quelque chose le ronge à l'intérieur. Je crains une tumeur maligne. À présent, demoiselle, si tu as des reproches à me faire, fais-les. Mais, avant, retiens bien ça : je suis vraiment ton amie.

Confuse, Jacinthe s'assit à la table, qui était couverte d'une nappe blanche damassée. Elle caressa le tissu de l'index.

— Tu ne mets jamais de nappe, mais c'est agréable. Avais-tu des invités ? Pacôme, peut-être ? Je l'ai trouvé assis sous le pommier d'Osias Roy, endimanché, rasé et très triste.

— Est-ce qu'il t'a dit quelque chose de précis ?

— Lui ? comment veux-tu qu'il le fasse ? Enfin, il m'a parlé quand même, pour me dire que tu es méchante et que je le suis aussi.

— Brigitte Pelletier a emmené son fiston consulter un docteur de Roberval qui traite les maladies mentales. Elle a dû le disputer pour qu'il soit propre et bien vêtu. Pacôme déteste quitter le village autant que subir des examens. En descendant du train, sa mère et lui sont passés devant chez moi. Il voulait entrer, mais elle l'a grondé. Je n'ai pas voulu contrarier Brigitte ; j'ai dit à ce pauvre gars de revenir demain. Ça lui suffit pour me traiter de méchante. Je le plains ; il ne raisonne pas comme nous. Tout ça parce qu'il a manqué d'air trop longtemps à la naissance !

Matilda eut un geste de lassitude. Elle prit la bouteille de caribou et deux verres.

— J'ai besoin de réconfort. En prends-tu avec moi ?

— Oui, j'ai la tête et le cœur à l'envers. Je serai franche, Sidonie ne te croit pas au sujet de la petite Anathalie. Elle nous a tenu un raisonnement implacable, à maman et à moi, en insistant sur l'absence de toute preuve. J'emploie des termes dignes de la police, mais j'aurai peut-être un beau-frère policier. Alors...

— Seigneur, ils seront assortis, ces deux-là, une fois mariés. Voilà un couple qui aura le souci des convenances.

— Tu les vois ensemble, plus tard ? Matilda, moi je ne doute pas des pressentiments et des révélations de tes cartes. Seulement, je préférerais que tu te sois trompée, pour l'enfant d'Emma. Et maman ! Pourquoi m'as-tu laissé entendre qu'elle pourrait être enceinte ? Nous n'avons pas pu en discuter ; Jactance est arrivé avec ses trois petits.

La guérisseuse sirota son verre de vin, l'air rêveur. Jacinthe en profita pour scruter ses traits et tenter de déchiffrer les secrets qu'elle gardait enfouis sur sa jeunesse et son instruction, sur tous ceux qui venaient implorer son aide pour guérir ou connaître des bribes de leur avenir. Elle remarqua quelques fils d'argent dans ses nattes d'un brun intense, ainsi qu'une ride entre ses sourcils. Malgré les atteintes de l'âge, Matilda demeurait une belle femme, opulente, qui respirait la bonté et la compassion.

— As-tu fini de m'examiner, demoiselle ? lui demanda-t-elle tout bas. Cherches-tu des signes du diable ?

— Je t'en prie, ne dis pas ça ! Je t'admirais. Tu arrives à savoir beaucoup de choses sur les gens, sur moi, sur ma famille, mais tu ne parles jamais de ton passé.

— Il n'en vaut pas la peine. Alors, pourquoi es-tu venue ?

— J'avais envie de te voir et de boire un verre de ton délicieux caribou en parlant un peu. Matilda, depuis la mort d'Emma, tu m'as soutenue, écoutée et conseillée. Tu m'as dit que tu aurais voulu une petite-fille comme moi et j'étais bien contente de te considérer comme une grand-mère d'adoption. Nous étions amies et…

— Et quoi ? Rien n'a changé, ma belle ! Tu te fais des idées.

Jacinthe fixa un détail de la nappe en retenant un soupir. Ce fut au tour de Matilda de la contempler. Elle était fascinée par son joli visage au teint clair, auréolé de ses cheveux dorés noués sur le côté droit d'un ruban noir.

— Non, tu n'es plus la même, surtout depuis que j'ai amené Sidonie chez toi. Mais c'est vrai que ma sœur s'est montrée désagréable.

— Je lui fais peur. J'ai l'habitude, mais elle m'empêchait d'être vraiment à l'écoute de mes guides, ces entités célestes qui veillent sur nous et consacrent leur ciel à vaincre les puissances obscures si redoutables. Ne te représente pas les démons sous la forme qu'on leur donne dans les livres illustrés, petite ; ils sont plus malins. Invisibles, ils s'emparent de nous pour nous pousser au vice, à la perversité et aux actes les plus effrayants.

Cette fois, Jacinthe tressaillit, effarée. Elle pensa même que, si Matilda lui avait tenu ce genre de discours un mois plus tôt, elle n'aurait pas remis les pieds chez elle.

— Fais-tu allusion au docteur Murray ?

— À lui et à d'autres personnes partout sur la terre. Je suis désolée ! Tu es toute pâle.

— Je voudrais tant d'un monde paisible, où chacun vivrait dans la quiétude, à défaut d'être heureux ! Matilda, je dois rentrer à la ferme. Tu n'as pas répondu à ma question. Maman attendrait un bébé. En es-tu certaine ?

— Les semaines qui viennent le diront. J'en ai eu l'intuition en lui touchant le bras, au chevet d'Artémise. Je peux me tromper. Dieu merci, je ne suis pas infaillible.

— Pour Anathalie aussi, dans ce cas.

— Peut-être, marmonna la guérisseuse. Souvent, je te livre ce que je ressens pêle-mêle. Pareil pour Sidonie. Elle est capable de rejeter son policier et d'épouser un autre homme. Je t'en prie, ne te tracasse pas ! Je veux ton bonheur et je veille sur toi, je te l'ai déjà dit.

Jacinthe approuva en silence. Bizarrement, elle doutait de la sincérité absolue de sa vieille amie. Elle était alertée par une sorte de fausse note inexplicable dans la moindre de ses paroles. Elle s'en alla, perplexe, en quête d'une solution. La marche l'aida à réfléchir.

« Je sais... J'ai tort de tout ramener à moi et à notre famille. Matilda ne se plaint pas ; elle se prétend accoutumée à souffrir et à se battre seule. Elle peut avoir de graves soucis, ce qui altère son caractère, mais elle ne m'en parlera pas. Je dois arrêter d'imaginer des choses idiotes. Elle veut mon bonheur et elle veille sur moi. Il n'y a rien d'autre qui compte. Je ne l'ai même pas embrassée, elle qui apprécie tant un bec sur la joue ! »

Un coup de klaxon proche du son aigu de la trompette la tira de ses songeries. Elle se précipita vers le talus bordant le chemin et jeta un regard vers la voiture. C'était une vieille Ford noire cabossée.

— Pierre ! s'exclama-t-elle.

Un bras tendu par la vitre baissée de la portière, il riait de joie, sa peau hâlée rougie par le coucher du soleil dont la flamboyance pourpre faisait paraître plus clair encore ses yeux gris-bleu.

— Ma Jacinthe, que tu es belle ! s'exclama-t-il en arrêtant l'automobile. Monte, je t'emmène à la ferme.

— Mais je suis presque arrivée, dit-elle.

Pierre coupa le moteur, descendit précipitamment et la serra dans ses bras. Il la berçait et l'étreignait, fébrile, ébloui de la revoir, de la sentir contre lui. En extase, elle se laissait cajoler. Quand il l'embrassa sur la bouche, elle oublia l'univers entier et se perdit dans ce baiser. Ils reprirent haleine en se fixant avec émerveillement.

— Pourquoi es-tu venu ? s'étonna-t-elle. Quelle bonne surprise !

— Je n'en pouvais plus d'être loin de toi ; je n'ai pas d'autres raisons. Si je peux me rendre utile, je repartirai dimanche, à condition que ton père accepte que je dorme dans la remise à bois, sur le lit de camp.

— S'il refuse, tu dormiras sur la plage et j'irai te rejoindre. Mon amour, tu me manquais tant et tu es là !

— Oui, ce sera l'occasion de causer mariage, ma belle bien-aimée.

Ils se grisaient de ces mots à la résonance romantique, en accord avec la magnificence du paysage baigné d'une clarté fantasmagorique, une boule de feu orangée incendiant les prairies, les nuages mauves effilochés et le grand lac impassible.

Toujours enlacés, ils assistèrent à la disparition de l'astre derrière l'horizon.

« Merci, mon Dieu, nous sommes enfin réunis ! » pensa Jacinthe. Elle crut percevoir une infime caresse sur son front, mais n'y prêta guère attention. « C'est la brise du soir, la douce brise du soir », se dit-elle.

Pourtant, il y avait dans l'air un parfum ineffable, digne d'un jardin de paradis.

18

En chemin vers l'automne

Saint-Prime, dimanche 1ᵉʳ juillet 1928,
deux heures de l'après-midi

Champlain Cloutier avait accueilli Pierre à bras ouverts quand il s'était présenté à la ferme le vendredi soir sur les pas de Jacinthe, rayonnante de bonheur.

— Tu tombes à pic, toi. Maintenant que Lauric et moi, on a une job à la fromagerie, il y a de la besogne qui s'accumule ici. Entre autres, il y a le bois de chauffage à couper et à fendre. L'hiver sera vite de retour.

Le souper avait été animé, dans une atmosphère de fête qui tenait du miracle. Sidonie s'était empressée d'ajouter un couvert, Alberta avait coupé du lard et battu des œufs pour ajouter une omelette au menu, composé initialement d'un plat de lentilles et de fromage. Le samedi s'était déroulé sous les mêmes auspices. Les trois hommes avaient travaillé dans la bonne humeur, tandis que Jacinthe, Sidonie et leur mère s'affairaient à la cuisine.

On avait attelé Carillon pour rapporter des troncs d'un lot boisé appartenant à la famille. Lauric et Pierre se défiaient à la hache en pariant sur celui qui fendrait le plus de bûches dans le temps le plus court.

« Si Pierre pouvait rester encore ! » rêvassait Jacinthe, en ce début d'après-midi.

Le matin, ils s'étaient tous habillés avec soin pour assister à la messe. Au retour, Ferdinand Laviolette, invité à déjeuner, avait accepté de monter dans la voiture du jeune homme.

« C'est comme une trêve, songea Jacinthe. Personne n'a parlé d'Emma ni de sa petite fille. Je me croyais adolescente quand Pierre déboulait en vélo à l'époque de la fenaison ou de la moisson. »

Elle s'était changée dans l'atelier de Sidonie, troquant sa robe noire, ses bas et ses escarpins pour une jupe usagée et une blouse ample. Compatissant, Lauric lui avait proposé de nettoyer la bergerie, un rude labeur que Pierre et lui devaient mener à bien avant le soir. En entrant, sa sœur fronça les sourcils.

— Tu es mal habillée, Jacinthe !

— Je dois brasser du fumier de mouton. J'ai mis de vieux vêtements.

— Que ne ferais-tu pas pour rester collée à ton fiancé ! ironisa Sidonie.

— Il rentre à Saint-Félicien après souper. Je préfère profiter de sa présence.

— Le grand séducteur à l'œuvre ! Maman prépare de la pâte à beignes, un événement. Elle n'en a pas fait depuis trois mois.

— Quelle mouche te pique, Sido ? Pierre n'est que gentillesse et dévouement. Ce n'est pas sa faute s'il plaît à pépère, à papa et à maman, et si Lauric le considère comme son meilleur ami. Tu oublies que, sans Pierre, notre frère se serait noyé.

— Voyons donc, tu es aussi naïve que notre mère ! Je suis sûre que Lauric maîtrisait la situation, qu'il se laissait couler, mais qu'il remontait respirer. Je connais mon frère. Il n'aurait jamais osé me faire autant de peine. À maman non plus.

— Nous disions ça d'Emma.

— Et c'était vrai : on l'a tuée. Je suis bien certaine que, si Pierre n'avait pas joué les Roméo sous ta fenêtre, Lauric serait revenu à la ferme, trempé, gêné, mais vivant.

Le visage durci et les yeux brillants d'une étrange colère, Sidonie ferma la porte derrière elle et commença à se déshabiller. Jacinthe l'observait, médusée. Sa sœur avait un corps ravissant, très mince, mais doté d'adorables rondeurs féminines.

— Peu importe ! trancha-t-elle. Dis-moi pourquoi tu es aussi hargneuse et pourquoi ton futur beau-frère te dérange autant. Vendredi soir, tu étais cordiale avec lui.

— C'est plus fort que moi. Je sais que tu l'aimes, qu'il te rendra sûrement heureuse. Parfois, je suis aimable, mais, quand je le vois sans cesse, admiré par tout le monde, je me souviens de sa liaison avec Emma. En fait, vous trichez tous les deux en dissimulant ce léger détail à Lauric et à nos parents. À ton avis, Jacinthe, Pierre serait-il le bienvenu ici, sous ce toit, si ça se savait ?

La jeune couturière enfila une jupe en serge noire et un chemisier gris. Elle avait la bouche pincée, toujours pétrie de réprobation.

— Mais, Sido, je me sens perdue, là, avoua Jacinthe au bord des larmes. C'est toi qui m'as dit, il n'y a pas si longtemps, que tu te réjouissais que j'aie retrouvé Pierre. Et, à propos d'Emma, tu m'avais soufflé à l'oreille que personne n'avait besoin de savoir. Seigneur, tu es lunatique ! Après m'avoir rassurée, tu me donnes des remords.

Elle sanglota sans bruit, cruellement déçue. Dès que le destin lui accordait quelques heures de paix et de joie, on brisait net son enthousiasme, sa foi en l'amour.

— Il y a autre chose, reprit Sidonie en arrangeant une mèche de cheveux échappée de son chignon. Hier, tu as donné le sac à main d'Emma à Pacôme sans me demander si j'étais d'accord.

— J'ai averti maman de ma décision. De toute façon, je gardais ce sac dans ma chambre ; il y serait resté des années. C'était un cadeau de Murray. Si tu avais vu Pacôme, il était tellement content ! Il s'est vite enfui, son butin contre son cœur. Il méritait le sac et les bonbons. Sans lui, nous n'aurions pas osé accuser ce sale type, cet assassin.

Par prudence, Jacinthe évita de parler du mouchoir d'Emma qui, parfumé à l'eau de Cologne, avait ravi le simple d'esprit.

— Je te reconnais à peine, Sidonie, confessa-t-elle d'un ton grave. Tu m'as toujours montré de l'affection et de la bonté, mais, là, on dirait que tu me hais.

— N'exagère pas. On peut se quereller sans se haïr. Je suis en colère ; j'ai le droit. Nous n'avons pas pris une minute pour rédiger l'annonce.

— Nous le ferons ce soir, toutes les deux. Au fait, Sido, ça rime à quoi ta toilette ? Tu retournes à la messe ?

— Moque-toi donc ! J'ai fait la sottise de donner rendez-vous à Jourdain à quatre heures.

Je voulais en discuter avec les parents, mais il n'y a pas eu moyen. Si je ne dis rien, ils vont se poser des questions. Je n'ai pas coutume de me promener seule le dimanche. Je regrette tellement ! Mais je suis obligée d'y aller, sinon il m'attendra en vain ou, pire, il viendra jusqu'ici. Excuse-moi, ça me torture depuis ce matin.

Dans un élan affolé, Sidonie se jeta au cou de sa sœur et pleura à son tour. Apitoyée, Jacinthe lui tapota le dos.

— Allons, de quoi as-tu peur ? C'est un garçon sérieux autant que toi. Il se contentera de bavarder. Vous vous connaissez à peine. Ce rendez-vous ne t'engage à rien. Tu peux en parler sans crainte à maman et même à papa. Ils ont hâte de nous voir la bague au doigt, sauvées du péché de luxure.

— Tais-toi, mon Dieu, tais-toi ! J'avais besoin de tes conseils, mais, obnubilée par Pierre, tu ne t'occupais pas de moi.

— Eh bien, là, nous sommes tranquilles. Quels conseils veux-tu entendre ?

— Est-ce normal ? Vendredi, quand il m'a raccompagnée, nous nous sommes pris la main. Je me sentais bizarre et j'ai eu envie de l'embrasser, de le toucher.

Jacinthe chassa de son esprit la moindre récrimination à l'égard de sa sœur, dont elle n'avait pas mesuré la nervosité excessive et la fidélité tout aussi excessive aux préceptes de l'Église. Hors des sacrements du mariage, la sensualité et le désir étaient condamnables.

— Ma Sido, il n'y a rien de plus normal. Ça prouve aussi que Jourdain te plaît. Tu devrais t'en réjouir. Tu te plaignais d'être indifférente à tous les hommes que tu croisais, excepté Lauric.

Sidonie poussa un long soupir de résignation. Elle disposait d'un miroir assez haut, calé contre le mur, où l'on pouvait se voir des pieds à la tête. D'un pas timide, elle alla étudier son apparence.

— Tu es très jolie. Tu le serais dans un sac en toile percé de trous pour les manches, plaisanta Jacinthe.

— Une tenue qui serait bien trop impudique pour moi, rétorqua sa sœur en souriant. Un sac percé ! Et les jambes exposées aux regards ! Quelle honte ! La mode raccourcit trop les jupes. Si je crée des vêtements un jour, ils ne dévoileront que les chevilles.

Malgré tous ses efforts, Sidonie, dévorée par l'anxiété, se remit à pleurer.

« Saura-t-elle aimer, s'offrir ? Pourquoi est-elle si différente de moi dans ce domaine, et encore plus d'Emma ? s'interrogea Jacinthe. Si je pouvais lui dire sans l'embarrasser à quel point l'amour entre un homme et une femme procure des sensations inouïes, délicieuses, inoubliables ! J'ai eu tant de plaisir avec Pierre, notre première

nuit, et davantage encore la nuit près du lac !
Ça ne peut pas être un péché. Dieu a conçu nos
corps pour cette jouissance qui transporte dans
une autre dimension, mais il faut aimer et com-
munier avec l'autre. »

Des souvenirs vinrent la bouleverser, ceux
de sa nudité exposée au regard de son amant
et de certaines caresses. Elle se félicita d'avoir
résisté à la tentation, ces soirs-là, sachant Pierre
dans la remise à bois. Un point précis l'avait
retenue, la période de son cycle où elle risquait
de devenir enceinte. « Nous aurons un bébé
plus tard, un an après nos noces. Je veux profiter un peu de lui et de notre vie en tête à tête »,
s'était-elle répétée, déterminée. Pierre avait compris. Elle ne l'en aimait que plus.

— Quelle heure est-il ? murmura Sidonie à
son oreille. Ma montre s'est arrêtée ; je ne l'ai pas
remontée ce matin.

— Viens, nous verrons ça sur la pendule de la
cuisine. Ce sera l'occasion d'annoncer à maman
que tu as rendez-vous.

Jacinthe entraîna sa sœur par la main avec fermeté et douceur. Ainsi la conduisait-elle à l'école
des sœurs, des années auparavant. Elle était
fière de son rôle d'aînée à l'époque. Mais son
autre main était vide. La petite Emma aux joues
rondes manquait à l'appel.

*

Gare de Saint-Prime, dimanche 1ᵉʳ juillet 1928,
seize heures trente

Sidonie était arrivée près de la gare une demi-
heure avant le rendez-vous fixé. Elle avait quitté
la ferme familiale avec la bénédiction tacite
d'Alberta et l'accord presque indifférent de
Champlain, occupé à réparer un mécanisme de
sa faucheuse.

En chemin, la jeune couturière était passée
chez son grand-père. Ferdinand l'avait reçue avec
sa gentillesse habituelle, mais il n'était pas seul.

— J'ai invité mes chers voisins. Nous jouons
à la belote. Renée a fait un beau gâteau au chocolat. Entre donc, tu vas manger avec nous. Tu
es bien jolie !

Elle avait salué Renée et Franck Drujon en
refusant de les déranger.

— Je voulais juste être sûre que tu allais bien,
pépère, avait-elle expliqué en ressortant précipitamment.

Les minutes s'étaient écoulées, interminables.
Sans approcher du bâtiment de la gare flanqué
d'une grosse horloge, elle avait guetté le moindre
bruit de moteur. Hormis un taxi de Roberval,
aucune automobile n'avait troublé la quiétude

dominicale. « Que fait-il ? » se disait-elle en marchant de long en large à l'ombre d'un bosquet de bouleaux au tronc argenté.

Elle avait appréhendé jusqu'au malaise le moment où ils se reverraient. À présent, une déception immense la faisait trembler. Tout en lui inventant des excuses sérieuses, une urgence liée à son métier, un problème avec sa mère infirme, elle enrageait.

« J'ai été injuste et cruelle envers Jacinthe. À cause de cet homme, je n'ai presque pas fermé l'œil de la nuit, et il ne vient pas. Il se fiche de moi ! » pensait-elle, prête à pleurer de dépit.

On lui effleura l'épaule au même instant, tandis qu'une voix grave et veloutée prononçait son prénom. Jourdain était là, tout près d'elle.

— Ah ! fit-elle, ébahie. D'où sortez-vous ?

— Du taxi, là-bas, auquel vous n'avez pas accordé un regard. Sidonie, pardonnez mon retard, je suis tombé en panne sur le boulevard Saint-Joseph à Roberval. Un dimanche, j'aurais eu du mal à faire réparer ma voiture. J'ai couru jusqu'à la gare et, par miracle, j'ai trouvé un taxi aussitôt.

Il la contemplait, visiblement ému, un peu essoufflé.

— Mais comment rentrerez-vous ?

— Il y a un train dans l'autre sens dans deux heures et dix-sept minutes. J'ai demandé au contrôleur. Je ne pouvais pas manquer ce rendez-vous, n'est-ce pas !

— J'aurais été fâchée, avoua-t-elle avec un léger sourire. Je l'étais déjà.

Bouleversée, Sidonie ne trouvait plus rien à dire. Jourdain portait un costume en lin beige et un chapeau en toile assorti. Soigneusement rasé, il fleurait bon l'eau de Cologne.

— Si nous marchions au bord de l'eau ? proposa-t-il.

— Non, je connais un chemin qui rejoint un promontoire rocheux. De là-haut, on a une vue superbe sur les terres. Nous y allions souvent pique-niquer, mon frère, mes sœurs et moi, pendant les vacances d'été.

Elle parlait beaucoup afin de couper court à une éventuelle déclaration de Jourdain. Il lui semblait d'une nature exaltée et elle redoutait d'avoir à le repousser. C'était mal le connaître ; il se sentait disposé à la conquérir patiemment, avec un infini respect proche de la dévotion.

— Si vous aviez vu ma mère, ce matin ! dit-il en retour. Je l'ai conduite à la messe grâce à la chaise roulante, une précieuse acquisition qui change son existence, d'où son souci de coquetterie. Seigneur, elle n'a que cinquante-cinq ans ! Enfin, elle paradait devant l'église dans sa nouvelle robe. Nous vous avons trouvé des clientes.

Ils avançaient sans hâte, baignés d'ombre ou de lumière vive selon la disposition des arbres qui bordaient le sentier.

— Mais il y a forcément des couturières plus chevronnées que moi à Roberval ! se récria Sidonie. Sans doute à Sainte-Hedwidge aussi.

— À en croire maman, vous avez un souci du détail et de la finition qui rend votre travail plus accompli. Comme le col de sa robe d'une teinte unie, alors que la percale est fleurie.

La jeune femme éclata de rire. Elle n'avait jamais discuté confection et tissus avec un représentant du sexe masculin. C'était un atout de plus pour lui.

— Je ne refuserai jamais de l'ouvrage, dit-elle simplement.

— Hélas, ça vous obligera à faire le trajet souvent. Je serais enchanté de jouer les chauffeurs, dans la mesure où j'aurai du temps libre, dès que ma voiture daignera tourner rond.

Encore une fois, Sidonie se contenta d'approuver d'un oui à peine audible. Son cœur avait des ailes. Jamais elle ne s'était sentie aussi gaie depuis la mort d'Emma. Les détours complexes de la Providence lui apparurent, comme cela avait été le cas pour Jacinthe. « On dirait que les événements se mettent en place de façon harmonieuse envers et contre tout ! songea-t-elle, intriguée. Ma sœur va épouser Pierre, qu'elle avait soi-disant rayé de sa vie, nos parents sont récon-ciliés au-delà du possible, Lauric ne me harcèle plus de sa jalousie malsaine et moi j'ai rencontré Jourdain, qui est venu chez nous parce qu'Emma avait été assassinée. »

Très pieuse, elle imagina sa jeune sœur parmi les anges du ciel, en pleine rédemption et veillant au bonheur des siens. Dieu lui avait pardonné ses fautes, comme le père de l'enfant prodigue dans les livres saints. « Si Emma se penche sur nous du paradis, pourquoi ne nous guiderait-elle pas vers Anathalie ? » se demanda-t-elle.

Jourdain restait silencieux. Attendri devant la grâce de son cou dégagé par son chignon haut, il admirait son profil de statuette antique. Des mèches folles dansaient au vent à la hauteur de ses oreilles pareilles à des coquillages.

— Nous avons rédigé une annonce, Jacinthe et moi, déclara-t-elle soudain. J'espère que nous aurons des nouvelles de notre amie et d'une enfant… Je vous ai caché une partie de notre problème, vendredi, car je craignais de contrarier ma mère. Mais nous en avons discuté et j'ai com-pris ma bévue. Vous pouviez lire notre annonce comme tout le monde, dans les journaux, et vous m'auriez prise pour une menteuse.

— Non, pas du tout. J'effectue des enquêtes ; ça ne me rend pas indiscret pour autant. Vos recherches sont d'ordre privé, je l'aurais admis.

— Vous êtes gentil, balbutia-t-elle. Je vais vous exposer la situation, qui découle d'une parole du docteur Murray, devant le poste de police, avant qu'il ne se livre. À ce propos, ma sœur et mon frère n'ont pas été convoqués. Ils devaient bien faire une déposition à cause de cette tragique affaire.

Jourdain parut gêné. Il n'avait pas envie d'endosser son statut de policier.

— L'administration juridique n'est pas des plus rapides, dit-il d'une voix feutrée. Les aveux de Murray étaient très détaillés. Son suicide a ralenti la procédure. Peut-être que vos proches ne seront même pas amenés à témoigner.

Rassurée, Sidonie lui désigna une grosse pierre plate, qui avait dû se détacher de la masse rocheuse se dressant au-dessus d'eux. Les gens du coin l'appelaient le Cran.

— Nous pouvons nous reposer un peu, dit-elle. J'aime cet endroit. La pierre sert de banc aux promeneurs.

Un ruisseau serpentait entre deux rangées de bouleaux. Son murmure apaisa la jeune femme.

— C'est une grande marque de confiance que je vous fais, Jourdain, car nous avons caché la chose à monsieur Cardin, et le meurtrier d'Emma n'a rien avoué à ce sujet, il me semble.

Attendri par sa pâleur, sa mine affolée, il lui prit les mains.

— Vous êtes glacée malgré la chaleur. Sidonie, vous n'êtes pas tenue de me raconter quoi que ce soit.

— Si, ça me soulagera d'avoir un autre avis. Vous êtes moins concerné que nous. Vous serez plus lucide.

Il la prit par la taille et l'aida à s'asseoir. Elle n'eut aucun mouvement pour se défendre. Ce contact dans son dos était délicieux.

D'une voix douce, elle lui parla d'Anathalie et de leur expédition à Péribonka en minimisant les visions de Matilda, qu'elle dépeignit sous les traits d'une femme âgée et avisée.

— C'était logique de s'informer auprès des religieuses de Saint-Prime. Emma y travaillait avant de s'enfuir. C'était une fuite, en effet, pour cacher sa grossesse, dit-elle en conclusion.

Sidonie vira à l'écarlate. Ce terme précis signifiait qu'il y avait eu auparavant une relation physique, des ébats amoureux. Elle eut l'impression pénible de dénuder Emma, de la montrer à Jourdain sous l'aspect d'une femelle en chaleur, assez égoïste pour se débarrasser ensuite du fruit indésirable. « Non, une bête se ferait tuer pour protéger sa progéniture », rectifia-t-elle dans son for intérieur.

— Mon Dieu, c'était donc ça ! soupira le policier. Ma chère Sidonie, je ne veux pas vous décourager, mais cette enfant peut avoir hérité d'un autre prénom et d'un autre nom de famille. Comment espérer la retrouver, même en explorant le Québec durant des années ? L'ancienne religieuse, Léonide Simard, est la seule piste valable, à condition qu'elle ne se soit pas mariée, puisqu'elle aurait également un nouveau patronyme. Supposons que votre sœur ait donné son bébé à cette personne. Même en voyant une annonce, elle ne rendra pas la petite ; elle sera encore plus prudente et se tiendra sur ses gardes.

La jeune femme fondit en larmes. La tension de ses nerfs se relâchait. Elle perdait la moindre chance de connaître sa nièce et, de surcroît, la présence de Jourdain la troublait. Il était si proche qu'elle percevait sa respiration ténue. Elle aurait pu le frôler au moindre mouvement.

— Je vous en prie, ne pleurez pas ! J'essaierai de vous aider, Sidonie. Je suis mieux placé que vous.

Il brûlait d'envie de la prendre dans ses bras et de la consoler.

— Passez quand même des annonces, dit-il.

— Elle peut très bien être morte, la malheureuse, hoqueta Sidonie en tendant vers lui son visage éploré. Si vous saviez comme je m'en veux ! J'en deviens hargneuse, irritable. Emma obtenait ce qu'elle voulait de moi, elle avait le don de persuasion et un charme irrésistible. J'ai facilité ses escapades, mais je croyais naïvement qu'elle allait danser ou écouter de la musique. Pendant ses années d'études à l'École normale de Roberval, elle était plus sage, même durant les congés. Elle était sans doute marquée par cette naissance cachée.

— Elle a dû souffrir, d'abandonner une nouveau-née, admit-il.

— Je l'ignore. Les gens qui déposent un fardeau sont plutôt soulagés.

Sidonie fixait Jourdain de son regard vert, où se reflétaient le feuillage des arbres et les rayons du soleil. Elle était tentée de se blottir contre lui, d'être réconfortée, mais le geste aurait été d'une grande inconvenance.

— Doux Jésus, il ne faut pas rater votre train, dit-elle en se levant prestement.

— Au pire, je trouverai un taxi, hasarda le jeune homme.

Il avait senti l'instant où elle avait eu envie de se réfugier dans ses bras. Il en conçut un bonheur inouï, une promesse. « Un jour, elle ira au bout de l'attirance que nous éprouvons tous les deux. Je l'aime déjà si fort ! Seigneur, si elle pouvait m'aimer autant ! » se dit-il en guise d'oraison.

Sur le chemin du retour, il fut très silencieux, l'esprit en effervescence dans le but d'aider Sidonie à retrouver Anathalie. Il échafaudait un plan afin d'enquêter en toute légitimité sans s'attirer les foudres d'Alfred Cardin, son supérieur.

— À quoi pensez-vous donc ? s'impatienta Sidonie, qui redoutait l'heure de la séparation.

— Je me creuse la tête au sujet de votre nièce.

— Est-ce que nous aurons des ennuis, dites-moi ? Nous aurions dû le signaler au chef de police.

— Je ne vois pas en quoi cela aurait pu être utile. Ça n'a pas de rapport avec le crime de Murray... Pardon, je lance ces mots sans précaution ! Il s'agit de votre sœur, d'un être cher. Tout à l'heure, vous parliez de l'orphelinat de Chicoutimi qui a fermé ses portes, mais il y a d'autres établissements du genre à Québec et à Montréal. Je dispose d'un téléphone dans mon bureau. Ce serait plus rapide de contacter la direction d'un coup de fil. Le courrier peut prendre du retard. Je m'en chargerai ; je ferai de mon mieux.

— Merci beaucoup, c'est très aimable de votre part.

— Ma chère Sidonie, quand pourrai-je vous revoir ? Dimanche prochain ? Si vous êtes majeure, nous pouvons nous fréquenter en tout bien tout honneur. J'aimerais vous inviter à déjeuner au Château Roberval.

— J'ai eu vingt et un ans au mois de mars, précisa-t-elle en souriant. Avant la mort d'Emma, mon père était très sévère. Il brandissait notre respectabilité. Depuis, tout a changé. Des articles paraissent encore sur l'assassinat de ma sœur et le suicide du coupable. Notre réputation bat de l'aile.

— Des articles que Léonide Simard a pu lire. Si elle était l'amie d'Emma, son décès la touchera. Sidonie, ne baissez pas les bras. Vous aurez peut-être des nouvelles de l'enfant bientôt.

Rassérénée, elle pressa le pas. Ce faisant, elle trébucha sur un caillou et heurta Jourdain sans le vouloir. Il la rattrapa et la retint contre lui. Une langueur insidieuse, empreinte d'un besoin de tendresse, submergea la jeune femme.

— Puis-je vous embrasser ? chuchota-t-il à son oreille.

— Non, non, pas encore, pas si vite, bredouilla-t-elle.

— Je pensais à un baiser sur la joue avant d'arriver à la gare, affirma-t-il.

Elle le regarda, ne sachant s'il plaisantait. Un éclair de malice pétillait dans ses yeux d'un brun clair, couleur noisette.

— Vraiment ? Je ne vous crois pas, dit-elle. C'est trop tôt à mon goût. Je déteste être bousculée.

— Pardonnez-moi ! Pour le baiser sur la joue, j'attendrai le jour de l'An si nous le passons ensemble.

Il lâcha prise et se remit en marche, les mains dans les poches. Sidonie estima qu'il manquait d'audace. Consciente d'avoir l'esprit de contra-diction, elle pressa le pas afin de rester à sa hau-teur.

— Jourdain, le temps des fêtes n'est pas près d'arriver. Si vous songiez à un baiser sur la joue, je veux bien.

Il retint un sourire, mais elle devina à sa mine amusée qu'il se moquait gentiment de sa volte-face.

— Vous devez me trouver bien prude ! s'excusa-t-elle.

Le policier s'arrêta et lui fit face. L'air grave, il déclara avec une sorte de passion contenue :

— Sidonie, si vous étiez une de ces filles qui se jettent au cou des hommes ou qui les pro-voquent pour mieux les repousser, je ne serais pas là aujourd'hui. Quand je suis entré chez vous avec le chef et que je vous ai vue, mon cœur a battu plus vite. J'ai eu comme une illumination, et je souffrais de vous rencontrer dans une situa-tion aussi pénible. Ça me suffira de rêver, ce soir, que j'ai embrassé votre joue. Votre sérieux me ravit, votre sagesse également. Soyez sans inquié-tude, je ne vous importunerai plus de mes désirs.

— Des désirs ? s'étonna-t-elle. Enfin, Jour-dain, vous n'avez eu aucun geste déplacé et je vous en remercie.

Il jeta un coup d'œil soucieux à sa montre-bracelet.

— Je dois me dépêcher, Sidonie. Je maintiens mon invitation à déjeuner au Château Roberval dimanche prochain. Me permettez-vous de venir vous chercher avec maman, qui apprécie les balades en voiture ? J'avais prévu de l'emmener déjeuner elle aussi. Vous pourriez faire plus ample connaissance.

Tout était parfaitement organisé, dans le souci de la morale et des convenances. La jeune femme prévoyait, comblée, de longues fiançailles et un mariage dans deux ans.

— J'accepte volontiers, Jourdain. Votre mère passera une excellente journée et moi aussi.

Elle s'approcha de lui, conquise, et ferma les yeux en lui tendant la joue droite. Au moment où il se décidait à déposer une timide bise sur sa peau satinée, Sidonie tourna la tête. Leurs lèvres s'effleurèrent quelques secondes.

— Excusez-moi, balbutia-t-il. Je n'ai pas voulu ça. Vous avez bougé et…

— Moi, je l'ai fait exprès, confessa-t-elle, rougissante.

Sans attendre sa réaction, elle l'embrassa sur la bouche, très vite, furtivement. Il eut l'intelligence de ne rien dire, mais de lui adresser un grand sourire ébloui.

Ils rejoignirent les abords de la gare main dans la main, comme des fiancés.

*

Alberta s'était assise sous le large auvent protégeant le perron du soleil, de la pluie et de la neige. Lauric avait descendu du grenier un banc à dossier, fabriqué par son père une décennie plus tôt. Champlain, qui tenait son épouse par l'épaule, en fit la remarque.

— Je n'étais pas mauvais en menuiserie, avant.

— C'est vrai, nous avions tort de ne plus utiliser ce siège ; il est confortable. Je peux guetter le retour de Sidonie.

— Quand même, le sort nous joue de ces tours ! Notre fille et l'adjoint du chef de police de Roberval ! Tabarnak, ça va clouer le bec de certains, au village.

— Champlain, ne jure pas. Tu faisais des efforts devant nos enfants dès qu'ils commençaient à babiller. Il faut continuer.

Son mari l'observa, ému. À l'aube de ses cinquante ans, Dieu lui offrait un cadeau inespéré, l'amour partagé, enfin. Après s'être assuré que la cour était déserte, il l'embrassa dans le cou, entre son col et la naissance de ses cheveux.

Alberta ferma les yeux quelques secondes, frémissante. C'était étrange de découvrir le plaisir si tardivement. Elle en demeurait émerveillée, pressée dorénavant de se coucher dans la pénombre complice de la chambre conjugale. Chaque nuit la comblait, même s'ils s'endormaient tout de suite, enlacés, grisés de cajoleries.

— As-tu encore tes outils de menuisier ? s'enquit-elle à mi-voix.

— Bien sûr, je les tiens de mon père ! Je les garde dans une malle. Pendant les crues, j'ai eu soin de vite la monter à l'étage.

— Champlain, serais-tu capable de fabriquer un berceau en bois clair ? De mon côté, je tisse une jolie couverture en laine.

— De quoi parles-tu, ma femme ? s'inquiéta-t-il. A-t-on retrouvé la petite d'Emma ? Tu me cachais ça ? Elle va arriver un de ces jours ici ?

— Pour une fillette de trois ans, il faudrait un lit d'enfant, pas un berceau. J'ai donné le nôtre à Artémise au moment de la naissance de son aîné et, là, elle l'utilise encore une fois. Je préfère qu'il soit neuf et fait de tes mains. Champlain, je suis enceinte.

Elle frotta ses yeux embués de larmes. Il resta bouche bée, incrédule.

— Seigneur, marmonna-t-il, la gorge nouée par une émotion indicible. Toi, ma femme, tu vas me donner un petit dernier ? Mais, tu voulais bien, hier soir, alors que d'habitude, dans ton état, je devais vite renoncer…

La joie délirante qu'il éprouvait l'empêchait de parler franchement.

— Les habitudes sont oubliées, Champlain. Dieu nous a pris Emma, Il nous donne cet enfant. Pour la première fois, je le porterai avec beaucoup d'amour.

Alberta nicha sa tête brune contre la poitrine de son mari. Sa mauvaise période ayant pris du retard, elle n'avait pas douté un instant. Ses seins lui semblaient plus drus et l'odeur de tabac l'écœurait.

— Si c'était un p'tit gars, je serais bien content, avoua-t-il, les yeux brillants. On le baptisera Caleb, comme mon pauvre père qui est mort si jeune !

— Dans ce cas, si Dieu nous accorde une autre fille, nous lui donnerons le prénom de ta mère, Émilienne.

Champlain avait perdu ses parents pendant l'épidémie de grippe espagnole, véritable fléau qui avait décimé la population dans le monde entier. Très ému, il embrassa son épouse :

— Tabarouette, je n'en crois pas mes oreilles ! Toi, alors, ce que tu me rends heureux, Alberta !

Lauric, qui revenait de la pêche, découvrit ses parents enlacés. Il fallait tourner les talons, mais il sifflota, la mine impassible.

— J'ai rapporté des dorés, claironna-t-il. Pas gros du tout.

— Où étais-tu installé ? s'enquit Champlain.

— Sur le pont de la rivière aux Iroquois. Sidonie n'est pas encore revenue ?

— Non, nous l'attendions, répondit Alberta qui s'était écartée de son époux, gênée. As-tu croisé Jacinthe ?

— Mieux que ça. Je suis passé rue Laberge, donner deux poissons à pépère Ferdinand et, du même coup, j'ai fait une grosse peur à ma sœur. Elle a failli dégringoler de son échelle.

Lauric éclata de rire, exhibant sa superbe dentition. Il avait retroussé les manches de sa chemise, ce qui mettait en valeur ses avant-bras musculeux. « Quel bel homme ! » songea sa mère.

Mais ses pensées revinrent à sa fille aînée, accaparée depuis trois jours par de grands travaux de nettoyage. Une lettre était arrivée mercredi de Québec. Susan Wallis consentait à louer sa maison de Saint-Prime. La vieille Anglaise précisait qu'elle témoignait ainsi sa sympathie à son ancien voisin, Ferdinand Laviolette, tout en se réjouissant qu'une infirmière diplômée s'établisse sous son toit.

— Jacinthe met de l'ardeur à nettoyer son logement, renchérit Lauric. Tout à l'heure, elle lavait les poutres du plafond. Pierre réparait une marche de l'escalier, lui. Alors, j'ai avancé tout doucement en faisant un clin d'œil à mon chum, qu'il ne vende pas la mèche, et là j'ai poussé un cri en la chatouillant aux chevilles. Elle a battu des bras. J'ai reçu de l'eau sale sur la figure. Mais en fin de compte, on a beaucoup rigolé après ça.

Il posa sa panière munie d'un couvercle, l'ouvrit et en sortit trois poissons aux reflets cuivrés.

— On les fera griller, marmonna-t-il.

Le bruit d'une voiture fit sursauter Alberta. Elle reconnut l'automobile grise de Jourdain Provost.

— C'est un garçon correct, chuchota-t-elle. Aujourd'hui, il l'invitait au Château Roberval…

Le policier se gara près de la barrière qui servait de support à la boîte aux lettres. Sidonie descendit aussitôt, radieuse. Afin de respecter le deuil tout en faisant preuve de coquetterie, elle avait transformé une robe noire en un modèle ravissant.

L'ouvrage l'avait occupée toute la semaine, car le résultat la décevait toujours. La veille seulement, elle était sortie de son atelier avec un sourire de triomphe.

— Montre-nous ! s'étaient écriées en chœur Alberta et Jacinthe.

— Vous verrez demain matin.

Elles avaient vu, ainsi que Lauric. La robe noire s'ornait d'une bande de soie vert clair sous la poitrine, qui formait un large nœud dont deux pans voletaient. Un col de même teinte, de forme arrondie, soulignait un décolleté en V. Sidonie avait aussi confectionné un turban vert d'où croulaient ses cheveux bruns, soyeux, lavés et ondulés. L'ensemble associait sobriété et bon goût avec une touche d'originalité.

— Maman, papa, Jourdain voudrait vous parler ! s'exclama-t-elle en courant vers le perron. Je suis un peu en retard, parce que nous avons raccompagné madame Provost à Sainte-Hedwidge. Elle était fatiguée. Sa mère est une dame vraiment charmante.

— Bien, bien, dit Champlain, mal à l'aise. Qu'il vienne !

Intimidée, Alberta se leva et prit le bras de son mari.

— C'est à peine croyable, leur annonça la jeune femme. Sur la terrasse du Château Roberval, une touriste anglaise m'a demandé où j'avais acheté ma toilette.

— Doux Jésus ! s'extasia sa mère. Tu as de l'or dans les doigts, ma petite.

Lauric considéra sa sœur jumelle des pieds à la tête. Il s'attarda à scruter son visage.

— Tu t'es maquillée ? aboya-t-il.

— Mais non.

— Tu as les lèvres bien rouges.

Pour cette remarque, elle le détesta. Jourdain, qui approchait, avait entendu. Il s'empressa de faire diversion en saluant le couple debout sous l'auvent.

— Bonsoir, madame, monsieur. Je tenais à vous remercier de m'avoir confié Sidonie quelques heures. Avec votre accord, j'espère pouvoir passer d'autres dimanches aussi agréables en sa compagnie.

Il hésita un peu en regardant Champlain droit dans les yeux.

— Nous avons prévu des fiançailles officielles au mois de septembre, ajouta-t-il. Pour l'occasion, ma mère souhaite vous inviter chez nous, à Sainte-Hedwidge.

— Torrieux, vous allez vite en affaire, dans la police, voulut blaguer le cultivateur. En septembre, Jacinthe épouse Pierre Desbiens. Il faudrait célébrer vos accordailles le même jour que la noce, tabarnak !

Alberta lui décocha une œillade menaçante. Il avait encore juré.

— Papa, tu devrais avoir honte ! se désola Sidonie. À l'avenir, j'espère que tu ne feras pas sans cesse allusion au métier de Jourdain.

— Il n'y a pas de mal, assura ce dernier.

— Entrez donc boire un verre de vin de pissenlit préparé par ma chère femme. Nous avons des choses à fêter, ce soir.

Lauric haussa les épaules et tourna les talons. Il refusait de trinquer avec l'homme qui avait séduit sa sœur. Il se croyait guéri de sa jalousie, mais elle ressurgissait, venimeuse, oppressante. Furieux contre lui-même, il jeta le produit de sa pêche sur le tas de fumier.

*

Saint-Prime, rue Laberge, une heure plus tard

Adossée à la cloison de planches qu'elle peindrait le lendemain, Jacinthe contemplait son futur cabinet. Elle portait une robe en cotonnade sans manches et un tablier maculé de taches diverses. Le front moite, elle repoussa les mèches de cheveux qui se plaquaient sur ses tempes. En gilet de corps et pantalon de toile, Pierre se roulait une cigarette, assis sur une chaise bancale.

— Nous avons bien travaillé. La pièce paraît plus grande tellement c'est propre, déclara-t-il. Es-tu contente ?

— Le mot est faible ; je suis aux anges ! J'avais fini par croire que Susan Wallis n'écrirait jamais, qu'elle était morte. En plus, le loyer est modique.

Pierre promena un regard circulaire autour de lui. Ils avaient balayé les toiles d'araignée avec soin et lavé à fond murs, plafonds et sols. Les vitres des fenêtres étaient si transparentes qu'on aurait pu croire qu'il n'y en avait pas. Dans un angle, un évier avait été installé et équipé de l'eau courante, ce qui n'était pas le cas à la ferme Cloutier.

— J'ai bien fait de retirer mon argent mardi, affirma Jacinthe. Je devais avoir un pressentiment. J'aurai besoin d'un paravent et d'un divan assez haut qui servira pour les examens. La table que tu as poncée fera un bureau convenable. Pierre, j'ai hâte de recevoir mes premiers patients.

— Moi, je suis content parce que tu es radieuse. J'étais vraiment idiot, il y a deux ans, de débiter des niaiseries, que tu n'avais pas besoin de travailler, que tu tiendrais la maison. Je n'avais pas compris à quel point ton métier est important pour toi. Nous avons failli nous perdre à cause de mes idées toutes faites sur la vie conjugale. Tu en auras beaucoup, des patients..., enfin, à condition que Matilda et le docteur Fortin ne te prennent pas tous les malades du coin !

— Mais non, j'ai tout prévu. J'ouvre le 20 juillet. Le docteur Fortin prend sa retraite au début d'août, et Matilda a promis de m'envoyer du monde. Elle n'a pas mes compétences. Pierre, si tu savais comme tu me rends heureuse !

Rieuse, elle le rejoignit, plaqua son ventre contre lui et caressa ses boucles brunes. Il noua ses bras autour de sa taille et frotta une joue entre ses deux seins.

— Tu sens bon, murmura-t-il. J'aime ton odeur quand tu as chaud.

— Doux Jésus, tu n'es pas délicat ! Je rêve de me rafraîchir et d'ôter ces vêtements.

Il la serra plus fort encore et glissa une main sous sa robe. Ses doigts parcoururent la peau de ses cuisses en remontant un peu.

— Enlève-les, souffla-t-il, terrassé par le désir. Là-haut, il y a quatre belles chambres et deux lits.

— Sois sage, c'est bientôt l'heure du souper. Si quelqu'un venait nous chercher !

— Ma chérie, ce ne sera pas long, plaida-t-il. Toute la journée, je t'ai vue passer et repasser près de moi presque nue sous ta robe. On s'est embrassés et câlinés. Je suis à bout. Je te veux !

Il se leva, sans lâcher sa taille, et écrasa sa cigarette sur la plaque du fourneau. Haletante, exaltée, elle se laissa entraîner à l'étage. Ils s'arrêtèrent au milieu de l'escalier pour échanger un baiser frénétique, qui décupla leur envie de faire l'amour.

Bientôt, ils échouaient en travers d'un matelas, dont le tissu élimé s'était déchiré à plusieurs endroits, libérant des touffes de laine écrue. Jacinthe bénit la lumière tamisée et nuancée de pourpre du soleil à son déclin. Pierre la déshabilla en un tournemain. Il embrassa ses seins et son ventre. Tout de suite, il la couvrit et la pénétra en exhalant une plainte étouffée. Cambrée pour mieux le recevoir, Jacinthe ceintura ses reins de ses jambes.

Son plaisir fut fulgurant, attisé par le côté interdit de cette étreinte rapide. Il la contempla tandis qu'elle hoquetait de jouissance, le regard voilé. Cédant alors au même paroxysme de volupté, il répandit sa semence en elle.

— Je pouvais, n'est-ce pas ? demanda-t-il en lui mordillant l'oreille.

— Oui, la méthode du docteur Ogino semble efficace jusqu'à présent, répliqua-t-elle. Vite, descendons, Pierre. J'ai cru entendre du bruit.

Il la précéda, ce qui lui donnait le temps de reprendre une apparence correcte. Jacinthe avait raison, Lauric inspectait le rez-de-chaussée, l'air morose.

— Salut ! s'écria Pierre. Si tu viens donner un coup de main, nous avons terminé. On essayait d'évaluer le travail qui reste.

— Ouais, je me doutais que vous étiez dans une des chambres, rétorqua Lauric. Je dois vous parler, à ma sœur et à toi.

Pierre avait acheté une bouteille de vin Saint-Georges au magasin général. Après avoir sorti des gobelets de métal d'un panier, il la déboucha.

— On va boire un verre. Tu en fais, une tête ! Tu étais plus gai au retour de la pêche.

— Je suis toujours aussi troublé. Je me fais horreur.

Jacinthe surprit ces mots depuis le vestibule. Alarmée, elle se rua vers son frère qu'elle saisit par le coude.

— Lauric, je te comprends pas. Tu fais allusion à tes sentiments pour Sidonie, c'est ça ?

— Oui ! Elle est arrivée chez nous avec ce gnochon de policier, qui faisait sa cour aux parents. Si tu l'avais vue, les lèvres fardées, avec des allures de créature ! Ils ont prévu les fiançailles. Il va l'épouser et l'avoir tout à lui.

Le jeune homme vida son gobelet et loucha vers la bouteille. Sa sœur le soupçonna d'être déjà ivre.

Ils s'assirent tous les trois sur le plancher, dûment nettoyé la veille

— Ne bois pas trop, Lauric, recommanda Pierre. Je te l'ai dit un certain matin, au bord du lac. Ça ne te réussit pas.

— File-moi une cigarette, alors, bougonna Lauric, sous le regard navré de Jacinthe. Je me dégoûte. Je voudrais tant redevenir gamin, quand j'avais le droit d'adorer Sidonie ! J'ai fait des efforts, j'avais promis à maman de me raisonner, mais il a fallu que ce type lui plaise. Je ne peux pas l'expliquer. Si j'imagine ma Sido dans ses bras, j'ai envie de faire un malheur. C'est pour ça que je suis là ; vous devez m'aider. Jacinthe, prête-moi de l'argent, je vais m'en aller loin d'ici, en Colombie-Britannique ou sur l'île de Vancouver. Je me ferai pêcheur ou bûcheron. Je sais déjà quelques mots d'anglais ; je vais me débrouiller…

— Lauric, c'est totalement insensé, le coupa Jacinthe. Tu as une job à la fromagerie et une fille qui te fait les yeux doux.

— Amélie ? Elle est bien gentille, mais moi je ne l'aimerai jamais. Je saurai juste la rendre malheureuse. J'en ai assez de Saint-Prime, de la messe le dimanche, des moutons, de tout. Je te demande pas beaucoup, juste de quoi me payer le train et manger une semaine ou deux. Je ne suis pas manchot. Je trouverai du travail en cours de route.

Lauric perdait son expression traquée en évoquant une vie aventureuse à des milliers de kilomètres de son village natal.

— Il fait le bon choix, Jacinthe, intervint Pierre.

— Disons plutôt que ça l'arrange, oui ! s'enflamma-t-elle. Lauric, ne me fais pas avaler que tu endures un martyre. Il y a à peine deux heures, tu t'amusais à me faire peur.

Son frère fumait, la tête de côté, paupières mi-closes. Elle crut l'avoir démasqué, mais le résultat l'épouvanta.

— Tabarnak ! Est-ce que tu vas te mettre dans la cervelle que je fais semblant d'être joyeux ? Le matin, j'endosse mon habit de gars ordinaire, je donne un bec à mes sœurs et à ma mère, et je pars à la fromagerie avec mon père. Ce n'est pas le vrai Lauric que vous côtoyez. Au fond de moi, je sens quelqu'un d'autre, et celui-là, le matin, il a envie d'entrer dans la chambre de sa sœur jumelle, de se coucher avec elle, même sur elle. Il voudrait aussi ressusciter Emma, une catin, pour la rouer de coups, lui faire payer ses erreurs, surtout celle d'avoir abandonné sa petite. Si je m'en vais à l'autre bout du continent, je recollerai peut-être les deux morceaux, le brave Lauric et le mauvais. Le mauvais, j'ai voulu le noyer !

— Tu me fais peur, murmura Jacinthe qui prenait enfin pleinement conscience du tempérament violent de son frère.

Elle l'avait vu à l'œuvre avec Murray. Il pouvait très bien céder à ses pires instincts vis-à-vis de Sidonie. Elle ajouta, soucieuse :

— J'admets qu'un long voyage te serait profitable, à t'écouter, mais j'ai besoin de mes économies pour acheter des meubles et du matériel. En plus, si je te donnais la somme nécessaire, j'aurais l'impression de trahir nos parents. Maman sera si triste que tu la quittes !

— Dès que j'aurai une job, je t'enverrai des mandats, affirma son frère. Pour maman, je crois qu'elle sera surtout soulagée, à présent qu'elle s'entend si bien avec papa.

Jacinthe observa Lauric avec perplexité. Elle hésitait encore.

— Si je n'avais pas loué la maison de Susan Wallis, j'aurais pu te dépanner, admit-elle. Je sais que grand-père a des économies. C'était pour nous offrir un séjour à New York, à Emma, Sido et moi. Je peux lui en parler.

— Ce n'est pas la peine de déranger Ferdinand. Je veux bien t'aider, Lauric, proposa Pierre, mais à une condition : que tu reviennes un jour, marié à une beauté et tout à fait guéri de ta folie, car c'en est une d'aimer sa sœur à ce point. Quand souhaites-tu partir ?

— Demain matin, par le train. Je suis passé à la gare pour consulter les horaires. Ce soir, je boucle un sac et, au lever du soleil, je m'envole. Mais je reviendrai dans deux ans, pas avant. Sidonie sera mariée, elle aura un enfant, sans doute. Je n'aurai plus de tentation.

La voix de Lauric avait tremblé. Il eut un gros sanglot, puis il se mit à pleurer en silence, les poings sur les yeux. Jacinthe lui tapota le dos sans oser le cajoler. Ce n'était plus le petit frère de jadis, mais un homme capable de jauger sévèrement sa propre nature et de se condamner à l'exil.

— Mais tu vas annoncer ton départ ? s'enquit-elle.

— Tu t'en chargeras.

— Ah non ! Tu le diras à la fin du souper !

Pierre intervint à nouveau.

— Si tu veux, puisque je rentre à Saint-Félicien, je t'emmène et tu dors chez mon père. Le train passe là-bas. Une grosse partie de mon argent est à la banque de Roberval, mais j'ai suffisamment dans ma chambre pour ton expédition. Tu m'écriras. Quand j'aurai ton adresse, je te ferai des mandats. Ce n'est pas prudent de voyager avec une somme trop considérable sur soi.

Les yeux gris-bleu de Pierre avaient la douceur inouïe qui le rendait si séduisant. Il aimait Lauric et voulait son bonheur.

— Tu es vraiment le meilleur chum du monde, toé, balbutia le jeune homme. Tu feras le meilleur beau-frère aussi, parce que l'autre...

— Chut, fit Jacinthe. Bientôt, tu seras loin. Il faudra m'écrire, Lauric, donner des nouvelles. N'oublie pas : *Garde Jacinthe Cloutier, rue Laberge, Saint-Prime.*

Soulagé d'un poids énorme, il respira plus à son aise. Entre la ferme et le village, ayant vidé une flasque de whisky achetée grâce à sa paie, il s'était imaginé assouvissant sa passion au cours de la nuit, une main sur la bouche de Sidonie pour l'empêcher de hurler, l'autre prenant possession de sa chair intime, la déflorant de ses doigts impérieux. Des songes effrayants lui avaient aussi montré sa sœur jumelle drapée de voilages blancs qui laissaient deviner sa nudité, mais pareille aux vierges antiques consacrées aux dieux. Lui, Lauric, avide de sa pureté, la vénérait à genoux.

— Calvaire, j'ai hâte de monter dans ta vieille Ford et de rouler vers Saint-Félicien, marmonna-t-il. J'ai un ressort cassé dans ma maudite tête !

19

Les mariés de septembre

Saint-Prime, chez Matilda, lundi 9 juillet 1928

Jacinthe n'avait pas rendu visite à la guérisseuse depuis trois jours. Elle se présenta devant sa porte au début de l'après-midi et appela, car un rideau en perles de bois l'empêchait de voir à l'intérieur de la maison. « Matilda peut avoir quelqu'un pour les cartes ou des soins », se disait-elle.

— Entre donc, petite ! lui répondit-on. Mais laisse la chaleur dehors.

La boutade fit sourire la jeune femme. Elle découvrit sa vieille amie en tunique jaune très décolletée, un foulard rouge sur les cheveux. Ses origines amérindiennes se devinaient sous son teint plus hâlé qu'au printemps. Ses mains courtes et agiles écossaient des haricots sur la nappe blanche à présent maculée de diverses petites taches.

— Alors, les travaux ont-ils bien avancé, demoiselle ? Je viendrai voir comment tu arranges ta maison, un soir.

Jacinthe s'assit en face d'elle, observant le tas de grains blancs striés de veinules pourpres.

— Nous sommes une drôle de famille ; Lauric est parti hier soir avec Pierre. Mon frère s'en va très loin, en Colombie-Britannique.

— Seigneur, rien que ça ! s'extasia la guérisseuse. Il fuit la maison où, neuf mois durant, dans le ventre de votre mère, il a été lié chair et âme à Sidonie. C'est un garçon avisé.

— Sidonie était visiblement soulagée, mais bien triste ; je l'ai senti. Maman a beaucoup pleuré, mais elle a compris que cet éloignement était nécessaire. Papa a déclaré que les voyages forment la jeunesse, un dicton éculé. Grand-père a dit presque la même chose.

— Sensé, pourtant. Il reviendra plus fort, libéré de sa hantise.

— Décidément, je suis la seule à estimer qu'il serait plus courageux de rester ici à travailler les terres que nous ont laissées les inondations. Nous pourrions avoir un plus grand troupeau.

Matilda eut un rire moqueur. Elle ramassa ses cartes et les posa en pile sur le coin de la table.

— Ma belle enfant, avez-vous prévu, Pierre et toi, de succéder à Champlain, de vous échiner à labourer, à défricher et à moissonner ? Non ! Tu as étudié et tu as un diplôme. Sois une bonne infirmière et ne juge pas ton frère parce qu'il déserte la ferme. À l'avenir, bien des jeunes iront chercher fortune ailleurs en se fatiguant moins que leurs ancêtres. Le temps des colons est révolu… Attrape la carafe de citronnade, là, sur le buffet, je suis assoiffée et tu me fais placoter.

— Je ne te dérangerai pas longtemps, je dois aller acheter de la peinture au magasin général. Quand Pierre reviendra samedi prochain, je lui ferai la surprise. Tout le rez-de-chaussée de la maison sera prêt. Sidonie a promis de m'aider. Elle a changé, grâce à Jourdain Provost. C'est imperceptible, mais je m'en rends compte. Elle a confiance en l'avenir et en son talent. Sais-tu, Matilda, qu'elle a déjeuné hier au Château Roberval, sur la terrasse ? La mère de Jourdain, Désirée, lit beaucoup, car elle est infirme. Elle a raconté à ma sœur que ce grand hôtel, au début de notre siècle, accueillait des gens de la haute société américaine et britannique, peut-être même des noms célèbres. Les riches clients disposaient d'attelages. Ils allaient visiter la réserve indienne de Pointe-Bleue en bateau.

— Hum, de peur de se salir au contact des sauvages, je parie qu'ils ne mettaient pas pied à terre, ronchonna Matilda.

— Il y avait aussi une ménagerie dans l'enceinte extérieure de l'hôtel, avec des ours et des loups, des animaux des forêts. Ceux qui séjournaient au bord du lac se croyaient au bout du monde, un monde paradisiaque.

— Seigneur, ta sœur et toi, vous deviendrez savantes si vous fréquentez cette malheureuse dame. Désirée Provost ! En t'écoutant, j'ai vu un visage gracieux, mais très triste. Une femme de cœur. Veux-tu une pointe de tarte aux fraises des bois ? Pacôme ne vient plus souvent ici. Je vais arrêter de cuisiner pour lui.

— Pourquoi ? Il aimait tant passer du temps avec toi ! Il se rendait utile, aussi.

— Sa mère lui a défendu de m'approcher. Brigitte devient dure avec son rejeton. Parlons d'autre chose.

Matilda se leva et prit un plat dans le garde-manger. Jacinthe se retrouva bientôt en train de déguster une portion de tarte.

— De la pâte au beurre, de la crème aux œufs et les merveilles du sous-bois, les petites fraises si parfumées que la nature nous offre avant la récolte des bleuets ! déclama la guérisseuse. Sinon, tu n'as rien à me dire ?

— Si, tu avais pressenti la vérité, pour maman. Hier soir, papa nous a annoncé qu'elle était enceinte. La naissance aurait lieu en février, comme pour Emma. Ils avaient l'air heureux. Je les comprends : cet enfant les consolera de la tragédie qui nous a frappés.

— Je savais que ta mère pardonnerait vraiment à Champlain. Et les annonces que vous avez fait paraître ?

La voix de Matilda s'était altérée, mais Jacinthe ne s'en rendit pas compte.

— Si nous avions eu un renseignement intéressant, je t'aurais avertie, assura la jeune femme. Nous avons le soutien de Jourdain en tant qu'adjoint du chef de police. Il peut téléphoner facilement à tous les orphelinats de la province. Il recherche aussi la trace de Léonide Simard, la religieuse qui a disparu, sûrement avec Anathalie bébé. Mais j'y pense, je suis niaiseuse, très niaiseuse ! Merci pour le gâteau, Matilda, je viens d'avoir une idée.

— Et ton mariage ?

— Je voudrais qu'il soit très simple pour ne pas causer de dépenses superflues à mes parents comme au père de Pierre. Je t'en parlerai plus tard. Viens me rendre visite à ton tour.

— Dès qu'il y aura un brin de vent frais, tu me verras sur ton perron, promis !

Le cœur survolté, Jacinthe sortit en envoyant un baiser du bout des doigts à son amie. Elle traversa la place en direction du couvent. Le jardin qui s'étendait autour de l'édifice se parait d'une floraison multicolore qui servait d'écrin à la statue de la Vierge. La porte double était entrebâillée. Un profond silence régnait à l'intérieur.

Elle agita la chaînette en cuivre qui faisait sonner une cloche au fond du large couloir. Aussitôt, le charmant visage de sœur Saint-Thomas apparut.

— Mademoiselle Cloutier, je crois ! murmura la converse. Je suis contente de vous revoir. Nous avons tant prié, ici, pour vous et vos parents !

— Je vous remercie. Est-ce que je pourrais voir la mère supérieure ? J'aurais encore besoin d'un renseignement.

— Mais oui, entrez. C'est très calme, maintenant ; les congés d'été ont commencé.

Touchée par la gentillesse de la jeune religieuse, Jacinthe approuva d'un sourire. Elle se retrouva bientôt dans le bureau sombre et frais de la supérieure, qui l'accueillit avec un air surpris.

— Bonjour, mademoiselle, que puis-je faire pour vous ? Je suis très occupée, j'ai de nombreuses lettres à écrire. Dieu m'est témoin que de gérer près de cent élèves n'est pas toujours aisé.

— Je ne vous dérangerai pas longtemps, ma mère.

— Asseyez-vous, je peux vous accorder un moment. J'ai su par une lettre de sœur Sainte-Véronique, la révérende mère du couvent de Péribonka, que vous êtes allée là-bas.

— Dans ce cas, vous avez appris comme moi que sœur Sainte-Blandine a quitté le voile il y a un peu plus de trois ans. Je suis désolée de vous importuner, mais c'est la raison de ma visite. Je tenais à retrouver cette religieuse, car elle était amie avec ma sœur Emma. Elle a disparu depuis et elle n'aurait plus aucune famille, à cause de l'épidémie de grippe espagnole. J'ai écrit au diocèse de Chicoutimi et à des gens de la région portant le patronyme de Simard, car elle se nommait Léonide Simard.

— Léonide Simard, dites-vous ? Attendez un peu, ce nom m'est familier.

La religieuse ferma les yeux, les mains jointes sur son bureau. Elle sembla fouiller sa mémoire pendant quelques minutes qui parurent interminables à Jacinthe.

— Grâce à Dieu, si c'est bien la personne à laquelle je pense, je crois pouvoir vous aider, mademoiselle. Je vous l'ai précisé le mois dernier, je suis en fonction dans la région du Saguenay depuis peu de temps. J'ai œuvré à Montréal durant des années comme sœur hospitalière de Saint-Joseph. Nous prônions les échanges entre laïcs et religieux. J'ai rencontré une femme, là-bas, avec qui j'ai tissé des liens d'amitié et correspondu quand j'ai rejoint les sœurs de Notre-Dame-du-Bon-Conseil. Cette aimable et très pieuse personne m'a écrit un jour qu'une de ses nièces par alliance du nom de Léonide Simard était novice à Chicoutimi. Il peut s'agir de sœur Sainte-Blandine. Dès que je le pourrai, j'écrirai à mon amie Desneiges Fortier.

— Croyez-vous que cette dame dispose du téléphone ? demanda Jacinthe, de plus en plus nerveuse. Ce serait plus rapide.

— Je l'ignore, elle menait une existence modeste à Montréal. Consultez l'annuaire au bureau de poste. De mon côté, je vais lui écrire immédiatement.

— Merci, ma mère, merci. Vous me redonnez espoir.

La supérieure se leva, dominant une curiosité légitime devant l'exaltation de la jolie visiteuse. Ses yeux d'un bleu très pâle étudièrent la physionomie de Jacinthe.

— Je me garderai d'être indiscrète, mademoiselle, mais je vous souhaite d'obtenir ce qui vous importe tant.

— Si je l'obtiens, ma mère, peut-être serez-vous encore ici, à Saint-Prime, quand une nouvelle

801

élève vous rejoindra dans la classe élémentaire. Merci, je cours à la poste !

Jacinthe avait réussi à donner une sorte de réponse à la religieuse sans rien avouer de précis. Le nez à sa fenêtre, dissimulée par un pan de rideau, Matilda la vit passer le long de l'église d'une démarche précipitée et s'engager dans la rue principale. « Tu me fais des cachotteries, ma petite ! songea la guérisseuse. J'ai tenté de te protéger, mais tu suis ton chemin et personne ne t'en empêchera. »

*

Un quart d'heure plus tard, Jacinthe sortait découragée du bureau de poste. Elle avait écorné l'argent réservé à trois litres de peinture blanche et à un litre de jaune pour joindre Desneiges Fortier. La communication établie, il lui avait fallu exposer le but de sa quête pour apprendre de son interlocutrice que Léonide Simard était morte environ deux ans auparavant.

— En religion, elle s'appelait bien sœur Sainte-Blandine. Elle repose au cimetière de Lac-Édouard, car elle a été hospitalisée au sanatorium dans un état grave, avait expliqué Desneiges Fortier d'une voix vibrante de compassion. La phtisie ! J'ai appris son décès tardivement, par un message administratif du directeur du sanatorium. Léonide avait donné mon adresse avant d'entrer en agonie.

Déterminée, Jacinthe avait osé parler de sa sœur Emma, elle aussi décédée, en insistant sur les liens d'amitié qui unissaient les jeunes femmes. Elle avait dû révéler l'inconduite de Léonide, qui avait volé le pécule du couvent et abandonné son costume de religieuse.

— Mon Dieu, je l'ignorais ! s'était récriée la femme. En fait, mon mari était son oncle par le sang. Je suis veuve, mais, du vivant de Télesphore, nous avons peu connu Léonide, qui souffrait d'un caractère instable, fillette, si je me souviens bien.

Ponctuée de grésillements et de coupures, la conversation s'était achevée sur ce constat. Jacinthe retourna sur ses pas afin de confier à la supérieure du couvent ce qu'elle venait d'apprendre. Durant le trajet, accablée par ce nouveau coup du sort, elle décida de renoncer.

« Même si Léonide a pris l'enfant d'Emma, vu qu'elle était atteinte de tuberculose, elle a pu contaminer la petite. Matilda a encore vu juste : Anathalie est morte. Je vérifierai quand même auprès du sanatorium s'ils ont eu connaissance d'un bébé qu'une de leurs patientes, se sachant très malade, aurait dû confier à quelqu'un. Peut-être aussi que Léonide Simard n'a rien à voir dans cette affreuse histoire. Mais, dans ce cas, qu'a fait Emma de sa fille, une nouveau-née ? »

Une heure plus tard, épuisée, Jacinthe arriva rue Laberge encombrée de deux contenants de peinture. Son grand-père faisait visiter la maison de la belle Anglaise à ses voisins, les Drujon. On la reçut avec de larges sourires et des compliments sur ses aménagements.

— Demain et toute la semaine, tu auras des ouvriers gratis, fanfaronna Ferdinand. Nous trois.

— Mais oui, nous serons heureux de participer aux travaux, renchérit Renée. Une future mariée doit pouvoir penser à ce beau jour et s'occuper de sa toilette.

Bouleversée, la jeune femme bredouilla des remerciements avant de fondre en larmes.

*

Église de Saint-Prime, samedi 15 septembre 1928

Jacinthe Cloutier marchait vers Pierre Desbiens, debout près de l'autel. Elle avançait lentement au bras de son père. Mademoiselle Eudoxie Larrivée jouait la marche nuptiale sur l'harmonium. La vieille dame donnait des leçons de musique et de chant aux gens du village depuis une trentaine d'années. Elle avait même formé une chorale.

— Ne tremble pas, chuchota Champlain à sa fille. Tu es toute belle !

Il ponctua ces mots d'une furtive caresse sur sa main. L'homme avait bien changé en quelques mois. Plus patient et désormais jovial, il semblait tenir à effacer des années de colère et de dureté.

La mariée attirait tous les regards. De chaque côté de l'allée centrale, on l'admirait ; on commentait sa robe et sa coiffure. La jeune femme reconnaissait des visages au fur et à mesure de sa progression. « Osias Roy, son épouse Jeanne, un de leurs fils, Valentin ! Artémise est venue avec le bébé. Pourvu qu'il ne pleure pas pendant la cérémonie ! Jactance, qui porte une veste devenue trop étroite », se disait-elle afin de dominer son émotion.

Sur sa droite, elle aperçut son grand-père qui lui souriait, près de Renée et de Franck Drujon, tous deux d'une élégance bien française. Devant eux se tenait Matilda, vêtue de noir, un collier de coquillages roses au cou, les tresses maintenues en couronne autour de son front.

« La famille, à présent, maman qui a mis son tailleur gris. Elle a épinglé une fleur blanche sur le col, sûrement une idée de Sidonie, songea-t-elle, attendrie. Il ne manque que Lauric. J'aurais tant aimé qu'il soit là ! »

Debout près de Jourdain, sa sœur la regardait avec une expression de fierté qui la réconforta. Jacinthe lui devait la ravissante toilette dont l'originalité avait sidéré l'assistance. La confection avait coûté à la jeune couturière des jours de travail, rythmés par des séances d'essayage qui avaient beaucoup diverti Alberta. L'effet obtenu comblait la créatrice du modèle et la récompensait de ses efforts, car ce n'était pas chose facile de manier du satin et du tulle. On se mariait rarement en blanc, sauf dans les grandes familles de la noblesse. Jacinthe avait choisi un tissu de couleur beige, un beige assez sombre proche du doré qui se moirait de reflets changeants. La façon consistait en un corsage très ajusté, orné d'une ligne de petits boutons nacrés d'où partait une large et longue jupe mouvante, ourlée de passementerie ivoire. C'était à la fois sobre, romantique et… démodé.

Alberta avait coiffé la belle chevelure de sa fille et y avait ensuite assujetti le grand voile en tulle, fixé à un diadème de fleurettes en satin beige.

— Doux Jésus ! s'était-elle exclamée. Ce sera du jamais vu à Saint-Prime, une toilette de noce aussi extravagante. De mon temps, on se mariait dans sa robe du dimanche.

La musique se faisait plus douce sur les dernières notes de la partition. En costume de velours brun et cravate blanche, ses boucles brunes coiffées en arrière, Pierre suscitait bien des soupirs féminins. Il regrettait quant à lui l'absence de son ami Davy, mais le jeune ouvrier était mal en point, atteint de la varicelle, une maladie redoutable pour les adultes. Mais Pierre oublia sa contrariété en admirant Jacinthe, qui lui fit songer à une princesse des temps anciens. Elle fut enfin près de lui, d'une pâleur touchante.

Le curé les couva d'un regard bienveillant. Avant de procéder aux sacrements rituels, il évoqua le courage de la famille Cloutier, qui avait su affronter la plus terrible des épreuves et avait redressé la tête grâce à la foi et à sa volonté de rétablir la sérénité de leur foyer. Des murmures d'approbation indiquèrent au prêtre que ses paroissiens étaient en majeure partie de son avis.

Enfin, le couple put échanger ses vœux, ainsi que deux anneaux d'argent où était inscrite la date du mariage. Jacinthe prononça un oui ébloui, Pierre usa d'un ton ferme, mais nuancé de surprise. Ils étaient unis devant Dieu après la formalité civile réglée chez le notaire la veille. Le jeune homme eut l'impression étrange qu'il était parvenu à concrétiser un rêve impossible. « J'ai tant souffert, ces deux ans privé d'elle ! J'en ai pleuré certaines nuits. Je la haïssais parfois de m'avoir rejeté, mais c'était pour mieux nous retrouver, délivrés de nos incertitudes. Ma belle épouse, ma Jacinthe ! »

Il l'enlaça et cueillit ses lèvres avec délicatesse, grisé par la rumeur réjouie qui s'élevait de la foule.

« Mon amour, mon grand amour ! pensait-elle, ivre d'un bonheur infini. Je te ferai oublier les jours sombres où nous étions loin l'un de l'autre, séparés par ma seule volonté. Je te choierai, je te respecterai, je te donnerai chaque jour davantage d'amour. »

La cloche de l'église se mit à sonner à la volée. Dehors, des nuages gris atténuaient la douce lumière de septembre. Les mariés n'en virent rien en franchissant le porche. Les enfants de Saint-Prime leur jetaient des grains de riz, comme une promesse d'abondance et une esquisse des premières neiges.

*

Ferme des Cloutier, même jour,
cinq heures du soir

Jacinthe et Pierre étaient rentrés à la ferme assis côte à côte dans la charrette familiale décorée de branchages, de fleurs en papier crépon et tirée par le vieux Carillon. Le cheval semblait conscient de son rôle. Sidonie avait eu à lustrer sa robe et à tresser sa crinière. Il avait parcouru la rue principale d'un pas régulier, aussi fringant qu'un animal de race.

Perché sur le siège avant, Champlain s'était lui aussi tenu bien droit, saluant les gens du village qui adressaient des signes de la main au jeune couple.

Maintenant, la noce s'apprêtait à se régaler d'une savoureuse collation, composée d'une pièce montée offerte par Ferdinand et de trois autres gâteaux commandés eux aussi dans une pâtisserie de Roberval. C'était le souhait des mariés, qui arrangeait leurs parents respectifs. Le temps n'était pas des plus cléments. Si un grand souper avait été organisé, de dresser une table dans la cour aurait présenté le risque de recevoir en soirée une bonne averse. De l'avis général, on avait eu suffisamment de pluie au mois de mai. Les esprits demeuraient empreints de la terreur sacrée qu'avait, au printemps, inspirée la montée des eaux. Les rancœurs étaient vivaces contre le gouvernement, indifférent au sort des sinistrés, de même que contre la compagnie Duke Price qui n'avait pas ouvert les vannes de la Petite Décharge à temps pour éviter le pire. Tout ne faisait que commencer, disait-on, car on annonçait des procès, des démarches fastidieuses en vue d'obtenir les fameux dédommagements promis.

— J'ai toujours rêvé d'une pièce montée, avait déclaré Jacinthe. J'adore la pâte à choux et le caramel avec des fleurs en sucre rose. Ce sera mon plus beau cadeau.

Alberta avait donc sorti d'une armoire sa plus jolie nappe blanche, brodée de motifs savants en fils de satin. Sidonie disposait les assiettes à dessert en porcelaine réservées aux repas de fête. Il en manquait trois.

— Maman, nous sommes quinze, et je ne compte pas les trois garçons d'Artémise.

— Les enfants se contenteront des soucoupes que je mets sous les tasses à café. Ou bien cours en emprunter à Artémise, justement. Elle allaite sa petite Marie avant de venir chez nous.

— Non, tu as raison, les soucoupes suffiront.

Secondée par son fiancé, Sidonie avait suspendu aux poutres du plafond des guirlandes en papier coloré. Jourdain s'était chargé de les acheter dans une boutique bien fournie de Roberval.

Champlain sortit du cellier, où il avait mis au frais six bouteilles de vin Saint-Georges et du vin de pissenlit.

— Où est la mariée ? murmura-t-il.

— Elle se repose dans l'atelier de couture, répondit Alberta. Notre pauvre Jacinthe n'avait rien avalé depuis hier soir, à part du thé et un morceau de pain. Elle a eu un petit malaise. Matilda la soigne.

— Et Pierre ? s'inquiéta le cultivateur.

— Il montre le troupeau à son père et à son grand-père ! s'écria Sidonie. Jourdain a suivi le mouvement... Qu'il est drôle, Boromée ! Il a apporté son accordéon ; nous pourrons danser un peu et madame Drujon a promis de chanter quelque chose.

Elle esquissa un pas de valse en tendant les bras vers un cavalier invisible. Vêtue de la robe qu'elle avait confectionnée pour ses fiançailles célébrées le samedi précédent à Sainte-Hedwidge, la jeune et talentueuse couturière resplendissait. Son corps mince se devinait sous le taffetas vert foncé d'un fourreau à la dernière mode. Des manches en soie d'un vert plus clair moulaient ses bras menus. Elles étaient assorties à une écharpe drapée comme un châle sur ses épaules, qui servait d'écrin à une broche en strass, un cadeau de Jourdain.

— C'est dommage que Désirée ait refusé notre invitation, déplora Alberta.

— Oui, sa compagnie est bien plaisante, renchérit Champlain. C'est une dame instruite et très aimable.

— Elle craignait de ne pas être à l'aise à cause de sa chaise roulante, expliqua Sidonie.

— Une fois installée à table, elle aurait été comme nous autres, rétorqua son père. Bon, ne nous cassons pas la tête, je vais chercher la pièce montée.

— Fais bien attention, mon homme, recommanda Alberta. Je t'accompagne ; je te tiendrai la porte.

Dans la pénombre complice de la réserve à provisions, elle se blottit contre son mari. Il l'embrassa sur les joues et sur la bouche en caressant son ventre à peine bombé, un geste auquel il n'avait jamais eu droit pendant les précédentes grossesses.

— Cet hiver, quand il neigera bien dru dehors, je fabriquerai le berceau, souffla-t-il à son oreille. Toi, tu fileras la laine. On sera bien heureux.

Elle eut un sourire confiant et rêveur. Sidonie les appela. Bientôt, Champlain réapparut, portant à bout de bras un plateau où se dressait, sur un socle de nougatine, un savant échafaudage de choux à la crème nappés de caramel doré. Au sommet de l'appétissant édifice, il y avait deux minuscules figurines représentant des mariés entourés de roses en sucre candi.

Alberta soupira de satisfaction. Jacinthe serait éblouie.

Cependant, allongée dans l'atelier, la nouvelle madame Desbiens respirait un mouchoir imbibé d'eau de mélisse, un bon remède contre les malaises, selon Matilda. Mais il ne faisait guère effet.

— Doux Jésus, qu'est-ce que tu as ? s'alarma la guérisseuse. Je t'ai donné un doigt de whisky bien sucré et un café, mais on te dirait toujours prête à succomber ! Pourquoi n'avoir rien mangé ? Si tu sortais prendre l'air ?

— Mais ça ne s'arrête pas, mon cœur bat très vite malgré tes manipulations.

— Tu devrais consulter, ma belle. Tu as peut-être un problème cardiaque. Mais je t'avoue que je ne crois pas que ce soit le cas. Tous tes tracas viendraient plutôt d'une tendance à l'angoisse. Il faut bien que tu te lèves, pourtant ! On t'attend.

— Je n'entends pas de bruits de voix. Les Thibault ne sont pas arrivés, sinon leurs garçons feraient du tapage dans la cour. Voyons donc, combien sommes-nous déjà ?

— Tes parents, les deux messieurs Desbiens plus le tien, ton époux, Sidonie et son gentil fiancé… Un homme en or, celui-là ! Ta sœur est bien tombée. Il y a Ferdinand et ses voisins, les Thibault, le curé et moi. Doux Jésus, je t'ai oubliée ! Ça fait quinze adultes et trois petits.

Jacinthe fit l'effort de s'asseoir. Elle se reprochait sa faiblesse.

— Ça va un peu mieux, Matilda. J'ai honte
d'être dans un tel état le jour de mon mariage
avec Pierre. Je crois que je suis déçue. J'espérais
tant avoir retrouvé Anathalie ! Tout l'été, j'ai
guetté le facteur. Sidonie et moi, nous avons
écrit à toutes les sages-femmes des environs de
Péribonka, de Chicoutimi et de Dolbeau. Nous
leur avons recommandé de ne pas nous répondre
si elles n'avaient jamais rencontré Emma.

— Tu ne renonceras jamais ?

— Non. Je voudrais seulement savoir ce
qu'est devenue cette petite fille, avoir une preuve
de sa mort ou la certitude qu'elle est heureuse.
C'est ça qui me ronge !

— Pense donc à toi et à Pierre. Tu es si belle
dans ta robe ! J'ai cru voir une fée entrer dans
l'église.

— Tu es gentille. Donne-moi la main, Matilda. Je crains de ne pas marcher droit ; la tête
me tourne encore un peu.

Un joyeux vacarme retentit dans le couloir. La
grosse voix de Jactance résonna. Le voisin grondait ses fils, fort turbulents. Il y eut aussitôt le
verbe haut et net de Xavier Desbiens qui félicitait
Champlain pour la bonne santé de ses moutons.

— Il faut y aller, demoiselle ! Pardon, belle
dame ! plaisanta Matilda.

La porte s'ouvrit sur Pierre, l'air inquiet. Il se précipita sur Jacinthe, enfin debout, mais livide. Vite, il l'étreignit et l'embrassa sur les lèvres.

— Ma chérie, ton malaise ne passe pas ?

— Maintenant que tu es là près de moi, je me sens tout à fait rétablie, assura-t-elle, câline.

La guérisseuse s'éclipsa. Elle estimait que le jeune homme serait un remède plus efficace que tous les baumes de la terre.

— J'ai eu peur, Pierre, avoua tout bas Jacinthe. Mais tu es là. Dans tes bras, il ne peut rien m'arriver. Serre-moi fort.

— Ma petite femme, je ne te quitterai plus jamais. Ce soir, nous commençons une longue vie ensemble, dans notre maison de la rue Laberge. Un palace !

— C'est vrai, ça me paraît inouï. Tu seras avec moi chaque nuit, chaque matin et chaque soir.

Ils échangèrent un baiser langoureux, qui eut le don de revigorer la mariée.

« Pourquoi ai-je eu cette crise de panique ? se demanda-t-elle. L'angoisse m'a rendue malade. Pourtant, les choses se sont arrangées à merveille. Lauric a trouvé un emploi sérieux sur l'île de Vancouver ; il nous a adressé ses vœux de bonheur sur une jolie carte postale. Pierre l'a remplacé à la fromagerie ; il travaille près de notre maison, car nous disposons de la propriété entière, puisque Sidonie ne veut plus y installer son atelier, enfin, pas tout de suite. Elle a sûrement une meilleure idée en tête. J'ai eu plusieurs patients, déjà, qui sont venus dans mon cabinet d'infirmière bien agencé, impeccable. »

Pendant qu'elle songeait à ces éléments favorables, Pierre la berçait doucement contre lui. Il caressait ses cheveux couronnés du diadème de petites fleurs blanches.

— Où est ton voile ? interrogea-t-il en l'embrassant sur le front.

— Sidonie l'a rangé dans un carton à chapeau. Écoute, on nous appelle. Viens vite.

Lorsqu'ils entrèrent dans la grande cuisine, un concert d'exclamations ravies les accueillit. Jacinthe découvrit la table où trônaient les trois gâteaux de pâtissier, des petits chefs-d'œuvre dûment décorés, la pièce montée, les verres étincelants, les assiettes accompagnées de leur serviette et un magnifique bouquet de roses et de dahlias agrémenté de verdure aérienne.

— Merci, c'est superbe ! s'exclama-t-elle, émue aux larmes.

— Oui, merci ! insista Pierre.

— Il faut lever un verre à votre bonheur, mon fils ! déclama Xavier Desbiens d'un ton solennel.

Radieux, Champlain fit sauter le bouchon de la première bouteille. Franck Drujon déboucha la deuxième.

— Asseyez-vous donc, allez, madame Renée, Jourdain… Il faut s'asseoir, disait Alberta en poussant Artémise dans le dos.

Sa voisine, éblouie, tenait son bébé contre elle.

Boromée Desbiens n'y tint plus. Assis confortablement dans le fauteuil du maître de maison, il cala son accordéon sur ses genoux et se mit à jouer un air entraînant. Les trois enfants Thibault firent cercle autour du pittoresque vieillard à la barbe blanche et au chapeau de cuir.

— C'est un rigodon ! s'enthousiasma Renée Drujon qui avait l'oreille musicale.

Sidonie, quant à elle, commençait à distribuer des parts de pièce montée, attribuant deux choux à chaque convive. Un peu intimidés d'être au centre de toutes les attentions et de tous les regards, Jacinthe et Pierre se tenaient la main.

Après que la sixième bouteille eut été vidée et que les gâteaux furent pratiquement terminés, les conversations allèrent bon train.

— J'ai visité votre maison avec monsieur Laviolette, déclarait Xavier Desbiens au jeune couple. Le cabinet d'infirmière fait très moderne. Seigneur, nous sommes bien contents, ce soir, d'être tous réunis pour la noce, mais comment oublier les jours terribles qui évoquaient le Déluge ? Rien ne manquait ; nos villages, nos églises et nos logements envahis par les eaux, les cieux couverts de sombres nuages aux reflets d'apocalypse.

— Papa, je t'en prie, personne n'oublie, personne ne pourra oublier, répliqua Pierre. De ton côté, souviens-toi du grand malheur qui est survenu ici, chez ma femme et mes beaux-parents.

L'allusion jeta un froid, vite dissipé par la voix chaleureuse de Franck Drujon qui affirmait :

— Par chance, la rue Laberge a été épargnée. Mais Renée n'était pas tranquille.

— Ça non ! renchérit son épouse. Le matin, je vérifiais si nous étions toujours au sec, et toi, Franck, tu allais faire un tour sur le chemin du lac pour évaluer le danger. Mais savez-vous ce que j'apprécie le plus ? C'est le voisinage de Ferdinand, notre cher ami, et la proximité de l'école de garçons. Quand la cloche sonne, nous avons droit à une débandade sous nos fenêtres. N'est-ce pas, Franck ?

— Oui, et je ne m'en plains pas. Ils sont si vifs, si gais, ces petits gars, dont les vôtres, monsieur Thibault !

Jactance éclata d'un rire tonitruant.

— Calvaire, y sont pas les derniers à gambader... Dites, z'avez sûrement noté la chose, bégaya-t-il, éméché. Madame Brigitte Pelletier n'est pas venue à l'église avec son bozo de fiston. Elle le tient enfermé, ces temps-ci.

Une exclamation navrée d'Alberta fit diversion :

— Et monsieur le curé ! Mon Dieu, nous ne l'avons pas attendu !

— Il a dû avoir un empêchement, hasarda Sidonie. Mais il a promis de venir. Je lui ai gardé de la pièce montée et du gâteau de Savoie aux fraises.

— Je pourrais aller le chercher en voiture, proposa Jourdain. Il me semblait fatigué après la cérémonie.

Jacinthe jeta un coup d'œil à Matilda qui, silencieuse, se contentait d'écouter en approuvant d'un signe de tête selon le sujet abordé. « Elle m'a parlé de notre curé, au début de l'été. Il serait malade, gravement malade, une tumeur ! » se souvint la jeune femme.

Il y eut un moment de flottement silencieux. Boromée Desbiens reposa l'accordéon dans sa caisse. Le prêtre frappa à la porte entrebâillée presque aussitôt, comme s'il n'avait pas osé entrer plus tôt.

— Pardonnez mon retard ! Obligé de me reposer un peu, je me suis endormi contre mon gré. Mais je tenais à honorer votre gentille invitation. J'ai enfourché ma bicyclette et me voici. J'espère que je n'ai pas manqué le tour de chant de madame Renée.

— Oh ! monsieur le curé ! Un tour de chant, non, une chanson ou deux, protesta humblement la dame.

Sidonie et Jourdain firent une place au religieux, dont le teint jaunâtre et les traits émaciés laissaient soupçonner un problème de santé. Il mangea cependant de bon appétit sous le regard anxieux de Matilda.

— Si tu nous interprétais ce que tu as répété deux fois, à la maison ! dit alors Franck à son épouse. Ensuite, nous rentrerons chez nous. Le ciel se couvre. Nous ferons mieux de ne pas nous attarder.

Renée s'écarta un peu de la table et prit sa respiration.

— En votre honneur, Jacinthe et Pierre, j'ai choisi une très belle chanson française. Ne soyez pas surpris si je verse ma larme. Il m'arrive d'avoir le mal du pays. C'est normal !

Sa voix suave, claire et haute s'éleva, charmant un auditoire attentif.

Le plus beau pays du monde,
C'est la terre où je naquis
Au printemps la rose abonde
Aux abords de ses courtils.
D'elle émane dans la brise,
Un arôme sans pareil.
Au clocher de ses églises

820

Le coq guette le soleil.
On y parle un doux langage
Le plus beau qu'on ait formé ;
L'étranger devient plus sage
Lorsqu'il se met à l'aimer.
Heureux qui reçut la chance
De l'ouïr dès son berceau,
Car la langue de la France
Est un chant toujours nouveau.
Parfums de fleurs, chants de cloches
Bruits d'eau vive, gais frissons,
Des tiges qui se rapprochent
Quand mûrissent les moissons.
Étoiles dans un ciel tendre,
Sourires d'aubes en éveil
Ah ! mon pays, j'aime entendre
Ta chanson dans le soleil[1] *!*

— Bravo, c'était joli comme tout ! s'écria le vieux Boromée quand elle salua avec sa modestie habituelle.

— Oui, merci, madame Renée, c'était très émouvant ! renchérit Jacinthe. J'en ai la chair de poule.

— Tabarouette ! s'esclaffa Jactance. Dans ce cas, t'as de la chance d'avoir marié un beau coq.

―――――――

1. *Le Plus Beau Pays du monde*. Paroles de Phileas Lebesgue (1913).

Faussement outrée, Artémise donna une tape sur le bras de son mari. Leur nourrisson en profita pour se réveiller et réclamer à téter. À la faveur de la liesse générale et des félicitations, Champlain s'esquiva. Il passa dans le cellier et alluma la lampe rivée au mur. « Pourvu qu'elle soit contente, Jacinthe ! s'interrogea-t-il, envahi de doutes sur le bien-fondé de son cadeau. Bah, je verrai tout de suite si elle comprend, si ça lui plaît. On lit sur son visage, à ma grande ! »

Il s'empara de quelque chose et revint sans bruit dans la cuisine. Alberta lui adressa un regard attendri.

— Jacinthe, ton père tenait à t'offrir ce qu'il cache sous sa veste. Ferme les yeux et tends les mains !

L'injonction fit pouffer ceux des invités qui étaient au courant de la surprise. La mariée obéit sagement. Elle sentit au creux de ses paumes une forme chaude, agitée et poilue ; elle s'empressa de regarder de quoi il s'agissait.

— Oh ! papa ! s'exclama-t-elle en découvrant un chiot noir et blanc de très petite taille qui lui léchait déjà les poignets. Papa, tu ne pouvais pas me faire plus plaisir !

Elle se retenait de pleurer et frottait son nez à la truffe de l'animal, qu'elle serra ensuite contre sa poitrine. Il mordilla d'emblée un des boutons en nacre de sa robe.

— Veux-tu cesser, vilaine bestiole ! ronchonna Sidonie.

Sans doute impressionné par le ton impérieux de la jeune femme, le chiot se pelotonna sur les genoux de sa nouvelle maîtresse.

— Il est adorable, s'émerveilla Pierre, qui était dans le secret. Je me suis renseigné ; il ne deviendra pas plus grand qu'un agneau, disons un agneau costaud d'un mois environ.

Incapable de répondre, Jacinthe se leva de sa chaise. Une expression d'enfant comblée sur les traits, elle tenait d'un bras son précieux cadeau. Champlain la vit s'approcher, toute tremblante d'émotion.

— Merci, papa, merci !

Les témoins de la scène crurent qu'il arrangeait une mèche de ses cheveux, mais il effleurait d'un doigt la cicatrice sur son front, dont il était responsable et qui datait d'un jour de colère où il avait tué une portée de chiots.

— Je te devais bien ça, chuchota-t-il en la prenant contre lui, une démonstration de tendresse paternelle qu'il ne s'était jamais autorisée en vingt-trois ans. Si Emma nous voit, de là-haut, elle doit se réjouir. Elle me tannait pour que je te donne un petit chien de ce genre à chacun de tes anniversaires.

Jacinthe éclata en sanglots. Elle aurait donné cher pour revoir sa petite sœur assise parmi eux, toute gaie, vivante, surtout, bien vivante.

Vite, Boromée reprit son accordéon et joua une valse.

— Finies les larmes, il faut danser ! s'écria Sidonie, aussi émue que sa sœur. Jactance, Jourdain, aidez-moi. Poussons la table contre le buffet. Pierre, fais donc valser ta femme !

Le jeune homme s'exécuta. Alberta hérita du chiot qu'elle cajola, s'attirant les moqueries d'Artémise et la convoitise de ses trois garnements. Peu après, chacun admira la large jupe couleur de miel de la mariée qui virevoltait au ras du parquet. Ferdinand frappait des mains ; Matilda battait la mesure du pied ; Renée et Franck en oubliaient de prendre congé.

— Danse, papa, invite maman ! cria Sidonie qui évoluait gracieusement avec son fiancé, un excellent partenaire.

Personne n'entendit la pluie battre le toit et ruisseler des gouttières, ni le nordet qui déferlait sur le lac, faisant naître de ses griffes froides de grosses vagues grondeuses. L'automne s'annonçait, que suivrait le rude hiver québécois.

*

C'était le moment tant attendu par les jeunes époux. Couchés l'un près de l'autre entre des draps propres qui fleuraient bon le savon, ils savouraient leur intimité. Une lampe de chevet dispensait une clarté rose chaleureuse.

— Nous sommes enfin chez nous, mon amour, dit Jacinthe d'une voix émerveillée. La tempête est passée, une petite tempête de rien du tout. Même s'il pleut encore, je me sens bien à l'abri avec toi.

— Je suis au paradis, dit Pierre, sa tête brune nichée au creux d'un gros oreiller.

Le chiot dormait à leurs pieds en poussant parfois de brefs gémissements qui les attendrissaient.

— Un mari sévère dirait que cette bête n'a rien à faire ici, plaisanta-t-elle.

— Je ne serai jamais un mari sévère. J'ai compris la leçon. Pour avoir droit à la plus jolie fille de la région, il faut la laisser agir à sa guise… N'est-ce pas, garde Desbiens ?

— Doux Jésus, tu as raison, je dois changer de nom.

Ils éclatèrent de rire et s'embrassèrent. Ils n'exigeaient rien d'autre que leur bonheur d'être mariés et de dormir entre les murs d'une maison qui, au fil des jours et des semaines, allait devenir leur foyer. Jacinthe avait refusé l'idée même d'un bref voyage de noces. Son grand-père voulait lui offrir une escapade jusqu'aux célèbres chutes du Niagara, mais elle avait décliné sa proposition.

— C'est très gentil, pépère, mais garde tes économies pour une affaire plus importante, lui avait-elle dit. Même si nous ne sommes pas dépensiers, Pierre et moi, nous devons faire attention. Je ne veux causer de frais ni aux parents ni à toi.

Son souhait était exaucé, la noce n'avait pas coûté cher à leurs familles respectives. Jacinthe en éprouvait un sentiment de plénitude, un soulagement infini. Ils étaient unis devant Dieu, libres de s'aimer et de se chérir. Cela seul comptait. Pourtant, ce soir-là, épuisés par le long jour de fête, ils s'endormirent chastement enlacés. Sous les flammes de la passion charnelle qui les avait à jamais liés l'un à l'autre couvait un grand amour pétri d'une inaltérable tendresse.

*

Chicoutimi, chez les Delorme,
jeudi 20 septembre 1928, onze heures du matin

Elphine venait de se lever après avoir paressé au lit. Elle se plaisait chez sa tante Marianne et son oncle Herbert, dans leur luxueuse demeure construite sur les hauteurs de Chicoutimi. Sa seule obligation était de tenir compagnie à sa cousine Félicée et de la divertir.

La veuve de Théodore Murray, malgré une volonté de fer, se remettait difficilement de l'épouvantable épreuve qu'elle avait subie. Ses parents estimaient néanmoins qu'elle faisait preuve d'un immense courage. Toujours aimable, elle se consacrait à son petit garçon avec passion. Si la jeune femme pleurait, c'était dans le silence de la nuit, derrière la porte close de sa chambre.

Même là, à Chicoutimi, le souffle pernicieux du scandale avait soufflé et le renom de la famille Delorme, une des plus aisées de la ville, avait été entaché. Durant tout l'été, on s'était donc réfugiés dans la grande maison. Les visites annoncées de Lucien et de Coralie rompaient la monotonie des jours, rythmés par les repas fins à l'ombre d'un énorme tilleul, dans le parfum des rosiers. Wallace venait lui aussi, certains samedis où les Delorme invitaient leurs relations huppées. Entre gens de la bonne société, on respectait les apparences, on dansait, on évitait de trop dévisager Félicée, la malheureuse victime de la terrible *affaire Murray*, comme avaient titré les journaux.

Mais, ce jeudi-là, Wallace arriva sans prévenir. La gouvernante le conduisit dans la salle à manger où Elphine, en pyjama de satin rose, grignotait un toast nappé de marmelade d'oranges.

— Bonjour, petite sœur, dit-il aimablement. Cultiverais-tu l'art de la grasse matinée ? Il n'est pas loin de midi. Un peu plus, je te trouvais au lit, il me semble !

Il l'embrassa sur le front et s'assit à côté d'elle.

— Tu as bien fait de venir. Je suis contente de te voir. Veux-tu du thé ? Il est encore très chaud.

Les yeux bleus pleins de mélancolie, le jeune banquier accepta d'un signe de tête.

— Ils sont mariés ! laissa-t-il tomber.

— Qui donc ? minauda sa sœur, le cœur serré.

— Jacinthe et Pierre. Ça s'est passé samedi, à Saint-Prime. J'ai vu un communiqué dans *Le Colon*.

— Il fallait s'y attendre, Wallace. Pour ma part, je m'en fiche bien. Figure-toi que j'ai rencontré un garçon formidable, un Anglais prénommé James.

— Tant mieux, mais, si tu t'en fiches, comme tu dis, pourquoi es-tu passée du rouge au blanc crayeux ? En plus, tes mains tremblent.

— Tu as eu une façon abrupte de m'annoncer ça, ironisa-t-elle d'une voix triste. J'aimais vraiment Pierre, mais je l'oublierai. Tu devrais chercher une fiancée, le contraire de l'autre, des cheveux très courts et très noirs, un regard de braise…

Wallace Gagné haussa les épaules. Sa tante Marianne entra au même instant. Elle déposa un léger baiser sur sa joue et prit place à table.

— Félicée ne tardera pas ; elle s'habille. Tu dînes avec nous, mon cher neveu, affirma l'élégante citadine.

— Je crois même que je vais séjourner ici quelques jours, si je ne te dérange pas, tante Marianne. Je me suis donné congé. Ma cousine et ma petite Elphine me manquaient cruellement, plaisanta-t-il.

— Tu ne me dérangeras jamais, Wallace. Tu as bien choisi ton moment, car, à la fin du mois, nous partons tous pour New York. Mes enfants, d'ici là, vous devez amuser Félicée, lui donner beaucoup d'affection et surtout l'aider à envisager un avenir agréable. Elle se remariera un jour, vous verrez. À ce propos, vous deux aussi, il vous faudrait songer à convoler.

Sur ces mots prononcés avec attendrissement, leur tante s'éloigna. Le frère et la sœur échangèrent alors un clin d'œil dépité. Par dérision, ils entrechoquèrent leur tasse de thé.

— À nos amours perdus ! dirent-ils en chœur.

*

Jacinthe avait fini de mettre le pansement en place. Elle soignait depuis deux semaines un veuf de soixante-douze ans, Éphraïm Lécuyer, qui souffrait d'un abcès au genou gauche. Son patient logeait à l'entrée du village, au bord de la route. Il avait neigé en abondance pendant une semaine, une neige cotonneuse et brillante qui tenait bien sur le sol refroidi par le noroît avant les premiers flocons.

— Surtout, monsieur Lécuyer, prenez votre canne pour vous déplacer dans la pièce, recommanda la jeune femme. Et appuyez-vous le moins possible sur la jambe malade.

— Je ferai ce que je peux, torrieux ! grogna le vieillard, d'un caractère difficile. Rien ne me soulage.

— La zone infectée est saine, à présent, le pus est sorti. Je reviendrai demain matin passer du désinfectant.

— Calvaire ! ça va me coûter mes dernières piastres, tout ça !

— Je vous ai déjà dit que non, le gronda Jacinthe, habituée à ses récriminations. Vous êtes sûr que votre fils viendra ce soir vous donner à souper et chauffer le poêle ?

— Mais oui ! Vous feriez mieux de vite rentrer chez vous, c'est pas à côté.

La « garde Desbiens » enfila un manteau en laine et s'équipa d'un bonnet, d'un foulard et de mitaines. Sur les conseils de son mari, elle portait des bottillons fourrés munis de crampons en fer.

— Marcher ne me fait pas peur, cher monsieur. À demain matin ! J'en profiterai pour repasser chez vos voisins, les Roy ; leur fils Valentin a une grosse bronchite. Je lui pose des cataplasmes de farine de moutarde. C'est très désagréable.

Le vieil Éphraïm ricana, exhibant une dentition gâtée. Enveloppé d'une robe de chambre écossaise, il passait son temps dans un fauteuil près du fourneau.

— Transmettez mes amitiés à ce filou d'Osias. Il a racheté mon pré au bord de la rivière aux Iroquois, y a une décennie. J'en ai tiré trois fois le prix que ça valait. Rappelez-le-lui de ma part, qu'il bougonne un peu.

— Je n'y manquerai pas, monsieur Lécuyer, mais demain seulement. Je rentre vite chez moi.

Jacinthe sortit et respira l'air glacé avec soulagement. Après une journée de visites à domicile, elle avait hâte de retrouver sa propre maison, où Pierre l'attendait en compagnie du chiot, maintenant âgé de six mois et baptisé Tommy. Ils souperaient en se racontant leur journée.

Depuis le mariage, le couple avait procédé à certains aménagements d'ordre pratique. Renonçant au salon traditionnel que les familles utilisaient peu, ils avaient arrangé selon leur idée cette pièce où ils cuisinaient, mangeaient ensemble à une table ronde et veillaient près d'un large fourneau. Ainsi, le cabinet de l'infirmière servait uniquement à recevoir les patients, de plus en plus nombreux. Aucun médecin n'avait encore pris la relève du vieux docteur Fortin.

Quand elle était confrontée à des pathologies inquiétantes, Jacinthe envoyait la personne à l'hôpital de Roberval ou contactait le docteur Langelier de Saint-Méthode, car elle disposait d'une ligne téléphonique.

Tout en avançant prudemment sur la route gelée, la jeune femme faisait le bilan des trois mois qui venaient de s'écouler. « J'ai rarement été aussi heureuse. J'en ai honte, souvent, comme si j'oubliais peu à peu Emma. Même Sidonie évite de parler d'elle. »

Matilda la raisonnait lorsqu'elle lui confiait ses tourments.

— La vie reprend ses droits, petite ! Où qu'elle soit, ta sœur doit se réjouir de te voir bien établie, mariée à l'homme que les étoiles t'ont choisi.

Une chose était vraie : de partager son quotidien avec Pierre la comblait. Ils n'avaient aucun sujet de discorde et, la nuit, dans leur grand lit douillet, ils consolidaient encore leur fabuleuse entente.

« Seigneur, Noël approche, le doux temps des fêtes, songea Jacinthe en admirant la vitrine décorée du magasin général. Mais le mystère de la disparition d'Anathalie n'est pas résolu. Dimanche dernier, Jourdain a déclaré que nous avions fait le maximum, que notre nièce était morte, assurément. Au moins, nous avons tous essayé de la retrouver. Petites annonces durant des semaines dans plusieurs journaux, courriers, appels téléphoniques, rien n'y a fait. Comme le dit Pierre, de citer le prénom de la fillette a pu brouiller les pistes. »

Elle s'attarda à détailler la devanture de l'établissement, illuminée par une guirlande de petites ampoules colorées. Sur un parterre en tissu blanc, des touffes de coton figuraient des bancs de neige, le tout constellé de paillettes argentées. Des jouets étaient disposés de-ci de-là : une poupée en porcelaine, vêtue d'une longue robe en velours, une autre en celluloïd dans une cuvette en fer, mais aussi des boîtes en carton contenant des casse-têtes et un modèle réduit d'automobile muni d'une clef qui devait actionner les roues.

Il y avait là de quoi faire rêver une des enfants Cloutier, qui recevait pour les fêtes un jésus en sucre candi rose et informe ou une pièce de linge tricotée par Alberta, chaussettes, mitaines ou écharpe.

« Moi, j'aimerais bien faire un sapin de Noël. J'ai vu une photographie dans un des magazines de Sidonie », se disait-elle.

Soudain, on la bouscula. Ce n'était guère surprenant : la neige durcie par le gel nocturne glissait beaucoup.

— Pas fait exprès, bafouilla une voix rauque.

— C'est toi, Pacôme ! s'étonna-t-elle. Où étais-tu passé ces quinze derniers jours ? Matilda s'inquiétait.

Emmitouflé dans de vieilles hardes, le simple d'esprit exhibait un nez rouge et des yeux larmoyants.

— J'étais pas là, moé. Pas le droit de voir Matilda, maman veut pas.

— Ça, je le sais, Pacôme. C'est bien dommage ! Mon mari lui a fait son bois de chauffe, puisque tu ne pouvais pas.

— J'étais loin, moé, pas icitte. Méchant hôpital, méchante maman.

Sur ces mots, il lorgna les sachets de caramel au beurre qui étaient alignés devant les jouets.

— Ne bouge pas, lui indiqua Jacinthe. Je vais t'offrir des bonbons.

Elle se rua dans le magasin, acheta le nécessaire et ressortit. Ravi, Pacôme cacha les friandises dans la poche de sa veste. Muet de joie, il s'éloigna d'une démarche hasardeuse. Attendrie, la jeune femme s'empressa de rejoindre la rue Laberge. À peine entrait-elle dans le vestibule que le chiot débarla, frénétique. Il sautillait et mordillait ses bottillons en remuant la queue et en jappant.

— Grâce à Tommy, je sais que tu es arrivée ! lui cria Pierre, qui descendait l'escalier. Ma chérie, tu dois être fatiguée. J'aurais tant voulu que tu te reposes, bien au chaud !

Ils s'étreignirent et s'embrassèrent à perdre haleine. Mais un détail intrigua Jacinthe.

— Pourquoi as-tu dit ça ? Je vais pouvoir me reposer !

Amusée par son expression déconfite, elle entreprit d'ôter son bonnet et son foulard.

— Il faut que tu ressortes, le curé te demande. Son vicaire vient de téléphoner.

Jacinthe suspendit son geste. Le prêtre qui l'avait baptisée et mariée était au plus mal, alité depuis des jours. Elle s'était efforcée de le soulager, secondée par Matilda, mais un docteur de Roberval appelé d'urgence s'était montré pessimiste. Il n'y avait pas grand-chose à faire, selon lui. La tumeur pressentie par la guérisseuse s'était répandue.

— Eh bien, j'y vais, dit-elle un peu à regret. Ne m'attends pas pour souper. Je ne serai pas vraiment utile, mais s'il veut me voir…

Elle reprit sa sacoche et la remit sur l'épaule en bandoulière. Pierre l'embrassa encore et caressa ses joues.

— Je réchaufferai ta part. Je n'irai pas au lit sans toi, ma petite femme. Sois prudente, le vent souffle fort ce soir.

20

Le temps des fêtes

Saint-Prime, jeudi 20 décembre

Dès les premiers pas qu'elle fit dans la rue, Jacinthe perçut un changement dans l'atmosphère. Pierre ne s'était pas trompé. Une rafale glaciale chargée de minuscules flocons gelés lui fouetta le visage. Elle revit son mari en gros pull à col roulé, le chiot blotti au creux de ses bras, et faillit faire demi-tour. « Une tempête approche ! pensa-t-elle. Tant pis, je me dépêche. Ce sera encore plus agréable de rentrer au chaud, la conscience tranquille. »

La distance n'était pas considérable. Cependant, la jeune femme regretta bientôt sa décision. Le vent se déchaîna, furieux, ravageur.

Il brassait des rideaux de neige et ébranlait les cheminées avec des hurlements effarants. Le village était désert ; on se barricadait en toute hâte. « Mon Dieu, protégez-moi ! » implora Jacinthe qui avançait courbée, pas à pas, affolée.

Elle se repérait à la masse imposante de l'église et aux falots de l'éclairage public. Sa lente progression au sein des ténèbres prit soudain l'allure d'un défi contre le destin, si habile et si prompt à distribuer le malheur et la mort. Avec du courage et de la volonté, elle pourrait trouver un refuge chaud autant que lumineux. « Il ne peut rien m'arriver, il ne doit rien m'arriver ! » se répétait-elle, aveuglée par les bourrasques givrées.

Soudain, la vision du grand lac, tel qu'il était le matin, enfin prisonnier des glaces et incapable de nuire, lui revint. Transformé en une immense plaine blanche, ses eaux domptées, ce n'était plus l'ennemi qu'elle considérait avec un respect apeuré, le monstre liquide qui avait présidé à la mort de sa sœur.

— Emma, ma petite Emma, je t'aimais tant, je t'aime tant ! cria-t-elle.

Le son de sa voix fut englouti par les sifflements du blizzard, mais, au même instant, une image radieuse se dessina dans son esprit, le visage d'Emma, irradié de lumière et illuminé par un sourire ineffable.

— Seigneur, Dieu tout-puissant ! gémit Jacinthe. Emma, aide-moi !

Elle sentit une poigne robuste la saisir par le bras. Quelqu'un l'entraînait :

— Viens par là, ma belle, tu as dépassé le presbytère.

C'était Matilda, imposante dans une pèlerine à capuche. Elle la guida vers le salut, une porte double qui s'ouvrit sur la chaleur et la lumière tant espérées.

Peu après, Jacinthe pénétrait dans la chambre du vieux prêtre. Son amie et le vicaire l'avaient aidée à ôter son manteau et son bonnet crépis de neige gelée, ainsi que sa sacoche.

— Tu n'en auras pas besoin, avait murmuré la guérisseuse. Monsieur le curé a reçu l'extrême-onction. Mais il te réclamait.

Elle avait gardé sa blouse blanche et rejeté en arrière les mèches humides plaquées sur son front. À l'heure de sa mort, le religieux ressemblait à n'importe quel vieillard alité, rongé par un mal implacable.

— Jacinthe, mon enfant, approche. Vite, nous avons si peu de temps ! marmonna-t-il.

Très émue, elle prit place à son chevet, sur la chaise que Matilda avait occupée une partie de la journée.

— Mon père, est-ce que vous souffrez beaucoup ? s'enquit-elle tout bas.

— Notre-Seigneur Jésus a souffert bien davantage. Es-tu seule, vraiment seule ? J'y vois à peine.

— Oui, je suis seule. La porte est fermée.

— Que Dieu me pardonne, je dois trahir ce soir le secret de la confession, mais c'est pour une juste cause, il me semble. Si j'étais parti sans te parler, ma chère enfant, je n'aurais pas eu de repos au ciel.

Le cœur de Jacinthe se mit cogner à grands coups. Elle prit la main froide du curé dans la sienne, tiède et vigoureuse.

— Je vous écoute, mon père.

— Pendant plusieurs jours, avant l'été, ma brave Matilda m'a posé des questions, l'air de rien. J'ai compris ce qu'elle voulait savoir. Elle s'est lassée, ou elle a décidé de laisser faire la Providence.

L'agonisant respirait péniblement. Il continua néanmoins :

— Ensuite, il y a eu vos annonces dans les journaux. Je les ai lues et je ne savais pas où était mon devoir ; me taire ou venir vous dire ce que je savais. Vous cherchiez la petite fille innocente, l'agneau de Dieu.

— Oui, mon père, nous avons beaucoup cherché, balbutia Jacinthe en retenant un san-glot nerveux. C'est l'assassin de notre sœur, le docteur Murray, qui nous a appris son existence en accusant Emma de l'avoir abandonnée.

— Ta sœur est venue se confesser, il y a un an, la veille de Noël. Peut-être que, en ce temps consacré à célébrer la naissance de Notre-Seigneur Jésus-Christ, les remords lui sont devenus insupportables.

Le curé ferma les yeux, à bout de forces. Jacinthe étreignit ses doigts, comme pour le rappeler dans le monde des vivants. Il tourna sa tête chenue vers elle et cligna les paupières avec un sourire.

— Ne crains rien, mon enfant. Je t'ai fait appeler, sûr que tu viendrais malgré le mauvais temps. Je me suis tant tracassé ! Ce secret était si lourd ! Je ne m'en irai pas sans te dire ce que je sais. Léonide Simard, ou sœur Sainte-Blandine, Emma m'en a parlé aussi. Elles ont voyagé ensemble de Péribonka à Sainte-Jeanne-d'Arc. Léonide y connaissait une sage-femme, une métisse d'Indien montagnais. Ta sœur a accouché là-bas. À peine remise, elle est partie sans se retourner ; ce sont ses propres mots. Sœur Sainte-Blandine, atteinte de la phtisie, est partie de son côté. L'enfant a été baptisée et confiée à la famille d'un meunier, près d'un pont couvert sur la Petite Péribonka, un pont qu'on nomme le pont Rouge. Emma envoyait de l'argent à ces gens, au début, une maigre pension, mais elle m'a avoué qu'elle déchirait les lettres qui contenaient des nouvelles de sa fille. Elle ne voulait plus en entendre parler. Elle préférait avoir honte de sa conduite que de s'encombrer de cette petite. Je te répète ses propres mots encore une fois.

— Mon Dieu, merci ! Et merci, mon cher père, d'avoir trahi le secret de la confession !

Jacinthe pleurait sans bruit, infiniment heureuse et soulagée.

— Dieu me pardonnera, j'en ai la conviction, ânonna le vieillard dans un râle.

— Et le père de l'enfant ? Emma vous a-t-elle dit son nom ?

— Je l'ai interrogée. Elle a refusé de répondre, presque violemment. J'en ai été bouleversé, choqué. Je l'ai exhortée à se repentir, à changer de mœurs aussi. Autant te l'avouer, ta sœur s'inquiétait du feu qui la dévorait et qui la poussait au vice. Elle m'a dit qu'elle ne pouvait pas lutter contre les mauvaises choses que son corps la forçait à faire, qu'elle était née comme ça. Ces tristes paroles se sont gravées dans ma chair, comme les cilices en crin que portent les pénitents pour se mortifier. J'ai prié pour le salut d'Emma. Oui, j'ai tant prié ! Retrouve l'enfant, Jacinthe. Dieu le veut, je le sens. Sinon, j'aurais emporté le secret de ta sœur dans ma tombe.

Le curé referma les yeux. Sa peau sillonnée de rides prit une teinte ivoirine pendant que son souffle précipité s'apaisait. Jacinthe tomba à genoux près du lit et déposa un baiser sur la main décharnée qu'elle n'avait pas lâchée.

— Merci, cher père, merci, murmura-t-elle dans un sanglot.

— Pars, ma petite Jacinthe. Que le Seigneur t'ait en Sa sainte garde pour l'éternité des jours. Matilda peut venir, le vicaire aussi. Il sera votre nouveau berger.

La vie du prêtre s'enfuyait. La jeune femme appela son amie, qui se rua au chevet du mourant, suivie du futur curé de Saint-Prime. Ils se penchèrent sur le lit à l'instant où le vieil homme rendait l'âme.

Par gratitude, Jacinthe demeura une heure au presbytère. Matilda et le vicaire préparaient la veillée funéraire avec des gestes lents pleins de vénération.

— La tempête se calme. Rentre donc chez toi, Jacinthe, lui conseilla la guérisseuse. Pierre doit s'inquiéter.

Elles échangèrent un long regard teinté de suspicion sans oser mettre de mots sur leurs doutes respectifs.

« Anathalie n'était pas si loin de nous, Matilda ! songeait Jacinthe. Vraiment, tu ne pouvais pas la localiser avec tes fameux tarots ? »

« Que t'a raconté monsieur le curé pour te recevoir aussi longtemps juste avant de mourir ? » pensait Matilda.

Les deux femmes se séparèrent sur ce regard, qui sonnait peut-être le glas de leur amitié.

*

Jacinthe se dirigeait vers la rue Laberge dans un état second, proche de l'euphorie. Elle se frayait un chemin à grandes enjambées parmi les bancs de neige, riant et pleurant tout à la fois, indifférente aux efforts qu'elle accomplissait. « Noël, Noël ! » se répétait-elle sans vraiment savoir pourquoi, tout son être tendu vers une petite fille dont elle ignorait le visage, la voix et le caractère. Était-elle brune ou blonde, rousse peut-être, les yeux verts ou noirs ?

— Jacinthe ! appela-t-on.

Elle se figea, stupéfaite. Pierre venait vers elle, chaussé de raquettes et chaudement emmitouflé. Il la rejoignit et la serra contre lui.

— J'étais inquiet. Le téléphone ne marchait plus. Un poteau a dû tomber à cause du gros vent. Ma chérie, tu pleures ! Le curé ?

— Il s'est éteint, Pierre, il nous a quittés, mais il a fait une bonne action avant de mourir, une très bonne action, s'enflamma-t-elle. Il savait où se trouvait Anathalie. Emma s'était confessée l'an dernier, à Noël.

— Viens, rentrons, je vais t'aider et tu m'expliqueras. Mon Dieu, tu es brûlante ! On dirait que tu as bu !

— C'est la joie, une telle joie ! s'écria-t-elle.

— Calme-toi, nous allons en discuter chez nous. J'ai eu si peur que tu t'égares !

Toujours exaltée, elle se cramponnait à lui. Enfin, ils furent à l'abri et ils purent se débarrasser de leurs vêtements constellés de flocons duveteux.

— Il y aura une belle bordée de neige durant la nuit et demain, sans doute, annonça-t-il en ranimant le poêle.

Jacinthe enleva sa blouse blanche qu'elle suspendit dans le vestibule. Avec un soupir de bien-être, elle se pelotonna sur leur divan, le dos calé à des coussins, le chiot niché dans ses bras.

— As-tu faim ? demanda son mari.

— Non, je suis assoiffée. Je voudrais bien du thé. Pierre, est-ce que tu te rends compte ? Je voudrais courir jusqu'à la ferme prévenir mes parents et Sidonie.

— Tu ne bouges plus d'ici ! protesta-t-il avec un air faussement sévère. Mais, si tu y tiens, je t'accompagne. Cependant, il vaudrait mieux discuter d'abord, tous les deux. De plus, tu risques de tirer tout le monde du lit, à l'heure qu'il est.

— Tu as raison, j'irai demain matin. Pierre, Anathalie a été confiée à une famille de Sainte-Jeanne-d'Arc, sur la Petite Péribonka, des meuniers. Je n'ai jamais visité ce village, mais il n'y a sûrement qu'un moulin.

Assis en face d'elle sur une chaise, il guettait, la mine soucieuse, le sifflement de la bouilloire.

— Tu n'as pas l'air content ! s'alarma Jacinthe. Après tous ces mois à la chercher, c'est merveilleux, non ?

— Ma chérie, j'ai simplement peur que tu sois déçue. Il peut se passer bien des choses en un an. Pourquoi ces gens n'ont-ils pas répondu à votre annonce ? Soit ils ne veulent pas rendre la petite, soit elle n'est plus chez eux.

— Dans le dernier cas, ils sauront au moins ce qu'elle est devenue. Peut-être aussi qu'ils ne lisent pas le journal, qu'ils ne savent pas lire !

Pierre prépara deux tasses et versa l'eau frémissante dans un pichet où il avait mis du tilleul. Un délicieux parfum se répandit dans la pièce.

— Il ne faut rien précipiter, reprit-il. Cette enfant a grandi chez ces gens. Tu ne pourras pas la leur arracher ainsi ni l'emmener loin de ceux qui l'ont élevée. Je comprends ton enthousiasme, mais tu devrais d'abord leur écrire et te présenter.

Jacinthe avait déjà réfléchi à ces problèmes. Elle retint un soupir et darda ses yeux turquoise sur un point invisible de l'espace.

— Avec les glaces et la neige, une lettre mettra longtemps à leur parvenir et la réponse tardera aussi. Pierre, j'ai au moins le droit de rendre visite à cette famille, de faire la connaissance d'Anathalie et d'organiser son avenir. D'après les propos du curé, Emma avait promis de payer une pension. Écoute-moi : il faut y aller le plus vite possible. Matilda, un jour, a prétendu que notre nièce était entourée d'ombres.

Pierre n'était guère partisan des pratiques divinatoires de la guérisseuse. Malgré sa nature rêveuse, il prônait les vertus de la logique, à l'instar de bien des hommes.

— Ça ne signifie pas grand-chose, murmura-t-il. Ma chérie, je serai franc : ne dis rien à tes parents tant que tu ne sauras pas ce qu'il en est. Nous pourrions partir samedi matin. Demain, je travaille de midi à dix-neuf heures. Mais comment irons-nous à Sainte-Jeanne-d'Arc ? Je situe le village, car papa me faisait étudier la carte de la région. C'est au nord-est de Péribonka. Le plus rapide, ce serait de traverser le lac sur les glaces.

— Est-ce qu'elles sont assez solides ? demanda Jacinthe, qui s'imaginait déjà en route vers Anathalie.

— Je me renseignerai à la fromagerie. Mais ça ne nous dit pas quel moyen de locomotion employer à l'aller et au retour. Certains gars se déplacent en traîneau tiré par des chiens ou un cheval. Là encore, le temps nous manquera pour trouver quelqu'un qui nous emmènerait. Ma chérie, tu as invité toute ta famille à souper lundi, la veille de Noël. Pourquoi ne pas reporter cette expédition à jeudi prochain, le 27 ?

Jacinthe installa le chiot sur le divan et se leva, son beau corps moulé dans une robe en laine grise. Elle noua ses bras autour du cou de Pierre et le fixa intensément.

— Je serai incapable de me taire jusqu'à cette date et je ne pourrai profiter du soir de Noël sans avoir vu Anathalie. Demain, je n'ai qu'une obligation : changer le pansement de monsieur Lécuyer, le vieil Éphraïm, et poser un cataplasme à Valentin Roy. Ça me laisse la journée entière pour trouver une solution. J'achèterai la poupée en porcelaine que j'ai vue dans la vitrine du magasin général. J'aurai de l'ouvrage, avant le départ, mais la maison sera prête si nous rentrons le 23 ou le 24. Je vais demander à grand-père de garnir la chaudière. Miss Susan Wallis avait eu l'excellente idée de faire installer le chauffage ici. Toi, tu as réparé la tuyauterie… Mon amour, ne boude pas ! On dirait un gamin ! Seigneur, je voudrais partir maintenant.

Il se mit à rire tout bas en la tenant par la taille. Ses yeux clairs étincelaient de fierté et de tendresse.

— Madame Desbiens, vous ne pouvez rien faire comme le monde ordinaire, plaisanta-t-il. Ce serait trop banal d'expliquer la situation à Sidonie et à mes beaux-parents, d'écrire à ce meunier et de prévoir un voyage après le temps des fêtes. Mais je vous aime telle que vous êtes, je vous aime pour ça depuis belle lurette, comme dit notre voisin français.

Pierre s'empara de ses lèvres et plongea ses doigts dans la masse mordorée de sa longue chevelure dénouée. Quand il caressa ses seins et se fit pressant, elle s'abandonna. Elle se sentait d'une légèreté inouïe, transportée d'un bonheur immense. Rien ne l'empêcherait de rejoindre tôt ou tard l'enfant d'Emma et de la chérir. Pierre l'aiderait, son époux devant Dieu. Fébrile, elle lui rendit son baiser.

*

Sur le lac Saint-Jean, samedi 22 décembre 1928

« Ce que femme veut, Dieu le veut ! » songeait Pierre, assis à côté de Jacinthe sur le

pittoresque traîneau d'un certain Josué, sur-
nommé le Borgne. C'était un homme d'une
soixantaine d'années, qui avait perdu l'usage de
l'œil gauche pendant le grand feu de 1870. Une
escarbille incandescente l'avait blessé pendant
que sa mère tentait de sortir un sac de farine de
leur cabane changée en brasier. Ce n'était alors
qu'un bambin sachant à peine marcher. Les gens
de Saint-Prime n'aimaient guère le voir traîner
au village, lui qui vivait la plupart du temps au
fond des bois en compagnie d'une meute de
chiens qu'on prétendait féroces.

Il avait croisé la garde Desbiens quand elle
sortait de chez Éphraïm Lécuyer, la veille, sous
une averse de neige. Selon son habitude, il
menait son attelage à grands cris rauques.

« C'est Dieu qui a fait sortir le Borgne de sa
tanière ! avait pensé la jeune femme. Il parcourt
la région en traîneau durant tout l'hiver ; il ne
craint pas les tempêtes et il n'a jamais une piastre
en poche. Si j'osais... »

Elle l'avait appelé de toutes ses forces, alors
qu'il s'éloignait sur la route gelée. Comment
avait-il perçu le son de sa voix ? Elle se le
demandait encore. Mais ses bêtes s'étaient
arrêtées, et Jacinthe avait pu discuter avec leur
maître, ébahi d'être abordé par une si jolie
femme. Ce qu'elle lui avait proposé l'avait
encore plus étonné.

— Moé, vous conduire de l'autre côté du lac, et à Sainte-Jeanne-d'Arc ? Pourquoi j'ferais ça ? J'suis pas un taxi ! Faudrait me payer cher en sacrament ! avait-il rugi.

Accoutumée à côtoyer divers spécimens d'individus masculins dans son métier, elle n'avait pas été impressionnée.

— C'est pour une bonne cause, monsieur Josué, et j'ai l'intention de vous payer cher, le prix que vous fixerez, même. Nous serons prêts demain matin, mon mari et moi. Vous n'aurez aucuns frais. J'offre la chambre et les repas à l'auberge de Péribonka, de même que de la viande pour vos chiens.

Médusé par autant de largesse, le Borgne s'était décidé très vite. Il appréciait l'aventure, l'imprévu.

— Z'êtes la belle infirmière, hein ? Je vous ai déjà vue. Dites, vous jasez comme une dame ! J'en veux ben, moé, de votre arrangement, mais je vous ramène au village, histoire de donner à placoter aux badauds de la rue principale.

Jacinthe avait accepté de bon cœur. Elle gagnait du temps tout en découvrant ce mode de locomotion qui la fascinait, fillette, lorsqu'elle voyait des équipages de ce genre s'élancer sur le lac gelé. Le vieux Josué jubilait d'entrer dans Saint-Prime en si galante compagnie.

— Où donc demeurez-vous ? avait-il demandé.

— Rue Laberge.

— On partira au petit jour. Couvrez-vous ben. Ce serait une bonne idée d'apporter une bouteille thermos avec du café.

— J'y veillerai. À demain ! s'était écriée l'infirmière en descendant du traîneau, ravie, sous les regards ébahis de quelques-uns de ses compatriotes.

Jusqu'au retour de son mari, elle s'était affairée, changée en fée du ménage. Elle ne s'était accordé qu'une courte pause pour déjeuner d'une tranche de fromage et d'un bout de pain.

Le souvenir de cette journée bien remplie trottait encore dans son esprit alors qu'elle était blottie contre Pierre. Les chiens allaient bon train, la queue en panache. Campé sur l'extrémité des patins, leur maître était étrangement silencieux. Le froid était vif et un brouillard givrant pesait sur l'immensité désertique.

« J'ai réussi ! se réjouissait Jacinthe. Notre chère maison est superbe, mes guirlandes en papier doré font merveille le long des murs, mes branches de sapin aussi, dans le gros vase en terre rouge. »

Dès le début du mois, elle avait acheté en cachette des décorations de Noël au magasin général : trois angelots en carton bouilli peinturluré en doré, des étoiles en papier verni poudrées de paillettes et des bougies minuscules qu'on faisait tenir en les incrustant dans de petites pinces métalliques.

« J'ai tout mené à bien, tant j'étais heureuse ! Pépère prend soin de Tommy, un vrai chien d'intérieur, et j'ai pu aller prier au chevet de notre curé. Qu'il avait l'air serein et reposé ! Au moins, il ne souffre plus. Son corps sera transféré à Chicoutimi par le train. »

— À quoi penses-tu ? s'enquit Pierre en la serrant de plus près.

— Je me revois hier, en pleine activité. Je voulais te faire une surprise et j'ai réussi. Tu en faisais, une tête !

— Il y avait de quoi. Nos vêtements pour le voyage préparés sur une chaise, de jolis ornements un peu partout, Sidonie en larmes assise sur le divan !

Il était obligé de lui parler à l'oreille à cause des crissements des patins sur la neige durcie.

— Je suis bien contente que ma sœur soit venue placoter un peu. J'ai pu suivre mon idée et lui apprendre la bonne nouvelle, pour Anathalie. Quand tu es arrivé, je venais de la lui annoncer et elle était bouleversée.

Pierre renonça à jouer les trouble-fêtes. Sidonie et Jacinthe seraient peut-être affreusement déçues, mais elles ne voulaient rien entendre.

— Je ne dirai rien à nos parents ni à grand-père, avait résolu la jeune couturière. S'il n'y a pas de bonne surprise à votre retour, nous serons les seuls à encaisser le choc.

Au contact de son fiancé, Sidonie avait appris à user d'un langage plus explicite, plus imagé. Jourdain la comblait d'attentions charmantes et il lui écrivait quand ils étaient séparés plusieurs jours. Ils formaient un gentil couple, comme le répétait Alberta avec délectation.

*

— Regardez un peu, les tourtereaux ! s'exclama le vieux Josué. Revoilà le soleil. Torrieux, on y verra plus clair !

Un disque d'or en fusion s'élevait au-dessus de la barrière sombre et bosselée des montagnes à l'orient. Déjà, des pans de ciel d'un jaune pâle se devinaient.

— Nous avons de la chance, il va faire beau ! s'écria Jacinthe.

Pierre souffla un « oui » rêveur, charmé par le spectacle. La lumière orangée de l'aurore parait le visage de sa bien-aimée de son éclat subtil. Il la trouva d'une beauté fascinante et lui chuchota un compliment. Ravie, elle l'embrassa furtivement. Ils assistèrent, éblouis, à la magnificence

du lever de soleil, dont les premiers rayons iri-
sèrent d'un rose flamboyant la vaste plaine
enneigée. Le somptueux tableau que leur offrait
la nature atteignait au sublime.

« Le grand lac a disparu. Il est vaincu !
songea Jacinthe avec une sorte de jubilation.
Ses eaux grises et furieuses sont emprisonnées.
Elles ne peuvent plus nous nuire. Pendant des
mois, nous serons protégés. » Elle se surprit
à vénérer l'hiver, le terrible hiver à l'emprise
glacée. Ce sentiment de sécurité ne dura pas,
mis à mal par la voix tonitruante de Josué le
Borgne.

— Tiens, un gars là-bas, sur notre gauche, qui
traverse avec son cheval et sa carriole ! Encore un
habitant ! Son attelage est trop lourd. S'il passe
au mauvais endroit, y fera un vilain plongeon.

— Comment ça ? interrogea Pierre en se
retournant un peu.

— En cette saison, la glace n'est pas solide
partout, icitte. Faut connaître les passages. Y a
vingt ans de ça, les autorités avaient fait baliser
un tracé pour éviter les accidents. Au milieu du
maudit parcours, y avait aussi une cabane, avec
un gardien qui demeurait là jusqu'au redoux.
Le type était payé. Il pouvait loger le monde
une nuit et donner de la soupe chaude et du thé
aux égarés, à ceux qui étaient en mauvaise pos-
ture.

— Je crois que mon père m'en a parlé, en effet, se souvint Pierre.

— C'est vrai c'que je dis. Je sais de quoi je parle, c'était moé, le gardien, ricana Josué.

Impressionnée, Jacinthe observa les environs avec méfiance.

— Ne vous en faites pas, belle dame, j'ai l'œil, blagua le fantasque personnage. Vous pouviez pas mieux tomber pour arriver sans souci de l'autre côté du lac.

Pierre engagea la conversation. Le Borgne prit plaisir à raconter de sa grosse voix un lot d'anecdotes amusantes ou terrifiantes au jeune couple. Il semblait sincèrement heureux d'être écouté et non traité en paria.

Ils approchèrent sans encombre de l'embouchure de la Petite Péribonka. Il n'était pas encore midi.

— Nous vous invitons à l'auberge, annonça Jacinthe, affamée.

— J'suis d'accord, ma jolie ! Parole de Josué, le ventre plein, je vous conduis à Sainte-Jeanne-d'Arc. Mais z'êtes prévenus, le trajet sera moins facile.

*

Josué avait abrité ses chiens et son traîneau sous le toit du pont Rouge. Les bêtes s'étaient couchées pour un repos bien mérité, après s'être disputé des morceaux de viande durcis par le froid.

— Faudra trouver où dormir cette nuit, belle dame, grogna le maître d'attelage tout en étudiant le visage anxieux de Jacinthe. J'sais pas ce que vous venez faire dans ce trou où y a si peu d'habitants, mais on ne pourra pas repartir ce soir. Fait déjà bien sombre.

— Je dois parler à quelqu'un, un meunier, et je pense qu'il s'agit de ces bâtiments, là, construits au bord de la rivière.

Pierre étudiait d'un regard attentif une grosse maison en bois dont la cheminée fumait.

— Autant en finir, ma chérie, murmura-t-il à sa femme, visiblement très émue et malade d'appréhension. Ces gens seront obligés de nous héberger ou de nous indiquer où loger.

Goguenard, le Borgne bourrait sa pipe. Il se fit rassurant.

— Ne vous en faites pas, les tourtereaux, j'ai une connaissance icitte, un vieux chum du temps où je vendais des fourrures. J'vous l'ai dit, vous pouvez pas mieux tomber en m'demandant service.

— Je vous remercie, monsieur Josué, dit doucement Jacinthe. Mais, si nous tardons trop à ressortir, puisque vous avez une connaissance dans le village, allez nous attendre là-bas, sinon vous gèlerez sur place. Nous vous rejoindrons.

— D'accord. Dans ce cas, cherchez une petite maison peinte en jaune derrière l'église. Y aura un fer à cheval sur le chambranle. Le père Éloi est maréchal-ferrant.

Pierre entraîna Jacinthe sur le sentier qui descendait au moulin. Ils marchèrent dans les creux formés par de larges empreintes masculines.

— J'ai peur, reconnut-elle, très émue. Je ne peux pas croire que je vais voir Anathalie dans quelques instants.

— Rien n'est sûr, ma chérie, excuse-moi de te le rappeler encore une fois.

Ils furent bientôt devant la porte. La fenêtre la plus proche, vaguement éclairée, présentait des carreaux sales et embués. Jacinthe frappa deux coups timides. Pierre en ajouta un, plus énergique. Une voix de femme aboya plus qu'elle ne cria :

— Entrez donc !

Les visiteurs s'exécutèrent, se doutant qu'ils créeraient une profonde surprise à la maîtresse du lieu. Mais elle leur tournait le dos, penchée sur l'âtre où rougeoyait un lit de braises. Occupée à brasser le contenu d'une marmite, elle leur laissa l'occasion d'observer la pièce, sommairement meublée et d'une saleté désolante. Le sol était jonché de brins de paille noircis et de sciure brune, la table était encombrée de bouteilles, de restes de nourriture, d'un quartier de lard, d'épluchures de pommes de terre et de croûtes de pain. Il n'y avait aucune trace d'une petite fille.

— Bonsoir, madame, dit Jacinthe, atterrée.

La femme se redressa et leur fit face. Elle essuya ses mains au tablier crasseux qui ceinturait sa maigre taille. Un foulard cachait en partie des cheveux grisonnants, roulés en chignon bas sur la nuque.

— Qu'est-ce que c'est ? bredouilla-t-elle en les toisant. Je ne fais pas auberge, moé ! Vous vous êtes égarés ?

— Je suis la sœur d'Emma Cloutier, déclara tout de suite Jacinthe, jugeant inutile de tergiverser. Elle vous avait confié sa petite fille, un nourrisson.

— Par le Seigneur tout-puissant ! gémit la meunière, les yeux agrandis par la stupeur. Ben, vot' sœur, on a pas beaucoup vu la couleur de ses piastres ! Mon mari, y décolérait pas, pensez donc, une bouche à nourrir avec la misère qu'on avait déjà. Mais ça ne me dit rien, à moé, Emma Cloutier. La jeune dame, elle se nommait autrement.

— Julianne Morency, peut-être ? hasarda Jacinthe.

— Je crois ben, oui. Elle partait travailler à Québec, à l'en croire. Mon mari pis moé, on a vite compris qu'on la reverrait jamais.

— Où est l'enfant ? interrogea Pierre, inquiet.

Il n'obtint en réponse qu'un regard suspicieux où s'allumait cependant un début de convoitise.

— Madame, dites-nous vite si la petite est vivante et en bonne santé, implora Jacinthe. Je suis sa tante, la sœur de sa mère. C'est une longue histoire, mais j'ai appris l'existence de ma nièce au début de l'été. Depuis, nous la recherchons. Il y a eu des annonces dans les journaux. J'ai écrit aux orphelinats et aux sages-femmes de la région. L'enfant vous est une charge, on dirait. Aussi, autant vous le dire, j'ai l'intention de l'emmener.

— On a rien su, mon homme pis moé, ronchonna la femme. Dites, vous comptez payer le retard de la pension ? Ça fait beaucoup d'argent après tout ce temps.

— Nous vous paierons quand vous aurez répondu à nos questions et que nous saurons où est la fillette, trancha Pierre sèchement.

Exaspéré par l'attitude de la meunière, il ne faisait plus montre de sa douceur habituelle. Il avait les traits tendus et les yeux ardents.

— Je l'ai envoyée chez un voisin chercher mon mari qui tardait. J'ai ben de la misère, moé. Sylvestre, y s'est mis à la boisson ; c'est plus le même.

Jacinthe ressentit une douleur sourde à l'estomac. Son cœur se mit à cogner fort. Elle ne pouvait pas imaginer une si petite fille expédiée dehors à la nuit tombante, par un froid polaire, chargée en outre de ramener un ivrogne au bercail.

— En voilà, une façon de traiter une enfant ! s'exclama-t-elle, prête à se ruer à l'extérieur.

— Non, mais dites, me parlez pas de haut ! La petite, faut bien qu'elle gagne son pain. Sûr qu'on lui donne un peu d'ouvrage, c'est une costaude.

— Pierre, mon Pierre, je t'en prie, donne de l'argent à cette femme, je vais chercher la petite. Ce ne sera pas difficile, il y a si peu de maisons ici.

Sachant qu'il tenterait de la retenir, elle sortit en courant. Vite, elle regarda autour d'elle. De son refuge sous le pont Rouge, le vieux Josué lui fit un signe qu'elle distingua grâce à la lueur du briquet qu'il avait allumé, sans doute pour fumer.

— Je reviens ! hurla-t-elle en s'élançant en direction de l'église, dont elle devinait le modeste clocher à la faveur d'une lune presque pleine à mi-chemin du zénith.

« Dieu merci ! il n'y a pas un nuage. La nuit sera claire, pensa-t-elle. En outre, Anathalie est vivante et robuste, mais je vais l'arracher aux griffes de ces gens dans l'heure. Oui, dans l'heure ! »

Elle entendit alors des quintes de toux, suivies d'une bordée de sacres retentissants auxquels fit écho une voix fluette, mais bien timbrée.

— Seigneur, où sont-ils ? se demanda Jacinthe en sondant la pénombre aux alentours.

Soudain, elle vit apparaître un couple étrange à l'angle d'une bâtisse. Un colosse titubait, coiffé d'une toque en fourrure et engoncé dans une grosse veste. L'homme braillait encore des insultes en repoussant avec des gestes saccadés une petite silhouette qui esquivait les coups.

— Monsieur, arrêtez donc ! ordonna la jeune femme qui courait, ivre de colère et de joie mêlées, vers l'enfant enfin retrouvée.

La petite fille ouvrit de grands yeux remplis de stupeur et d'incompréhension sur l'inconnue qui fondait sur elle les bras tendus et au bord des larmes. Elle s'arrêta, dépassée par l'insolite de cette situation inattendue. D'où sortait cette inconnue ? Qui était-elle ? Que lui voulait-elle ? Pourquoi lui tendait-elle les bras ? Toutes ces questions se bousculaient dans sa tête ; l'enfant ne pouvait y répondre du haut de ses trois ans de maltraitance. Sous la blafarde lumière de la lune d'hiver, la petite fille et sa tante se regardaient et s'observaient.

« Elle est ben jolie, la dame ! Je l'ai jamais vue icitte », se disait l'une. « Pauvre bout de chou, elle n'a qu'un vieux manteau sur le dos et même pas de bonnet. Dieu qu'elle est mignonne ! Elle a déjà les cheveux longs », s'extasiait l'autre.

Quant au dénommé Sylvestre, le meunier, il s'était figé net, non sans osciller derechef. Hagard, mais vaguement dégrisé par la présence d'une parfaite inconnue, il demeurait bouche bée.

— Je suis la tante de cette fillette. Nous vous paierons ce que vous doit ma sœur, mais je vous préviens : je prends Anathalie.

— Qui ça ? éructa-t-il. Y a pas d'Ana... quelque chose icitte !

— Je m'appelle Marie, m'dame, claironna la petite sur un ton ravi. C'est vrai ? Vous venez me chercher, m'dame ? Faut que je prenne mon Mimi au moulin...

Pétrifiée, Jacinthe retenait ses larmes. Elle ne saurait jamais si c'était Emma qui avait finalement choisi d'appeler son bébé Marie en l'abandonnant, ou si la sage-femme, sûrement en quête d'une protection divine, avait attribué le prénom de la Sainte Vierge à l'enfant.

— Ta maman souhaitait t'appeler Anathalie, ma chérie, murmura-t-elle. Peut-être a-t-elle ajouté Marie au moment du baptême… Moi, je trouve que c'est joli, Anathalie. Et je suis tellement contente de te connaître enfin ! Tu as une famille, des grands-parents, un arrière-grand-père, deux tantes et un oncle. Tout ce monde est impatient de te voir. Tu es grande ; tu parles bien aussi.

C'était un vrai prodige sur lequel Jacinthe s'interrogerait plus tard. Elle tendait la main à l'enfant quand le meunier s'interposa :

— Calvaire, faut montrer les piastres d'abord ! vociféra-t-il. Le Mimi, ben j'le garde. Y tuera les maudits rongeurs qui bouffent le grain des clients.

La petite fille perdit courage et fondit en larmes à la seule idée d'être séparée du compagnon à quatre pattes qui la réchauffait sur la mauvaise paillasse où elle couchait. Jacinthe avait compris tout de suite qu'il s'agissait d'un chat.

— Ne pleure pas, nous allons prendre ton Mimi.

Elle s'adressa au meunier sur un ton dur.

— Monsieur, avec l'argent que vous aurez ce soir, je suis sûre que vous oublierez vite cet animal. J'admets que ma sœur vous devait une grosse somme pour l'entretien de sa fille, mais vous n'avez guère dépensé, il me semble ! La petite n'a que des guenilles sur elle, même si elle me paraît bien nourrie.

— Torrieux, on a fait ce qu'on a pu ! grogna-
t-il, presque redevenu lucide.

*

Une heure plus tard, devant une bonne
flambée, Jacinthe pouvait contempler Anathalie
à son aise. Elle venait de lui donner un bain
chaud dans une grande cuvette, à l'abri d'un
drap tendu entre deux chaises. Les grosses voix
de Josué le Borgne et de son chum Éloi résonnaient dans la pièce, ainsi que celle de Pierre,
plus basse, plus mélodieuse.

— Que tu es jolie, Anathalie ! murmura la
jeune femme qui séchait la petite à l'aide d'un
large torchon à carreaux.

Elle était un peu déçue de ne pas lire sur ses
traits une ressemblance évidente avec Emma. La
fillette avait des cheveux bruns assez lisses et un
teint vif. Ses yeux paraissaient bruns aussi, mais
clairs, nuancés de vert. Son nez court, son front
haut et ses joues rondes pouvaient être un héritage maternel, comme sa fossette au menton.
Cependant, l'ossature était solide, et le corps,
bien planté sur des jambes musclées, alors que sa
mère était la plus menue de la famille Cloutier.

— Faut-y que je m'appelle comme ça,
asteure ? demanda soudain l'enfant, intriguée.

— Sauf si ça t'ennuie. Mais laisse-moi t'expliquer. Anathalie, c'est le prénom que ta maman t'avait choisi ; je pense qu'elle serait contente si tu le portais.

— Elle est où, ma mère ?

Jacinthe préféra dire la vérité immédiatement.

— Au paradis, avec les anges du ciel.

— Alors, faut lui faire plaisir.

— Je t'ai apporté des vêtements bien chauds que j'ai achetés hier à Saint-Prime, le village où tu vas habiter. C'est loin, de l'autre côté du grand lac.

Anathalie n'avait jamais quitté l'humble paroisse de Sainte-Jeanne-d'Arc. Livrée à elle-même, la petite se promenait souvent dans les bois, se régalant de fraises sauvages au début de l'été, ramassant des champignons l'automne. La rude éducation que lui avait dispensée le couple de meuniers l'avait éveillée au lieu de la retarder. D'une intelligence précoce, elle était plus mûre que les bambins de son âge. Jacinthe calcula qu'elle aurait bientôt quatre ans, au mois de mars ou d'avril.

— Nous couchons chez monsieur Éloi, qui est bien gentil de nous héberger. Demain matin, avant de partir, nous rendrons visite à une dame. Elle doit savoir le jour de ton anniversaire.

— J'le sais, moé, c'est le 25 mars, se vanta la fillette. Marraine l'avait dit. Et même qu'elle m'a vue naître.

C'était sans conteste la sage-femme. Le maréchal-ferrant, qui avait tendu l'oreille, précisa bien fort :

— La gamine parle de la pauvre Baptistine, la sage-femme qu'a passé l'arme à gauche l'hiver dernier. Elle est tombée raide morte ; son cœur a lâché d'un coup.

La nouvelle désola Jacinthe. La sage-femme dont lui avait parlé le curé aurait pu lever le voile sur une page importante de la courte vie d'Emma, la naissance d'Anathalie et son abandon à des gens peu recommandables. Elle secoua la tête, refusant de se lamenter. Le passé ne comptait pas vraiment.

C'était une joie familière d'aider sa nièce à enfiler une culotte en coton, un gilet de corps, des bas de laine et une robe droite à manches longues en feutrine rouge.

— Je préparais ta maman avant l'école, quand nous étions enfants. J'avais quatre ans de plus qu'elle.

Bouleversée, Jacinthe attira la petite dans ses bras, la cajola et l'embrassa sur les joues. Anathalie fut prise d'un fou rire.

— Ça chatouille ! cria-t-elle en se tortillant. Encore, encore !

La scène avait pour témoin un chaton blanc de six mois aux prunelles de saphir. Perché sur une chaise, il clignait des paupières, hiératique.

— Est-ce que je peux venir, maintenant ? demanda Pierre, las d'écouter les discours des deux vieux amis, égayés par une pinte de gin.

— Attends, nous arrivons, répliqua la jeune femme.

Toute fière, elle ôta le drap et avança en tenant la main de sa protégée. Les trois hommes poussèrent une exclamation de surprise.

— Quelle belle poupée ! rugit Josué le Borgne.

Pierre émit un léger sifflement. La chevelure soigneusement nattée, le visage lavé, bien vêtue et la mine réjouie, Anathalie était méconnaissable.

— Alléluia ! chantonna le brave Éloi. Ça me faisait de la peine, à moé, de voir traîner la petite en vêtements sales, la figure grise de crasse. Toé, t'as de la chance, Marie !

— Je m'appelle Anathalie, astheure, affirma l'enfant. Et j'ai une belle tante.

Jacinthe échangea un regard de triomphe avec son mari, aussi ému qu'elle. Elle leur semblait d'une santé de fer et d'un caractère joyeux malgré ces premières années où elle avait été à la rude école.

« Quand je pense au bonheur de mes parents et de Sidonie lorsqu'ils feront la connaissance de ce bout de chou intrépide ! songeait Jacinthe.

Nous enverrons une photographie à Lauric. Ça le fera peut-être revenir plus tôt que prévu. »

Anathalie s'était endormie, sa tête brune nichée contre le ventre de Jacinthe, bercée par l'allure tranquille que menaient les chiens du vieux Josué. Troublé, Pierre contemplait la fillette. C'était l'enfant née de la chair d'Emma, qu'il avait considérée comme une petite sœur avant d'en être l'amant durant quelques mois, ce qu'il regrettait amèrement. « Je chérirai ta fille, Emma, en manière d'expiation ! se disait-il. Et je te promets de ne jamais faire souffrir ta sœur, ma précieuse épouse… »

Jacinthe lui souriait. De sa main droite enfouie dans une épaisse mitaine, elle lui désigna le clocher de Saint-Prime encore minuscule à l'horizon.

— Nous serons bientôt arrivés, Pierre, chuchota-t-elle. On doit guetter notre retour avec impatience.

Ils avaient passé la nuit du dimanche au lundi à l'auberge de Péribonka. Le matin, d'un commun accord, ils avaient envoyé un télégramme à Sidonie.

Avons retrouvé Anathalie. Dis-le aux parents et à pépère. Attendez-nous chez moi. Jacinthe.

Le message expédié, Jacinthe s'était jetée au cou de son mari, les yeux noyés de larmes.

— Merci, merci d'être là, mon amour ! répétait-elle, exaltée.

Anathalie suivait le mouvement avec un regard émerveillé. Le père Éloi lui avait donné une caissette pour tenir son chaton enfermé, la bestiole étant terrorisée par les chiens de Josué.

Chaque nouveauté l'avait plongée dans un ravissement qu'elle traduisait en éclats de rire : le souper dans la salle enfumée et bruyante de l'auberge, la chambre avec son lit-cage pour les enfants dont le sommier sentait bon la laine de mouton et surtout l'équipée aventureuse sur la Petite Péribonka prise dans les glaces.

*

Toutes ces joies et distractions l'avaient épuisée.

— Elle dort bien, fit remarquer Pierre. Sais-tu, ma chérie, cette petite m'épate.

Jacinthe caressa la joue d'Anathalie, à demi cachée par son propre bonnet de laine, dont elle l'avait coiffée.

« Ce soir, la veille de Noël, il n'y aura plus de place pour les larmes, les rancœurs ou les secrets ! pensait-elle. Maman doit être si heureuse qu'elle va apporter un bon plat. Sidonie aura fait un gâteau. J'offrirai la poupée à Anathalie et j'espère que le chat et le chien deviendront de vrais bons amis. »

— La balade est bientôt finie, les tourtereaux ! brailla le Borgne en obliquant vers Saint-Prime. Z'auriez dû me le dire avant, que vous alliez chercher une jolie poupée de ce genre ! Vos piastres, j'en veux pas. J'ai ben mangé, j'me suis ben amusé, ça se paie pas, ça, chez nous.

Un moment plus tard, Pierre parvint quand même à lui faire accepter une rétribution convenable. Le jeune couple avait presque dilapidé ses économies, déjà grevées par les travaux d'aménagement de la maison. Tous deux s'en moquaient. C'était leur premier Noël ensemble, et Anathalie se réveillait, sa frimousse malicieuse tendue vers eux, ceux de sa famille.

*

Le traîneau de Josué le Borgne s'éloignait. Jacinthe et Pierre (lequel tenait une caissette sous le bras) marchaient vers le perron de leur logement, précédés d'Anathalie, comme si, d'instinct, elle connaissait le chemin.

La porte s'ouvrit grand sur Alberta qui se penchait déjà pour accueillir sa petite-fille. Derrière elle se pressaient Sidonie, Champlain et Ferdinand. Le chiot débola lui aussi et dévala les marches en jappant.

— Mon Dieu, que tu es belle ! clamait une grand-mère comblée, le visage noyé de larmes de joie.

— En voilà, une mignonne, bégayait Champlain.

Sidonie sanglotait, éperdue de gratitude envers la Providence. Elle remerciait chaudement sa grande sœur qui riait et pleurait à la fois. Jacinthe avait eu raison de s'entêter !

— C'est un vrai miracle, c'est le miracle de Noël ! s'écria Ferdinand d'une voix chevrotante. Rentrez vite au chaud, mes enfants, mes chers enfants.

Puis, s'adressant à Anathalie, qui ne savait plus où donner de la tête, il dit :

— Viens, entre, ma petite fille ! Tu viens égayer les jours de ton vieux pépère !

Dehors, le vent glacial ne leur importait pas plus que le ciel assombri par le crépuscule et les flocons qui en descendaient lentement, pareils à des perles de coton. Anathalie passait de bras en bras, étourdie, éblouie par autant de baisers, de sourires et de mots doux.

Jamais la rieuse enfant n'oublierait ce jour où une famille la recevait avec autant d'amour, où elle était éblouie par les parfums conjugués de chocolat chaud et de viande rôtie.

— Je suis Anathalie, pas Marie ! chantonna-t-elle tout bas quand elle déballa la poupée en porcelaine. Et maman est au ciel.

Seule Jacinthe l'entendit. Alors, enfin apaisée, elle dit un tendre adieu à sa petite sœur Emma dans le secret de son cœur.

SOURCES

Vien, Rossel. *Histoire de Roberval*, Chicoutimi, Éditions JCL, 2002, 270 p. (Première édition : La Société historique du Saguenay, 1955).

Tremblay, Mgr Victor. *La Tragédie du lac Saint-Jean,* Chicoutimi, Éditions Sciences modernes, 1979, 231 p.

Revue Saguenayensia, La Société historique du Saguenay, divers numéros.

REMERCIEMENTS

Je tiens à remercier tout particulièrement les personnes suivantes, qui ont généreusement contribué à la collecte des données historiques autour desquelles s'est élaborée l'intrigue de ce roman :

Les religieuses du Bon-Conseil de Chicoutimi qui ont ouvert leurs archives relatives au couvent de Saint-Prime ;

Hélène Girard, muséologue ;

Jules Garneau, pour ses précieux renseignements et sa documentation ;

Marie-Christine Bernard, pour son aimable figuration ;

Dany Côté, pour m'avoir mis en relation avec les religieuses.

Que toutes les personnes que j'aurais pu oublier trouvent ici l'expression de ma profonde reconnaissance.

Table

L'Amour écorché, 2020
Lara. La valse des suspects, 2020
Lara. La danse macabre, 2020
Les Feux de Noël, 2020
Le Mystère Soline. Au-delà du temps, 2021
Le Mystère Soline. Le vallon des loups, 2021
Les Enquêtes de Maud Delage, 2021
Le Mystère Soline. Un chalet sous la neige, 2021
Abigaël. Les voix du passé, 2022
Abigaël. Abigaël ou La force du destin, 2022

Le Livre de Poche s'engage pour
l'environnement en réduisant
l'empreinte carbone de ses livres.
Celle de cet exemplaire est de :

600 g éq. CO_2

PAPIER À BASE DE
FIBRES CERTIFIÉES

Rendez-vous sur
www.livredepoche-durable.fr

Composition réalisée par PCA

———————————

Achevé d'imprimer en août 2024 en Italie par
GRAFICA VENETA SPA – 35010 Trebaseleghe
Dépôt légal 1re publication : mai 2018
Édition 14 – août 2024
LIBRAIRIE GÉNÉRALE FRANÇAISE
21, rue du Montparnasse – 75298 Paris Cedex 06